Vanity Fair

EX-LIBRIS

# 名利场 上

后浪 插图珍藏版

# Vanity Fair

[英]威廉·萨克雷 著 杨必 译

江苏凤凰文艺出版社

图书在版编目（CIP）数据

名利场：插图珍藏版：全2册/（英）威廉·萨克雷（William Thackeray）著；杨必译. -- 南京：江苏凤凰文艺出版社, 2024.1（2025.7重印）
 ISBN 978-7-5594-7994-5

Ⅰ.①名… Ⅱ.①威… ②杨… Ⅲ.①长篇小说－英国－近代 Ⅳ.① I561.44

中国国家版本馆CIP数据核字(2023)第185344号

## 名利场（插图珍藏版）（全2册）

［英］威廉·萨克雷 著　杨必 译

| | |
|---|---|
| 编辑统筹 | 尚　飞 |
| 责任编辑 | 曹　波 |
| 特约编辑 | 沈凌波　梁子嫣 |
| 装帧设计 | 墨白空间·Yichen |
| 内文排版 | 肖　霄 |
| 出版发行 | 江苏凤凰文艺出版社 |
| | 南京市中央路165号，邮编：210009 |
| 网　　址 | http://www.jswenyi.com |
| 印　　刷 | 河北中科印刷科技发展有限公司 |
| 开　　本 | 880毫米×1194毫米　1/32 |
| 印　　张 | 29.625 |
| 字　　数 | 767千字 |
| 版　　次 | 2024年1月第1版 |
| 印　　次 | 2025年7月第2次印刷 |
| 书　　号 | ISBN 978-7-5594-7994-5 |
| 定　　价 | 278.00元（全2册） |

江苏凤凰文艺版图书凡印刷、装订错误，可向出版社调换，联系电话025-83280257

利蓓加与爱米丽亚(文前彩图均由刘易斯·鲍默绘制。——编者注)

利蓓加与乔斯

在游乐场

乔治拜访爱米丽亚

利蓓加与罗登在克劳莱小姐家

在布拉依顿

在航船旅社

都宾与利蓓加

# 目录

**开幕以前的几句话** 1

第一章　　　│契息克林荫道 4
第二章　　　│夏泼小姐和赛特笠小姐准备作战 14
第三章　　　│利蓓加遇见了敌人 25
第四章　　　│绿丝线的钱袋 34
第五章　　　│我们的都宾 50
第六章　　　│游乐场 64
第七章　　　│女王的克劳莱镇上的克劳莱一家 82
第八章　　　│秘密的私信 95
第九章　　　│克劳莱一家的写照 109
第十章　　　│夏泼小姐交朋友了 118
第十一章　　│纯朴的田园风味 125
第十二章　　│很多情的一章 145
第十三章　　│多情的和无情的 156

| | | |
|---|---|---|
| 第十四章 | 克劳莱小姐府上 | 172 |
| 第十五章 | 利蓓加的丈夫露了一露脸 | 195 |
| 第十六章 | 针插上的信 | 207 |
| 第十七章 | 都宾上尉买了一架钢琴 | 219 |
| 第十八章 | 谁弹都宾上尉的钢琴呢 | 231 |
| 第十九章 | 克劳莱小姐生病 | 245 |
| 第二十章 | 都宾上尉做月老 | 258 |
| 第二十一章 | 财主小姐引起的争吵 | 270 |
| 第二十二章 | 婚礼和一部分的蜜月 | 282 |
| 第二十三章 | 都宾上尉继续游说 | 293 |
| 第二十四章 | 奥斯本先生把大《圣经》拿了出来 | 300 |
| 第二十五章 | 大伙儿准备离开布拉依顿 | 316 |
| 第二十六章 | 从伦敦到契顿姆以前的经过 | 338 |
| 第二十七章 | 爱米丽亚归营 | 348 |
| 第二十八章 | 爱米丽亚随着大伙儿到了荷兰、比利时一带 | 357 |
| 第二十九章 | 布鲁塞尔 | 369 |
| 第三十章 | 《我撇下的那位姑娘》 | 385 |

第三十一章　｜乔斯·赛特笠照料他的妹妹 397
第三十二章　｜乔斯逃难，战争也结束了 411
第三十三章　｜克劳莱小姐的亲戚为她担忧 431
第三十四章　｜詹姆士·克劳莱的烟斗灭了 444
第三十五章　｜做寡妇和母亲 466

## 开幕以前的几句话

领班的坐在戏台上幔子前面,对着底下闹哄哄的市场,瞧了半晌,心里不觉悲惨起来。市场上的人有的在吃喝,有的在调情,有的得了新宠就丢了旧爱;有在笑的,也有在哭的,还有在抽烟的、打架的、跳舞的、拉提琴的、诓骗哄人的。有些是到处横行的强梁汉子,有些是对女人飞眼儿的花花公子,也有扒手和到处巡逻的警察,还有走江湖吃十方的,在自己摊子前面扯起嗓子嚷嚷(这些人偏和我同行,真该死!),跳舞的穿着浑身发亮的衣服,可怜的翻斤斗老头儿涂着两腮帮子胭脂,引得那些乡下佬睁着眼瞧,不提防后面就有三只手的家伙在掏他们的口袋。是了,这就是我们的名利场。这里虽然是个热闹去处,却是道德沦亡，说不上有什么快活。你瞧瞧戏子们丑角们下场以后的脸色——譬如那逗人发笑的傻小子汤姆回到后台洗净了脸上的油彩，准备和老婆儿子（一群小傻小子）坐下吃饭时候的形景，你就明白了。不久开场做戏，汤姆又会出来连连翻斤斗，嘴里叫唤着说："您好哇？"

我想，凡是有思想的人在这种市场上观光，不但不怪人家兴致好，自己也会跟着乐。他不时地会碰上一两件事，或是幽默得逗人发笑，或是显得出人心忠厚的一面，使人感动。这儿有一个漂亮的孩子，眼巴巴地瞧着卖姜汁面包的摊儿；那儿有一个漂亮的姑娘，脸红红地听她的爱人说话，瞧他给自己挑礼物；再过去是可怜的小丑汤姆躲在货车后头带着一家老小啃骨头，这些老实人就靠他翻斤斗赚来的钱过活。可是话又说回来，大致的印象还是使人愁而不是逗人乐的。等你回到家里坐下来读书做事的时候，玩味着刚才所见的一切，就会冷静下来，对于别人的短处也不太苛责了。

我这本小说《名利场》就只有这么一点儿教训。有人认为市场上人口混杂，是个下流的地方，不但自己不去，连家眷和用人也不准去。大概他们的看法是不错的。不过也有人生就懒散的脾气，或是仁慈的心肠，或是爱取笑讽刺的性格，他们看法不同一些，倒愿意在市场里消磨半个钟头，看看各种表演，像激烈的格斗，精彩的骑术，上流社会的形形色色，普通人家生活的情形，专为多情的看客预备的恋爱场面，轻松滑稽的穿插，等等。这场表演每一幕都有相称的布景，四面点着作者自己的蜡烛，满台照得雪亮。

领班的还有什么可说的呢？他带着戏班子在英国各大城市上演，多承各界惠顾，各报的编辑先生们也都有好评，又蒙各位大人先生提拔，真是不胜感激。他的傀儡戏被英国最高尚的人士所赏识，使他觉得面上很有光彩。那个叫蓓基的木偶人儿非常有名，大家一致称赞她的骨节特别地灵活，线一牵就活泼泼地手舞足蹈。那个叫爱米丽亚的洋娃娃虽然没有这么叫座,卖艺的倒也费了好些心血刻画她的面貌,设计她的服装。还有一个叫都宾的傀儡,看着笨手笨脚的,跳起舞来却很有趣,很自然。也有人爱看男孩子们跳的一场舞。请各位观众注意那"黑心的贵人",他的服饰非常华丽,我们筹备的时候真是不惜工本;这次表演完毕以后,它马上会给"魔鬼老爹"请去。

领班的说到这儿,向各位主顾深深地打了一躬退到后台,接下去就开幕了。

1848 年 6 月 28 日于伦敦

# 第一章　契息克林荫道

当时我们这世纪[①]刚开始了十几年。在六月里的一天早上，天气晴朗，契息克林荫道上平克顿女子学校的大铁门前面来了一辆宽敞的私人马车。拉车的两匹肥马套着雪亮的马具，肥胖的车夫戴了假头发和三角帽子，赶车子的速度不过一小时四英里。胖子车夫的旁边坐着一个当差的黑人，马车在女学堂发光的铜牌子前面一停下来，他就伸开一双罗圈腿，走下来按铃。这所气象森严的旧房子是砖砌的，窗口很窄，黑人一按铃，就有二十来个小姑娘从窗口探出头来。连那好性子的吉米玛·平克

---

[①] 指十九世纪。除特别说明外，本书注释皆为译注。

顿小姐也给引出来了。眼睛尖点儿的人准能看见她在自己客厅的窗户前面，她的红鼻子恰好凑在那一盆盆的牻牛儿苗花上面。

吉米玛小姐说："姐姐，赛特笠太太的马车来了。那个叫三菩的黑用人刚刚按过铃。马车夫还穿了新的红背心呢。"

"赛特笠小姐离校以前的必要手续办好没有，吉米玛小姐？"说话的是一位威风凛凛的女士，也就是平克顿小姐本人。她算得上海默斯密士这一带地方的赛米拉米斯①，又是约翰逊博士②的朋友，并且经常和夏博恩太太③通信。

吉米玛小姐答道："女孩子们清早四点钟就起来帮她理箱子了，姐姐。我们还给她扎了一捆花儿。"

"妹妹，用字文雅点儿，说一束花。"

"好的。这一簇花儿大得像个草堆儿。我还包了两瓶子丁香花露④送给赛特笠太太，连方子都在爱米丽亚箱子里。"

"吉米玛小姐，我想你已经把赛特笠小姐的费用单子抄出来了。这就是吗？很好，共是九十三镑四先令。请你在信封上写上约翰·赛特笠先生的名字，把我写给他太太的信也封进去。"

在吉米玛小姐看起来，她姐姐亲笔签字的信和皇帝的上谕一般神圣。平克顿小姐难得写信给家长；只限于学生离校，或是结婚，或是像有一回那可怜的白却小姐害猩红热死掉的时候，她才亲自动手。吉米玛小姐觉得她姐姐那一回通知信里的句子又虔诚又动听。世界上如果还有能够使白却太太略抒悲怀的东西，那一定就是这封信了。

---

① 传说是巴比伦古国的皇后，她的丈夫尼纳斯死后由她当国（也有说丈夫是她谋死的），文治武功都很显赫，曾建立许多城池。
② 塞谬尔·约翰逊（Samuel Johnson, 1709—1784），十八世纪英国文坛上的首脑人物，曾经独力编纂英文字典。
③ 夏博恩太太（Hester Chapone, 1727—1801），当时的女学究，有过几种著作。
④ 原文 gillyflower water，用来洗涤膏药遗留在皮肤上的污垢。

这一回,平克顿小姐的信是这样的:

契息克林荫道　一八——年六月十五日
夫人——爱米丽亚·赛特笠小姐在林荫道已经修毕六年,此后尽堪在府上风雅高尚的环境中占一个与她身份相称的地位,我因此感到万分的荣幸和欣喜。英国大家闺秀所特有的品德,在她家世和地位上所应有的才学,温良的赛特笠小姐已经具备。她学习勤勉,性情和顺,博得师长们的赞扬,而且她为人温柔可亲,因此校内无论长幼,一致喜爱她。

在音乐、舞蹈、拼法以及刺绣缝纫方面,她的造诣一定能副亲友的期望。可惜她对于地理的知识还多欠缺。同时我希望您在今后三年之中,督促她每天使用背板①四小时,不可间断。

---

① 当时的人用背板来防止驼背。

这样才能使她的举止风度端雅稳重，合乎上流女子的身份。

赛特笠小姐对于宗教道德的见解非常正确，不愧为本校的学生（本校曾承伟大的字汇学家①光临参观，又承杰出的夏博恩夫人多方资助）。爱米丽亚小姐离开林荫道时，同窗的眷念，校长的关注，也将随她而去。夫人，我十分荣幸，能自称为您的谦卑感恩的仆人。

巴巴拉·平克顿

附言　夏泼小姐准备和赛特笠小姐一同来府。夏泼小姐在勒塞尔广场盘桓的时间不宜超过十天。雇用她的是显要的世家，希望她在最短时间内开始工作。

信写完之后，平克顿小姐在一本约翰逊字典的空白页上写了她自己的和赛特笠小姐的名字。凡是学生离开林荫道，她从来不忘记把这本极有趣味的著作相赠。书面上另外写上"已故塞谬尔·约翰逊博士于平克顿女校某毕业生离开林荫道时的数行赠言"。这位威风凛凛的女人嘴边老是挂着字汇学家的名字，原来他曾经来拜访过她一次，从此使她名利双收。

吉米玛小姐奉了她姐姐的命令，在柜子里抽出两本字典。平克顿小姐在第一本里面题赠完毕，吉米玛小姐便带着迟疑不决的样子，小心翼翼地把第二本也递给她。

平克顿小姐的脸色冷冰冰的非常可怕，问道："这本给谁，吉米玛小姐？"

"给蓓基·夏泼，"吉米玛一面说，一面吓得索索抖，背过脸去不敢看她姐姐，她那憔悴的脸儿和干枯的脖子都涨得通红——"给蓓基·夏

---

① 指塞谬尔·约翰逊博士。

泼，她也要走了。"

平克顿小姐一字一顿地大声嚷道："吉米玛小姐，你疯了吗？把字典仍旧搁在柜子里，以后不准这么自作主张！"

"姐姐，字典才值两先令九便士，可怜的蓓基拿不着字典，心里头岂不难过呢？"

平克顿小姐答道："立刻叫赛特笠小姐到我这儿来。"可怜的吉米玛小姐不敢多嘴，慌慌张张地跑掉了。

赛特笠小姐的爸爸在伦敦做买卖，手里很有几个钱，而夏泼小姐不过在学校里半教半读，平克顿小姐认为自己已经给了她不少好处，不必再在分手的时候特别抬举她，送她字典。

一般说来，校长的信和墓志铭一样靠不住。不过偶然也有几个死人当得起石匠刻在他们朽骨上的好话，真的是虔诚的教徒，慈爱的父母，孝顺的儿女，尽职的丈夫，贤良的妻子，他们家里的人也真的哀思绵绵地追悼他们。同样地，不论在男学校女学校，偶然也会有一两个学生当得起老师毫无私心的称赞。爱米丽亚·赛特笠小姐就是这种难能可贵的好人。平克顿小姐夸奖她的话，句句是真的。不但如此，她还有许多可爱的品质，不过这个自以为了不起的、像智慧女神一样的老婆子因为地位不同，年龄悬殊，看不出来罢了。

她的歌喉比得上百灵鸟，或者可说比得上别灵顿太太，她的舞艺不亚于赫立斯白格或是巴利索脱①。她花儿绣得好，拼法准确得和字典不相上下。除了这些不算，她心地厚道，性格温柔可疼，器量又大，为人又乐观，所以上自智慧女神，下至可怜的洗碗小丫头，没一个人不爱她。那独眼的卖苹果女人有个女儿，每星期到学校里来卖一次苹果，也爱她。二十四个同学里面，倒有十二个是她的心腹朋友。连妒忌心最重的

---

① 这几个都是当时有名气的歌唱家和舞蹈家。

白立格小姐都不说她的坏话；连自以为了不起的赛尔泰小姐（她是台克斯脱勋爵的孙女儿）也承认她的身段不错；还有位有钱的施瓦滋小姐，是从圣·葛脱回来的半黑种，她那一头头发卷得就像羊毛，爱米丽亚离校那天她哭得死去活来，校里的人只好请了弗洛丝医生来，用嗅盐把她熏得半醉。平克顿小姐的感情是沉着而有节制的，我们从她崇高的地位和她过人的德行上可以推想出来，可是吉米玛小姐就不同，她想到要跟爱米丽亚分别，已经哼哼唧唧哭了好几回，若不是怕她姐姐生气，准会像圣·葛脱的女财主一样（她付双倍的学杂费），老实不客气地发起歇斯底里病来。可惜只有寄宿在校长家里的阔学生才有权利任性发泄哀痛，老实的吉米玛工作多着呢，她得管账，做布丁，指挥用人，留心碗盏瓷器，还得负责上上下下换洗缝补的事情。我们不必多提她了。从现在到世界末日，我们也不见得再听得到她的消息。那镂花的大铁门一关上，她和她那可怕的姐姐永远不会再到我们这小天地里来了。

我们以后还有好些机会和爱米丽亚见面，所以应该先介绍一下，让大家知道她是个招人疼的小女孩儿。我们能够老是跟这么天真和气的人做伴，真是好运气，因为不管在现实生活里面还是在小说里面——尤其在小说里面——可恶的坏蛋实在太多。她反正不是主角，所以我不必多形容她的外貌。不瞒你说，我觉得她的鼻子不够长，脸蛋儿太红太圆，不大配做女主角。她脸色红润，显得很健康，嘴角卷着甜迷迷的笑容，明亮的眼睛里闪闪发光，流露出最真诚的快活，可惜她的眼睛里也常常装满了眼泪。因为她最爱哭。金丝雀死了，老鼠给猫逮住了，或是小说里最无聊的结局，都能叫这小傻瓜伤心。假如有硬心肠的人责骂了她，那就活该他们倒霉。连女神一般严厉的平克顿小姐，骂过她一回之后，也没再骂第二回。在她看来，这种容易受感触的性子，正和代数一样难捉摸，不过她居然叮嘱所有的教师，叫他们对赛特笠小姐特别温和，因为粗暴的手段对她只有害处。

赛特笠小姐既爱哭又爱笑，所以到了动身的一天不知怎么才好。她喜欢回家，又舍不得离校。没爹娘的罗拉·马丁连着三天像小狗似的跟在她后面。她至少收了十四份礼物，当然也得照样回十四份，还得郑重其事地答应十四个朋友每星期写信给她们。赛尔泰小姐（顺便告诉你一声，她穿得很寒酸）说道："你写给我的信，叫我祖父台克斯脱勋爵转给我得了。"施瓦滋小姐说："别计较邮费，天天写信给我吧，宝贝儿。"这位头发活像羊毛的小姐感情容易冲动，可是器量大，待人也亲热。小孤儿罗拉·马丁（她刚会写圆滚滚的大字）拉着朋友的手，呆呵呵地瞧着她说："爱米丽亚，我写信给你的时候，就叫你妈妈。"琼斯①在他的俱乐部里看这本书看到这些细节，一定会骂它们琐碎、无聊，全是废话，而且异乎寻常地肉麻。我想像得出琼斯的样子，他刚吃过羊肉，喝了半品脱的酒，脸上红喷喷的，拿起笔来在"无聊""废话"等字样底下画了道儿，另外加上几句，说他的批评"很准确"。他本来是个高人一等的天才，不论在小说里在生活中，只赏识大刀阔斧、英雄好汉的事迹，所以我这里先警告他，请他走开。

好了，言归正传。三菩把赛特笠小姐的花儿、礼物、箱子和帽盒子安放在车子上。行李里面还有一只饱经风霜、又旧又小的牛皮箱，上面整整齐齐地钉着夏泼小姐的名片，三菩嘻皮扯脸地把箱子递给车夫，车夫也嗤笑着把它装在车子上。这样，分手的时候便到了。平克顿小姐对她学生洋洋洒洒地训了一篇话，就此减轻了爱米丽亚的离愁。倒并不是平克顿小姐的临别赠言使她想得通丢得开，因此心平气和，镇静下来，却是因为她说的全是一派门面话，又长又闷，听得人难受。而且赛特笠小姐很怕校长，不敢在她面前为着个人的烦恼流眼泪。那天像家长来校的时候一般隆重，特地在客厅里摆了一个香草子蛋糕和一瓶酒。大家吃

---

① 琼斯是个普通的名字，这里代表随便什么张三李四。

过点心,赛特笠小姐便准备动身。

那时一个没人理会的姑娘从楼上下来,自己提着纸盒子。吉米玛小姐对她说道:"蓓基,你该到里边去跟平克顿小姐告辞一声。"

"我想这是免不了的。"夏泼小姐说话的时候不动声色,吉米玛小姐瞧着直觉得诧异。吉米玛敲敲门,平克顿小姐说了声请进,夏泼小姐便满不在乎走到屋里,用完美的法文说道:"小姐,我来跟您告别。"

平克顿小姐是不懂法文的,她只会指挥懂法文的人。当下她咬着嘴唇忍下这口气,高高地扬着脸——她的鼻子是罗马式的,头上还包着一大块缠头布,看上去着实令人敬畏——她扬着脸说道:"夏泼小姐,早上好!"海默斯密士区里的赛米拉米斯一面说话,一面把手一挥,一则表示和夏泼小姐告别,二则特地伸出一个手指头,好给夏泼小姐一个机会和她握手。

夏泼小姐交叉着手,冷冷地笑着鞠了一个躬,表示不稀罕校长赏给她的面子。赛米拉米斯大怒,把个脸高高扬起。在这一刹那间,这一老一少已经交过锋，而吃亏的竟是那老的。她搂着爱米丽亚说："求老天保佑你，孩子。"一面说，一面从爱米丽亚肩头上对夏泼小姐恶狠狠地瞪眼。吉米玛小姐心里害怕，赶快拉着夏泼小姐出来，口里说："来吧，蓓基。"在我们的故事里，这客厅的门从此关上，再也不开了。

接着是楼下告别时的忙乱，当时的情形真是难以用言语形容。过道里挤满了人，所有的用人，所有的好朋友，所有的同学，还有刚刚到达的跳舞先生，大家扭在一起，拥抱着，亲吻着，啼哭着。寄宿在校长家里的施瓦滋小姐在房间里发歇斯底里病，一声声地叫唤。这种种，实在没人能够描写，软心肠的人也不忍多看的。拥抱完毕之后，大家便分手了——我该说，赛特笠小姐和她的朋友们便分手了。夏泼小姐在几分钟之前已经静静地坐进了马车，没有人因为舍不得她而流过一滴眼泪。

弯腿的三菩啪的一声替他哭哭啼啼的小姐关好了车门，自己一纵身跳在马车后面站好，这当儿吉米玛小姐拿着一个小包冲到门口叫道："等一等！"她对爱米丽亚说："亲爱的，这儿有几块夹心面包，回头你们肚子饿了好吃。蓓基，蓓基·夏泼，这本书给你，我姐姐把这给——我的意思是我把这——约翰逊的字典——你不能不拿字典就走。再见了！车夫，赶车吧！求天保佑你们！"

这忠厚的人儿情不自禁，转身回到花园里面。哪知道马车刚动身，夏泼小姐的苍白脸儿便从窗口伸出来。她竟然老实不客气地把字典扔在花园里面。

吉米玛吓得差点儿晕过去，说道："哎哟，我从来没有——好大的胆子——"她的感情起伏得太利害，因此两句话都没有说完。马车走了，大铁门关上了；里面打起铃子准备上跳舞课。两个女孩子从此开始做人。再见吧，契息克林荫道！

# 第二章　夏泼小姐和赛特笠小姐准备作战

我们在前一章里已经提到夏泼小姐勇敢的行为。她眼看着字典飞过小花园的甬道掉在吉米玛小姐脚下，把她吓了一大跳，自己的脸上才浮起一丝儿笑意。只是这笑容比起方才恶狠狠铁青的脸色来，也好看不了多少。她出了气心里舒畅，往后一靠，说道："字典打发掉了，谢天谢地，总算出了契息克！"

赛特笠小姐看见这样大胆的行为，差不多跟吉米玛一样吃惊。你想，她刚刚跨出校门一分钟，六年来受的教诲，哪里能在这么短短的一刹那给忘掉呢？真的，小时候受的惊吓，有些人一辈子都记得。举例来说，我认识一位六十八岁的老先生，一天早上吃早饭的时候，他非常激动地对我说："昨儿晚上我梦见雷恩博士[①]给我吃了一顿鞭子。"他的

---

[①] 雷恩（Matthew Raine, 1760—1811），1791年起在萨克雷的母校查特豪斯公立学校（Charterhouse School）任校长。

想像一晚上的工夫就把他带到五十五年以前的境界里去；他活到六十八岁，可是在他心底里，雷恩博士和他的棍子还像他十三岁的时候一样可怕。倘若雷恩博士先生真人出现，手里拿着大棍子，对六十八岁的老头儿厉声喝道："孩子，把裤子脱下来！"你想会有什么结果？所以难怪赛特笠小姐看见这样大逆不道的行为觉得害怕。

半晌，她才说出话来道："利蓓加，你怎么可以这样呢！"

利蓓加笑道："怎么？你以为平克顿小姐还会走出来把我关到黑屋子里去不成？"

"当然不会。可是——"

夏泼小姐恨恨地说道："我恨透了这整个儿的学校。但愿我一辈子也别再看见它。我恨不得叫它沉到泰晤士河里去。倘若平克顿小姐掉在河里，我也不高兴捞她起来。我才不干呢！哈！我就爱看她在水里泡着，头上包着包头布，后面拖着个大裙子，鼻子像个小船尖似的浮在水面上。"

赛特笠小姐嚷道："别说了！"

利蓓加笑道："怎么？黑人会搬嘴吗？他尽不妨回去告诉平克顿小姐，说我恨她恨得入骨。我巴不得他回去搬嘴，巴不得叫老太婆知道我的利害。两年来她侮辱我、虐待我，厨房里的用人过的日子还比我强些呢。除了你，没有一个人把我当朋友，也没人对我说过一句好话。我得伺候低班的小姑娘，又得跟小姐们说法文，说得我一想起自己的语言就头痛。可是跟平克顿小姐说法文才好玩儿，你说对不对？她一个字都不懂，可是又要装面子不肯承认自己不懂。我想这就是她让我离开学校的原因。真得感谢上天，法文真有用啊！法国万岁！皇帝陛下万岁！波那巴①万岁！"

赛特笠小姐叫道："哎哟，利蓓加！利蓓加！怎么说这样岂有此理

---

① 皇帝和波那巴都指拿破仑。

的话？你的心思怎么这样毒，干吗老想报复呢？你的胆子可太大了。"利蓓加方才说的话真是亵渎神明，因为当时在英国，"波那巴万岁"和"魔鬼万岁"并没有什么分别。

利蓓加小姐回答道："爱报复的心思也许毒，可是也很自然。我可不是天使。"说句老实话，她的确不是天使。

在这三言两语之中（当时马车正在懒懒地沿着河边走）夏泼小姐两次感谢上苍，第一次因为老天帮她离开了她厌恶的人，第二次因为老天帮她叫冤家狼狈得走投无路。她虽然虔诚，可是为了这样的原因赞美上帝，未免太刻薄了。显见得她不是个心地忠厚、胸襟宽大的人。原来利蓓加心地并不忠厚，胸襟也并不宽大。这小姑娘满腹牢骚，埋怨世上人亏待她。我觉得一个人如果遭到大家嫌弃，多半是自己不好。这世界是一面镜子，每个人都可以在里面看见自己的影子。你对它皱眉，它还给你一副尖酸的嘴脸。你对着它笑，跟着它乐，它就是个高兴和善的伴侣。所以年轻人必须在这两条道路里面自己选择。我确实知道，就算世上人不肯照顾夏泼小姐，她自己也没有为别人出过力。而且我们不能指望学校里二十四个小姑娘都像本书的女主角赛特笠小姐一样好心肠（我们挑她做主角就是因为她脾气最好，要不然施瓦滋小姐、克仑浦小姐、霍泼金小姐，不是一样合格吗？）。我刚才说，我们不能指望人人都像爱米丽亚·赛特笠小姐那样温厚谦逊；她想尽方法和利蓓加的硬心肠和坏脾气搏斗，时常好言好语安慰她，不断地帮助她。利蓓加虽然把一切人当作冤家，和爱米丽亚总算交了个朋友。

夏泼小姐的父亲是个画家，在平克顿女学校教过图画。他是个聪明人，谈吐非常风趣，可是不肯用苦功。他老是东借西挪，又喜欢上酒店喝酒，喝醉之后，回家打老婆女儿。第二天带着头痛发牢骚，抱怨世人不能赏识他的才华。他痛骂同行的画家都是糊涂虫，说的话不但尖刻，而且有时候很有道理。他住在苏霍，远近一英里以内都欠了账，觉得养活自己实在不容易，便想改善环境，娶了一个唱歌剧的法国女人。夏泼小姐从来不肯提起她妈妈的下贱行业，只说外婆家盘脱勒夏是加斯各内地方的名门望族，谈起来觉得很得意。说来奇怪，这位小姐后来渐渐阔气，她祖宗的地位也便跟着上升，门庭一天比一天显赫。

利蓓加的母亲不知在哪里受过一些教育，因此女儿说的法文不但准确，而且是巴黎口音，当时的人认为这是难得的才具。平克顿小姐向来顺着时下的风气行事，便雇用了她。她母亲早死，父亲觉得自己的酒癫症已经是第三次复发，不见得有救，写了一封又豪放又动人的遗书向平克顿小姐托孤。他死后两个地保在他尸首前面吵了一架，才算给他下了葬。① 利蓓加到契息克的时候只有十七岁，在学校里半教半读。在前面已经说过，她的责任就是对学生们说法文，而她的权利呢，除了免缴一切费用之外，一年还有几个基尼收入，并且能够从学校里教书的先生那里学到一鳞半爪的知识。

她身量瘦小，脸色苍白，头发是淡黄色的。她惯常低眉垂目，抬起眼来看人的时候，眼睛显得很特别，不但大，而且动人。契息克的弗拉活丢牧师手下有一个副牧师，名叫克里斯泼，刚从牛津大学毕业，竟因此爱上了她。夏泼小姐的眼风穿过契息克教堂，从学校的包座直射到牧师的讲台上，一下子就把克里斯泼牧师结果了。这昏了头的小伙子曾经由他妈妈介绍给平克顿小姐，偶然也到她学校里去喝喝茶。他托那个独眼的卖苹果女人给他传递情书，被人发现，信里面的话简直等于向夏泼小姐求婚。克里斯泼太太得到消息，连忙从勃克里登赶来，立刻把她的宝贝儿子带走。平克顿小姐想到自己的鸽笼里藏了一只老鹰，不由得心慌意乱，若不是有约在先，真想把她赶走。那女孩子竭力辩白，说她只

---

① 他的债主不止一个，所以两个地保代表两处的债权人来没收他的财产。

在平克顿小姐监视之下和克里斯泼先生在茶会上见过两面,从来没有跟他说过话。她虽然这么说,平克顿小姐仍旧将信将疑。

利蓓加·夏泼在学校里许多又高又大、跳跳蹦蹦的同学旁边,好像还没有长大成人。其实贫穷的生活已经使她养成阴沉沉的脾气,比同年的孩子懂事得多。她常常和逼债的人打交道,想法子打发他们回去。她有本领甜言蜜语地哄得那些做买卖的回心转意,再让她赊一顿饭吃。她爸爸见她机灵,十分得意,时常让她和自己一起坐着听他那些粗野的朋友聊天,可惜他们说的多半是姑娘们不该听的野话。她说自己从来没有做过孩子,从八岁起就是成年妇人了。唉!平克顿小姐为什么让这么凶恶的鸟儿住在她的笼子里呢?

事情是这样的,每逢利蓓加的父亲带她到契息克去,她就装出天真烂漫的样子。她这出戏串得非常成功,老太太真心以为她是天下最驯良的小女孩儿。利蓓加给安排到平克顿女学校去的前一年,刚好十六岁,平克顿小姐正色送给她一个洋娃娃,还对她说了一篇正经话儿,——我得解释一句,这个洋娃娃原来是斯温德尔小姐的,她在上课的时候偷偷地抱着它玩,就给充了公。到晚上宴会完毕(那天开演讲会,所有的先生都有请帖),父女两个一路打着哈哈走回家去。利蓓加擅于摹仿别人的谈吐举止,经过她一番讽刺形容,洋娃娃便成了平克顿小姐的化身,她自己看见了准会气死。蓓基常常和它谈天;这场表演,在纽门街、杰勒街和艺术家汇集的圈子里,没有人不爱看。年轻的画家们有时来找这位懒惰、潦倒、聪明、乐天的前辈,一块儿喝搀水的杜松子酒,每回总要问利蓓加平克顿小姐在家不在家。可怜的平克顿小姐!她真像劳伦斯[①]先生和威斯特[②]院长一样有名呢!有一回利蓓加得到莫大的宠幸,

---

[①] 劳伦斯(Thomas Lawrence,1769—1830),英国肖像画家。
[②] 威斯特(Benjamin West,1738—1820),美国肖像画家,在1792年继有名的乔希亚·雷诺(Joshua Reynolds)为皇家艺术学院的院长。

在契息克住过几天，回家的时候就把吉米玛也带来了。新的娃娃就叫吉米小姐。这忠厚的好人儿给她的糕饼和糖浆够三个孩子吃的，临走还送给她七先令。可是这女孩儿对吉米玛的感激压不住她喜欢嘲弄别人的本性。吉米小姐没有得到她的怜悯，和姐姐一样做了牺牲。

她遭难之后，被带到林荫道去，算是有了家。学校里谨严的校规把她闷得半死。在这儿，祈祷、吃饭、上课、散步，都有一定的时候，不能错了规矩，这日子叫她怎么过得惯？她留恋从前在苏霍画室里自由自在的穷日子，说不尽地愁闷。所有的人——连她自己在内——都以为她想念父亲，所以那么悲伤。她住在阁楼上一间小屋里，女用人们常常听见她晚上一面哭一面走来走去。其实她哭泣的原因不是悲哀，倒是气恨。她本来没有多少虚情假意，如今和别人不合群，所以只能想法子掩饰。她从小不和女人来往。她的父亲虽然是个无赖，却有才华。利蓓加觉得他的谈吐比起现在女人堆里听到的说长道短，不知有趣多少。女校长最爱空架子和虚面子；她妹妹脾气好得痴呆混沌；年纪大些的学生喜欢说些无聊的闲话，讲讲人家的阴私；女教师们又全是一丝不苟的老古板。这一切都同样叫她气闷。她的主要责任是管小学生。按理说，听着小孩儿咭咭呱呱，倒也可以消愁解闷。无奈她天生缺少母性，和孩子们混了两年，临走没有一个人舍不得她。只有对于温柔好心的爱米丽亚·赛特笠，她还有点儿好感。不喜欢爱米丽亚的人究竟是不多的。

利蓓加看见她周围的小姐们那么福气，享受种种权利，说不出地眼红。她批评一个学生说："那女孩子好骄傲！不过因为她祖父是伯爵罢了！""瞧她们对那半黑种势利讨好的样儿！还不是为着她有成千累万的财产吗？就算她有钱，我总比她聪明可爱一千倍。伯爵的孙女儿出身虽好，也不见得比我有教养。可是这儿一个人都不睬我。我跟着爸爸的时候，那些男的只要能够一黄昏陪着我，情愿丢了最热闹的宴会和跳舞会都不去呢！"她打定主意要把自己从牢笼里解放出来，便着手行动，开始为自己的前途通盘计算起来。

她利用学校给她的便利发奋求学。音乐语文两科她本来精通，因此很快地得到了当时上流小姐必须具备的知识。她不断地练琴；有一天，别的学生都出去了，单留她一个人在学校里。有人听见她弹琴，那技巧非常高明。智慧女神因此得了个聪明的主意。她叫夏泼小姐教低班学生弹琴，借此可以省掉一个音乐教员。

女孩子一口拒绝。这是她第一次反抗，把威风凛凛的女校长吓了一跳。利蓓加不客气地回答道："我的责任是给小孩儿说法文，不是教她们音乐给你省钱的。给我钱，我就教。"

智慧女神只能让步，当然从那天起就嫌了她。她说："三十五年来，从来没有人敢在我自己的学校里违抗我的命令。(她这话说得并不过分)——我这真是在胸口养了一条毒蛇。"

夏泼小姐答道:"毒蛇!真是胡说八道!"老太太大出意外,几乎晕过去。夏泼小姐接下去说道:"我有用,你才收留我。咱们两个之间谈不到感恩不感恩的话。我恨这地方,我愿意走。我在这儿,只做我分内的事,其余什么都不干。"

老太太问她明白不明白对她说话的不是别人,是平克顿小姐。这话毫无效力,利蓓加冲着她的脸笑起来。她笑得又恶毒又尖酸,女校长听了差点儿抽筋。女孩子说道:"给我点儿钱,打发我走吧。要不,在贵族人家给我找个位置当家庭教师也行,这两条路随你挑。只要你肯出力,这点儿事一定办得到。"从此以后她们每拌一次嘴,她就回到老题目,说道:"给我找个事情。反正咱们你恨我我嫌你。我愿意走。"

贤明的平克顿小姐的鼻子是罗马式的;她头上缠着包头布,身材又高又大,很像个大兵。大家把她当公主娘娘似的奉承,没人敢违拗她。可是她远不如那小学徒意志坚强,精力充沛,每次交锋的时候不但打她不赢,而且吓她不倒。有一回她在大庭广众之前责备利蓓加,不料利蓓加也有对付的法子。前面已经说过,她用法文回答,从此拆了那老婆子的台。平克顿小姐觉得利蓓加是叛逆,是混蛋,是毒蛇,是捣乱分子;她要在学校里保持权威,非把利蓓加清除出去不可。那时候毕脱·克劳莱爵士家里需要家庭教师,她竟然举荐了夏泼小姐。虽说是毒蛇,又是捣蛋鬼,也顾不得了。她说:"夏泼小姐多才多艺,造诣是极高的。虽然她对我本人礼貌稍有欠缺,不过她的品行在其他方面无可指摘。若论智力才能,她确能为本校的教育制度增光。"

这么一写,女校长在良心上也没什么过不去了。她们两个人中间的契约从此取消,小徒弟便恢复了自由。这里三言两语描写完毕的斗争,拖延了好几个月呢。赛特笠小姐今年十七岁,准备停学回家。她和夏泼小姐感情很好（智慧女神曾经说过："这是爱米丽亚唯一使校长失望的一点"），邀请夏泼小姐先到她家里去住一星期，然后再出去当教师。

两个姑娘从此开始做人。爱米丽亚觉得这世界五光十色，又新鲜，又有趣，又美丽。利蓓加呢，却是有过些经验的了。老实告诉你吧，根据卖苹果的露出来的口风，好像她和克里斯泼中间还有好些外面不知道的纠葛。那老婆子说第一封信不是克里斯泼写的，他的那封不过是回信。听见这话的人，又把这口供传给别人听。可是这件事的底细谁也不知道。这样说吧：就算利蓓加不是开始做人，至少她是重新做人。

她们一程程行到开恩新恩关卡的时候，爱米丽亚虽然没有忘记老朋友，已经擦干了眼泪。一个守卫军官看见她，说道："喝！好个女孩子！"她听了这话非常高兴，绯红了脸。马车到达勒塞尔广场之前，她说了不少话，谈到进宫觐见的情形和年轻姑娘觐见时的服装，譬如说，裙子里是不是得撑个箍，头上要不要戴洒过粉的假头发。她还不知道自己有没有机会进宫，不过市长开的跳舞会她是一定会有请帖的。到了自己门口，她扶着三菩下了马车，跳跳蹦蹦地往里面跑。她的样子多快活，相貌多漂亮！偌大一个伦敦城里多少个小姑娘，谁也比不过她。在这一点上，三菩和车夫的意见完全一样。她的爹妈，还有家里所有的用人，心里也这么想。用人们站在厅上，笑眯眯地躬着身子行礼，欢迎小姐回家。

不用说，她带着利蓓加参观家里每一间屋子，又打开抽屉把一样样东西翻出来给她瞧。她的书、钢琴、衣服、项链、别针、花边，还有各种小玩意儿，没有漏掉一样。她拿出一只璁玉戒指，一只水晶戒指，一件短条子花纹的漂亮纱衣服，逼着利蓓加收下来。她说这件衣服她穿不下了，利蓓加穿上一定合适。她私下决定求她妈妈允许，再送她一条白色细羊毛披肩。她哥哥乔瑟夫·赛特笠不是刚从印度给她带了两条回来吗？正好留一条给利蓓加。

利蓓加看了乔瑟夫·赛特笠给妹妹买来的两块华丽的细羊毛披肩，说道："有个哥哥真好啊！"这话说得入情入理。她自己爹娘早死，又没有亲友，真是孤苦伶仃。软心肠的爱米丽亚听了这话立刻觉得她可怜。

爱米丽亚说道："你并不孤苦伶仃。利蓓加，我永远做你的朋友，把你当作自己的姊妹。真的！"

"唉，像你这样父母双全才好呢！他们又慈爱，又有钱，又疼你，你要什么就有什么。他们对你那份儿知疼着热就比什么都宝贵。可怜我爸爸一样东西也买不起，我统共只有两件衣服。而且你又有哥哥，亲爱的哥哥！你一定非常爱他。"爱米丽亚听了笑起来。

"怎么？你不爱他？你不是说你爱所有的人吗？"

"我当然爱他——可是——"

"可是什么？"

"可是乔瑟夫好像并不在乎我爱他不爱他。他离开家里十年，回家的时候伸出两个手指头，算跟我拉手。他人也好，心也好，可是从来不睬我。我想他爱他的烟斗比——"爱米丽亚说到这里顿了一顿，觉得不该说自己哥哥的坏话。她加了一句道："我小的时候他很疼我。他离家的时候我才五岁。"

利蓓加说："他很有钱吧？听说在印度做大事的人都是财主。"

"我想他收入不少。"

"你的嫂子大概很漂亮，为人一定也好，是不是？"

爱米丽亚又笑起来，说道："哟，乔瑟夫还没结婚呢。"

这件事她大概早已跟利蓓加说过，可是这位小姐记不起来，赌神罚誓地说她一向以为爱米丽亚有好几个侄儿侄女，现在听得说赛特笠先生还没有结婚，心里老大失望。她说她最爱小孩儿。

爱米丽亚发现自己的朋友忽然变了个热心肠儿，有些奇怪，便道："我还以为你在契息克管孩子管得腻死了呢。"像这样容易给人看穿的谎话，夏泼小姐后来再也没说过。请你别忘了，这天真的小可怜儿只有十九岁，骗人的艺术还没有成熟，正在摸索着创造经验呢！机灵的姑娘刚才问了一连串的问题，翻译成她心底里的话，就是："假如赛特笠先生又有钱又是单身，我何不嫁了他呢？不错，我只能在这儿住两星期，可是不妨试一试啊！"她私底下决定一试身手，这种精神真值得佩服。她对爱米丽亚加倍地疼爱；把水晶项链戴上身以前，先凑在嘴边吻一下，起誓说她一辈子永远把它好好保存起来。吃饭的铃子一响，她按照姑娘们的习惯，搂着爱米丽亚的腰，两个人一起下楼。到了客厅门前，她激动得不敢进去，说道："亲爱的，摸摸我的心，瞧它跳得多利害！"

爱米丽亚答道："我摸着跳得并不利害。进来吧。爸爸不会难为你的。"

## 第三章　利蓓加遇见了敌人

两个姑娘进门的时候，一个肥胖臃肿的人正在壁炉旁边看报。他穿着鹿皮裤子，统上有流苏的靴子，围着好几条宽大的领巾，几乎直耸到鼻子；上身是红条子的背心，苹果绿的外衣，上面的铁扣子差不多有半克朗银元那么大。这一套打扮，正是当年花花公子时行的晨装。他看见女孩子们进来，从安乐椅里直跳起来，满面通红，恨不得把整个脸儿缩到领巾里面去。

爱米丽亚拉着他伸出来的两个指头摇了一下，笑道："乔瑟夫，这儿没有外人，只是你妹妹罢了。你知道吗，我回了家不走了。这位就是你听见我说起的朋友，夏泼小姐。"

缩在领巾里面的头哆嗦得利害，开言道："没有说起，从来没有说起！我的意思是——听见你说起过的。天气冷得要死，小姐。"说完，他用尽力气拨着火，其实当时正是六月中旬的天气。

利蓓加虽然是对爱米丽亚窃窃私语，可是声音很响。她说："他长得很漂亮。"

爱米丽亚答道："是吗？让我来告诉他。"

夏泼小姐往后倒退了一步，怯生生的活像一头小鹿，口里说道："宝贝儿！你怎么也不准告诉他的！"她先前已经斯文腼腆地向那位先生行了个屈膝礼，两眼一直羞羞涩涩瞧着地毯，居然能够看见他的相貌，真是稀罕事儿。

爱米丽亚对着拨火棒说道："哥哥，多谢你送给我那么好看的披肩。披肩真美，你说是不是，利蓓加？"

夏泼小姐翻起眼睛来向着天，眼光从地毯上直接移到烛台上，接口道："哟！美极了！"

乔瑟夫气喘吁吁地把火棒火钳弄得一片响，一张黄脸皮红得不能再红。他妹妹接着对他说道："乔瑟夫，可惜我没有这么漂亮的礼物送给你。我在学校里的时候给你绣了一副挺美的背带。"

做哥哥的认真着急起来，嚷嚷着说："老天哪！爱米丽亚，你这是什么意思？"老实的家伙说着话，一面用全身的力气扯住铃带子拉铃，把带子一扯两截，越发觉得狼狈不堪，说道："看老天的面子，给我出去看看我的便车是不是在门口。我不能再等了。我非走不可了。我那马夫真该死！我非走不可了。"

他们的爸爸刚好在这时候走进来。他是英国商人本色，手里颠着一把印戳子，铧锵铧锵地响，他问道："怎么了，爱米？"

"乔瑟夫要我去瞧瞧他的——他的便车是不是在门口。爸爸，便车究竟是怎么样的？"

老先生口角相当俏皮，答道："便车就是一匹马拉的轿子。"

乔瑟夫听了这话，哈哈大笑。笑到一半，可巧和夏泼小姐四目相遇，他仿佛给人打了一枪，突然停下来不响了。

"这位小姐就是你的朋友吗？夏泼小姐，我非常欢迎你来。看来你和爱米两个准在跟乔瑟夫拌嘴，要不然怎么他想走呢？"

乔瑟夫说道："爹，我答应我们公司里的保诺美今儿和他吃饭的。"

"胡说！你不是跟你妈说过在家吃饭吗？"

"我穿的衣服不合适。"

"你瞧他穿得多漂亮！到哪儿吃饭都行。对不对，夏泼小姐？"

他这么一说，夏泼小姐当然回头瞧着朋友，两个人一块儿格格地笑起来，老头儿听了非常地得意。他看见自己的笑话说得很成功，便接连着说下去道："在平克顿女子学校里面有这种鹿皮裤子没有？"

乔瑟夫嚷道："老天爷！爸爸，你这是怎么说！"

"哎哟，这一下我可伤了他的心了。亲爱的赛特笠太太，我提起他的鹿皮裤子，把他气坏了。不信你问夏泼小姐。乔瑟夫，来来来，跟夏泼小姐交个朋友。咱们一块儿下去吃饭。"

"乔瑟夫，今儿的比劳①是配着你的胃口做的。你爸爸又从鱼市场带了一条最好的比目鱼回来。"

"来吧，来吧，你陪着夏泼小姐下楼，我来招呼这两个年轻女的。"做爸爸的说了这话，一手扶着太太，一手拉着女儿，兴高采烈地跟着下去。

利蓓加打定主意要收服这个肥大的花花公子，请各位太太小姐别怪她。一般说来，娴静知礼的小姐少不得把物色丈夫这件工作交给妈妈去做，可是夏泼小姐没有慈爱的母亲替她处理这么细致烦难的事儿，她自己不动手，谁来代替呢？女孩儿们为什么要出入交际场所，还不是因为她们有崇高的志向，愿意出嫁吗？她们为什么成群结队到温泉去？为什么连着好几个月每天晚上跳舞直跳到早上五点钟？为什么孜孜不倦地

---

① 一种土耳其菜，用米饭、禽类或羊肉、葡萄干、杏仁等一起煨过，再加甜汁和炸洋葱。

弹钢琴练奏鸣曲？为什么肯出一基尼一小时的学费，到时髦的唱歌先生那里学唱，而且一学就是四支歌儿？胳膊长得美丽，胳膊肘生得细巧的姑娘还学竖琴呢！她们为什么模仿古代的箭手，戴着小绿帽子，插着鸟毛，还不是想射倒一个"合适"的青年公子吗？做父母的也都是场面上的人，为什么肯卷起地毯，把屋子里翻腾得乱七八糟，在一年的收入里面抽出五分之一来请客，开跳舞会，用冰冻的香槟酒款待客人呢？难道是真心诚意地爱人类，大公无私地让年轻的一代跳舞作乐吗？呸！他们要嫁女儿啊！忠厚的赛特笠太太是慈爱不过的，心里早已为她的爱米丽亚定了二十来个计划。咱们亲爱的利蓓加，无倚无靠，比她朋友更需要丈夫，自然更应该努力了。她的想像力本来就很丰富，又受过《天方夜谈》和《哥特氏①地理学》这两本书的熏陶，因此她问准了爱米丽亚的哥哥的确有钱，就给自己造了个灿烂辉煌的空中楼阁。那时她正在换衣服准备下去吃饭，一面打扮，一面幻想自己是楼阁里的女主人！她还有个丈夫，不过那时还没见过，因此他的形态面貌是模模糊糊的。她仿佛看见自己重重叠叠地穿戴了披肩、包头布和钻石项链，骑着大象去参拜蒙古大汗，大象的步伐就配着《蓝胡子》歌剧②中进行曲的节奏。这如意算盘真像阿拉那斯加做的梦③。除了年轻人，谁也看不见这般美丽的景象。女孩子们想入非非的从古至今多的是；像利蓓加·夏泼一样做着迷人的白日梦的姑娘，又岂止她一个？

---

① 哥特（William Guthrie, 1708—1770），苏格兰作家，所著《哥特氏地理学》风行甚久，十九世纪初叶并有法文译本。
②《蓝胡子》原是十七世纪法国诗人贝罗（Perrault）所著的童话，蓝胡子是个财主，凡是嫁给他的女人都活不长。最后娶的妻子名法蒂玛，有一次蓝胡子有事出门，法蒂玛不遵丈夫之嘱，擅自开了密室的门，发现丈夫好几个前妻的尸身。蓝胡子回来，见秘密已经揭穿，准备将她刺死，幸而她的哥哥们及时赶到，杀死蓝胡子，救了她的性命。这故事曾在1798年编成歌剧，由凯莱（Michael Kelly）作曲，考尔曼（George Colman）作词。
③《天方夜谈》中的人物。他把父亲的遗产买了一篮子玻璃器皿，幻想着靠了这些东西做买卖做得一帆风顺，不觉手舞足蹈起来，把一篮子碗盏都打破了。

乔瑟夫·赛特笠比他妹妹大十二岁,在东印度公司①民政部做事。我写这本书的时候,在《东印度纪录》的孟加拉分刊上有他的名字。他是卜格雷·窝拉地方的收税官。人人都知道,这个职位既体面又赚钱。读者如果要知道乔瑟夫后来高升到什么地位,也可以参考上面所说的刊物。

卜格雷·窝拉所在的地区风景很美,可是人迹罕至,卑湿而多树。大家常到那里去打竹鸡,因此出了名。在那儿也常碰得上老虎。乔瑟夫做了收税官之后,写给父母的信上说,离他那里四十英里地就是拉姆根奇,是州长常驻的地点,再过去三十英里又有骑兵营。他在这有趣的地方一个人过了八年。军中的特派队一年去两回,把他征收的税款收齐了交到加尔各答去。除此之外,他终年看不见一个文明人。

算他运气好,正在那时害了肝病,必须回到欧洲去医治,才算有机会在本国享福。他在伦敦的时候不和父母住在一起,却拿出风流单身汉的款儿来,租了房子另过。他出国以前年纪还小,没有尝过时髦人的各种快乐,现在回家,便专心致志地寻欢作乐起来。他坐了马车在公园里兜风;到有名的酒菜馆吃饭(当时还没有东方俱乐部呢);随着时下的风气,常常上戏院;有的时候费了好大的劲儿,穿上窄窄的外衣,戴上硬边的帽子,去听歌剧。

他后来回到印度,一提起那一段寻欢作乐的日子,总是眉飞色舞,口气里好像他和白鲁美尔②两人是当时豪华公子队里的尖儿。这些话他一直到老说不厌。其实他虽然住在伦敦,却跟他在卜格雷·窝拉的时候一样寂寞。他差不多一个朋友都没有,如果他没有生肝病,没有医生来看他,没有他的蓝色丸药陪着他,准会活活闷死。他生性懒惰,脾气浮

---

① 东印度公司最初是私营商业机关,在 1773 年后已经控制印度的政权,1858 年正式由英政府接管。
② 白鲁美尔(George Bryan Brummell, 1778—1840),当时英国有名的纨绔子弟。

躁，又爱吃，又爱喝，一看见女人就吓得半死。勒塞尔广场家里人多热闹；他的父亲是个性情随和的老头儿，很爱开玩笑，说的话常常扫他的面子，害得他不敢多回老家。乔瑟夫因为自己身材长得太肥硕，心里着急，着实感到烦恼。他有时也会下个横劲，努力把身上多余的油脂去掉些儿，可是爱舒服爱口腹的脾气很快地打消了矫正缺点的决心，不知不觉地恢复一日三食的习惯了。他打扮得并不漂亮，可是花在这上面的精神可了不得，一天得费好几个钟头收拾他那肥胖的身子呢。他的用人在他衣服上大大地捞了一笔钱。他的梳妆台上摆满了各种香油香水，过时的美人儿用的化妆品也不能比他多。他指望给自己捏出个细腰来，把当年所有的紧身衣、腰带、肚箍全试用过了。恰像所有的胖子一样，他老把衣服做得太紧，而且爱挑颜色鲜艳的料子和最花哨的式样。他好不容易把衣服穿好之后，下午一个人坐了马车逛公园，然后回家换一套衣服，又一个人到廊下咖啡馆吃饭。他像女孩子一般爱虚荣——也许就是因为他的虚荣心太重，所以才异乎寻常地怕羞，初出茅庐的利蓓加小姐如果能够驾驭这样一位先生，真算得上出人头地地聪明了。

　　利蓓加的第一步走得很巧妙。她夸奖赛特笠长得漂亮，因为知道爱米丽亚准会去告诉妈妈。做妈妈的多半又会说给乔瑟夫听。就算她不去传话，听得人家称赞儿子，心里总是高兴的。天下为娘的都是一样心肠。沙哀科兰克斯虽然是个女巫，如果听见人家说她儿子开力本①跟太阳神阿波罗一般漂亮，准觉得得意。再说，利蓓加说话的声音又响，说不定乔瑟夫·赛特笠本人就会无意之中听见这话。事实上他的确已经听见了。他心底里一向自以为仪表堂堂，一听这话，快活得胖身子里面条条筋络都抖动起来。可是接着他又起了疑团，想道："这女孩子莫非在开我的玩笑？"这么一想，他立刻就跳过去拉铃，准备逃走，后来还是

---

① 莎士比亚《暴风雨》一剧中的一个又丑又笨的角色。

他爹说着笑话,他妈妈央告着,才算把他留下来。这些事上面已经说过了。他陪着夏泼小姐下楼的时候,心里疑疑惑惑,一方面又觉得很兴奋。他想:"不知道她是真的觉得我漂亮,还是在取笑我。"我刚才不是形容乔瑟夫像女孩子一样爱虚荣吗?求老天爷发慈悲!女孩子们也可以用同样的手段对咱们报复,讽刺女人像男人一样爱虚荣。这句话说得一些不错。满面胡子的男子汉往往像最爱卖俏的姑娘一样,喜欢听人家的奉承,打扮的时候吹毛求疵,长得漂亮些就自鸣得意,对于自己迷人的本事估计得清楚着呢。

他们一路下楼,乔瑟夫涨红了脸,利蓓加举止端庄,一双绿眼睛望着地下。她穿了一身白衣服,露出雪白的肩膀;年纪轻轻的,越显得天真烂漫,活是个又娴静又纯洁的小姑娘。

她想:"我该装得很沉静,同时表示对印度发生兴趣。"

咱们已经听说赛特笠太太配着儿子的胃口预备下一盘精美的咖喱辣酱,吃饭的时候,用人把这盘菜送到利蓓加面前,她做出小鸟依人的姿态对乔瑟夫看了一眼,说道:"这是什么?"

他的嘴里塞满了咖喱,狼吞虎咽地吃得高兴,脸都红了,说道:"妙得很,妈妈。这咖喱酱跟我在印度吃的一样好。"

利蓓加小姐说道:"啊这是印度菜吗?那我非尝点儿不可。从印度来的东西都好。"

赛特笠先生笑道:"亲爱的,给夏泼小姐一点儿咖喱酱。"

利蓓加以前从来没有尝过这种菜。

赛特笠先生问道:"你看这咖喱酱是不是跟别的印度东西一样好呢?"

利蓓加给胡椒辣得说不出地苦,答道:"嗳,好吃极了。"

乔瑟夫一听这句话合了意,便道:"夏泼小姐,跟'洁冽[①]'一块儿

---

[①] 洁冽(Chili)也是一种辣菜,可是和 Chilly(冷冰冰)声音相似。

吃吃看。"

利蓓加听见这名字，以为是什么凉爽的菜蔬，喘着气回答道："洁冽吗？好的！"菜上来之后，她说："你看这东西真是又绿又新鲜。"说着，吃了一口。不料洁冽比咖喱更辣。人都是血肉做的，哪里挡得住这样的苦楚，辣得她放下叉子叫道："给我点儿水，给我点儿水，天哪！"赛特笠先生是个老粗，向来在证券市场做买卖，同行的人都爱恶作剧，所以他一听这话，哈哈大笑起来，说道："这才是真正的印度货呢！三菩，给夏泼小姐拿点儿开水来。"

乔瑟夫觉得这次恶作剧妙不可言，也跟着爸爸一起大笑。母女两个看着利蓓加可怜，只不过微笑一下。利蓓加恨不得把赛特笠老头儿一把掐死。幸而她有涵养，刚才勉强吞下了难吃的咖喱酱，如今又竭力压制下心里的气恼。等到她能够开口说话的时候，就做出很幽默的样子，和颜悦色地说道："《天方夜谈》里面说波斯公主在奶油饼里搁胡椒。我刚才要是记得这故事就好了。你们印度的奶油饼里也搁胡椒吗？"

赛特笠老头儿笑起来，觉得利蓓加脾气不错。乔瑟夫只说："小姐，你说奶油饼吗？孟加拉的奶油糟透了。我们通常都用羊奶做奶油。唉，我不吃也没有办法。"

老头儿说："夏泼小姐，你现在不喜欢所有的印度东西了吧？"太太小姐们走了之后，滑头的老家伙对儿子说："乔，留心点儿。那女孩儿看上你了。"

乔得意得了不得，说道："胡说，胡说！我记得从前在邓姆邓姆有个女孩子，是炮兵营里格脱勒的女儿，后来嫁给外科医生兰斯的。她在一八〇四那年紧紧地追着我不放。她还追墨力格托尼。墨力格托尼是个顶呱呱的好人，吃饭以前我还跟你说来着。现在他是勃奇勃奇的州长，要不了五年一定能做参议员。我刚才说到那回炮兵营里开跳舞会，第十四联队的奎丁对我说：'赛特笠，我把十三镑对你的十镑和你赌个东道，苏菲·格脱勒不出两年准能到手一个丈夫，不是你就是墨力格托尼。'他说的。我说：'赌就赌吧！'喝！后来——这红酒不错。在哪家买的？阿顿姆生还是卡博耐尔？"

那老实的股票商人没说话，只轻轻地打呼噜，原来他已经睡着了，乔瑟夫的故事也就没有再讲下去。他在男人堆里说话多得很。每逢给他治病的高洛浦医生来看望他，问问他肝病好些没有，蓝丸药吃了灵不灵，他就常常对他讲这故事，已经讲过几十回了。

乔瑟夫·赛特笠因为病着，所以吃饭的时候除了喝西班牙白酒之外又喝一瓶红酒，还吃了满满两碟子奶油草莓。他手边一个盘子里有二十四个小油酥饼，别人都不吃，因此也归他受用。他心里惦记着楼上的女孩子（写小说的人有个特别的权利，什么事都瞒不过他），肚里思忖道："那小东西不错，她兴致很高，又有趣儿。吃饭的时候我替她捡手帕，她瞧着我怪有意思似的。她的手帕掉在地下两回呢。这会儿谁在客厅里唱歌？让我上去瞧瞧。"

不幸他突然一阵害臊，怎么也压不下去。那时他爸爸睡着了；他的帽子就在过道里，而且在邻近沙乌撒泼顿街上还停着一辆出差马车。他想："我还是去看'四十大盗'和第坎泊小姐的跳舞。"于是他踮着脚轻轻溜掉，没有把他那好爸爸给吵醒。

那时利蓓加正在一边弹一边唱，爱米丽亚站在客厅里敞开的窗子前面闲眺。她说道："乔瑟夫走了。"赛特笠太太说："夏泼小姐把他吓跑了。可怜的乔，他干吗那么怕羞呢！"

## 第四章　绿丝线的钱袋

乔的恐慌继续了两三天；这可怜虫不肯回家，利蓓加小姐也不提他的名字。她全心都在赛特笠太太身上，对她必恭必敬，仿佛是感恩不尽的样子。这位好心的太太带她出去走走；到了百货商场，她说不出地高兴，到了戏院，她更是不住口地赞叹。一天，有人请她和爱米丽亚出去玩，临时爱米丽亚头痛，利蓓加宁死也不肯一个人去。她说："全亏了你，我这孤苦伶仃的可怜虫才得到了温暖，尝到了快乐。我怎么能扔下你一个人出去呢？"她翻起眼珠子瞧着天，绿眼睛里含着两包眼泪。赛特笠太太看了，不得不承认女儿的朋友心地厚道，实在招人疼。

每逢赛特笠先生说笑话，利蓓加便笑个不停，好像从心里乐出来，好性子的老先生不由得又得意又欢喜。夏泼小姐不但能讨这家主人的好,她见管家娘子白兰金索泊太太在房里做果子酱,表示十分关心,就赢得了她的欢心。她再三叫三菩"先生"或是"三菩先生",三菩听了心里很受用。她每回打铃使唤上房的女用人,总对她道歉;态度谦虚,说的话又讨人喜欢。因此不但上房的主人疼她,连下房的用人也爱她。

有一回,大家在看爱米丽亚从学校里要回来的图画。利蓓加翻到一张画儿,忽然痛哭流涕,转身走开了。那天正是乔·赛特笠第二次露脸的日子。

爱米丽亚慌忙跟出去打听她伤心的缘故。过了一会儿,好心肠的孩子非常感动地走回来,说道:"妈妈,你知道的,她爹从前是契息克的图画教员。我们那儿最好的画儿全是他的作品。"

"亲爱的,我常听得平克顿小姐说他从来不画画儿,只是裱糊装配一下子罢了。"

"妈,这种工作本来就叫裱糊装配啊!利蓓加瞧见这画儿,想起她爹从前干活的情形。忽然觉得——所以她就——"

赛特笠太太说道:"可怜这孩子真重感情。"

爱米丽亚道:"最好请她在这儿再多住一星期。"

"她跟我在邓姆邓姆碰见的格脱勒小姐一个样儿,不过皮肤白一些。格脱勒小姐如今嫁了炮兵部队里的外科医生叫兰斯的。你们知道吗,有一回第十四联队的奎丁跟我打赌——"

爱米丽亚笑道:"哟,乔瑟夫,这故事我们听过了,不用讲了。不如求妈妈写封信给克劳莱什么爵士,请他再宽限可怜的利蓓加几天。她来了,瞧她的眼睛哭得多红!"

利蓓加一脸甜甜的笑容,拉住好心的赛特笠太太向她伸出来的手,恭恭敬敬地吻了一下,说道:"我心上舒服点儿了。你们对我实在好,所有的人全好。"接下去她笑着加了一句说:"乔瑟夫先生,只有你不好。"

"天哪！我吗？老天爷！夏泼小姐！"乔瑟夫说着，恨不得马上就逃。

"可不是吗？我第一天碰见你，你就请我吃那么难吃的胡椒，真太忍心了。你没有亲爱的爱米丽亚待我好。"

爱米丽亚嚷道："那是因为他跟你不大熟。"

她母亲接着说："亲爱的，谁对你不好，我就骂他。"

乔瑟夫正色说道："那天的咖喱酱妙极了。妙极了。不过也许香橼汁搁得太少了一点——对了，是太少了一点。"

"洁冽呢？"

"天哪！你一吃洁冽就大声嚷嚷。"乔瑟夫想着当时的情形觉得很滑稽，忍不住放声大笑。可是像平常一样，笑到一半，忽然又住了口。

他们下去吃饭的时候，利蓓加对他说："下回你给我点菜的时候，我可得小心点儿。我从前不知道男人喜欢叫我们这样老实的可怜虫受罪。"

"哟，利蓓加小姐，我怎么肯叫你受罪呢？"

她答道："我知道你是好人。"她说到这里，小手就把他的胳膊轻轻地捏了一把。刚一捏，她又惊慌失措地往后一缩，先对他瞅了一眼，然后低头望着楼梯上压地毯的小铜棍子。乔看见天真的女孩儿对自己这么温柔腼腆，仿佛在不知不觉之中流露出心里的真情，一颗心别别地跳将起来，这事我并不否认。

你们看，利蓓加在进攻了。斯文知礼的奶奶小姐们或许要骂她不害臊。可是你想，亲爱的利蓓加多么可怜，这些事情全得她亲自出马去做呀！不管你怎么高雅，家里穷得没了用人，少不得自己扫地。女孩子没有亲爱的妈妈代她对付那小伙子，也只好自己动手。总算天可怜见，这些女的不常把本领施展出来，要不然我们再也挡不住她们的魅力。不管女的多老多丑，只要她们肯假以辞色，男人马上就会屈膝；这是绝对的真理。一个女人只要不当真是个驼背，有了机会总能嫁得着如意郎君。谢天谢地！亏得这些亲爱的小姐们都像野地里的畜生一样，不知道自己的能耐，要不然准会把我们治得服服帖帖。

乔瑟夫走进饭厅的时候心里想道："喝！这会儿我心里的感觉，就像我在邓姆邓姆看见了格脱勒小姐一模一样。"上菜的时候，夏泼小姐娇媚地向乔瑟夫请教，口气宛转柔帖，一半又像开玩笑。她和这家子的人已经混熟了，跟爱米丽亚更是亲密得像同胞姊妹。没结过婚的女孩子只要在一所房子里同住了十天，总是这样相亲相爱。

爱米丽亚好像在尽力帮忙利蓓加完成计划，要求乔瑟夫带他们到游乐场去。她说上一年复活节假期里，那时"她还在做小学生"，乔瑟夫答应过她的。她说："现在利蓓加也在这儿，正是去的时候了。"

利蓓加道："啊哟，多好哇！"她本来想拍手，可是她生性稳重，忽然记得自己的身份，连忙忍住了没拍。

乔说："今儿晚上可不行。"

"那么明儿好不好？"

赛特笠太太说道："明天你爸爸跟我得出去吃晚饭。"

她丈夫接口道："赛特笠太太，我不必去了吧？那讨厌的地方潮湿得很，你年纪这么大了，又是个胖子，去了不要伤风吗？"

赛特笠太太嚷道："孩子们总得要个人陪着呀！"

做爸爸的笑道："计乔夫吧，他可是够大够胖的了。"他这么一说，连在碗盏柜子旁边的三菩也忍不住失声笑出来，可怜那肥胖的乔恨不得杀死他爸爸。

铁石心肠的老头儿接着说道："快把他的紧身衣解开。夏泼小姐，洒些儿凉水在他脸上。要不咱们把他抬到楼上去吧！可怜的小宝贝儿要晕过去了。"

乔大声喝道："我死也不受你这种话！"

他父亲嚷道："三菩，把乔瑟夫先生的大象拉过来。到爱克赛脱市场去拉去。"爱说笑话的老头儿看见乔斯气得差点儿掉眼泪，才止了笑，拉着儿子的手说:"乔斯,我们在证券交易所的人都讲个公平交易。三菩,别管大象了,给我跟乔斯先生一人斟一杯香槟酒来。孩子,拿破仑那小子的酒窖里也不见得有这样的好酒①。"

乔瑟夫喝了一大杯香槟酒,心平气和。一瓶酒没喝完,他已经答应带着两个女孩子上游乐场去。他身体有病,所以把那瓶酒喝掉了三分之二。

老头儿说道:"姑娘们一人得有一位先生陪着才行。乔斯忙着招呼夏泼小姐,准会把爱米丽亚丢在人堆里。到九十六号去问问乔治·奥斯本能不能来?"

我不懂为什么他一说这话,赛特笠太太就瞅着丈夫笑起来。赛特笠先生眼睛里闪闪发光,满脸顽皮地瞧着爱米丽亚。爱米丽亚红了脸低下头去。只有十七岁的女孩儿才会这么娇羞,利蓓加·夏泼小姐就不行。自从她八岁那年在壁橱里偷糖酱给她姑妈捉出来之后,从此没有红过脸。爱米丽亚的爸爸说:"爱米丽亚应该写张条子给乔治·奥斯本,让他瞧瞧咱们在平克顿女校学的一笔好字。你记得吗? 从前你写信给他请他十二晚上来,把字都写别了。"

爱米丽亚答道:"那是好几年前的事了。"

赛特笠太太对丈夫说:"约翰,这真像是昨天的事,你说对不对?"

他们夫妻住的是二层楼的一间前房,睡觉的地方装饰得像个帐篷,四围挂着花布幔子,上面印着鲜明别致的印度式图案,另外衬了淡红布的里子。帐篷里面的床上铺了鸭绒褥子,并排摆着两个枕头。当晚他们夫妻躺着说话,一对红喷喷的圆脸儿就枕着这两个枕头。太太戴的是镶花边的睡帽,先生戴的是式样简单的布帽子,顶上拖着一簇流苏。赛特笠太太因为丈夫难为了可怜的乔,正在对他训话。

---

① 香槟是法国出产的,所以这样说。

她说:"赛特笠先生,你何苦逗那可怜的孩子,太不应该了。"

流苏帽子替自己辩护道:"亲爱的,乔斯的虚荣心太重,比你当年最爱虚荣的时候还糟糕。你也算利害的了。可是三十年前,——好像是一七八〇年吧——倒也怪不得你爱俏。这一点我不否认。可是我实在看不上乔斯那份儿拘拘谨谨的纨绔子弟习气。他实在做得太过火。亲爱的,那孩子一天到晚想着自己,只觉得自己了不起。太太,咱们还有的麻烦呢。谁都看得出来,爱米的小朋友正在拼命地追他。如果她抓不住他,反正有别人来接她的手。他那个人天生是给女人玩弄的。这话没有错,就等于我每天上交易所那样没有错。总算运气好,他没给咱们从印度娶个黑漆漆的媳妇儿回家。瞧着吧,不管什么女人钓他,他就会上钩。"

赛特笠太太狠狠地说道:"原来那丫头是个诡计多端的东西,明天就叫她走。"

"赛特笠太太,她跟别人不是一样吗?不管怎么,她总算是个白种人。我倒不在乎乔斯娶什么媳妇。他爱怎么着就怎么着。"

不久,说话的声音停了,跟着起来的是鼻子里发出来的音乐,听上去虽然轻柔,却不很雅致。这时候,在勒塞尔广场证券交易所经纪人约翰·赛特笠先生的家里真是悄无声息,所能听得到的只有教堂里报时的钟声和守夜人报时的叫声。

到了第二天早上,好性子的赛特笠太太也不再打算把她隔夜说的那话儿认真做出来。天下最近人情、最深刻、最普通的感情莫过于为娘的妒忌心,可是赛特笠太太瞧着利蓓加不过是个温柔谦逊的家庭教师,对自己又感激,总不至于胆敢攀附像卜格雷·窝拉的收税官那么了不起的人物。而且她已经替利蓓加写信去要求延迟几天再上工,一时也难找借口赶她出门。

温柔的利蓓加合该交运,件件事都凑得巧,连天气也帮她的忙,虽然她本人起先并不知道上天的好意。原定到游乐场去的那天晚上，乔治·奥斯本已经来了；老两口儿要赴宴会，也已经动身到海百莱仓房的鲍尔斯副市长家里去了；忽然一阵大雷雨（这种雷雨只有上游乐场去的时候才碰得上），这几个年轻人没法出门，只好躲在家里。奥斯本先生好像一点儿不在乎。他跟乔瑟夫·赛特笠在饭间里喝了不少葡萄酒，两个人对坐着谈心。乔瑟夫见了男人向来爱说话，因此一面喝酒，一面把他最得意的印度趣事讲了许多。后来大家在客厅里会齐，爱米丽亚做主人，招待其余三位。四个年轻人在一起玩得很快乐，都说亏得下雨打雷，游乐场没有去成反倒有意思。

奥斯本是赛特笠的干儿子。二十三年来，这家子一向没有把他当外人。他生下一个半月的时候，约翰·赛特笠送给他一只银杯子。他长到六个月，又收到一件珊瑚做的玩意儿，上面挂着金的哨子和小铃。每逢圣诞节或是他假满回校的时候，老头儿总给他零用钱。他记得清清楚楚，乔瑟夫·赛特笠还揍过他一顿。那时候乔瑟夫已经是个大摇大摆的换毛小公鸡，他自己却还是个十岁的顽童。总而言之，乔治和这家朝夕相处，大家对他又好，当然在这里混得很熟。

"赛特笠，你还记得吗？有一回我把你靴子上的流苏铰了下来，你气得不得了。赛特笠小姐——呃——爱米丽亚跟乔斯哥哥跪着，求他别揍小乔治，才免了我一顿好打。"

乔斯明明白白记得这件不平凡的事情，可是赌神罚誓说他早已忘了。

"你记得吗？你到印度去以前，坐了马车到斯威希泰尔博士学校里来看我，拍拍我的头，给了我一个基尼。我一向以为你至少身高七尺，后来你从印度回来，我发现你不过跟我一样高，真是意想不到。"

利蓓加眉飞色舞地嚷道："赛特笠先生太好了！临走还特地去看你，还给你钱。"

"对了，他倒不计较我铰他靴子上的流苏，真是难得。孩子们在学校里拿到零用钱,一辈子都记得。给钱的人自己也忘不了。"

利蓓加说:"我喜欢靴子。"乔斯·赛特笠最得意自己的一双腿,一向爱穿这种漂亮的靴子,听了这话,虽然把腿缩在椅子下面,心里说不出地得意。

乔治·奥斯本说道:"夏泼小姐,你是个挺有才气的画家,可以利用靴子事件做题材,把这庄严的景象画成一幅有历史性的画儿。赛特笠穿了鹿皮裤子,一手拿了铰坏了的靴子,一手抓住我的衬衫皱边。爱米丽亚高高地举起了两只小手,跪在她哥哥旁边。咱们还可以仿照简明读本和拼法本子里第一页插图的方式,给它加上一个堂皇的标题,里面包含着寓言的意味。"

利蓓加说道:"我现在没有时间画,等我——等我离了这儿再画吧。"她把声音放得很低,一脸悲悲戚戚的样子,在场的人不由得可怜她命苦,都舍不得放她走。

爱米丽亚说道:"亲爱的利蓓加,可惜你不能在这儿多住几天。"

利蓓加的神情更凄惨了,她道:"有什么用?到我离开你的时候更伤——更舍不得你了。"说着,扭过头去。爱米丽亚一听这话,忍不住哭起来。我在前面说过,这糊涂的小东西最不长进的地方就是爱哭。乔治·奥斯本觉得很感动,细细地端详着这两个姑娘。乔瑟夫·赛特笠低头看着自己心爱的靴子,大胸脯一起一伏,很像在叹气。

乔治说道:"赛特笠小姐——爱米丽亚,来点儿音乐吧!"他那时候忽然把持不住,几乎把她搂在怀里,当着大家的面吻她。她也对他看了一眼。如果说他们两个就在当时相看一眼之中发生了爱情,这话未免过分。两家的父母早已有心把他们两人配成一对,竟可以说这十年来,他们已经订下了不成文的婚约。

赛特笠家里的钢琴,按照通常的习惯,搁在客厅后间。那时天色已经昏暗,奥斯本先生当然比爱米丽亚眼睛亮,会在椅子凳子中间找路,因此爱米丽亚很自然地拉着他的手,让他领路摸到钢琴旁边去。他们一走,只剩下乔瑟夫·赛特笠先生和利蓓加两个人傍着客厅里的桌子对面谈心。利蓓加正在用绿丝线织一只钱袋。

夏泼小姐说:"家里的秘密是不问而知的。这一对儿已经把他们俩的公开了。"

乔瑟夫答道:"只等他做了连长,事情就算放定了。乔治·奥斯本是个顶呱呱的家伙。"

利蓓加道:"你妹妹是全世界最可疼的小人儿。谁娶了她真有福气。"说着她重重地叹了一口气。

两个单身的男女在一起谈起这样细腻的话儿,彼此自然觉得亲密知心。赛特笠先生和利蓓加小姐的一番议论,我不必细写。照上面的一席话看来,他们的谈吐并没有什么俏皮动听的地方。要知道在普通的人家,在随便什么地方,说的话不过如此,只有那些辞藻富丽、结构巧妙的小说里才有例外。那时隔壁房里有人弹琴唱歌,他们说话的时候当然放低了声音,免得妨碍别人。其实隔壁的两个人专心在做自己的事,他们说得再响些也不妨事。

赛特笠先生居然能够大大方方、畅畅快快地和女人谈天,真是生平第一遭。利蓓加小姐问了他许多关于印度的问题,因此他得了机会把他知道的许多趣事说给她听。这里面有些是关于印度的,也有关于他本人的。他形容总督府里怎么开跳舞会,在大暑天他们怎么取凉,譬如在屋里装了手拉的风扇,门窗前面挂了打湿的芦帘,等等。他讲到投奔在印度总督明多勋爵①门下的一大群苏格兰人,口角俏皮极了。然后他又说到猎虎的经验,说是有一回一只老虎发威,把他的象夫从象背上直拖下来。利蓓加小姐对于总督府的跳舞会心醉神往;听了苏格兰副官们的故

---

① 明多勋爵(Lord Minto, 1751—1814),英国政治家,苏格兰人,1806年起任印度总督。

事笑个不住,一面责备赛特笠先生不该这么刻薄。大象的故事可真把她吓坏了。她说:"亲爱的赛特笠先生,看你母亲份上,看你所有的朋友份上,以后快别干这种冒险的事,你非答应我不可。"

乔瑟夫拉起领子,答道:"得了,得了,夏泼小姐,危险只能增加打猎的趣味。"其实他只猎过一次虎,就是出乱子的那一回。可怜他几乎丢了性命,倒不是老虎咬他,却是在混战中受了伤。他说的话越多,胆子越大,竟鼓起勇气问利蓓加小姐那绿丝线钱袋是给谁做的。他的态度那么大方,那么随便,连他自己也觉得奇怪,心里着实得意。

利蓓加小姐柔媚地向他瞟了一眼,说道:"谁要,我就给谁。"赛特笠先生正要施展口才,说出一篇动人的话来。不想他刚刚开口说到:"啊,夏泼小姐,多么——"隔壁的歌声忽然停了。这样一来,他清清楚楚听见自己的声音,窘得面红耳赤,连忙住了口,慌慌张张地擤着鼻涕。

奥斯本先生轻轻地对爱米丽亚说:"你听,你哥哥的口才真了不起。你那朋友真创造了奇迹了。"

爱米丽亚小姐答道:"奇迹创造得越多越好。"凡是像个样儿的女人没一个不爱做媒。爱米丽亚当然不是例外,心里只希望乔瑟夫能够娶了太太一同回印度。这几天来她和利蓓加朝夕相处,对她生了极深的感情,在她身上找出千千万万从前在学校里没有发现的德行和惹人怜爱的品性。小姑娘们的感情滋长得最快,像贾克的豆梗一般,一夜的工夫就直入云霄。[①]结婚以后这种痴情渐渐减退,也是极自然的事。一般情感主义者喜欢用大字眼,称它为"对于理想爱情的渴望"。换句话说,他们认为女人的情感平时只能零星发泄,必须有了丈夫孩子,情感收聚起来有了归宿,自己才能得到满足。

---

[①] 穷苦的贾克得到许多仙豆,第二天起身,发现撒在园里的仙豆长得直入云霄。贾克攀附着豆梗上天,碰到许多奇遇。

爱米丽亚把自己会唱的歌儿唱完，觉得在后客厅里已经坐了不少时候，应该请她的朋友也来唱一曲才是。她对奥斯本先生说："倘若你先听了利蓓加唱歌，就不要听我的了。"话是这么说，她也明知自己在哄人。

奥斯本道："我对夏泼小姐先下个警告，在我听起来，爱米丽亚·赛特笠才是天下第一名歌唱家。这话说得对不对我也不管。"

爱米丽亚答道："你先听了再说。"

乔瑟夫·赛特笠客气得很，替利蓓加拿了蜡烛来搁在琴上。奥斯本表示他情愿就在黑地里坐着，可是爱米丽亚笑着反对，不肯再陪他，因此他们两个也跟着乔瑟夫先生过来。利蓓加唱得比她朋友高明得多，而且非常卖力，不过奥斯本有什么意见，别人当然管不着。爱米丽亚从来没有听见她唱得这样好，心里暗暗纳罕。利蓓加先唱了一支法文歌，乔瑟夫一个字都听不懂。奥斯本也老实承认自己听不懂。此后她又唱了好几支四十年前流行的叙事歌曲。歌词很简单，题材不外乎大英水手，英王陛下，可怜的苏珊，蓝眼睛的玛丽，等等。据说从音乐的观点来看，这些歌曲并不出色。可是它们所表达的意思单纯近情，一般人一听就明白。现在咱们老听见唐尼隋蒂①的曲子，音调软靡靡的，内容不过是眼泪呀，叹气呀，喜呀，悲呀。两下里比起来，还是简单的民歌强得多。

每逢唱完一支歌以后大家闲谈的时候，说的话也都是些很多情的话儿，和歌曲的内容相称。三菩送了茶点进去，就和厨娘一起站在楼梯转角听唱歌。厨娘听得眉开眼笑。连白兰金索泊太太也屈尊下就，跟他们站在一块儿听。

末了唱的一首短歌内容是这样的：——

　　荒野里凄凉寂寥，

---

① 唐尼隋蒂（Gaetano Donizetti, 1797—1848），意大利作曲家。

大风呼呼地怒号，
好在这茅屋顶盖得牢。
熊熊的火在炉里烧，
过路的孤儿从窗口往里瞧，
越觉得风寒雪冷，分外难熬。

他心慌意乱，手脚如绵，
急匆匆还只顾往前。
温柔的声音唤他回来，
慈爱的脸儿在门口出现，
到黎明，他不能再流连，
求上天对流浪者垂怜！
你听，那风吹到了山巅。

　　这支歌的内容和她刚才说的"等我离开了这儿"这句话含意相同。她唱到最后一句，声音沉下去咽住了。在场的人想起她即刻就要动身，连带着又想到她孤苦伶仃的身世。乔瑟夫·赛特笠本来喜欢音乐，心肠又软，利蓓加唱歌的时候，他听得心醉神往，到末了更觉得深深地感动。如果他胆子不那么小，如果方才由乔治安排，让他和赛特笠小姐两人仍旧留在前客厅，那么乔瑟夫·赛特笠就不会再做单身汉子了，我这小说也写不成了。利蓓加唱完了歌，起身拉着爱米丽亚的手一直向朦胧的前客厅走去。这当儿可巧三菩托着一个盘子进来，里面有夹心面包和糖酱，还有发亮的杯壶。乔瑟夫·赛特笠一看见点心，立刻全神贯注。赛特笠老两口子吃过晚饭回家，看见四个年轻男女谈得很热闹，连他们的马车响都没有留心。只听得乔瑟夫说道："亲爱的夏泼小姐，吃一小匙子糖酱吧。你刚才唱得真费劲——呃——真好听。应该吃点儿东西补补气。"

赛特笠先生接口道:"好哇!乔斯!"乔斯一听见这熟悉的声音在打趣他,慌得不敢作声,过了一会儿就溜掉了。当夜他并没有一宵不寐睁着眼研究自己到底有没有爱上夏泼小姐,因为爱情并不能影响乔瑟夫·赛特笠的胃口和睡眠。不过他想到许多事情,譬如在印度下了办公厅之后听听那些歌儿多么愉快,利蓓加多么出人头地,又想到她的法文说得比总督夫人还好,在加尔各答的跳舞会上准会大出风头。他想:"谁也看得出那可怜的东西爱上我了。跟那些出国到印度去的女孩子们比一比,她不见得穷到哪儿去。说不定我左等右等,反而挑着个不如她的。"他这么思前想后,就睡着了。

关于夏泼小姐在床上眼睁睁地估计"不知他明天来不来?"的情形,

这里不必多说。第二天，乔瑟夫·赛特笠午饭以前已经到了，那不放松的劲儿和命运之神不相上下。这是以前从来没有的事，可算是他赏给勒塞尔广场的大面子。那天不知怎么，乔治·奥斯本到得比他还早，害得爱米丽亚好不心烦，原来她正在给契息克林荫道的十二个好朋友写信。利蓓加仍旧在做隔天的活计。卜格雷·窝拉的前任收税官坐着小马车回到家里，按照习惯，先把门环拍得一片响，在门口摆起架子乱了一阵，然后才费一大把力气迈步上楼，到客厅里来。这当儿奥斯本和赛特笠小姐彼此使眼色打电报，很有含蓄地瞧着利蓓加笑。利蓓加低头织钱袋，淡黄头发披在脸上，居然脸红起来。乔瑟夫一进门，她的心扑扑直跳。乔瑟夫穿了新的背心，发亮的靴子咯吱咯吱地响，累得喘不出气来。他又热又紧张，满面通红，羞答答地把个脸儿藏在厚厚的领巾里面。大家都觉得很窘。爱米丽亚更不行，几乎比当局者还慌张。

给乔瑟夫先生通报的是三菩。他嬉皮笑脸地跟在收税官后面，手里捧着两个花球。原来这傻大个儿居然会讨小姐们的好，早上在考文花园附近的市场上买了两束鲜花。现在的姑娘们太太们爱捧草蓬子似的大花球，底下还衬着镂空花纸；乔斯的两束鲜花虽然没有这么大，两个姑娘收了礼物倒很高兴。乔瑟夫送给她们每人一束，一面正色对她们鞠了一个躬。

奥斯本嚷道："好哇，乔斯！"

爱米丽亚说："多谢你，亲爱的乔瑟夫。"她如果不怕哥哥嫌弃，很想吻他一下子。拿我来说，如果爱米丽亚这样的小宝贝儿肯吻我，就是把李先生的花房都买下来也是愿意的。

夏泼小姐嚷道："啊！可爱的花儿！多可爱的花儿！"她轻轻俏俏地把鼻子凑上去闻了一闻，贴胸抱着花球，喜不自禁，翻起眼睛望着天花板。大概她先瞧了一眼，看有没有情书藏在花球里面，不幸什么也没有找着。

奥斯本笑着问道："赛特笠，在卜格雷·窝拉你们是不是也用花朵儿传情达意啊？"

多情的公子答道："得了，少胡说。花儿是在挪顿家买的。只要你们喜欢就好。嗯，爱米丽亚，亲爱的，我还买了一只菠萝，已经交给三菩了。午饭的时候吃吧。这天太热，应该有点儿凉东西吃。"利蓓加说她从来没吃过菠萝，非常非常想尝一下子。

他们这样谈着话，后来不知道奥斯本找了个什么推托走出去了。过了一会儿，不懂为什么爱米丽亚也不见了，想来总是看着厨娘切菠萝吧？反正到末了只剩下乔斯和利蓓加两个人。利蓓加继续做活，细长的白手指拿着发亮的针和绿颜色的丝线飞快地编结。

收税官说："亲爱的夏泼小姐，你昨天晚上唱的歌儿真是美——依——极了。我差点儿掉眼泪。真的不骗你。"

"乔瑟夫先生，那是因为你心肠好。我觉得赛特笠一家子都是慈悲心肠。"

"昨晚上我想着那歌儿，睡都睡不着。今天早上我在床上就试着哼那调子来着。真的不骗你。我的医生高洛浦十一点钟来看我（你知道我身子不好，天天得请高洛浦来看病）。他来的时候啊，我正唱得高兴，简直像——像一只画眉鸟儿。"

"哟，你真好玩儿。唱给我听听。"

"我？不行，还是你来吧，夏泼小姐。亲爱的夏泼小姐，唱吧！"

利蓓加叹了一口气，说道："这会儿不行，赛特笠先生。我没有这闲情逸致。而且我得先把这钱袋做好。肯帮忙吗，赛特笠先生？"东印度公司里的乔瑟夫·赛特笠先生还没来得及问明白怎么帮忙，不知怎么已经坐了下来，跟一个年轻姑娘面对面地谈起心来。他一脸勾魂摄魄的表情瞧着她，两臂求救似的向她伸开，手上绷着一绞绿丝线让她绕。

奥斯本和爱米丽亚回来叫他们吃饭的时候,看见这怪有趣的一对儿还是这么坐着,姿态非常动人。一绞线都绕到纸板上去了,可是乔斯先生仍旧没有开口。

爱米丽亚握着利蓓加的手说:"今儿晚上他准会开口,亲爱的。"赛特笠自己也在肚里忖度,暗暗想道:"哈,到了游乐场我就问她去。"

## 第五章　我们的都宾

凡是在斯威希泰尔博士那有名的学校里念过书的学生，决不能忘记克甫和都宾两人打架的经过和后来意想不到的结局。学校里的人提起都宾，都叫他"哎哟，都宾""嗨嗨，都宾"，其余还有许多诨名儿，无非是小孩子们表示看不起他的意思。他是全校最迟钝、最没口齿，而且看上去最呆笨的一个。他的父亲在市中心开了个杂货铺。据说斯威希泰尔博士在"互惠原则"之下收他入学。换句话说，他爸爸不付现钱，却把货物来抵学膳费。都宾的成绩很差，几乎是全校学生的压尾。他穿的灯芯绒裤子和短外衣都太紧，一身大骨头在绷破的线缝里撑出来。在学校里，他就代表多少磅的茶叶、蜡烛、蓝花肥皂、梅子等等——其中一小部分的梅子是用来做梅子布丁的。有一天,一个学生偷着进城去买脆饼和嫩猪肉香肠,看见校门口停着一辆送货车,恰巧是伦敦泰晤士街都宾和瑞奇合开的杂货食油店派来的,送货的正在把他家的货色从车子里搬出来。那天可真够都宾受的。

从此之后都宾就没有太平日子了。同学们取笑他,说的笑话又尖酸又刻毒。一个口角俏皮的说:"哈,都宾,报上登了好消息啦!砂糖涨价了,孩子。"另一个计算着说:"如果洋油蜡烛卖七便士半一打,都宾一共值多少钱哪?"于是旁边的小混蛋们便哄然大笑,连助教也笑。他们一致认为做零售商是最下流低贱的职业,应该给有身份的上等人瞧不起。这种见解当然不错。

都宾背着人对那个使他受这些苦恼的小孩儿说道:"奥斯本,你的爸爸其实也不过是个做买卖的。"那孩子骄傲地答道:"我的爸爸是上等人,有自备马车。"威廉·都宾听了这话,躲在运动场犄角上的一间屋子里闷闷地伤了半天心,因为那天恰巧有半日假期。咱们小的时候谁没有受过这样的气恼?凡是心地忠厚的孩子,受了欺负格外觉得不平,受了轻慢格外觉得畏缩,有人委屈他,他比别的孩子更伤心,有人抚慰他,他也会感激得脸上放光。这么温顺的好孩子,往往给你们做老师的侮辱、虐待和冷淡。他们错在什么地方呢?不过是不会做算术,或是不会念拉丁文,其实那拉丁文本身就是不通的。

威廉·都宾因为不会拉丁文,读不好伊顿中学①出版的拉丁文文法这本了不起的书,所以在斯威希泰尔学校里老是得末一名。他还在低班,和那些粉红脸儿、穿罩袍的小不点儿在一起上课,可怜还是比不上他们。他拿着卷了书角的初级读本,穿着紧得不合身的灯芯绒裤子,委委顿顿、痴痴呆呆地跟一群小人儿排在一行,简直像个大怪物。学校里

---

① 英国著名的贵族化公立学校。

上上下下，没一个不作弄他。他们把他那已经太小的裤腿缝起来，把他床上的被褥带子铰断，把水桶跟长凳推倒在地上，好叫他把脚胫撞得生痛。而他呢，也每回都撞上去。他时常收到一个个小包，拆开一看，却是自己家里出卖的肥皂和蜡烛。连一点儿大的小孩儿们也都打趣过都宾。他虽然委屈，可是忍气吞声，从来不抱怨。

克甫的地位刚刚相反。他是斯威希泰尔学校里的时髦公子，大家捧他为大王。他偷偷地带酒到学校里来喝。他跟城里的孩子打架。到星期六，家里会送小马来接他回家。他房间里还有大靴子，专为假期里穿了打猎用的。他有一只金表，又像校长一样，会吸鼻烟。他看过歌剧，演戏的名角儿谁高谁下他都知道。照他看来，基恩先生比坎白尔先生①还高明。他能够在一小时以内一口气读完四十首拉丁诗。他还会写法文诗。他有什么不懂，什么不能的呢？据说连校长都怕他。

克甫是学校里的无敌大王。他神气活现地统治一批顺民，不时地欺负他们。同学们有的替他擦鞋，有的替他烤面包，有的做小打杂，整整一夏天，每天下午他打球的时候给他捡球。他最瞧不起"无花果儿"②，虽然一见面就讥笑谩骂，可是从来不屑和他对面谈话。

有一天这两位小爷在私底下闹起意见来了。无花果儿一个人在课堂里辛辛苦苦地写家信，克甫走来，说是有事使唤他出去走一趟。好像是叫他去买甜饼。

都宾答道："我不行，我得先把这封信写完。"他的信里面好多别字，涂改的地方也不少。可怜写信的人在上面费了不少的心思、力气和眼泪，因为这是写给妈妈的信。他的妈虽然不过是个杂货铺的老板娘，住在泰晤士街店房的后间，可是倒真疼儿子。

---

① 基恩（Kean）和坎白尔（Kemble）两家父子兄弟都是名演员。这里指的是小坎白尔（John Philip Kemble, 1757—1823）和老基恩（Edmund Kean, 1787—1833），两人同时争名。
② 无花果儿（figs）这字有侮慢的意思。

克甫先生一听这话，一把抢了信纸问着他说："你不行吗？你不行吗？我倒要请问你，干吗不行？明天再写信给无花果儿妈妈不是一样的吗？"

都宾急了，站起来说："说话好听点儿。"

学校里的大公鸡高声说："那你到底去不去？"

都宾刁嘴咬舌地说："把信放下来。君子不看人家私信。"

克甫道："好吧，现在你去不去？"

都宾大声呼喝道："我不去，你要动手，我先把你揍个稀烂。"他跳过去抓起一个铅做的墨水壶，恶狠狠一脸凶相。克甫先生顿了一顿，放下卷起的袖子，把手插在口袋里嗤笑着走掉了。从此以后他没有敢再惹杂货铺的小掌柜，不过说句公平话，他背后说起都宾，口气里总表示瞧不起。

这件事发生以后不久，一天下午，太阳很好，克甫先生又碰上了威廉·都宾。这可怜虫正在运动场上一棵树下躺着，一个字一个字地看着自己心爱的《天方夜谈》。别的孩子各做各的游戏，他远远地离开大家，心里几乎有些快活。如果咱们对孩子放松一些，做老师的不欺压学生，做父母的不坚持着引导儿女的思想，控制儿女的情感，我认为决没有害处。人的思想情感最难捉摸。譬如说，你我之间何尝互相了解呢？自己的孩子、父亲、街坊邻舍，心里在思量什么，咱们何尝知道呢？呆钝腐朽的成年人偏爱管教小辈，其实小孩子的思想比他们的高超神圣得多着呢。所以我认为做父母和做老师的尽可放任一些，决计没有妨碍，充其量不过是孩子们眼前少读点儿书。

威廉·都宾居然忘了现实，飘然出世，一忽儿跟着星伯达水手在金刚钻山谷里①，一忽儿跟着阿赫曼德王子和贝莱朋诺仙女在他们第一次会

---

① 见《天方夜谈》星伯达水手第二次航海的故事。

面的山洞里（咱们也未尝不想到那美丽的山洞里去走一遭）；忽然听得小孩儿尖声哭叫，打断了他有趣的白日梦。他抬起头来，看见克甫正在他前面痛打一个小学生。

被打的正是看见了送货车揭发都宾隐事的小子。可是都宾向来不念旧恶，对于年纪小的孩子更加不计较。只见克甫挥着一根黄色的球棍对那孩子叱责道："你竟敢把我的瓶子打破，赫！"

这小学生的使命是爬过运动场的围墙，跑到四分之一英里路以外去赊购一品脱果露甜酒，然后不顾校长布置在外面的密探，再爬回到运动场里来。有一处地方，墙顶上的碎玻璃已经去掉，而且墙上还做了好几个凹进去的窝儿,进出可以方便些。不料他在爬墙的时候,脚一滑,不小心把瓶子摔破,甜酒泼掉了,自己的裤子也弄脏了。他心惊胆战地回到主人面前,虽然没有受伤,心里却慌得可怜。

克甫说:"你胆敢摔破瓶子!你这粗手笨脚的小贼。准是你偷着把甜酒喝了,假装摔破了瓶子。把手伸出来!"

球棍重重地打在孩子手上,扑的一声响。跟着是哼哼唧唧的哭声。都宾抬起头来。贝莱朋诺仙女和阿赫曼德王子立刻躲到山洞深处。星伯达水手也给大鹏鸟背着飞出了金刚钻山谷,直上云霄。老实的都宾眼前仍旧是现实生活。他看见大孩子在无缘无故地欺负小孩子。

克甫喝道:"把那只手也伸出来。"那小学生痛得面目改形。都宾看了止不住索索地抖,穿在又旧又小的衣服里面的整个身子紧张起来。

"吃我这一下,你这小鬼!"克甫先生一面嚷嚷,又把球棍打孩子的手心。——太太们别怕,在学校里,个个孩子都经过这一套,你们自己的孩子将来准会挨打,也准会去打别人。球棍儿打下去,都宾就跳起来了。

我不知道他的动机是什么。在公立学校里,大学生虐待小学生跟俄国人用靴子抽打罪犯一般,向来是合法的。你从这方面看,抗拒受罚简直是丢脸的事。也许都宾是傻好人,看了暴虐的行为忍不住要打抱不平。也许他早已想要报复;克甫这神气活现的小霸王,专爱欺负弱小,一切的光荣归他一身,一切的礼仪为他而设,大家给他搴旗,打鼓,举起手对他行礼,看了叫人忍不住要和他较量一番,比比高下。且不管都宾的动机是什么,只见他一跃而起,尖声叫道:"住手!你再欺负小孩儿,我就——"

克甫真没有料到他会多管闲事,说道:"你就怎么样?——手伸出来,小畜生!"

都宾回答他上半截的问题说:"我就把你一顿痛打,叫你尝尝一辈子没尝过的滋味。"小奥斯本流着泪,喘着气,看见有人出其不意地替他打抱不平,诧异得不敢相信,只抬头望着他。克甫的诧异也不在奥斯本之下。你如果能够体味先王乔治第三听得北美洲殖民地叛变时候的心情,或是狂妄的歌利亚①看见矮小的大卫走上前来要求决斗时的感觉,才能领略雷杰耐尔·克甫受到都宾的挑战,心里是怎样一回事。

克甫按照打架前的惯例,说道:"上完课来。"他顿了一顿,向对手看了一眼,仿佛说:"在这一段时间以内,你快把遗嘱写好,把后事也交代清楚。"

都宾答道:"随你的便。奥斯本,你做我的助威人吧。"小奥斯本答道:"也好,你爱怎么就怎么吧。"你知道的,他爸爸有自备马车,倒叫这种人替他打抱不平,不免觉得丢面子。

打架开始的时候,他嘴里虽然叫着"打呀,无花果儿!",心里老大不好意思。这次出名的打架,在起初的两三个回合中,在场的学生除他之外没一个肯这样帮腔。克甫微微地冷笑着,样子轻松愉快,倒仿佛在跳舞会里作耍呢。他对于拳法很有研究,拳头连连落在倒霉的对手身上,接连三次把他打倒在地。都宾跌倒一次,大家就欢呼一声。人人都急于要向征服者表示忠诚,能够向他屈膝,在他们也是一种光荣。

小奥斯本一面把他的打手扶起来,一面想道:"他们打完架以后,我可要好好地挨一顿揍了。"他对都宾道:"无花果儿,我看你还是算了吧。他不过打我几下,我也受惯了。"无花果儿那时四肢发抖,鼻孔出烟,把助威的推在一边,再打第四个回合。

头上三个回合,都是克甫开的拳。他不容对方有还手的机会,而都

---

① 指《旧约·撒母耳记》上卷第十七章所载大卫王打败巨人歌利亚的故事。

宾又不会躲闪，因此这一回都宾决计自己先动手。他生来左手着力，便挥动左臂，用尽全身力气打了克甫先生两拳，一拳打在他左眼上，一拳打在他罗马式的鼻子上。

这一回，倒下去的是克甫，四周围看热闹的人都吃了一惊。小奥斯本做出内行的样子，拍拍都宾的背说："喝，打得好，再用左手揍他吧，无花果儿，我的孩子！"

这场大战的下半截，无花果儿惊人地运用左手，克甫每一回都被打倒。到第六合上，叫"打呀，无花果儿！"的人跟叫"打呀，克甫！"的人数目竟也差不多了。打到第十二合，克甫垮了台。他精神不聚，既不能攻，又不能守，而无花果儿倒像清教徒一般镇静。他脸色苍白，睁着发光的两眼，下唇破了一个大口子，不停地流着血，样子又凶狠又怕人，旁边看热闹的人给他吓得心惊胆战的大概不少，可是他勇敢的对手倒还准备再打第十三合。

如果我有那比哀①的笔，或者文章写得像蓓尔公司生活画报②上的一样好，那么我一定要把这场决斗好好地描写一番。这简直跟禁卫军最后的袭击相仿佛（不过那时滑铁卢大战还没有发生，我只能说这次打架跟后来禁卫军最后的袭击相仿佛）。耐将军③的队伍向圣·拉埃山进攻，十万大军扛着密密麻麻的刺刀，二十根旗杆上面插着老鹰的标帜。山上吃惯牛肉的粗壮英国大兵发喊冲锋，跳下山和敌人拼死搏斗。这次打架，两方面的精神也可以和他们相比。换句话说，克甫虽然趔着脚，一跌一撞的，可是仍旧满腔勇气，又赶上前来，给那卖无花果的左手一拳打在鼻子上，跌下去再也爬不起来。

无花果儿的对手啪地倒在草坪上，那干脆的劲儿就像有一回我看见

---

① 那比哀（Sir William Napier，1785—1860），英国的大将兼历史家，以善描写战争出名。
②《蓓尔公司伦敦生活画报》(Bell's Life in London) 专报导拳击赛马等事。
③ 耐将军（Michel Ney，1769—1815），法国总司令。

贾克·斯巴脱把弹子一下子打进窟窿一样。无花果儿看了说："我想这下子他爬不起了。"打手倒地所允许的最长的时间已经到了，却不见雷杰耐尔·克甫先生爬起身来，不知道他是不能起来呢，还是不肯起来。

所有的学生都为无花果儿欢呼，叫得一片响，听的人准以为无花果儿一起头就是他们一致拥护的好汉。后来他们叫得斯威希泰尔博士也听见了，从书房里出来查究外面为什么大呼小叫。他当然威吓着说要把无花果儿重重打一顿，幸而那时克甫已经醒过来了，正在洗伤。他站起来说："先生，是我不好。无花果儿——都宾没有错。我在欺负小学生，他打得好。"他做人这么大气，不但免了他的征服者一顿打，而且从新树立了自己的威信。他这次大败，险些儿失去了民心。

小奥斯本写家信的时候，就报告这件事：

三月十八日里却蒙休格开恩大厦
亲爱的妈妈：

  我希望你身体很好。请你给我送一个蛋糕来。我还要五个先令。克甫和都宾打过架了。你知道的，克甫是学校里的大王。他们打了十三合，都宾打的胜仗。所以克甫现在只算二大王。他们打架都是为了我。克甫因为我摔破一瓶牛奶，就打我，无花果儿不让他打。他的爸爸是开杂货店的，所以我们叫他无花果儿。那铺子在市中心泰晤士街，是无花果儿和瑞奇合营的商店。我想他既然为我跟人打架，你以后应该到他爸爸铺子里去买糖跟茶叶才对。克甫本来每星期六回家，可是这次不行了，因为他两个眼睛都打青了。他有一匹小白马来接他回家，还有一个穿号衣的马夫来陪他。马夫骑的是栗色的母马。我希望爸爸也给我一匹小马。

你的儿子 乔治·赛特笠·奥斯本

代我问候小爱米。我正在用硬纸板替她做一辆马车。我不要香草子蛋糕，我要梅子蛋糕。

自从都宾打了胜仗之后，同学们异乎寻常地尊敬他的人格。无花果儿这名字本来含有侮辱的意思，后来却成了学校里最受欢迎和最体面的诨名儿之一。乔治·奥斯本说："他爸爸开杂货铺究竟不是他的错。"乔治年纪虽然小，在斯威希泰尔学校里的小学生队里倒很有人缘，所以他说的这话很受赞赏。大家公认都宾出身下贱是不得已的事，因此而看轻他本人是很卑鄙的。老无花果儿这名字到后来只表示大家喜欢他，对他关心，连那鬼鬼祟祟的助教也没敢再笑他。

环境好转之后，都宾的兴致也高了，功课上有了惊人的进步。了不起的克甫亲自帮他的忙。他这么屈尊降格，都宾觉得十分稀罕，脸都红了。克甫教他读拉丁诗，在休息的时候抽空替他补课，把他从低班拉上中班，真叫人得意。不但如此，他还帮他把中班的功课做得很像样。大家发现都宾虽然读不好古典文学，做起算术来倒是出人头地地快。夏天里公开考试，他代数考了第三名，得到一本法文书算是奖品，个个人都为他高兴。校长当着全校师生和来校参加典礼的家长和来宾把《戴笠马克》这本有趣的传奇①赠给都宾，书上还写了他的名字古利爱尔莫·都宾②。可惜你没看见他妈妈脸上的得意。所有的学生一致鼓掌表示对都宾赞赏和拥戴。他拿了奖品回到原座，一路上红着脸不断地绊跟头，他踩痛了多少人的脚，谁也数不清，他的傻样儿谁也形容不出。他的爸爸都宾老头儿第一回对于自己的儿子瞧得起，当众赏给他两个基尼。这些钱他大半花在同学身上，请他们大吃一顿。暑假以后回学校的时候，他穿

---

① 法国作家费内龙（Fenelon）的作品。
② Gulielmo 就是拉丁文的 William，英国学校的名单常将学生的名字拉丁化。

了后面开叉的外套,像个大人了。

都宾天生是个谦虚的小后生,没想到转运的缘故全是他自己器量大,做人豪爽。他偏偏要把一切功劳都推给乔治·奥斯本,认为好运都是他给带来的。他对于乔治深切地爱护;这么真诚的友谊,只有在孩子的心里和美丽的神话中间才找得着。譬如粗野的奥生给凡仑丁收服以后,对于这神采奕奕的年轻勇士就生出了这样的感情[①]。都宾拜倒在小奥斯本面前,死心塌地爱他。他没有认识奥斯本之前,已经暗暗地佩服他。如今更成了他的听差,他的狗,他的忠仆星期五[②]。他相信奥斯本尽善尽美,是一切凡人里头最漂亮、最勇敢、最活泼、最聪明、最大器的。他把自己的钱分给他用,买了不知多少礼物送给他,像小刀、铅笔匣、金印、太妃糖、模仿鸟叫的小笛子,还有大幅彩色插图的故事书,里面画着强盗和武士。这些书里都有题赠,写明送给乔治·赛特笠·奥斯本先生,他的好朋友威廉·都宾敬赠等等字样。乔治原是高人一等的,都宾既然对他表示忠诚,向他纳贡,他也就雍容大度地收下来。

到游乐场去的那一天,奥斯本中尉到了勒塞尔广场,就对太太小姐们说:"赛特笠太太,我希望您这儿有空位子。我请了我们的都宾来吃晚饭,然后一块儿上游乐场。他跟乔斯差不多一样怕羞。"

胖子得意洋洋地对利蓓加小姐看了一眼说道:"怕羞!得了吧!"

奥斯本笑道:"他真的怕羞。当然你风度翩翩,跟他不能比,赛特笠。我去找你的时候在贝德福碰见他,就告诉他说爱米丽亚小姐已经回家,咱们大家今儿晚上都准备出去乐一宵。还有,我说他小时候在这儿做客,打破五味酒碗的事,赛特笠太太也不计较了。太太,这件倒霉的事儿已经过去七年了呢,您还记得吗?"

---

[①] 法国的神话,在1550年前后传到英国。奥生和凡仑丁原是兄弟。奥生自小给熊衔去,成了野人,后来给凡仑丁收服。
[②] 《鲁滨逊飘流记》里鲁滨逊的仆人。

好性子的赛特笠太太答道:"五味酒全洒在弗拉明哥太太的红绸袍子上。他这人真是拙手笨脚。他的妹妹们也不见得文雅多少。都宾爵士夫人昨儿晚上带了三个女儿也在海百莱。唉,她们的腰身好难看哪!"

奥斯本顽皮地说道:"副市长有钱得很呢,是不是?我娶了他的女儿倒挺上算的,你说怎么样,太太?"

"你这傻东西!瞧你的黄脸皮,谁肯要你?"

"我的脸皮黄吗?您先看看都宾的脸再说,他生了三回黄热病,在那索生过两回,在圣·葛脱生过一回。"

赛特笠太太说:"得了。我们瞧着你的脸已经够黄的了。爱米,你说对不对?"爱米丽亚小姐红了脸一笑。她看着乔治·奥斯本先生苍白动人的脸儿,和他本人最得意的、发亮卷曲的黑胡子,心里觉得在全国的军队里,在全世界,也找不出这么一个脸庞儿,这么一个英雄好汉。她说:"我倒不在乎都宾上尉的脸色和他笨手笨脚的样子。反正我总会喜欢他的。"她的理由很简单。因为都宾是乔治的朋友,处处护着他。

奥斯本说道:"军队里谁也比不上他的为人。他做军官的本事也比人强。当然啰,他不是阿多尼斯①。"他很天真地在镜子里对自己端详着,恰巧碰上夏泼小姐尖利的眼光盯住他看,不禁脸红了一下。利蓓加暗暗想道:"哈,我的漂亮少年,你是块什么材料可给我捉摸出来了。"这小姑娘真是个诡计多端的狐媚子。

那天傍晚,爱米丽亚打扮好了准备上游乐场去颠倒众生。她穿了白纱长袍,像一朵娇艳的玫瑰花,百灵鸟似的唱着歌,跳跳跃跃地走到客厅里,就见一个笨头笨脑的高个子迎着她鞠了一躬。这人粗手大脚大耳朵,一头剪得很短的黑头发,穿一身奇丑无比的军服,上面钉着长方大扣子,头上戴一顶当时流行的硬边三角帽。他鞠躬的姿势,难看得谁也比不上。

---

① 希腊神话里的美少年,爱情女神维纳斯的情人。

这就是步兵第——联队的威廉·都宾上尉。当时他好多勇敢的伙伴都在半岛上立功①,而他的联队偏偏被派到西印度群岛去服务。后来他生黄热病,便回到家里来。

他来的时候,小心翼翼地敲门,声音很轻,楼上的太太小姐都没有听见,要不然爱米丽亚怎么会不怕羞,一路唱着进去呢?她的甜美的声音直闯进上尉的心里,就在那儿蜷伏下了。爱米丽亚向上尉伸出手来,他跟她拉手之前,先顿了一顿,心里想道:"怎么的?不久以前我看见的那个穿粉红衣服的小姑娘难道就是你吗?那时候我刚刚正式发表入队,晚上我还倒翻了你们的五味酒碗。乔治·奥斯本将来要娶的原来就是你。好个花朵儿似的女孩子!乔治这家伙倒有福气。"他还没有跟她拉手,硬边帽子已经掉在地上,那时候他心里就这么盘算着。

---

① 英国联合了西班牙、葡萄牙和法国开战。战场就在伊比利亚半岛,西、葡两国的本土。

自从都宾出了学校到咱们重新跟他碰头，这一段历史，我还没有细细儿说给大家听，可是聪明的读者看了前两页上面的对话，一定猜得出来。给人瞧不起的杂货铺老板成了副市长。他又是伦敦城市轻骑兵的上校。当年法国兵向英国进犯，他一腔热血，准备全力抵抗。奥斯本的爸爸在他联队里只是个毫不出色的警卫而已。他统带的士兵曾经受过英王和约克公爵检阅，他自己不但当了上校，做了副市长，还有爵士的封号。他的儿子加入了军队，小奥斯本跟他在同一个联队。他们两个相继在西印度群岛和加拿大服务。眼前军队内调，才回到家里来。都宾仍旧热心爱护奥斯本，对他非常慷慨，和他们同学的时候一样。

过了一会儿，这群了不起的人坐下来吃晚饭。他们谈到打仗立功，拿破仑小子和威灵顿公爵[1]，还谈到最近政府公报里的消息。当年正是英国历史上光辉的时代，每一期战报都登载着胜利的消息。两个年轻的勇士巴不得自己的名字也在光荣名单里出现，怨叹时运不济，偏偏所属的联队调在外面，没有机会立功。夏泼小姐听了这样叫人振奋的话，不由得眉飞色舞，赛特笠小姐却怕得直发抖。乔斯先生讲了几个猎虎的故事，又把格脱勒小姐和兰斯医生的一段姻缘也说完了。他把桌子上每一盘菜都送到利蓓加面前请她尝，自己也不停地大吃大喝。

饭后小姐们走出饭间的时候，他跳起来替她们开门，风度的潇洒真有勾魂摄魄的力量。然后他回到饭桌上，慌慌张张地一连喝了几大杯红酒。

---

[1] 威灵顿（Wellington, 1769—1852），英国大将，滑铁卢之战，拿破仑就败在他手里。

# 第六章 游乐场

我很明白我说的故事平淡无奇,不过后面就有几章惊天动地的书跟着来了。求各位好性子的读者别忘记,现在我只讲勒塞尔广场一个交易所经纪人家里的事。这家的人和普通人一样地散步、吃中饭、吃晚饭、说话、谈情。而且在他们的恋爱过程中也没有什么新奇和热情的事件。眼前的情形是这样的:奥斯本正在和爱米丽亚恋爱;他请了他的老朋友来吃晚饭,然后去逛游乐场。乔斯·赛特笠爱上了利蓓加。他到底娶她不娶呢?这就是当前最要紧的问题。

这题材可以用各种不同的手法来处理。文章的风格可以典雅,可以诙谐,也可以带些浪漫的色彩。譬如说,如果我把背景移到格罗芙纳广场,①

---

① 以下一段模仿和讽刺当时布尔活尔·立登(Bulwer Lytton)等专写贵族生活的小说。

虽然还是本来的故事，准能够吸引好些读者。我可以谈到乔瑟夫·赛特笠勋爵怎么陷入情网，奥斯本侯爵怎么倾心于公爵的女儿爱米丽亚小姐，而且她尊贵的爸爸已经完全同意。或者我不描写贵族，只写社会底层的生活，把赛特笠先生厨房里的形形色色搬些出来，形容黑听差三菩爱上了厨娘（这倒是事实），为着她跟马车夫打架；管刀叉的小打杂偷了一只冷羊腿，给人当场捉出来；赛特笠小姐新用的贴身丫头不拿蜡烛不肯去睡觉；等等。这些情节能够逗人发笑，显得是现实生活的片断。再不然，我们挑选绝端相反的道路，利用恐怖的气氛，①把那贴身女用人的相好写成一个偷盗为生的恶人，领着党羽冲到屋子里，把黑三菩杀死在他主人面前，又把穿了睡衣的爱米丽亚抢去，直到第三卷才还她自由。这样，小说便容易写得入神，能叫读者把一章章惊心动魄的故事一口气读下去，紧张得气也透不过来。我的读者可不能指望看到这么离奇的情节，因为我的书里面只有家常的琐碎。请读者们别奢望，本章只讲游乐场里面的事，而且短得没有资格算一章正经书。可是话又得说回来，它的确是本书的一章，而且占着很重要的地位。人生一世，总有些片段当时看着无关紧要，而事实上却牵动了大局。

---

① 以下一段讽刺爱因斯窝斯（W.H. Ainsworth）等专写强盗的小说。

所以咱们还是跟着勒塞尔广场的一群人坐了马车上游乐场去吧。乔斯和利蓓加占了正座,也就没有多余的空隙了。奥斯本先生夹在都宾上尉和爱米丽亚中间,坐在倒座上。

车子里人人心里都明白,那天晚上乔斯准会向利蓓加·夏泼求婚。家里的父母已经默许,不过我跟你说句体己话,赛特笠先生很有些瞧不起他的儿子。他说乔斯自私,懒惰,爱面子,一股子妞儿气。他看不惯儿子的时髦人习气,每逢乔斯摆起架子自吹自卖的时候,就哈哈大笑。他说:"我的家私将来有一半儿是这家伙的份。而且他自己挣得也不少了。不过我很明白，如果我和你和他妹妹明儿都死掉的话，他也不过叫声'老天爷！'然后照样吃他的饭。所以我不高兴为他操心。他爱娶谁就娶谁。我不管他的事。"

爱米丽亚就不同了，满心希望亲事成功，一则她做人明达，二则这也是她的脾气。有一两回，乔斯仿佛有些很要紧的话想和她说，她也是巴不得要听，可惜那胖子的衷肠话儿实在没法出口；他重重地叹了一口大气，转身走掉了。他妹妹因此非常失望。

这个猜不透的谜使温柔的爱米丽亚激动得老是定不下心。她不好和利蓓加说起这个难出口的问题，只好和管家娘子白兰金索泊太太密密地长谈了好几回。管家娘子露了些口风给上房女用人。上房女用人也许约略地对厨娘说过几句。厨娘一定又去告诉了所有做买卖的。因此在勒塞尔广场的圈子里，好些人在纷纷地议论乔斯先生的亲事。

赛特笠太太当然觉得儿子娶个画师的女儿，未免玷辱了门楣。白兰金索泊太太对她嚷道："咳，太太，您嫁给赛先生的时候，家里也不过开个杂货铺子罢咧！先生也不过做经纪人的小书记。两面的家私一共合起来还不满五百镑呢。今儿咱们不也挺有钱了吗？"爱米丽亚也是这个意思。赛特笠太太做人随和，慢慢地也就改了本来的成见。

赛特笠先生是无可无不可的。他说："乔斯爱娶谁就娶谁，反正不是我的事。那女孩子没有钱，可是当年赛特笠太太也一样穷。她看上去性情温顺，也很聪明，也许会把乔斯管得好好儿的。亲爱的，还是她吧，总比娶个黑不溜秋的媳妇回来，养出十来个黄黑脸皮的孙子孙女儿好些。"

这样看起来，利蓓加真的交了好运。吃饭的时候，她总挽着乔斯的胳膊下楼，已经成了惯例。而且她也曾傍着他坐了他的敞篷马车出去兜过风。这又肥又大的花花公子赶着拉车的灰色马，样子又从容，又威风。当下虽然没人提到婚姻两字，却是大家心里有数。利蓓加只等乔斯向她正式求婚，暗暗羡慕人家有亲娘的好处。一个慈爱的妈妈只消十分钟就可以解决问题，她只要跟小伙子细细致致谈几句心腹话儿，准能叫对方把那难以启齿的一段话说出口来。

那晚马车走过西明斯德桥的时候，大致的情形就是这样。

他们一群人不久在皇家花园下车。乔斯神气活现从车子里出来，踩得车子吱吱地响。旁边看热闹的瞧见这么个胖子，欢呼起来。乔斯涨红了脸扶着利蓓加先走，看上去又肥大又威武。爱米丽亚当然有乔治招呼，高兴得活像太阳里的一树玫瑰花。

乔治说："我说呀，都宾，你是个好人，给我们照看照看披肩什么的。"说着，他和赛特笠小姐成一对儿走了。乔斯带着利蓓加也挤进了花园门。老实的都宾却抱着许多披肩在门口替大家买票。

他很虚心地跟在后头，不愿意煞风景。利蓓加和乔斯并不在他心上。不过他觉得爱米丽亚真是了不起，竟配得上出色的乔治·奥斯本。这一对漂亮的年轻人儿正在小径里穿来穿去。爱米丽亚瞧着样样东西都新鲜有趣，从心里乐出来，都宾见她这样，仿佛做爸爸的一样欢喜。说不定他也希望胳膊上挽着的不只是一块披肩（旁边的人瞧见这傻头傻脑的年轻军官手里抱着女人的衣着，都在好笑），可是威廉·都宾向来不大为自己打算，只要他的朋友受用，他还有什么可抱怨的呢？不瞒你说，游乐场里的各种趣事，都宾连正眼也不看。场里千千万万所谓"特别加添"的灯，老是点得亮晃晃的。场子中心有个镀金的大蚶子壳，下面是音乐台，那儿好几个戴硬边帽子的琴师奏着醉人的曲子。唱曲儿的唱着各色好听的歌儿，有的内容滑稽，有的却很多情。许多伦敦土生土长的男男女女在跳民间舞，一面跳着蹦着，一面彼此捶打笑乐。一块招牌上写着说煞纪太太[①]即刻就要爬着通天索子上天。点得雪亮的隐士庐里面

---

[①] 煞纪太太（Madame Saqui，1786—1866），法国有名的走绳索玩杂耍的女艺人。

老是坐着那隐士。四面的小径黑魆魆的，正好给年轻的情人们相会。好些穿了旧号衣的人轮流从一个瓶子里喝麦酒。茶座上装点得灯光闪烁，坐在里面吃东西的客人都很快乐，其实他们吃的火腿片儿薄得几乎看不见，只好算自己哄自己。还有那笑眯眯、温和驯良的白痴叫辛伯森的，想来在那时候已经在游乐场里了。这些形形色色，都宾上尉全不理会。

他拿着爱米丽亚的细绒披肩走东走西，在镀金的蚶子壳底下站了一会儿，看沙尔孟太太表演《波罗的诺之战》。这首歌词的内容恶毒地攻击拿破仑；这科西嘉小人一朝得志，最近才在俄国打了败仗。都宾走开去的时候，口里学着哼那支曲子。哪知自己一听，哼的却是爱米丽亚·赛特笠吃晚饭之前在楼梯上唱的歌儿，忍不住好笑起来，因为他实在跟猫头鹰一样不会唱歌。

这些年轻人分成一对一对，进了花园十分钟之后就散开了。大家郑重其事地约好在晚上再见面。这是理所当然的事，因为在游乐场里，惯例是分成一组一组的，到吃宵夜的时候大家见面，彼此告诉这一段时间里面的经历。

奥斯本先生和爱米丽亚究竟有什么奇遇是个秘密。不过咱们知道他们两个非常快乐，行为举止也很得体。十五年来他们总在一处，说的话当然没有什么新奇。

利蓓加·夏泼小姐和她那身材魁梧的朋友迷了路，走到一条冷僻的小路上，四面只有一百来对像他们一样走失的人。两个人都觉得这时节的风光旖旎，是个紧要关头。夏泼小姐暗想这是难得的机会，再不把赛特笠先生嘴边想说而说不出来的情话引出来，再等什么时候呢？他们方才在看莫斯科百景的时候，附近一个卤莽的男人踩了夏泼小姐一脚，她轻轻地尖叫一声，倒在赛特笠先生怀里。经过这件事以后，乔斯更加动了情，胆子也越来越大，便又讲了几个以前至少唠叨过五六遍的印度故事。

利蓓加道:"我真想到印度去!"

乔瑟夫一股子柔情蜜意,说道:"真的吗?"他提出了这个巧妙的问题,唏哩呼噜地直喘气,利蓓加的手恰巧搁在他胸口,觉得他的心正在别别地乱跳,由此可以推想他一定在准备进一步再说一句更温存的话儿。哪知道事不凑巧,偏偏场子里打起铃子催大家去看焰火,游客顿时推推挤挤奔跑起来,这一对怪有趣的情人只得也跟着大家一伙儿同去。

都宾上尉发现游乐场里的各项杂耍并没有什么好玩,便想跟大家一块儿去吃宵夜。那时其余的两对已经占了座儿坐好,都宾在茶座前面来回走了两遭,没一个人理会他。桌子上只摆了四份刀叉杯盘,那配好的两对咭咭呱呱谈得很高兴。都宾知道他们已经把他忘得干干净净,好像他根本不存在。

都宾上尉对他们看了一会儿，默默地想道："我是个多余的人，不如找隐士谈天去。"他避开了人声嘈杂、杯盘叮当的热闹场所，向没有灯光的小路上走。小路的尽头就住着那有名的冒牌隐士。这件事做来令人扫兴。根据我自己的亲身经验，单身汉子最乏味的消遣莫过于一个人逛游乐场。

其余的两对兴高采烈地在茶座里谈天，说的话又亲热又有趣。乔斯得意得了不得，神气活现地把茶房呼来喝去。他切鸡，拌生菜，开酒瓶斟香槟酒，又吃又喝，把桌子上的东西消缴了一大半。最后，他又要了一碗五味酒，因为上游乐场的人没有一个不喝它。他说："茶房，来碗五味酒。"

那碗五味酒就是我写书的起因。五味酒跟别的原因不是一样好吗？美丽的萝莎梦①因为一碗氰酸离开了人世。按照郎浦利哀②博士的考据，亚历山大大帝也因为一杯酒断送了性命③。我这本"没有主角的小说"④，里面各个重要人物的遭遇都受这碗五味酒的影响。虽然书里面大多数的人涓滴不曾入口，可是受它的影响却不浅。

两位小姐不喝酒，奥斯本也不爱喝。结果馋嘴的大胖子把一碗酒都灌了下去。喝过酒之后，他兴致勃发，那股子劲儿起初不过叫人诧异，后来简直令人难堪。他扯起嗓子大说大笑，引得好几十个闲人围着他们的座位看热闹。和他 起来的都是些天真没经大事的人，窘得无可奈何。他自告奋勇唱歌给大家听，逼尖了喉咙，一听就知道他喝醉了酒。镀金的蚶子壳底下本来有音乐家在弹唱，好些人围着听，乔斯一唱，差些儿把那边的听众全吸引过来。大家都给他拍手叫好。一个说："好哇，

---

① 英王亨利第二的情人。传说亨利第二把她安置在迷阵中，不许别人走近她。后来爱莲诺王后设法闯进去把她害死。究竟是否用的氰酸，不得而知。萝莎梦死在1176年。
② 郎浦利哀（John Lemprière），生年不可考，死在1824年，著名古典学者。著作有《希腊罗马古人名字典》。
③ 传说亚历山大给图谋不轨的加桑特毒死。
④ 本书的副标题是"没有主角的小说"（A Novel Without A Hero）。

胖子!"另一个说:"再唱一段吧,但尼尔·兰勃脱①!"又有一个口角俏皮的说:"这身材正好走绳索。"两位小姐急得走投无路,奥斯本先生大怒,嚷道:"天哪!乔斯,咱们快回家吧!"两个姑娘听了忙站起来。

乔斯那时胆子大得像狮子,搂着利蓓加小姐的腰大声叫道:"等一等,我的宝贝,我的肉儿小心肝!"利蓓加吓了一跳,可是挣不脱手。外面的笑声越发大了。乔斯只顾喝酒,唱歌,求爱。他眨眨眼睛,态度很潇洒地对外面的人晃着杯子,问他们敢不敢进来和他一起喝。

一个穿大靴子的男人便想趁势走进来,奥斯本先生举起手来打算把他打倒,看来一场混战是免不掉的了。还算运气好,刚在这时候,一位名叫都宾的先生走了进来。他本来在园里闲逛,这当儿赶快走到桌子旁边来。这位先生说道:"你们这些糊涂东西,快给我滚开。"一面说,一面把一大群人往旁边推。众人见他戴了硬边帽子,来势凶猛,一哄散了。都宾走进座儿,样子非常激动。

奥斯本一把抢过披肩来,替爱米丽亚裹好,一面说:"天哪!都宾,你到哪儿去了?快来帮忙。你招呼着乔斯,让我把小姐们送到车子里去。"

乔斯还要站起来干涉,给奥斯本一指头推倒,喘着气又坐了下去。中尉才算平平安安带着小姐们走掉。乔斯亲着自己的手向她们的背影送吻,一面打呃一面说道:"求天保佑你!求天保佑你!"他拉住上尉的手哀哀地哭泣,把藏在心里的爱情告诉他,说自己一心恋着刚才走出去的女孩子,可是做错了事,使她心碎了。他说他打算第二天早上和她在汉诺佛广场的圣·乔治教堂里结婚,无论如何先得到兰白斯去把坎脱白莱大主教叫醒,让他准备着。都宾上尉见机,趁势催他赶快到兰白斯宫里去。一出园门,他毫不费事地把乔斯送进一辆街车,一路平安直到他家里。

乔治·奥斯本把姑娘们护送回家,没有再生什么枝节。大门一关

---

① 但尼尔·兰勃脱(Daniel Lambert, 1770—1809),英国有名的大胖子。

上,他哈哈大笑着穿过勒塞尔广场回家,那守夜的见他傻笑个不完,心里老大诧异。两个女孩儿一路上楼,爱米丽亚垂头丧气地瞧着她朋友,吻了她一下,一直到上床没有再说话。

利蓓加心里暗想:"明天他准会求婚。他叫我'心肝宝贝儿',一共叫了四回。他还当着爱米丽亚的面捏我的手。明天他一定会向我求婚了。"爱米丽亚也是这么想。我猜她一定还盘算做傧相的时候穿什么衣服,应该送什么礼物给她的好嫂子。她又想到将来还有一次典礼,她自己就是主要的角色,此外她还想到许多有关的事情。

不懂事的小姑娘!你们真不知道五味酒的力量。晚上的大醉,比起明天早上的头痛来,那真不算什么。无论哪一种头痛,总没有像喝了游乐场里的五味酒所引起的头痛那样利害。我担保这不是假话。虽然事隔二十年,我还记得两杯酒的后果。其实我不过喝了小小的两酒盅,我人格担保,这两盅酒就够受的了,乔瑟夫·赛特笠本来已经在闹肝病,却把这害人的五味酒喝了许多,少说也有一夸尔①。

---

① 夸尔(quart),即夸脱,英美制容量单位,1 夸脱约合 1 升。——编者注

第二天早上，利蓓加以为她的好日子到了。乔瑟夫·赛特笠却在哼哼唧唧地忍受形容不出的苦楚。当年还没有苏打水。隔夜的宿醉只能用淡啤酒来解，说来真叫人不相信。乔治·奥斯本进屋子的时候，看见卜格雷·窝拉的前任税官躺在安乐椅里哼哼，前面桌子上搁了一杯淡麦酒。好心的都宾早已来了，正在服侍病人。两个军官瞧着乔斯闹酒闹得这么少气无力，斜过眼对瞧着使了个眼色，彼此心照，嬉皮笑脸地做起鬼脸来。赛特笠的贴身用人是个一丝不苟的规矩人，像包办丧事的人一般，向来板着脸不言语，现在看着他主人的可怜样儿，也撑不住要笑。

奥斯本上楼的时候，他偷偷告诉他道："先生，赛特笠先生昨儿晚上可真是野。他要跟马车夫打架呢，先生。上尉只好抱小娃娃似的把他抱上楼。"这位白勒希先生一面说话，脸上竟掠过了一个笑影儿。不过他打开房门给奥斯本先生通报的时候，又恢复到原来冷冰冰莫测高深的样子了。

奥斯本立刻拿乔斯开玩笑，看着他说道："赛特笠，你好哇？没伤骨头吧？楼下有个马车夫，头上包着绷带，眼睛都打青了，赌神罚咒地说要到法院去告你呢。"

赛特笠轻轻哼道："你说什么？告我？"

"因为你昨天晚上揍他。是不是，都宾？你像莫利纳[1]一样大打出手。守夜的人说他从来没见过这么利害的人，不信你问都宾。"

都宾上尉道："你的确跟车夫打过一合，利害得很。"

"还有在游乐场里那个穿白外套的人呢。乔斯冲着他打。那些女人吓得吱吱喳喳直叫。喝！我瞧着你就乐。我以为你们不当兵的都没有胆子，真是大错。乔斯啊，你喝醉了酒我可不敢冲撞你了。"

乔斯在安乐椅里接口道："我性子上来之后的确不是好惹的。"他说

---

[1] 当时有名的拳师。

话的时候那愁眉苦脸的样子实在可笑，上尉虽然讲究礼貌，也忍不住和奥斯本一起哈哈大笑起来。

奥斯本为人刻薄，趁势接下去耍他。在他看来，乔斯不过是个脓包。对于乔斯和利蓓加的亲事，他细细地考虑了一下，觉得老大不如意。他，第——联队的乔治·奥斯本，既然已经准备和赛特笠一家结亲，那么这家的人就不该降低身份去娶一个没有地位的女人。利蓓加不过是个一朝得志的家庭教师罢了。他道："你这可怜东西。你以为自己真的会打人，真的可怕吗？得了吧，你站都站不直，游乐场里人人都笑话你，虽然你自己在哭。乔斯，你昨儿晚上醉得不成体统。记得吗？你还唱了一支情歌呢！"

乔斯问道："一支什么？"

"一支情歌。爱米丽亚的小朋友叫什么罗莎？利蓓加？你管她叫你的宝贝，你的肉儿小心肝哩！"无情的小伙子拉起都宾的手，把隔天的戏重演了一遍，本来的演员看得羞恨难当。都宾究竟是好人，劝奥斯本不要捉弄乔斯，可是奥斯本不理。

他们不久便和病人告别，让高洛浦医生去调理他。奥斯本不服朋友责备他的话，答道："我何必饶他？他凭什么摆出高人一等的架子来？他干吗在游乐场扫咱们的面子？那个跟他飞眼风吊膀子的女孩子又算个什么？真倒霉！他们家的门第已经够低的了，再加上她，还成什么话？做家庭教师当然也不坏，不过我宁可我的亲戚是个有身份的小姐。我是个心地宽大的人，可是我有正当的自尊心。我知道我的地位，她也应该明白她的地位。那印度财主好欺负人，我非得让他吃点儿苦不可。并且也得叫他别糊涂过了头，因为这样我才叫他留神，那女孩子说不定会上法院告他。"

都宾迟疑着说道："你的见解当然比我高明。你一向是保守党，你家又是英国最旧的世家之一。可是——"

中尉截断朋友的话说道:"跟我一块儿拜望两位姑娘去吧。你自己向夏泼小姐去谈情说爱得了。"奥斯本是天天上勒塞尔广场的,都宾上尉不愿意跟他去,便拒绝了。

乔治从霍尔本走过沙乌撒泼顿街,看见赛特笠公馆的两层楼上都有人往外探头张望,忍不住笑起来。原来爱米丽亚小姐在客厅外面的阳台上,眼巴巴地望着广场对面奥斯本的家,正在等他去。利蓓加在三层楼上的小卧房里面,盼望看见乔斯搬着肥大的身子快快出现。

乔治笑着对爱米丽亚说道:"安恩妹妹①正在瞭望台上等人,可惜没人来。"他对赛特笠小姐淋漓尽致地挖苦她哥哥狼狈的样子,觉得这笑话妙不可言。

她听了很不受用,答道:"乔治,你心肠太硬了,怎么还笑他?"乔治见她垂头丧气,越发笑起来,再三夸这笑话儿有趣。夏泼小姐一下楼,他就打趣她,形容那胖子印度官儿怎么为她颠倒,说得有声有色。

"啊,夏泼小姐!可惜你没见他今天早上的样子。穿着花花绿绿的梳妆衣在安乐椅里打滚,难过得直哼哼。他伸出舌头给高洛浦医生看,那腔调才滑稽呢。"

夏泼小姐问道:"你说谁啊?"

"谁啊?谁啊?当然是都宾上尉啰,说起这话,我倒想起来了,昨儿晚上咱们对他真殷勤啊!"

爱米丽亚涨红了脸说:"咱们真不应该。我——我根本把他忘了。"

奥斯本笑嚷道:"当然把他忘了。谁能够老记着都宾呢?夏泼小姐,你说对不对?"

夏泼小姐骄气凌人地扬着脸儿说道:"我从来不理会有没有都宾上尉这么个人,除非他吃饭的时候倒翻了酒杯。"

---

① 童话《蓝胡子》中女主角,蓝胡子的故事见第28页注②。

奥斯本答道："好的，让我把这话告诉他去，夏泼小姐。"他说话的时候，夏泼小姐渐渐对他起了疑心，暗暗地恨他，虽然他本人并不知道。利蓓加想道："原来他要捉弄我。不知道他有没有在乔瑟夫跟前取笑我。说不定他把乔瑟夫吓着了。也许他不来了。"这么一想，她眼前一阵昏黑，一颗心扑扑地跳。

她竭力做出天真烂漫的样子笑道："你老爱说笑话。乔治先生，你尽管说吧，反正我是没有人撑腰的。"她走开的时候，爱米丽亚对乔治·奥斯本使了一个责备的眼色。乔治自己也良心发现，觉得无故欺负这么一个没有依靠的女孩子，不大应该。他道："最亲爱的爱米丽亚，你人太好，心太慈，不懂得世道人心。我是懂得的。你的朋友夏泼小姐应该知道她的地位。"

"你想乔斯会不会——"

"我不知道。他也许会，也许不会，我反正管不着。我只知道这家伙又糊涂又爱面子，昨儿晚上害得我的宝贝儿狼狈不堪。'我的宝贝儿，我的肉儿小心肝！'"他又笑起来，样子那么滑稽，连爱米也跟着笑了。

乔斯那天没有来，爱米丽亚倒并不着急。她很有手段，使唤三菩手下的小打杂到乔瑟夫家里去问他讨一本他从前答应给她的书，顺便问候他。乔斯的用人白勒希回说他主人病在床上，医生刚来看过病。爱米丽亚估计乔斯第二天准会回家，可是没有勇气和利蓓加谈起这件事。利蓓加本人也不开口，从游乐场里回来以后的第二个黄昏，她绝口不提乔斯的事。

第二天，两位姑娘坐在安乐椅里，表面上在做活，写信，看小说，其实只是装幌子。三菩走进来，像平常一样满面笑容，怪讨人喜欢的样子。他胁下挟着一个包，手里托着盘子，上面搁着一张便条。他道："小姐，乔斯先生的条子。"

爱米丽亚拆信的时候浑身发抖。只见信上写道：

亲爱的爱米丽亚：

　　送上《林中孤儿》一本。昨天我病得很重，不能回家。今天我就动身到契尔顿纳姆去了。如果可能的话，请你代我向和蔼可亲的夏泼小姐赔个不是。我在游乐场里的行为很对她不起。吃了那顿惹祸的晚饭以后，我所有的一言一动都求她忘记，求她原谅。现在我的健康大受影响。等我身体复原之后，我预备到苏格兰去休养几个月。

乔斯·赛特笠

　　这真是拘命票。什么都完了。爱米丽亚不敢看利蓓加苍白的脸和出火的两眼，只把信撩在她身上，自己走到楼上房间里狠狠地哭了一场。

　　过了不久，管家娘子白兰金索泊太太去安慰她。爱米丽亚当她心腹，靠在她肩膀上哭了一会儿，心里轻松了好些。"别哭了，小姐。这话我本来不告诉您的，不瞒您说，她来了几天之后，我们大家就不喜欢她。我亲眼看见她偷看你妈的信。平纳说她老翻你的首饰匣子跟抽屉。人人的抽屉她都爱翻。平纳说她一定把您的白缎带搁到自己箱子里去了。"

爱米丽亚忙道："我给她的，我给她的。"

这话并不能使白兰金索泊太太看重夏泼小姐。她对上房女用人说道："平纳，我不相信那种家庭教师。她们自以为了不起，摆出小姐的架子来，其实赚的钱也不比咱们多。"

全家的人都觉得利蓓加应该动身了，上上下下的人都希望她早走，只有可怜的爱米丽亚是例外。这好孩子把所有的抽屉、壁橱、针线袋、玩具匣，细细翻了一遍，把自己的袍子、披肩、丝带、花边、丝袜、零头布、玩意儿，一件件过目；挑这样，选那样，堆成一堆，送给利蓓加。她的爸爸，那慷慨的英国商人，曾经答应女儿，她长到几岁，就给她几个基尼。爱米丽亚求他把这钱送给利蓓加，因为她自己什么都有，利蓓加才真正需要。

她甚至于要乔治·奥斯本也捐出东西来。他在军队里本来比谁都手中散漫，并不计较银钱小事，走到邦德街上买了一只帽子和一件短外衣，都是最贵重的货色。

爱米丽亚得意洋洋地拿着一纸盒礼物，对利蓓加说："亲爱的利蓓加，这是乔治送给你的。瞧他挑得多好，他的眼光比谁都高明。"

利蓓加答道："可不是。我真感激他。"她心里暗想："破坏我婚姻的就是乔治·奥斯本。"因此她对于乔治·奥斯本有什么感情也就不问可知。

她心平气和地准备动身，爱米丽亚送给她的礼物，经过不多不少的迟疑和推辞，也都收下了。对于赛特笠太太，她当然千恩万谢表示感激，可是并不多去打搅她，因为这位好太太觉得很窘，显然想躲开她。

赛特笠先生送她钱的时候，她吻着他的手，希望能够把他当作最慈爱的朋友和保护人。她的行为实在令人感动，赛特笠先生险些儿又开了一张二十镑的支票送给她。可是他控制了自己的感情。马车已经在门口等着，他便快快地走掉了，嘴里说："求老天爷保佑你，亲爱的。到伦敦来的时候上我们这儿来玩。詹姆斯，上市长公署。"

最后，利蓓加和爱米丽亚告别。这一节我也不准备细说。她们两人难分难舍地搂抱着，最伤心的眼泪、最真挚的情感，还有嗅盐瓶子，都拿出来了。一个人真心诚意，另一个做了一场精彩的假戏。这一幕完毕之后，两人就此分手，利蓓加发誓永远爱她的朋友，一辈子不变心。

# 第七章 女王的克劳莱镇上的克劳莱一家

在一八——年的《宫廷指南》里,从男爵毕脱·克劳莱的名字在 C 字开头的一部门里面算是很说得响的。他家的庄地在汉泊郡女王的克劳莱镇上,伦敦的府邸就在大岗脱街。这显赫的名字已经连着好几年在国会议员名单上出现,和他们镇上次第当选的议员,名字都刊印在一起。

关于女王的克劳莱镇,有这样的传说。有一回伊丽莎白女王出游,走过克劳莱镇,留下吃了一餐早饭。当时的一位克劳莱先生(他相貌很漂亮,胡子修得整齐,腿也生得好看)——当时的一位克劳莱先生献上一种汉泊郡特产的美味啤酒。女王大大地赏识，下令把克劳莱镇改成特别市镇，可以选举两个代表出席国会。自从那次游幸之后，直到今天，人人都管那地方叫女王的克劳莱镇。可惜无论什么王国、城市、乡镇，总不免跟着时代变迁，到现在女王的克劳莱镇已经不像蓓斯女王[①]在位的时候那么人口稠密，堕落得成了一个所谓"腐败的选区"[②]。虽然这么说，毕脱爵士却不服气。他的话说得又文雅又有道理，说道："腐败！呸！我靠着它一年有一千五百镑的出息呢。"

毕脱·克劳莱爵士的名字是跟着那了不起的下院议员威廉·毕脱[③]取的。他是第一代从男爵华尔泊尔·克劳莱的儿子。华尔泊尔爵士在乔治第二当国的时候做照例行文局的主管人员，后来因为舞弊受到弹劾——那时一大批别的诚实君子也都受到同样的遭遇。他呢，不用说，自然是约翰·丘吉尔·克劳莱的儿子了。这约翰·丘吉尔又是取的安恩女王时代有名将领的名字。在女王的克劳莱老宅里挂着他家祖先的图谱。倒溯上去，就是查理·史丢亚，后来改名为贝阿邦斯·克劳莱。这人的爸爸生在詹姆士第一的时代。最后才是伊丽莎白女王时代的克劳莱，穿了一身盔甲，留着两撇胡子，站在最前面。按照图谱的惯例，在这位老祖宗的背心里长出一棵树，各条主干上写着上面所说的各个杰出的名字。紧靠着毕脱·克劳莱爵士的名字（他是我这本回忆录里的人物），写着他弟弟别德·克劳莱牧师的名字。牧师出世的时候，了不起的下院议员威廉·毕脱已经得了不是下台了[④]。这位别德·克劳莱就是克劳莱和斯耐莱两镇的教区长。此外，克劳莱家里别的男男女女也都有名字在上面。

---

[①] 蓓斯是伊丽莎白的简称。
[②] 居民的选举权有名无实。议员的缺可由控制了选区的土豪出卖给别区的人。
[③] 威廉·毕脱（William Pitt，1708—1778），英国有名的首相。
[④] 1761年威廉·毕脱下台，别德伯爵（Earl of Bute）做首相。他们兄弟两人，都把当朝首相的姓算了名字。

毕脱爵士的原配名叫葛立泽儿，是蒙苟·平葛勋爵第六个女儿，所以和邓达斯先生是表亲。她生了两个儿子，大的叫毕脱；给他取这名字的用意并不是依着父亲，多半还是依着那个天神一样的首相。第二个儿子叫罗登·克劳莱，取的是乔治第四没有登基时一个朋友的名字，可怜这人已经给王上忘得干干净净了。葛立泽儿夫人死掉以后好多年，毕脱爵士又娶了墨特白莱镇上杰·道生的女儿叫罗莎的做续弦。这位太太生了两个女儿。利蓓加·夏泼就是做这两个女孩的教师。这样看来，利蓓加现在进了好人家的门，接触的都是有身份的上等人，比不得她刚刚离开的勒塞尔广场上的那家子那么低三下四了。

她已经收到通知，要她上工。通知信写在一个旧信封上，内容如下：

> 毕脱爵士请夏泼小姐带了"行礼"应该星期二来，因为我明天"理城"到女王的克劳莱，一早动身。
>
> 　　　　　　　　　　　　　　　　大岗脱街

利蓓加和爱米丽亚分手以后，马车一拐弯，她就不拿手帕擦抹眼睛了，先把好心的赛特笠先生送给她的钱拿出来，数数共有多少基尼。她从来没有看见过什么从男爵，所以她把钱数清，放下手帕之后，便开始推测从男爵是个什么样子的人。她想道："不知道他戴不戴宝星？也许只有勋爵才戴宝星。我想他一定打扮得很漂亮，穿了朝服，上面滚着皱边，头发上还洒了粉，像考文脱戏院里的罗邓先生一样。我猜他准是骄气凌人，不把我放在眼睛里。我有什么法子呢？只能逆来顺受了。不管怎么样，以后我碰见的都是世家子弟，比不得城里那些粗俗的买卖人。"她想起勒塞尔广场的朋友们，心里虽然怨毒，不过倒还看得开，很像寓言里的狐狸吃不到葡萄时的心境。

马车穿过岗脱广场，转到大岗脱街，最后在一所阴森森的高房子前面停下来。这宅子两旁各有一所阴森森的高房子紧紧靠着,三所宅子每家有一块报丧板安在客厅正中的窗户外面,上面画着死者的家徽。大岗脱街是个死气沉沉的所在,附近仿佛不时有丧事,这种报丧板是常见的。在毕脱爵士公馆里,底层的百叶窗关着,只有饭间外面的略开了一些,所有的卷帘都用旧报纸整整齐齐遮盖起来。

马车夫约翰那天一个人赶车,因此不高兴走下来按铃,便央求路上的一个送牛奶小孩子帮忙。按过铃之后,饭间的两扇百叶窗缝里伸出一个头来。不久便见一个男人来开了门。他穿着灰褐色的裤子和裹腿,上面是一件又脏又旧的外衣,脖子上皮肤粗糙,扣着一条满是垢污的领巾。他咧着嘴,涎着脸,头顶又秃又亮,灰色的眼睛闪闪发光。

约翰坐在车子上问道:"这是毕脱·克劳莱爵士府上吗?"

门口的人点点头说:"是的。"

约翰说:"那么把这些箱子搬下去。"

看门的说:"你自己搬去。"

"瞧,我不能离开我的马儿啊!来吧,好人哪,出点儿力气,小姐回头还赏你喝啤酒呢!"约翰一面说,一面粗声大气地笑。他如今对于夏泼小姐不讲规矩了,一则因为她和主人家已经没有什么关系,二则她临走没有给赏钱。

那秃子听得这么说,把手从裤袋里拉出来,走过去捎了夏泼小姐的箱子送到屋子里。

夏泼小姐说道:"请你拿着这只篮子和披肩,再给我开开车门。"她气冲冲地下了车,对车夫道:"回头我写信给赛特笠先生,把你的行为告诉他。"

那用人答道:"别这么着。你没忘掉什么吧?爱米丽亚小姐的袍子本来是给她女用人的,你现在都拿来了吧?希望你穿着合身。吉姆,关上门吧,你不会从她那儿得什么好处的,"他翘起大拇指指着夏泼小姐,

"她不是个好东西。我告诉你吧,她不是个好东西。"说完,赛特笠先生的车夫赶着车走了。原来他和上房女用人相好,见利蓓加抢了女用人的外快,心里气忿不平。

利蓓加依着那穿绑腿的人说的话,走进饭间,发现屋里生气全无。上等人家出城下乡的时候,家里总是这样,倒好像这些屋子忠心耿耿,舍不得主人离开似的。土耳其地毯把自己卷成一卷,气鼓鼓地躲在碗橱底下;一张张的画儿都把旧桑皮纸遮着脸;装在天花板上的大灯台给蒙在一个黑不溜秋的棕色布袋里;窗帘在各式各样破烂的封套里面藏了起来。华尔泊尔·克劳莱爵士的大理石半身像从暗黑的角落里低下头瞧着下面空荡荡的桌子,上过油的火钳火棒,和壁炉架上没插卡片的名片架子。酒瓶箱子缩在地毯后面;椅子都给面对面叠起来,靠墙排成一行。大理石人像对面的黑角落里,有一个老式的刀叉盒子,上了锁,恼着脸儿坐在碗盏架子上。

壁炉旁边搁了两张厨房里用的椅子、一张圆桌,还有一副用旧了的火棒和火钳。炉里的火萎靡不振,必必剥剥地响着,火上搁着一个平底锅子。桌子上有一点点乳酪和面包、一个锡做的烛台,还有一只装得下一品脱酒的酒钵,里面有薄薄一层黑颜色的浓麦酒。

"我想你吃过饭了吧?这儿太热吗?要不要喝点儿啤酒?"

夏泼小姐摆起架子问道:"毕脱·克劳莱爵士在哪儿?"

"嘻,嘻!我就是毕脱·克劳莱爵士。别忘了,我给你拿了行李,你还欠我一品脱酒呢。嘻,嘻!不信你问廷格。这是廷格太太,这是夏泼小姐。这是教员小姐,这是老妈子太太。呵,呵!"

那位名叫廷格太太的,这时进来了,手里拿着一个烟斗和一包烟草。夏泼小姐到的时候,毕脱爵士刚刚使唤她出去买烟草。这时毕脱爵士已经在火旁边坐下,她就把烟斗烟草递上去。

他问道:"廷格老太婆,还有一个法定①呢?我给你一个半便士。找出来的零钱在哪儿?"

廷格太太把小铜元扔下答道:"拿去!只有做从男爵的人才计算小铜子儿。"

那议员接口道:"一天一个法定,一年就是七个先令。七个先令就是七个基尼一年的利息。廷格老婆子啊,你留心照看着法定,基尼就会跟着来了。"

廷格太太丧声歪气地接口道:"姑娘,这就是毕脱·克劳莱爵士,没错!因为他老是留心照看着他的法定。过不了几时你就会知道他的为人。"

老头儿还算客气,说道:"夏泼小姐,你决不会因此嫌我。我做人先讲公道,然后讲大器。"

---

① 英国最小的铜币,值四分之一便士。

廷格咕哝道："他一辈子也没白给人一个小铜子儿。"

"从来不白给,以后也不白给。这不合我做人的道理。廷格,你要坐下的话就到厨房里去拿张椅子来。咱们吃点晚饭吧。"

从男爵拿起叉子,从火上的锅子里叉出一条肠子和一个洋葱,分成差不多大小的两份,和廷格太太各吃一份。"夏泼小姐,我不在这儿的日子,廷格吃自己的饭,我进城的日子,她就跟大伙儿一起吃。呵,呵!夏泼小姐不饿,我真高兴。你怎么说,廷格?"说着,他们便开始吃他们清苦的晚饭。

吃完饭,毕脱·克劳莱爵士抽了一袋烟,后来天黑了,他点起锡油盏里的灯草,从无底洞似的口袋里掏出一大卷纸,一面看,一面整理。

"我进城来料理官司,亲爱的,所以明天才有机会跟这么一位漂亮小姐同路做伴。"

廷格太太拿起麦酒罐说道:"他老是打官司。"

从男爵说道:"喝酒吧!廷格说得对,亲爱的,全英国的人,算我官司打得最多,赢得也多,输得也多。瞧这儿,'从男爵克劳莱对斯耐弗尔'。我打不赢他,不叫毕脱·克劳莱!这儿是'扑特和另一个人对从男爵克劳莱''斯耐莱教区的监理人对从男爵克劳莱',地是我的,他们没有凭据说它是公地,看他们敢不敢。那块地并不属于教区[①],就等于那块地不属于你或是廷格。我打不赢他们决不罢休,哪怕出一千基尼讼费我也愿意。亲爱的,这些全是案卷,你爱瞧只管瞧吧。你的字写得好吗?夏泼小姐,等到咱们回到女王的克劳莱以后我一定得好好地利用你。如今我们老太太死了,我需要一个帮手。"

廷格说:"她跟儿子一个样儿,跟所有做买卖的都打过官司,四年里头换了四十八个听差。"

---

[①] 十八世纪以来,大户人家常想圈进教区里的公地,当作自己产业,不许村人在上面放牛羊啃青。

从男爵很直爽地答道："她的手紧，真紧！可是她有用，有了她，省掉我一个总管呢。"他们这么亲亲密密地谈了一会儿，新到的客人听了觉得很有趣。不管毕脱·克劳莱爵士是块什么料，有什么好处，有什么毛病，他一点不想给自己遮瞒。他不断地讲自己的事，有的时候打着汉泊郡最粗俗的土话，有的时候口气又像个通晓世故的人。他叮嘱夏泼小姐第二天早上五点钟准备动身，跟她道了晚安，说道："今儿晚上你跟着廷格睡。床很大，可以睡两个人。克劳莱太太就死在那张床上的。希望你晚上好睡。"

祝福过利蓓加之后，毕脱爵士便走了。廷格一本正经，拿起油盏在前面领路，她们走上阴森森的大石级楼梯，经过客厅的好几扇很大的门，这些门上的把手都用纸包着，光景凄凉得很。最后才到了前面的大卧房，克劳莱夫人就在这间屋里咽的气。房间和床铺阴惨惨死沉沉的样子，叫人觉得非但克劳莱夫人死在这里，大致她的鬼还在房里住着呢。虽然这样，利蓓加却精神抖擞，在房里东蹦西跳，把大衣橱、壁橱、柜子，都打开来看，把锁着的抽屉一一拉过，看打得开打不开，又把梳妆用品和墙上黑黝黝的画儿细看了一遍。她做这些事的时候，那做散工的老婆子一直在祈祷。她说："小姐，如果我良心不干净的话，我可不敢睡这张床。"利蓓加答道："床铺大得很，除了咱们两个之外还睡得下五六个鬼呢。亲爱的廷格太太，讲点儿克劳莱夫人的事给我听听，还有毕脱·克劳莱爵士的事，还有其余别的人的事。"

廷格老太婆口气很紧，不肯给利蓓加盘问出什么来。她说床是给人睡觉的，不是说话的地方，说完，就打起呼噜来。除了良心干净的人，谁也不能打得这么响。利蓓加半日睡不着，想着将来，想着她的新天地，寻思自己不知可有机会出头露角。灯草的亮光摇摇不定，壁炉架搁下大大的黑影子，罩住了半幅发霉的绣片，想是死去的太太做的手工。黑影里还有两张肖像，是两个年轻后生，一个穿了学士袍，另一个穿了红色的上衣，像是当兵的。利蓓加睡觉的时候，挑中了那个兵士作为做梦的题目。

那时正是夏天，红艳艳的朝阳照得大岗脱街都有了喜气，忠心的廷格四点钟就叫醒了同床的利蓓加，催她准备动身，自己出去拔掉了大门上的门闩插销，砰砰碰碰地震得街上起了回声。她走到牛津街，雇了一辆停在那里的街车。我不用把这辆车子的号码告诉你，也不必细说赶车的为什么一早在燕子街附近等着。他无非希望有年轻的纨绔子弟从酒店里回家，醉得站不稳脚跟，需要雇他的车子；因为喝醉的人往往肯多给几个赏钱。

赶车的如果存着这样的希望，不用说要大大地失望了。他把车子赶到城里，从男爵在车钱之外没多给一个子儿的赏钱。杰乎①哀求吵闹都没有用，便把夏泼小姐的好些纸盒子都扔在天鹅酒店的沟里，一面赌咒说他要告到法庭里去。

旅馆里的一个马夫说道："还是别告好，这位就是毕脱·克劳莱爵士。"

从男爵一听合了自己的意，说道："对了，乔，我就是。如果有比我还厉害的人，我倒很愿意见见。"

乔恼着脸儿，咧开嘴笑了一笑说道："我也想见见。"他一面说，一面把从男爵的行李都搬到驿车顶上搁好。

议员对赶驿车的叫道："赶车的，把你旁边的座位留给我。"

车夫举起手碰碰帽子边行了个礼，回答说："是，毕脱爵士。"他心里气得直冒火，因为他已经答应把座位留给剑桥大学的一位少爷，没有毕脱爵士，一克朗的赏钱是稳稳的。夏泼小姐坐在车身里的倒座上。这辆马车可以说是即刻就要把她送到茫茫的世界上去。

---

① 《圣经·列王纪》中赶车极快的车夫。

剑桥大学的学生气鼓鼓地把五件大衣都搁在前头。后来夏泼小姐不得已离开了本来的座位,爬上车顶坐在他旁边,他才消了气。他拿了一件外套给利蓓加盖在身上,兴致立刻来了。一个害气喘病的先生,一个满脸正气的太太,都进了车。这个女的起誓说她以前从来没有坐过公共马车,这还是有生以来第一回。在每辆驿车里似乎都有这么一位太太——唉,我该说"从前的驿车"才对,现在哪里还有这种车子呢?一个胖胖的寡妇,手里拿着一瓶白兰地酒,也上了车。搬夫来向大家要脚钱,那男的给了六便士,胖寡妇也拿出五枚油腻腻的半便士。落后车子总算开了,慢慢地穿过奥尔德门的暗巷,马蹄得得,在蓝顶的圣·保罗教堂旁边跑过。渐渐地,车行得快了,铃子叮叮当当响着,经过弗利德市场的陌生人进口。现在弗利德市场没有了,和爱克塞脱市场一样都成了陈迹。他们走过白熊旅馆、武士桥，看见公园里的露水被太阳晒成轻雾，从地上升起来；又经过泰纳草坪、白兰德福、巴克夏等地方，不必细说。本书的作者，以前也曾经走过这条路，天气也是这般晴朗，一路的形形色色也是这般新奇。回想当年，心里甜醇醇的，软靡靡的，觉得留恋。路上碰见的事情多有趣！不幸如今连这条路都找不着了。那老实的马车夫，长着一鼻子红疙瘩的老头儿，再不能上乞尔西和格林尼治了吗？这些好人儿怎么不见了呢？威勒老头儿[①]还活着吗？嗳，对了，还有旅馆里伺候穷人的茶房呢？还有那儿出卖的冷牛腿呢？还有那矮个子马夫，鼻子青里带紫，手里提着马口铁的水桶，摇得叮叮当当地响——他在哪儿呢？他同代的人物在哪儿呢？将来为读者的儿女们写小说的大天才，现在还是穿着小裙子的小不点儿[②]，将来看到我所描写的人物和事情，准觉得这些像尼尼微古城[③]、狮心王[④]、杰克·雪伯[⑤]一般，成了历史和传说。在他们看来，驿车已经染上了传奇的色彩，拉车子那四匹栗色马儿也和别赛法勒斯[⑥]和黑蓓斯[⑦]一样，变成神话里的马儿了。啊！回想到这些马儿，马夫把它们遮身的马衣拿掉，就见它们一身毛带着汗珠儿晶晶地发亮；跑过一站之后，它们乖乖地走到客栈的大院子里去，身上汗气腾腾的，尾巴一左一右地拂着。唉！如今再也听不见号角在半夜里呜呜地吹，再也看不见路上关卡的栅栏门豁然大开。话又说回来了，这辆轻巧的、四匹

---

[①] 十九世纪英国小说家狄更斯所著《匹克威克外传》中的马车夫，他的儿子是匹克威克先生的听差。
[②] 一两岁的小孩子不分男女，都穿小裙子。
[③] 亚述古国的京城。
[④] 英王理查第一（Richard I, 1157—1199），以勇毅著名。
[⑤] 杰克·雪伯（Jack Sheppard, 1702—1724），著名的大盗，曾经越狱好多次，后来被判绞刑处死，英国作家笛福、爱因斯窝斯都曾用他的一生为题材写过书。
[⑥] 相传是亚历山大大帝的名马，它的头像牛头。
[⑦] 十八世纪初叶有个著名的大盗叫卸·德平。小说家爱因斯窝斯曾把他的一生写成小说，叫《鲁克窝德》，在这本小说里，德平骑的马叫黑蓓斯。

马拉的特拉法尔加马车①究竟带着咱们上什么地方呢?别再多说了,不如就在女王的克劳莱镇上下车,瞧瞧利蓓加·夏泼小姐在这个地方有什么遭遇。

---

① 特拉法尔加(Trafalgar)是西班牙的海角,1805年英国纳尔逊大将(Nelson)在此大打胜仗,伦敦的特拉法尔加广场,以及这种邮车,都是为纪念这次胜利而得名的。

# 第八章　秘密的私信

这封信是利蓓加·夏泼小姐写到伦敦勒塞尔广场给爱米丽亚·赛特笠小姐的：

(免费——毕脱·克劳莱)①

最亲爱最宝贝的爱米丽亚：

当我提起笔来跟我最亲爱的朋友写信的时候，心头真是悲喜交集。从昨天到今天的变动多大呀！今天我无亲无友孤孤单单的，昨天我还在家里，有可爱的妹妹伴着我。我永远不变的爱我的妹妹！

我跟你分别的那天晚上，那凄凉的晚上，我伤心落泪的情况，也不必再说了。你在欢笑中度过了星期二，有你的妈妈和你忠心的年轻军官在你身边。我呢，整夜想着你在潘金家里跳

---

① 毕脱爵士是国会议员，信札可以由运输机关免费代送。

舞的情形。我知道你准是跳舞会里最美丽的姑娘。那天我坐了马车先到毕脱·克劳莱爵士伦敦的公馆里,马车夫约翰对我非常地无礼。唉,侮辱了穷苦和落泊的人是不打紧的!这样我就算到了毕脱爵士手里,由他来照顾了。他叫我在一张阴气森森的床上睡了一夜,和我同床的是个阴阳怪气的、讨厌的老太婆。她是做散工的,兼管屋子,我一夜到天明没有阖眼。

咱们这些傻女孩子,在契息克读《茜茜利亚》①的时候,老是想像从男爵该是什么样子。毕脱爵士可不是那么一回事儿。

---

① 十八世纪英国女作家法尼·勃尼(Fanny Burney)的小说。

说实话，谁也不能比他离着奥维尔勋爵①更远了。他是个又粗又矮又脏又俗气的老头儿，穿一身旧衣服，一副破烂的裹腿，抽一支臭烟斗，还会在煎锅里面煮他自己吃的臭晚饭。他一口乡下土话，老是冲着做散工的老妈子赌咒，又冲着赶车的发誓。我们先坐街车到客店里，驿车就从那儿出发。一路上我大半的时候都坐在露天。

天一亮，老妈子就把我叫醒。到了客店上车，起头儿倒坐在车身里面的，可是到了一个叫里金顿的地方，雨渐渐下得大了，我反而给赶到车顶上去，你信不信？原来毕脱爵士是驿车老板，因此到了墨特白莱，一个乘客要坐在车身里面，我就只能出来让他，在雨里淋着。幸而有一个剑桥大学的学生带了好几件大衣。他为人很好，借给我一件大衣挡雨。

这位先生跟车上的护卫兵似乎认识毕脱爵士，两个人一直取笑他。他们笑他，管他叫"老剥皮"，这意思就是说他吝啬和贪心。据说他从来不肯白给人家一个子儿。我最恨这种小气的行为。那位先生提醒我，说是最后两站，车子跑得特别慢。原来这两站路上用的马匹是毕脱爵士的，他自己又坐在车夫旁边，所以车子赶得慢了。剑桥的学生说："马缰到了我手里，我可要把它们好好鞭一顿，一直鞭到斯阔希莫。"护卫兵说："活该！杰克少爷。"后来我懂他们的意思了。杰克少爷准备亲自赶车，在毕脱爵士的马身上出出气，我当然也笑起来。

离女王的克劳莱镇四英里的地方叫墨特白莱，一辆套着四匹骏马的马车，上面漆了他家的纹章，就在那儿等候我们。我们就挺威风地走进从男爵的园地。从大门到住宅之间有一条整

---

① 勃尼另一部作品《爱佛丽娜》中的男主角。

洁的甬道,大概有一英里长。大门那儿有好多柱子,顶上塑着一条蛇和一只鸽子,一边一个把克劳莱的纹章合抱起来。看门的女人把一重重的铁门打开,跟我们行了好多屈膝礼。这些镂花的铁门很像契息克学校的大门。可恨的契息克!

毕脱爵士说:"这条甬道有一英里长。这些树斫下来有六千磅重的木材呢。你能小看它吗?"他的口音真滑稽。一个叫霍特生先生的人,是他在墨特白莱的佣工,跟我们一起坐了车回家。他们两人谈了好多事,像扣押财产,卖田地,掘底土,排积水,等等,还有许多关于佃户和种作方面的话,我听了也不大懂。譬如山姆·马尔斯偷捉野味,给逮住了;彼德·贝莱终于进了老人堂了。毕脱爵士听了说:"活该!这一百五十年来,他跟他家里的人老是耍花样骗人。"我猜这人准是个付不起租税的老佃户。毕脱爵士的口气实在应该再文雅点儿。可是有钱的从男爵用错了字眼是没关系的,穷教师才得留心呢。

我们一路走去,看见教堂的尖顶在园里的老橡树里面高高耸起,美丽极了。在橡树前面的草坪中心,有一所红砖砌的旧房子,烟囱很高,墙上爬满了常春藤,窗户在阳光里发亮。房子四围附着几所小屋。我问道:"先生,这是您的教堂吧?"

"哼,对了!"毕脱爵士还用了一个非常下流的字,他说:"霍特生,别镝怎么了?亲爱的,别镝也就是我弟弟别德——那个当牧师的弟弟。我说他一半是别镝一半是野兽①,哈,哈!"

霍特生听了也笑起来,然后正色点点头说:"看来他身体好些了,毕脱爵士。昨天他骑着小马,出来瞧咱们的玉米来着。"

"他在留神照看他教堂里抽的税呢,哼!"(这儿他又用了

---

① 指童话《美人与兽》。美人(Beauty)和别镝(Buty)同音。

那下流的字眼。)"他喝了那么些对水的白兰地酒,怎么还不死呢?他竟和《圣经》里那个什么玛土撒拉[①]老头儿一样结实。"

霍特生又笑起来,说道:"他的儿子们从大学里回来了。他们把约翰·斯格洛琴打得半死。"

毕脱爵士怒声嚷道:"他们把我的看守猎场的打了吗?"

霍特生答道:"他跑到牧师的田地上去了,老爷。"毕脱爵士怒气冲冲,赌神罚誓地说,如果他发现弟弟家里的人在他地上偷野味,他就把他们从区里赶出去。皇天在上,非把他们赶走不可!他又说:"反正我已经把牧师的位子卖掉了。保证叫他家的小畜生得不到这差使。"霍特生先生夸他做得对。从这些话看来,这两个兄弟准是冤家对头。兄弟们往往是这样的,姊妹们也不是例外。你记得在契息克,那两个斯格拉区莱小姐一天到晚拌嘴打架。还有玛丽·博克斯呢,老是打鲁意莎。

后来我们看见两个男孩子在树林里捡枯枝儿。毕脱爵士一声命令,霍特生就跳起身来,一手拿着鞭子,下了马车直冲过去。从男爵大声喝道:"霍特生,重重地打!打死他们!把这两个小流氓带到我家里来,我不把他们关在监牢里不叫毕脱!"不久我们听见霍特生的鞭子啪啪地打在那两个小可怜儿身上,打得他们哀哀地哭叫。毕脱爵士眼看着犯法的人给看管了起来,才赶着车进去,一直到大厅前面停下来。

所有的用人都等着迎接我们,后来

昨天晚上写到这里,听得房门上砰砰打得一片响,只得停笔。你猜是谁在打门?哪知道就是毕脱·克劳莱爵士自己,穿

---

[①]《圣经·创世记》中的老人,传说活了九百六十多岁。

了梳妆衣，戴了睡帽，那样子真古怪。我一看见这样的来客，不由得往后倒退。他跑上来抢了我的蜡烛道："蓓基小姐，过了十一点不许点蜡烛了。在黑地里上床去吧，你这漂亮的小丫头，"（他就那么称呼我）"你要是不爱叫我天天跑来收蜡烛，记住，十一点上床！"说了这话，他和那用人头儿叫霍洛克斯的，打着哈哈走掉了。以后我当然得小心不让他们再来。他们一到晚上就放出两条硕大无朋的猎狗来。昨天晚上这两条狗整夜对着月亮狂吠乱叫。毕脱爵士说："这条狗我叫它喝血儿。它杀过一个人呢，这狗！公牛都斗不过它的。它母亲本来叫'花花'，如今我叫它'哇哇'，因为它太老了，不会咬，只会叫。呵，呵！"

女王的克劳莱大厦是一所怪难看的旧式红砖大房子，高高的烟囱，上层的三角楼全是蓓斯女王时代的款式。屋子前面有个大阳台，顶上也塑着世袭的蛇和鸽子，进门就是大厅。啊，亲爱的，厅堂又大又阴，大概和"尤道尔福"①堡里的大厅差不多。厅里有个大壁炉，大得容得下平克顿女校一半的学生。壁炉里的铁架子上至少可以烤一只整牛。大厅墙上挂了克劳莱家里不知多少代的祖宗的画像。有些留着胡子，戴着皱领；有些两脚八字排开，戴了大得不得了的假头发；有些穿了长长的紧身衣，外面的袍子硬绷绷的，看上去像一座塔；还有些披着长长的鬈发，而身上呢，哎哟哟，压根儿没穿紧身衣！大厅尽头就是黑橡木的大楼梯，那阴森森的样子你想都想不出。厅的两边都是高大的门，通到弹子房、书房、黄色大客厅和上午动用的几间起坐间。每扇门上面的墙上都装了鹿头标本。我想二

---

① 十八世纪末叶盛行神怪小说，所谓兰特克立夫派（Radcliffe School）《尤道尔福古堡的秘密》是兰特克立夫太太的作品之一。

楼上少说也有二十来间卧房，其中一间里面还搁着伊丽莎白女王睡过的床。今天早上我的两个新学生带着我把这些精致的房间都看过了。房里的百叶窗常年关着，更显得凄凉。无论哪间屋里，只要你让亮光透进去，保管看得见鬼。我们的课堂在三楼，夹在我的卧房和学生的卧房中间；三间都是相通的。再过去就是这家的大爷毕脱先生的一套房间。在这儿大家称他克劳莱先生。还有就是罗登·克劳莱先生的几间。他跟某人一样，也是个军官，现在在军队里。这里地方真大；我想如果把勒塞尔广场一家都搬过来，只怕还住不满呢。

我们到了半个钟点之后，下面就打铃催大家吃饭了。我跟两个学生一块儿下去。她们两个一个十岁，一个八岁，都是瘦骨伶仃的小不点儿。我穿了你的漂亮的纱袍子（平纳因为你把衣服给了我，对我很无礼）。我在这里算他们自己人，跟大伙儿一起吃饭，只有请客的日子才带着两个女孩子在楼上吃。

我刚才说到他们打了大铃催吃饭，我们就都聚集在克劳莱夫人起坐的小客厅里。克劳莱夫人是填房，也是我学生的母亲。她的爸爸是铁器商人。她家攀了这门亲事，当然很得意。看上去她从前相当地漂亮，现在她总是一包眼泪，痛惜她一去不返的美貌。她身材瘦小，脸色苍白，耸肩膀，似乎见了人无话可说。前妻的儿子克劳莱先生也在，整整齐齐地穿着全套礼服，那架子倒很像办丧事的。这人寡言罕语，又瘦又难看，一张青白脸皮。他一双腿很瘦，胸脯窄小，脸上是干草色的胡子，头上是麦秆色的头发，恰巧和壁炉架上他那去世的妈妈的相片一模一样。他妈妈就是尊贵的平葛家里的葛立泽儿小姐。

克劳莱夫人上前拉了我的手说："克劳莱先生，这位是新来的先生。"

克劳莱先生把头伸了一伸说："哦！"说完，又忙着看他的大册子。

克劳莱夫人红镶边眼睛里老是眼泪汪汪的。她说："我希望你对我的两个女孩儿别太厉害。"

大的孩子说道："哟，妈，她当然不会太厉害。"我一眼就知道不用怕这个女人。

用人头儿进来说："太太，开饭了。"他穿了黑衣服，胸口的白皱边大得要命，很像大厅里画儿上伊丽莎白式的皱领。克劳莱夫人扶着克劳莱先生领路到饭厅，我一手牵了一个学生，跟在后面。

毕脱爵士拿着一个银酒瓯，已经先到了。他刚从酒窖里上来，也穿了礼服。所谓礼服，就是说他脱了绑腿，让他的一双穿了黑毛袜的小短腿露在外面。食品柜子里搁满了发光的旧式杯盘，有金的，也有银的，还有旧式的小盆子和五味架，像伦特尔和白立治饭馆里的一样。桌子上动用的刀叉碗盏也都是银的。两个红头发的听差，穿了淡黄的号衣，在食器柜子旁边一面一个站好。

克劳莱先生做了个长长的祷告，毕脱爵士说了阿门，盆子上的大银罩子便拿开了。

从男爵说："蓓翠，今天咱们吃什么？"

克劳莱夫人答道："毕脱爵士，大概是羊肉汤吧？"

管酒的板着正经脸说："今天吃 Mouton aux navets（他读得很像'木头窝囊废'），汤是 potage de mouton à l'Ecossaise，外加 pommes de terre au naturel 和 choufleur à l'eau。"①

---

① 法国是著名的讲究饭菜的国家，因此用法文菜名，显得名贵，实际上吃的菜不过是羊肉萝卜，苏格兰式羊肉汤，添的菜是白煮马铃薯和菜花。

从男爵说道:"羊肉究竟是羊肉,了不起的好东西。霍洛克斯,你宰的是哪一头羊?什么时候宰的?"

"那黑脸的苏格兰羊,毕脱爵士。我们星期四宰的。"

"有谁买羊肉没有?"

"墨特白莱地方的斯梯尔买了一只大腿和两只小腿,毕脱爵士。他说小腿太嫩,毛又多得不像样,毕脱爵士。"克劳莱先生说:"喝点儿 potage,呃——白伦脱小姐①。"

---

① 夏泼(Sharp)是尖锐的意思,白伦脱(Blunt)是钝的意思。克劳莱先生记性不好,记了个相反的意思。

毕脱爵士道:"括括叫的苏格兰浓汤,亲爱的,虽然用的是法国名字。"

克劳莱先生目无下尘地答道:"在上等社会里,我想我用的名词是合乎惯例的。"穿淡黄号衣的听差用银盆盛了汤送上来,跟羊肉萝卜一起吃。然后又有对水的麦酒。我们年轻女的都用小酒杯喝。我不懂麦酒的好坏,可是凭良心说,我倒愿意喝白开水。

我们吃饭的时候,毕脱爵士问起剩下的羊肉到哪里去了。

克劳莱夫人低声下气地说道:"我想下房里的用人吃掉了。"

霍洛克斯回道:"没错,太太,除了这个我们也没吃到什么别的。"

毕脱爵士听了,哈哈地笑起来,接着和霍洛克斯谈话:"坎脱母猪生的那只小黑猪该是很肥了吧?"

管理的一本正经回答道:"毕脱爵士,它还没肥得胀破了皮。"毕脱爵士和两个小姐听了都笑得前仰后合。

克劳莱先生说:"克劳莱小姐,露丝·克劳莱小姐,我认为你们笑得非常不合时宜。"

从男爵答道:"没关系的,大爷!我们星期六吃猪肉。约翰·霍洛克斯,星期六早上宰猪得了。夏泼小姐最爱吃猪肉。是不是,夏泼小姐?"

吃饭时的谈话,我只记得这么些。饭后听差端上一壶热开水,还有一瓶大概是甜酒,都搁在毕脱爵士面前。霍洛克斯先生给我和两个学生一人斟了一小杯酒,给克劳莱夫人斟了一大盏。饭后休息的时候,克劳莱夫人拿出绒线活计来做,是一大块一直可以织下去的东西。两个小姑娘拿出一副肮脏的纸牌玩叶子戏。我们只点了一支蜡烛,不过蜡台倒是美丽的旧银器。

克劳莱夫人稍微问了我几个问题就完了。屋里可以给我消遣的书籍只有一本教堂里宣讲的训诫和一本克劳莱先生吃饭以前看的册子。

我们这样坐了一个钟头，后来听得脚步声走近来了，克劳莱夫人马上慌慌张张地说道："孩子，把纸牌藏起来。夏泼小姐，把克劳莱先生的书放下来。"我们刚刚收拾好，克劳莱先生就进来了。他说："小姐们，今天咱们还是继续读昨天的演说。你们轮流一人念一页，让——呃——夏泼小姐有机会听听你们读书。"书里面有一篇是在利物浦白泰斯达教堂里劝募的演说，鼓励大家出力帮助在西印度群岛契各索地方的传教团。这两个可怜的孩子就把这篇又长又沉闷的演说一字一顿地念着。你想我们一黄昏过得多有趣！

到了十点钟，克劳莱使唤听差去叫毕脱爵士和全家上下都来做晚祷。毕脱爵士先进来，脸上红扑扑的，脚步也不大稳。跟着进来的是用人头儿，穿淡黄号衣的听差，克劳莱先生的贴身用人，三个有马房味儿的男用人，四个女用人；其中一个打扮得花花哨哨的，跪下的时候对我瞅一眼，一脸都是瞧不起的样子。

克劳莱先生唑啦哇啦讲了一番大道理之后，我们领了蜡烛，回房睡觉。后来我在写信。给打断了。这话我已经跟我最亲爱最宝贝的爱米丽亚说过了。

再见！我给你一千个、一万个、一亿个亲吻！

星期六——今天早上五点钟我听见小黑猪的尖叫。露丝和凡奥兰昨天领我去看过它。我们又看了马房和养狗场。后来我们瞧见花匠正在采果子，准备送到市场上去卖。孩子们苦苦地求他给一串暖房里培养的葡萄，可是花匠说毕脱爵士一串串都数过了，他送掉一串，准会丢了饭碗。两个宝贝孩子在小围场里捉住一匹小马,问我要不要骑。她们刚在骑着玩呢。马夫走来,咒着骂着把她们赶了出来。

克劳莱夫人老是织毛线。毕脱爵士每晚都喝得酒气醺醺。我猜他一定常常跟那用人头儿霍洛克斯在一起聊天。克劳莱先生天天晚上读那几篇训戒,早上锁在书房里,有的时候也为区里的公事骑马到墨特白莱去。每逢星期三,他又到斯阔希莫去对佃户们讲道。

请代我向你亲爱的爸爸妈妈请安,向他们致一千一万个谢意。你可怜的哥哥还在闹酒吗?哎呀呀!害人的五味酒是喝不得的啊!

永远是你的好朋友 利蓓加

为咱们勒塞尔广场的爱米丽亚着想,倒还是跟利蓓加·夏泼分开了好些。利蓓加不用说是诙谐风趣的人物。她描写克劳莱夫人为她一去不返的美貌而流泪,克劳莱先生长着干草色的胡子和麦秆色的头发,口角非常俏皮,显得她见过世面,知道社会上的形形色色。可是我们不免要这样想,她跪下祷告的时候,为何不想些比较崇高的心思,反而去注意霍洛克斯小姐身上的缎带呢?请忠厚读者务必记住。这本书的名字是《名利场》;"名利场"当然是个穷凶极恶、崇尚浮华,而且非常无聊的地方,到处是虚伪欺诈,还有各式各样的骗子。本书封面上画着一个道德家在说教[①](活是我的相貌!),他不穿教士的长袍,也不戴白领子,只穿了制服,打扮得和台下听讲的众生一个样儿。可是不管你是戴小帽挂小铃儿的小丑,还是戴了宽边帽子的教士,知道了事情的真相总得直说不讳。这样一来,写书的时候少不得要暴露许多不愉快的事实。

---

① 当年《名利场》的封面设计。

我在那波里碰见一个人，也是以说故事为生的同行。他在海滩上对着一群好吃懒做的老实人讲道，讲到好些坏人坏事，一面演说，一面造谣言，那么淋漓尽致，到后来自己也怒不可遏。他的听众大受感动，跟着那演讲的诗人恶声咒骂那根本不存在的混蛋，纷纷捐出钱来投在演讲员的帽子里，表示对受害者热诚的同情。

在巴黎的小戏院里，戏里的恶霸一露脸，看戏的就在台下叫骂："啊，混蛋！啊，恶棍！"非但看戏的这样，连演戏的也不愿意扮演坏人，例如混账的英国人、残暴的哥萨克人之流，宁可少拿些薪水，以自己的本来面目出现，演一个忠诚的法国人。我把这两个故事互相陪衬，目的是要你明白，我惩罚恶人，叫他们现出本相，并不是出于自私的动机，而且因为我痛恨他们的罪恶已经到了无可忍受的程度，只能恶毒毒地把该骂的痛骂一番，借此发泄发泄。

我先警告仁慈的朋友们，在我这故事里面，坏人的好恶折磨得你难受，犯的罪行也非常复杂，幸而说来倒是非常有趣的。这些恶人可不是脆弱无能的脓包。到该骂该说的地方，我出言决不留情，决不含糊！目前我们只写平淡的乡村生活，口气当然得和缓些儿，譬如风潮猛烈的景色，只能发生在大海岸上，在孤寂的半夜，那才合适；想在脏水盆里掀起大波，不免透着可笑。这一章书的确很平淡，底下的可不是这样——这些话我暂时不说了。

读者啊，我先以男子汉的身份，以兄弟的身份，求你准许，当每个角色露脸的时候，我非但一个个介绍，说不定还要走下讲坛，议论议论他们的短长，如果他们忠厚好心，我就爱他们，和他们拉手。如果他们做事糊涂，我就跟你背地里偷偷地笑。如果他们刁恶没有心肝，我就用最恶毒的话唾骂他们，只要骂得不伤体统就是了。

如果我事先不说清楚，只怕你要误会。譬如说，利蓓加瞧着别人祷告的习惯觉得可笑，你可能以为是我的讽刺。或者你想我瞧着从男爵醉得像酒神巴克斯的干爹沙里纳斯①那么跌跌撞撞地走来,不过很随和地一笑。其实那真笑的人品性是怎么样的呢?她崇拜权势,只以成败论人。这等没信仰、没希望、没仁爱的坏家伙,在这世界上却一帆风顺。亲爱的朋友们,咱们应该全力和他们斗争。还有些别的人,或是江湖上的骗子,或是糊涂蛋,倒也过得很得意。他们的短处,咱们也该暴露和唾骂,这是讽刺小说家的本分。

① 希腊酒神巴克斯的义父兼随从,极爱喝酒享乐。

## 第九章 克劳莱一家的写照

毕脱·克劳莱爵士为人豁达，喜欢所谓下层阶级的生活。他第一次结婚的时候，奉父母之命娶了一位贵族小姐，是平葛家里的女儿。克劳莱夫人活着的时候，他就常常当面说她是个讨人嫌的婆子，礼数又足，嘴巴子又碎；并且说等她死了之后，死也不愿意再娶这么一个老婆了。他说到做到；妻子去世以后，他就挑了墨特白莱铁器商人约翰·汤姆士·道生的女儿露丝·道生做填房。露丝真是好福气，居然做了克劳莱爵士夫人。

咱们且来算算她福气何在。第一，她和本来的朋友彼德·勃脱断绝了关系。这小伙子失恋伤心，从此干些走私、偷野味和其他许许多多不好的勾当。第二，她和小时候的朋友和熟人一个个都吵翻了；这好像是她的责任，因为这些人是没有资格给请到女王的克劳莱大厦来做客的。同时新环境里和她地位相等的人又不高兴理她。谁高兴呢？赫特尔斯顿·弗特尔斯顿爵士有三个女儿都想做克劳莱夫人。杰尔斯·活泊夏脱爵士全家的人也因为本家的姑娘没有当选而觉得丢面子。区里其余的从男爵认为同伴玷辱了门楣，大家气不忿。至于没有头衔的人呢，不必提名道姓，让他们唠叨去吧。

毕脱爵士一点不在乎，正是他说的，他瞧着这些人一个小钱也不值。他娶了漂亮的露丝，得意得很，别的全不在心上。因此他每晚喝得醉醺醺，有时揍揍他那漂亮的露丝，每逢上伦敦到国会开会的时候，把她孤身一人扔在汉泊郡。可怜她连一个朋友也没有，连牧师夫人别德·克劳莱太太也因为她是买卖人家的女儿，不愿意去拜会她。

克劳莱夫人最高的天赋是她的白皮肤和红喷喷的脸蛋儿。她没有才干，没有主见，性格又软弱，不但不会做事，而且也不会寻欢作乐。有些蠢得一窍不通的女人往往脾气暴，精力足，她连这点儿能耐都没有，所以不大抓得住丈夫的心。她的红颜渐渐消褪，生过两个孩子之后，身段也不像以前那么苗条好看，到末了只成了丈夫家里的一架机器，和死去的克劳莱夫人的横丝大钢琴一般是多余的废物。她和所有黄头发蓝眼睛的女人一样，因为皮色白，总爱浅颜色的衣服，拖拖拉拉，不整不齐地穿着水绿天蓝的袍儿褂儿。她一天到晚织绒线，或是做类似的活计。几年之内，克劳莱大厦里所有的床上都添了新床毯了。她辟了一个小花园；这花园她很有些喜欢，除此以外也就说不上什么爱憎。丈夫开口骂她，她木头木脑；丈夫伸手打她，她就哭。她连喝酒解愁的勇气都没有，只是成天趿拉着鞋，头发包在卷发纸条儿里，唧唧啾啾地过日子。唉，名利场！名利场！要不是你，她也许可以过得很乐意。彼德·勃脱和露丝可能是很好的一对儿，带着一家快快乐乐的孩子住在舒服的小屋里，享受自己分内的福气，担当自己分内的烦难，纵然辛苦，却也有希望。可是在我们的名利场上，一个头衔，一辆四匹马拉的马车，比一身的幸福还重要呢。如果亨利第八①和蓝胡子现在还活着，要娶第十个太太，还怕娶不着本年初进交际场的最美丽的小姐吗？

做妈妈的无精打采，痴痴癔癔，两个女儿当然不怎么爱她。女孩儿们倒是在马厩和下房里得到不少快活。好在那苏格兰花匠的妻子儿女都很好，因此她们两个在他家里学得一些规矩，交的伴侣也像样。夏泼小姐到这里来以前，她们的教育不过如此。

利蓓加怎么会给请去的呢？那全是克劳莱先生力争的结果。全家只他一个人关心克劳莱爵士夫人，时常保护她。她呢，除了自己的孩子之外，就是对他还稍微有一点儿感情。毕脱先生究竟是尊贵的平葛的后代，所以像外婆家的人一样，是个守礼的君子。他成年之后，从牛津耶稣堂大学毕业回家，便着手整顿下房松懈的纪律。他父亲虽然反对，他也不理会，何况他父亲见他也有些怕。他的规矩真大，宁可饿死，不换上干净的白领巾是决不肯吃饭的。有一回，他刚从大学回家，用人头儿霍洛克斯递给他一封信，可是没有把信用托盘托到他面前，他对那用人瞅了一眼，把他责备了一顿，眼光那么锋利，说话那么严厉，霍洛克斯从此看见他战战兢兢。全家的人没有不服他的。只要他在家，克劳莱夫人的卷发纸条儿早早拿掉了；毕脱爵士的泥污的绑腿也脱去了。不长进的老头儿虽然仍旧保持其余的老习惯，在儿子面前从来不敢尽着喝甜酒喝得烂醉；跟用人说话的时候，态度也变得很文雅，很检点。大家看得出，只要儿子在屋里，毕脱爵士向来不咒骂妻子。

克劳莱先生教导用人头儿每逢吃饭以前报一声"太太，开饭了"。他再三要扶着克劳莱夫人进饭厅。他不大和她说话，不过开口的时候总是必恭必敬。每逢她离开房间的时候，一定要正正经经站起来给她开

---

① 英王亨利第八（Henry Ⅷ，1491—1547），伊丽莎白女王的父亲，曾娶过六个妻子。

门,很文雅地躬着身子送她出去。

他在伊顿中学读书的时候,大家叫他克劳莱小姐,而且——我说出来不好意思——常挨他弟弟罗登毒打。他虽然不聪明,可是非常用功,这样就把短处补救过来,实在是值得称赞的。在学校读书的八年里头,他从来没有给老师打过屁股。普通说起来,只有天使才躲得过这种处罚①。

在大学里,他的作为当然非常叫人敬重。他有外公平葛勋爵提携,可以在官场里找事,因此他事先准备,努力不懈地攻读古今演说家的讲稿,又不断地在各个辩论社里演说。他可以滔滔不绝地讲好些文话儿,他那小声音演说起来也很神气活现,他自己听着十分得意。他的见解感情没一样不是陈腐的老套,而且最爱引经据典地掉拉丁文。按理说,他这样的庸才,正该发迹才是,可是不知怎么,只是不得意。他写了诗投到校刊上,所有的朋友都说他准会得奖,结果也落了空。

大学毕业之后,他当了平葛勋爵的私人秘书,后来又做本浦聂格尔②领事馆的参赞,成绩非常出众。回国的时候,带给当时的外交部长好些斯德拉斯堡出产的鹅肝馅儿的饼。当了十年参赞之后(那时平葛勋爵已经死了好几年),他觉得升官的机会很少,不高兴当外交官了,辞了职回到乡下做寓公。

回国以后,他写了一本关于麦芽的小册子,并且竭力在解放黑奴的问题上发表了许多主张,因为他本性要强,喜欢有点儿名气。他佩服威尔勃福斯③先生的政见,跟他交了朋友。他和沙勒斯·霍恩泊洛牧师讨论亚香低传教团的问题,来往的信札是有名的。他虽然不到国会去开

---

① 天使是没有屁股的。十九世纪英国散文家兰姆(Lamb)在《母校回忆录》一文中就曾提到"只有头部和翅膀的小天使"。
② 是个虚构的小公国。原文 Pumpernickel 本是德文字,是黑麦面包的意思。
③ 威尔勃福斯(William Wilberforce, 1759—1833),竭力主张解放黑奴的英国政治家。

会，可是每逢五月，一定到伦敦去开宗教会议。在本乡，他算判事，常常去拜访那些听不见教理的乡下人，按时给他们讲道。据说他正在追求莎吴塞唐勋爵的三女儿吉恩·希伯香克斯小姐。这位姑娘的姐姐爱密莲小姐，曾经写过好几本动人的传教小册子，像《水手的罗盘箱》和《芬却莱广场的洗衣妇》。

夏泼小姐描写他在克劳莱大厦的工作，倒并没有夸张过度。前面已经说过，他命令全家的用人参加晚祷，而且再三请父亲同去，倒是有益的事情。克劳莱教区里有一个独立教徒的派别受他照顾，常到他们会堂里去讲道，使他那做牧师的叔叔大不受用。毕脱爵士因为这缘故高兴得了不得，甚至于听了儿子的话去参加过一两次集会。为这件事牧师在克劳莱教堂讲道的时候恶毒地攻击他，直指着他那哥德式的包座痛骂。这些有力的演说对于老实的毕脱爵士并没有影响，因为讲道的时候他照例在打瞌睡。

克劳莱先生为国家着想，为文明世界里的人着想，急煎煎地希望老头儿把国会议员的位子让给他，可是老的不愿意。另外一个代表的位子，目前由一位阔特隆先生占去了，关于黑奴问题，他有任意发言的全权。卖掉了这位子一年可以多一千五百镑的进账。父子两个对银钱看得很重，不肯放弃这笔收入。不瞒你说，庄地上的经济拮据得很，这笔钱在女王的克劳莱很可以一用了。

第一代从男爵华尔泊尔·克劳莱在照例行文局舞弊之后，罚掉一大笔钱，至今没有发还，华尔泊尔爵士兴致很高，爱捞钱，也爱花钱。克劳莱先生掉着拉丁文说他"贪求别人的，浪费自己的"[①]，说着便叹气。华尔泊尔爵士活着的时候，女王的克劳莱大厦里常常酒天酒地地请客，因此他在区里人缘很好。他的酒窖里满是勃根第酒，养狗场上有猎狗，

---

[①] 罗马历史家萨勒斯特（Sallust）所著《卡的琳传》一书第五节中描写卡的琳的话。

马房里有好马。现在女王的克劳莱所有的马不是用来耕田,便去拉特拉法尔加驿车。夏泼小姐坐了到乡下来的车子,正是这队马拉的,那天它们恰巧不下地,所以有空。毕脱爵士虽然是个老粗,在本乡很讲究规矩,普通出门总要四匹马拉车子。他吃的不过是煮羊肉,可是非要三个当差的伺候着不可。

如果一个人一毛不拔就能够有钱,毕脱爵士一定成了大财主。如果他是乡镇上的穷律师,除了自己的本事之外什么资本都没有,他也许能够好好利用自己的聪明,锻炼成一个有能力的人,渐渐爬上有权有势的地位。不幸他家世太好,庄地虽大,却欠着许多债,对他都是有害无利的。他自以为精明,不肯把事务全部委托给一个账房,免得上当,所以同时用了十来个账房,而这些人他一个都不相信,结果事情办得一团糟。他是个刻薄的地主,在他手下的佃户,差不多没有一个不是一贫如洗。种地的时候,他吝啬得舍不得多下种子,哪知天地造化也爱报复,只把好收成给器量大的农夫,毕脱爵士田地上从来得不到好收成。投机的事情,他一件都不错过:开矿,买运河股票,把马匹供给驿车站,替政府包工。在他区里,他算得上最忙的人,最忙的官。他采办花岗石,不肯多出钱请规规矩矩的工头,结果有四个工头卷了一大笔钱溜到美国去了。他的煤矿没有正常的设备,被水淹没了。他卖给政府的牛肉是坏的,政府便把合同掷还给他。至于他的马匹呢,全国的驿车老板都知道他损失的马匹比什么人都多,因为他贪便宜买有毛病的马,又不给它们吃饱。

他的脾气很随和,全无虚骄之气。说实话,他宁可跟种地的卖马的在一块儿混,不喜欢和他儿子一般的大老爷上等人打交道。他爱喝酒,爱赌神罚誓,爱跟乡下大姑娘说笑话。他一毛不拔,向来不肯做善事,不过嘻嘻哈哈,有些小聪明,人是很有趣的。他今天跟佃户嘻嘻哈哈一块儿喝酒,明天就能出卖他;把偷野味的小贼驱逐出境以前,也能拿出同样的诙谐和犯事的人一起说笑。在夏泼小姐说的话里面，我们看得出他对于女人很客气。总而言之，英国所有的从男爵里面，所有的贵族和平民里面，再也找不出比他更狡猾、卑鄙、自私、糊涂、下流的老头儿了。毕脱·克劳莱爵士血红的手<sup>①</sup>在随便什么人的口袋里都想捞一把，只有他自己的口袋是不能碰的。说来伤心，我们虽然佩服英国的贵族，可是不得不承认，毕脱爵士的名字虽然在特白莱脱的贵族名册里，却的确有那么许多短处。

克劳莱先生能够叫他爸爸喜欢，多半是经济上的关系。从男爵欠他儿子一笔钱；这钱原是克劳莱先生由母亲那里得来的遗产，如果要还的话，对从男爵不很方便。他最怕花钱付账，对于这件事真是深恶痛绝。如果没有人强逼他，他是再也不肯还债的。夏泼替他计算下来（我们过些时候就会知道，这家子的秘密她已经知道了一大半了），只是为躲债，从男爵一年就得花好几百镑讼费。他认为这是无上趣事，不肯割舍。他叫那些可怜的债主等了又等，法庭一个个地换，案子一期期地拖，该付的钱总不拿出来，他就感觉得一种恶意的快乐。他说，进了国会还得付债还做什么议员呢<sup>②</sup>？这样看来，他这议员的资格对他用处着实不小。

好个名利场！我们且看这个人，他别字连篇，不肯读书，行为举止又没有调教，只有村野人那股子刁猾。他一辈子的志向就是包揽诉讼，小小地干些骗人的勾当。他的趣味、感情、好尚，没有一样不是卑鄙龌龊，然而他有爵位，有名气，有势力，尊荣显贵，算得上国家的栋梁。他是地方上的官长，出入坐了金色的马车。大官儿、大政治家，还要对他献殷勤。在名利场上，他比天才和圣人的地位还高呢。

---

① 红手是从男爵的纹章。
② 按照英国 1770 年施行的法律，法庭可以传审国会议员，但是不能逮捕或监禁他们。

毕脱爵士有个同父异母的姐姐，她承受了她母亲的一大笔财产，至今是单身。从男爵想问她借钱，愿意把房产抵押给她，可是她宁可安稳拿着公债，回绝了这项交易。她答应死后把财产分成两份，一半给毕脱爵士的小儿子，一半给牧师家的孩子。有一两回，罗登·克劳莱在大学里和军队里欠下了债，全靠克劳莱小姐拿出钱来了事。所以她到女王的克劳莱来做客，大家都尊敬她。她在银行里的存款，足够使她到处受欢迎了。

随便什么老太太，银行里有了存款，也就有了身份。如果她是我们的亲戚（我祝祷每个读者都有二十来个这样的亲戚！），我们准会宽恕她的短处，觉得她心肠又软，脾气又好。郝伯斯和陶伯斯律师事务所里的年轻律师准会笑咪咪地扶着她上马车——她的马车上画着斜方形的纹章，车夫是害气喘病的胖子。她来玩儿的时候，你总是找机会让朋友们知道她的地位。你说："可惜不能叫麦克活脱小姐给我签一张五千镑的支票！"你这话真不错。你太太接口道："她反正不在乎这几个钱。"你的朋友问你说："麦克活脱小姐是你家亲戚吗？"你做出满不在乎的样子回答道："是我姨妈。"你的太太不时送些小东西给她，表示亲热。你的女儿不停地为她做绒线刺绣的椅垫、篮子和脚凳罩子。她一来，你就在她卧房里生着暖熊熊的火，而你的太太却只能在没火的冷屋子里穿紧身衣。她住着的时候，你家里收拾得整整齐齐，又舒服，又暖和，一家人都兴致勃发，仿佛在过节。这种空气，在平常是少有的。至于你自己呢，亲爱的先生，饭后也忘了打瞌睡，而且忽然爱玩起纸牌来了，虽然每次打牌你总是输钱。你们吃得多讲究！天天有野味，有西班牙白酒，又不时地到伦敦去定鲜鱼。因为大家享福，连厨房里的用人也托赖着沾了光。不知怎的，麦克活脱小姐的胖子马车夫住着的时候，啤酒比往常浓了好些；在孩子的房间里（她的贴身女用人一天三餐在那儿吃），用去的糖和茶叶也没人计较。我说得对不对呢？不信可以让中等阶级的人帮我说话。哎，老天哪！求你也赏给我一个有年纪的姨妈或是姑妈，没结婚的，马车上有斜方块儿的，头上戴着淡咖啡色的假刘海的；那么我的孩子也能为她做针线袋，我和我的朱丽亚也能把她伺候得舒舒服服。这梦想多么美丽，多么荒唐！

# 第十章　夏泼小姐交朋友了

克劳莱家里好些和蔼可亲的人物，在前几页里面已经描写过了。利蓓加现在算他们一家人，当然有责任讨恩人们的喜欢，尽力得到他们的信任。这话是她自己说的。像她这么一个无依无靠的孤儿，能够知恩感德，真值得夸奖。就算她的打算有些自私的地方，谁也不能否认这份儿深谋远虑是很合理的。这孤苦伶仃的女孩儿说："我只有单身一个人。除了自己劳力所得，没有什么别的指望。爱米丽亚那粉红脸儿的小不点儿，还没有我一半懂事，倒有十万镑财产，住宅家具奴仆一应俱全。可怜的利蓓加（我的腰身比爱米丽亚的好看得多了），只能靠着自己和自己的聪明来打天下。瞧着吧，我仗着这点聪明，总有一天过活得很有气派，总有一天让爱米丽亚小姐瞧瞧我比她强多少。我倒并不讨厌她，谁能够讨厌这么一个没用的好心人儿呢？可是如果将来我的地位比她高,那多美啊!不信我就到不了那么一天。"我们的小朋友一脑袋幻想,憧憬着美丽的将来。在她的空中楼阁里面,最主要的人物就是她的丈夫,请大家听了这话别嗔怪她。小姐们的心思转来转去不就想着丈夫吗?她们亲爱的妈妈不也老是在筹划她们的婚事吗?利蓓加说道:"我只能做我自己的妈妈。"她回想到自己和乔斯·赛特笠的一场不如意事,心里难过,只能自己认输。

她很精明,决定在女王的克劳莱巩固自己的地位,舒舒服服过日子。因此在她周围的人,凡是和她有利害关系的,她都想法子笼络。克劳莱夫人算不得什么。她懒洋洋的,做人非常疲软,在家里全无地位。利蓓加不久发现不值得费力结交她,而且即使费了力也是枉然。她和学生们说起话来,总称她为"你们那可怜的妈妈"。她对于克劳莱夫人不冷不热,不错规矩,却很聪明地把大部分的心思用在其余各人身上。

两个孩子全心喜欢她。她的方法很简单,对学生不多给功课,随她们自由发展。你想,什么教育法比自学的效力更大呢?大的孩子很喜欢看书。在女王的克劳莱大厦的书房里,有不少十八世纪的文学作品,有英文的,也有法文的,都是轻松的读物。这些书还是照例行文局的秘书在倒台的时候买下来的。目前家里的人从来不挨书架,因此利蓓加能够随心如意地给露丝·克劳莱小姐灌输许多知识连带着娱乐自己的心性。

她和露丝小姐一起读了许多有趣的英文书法文书,作家包括渊博的斯摩莱特博士[①],聪明机巧的菲尔丁先生[②],风格典雅、布局突兀的小克雷比勇先生[③](他是咱们不朽的诗人格蕾[④]一再推崇的),还有无所不通的伏尔泰先生[⑤]。有一回克劳莱先生问起两个孩子究竟读什么书。她们

---

① 斯摩莱特(Tobias Smollett, 1721—1771),英国小说家。
② 菲尔丁(Henry Fielding, 1705—1754),英国小说家。
③ 克雷比勇(Claude Crébillon, 1707—1777),法国戏剧家和小说家。
④ 格蕾(Thomas Gray, 1716—1771),英国诗人。
⑤ 伏尔泰(Voltaire, 1694—1778),法国作家,是推动法国大革命的力量之一。

的教师回答道:"斯摩莱特。"克劳莱先生听了很满意,说道:"啊,斯摩莱特。他的历史很沉闷,不过不像休姆先生①的作品一样有危害性。你们在念历史吗?"露丝小姐答道:"是的。"可是没有说明白念的是亨弗瑞·克林格的历史②。又有一回他发现妹妹在看一本法文戏剧,不由得有些嗔怪的意思,后来那教师跟他解释,说是借此学习法国人谈话中的成语,他也就罢了。克劳莱先生因为是外交家,一向得意自己法文说得好(他对于世事还关心得很呢!),听得女教师不住口地夸赞他的法文,心上非常欢喜。

凡奥兰小姐的兴趣恰好相反。她闹闹嚷嚷的,比她姐姐卤莽得多。她知道母鸡在什么隐僻的角落里下蛋。她会爬树,把鸟窝里斑斑点点的鸟蛋偷掉。她爱骑着小马,像卡密拉③一般在旷野里奔跑。她是她爸爸和马夫们的宝贝。厨娘最宠她,可是也最怕她,因为她有本事把一罐罐藏得好好儿的糖酱找出来,只要拿得着,无有不偷吃的。她跟姐姐不停地拌嘴吵架。夏泼小姐有时发现她犯这些小过错,从来不去告诉克劳莱夫人。因为克劳莱夫人一知道,少不得转告她爸爸,或者告诉克劳莱先生,那就更糟。利蓓加答应保守秘密,只要凡奥兰小姐乖乖地做好孩子,爱她的教师。

夏泼小姐对克劳莱先生又恭敬又服帖。虽然她自己的妈妈是法国人,可是常常碰到看不懂的法文句子,拿去向他请教。克劳莱先生每回给她讲解得清清楚楚。他真肯帮忙,除了文学方面点拨利蓓加以外,还替她挑选宗教气息比较浓厚的读物,而且常常和她谈天。利蓓加听了他在瓜希马布传教团劝募会上的演说,佩服得五体投地,对于他那关于麦

---

① 休姆(David Hume, 1711—1776),英国哲学家,曾写过英国都铎王朝及斯丢亚王朝的历史。斯摩莱特曾写过英国历史。
② 斯摩莱特的小说。
③ 卡密拉(Camilla)是神话中伏尔西地方的皇后,她跑得飞快,因此跑过麦田,麦叶不弯,跑过海洋,两脚不湿。

芽的小册子也很感兴趣。有时他晚上在家讲道,她听了感动得掉下泪来,口里说:"啊,先生,谢谢你。"一面说,一面翻起眼睛瞧着天叹一口气。克劳莱先生听了这话,往往赏脸和她握手。贵族出身的宗教家常说:"血统到底是要紧的,你看,只有夏泼小姐受我的启发而领悟了真理。这儿别的人都无动于衷。我的话实在太细腻、太微妙了,他们是听不懂的。以后得想法子通俗化一些才好。可是她就能领会。她的母亲是蒙脱莫伦茜①一族的。"

看来这家名门望族就是夏泼小姐的外婆家,对于她母亲上舞台的事,她当然一句不提,免得触犯了克劳莱先生宗教上的顾忌。说来可恨,从法国大革命之后,流亡在外国的贵族无以为生的真不在少数。利蓓加进门没有几个月就讲了好几个关于她祖宗的轶事。其中有几个,克劳莱先生发现书房里那本陶齐哀字典②里也有记载,更加深信不疑,断定利蓓加的确是世家后裔。他好奇心那么强,甚至于肯去翻字典,难道是因为他对利蓓加有意吗?我们的女主角能不能这么猜测一下呢?不!这不过是普通的感情罢了。我不是老早说过他看中的是吉恩·希伯香克斯小姐吗?

有一两回,他看见利蓓加陪着毕脱爵士玩双陆,就去责备她,说是不敬上帝的人才喜欢这玩意儿,不如看看《脱伦浦的遗产》和《靡尔非尔的瞎眼洗衣妇》这类正经书来得有益。夏泼小姐回说她亲爱的妈妈从前常常陪着特·脱利克脱辣克老伯爵和地·各内修院住持玩这种游戏。这样一说,这类世俗的玩意儿都可以上场了。

家庭教师笼络她东家的方法并不限于陪他玩双陆。她还在许多别的

---

① 蒙脱莫伦茜(Maison de Montmorency)是法国最有名的豪门望族之一,从十二世纪起已经公侯辈出。
② 陶齐哀(d'Hozier)是法国有名谱牒学世家,祖孙叔侄都以谱牒学出名,此处所说的字典,是路易士·陶齐哀(Louis Pierre d'Hozier, 1685—1767)和他儿子安东·马列·陶齐哀(Antoine Marie d'Hozier de Serigny, 1721—1801)合著的。

事情上为他效劳。她没有到女王的克劳莱以前,毕脱爵士曾经答应把案卷给她消遣,如今她孜孜不倦地把所有的案卷都看过一遍,又自动帮他抄写信件,并且巧妙地改正他的别字,使他写的字合于时下沿用的体例。凡是和庄地、农场、猎苑、花园、马房有关系的一切事务,她都爱知道。从男爵觉得跟她做伴实在有趣,早饭后出去散步的时候总带着她——孩子们当然也跟着一块儿去。她向他提供许多意见,像灌木该怎么修剪,谷物该怎么收割,花床里怎么栽花,怎么套车,怎么犁田。夏泼小姐在女王的克劳莱不满一年,已经成了从男爵的亲信。本来毕脱爵士吃饭的时候常跟用人头儿霍洛克斯先生说话,如今只跟她说话了。克劳莱先生不在家的时候,她差不多是宅子里的主妇。她的新地位虽然高,可是她留心不去冒犯管厨房和管马房的体面用人,对他们又虚心又客气。我们以前看见的利蓓加,还是个骄傲、怕羞、满腹牢骚的女孩子;现在可不同了。她的性情有了转变,足见她为人谨慎,有心向上,至少可说她有痛改前非的勇气。利蓓加采取了新作风,做人谦逊和顺,究竟她是否出于至诚,只要看她以后的历史就能知道。长时期的虚情假意,二十一岁的年轻人恐怕装不出吧?可是话又说回来,我们这女主角年纪虽小,经验可不少,行事着实老练。各位读者如果到现在还没有发现利蓓加聪明能干,写书的真是白费力气了。

克劳莱家里的两兄弟牙痒痒地你恨我我嫌你,因此像晴雨表盒子里的一男一女,从来不同时在家①。不瞒你说,罗登·克劳莱,那个骑兵,压根儿瞧不起自己的老家。他姑妈一年来拜访一次,他也跟着来,平常是不高兴回家的。

关于这位老太太了不起的好处,前面已经说过。她有七万镑财产,而且差不多已经收了罗登做干儿子。她最讨厌大侄儿,嫌他是个脓包,

---

① 男女两人一个是天晴的标记,一个是天雨的标记。

瞧他不起。克劳莱先生呢，也毫不迟疑地断定她的灵魂已经没有救星，而且说他弟弟罗登死后的命运也不会比姑妈的好。他常说："她这人最贪享受，而且眼里没有上帝，老跟法国人和无神论者混在一起，我一想起她这危险的处境就忍不住发抖。她离死不远了，竟还是这么骄奢淫逸，爱慕虚荣。而且她一味地糊涂，开口亵渎神明，想起来真叫人担心。"事情是这样的，他每晚要花一个钟头讲道，老太太一口回绝不要听。如果姑妈单身到女王的克劳莱做客，他的经常晚祷便不得不停止。

他父亲说："毕脱，克劳莱小姐回来的时候别讲道。她写信来说她最讨厌人家传道说法。"

"哟，用人们怎么办呢？"

毕脱爵士答道："呸！用人们上了吊我也不管。"儿子的意思认为听不到他的讲道比上吊更糟。

他这么一辩驳，他父亲就说："怎么了，毕脱，难道你愿意家里少三千镑一年的进款吗？你不能这么糊涂吧？"

克劳莱先生答道："比起咱们的灵魂来，几个钱算得了什么？"

"你的意思是，反正老太太的钱不给你，对不对啊？"克劳莱先生也许竟是这个意思，也未可知。

克劳莱小姐的生活的确腐败得很。她在派克街有一所舒服的小宅子，每逢夏天上哈罗该脱和契尔顿纳姆避暑，因为在伦敦应酬交际最热闹的时候她老是吃喝得太多，非得活动活动不可。所有的老姑娘里头，算她最好客，兴致也最高。据她自己说，当年她还是个美人儿呢！（我们知道，所有的老婆子当年都是美人儿。）她谈吐风趣，在当时是个骇人听闻的激进分子。她到过法国；听说她在那儿有过一页伤心史，竟爱上了圣·于斯德[①]。她从法国回来以后，一直喜欢法国小说、法国酒和

---

[①] 圣·于斯德（Louis de Saint-Just, 1767—1794），法国大革命的领袖之一。

法国式烹调。她爱看伏尔泰的作品，背得出卢梭<sup>①</sup>的名句，把离婚看得稀松平常，并且竭力提倡女权。她屋子里每间房里都有福克斯<sup>②</sup>先生的肖像。这位政治家在野的时候，她大概跟他在一块儿赌过钱。他上台之后，她常常自夸，说毕脱爵士和女王的克劳莱选区另外的一个代表所以肯投票选举福克斯，都是她的功劳。其实即使这位忠厚的老太太不管这事，毕脱爵士也会选福克斯的。这了不起的自由党员去世以后，毕脱爵士才改变了原来的政治见解，这也是理所当然的事。

罗登小的时候，这好老太太就很喜欢他，把他送到剑桥大学去读书（因为哥哥进的是牛津大学，因此存心和哥哥对立），两年之后，剑桥大学当局请他不必再去了，姑妈便又替他在禁卫军里捐了个军官的位置。

这年轻军官是个有名的花花公子。那时英国的贵族都爱拳击，猎田鼠，玩壁球，还爱一个人赶四匹马拉的马车。这些高超的学问，罗登没一门不精通。他属于禁卫军，责任在保卫摄政王的安全，因此没有到外国去打过仗。虽然这么说，他已经和人决斗了三次（三次都因为赌博而起，因为罗登爱赌爱得没有节制），可见他一点儿不怕死。

"也不怕死后的遭遇。"克劳莱先生一面说，一面翻起黑莓颜色的眼珠子望着天花板。他老是惦记着弟弟的灵魂。凡是有什么人意见和他不合，他就为他们的灵魂发愁。好些正经人都像他这样，觉得这是一种安慰。

克劳莱小姐又糊涂又浪漫，瞧着她的宝贝罗登仗着血气之勇干这些事，不但不害怕，在他决斗过后还代他还债。她不准别人批评他的品行，总是说："少年荒唐是普通事。他那哥哥才是个脓包伪君子，罗登比他强多了。"

---

① 卢梭（Jean Jacques Rousseau, 1712—1778），和伏尔泰同时的作家，主张解除束缚，回到自然，对当时法国人的思想极有影响，是推动法国大革命的力量之一。
② 福克斯（Charles James Fox, 1749—1806），英国政治家。他很有学问，可是很爱赌。

# 第十一章　纯朴的田园风味

大厦里的老实人天性质朴，具有庄家人纯洁可爱的品质，可见乡居比住在城里好。除了这些人以外，我还要给读者介绍他们的本家，也就是他们的邻居，别德·克劳莱牧师和他的太太。

别德·克劳莱牧师戴着宽边教士帽子，身材高大，样子很威风。他成天欢天喜地，在区里比他哥哥有人缘得多。在牛津读书的时候，他是耶稣堂大学里的摇船健将，牛津镇上最厉害的拳手都打不过他。他始终喜欢拳击和各种运动，办完公事之后仍旧爱干这些勾当。远近二十英里以内，如果有比拳、赛跑、赛马、赛船、跳舞会、竞选、圣母访问节祭献①，或是丰盛的宴会，他准会想法子参加。他和区里有身份的人都很亲密；如果在弗特尔斯顿、洛克斯别、活泊夏脱大厦，或是随便什么贵人家里有宴会，在二十英里外就能看见牧师寓所里出来的栗色母马和马车上的大灯了。他的声音很动听，人家听他唱《南风吹动云满天》和歌词的重复句里面那"呼"的一声，没有不喝彩的。他常常穿了灰黑花纹的上装，带着猎狗出去打猎，钓鱼的技术在本区也算得上最高明的。

牧师夫人克劳莱太太是个短小精悍的女人，贤明的牧师讲道时用的稿子全是她写的。她热心家务，带着女儿们一起管家，所以宅子里上下由她做主。她很聪明，外面的事情任凭丈夫裁夺。丈夫爱什么时候回家，什么时候出门，她绝不干涉。即使他老在外面吃饭也没有关系。克劳莱太太向来精打细算，知道市上葡萄酒卖多少价钱。她是好人家出身，她父亲就是已经去世的海克多·麦克泰维希中将。当年别德还是女王的克劳莱的年轻牧师，她跟她妈妈在哈罗该脱地方用计策抓住了他。结婚以后她一直又谨慎又省俭，可是虽然她那么小心，牧师仍旧老是背着债。他爸爸活着的时候，他在大学里就欠下了许多账，少说也费了十年才付清。在一七九——那年，这些债刚了清，他又跟人打赌，把一百镑（二十镑的码）赌人家一镑，说袋鼠决不会得那年大赛马香槟，结果袋鼠却跑了第一名。牧师没法，只能出了重利钱借债填补亏空，从此便拮据不堪。他的姐姐有时送他一百镑救救急，不过他最大的希望当然是她的遗产。牧师常说："玛蒂尔达死了以后，一定会给我一半财产的，哼！"

这样看起来，从男爵和他弟弟在各方面都有理由成为冤家对头。在许多数不清的家庭纠葛之中，毕脱爵士都占了上风。小毕脱非但不打

---

① 七月二日纪念圣母玛丽亚访问伊利莎白的节期。

猎，而且就在他叔叔的教区里设立了一个传道的会堂。大家都知道，克劳莱小姐大部分的财产将来都要传给罗登。这些银钱上的交易，生前死后的各种打算，为承继遗产引起的暗斗，在名利场中都是使兄弟不和睦的原因。我自己就看见两兄弟为着五镑钱生了嫌隙，把五十年来的手足情分都冷淡了。我一想到那些汲汲于名利的人，相互之间的友谊多么经久，多么完美，不得不佩服他们。

利蓓加这么一个人物到了女王的克劳莱，而且慢慢地赢得了宅子里每个人的欢心，别德·克劳莱太太岂有不注意的呢？别德夫人知道一只牛腿在大厦吃几天，每次大扫除要换多少被单窗帘桌布，南墙边一共有多少桃儿，爵士夫人生了病一天吃几服药，等等。在乡下，有些人的确把这些小节看得十分重要。别德太太这样的人，又怎么能轻轻放过大厦请来的女教师，不把她的底细和为人打听打听清楚呢？大厦和牧师住宅两家的用人很有交情，只要大厦里有人来，牧师家的厨房里总预备了好麦酒请客。大厦里的用人平时喝的酒淡薄得很；他家每桶啤酒用多少麦芽，牧师太太也知道。两家的用人像他们的东家一样彼此关心，两边的消息，也就由他们沟通。这条公理到处可以应用：你如果跟你兄弟和睦，他的动静不在你心上，反倒是和他吵过架以后，你才留心他的来踪去迹，仿佛你在做眼线侦察他的秘密。

利蓓加上任不久，别德太太从大厦收来的报告书上就经常有她的名字了。报告是这样的："黑猪杀掉了；一共有多少重，两边的肋条腌着吃；晚饭吃猪腿和猪肉布丁。克兰浦先生从墨特白莱来了以后，又跟毕脱爵士一块儿走了，为的是把约翰·勃兰克莫下监牢；毕脱先生到会堂去聚会（所有到会的人的名字一一都有）；太太还是老样子；小姐们跟着女教师。"

后来的报告中又提到她，说是新教师能干着呢。毕脱爵士真喜欢她，克劳莱先生也喜欢她，还读传教小册子给她听。这位爱打听、爱管事、小矮个子、紫棠色面皮的别德·克劳莱太太一听这话，便说道："这不要脸的东西！"

最后的消息说那女教师笼络得人人喜欢她。她替毕脱爵士写信，办事，算账；在屋里就算她大；太太、克劳莱先生、两个姑娘，都听她的话。克劳莱太太立刻断定她是个诡计多端的死丫头，肚子里不知打什么鬼主意呢！这样，大厦里的一言一动都成了牧师宅子里谈话的资料。别德太太两眼炯炯，把敌人营盘里发生的事情看得清清楚楚。不但如此，她还把没有发生的事也看了去了。

别德·克劳莱太太写了一封信到契息克林荫道给平克顿小姐，内容如下：

> 女王的克劳莱教区礼拜堂。十二月——日
> 亲爱的平克顿女士——自从离校之后，已经许多年得不到您的又有益处又有趣味的教诲了。可是我对于校长和契息克母校的敬爱始终没有改变，我希望您身体安康。为世界的前途和教育事业的前途着想，平克顿女士的贡献是不可少的，望您多多保养，为大家多服务几年。我的朋友弗特尔斯顿爵士夫人说起要为她的女儿们请一个女教师，我忙说："这件事，除了请教那位举世无双的、了不起的平克顿女士之外，还能请教谁呢？"我经济能力不够，不能为我自己的孩子请家庭教师，可是我究竟是契息克的老学生呀！总之一句，亲爱的校长，能否请您为我的好朋友，我的邻居，举荐一位女教师呢？她除了您挑选的人之外，谁都不相信。
>
> 我亲爱的丈夫说他喜欢一切从平克顿女校出来的人。我真希望能叫我的丈夫和女儿们见见我幼年时代的朋友，连那伟大的字汇学家都佩服的朋友！克劳莱先生要我特别致意，如果您

到汉泊郡来，请务必光临寒舍。我们虽是寒微，家庭里的感情却很融洽。

敬爱你的
玛莎·克劳莱

附言　克劳莱先生的哥哥，那位从男爵（可叹得很，他和我们意见不合，缺乏应有的手足之情）为他的女儿请了一位女教师。据说她侥幸也在契息克受过教育。我已经听到不少关于她的传闻。我对于这两个亲爱的小侄女非常地关切，虽然我们两家有些意见，我仍旧希望她们和我的孩子常在一起。再说，凡是您的学生，我是无有不关怀的，所以，亲爱的平克顿女士，可否请你把这位小姐的身世说给我听。看在您的面上，我愿意跟她交朋友。

以下是平克顿小姐写给别德·克劳莱太太的回信：

契息克约翰逊大厦。一八——年十二月。

亲爱的夫人——大函已经收到，承您过奖，觉得十分荣幸，因此我立刻回复。我在位辛劳服务，以慈母般的精神爱护学生，毕竟唤起了感情上的应和，使我感到极度的满意。同时我发现和蔼可亲的别德·克劳莱太太就是我当年杰出的学生，活泼而多才的玛莎·麦克泰维希小姐，更觉得愉快，您的同窗之中，已经有许多人把她们的女儿交付给我，如果您的小姐也委托给我督促管教，我十二分地欢迎。

请代我向弗特尔斯顿夫人请安致意，我愿将我的朋友德芬小姐和霍葛小姐以通信方式介绍给爵士夫人。

两位小姐对于教授希腊文、拉丁文、初浅的希伯莱文、西班牙文、意大利文、算术、历史、地理，绝对能够胜任。在音乐方面，弹唱并佳，又能独力教授跳舞，不必另请跳舞教师。她们具有自然科学的基本知识，能熟练地运用地球仪。德芬小姐是剑桥大学已故研究员汤姆士·德芬先生的女儿，懂得叙利亚文和宪法纲要。她今年十八岁，外貌极其动人，或许在赫特尔斯顿·弗特尔斯顿爵士府上工作不甚合适。

兰蒂茜亚·霍葛小姐容貌不甚美观。她今年二十九岁，脸有麻点，红发拐腿，眼睛略带斜视。两位小姐品德完美，富有宗教热诚。她们的薪水，当然应该和她们的才艺相称。请代向别德·克劳莱牧师道谢并致敬意。

亲爱的夫人，我是您忠实顺从的仆人

巴巴拉·平克顿

附言　信中提及在国会议员毕脱·克劳莱从男爵府上做家庭教师的夏泼小姐。这人本是我的学生，我也不愿意提起于她不利的话。她面目可憎，可是天生的缺陷不是人力所能挽回的。虽然她的父母声名狼藉（她的父亲本是画师，几次三番穷得一文不名，后来我又听说她的母亲是歌剧院的舞女，使我不胜惊骇），她本人却很有才干。我当年行善收留了她，在这一点上我并不后悔。我所担心的是，不知我收容入校的弃儿，是否会受遗传的影响，像母亲一般无行。据她自己说，她母亲本是伯爵的女儿，在万恶的大革命时流亡来英，然而我发现那个女人下流低贱到无以复加。我相信到目前为止，她的行为还没有舛错，而且显赫的毕脱·克劳莱爵士的家庭环境高尚文雅，决不会使她堕落的。

以下是利蓓加·夏泼小姐写给爱米丽亚·赛特笠小姐的信：

## 第十一章 纯朴的田园风味

这好几个星期以来,我还没有给亲爱的爱米丽亚写过信。反正在这所"沉闷公馆"里(这是我替它想出来的名字),有什么新鲜消息呢?萝卜的收成好不好,肥猪的重量究竟是十三还是十四斯东①,牲口吃了甜菜合适不合适,这些你也不爱听。从上次写信到现在,过的日子都是一模一样的:早饭前毕脱爵士带着他的铲子散步,我陪着他。早饭后在课堂里上课(名为上课而已)。上完课又跟毕脱爵士看案卷,起稿子,都是些关于律师、租约、煤矿、运河的事,如今我算是他的书记了。晚饭后不是听克劳莱先生讲道便是跟从男爵玩双陆。爵士夫人呢,不管我们干哪一种玩意儿,只是不动声色地在旁边瞧着我们。近来她生了病,比从前有意思一点。她一病,公馆里来了个新人,是个年轻的医生。亲爱的,看来姑娘们可以不必发愁了。这位年轻医生对你的一个朋友示意,说是欢迎她做葛劳勃太太,替他的手术间装点装点门面。我对这个胆大妄为的人说,他手术间里用来研药的镀金白杵已经够好看了,不需要别的装饰。我这块料难道只配做乡下医生的老婆吗?葛劳勃医生碰了这个钉子,生了重病,回家吃了一剂凉药,现在已经大安了。毕脱爵士极其赞成我的主意,大概是生怕丢了他的秘书。再说,这老东西非常喜欢我。他这种人,只有这点儿情感,都拿出来给我了。哼!结婚!而且还跟乡下医生结婚!经过了以前——我也不必多说,反正一个人不能那么快就忘怀过去。咱们再谈谈沉闷公馆吧。

这一阵子家里不再沉闷了。亲爱的,克劳莱小姐带着她的肥马肥狗和肥用人一起都在这儿。了不起的、有钱的克劳莱小

---

① 相当于十四磅。

姐有七万镑家私，存了五厘的年息。两个弟弟可真爱她——我还不如说真爱她的钱。这好人儿看上去很容易中风，怪不得弟弟们着急。他们抢着替她搁靠垫、递咖啡的样儿才叫有意思！她很幽默，说道："我到乡下来的时候，就让那成天巴结我的布立葛丝小姐留在城里。反正到了这儿有两个弟弟来拍我的马屁。他们俩真是一对儿！"

她一下乡，厅门就敞着。这一个多月来，真好像华尔泊尔老爵士复活了。我们老是请客，出门的时候坐着四匹马拉的车子，听差们也换上最新的淡黄号衣。我们常常喝红酒和香槟，仿佛是家常便酒。课堂里点了蜡烛，生了火。大家劝克劳莱夫人穿上她所有的衣服里面最鲜艳的豆绿袍子。我的学生们也脱下紧绷绷的旧格子外衣和粗笨的鞋子，换上薄纱衣服和丝袜子，这才像从男爵家里出来的时髦小姐。昨天露丝大出丑。她的宝贝，那威尔脱郡出产的大黑母猪，把她撞倒在地上，还在她的衣服上乱跳乱踩，把一件漂亮的丁香花纹绸衫子糟蹋了。这件事如果在一星期以前发生，毕脱爵士准会恶狠狠地咒骂一顿，打那小可怜儿几下耳刮子，然后罚她一个月里面只许喝淡水吃白面包。昨天他一笑了之，说道："等你姑妈走了之后我再来收拾你。"仿佛这是没要紧的小事。希望克劳莱小姐回家之前，他的怒气已经消散了。为露丝小姐着想，我真心这么希望。啊！金钱真是能够消怨息怒的和事佬！

克劳莱小姐和她七万镑家私的好影响，在克劳莱两兄弟的行事上面也看得出来，我指的是从男爵和那牧师，不是咱们在先说的两个。老哥弟俩一年到头你恨我我怨你，如今到了圣诞节忽然亲热起来。关于那可恶的爱跑马的牧师怎么在教堂里借题发挥骂我们家的人，说的话多么不聪明，毕脱爵士怎么自管自打呼噜这些事情，我去年已经告诉你了。克劳莱小姐下乡之后，大家从来不吵架。大厦和牧师宅子两家人你来我往，从男爵和牧师俩谈到猪仔呀，偷野味的小贼呀，区里的公事呀，客气得了不得。我想他们喝醉了酒都不敢拌嘴。克劳莱小姐不准他们闹；她说如果他们两个得罪了她，她就把财产都传给夏洛浦郡的本家。我想夏洛浦郡的克劳莱一家如果机灵点儿，不难把一份家私都抢过去。可是那个克劳莱先生和他汉泊郡的堂兄弟一样，也是牧师。他的道德观念拘泥不化，因此得罪了克劳莱小姐，已经到了无可挽回的局面。她从那边一直逃到这边，把那不听话的堂弟弟恨透了。我猜那边的牧师大概天天晚上在家念经祷告，不肯对克劳莱小姐让步。

克劳莱小姐一到，经本儿都合上了。她最讨厌的毕脱先生也上伦敦去了，因为还是离了家自在些。那年轻的花花公子，那纨绔儿，叫克劳莱上尉的，却回家来了。我想你总愿意知道他是怎么样的一个人。

这纨绔子弟长得魁梧奇伟。他身高六尺，声音洪亮，满口里赌神罚誓，把下人们呼来喝去。可是他花钱很大方，所以用人都喜欢他，对他千依百顺。上星期一个地保带着一个差人从伦敦来逮捕他，躲躲藏藏地闪在园墙边。那些看守猎场的人瞧见了，以为是偷野味的，把他们打了一顿，浸在水里，差点儿没把他们枪毙，总算从男爵出来干涉，才算了事。

我一看就知道上尉瞧着他父亲一文不值。他叫他爸爸乡下人，土老儿，老势利鬼，给他起了许许多多这一类漂亮的诨名儿。他在小姐奶奶队里的声名可怕极了。这一回他带了好几匹马回来，有时就住在本地乡绅家里。他随便请人回家吃饭，毕脱爵士也不敢哼个不字儿，唯恐因此得罪了克劳莱小姐，回头她中风死掉之后财产传不到他手上。你要听上尉奉承我的话吗?他的话说得太好了,我非告诉你不可。一天晚上我们这儿居然举行跳舞会。赫特尔斯顿·弗特尔斯顿爵士一家,杰尔斯·活泊夏脱爵士带着他的好些女儿,还有不知道多少别的人,都来了。我听见上尉说:"喝!这小马儿生得整齐!"他就是指我呢!承他看得起,跟我跳了两回土风舞。他跟本地的公子哥儿玩儿得很高兴,在一块儿骑马,喝酒,赌钱,议论怎么打猎,怎么打枪,可是他说乡下的姑娘都叫人腻味。我觉得他这话说得不错。她们对我这小可怜儿的那份骄傲,真说不上来。她们跳舞的时候,我就坐在旁边乖乖地弹琴。前几天晚上,上尉喝得脸上红扑扑的从饭间里进来,看见我在弹琴,便大声咒骂,说是屋里的人谁也没有我跳舞跳得好。说着他又恶毒毒地发誓,说他要到墨特白莱去叫一班琴师来。

别德太太立刻接上来说:"让我来弹一支土风舞的曲子。"她是个紫棠脸皮的小老太婆,裹着包头布,眼睛里闪闪发亮,相当地滑头。上尉和你那可怜的利蓓加跳完舞之后,她竟然赏我好大的面子,称赞我舞艺高明。这可是空前的大事。骄傲的别德·克劳莱太太是铁帕托夫伯爵的嫡堂姊妹,除了大姑下乡的时候,向来不肯屈尊拜访克劳莱爵士夫人。可怜的克劳莱夫人!大家在底下寻欢作乐,她大半的时候都在楼上吃丸药。

别德·克劳莱太太忽然和我好得不得了。她说:"亲爱的夏泼小姐,干吗不带着孩子们上我们家里来玩儿?她们的堂姐姐堂妹妹倒怪想念她们的。"我懂得她的意思。当年克莱曼蒂先生没有白教咱们弹琴,如今别德太太想要给自己的孩子请个跟他一样有身价的钢琴教师呢!她的算盘我全看穿了,就好像是她亲口告诉我的一样。话虽这么说,我还是准备到她家里去,

因为我打定主意要和气待人。无亲无友的穷教师还能不随和儿一点吗?牧师太太奉承我二十来次,夸奖我的学生进步怎么快。她准以为这样就能叫我感动。可怜这头脑简单的乡下佬!她还以为我心上有这两个学生呢。

最亲爱的爱米丽亚,人家说我穿上你的印度纱袍子和粉红绸衫子很好看。衣服穿得很旧了,可是穷女孩子哪里能够常常换新衣服呢?你真好福气,缺什么,只要坐车到圣·詹姆士街,你亲爱的妈妈就会给你买。再见,亲爱的朋友!

爱你的<br>利蓓加

附言　罗登上尉挑我做舞伴的时候,那几位勃拉克勃鲁克小姐们脸上的表情哪,可惜你瞧不见!亲爱的,她们是勃拉克勃鲁克海军上将的女儿,长得挺漂亮,还穿了伦敦买来的衣服呢。

夏泼小姐答应到牧师家里去做客之后,别德·克劳莱太太(她的计策已经给伶俐的利蓓加看穿了)想法子请权势盖天的克劳莱小姐向毕脱爵士说情,因为这一层是不可少的。好性子的老太太自己爱热闹,也喜欢身旁的人快乐高兴,听了这话非常合意,愿意出面给弟弟们调停,让双方亲亲热热过日子。大家说好叫两家的孩子多多来往。他们的友谊当然一直维持到那兴致勃勃的和事佬离开之后才破裂。

牧师夫妇穿过园地回家的时候,牧师对他太太说道:"你干吗请罗登·克劳莱那混账东西来吃饭?我可不要他来。他瞧不起咱们乡下人,仿佛咱们是没开化的黑人似的。而且他不喝我那种盖黄印的酒再也不肯罢休,真是混蛋,那种酒十先令一瓶呢!他无恶不作,狂饮滥赌,是个十足道地的荒唐鬼。他跟人决斗闹出人命案子来。他背了一身的债。克劳莱小姐的家私里面咱们的那一份儿也给他闹掉了。华克息说的——"牧师说到这里,对着月亮晃晃拳头,口里念念有词,很像在赌咒骂人,然后恨恨地说道:"——她在遗嘱里面写得明白,五万镑都给他,剩下的不过三万镑给咱们家里的人分。"

牧师太太说道:"我想她也快不行了。吃完晚饭的时候她脸上红得厉害,我只能把她的内衣都解开。"

牧师低声说道:"她喝了七杯香槟酒。那香槟酒真糟糕,我哥哥是存心要把咱们大家都毒死。你们女人真是好歹不分。"

别德·克劳莱太太答道:"我们什么都不懂。"

牧师接下去说道:"晚饭后她又喝樱桃白兰地酒。咖啡里面又搀了橘子酒。那种东西喝下去心里要发烧的,你白给我五镑钱我也不喝。克劳莱太太,她的身子一定受不了,血肉做的人哪里挡得住这样的糟蹋呢?她准会死!我跟你五对二打赌,玛蒂尔达活不满一年。"

牧师和他太太一路回家,一面心里筹划着这些要紧事。他们想到家里的债务,想到两个儿子,杰姆在大学读书,弗兰克在乌利治陆军军官学校,此外还有四个女儿。可怜的女孩儿们长得都不好看,而且除了姑妈的遗产之外一个子儿的嫁妆也没有。

半晌,克劳莱牧师接下去道:"毕脱会不会把我这牧师的位置卖出去不给咱们的孩子?我看他不能这么混账黑心吧?他那脓包的大儿子,那监理会教徒,一心只想做议员。"

牧师太太答道:"毕脱·克劳莱什么都做得出来,咱们应该想法子请克劳莱小姐叫他答应把牧师的位置留给詹姆士。"

从男爵的弟弟说道:"毕脱一定什么都答应下来。我爸爸去世的时候,他答应给我还大学里欠的债。后来又答应在咱们房子上加造庇屋,又答应把吉勃种的地和六亩场给我——这些事他做了没有!玛蒂尔达还偏要把大半的财产都给他的儿子——给罗登·克劳莱那个混蛋,赌鬼,骗子,凶手!这简直不像基督教徒做出来的事。天哪,真不像个基督教徒啊!那混蛋的狗头什么坏处都占全了,就差不像他哥哥那样是个假道学。"

他的太太打断他说:"亲爱的,别说了,咱们这会儿还在他的园地上呢。"

"克劳莱太太,我偏要说!他可不是什么坏处都占全了吗?别欺负我,太太!难道他没把马克上尉一枪打死吗?在可可树俱乐部里他不是骗了德芙戴尔小勋爵的钱吗?毕尔·索姆士和却希亚地方的大好老两个人比拳,他来一搅和,他们两个没能够公公道道打一架,我就输了四十镑钱。这些事你全知道。他跟那些女人闹的丑事,你比我先知道。在地方官屋子里——"

他的太太道:"克劳莱先生,看老天的面子,别跟我细说吧!"

牧师气呼呼地说道:"你还会把这种混账行子请到家里来!你,你有年轻的儿女,你还是国教教会牧师的太太。哼!"

牧师太太轻蔑地说道:"别德·克劳莱,你是个糊涂蛋。"

"好吧,太太,先别提糊涂不糊涂的事——当然我没有你聪明,玛莎,我向来没说过自己比你聪明。可是干脆一句话,我不愿意招待罗登·克劳莱。他来的那天我就上赫特尔斯顿家里去瞧他的黑猎狗去,克劳莱太太,我非去不可!我愿意下五十镑注,叫咱们的兰斯洛德跟那黑狗赛跑。喝!全英国的狗没有一条比得上兰斯洛德。总之我不愿意招待罗登·克劳莱那畜生。"

他的太太答道:"克劳莱先生,你又喝醉了。"第二天早上,牧师醒过来,要喝淡啤酒。牧师太太就提醒他,说他早已答应星期六去看望赫特尔斯顿·弗特尔斯顿爵士。去了岂有不喝一夜酒的理呢？所以他太太和他约好，在星期日上教堂以前必须骑马赶回来。你看，克劳莱教区里的老百姓真好运气，碰上的牧师和地主都是一样的宝贝。

克劳莱小姐在大厦住下不久，利蓓加就赢得了她的欢心。这位性情随和、行事荒唐的伦敦人也像我在先描写过的乡下佬一样，着了她的迷。克劳莱小姐惯常坐了马车出去兜风。有一天，承她叫"那教书的"陪她一块儿到墨特白莱去。她们回家以前，利蓓加已经把她收服，因为她引得老太太一路高兴，一共笑了四回。

毕脱爵士正式大请客，邀了邻近所有的从男爵来家吃饭。老太太对他说："什么？不叫夏泼小姐一块儿吃饭？亲爱的，难道叫我跟弗特尔斯顿夫人谈她的孩子，跟那糊涂蛋杰尔斯·活泼夏脱谈他法院里的事情不成？我非要夏泼小姐出来不可，如果人多坐不下，让克劳莱夫人在楼上吃饭得了。夏泼小姐怎么能不出来？一区里就是她一个人可以跟我谈几句。"

这么专制的号令一出来，当然只能叫女教师夏泼小姐到楼下和许多贵客同桌子吃饭。赫特尔斯顿一大套虚文俗礼，把克劳莱小姐扶进饭厅，便准备在她旁边坐下去，老太太立刻尖声叫道："蓓基·夏泼！夏泼小姐！过来坐在这儿陪我说话儿，让赫特尔斯顿爵士傍着活泼夏脱夫人坐。"

克劳莱小姐听蓓基说话，永远听不厌，等到宴会完毕，一辆辆马车走远之后，她便说："蓓基，到我梳妆室里来。咱们一起把客人们痛骂一顿。"这一对朋友骂得真痛快！赫特尔斯顿老爵士在吃饭的时候唏哩呼噜地喘气；杰尔斯·活泼夏脱爵士索洛洛地喝汤；他的太太老是眨巴左眼皮。蓓基添油加酱，把这些人摹仿得淋漓尽致。大家谈话的琐碎细节，发表的意见，关于政治、战事、法庭每季开庭的情况，汉泊郡的猎狗出猎的有名故事，以及一切乡下地主喜欢谈的沉闷的题目，也是给蓓基说笑的资料。活泊夏脱小姐们的打扮和弗特尔斯顿夫人的黄帽子，更给她挖苦得一文不值。老太太听了喜欢得无以复加。

克劳莱小姐常说："亲爱的，你真是个天上掉下来的宝贝。我真恨不得带你到伦敦去，可是我不能把你当布立葛丝一样的可怜虫，老是欺负你。你这小滑头，哪会给人欺负呢！你太聪明了，孚金，你说对不对？"

孚金姑娘正在梳理克劳莱小姐头上几根稀稀朗朗的头发，听了这话，扬起脸儿说道："小姐真是聪明极了。"她说话的时候样子尖刻得刺人，原来孚金和一切正经女人一样，天生会拈酸吃醋，而且把这件事当她的本分。

克劳莱小姐自从赶开了赫特尔斯顿·弗特尔斯顿爵士之后，天天命令罗登·克劳莱扶她进饭厅，又叫蓓基拿了靠垫在后面跟着——再不然就是蓓基扶着她，罗登给她拿靠垫。她说："咱们非得坐在一块儿不可。亲爱的，本区里只有咱们三个算得上基督教徒。"这样看来，汉泊郡的宗教气氛准是淡薄到极点了。

克劳莱小姐非但虔信宗教，见解也特别新，并且一有机会就坦直地发表自己的意见。她常跟利蓓加说："亲爱的，一个人的家世可算什么呢？你瞧瞧我的弟弟毕脱，那可怜的牧师别德，还有弗特尔斯顿一家，他们还算从亨利第二在位的时候就住在此地的呢！这些人里头谁比得上你的脑子，你的教养？别说是你，连给我做伴的布立葛丝那老好人和我的总管鲍尔斯都比他们强些。亲爱的，你是个绝品的人才，珍珠宝贝一样地贵重，把本区里一半人的聪明合并起来还赶不上你呢。如果好人有好报的话，你该做到公爵夫人才对——我说错了，世界上压根儿不该有什么公爵夫人。反正你是应该在万人之上的。亲爱的，无论在哪一方面，我都认为你跟我完全平等。亲爱的，在火上加点儿煤好吗？请你把这件衣服给我拆了改一改，你的针线真好。"这位有年纪的慈善家就这么使唤跟她平等的人，叫利蓓加替她跑腿，做衣服，天天晚上读法国小说给她听，一直读到她睡着为止。

年纪大些的读者一定还记得，正在那个时候，上流社会里发生了两件哄动人心的事情。如果用报纸文章的口气来说，这两件事情给那些穿长袍的先生们添了工作①。第一件是白蓓兰·菲左丝小姐，勃鲁因伯爵的女儿，并且是他的财产承继人，跟歇夫登旗手私奔结婚。另一件是关于一位维厄·威恩先生的事；可怜的威恩先生一向做人稳健，家里一大堆孩子，活到四十岁，忽然荒唐起来，跟一个年纪六十五岁叫罗琪梦太太的女戏子离家出走。

克劳莱小姐说："纳尔逊勋爵②结识的相好真是祸水。这件事就把他品性里最优美的一面显出来了。一个男人肯做这样的事，就表示他这人不错。我喜欢门户不相当的婚姻。最妙的莫过于看着贵族娶个磨坊主人的姑娘做太太，像福拉安台尔勋爵那样，把那些女的气得要命。我希望有个大人物来跟你私奔，亲爱的，反正你长得够美的。"

利蓓加附和着说："像两个赶车的一样溜之大吉。那真太妙了！"

"其次，我爱看穷光蛋拐了有钱小姐私奔。我一直盼望罗登私奔结婚。"

"跟穷人私奔还是跟有钱人私奔呢？"

"你这傻瓜！罗登除了我给他的钱以外一个子儿都没有的。他浑身是债，所以非得想法子补救补救，也好博个有名有利。"

利蓓加问道："他能干吗？"

"能干？亲爱的，除了他的马和他的部队，除了打猎，赌钱，他什么都不懂。我非得想法子帮他显声扬名不可，因为他实在混账得讨人喜

---

① 指牧师、法官之类的人。
② 十八世纪英国海军大将。他的情妇海密尔顿夫人是当年有名的美人。她和海密尔顿爵士结婚之前只是个高等妓女。她挥霍成性，虽然得了海密尔顿爵士和纳尔逊将军两份遗产，老来仍旧穷愁潦倒。

欢。你知道吗？他一枪打死一个人，又对那伤心的爸爸开了一枪，可是只打中他的帽子。他部队里的人都喜欢他。在华典挨咖啡馆、可可树俱乐部，那些小伙子都对他心悦诚服呢。"

利蓓加·夏泼小姐写给好朋友的信里曾经提到女王的克劳莱大厦里怎么开了一个小小的跳舞会，克劳莱上尉第一次怎么挑中她做舞伴等等情形，可是说来奇怪，她信里的话和事实并不符合。上尉早已请她跳过好几回舞。散步的时候，她常常碰见上尉，总有十来次。在走廊上过道里，她老是和上尉拍面相撞，又有五十来次。晚上她弹琴唱歌（克劳莱爵士夫人病在楼上没人理会）——她弹琴唱歌，上尉在钢琴旁边恋恋不舍地来回又走了二十来次。上尉还写给她好几封短信。这傻大个儿的骑兵费尽心思做文章和改别字。说实话，头脑迟钝和其他别的品质没有什么不同，一般也能够讨女人喜欢。第一回，他把便条夹在唱歌书里给她，哪知道女教师站起身来，一眼不眨地瞧着他，把叠成三角形的信纸轻轻悄悄捡起来，当它帽子似的摇来晃去，然后走到那冤家面前，把便条往火上一撩，对他深深屈膝行了个礼，重新回到原位上唱起歌来，而且唱得比以前更起劲。

克劳莱小姐饭后正在打盹儿，音乐一停，她醒过来问道："怎么了？"

利蓓加笑道："音调有些不协调。"罗登听了又气又羞，心里直冒火。

别德·克劳莱太太心地真好，她看见克劳莱小姐明明白白表示喜欢新来的教师，并不妒忌，反而把她请到家里去玩。非但这样，她还请了罗登·克劳莱，虽然罗登是她丈夫的对头，把老小姐的五厘钱年息分掉一大半。克劳莱牧师太太和她的侄儿感情十分融洽。罗登不打猎，不到弗特尔斯顿家里去应酬，不到墨特白莱军营里去吃饭，只喜欢散步到牧师家里去。克劳莱小姐也去。至于两个小女孩儿，她们的妈妈反正在生病，为什么不请夏泼小姐陪着她们一块儿去呢？结果这两个小宝贝儿跟着夏泼小姐也去了。到晚上，爱走路的就走回家。克劳莱小姐是不走路的，宁可坐马车。这条路穿过牧师的园地，出了小小的园门，就是一片黑黝黝的田，然后是一条树荫满地的小径，直通女王的克劳莱大厦。对于上尉和利蓓加小姐这么能欣赏风景的人，这一切在月光底下实在显得迷人。

利蓓加小姐抬起亮晶晶的绿眼珠子，瞧着天上说道："啊，这些星星，这些星星！我瞧着瞧着就仿佛自己成了仙。"她的同伴也在热心欣赏，接口道："喔！啊！老天爷！对！我也是那么想，夏泼小姐。你不讨厌我抽雪茄烟吧，夏泼小姐？"夏泼小姐回说在露天，再没有比雪茄烟味儿更好闻的了。说完，她拿烟卷儿来尝了一口。她抽烟的姿势真好看，轻轻地一抽，低低地叫了一声，然后吱吱地笑着把美味的雪茄烟还给上尉。上尉捻着胡子，抽了一大口烟。烟头立刻发出红光，衬着黝黑的田地，越发显得亮。他赌着咒说道："天爷，喔！上帝，喔！我一生没抽过这么好的雪茄，喔！"由此看来，他智力超群，谈吐精彩，像他这般年轻力壮的骑兵，能这样最好。

毕脱老爵士正在书房里抽烟斗喝啤酒，和约翰·霍洛克斯谈论宰羊的问题。他从窗口看见他们一对在说话抽烟，恶狠狠地肆口咒骂，说他如果不看克劳莱小姐面上，立刻把罗登这流氓赶出去。

霍洛克斯先生答道："他不是个好东西。他的用人弗立契斯更混账。他在管家娘子房里大吵大闹，因为饭菜和啤酒不够好。有身份的大爷都没他那么利害。"过了一会儿，他接下去说："我想夏泼小姐是他的对手，毕脱爵士。"

这话说得很对，她是爸爸的对手，也是儿子的对手。

## 第十二章　很多情的一章

现在我们应该离开田园乐土，和当地那些纯朴可爱的好人告别，回到伦敦去探听探听爱米丽亚小姐的消息了。一位隐名的读者写给我一封信；她的字迹娟秀，信封用粉红的火漆封了口。信上说："我们一点儿不喜欢她，这个人没有意思，乏味得很。"此外还有几句别的话，也是这一类好意的评语。这些话对于被批评的小姐实在是一种了不起的赞扬，要不然我也不会说给大家听。

亲爱的读者，当你在交际场里应酬的时候，难道没有听见过好心的女朋友们说过同样的话吗？她们常常怀疑斯密士小姐究竟有什么引人的地方。她们认为汤姆生小姐又蠢又没意思，只会傻笑；脸蛋儿长得像蜡做的洋娃娃，其他一无好处；为什么琼斯少佐偏要向她求婚呢？亲爱的道学先生们说："粉红脸蛋儿和蓝眼珠子有什么了不起？"她们很有道理地点醒大家，说是一个女人有天赋的才能和灵智方面的成就，能够明了曼格耐尔的《问题》<sup>①</sup>，掌握上等女人应有的地质学植物学的智识，会做诗，会学赫滋<sup>②</sup>派的手法，在琴上叮叮咚咚弹奏鸣曲，等等，比好看的相貌有价值得多，因为红颜难保，不过几年便消褪了。听得女人批评美貌不值钱不耐久，倒使我长进了不少。

当然，德行比容貌要紧得多，我们应该时常提醒不幸身为美人的女子，叫她们时常记着将来的苦命。还有一层，男人们虽然把那些眉开眼笑、脸色鲜嫩、脾气温和、心地良善、不明白世事的小东西当神明似的供奉在家里，太太小姐们却佩服女中的豪杰；而且两相比较起来，女中豪杰的确更值得颂扬和赞美。不过话虽这么说，前面一种次一等的女人也有可以聊以自慰的地方，因为归根结底，男人还是喜欢她们的。我们的好朋友白费了许多唇舌，一会儿警告，一会儿劝导，我们却至死不悟，荒唐糊涂到底。就拿我来说吧，有几位我向来尊敬的太太小姐曾经几次三番告诉我，说白朗小姐身材瘦小，没有什么动人的去处；又说忽爱德太太除了脸蛋儿还算讨人喜欢，没有什么了不起；又说勃拉克太太最没有口齿，一句话都不会说。可是我明明跟勃拉克太太谈得津津有味（亲爱的太太，我们说的话当然是无可訾议的）；忽爱德太太椅子旁边明明挤满了男人；说到白朗小姐呢，所有的小伙子都在你抢我夺地要和她跳舞。这样看起来，一个女人给别的女人瞧不起，倒是一件非常值得骄傲的事。

---

① 曼格耐尔（Mangnall，1769—1820），英国女教师，所著《历史问题及其它》在1800年出版，是风行的女学校教本。
② 赫滋（Heinrich Herz，1803—1888），奥地利作曲家，在法国教琴出名。

和爱米丽亚来往的小姐们把这一套儿做得很到家。譬如说，乔治的姊妹，那两位奥斯本小姐，还有两位都宾小姐，一说起爱米丽亚种种没出息的地方，意见完全相同，大家都不明白自己的兄弟看着她哪一点上可爱。两位奥斯本小姐生得不错，都长着漆黑的眉毛。讲到教育，家里一向请着第一流的男女家庭教师；讲到穿着，又是雇的最讲究的裁缝。她们说："我们待爱米丽亚很好。"她们竭力俯就她，对她非常客气，那种降低了身份抬举她的样子实在叫人受不了，弄得可怜的爱米在她们面前一句话都说不出来，活像个呆子，竟和小姐们对于她的估计吻合了。爱米丽亚因为她们是未来丈夫的姊妹，努力叫自己喜欢她们，觉得这是她的责任。她往往整个上午陪着她们，挨过多少沉闷没有趣味的时光。她和她们一块儿出去，一本正经地坐在奥斯本家的大马车里，旁边还有个瘦骨嶙峋的女教师——那个叫乌德小姐的老姑娘，相陪着。奥斯本小姐们款待爱米的法子，就是带她去听枯燥无味的音乐会，或是去听圣乐，或是到圣·保罗教堂去看那些靠施主养活的穷苦孩子。她对于新朋友们怕得利害，甚至于在教堂里听了孩子们唱的圣诗，也不大敢表示感动。奥斯本家里很舒服，他的爸爸讲究吃喝，菜蔬做得十分精致，排场又阔。他们待人接物的态度严肃而又文雅；他们的自尊心强得比众不同；他们在孤儿教堂的包座是全堂第一；他们做事有条有理，最讲面子；连他们取乐儿的时候，也只挑规规矩矩、沉闷不堪的事干。爱米丽亚每去拜访一次（拜访完了之后她心里多轻松啊！），奥斯本大小姐、玛丽亚·奥斯本小姐，还有女教师乌德小姐那个老姑娘，总免不了你问我我问你地说："乔治究竟瞧着她哪点儿好啊？"她们越看越不明白了。

有些爱找错儿的读者叫起来说："怎么的？爱米丽亚在学校里朋友那么多，人缘那么好，怎么出来以后碰见的奶奶姑娘们倒会不喜欢她呢？她们又不是辨不出好歹的人。"亲爱的先生，别忘了在平克顿小姐的学校里，除了一个上了年纪的跳舞教师之外一个男人都没有，女孩子们难道为着这老头儿吵架不成？乔治的姊妹们瞧着漂亮的兄弟一吃完早饭就往外跑，一星期里头倒有五六天不在家吃饭，难怪她们觉得受了怠慢，心里不高兴。朗白街上赫尔格和白洛克合营银行里的小白洛克最近两年本来在追求玛丽亚小姐，哪知道有一会儿跳八人舞的时候竟然挑了爱米丽亚做舞伴，你想玛丽亚会喜欢吗？亏得这位小姐生来不工心计，器量也大，表示她瞧着很喜欢。跳完舞以后，她很热心地对白洛克先生说："你喜欢亲爱的爱米丽亚，我瞧着真高兴。她是我哥哥的未婚妻。她没有什么本事，可是脾气真好，也不会装腔作势。我们家里的人真喜欢她。"好姑娘！她那热心热肠的"真"字儿里面包含的情意，有谁量得出它的深浅？

乌德小姐和两位热心肠的女孩儿常常很恳切地点醒乔治，说他委屈自己错配了爱米丽亚，真是绝大的牺牲，过度的慷慨。乔治把这些话听熟了，大概到后来真心以为自己是英国军队里面数一数二的大好老，便死心塌地等人家爱他，反正这也并不是难事。

我刚才说他每天早上出门，一星期在外吃六餐饭。他的姊妹们想他准是昏了头，只在赛特笠小姐左右侍奉她，其实大家以为他拜倒在爱米丽亚脚边的时候，他往往到别处去了。有好几次，都宾上尉走来拜访他的朋友，奥斯本大小姐（她很关心上尉，爱听他说军队里的故事，常常打听他亲爱的妈妈身体好不好）——奥斯本大小姐就指着广场对面的屋子笑说："哟，你要找乔治，就得到赛特笠家里去呀，我们从早到晚都见不着他的面。"上尉听她这么一说，脸上非常尴尬，勉强笑了一笑。还亏得他熟晓人情世故，立刻把话锋转到大家爱谈的题目上去，像歌剧啊，亲王最近在卡尔登大厦①开的跳舞会啊，天气啊，——在应酬场中，天气真是有用，没话说的时候就可以把它做谈话资料。上尉走掉之后，

---

① 指后来的乔治第四，他登极之前住在卡尔登大厦，时常招待宾客，连房子也出了名。

玛丽亚小姐便对吉恩小姐说道："你那心上人儿可真傻气。你瞧见没有？咱们说起乔治到对门上班儿，他就脸红了。"

她的姐姐扬着脸儿回答说："玛丽亚，可惜弗莱特立克·白洛克没有他这点儿虚心。"

"虚心！还不如说他笨手笨脚，吉恩。那一回在潘金家跳舞，他把你的纱衣服踩了一个洞，我可不愿意弗莱特立克在我细纱袍子上踩个洞。"

"你的纱袍子？喝喝！怎么的？他不是在跟爱米丽亚跳舞吗？"

都宾上尉脸上发烧，样子局促不安，为的是他心里想着一件事情，不愿意让小姐们知道。原来他假托找寻乔治，已经到过赛特笠家里，发现乔治不在那里，只有可怜的爱米丽亚闷闷地坐在客厅窗口。她扯了几句淡话之后，鼓起勇气向上尉说：听说联队又要外调，是真的吗？还有，上尉那天可曾看见奥斯本先生吗？

联队还不准备外调，都宾上尉也没有看见乔治。他说："大概他跟姊妹们在一块儿。要我去把那游手好闲的家伙叫过来吗？"爱米丽亚心里感激，很客气地跟都宾握手告别，他就穿过广场找到乔治家里来。可是她等了又等，总不见乔治的影子。

可怜这温柔的小姑娘，一颗心抖簌簌地跳个不停，她左盼右盼，一直在想念情人，对于他深信不疑。你看，这种生活没什么可描写的，因为里面没有多大变化。她从早到晚想着："他什么时候来啊？"不论睡着醒着，只挂念这一件事。照我猜想起来，爱米丽亚向都宾上尉打听乔治的行止的时候，他多分在燕子街跟加能上尉打弹子，因为他是个爱热闹会交际的家伙，而且对一切赌技巧的玩意儿全是内行。

有一次，乔治连着三天不见，爱米丽亚竟然戴上帽子找到奥斯本家里去，小姐们问她说："怎么的？你丢了我们的兄弟到这儿来了？说吧，爱米丽亚，你们拌过嘴了吗？"没有，他们没有拌过嘴。爱米丽亚眼泪汪汪地说："谁还能跟他拌嘴呢？"她迟迟疑疑地说她过来望望朋友，因为大家好久没见面了。那天她又呆又笨,两位小姐和那女教师瞧着她快快地回家,都瞪着眼在她后头呆看,她们想到乔治竟会看上可怜的爱米丽亚,就觉得纳闷。

这也难怪她们纳闷。爱米丽亚怎么能把自己颤抖的心掏出来给这两个睁着黑眼睛瞪人的姑娘看呢?还是退后一步把感情埋藏起来吧。两个奥斯本小姐对于细绒线披肩和粉红缎子衬裙是内行。泰纳小姐把她的衬裙染了紫色改成短披风,毕克福小姐把银鼠肩衣改成手笼和衣服上的镶边,都逃不过这两个聪明女孩子的眼睛。可是世界上有些东西比皮毛和软缎更精美;任是苏罗门的财富,希巴皇后的华裳艳服,也望尘莫及,只可惜它们的好处连许多鉴赏家都看不出来。有些羞缩的小花儿，开在偏僻阴暗的地方，细细地发出幽香，全凭偶然的机缘才见得着。也有些花儿，大得像铜脚炉，跟它们相比，连太阳都显得腼腆怕羞。赛特笠小姐不是向日葵的一类。而且我认为假如把紫罗兰画得像重瓣大理菊一般肥大，未免不相称。

说真话，一个贞静的姑娘出阁以前的生活非常单调，不像传奇里的女主角那样有许多惊心动魄的遭遇。老鸟儿在外面打食，也许会给人一枪打死，也许会自投罗网，况且外头又有老鹰，它们有时候侥幸躲过，有时候免不了遭殃。至于在窝里的小鸟呢，在飞出老窝另立门户之前，只消蹲在软软的绒毛和干草上，过着舒服而平淡的日子。蓓基·夏泼已经张开翅膀飞到了乡下，在树枝上跳来跳去，虽然前后左右布满了罗网，她倒是很平安很得意地在吃她的一份食料。这一向，爱米丽亚只在勒塞尔广场安稳过日子。凡是和外面人接触的时候，都有长辈指引。她家里又阔，又舒服，又快乐，而且人人疼她，照顾她，哪里会有不幸的事情临到她头上来呢？她妈妈早上管管家事，每天坐了马车出去兜一转，应酬应酬，买买东西。伦敦的阔太太们借此消遣，也可以说就把这种事情当作自己的职业。她爹在市中心做些很奥妙的买卖。当年市中心是个热闹的所在，因为那时候整个欧洲在打仗，有好些皇国存亡木卜。《驿差报》有成千累万的订户。报上的消息惊心动魄，第一天报道威多利的战役，第二天又登载莫斯科的大火。往往到晚饭时分，卖报的拿着号筒，在勒塞尔广场高声叫喊："莱比锡战役①！六十万大军交战！法军大败！伤亡二十万人！"有一两回，赛特笠老先生回到家里，一脸心事重重的样子。这一类的消息闹得人心惶惑，欧洲的交易所里也有波动，怪不得他着急。

---

① 1813年10月，拿破仑在德国境内和普、奥、俄联军交战，大败。

在白鲁姆斯贝莱区的勒塞尔广场,一切照常,仿佛欧洲仍旧风平浪静没出乱子。三菩先生每天在下房吃饭的次数不会因为莱比锡退军而有所变更;尽管联军大批涌进法国,每天五点钟他们照常打铃子开饭。白利安也罢,蒙密拉依①也罢,可怜的爱米丽亚都不放在心上,直到拿破仑退位,她才开始关心战局。她一听这个消息,快乐得拍起手来,诚心感谢上苍,热烈地搂着乔治不放。旁边的人看见她这样感情奔放,全觉得诧异。原来现在各国宣告停战,欧洲太平,那科西嘉人下了台,奥斯本中尉的联队也就不必派出去打仗了。这是爱米丽亚小姐的估计。在她看来,欧洲的命运所以重要,不过是因为它影响乔治·奥斯本中尉。他脱离了危险,她就唱圣诗赞美上帝。他是她的欧洲,她的皇帝,抵得过联军里所有的君主和本国权势赫赫的摄政王。乔治是她的太阳,她的月亮。政府公廨里招待各国君王,大开跳舞会,点得灯烛辉煌,没准她也觉得大家是为了乔治·奥斯本才那么忙碌。

我们已经说过,教育利蓓加成人的是三个叫人扫兴的教师:人事的变迁,贫苦的生活,连上她自己本人。新近爱米丽亚也有了一位老师,那就是她自己的一片痴情。在这个怪得人心的教师手下,她有了惊人的进步。这一年半以来,爱米丽亚日夜受这位有名望的教师点化,学得了许多秘密。关于这方面的知识,不但对面房子里的乌德小姐和两个黑眼睛姑娘十分缺乏,连平克顿小姐也不在行。这几位拘谨体面的小姐怎么会懂得这里面的奥妙呢?平克顿小姐和乌德小姐当然跟痴情恋慕这些事情无缘,一说到她们俩,我这话根本不敢出口。就拿玛丽亚·奥斯本小姐来说吧,她算是跟白洛克父子以及赫尔格合营公司的弗莱特立克·奥克斯德·白洛克有情有意的。可是她这人非常大方,嫁给白洛克先生,或是嫁给白洛克先生的父亲,在她都无所谓。她像一切有教养的小姐一

---

① 1814年1月,拿破仑与联军在法国白利安开战,2月又与联军在法国蒙密拉依开战,两次都大胜。

般，一心只要在派克街有一所房子，在温勃尔顿有一所别墅，再要一辆漂亮的马车，两匹高头大马，许多听差，连上有名的赫尔格和白洛克的公司里每年四分之一的利润。弗莱特立克·奥克斯德·白洛克就代表这些好处。假如新娘戴橘子花的习惯在当年已经风行的话（这风气是从盛行买卖婚姻的法国传进来的，这童贞的象征多么令人感动啊！）——如果当年已经风行戴橘子花的话，那么玛丽亚小姐准会戴上这种洁白的花圈，紧靠着那又老又秃、鼻子像酒瓶、浑身风湿的白洛克老头儿在大马车里坐下来，准备跟他出门度蜜月。她一定甘心情愿，把自己美丽的一生奉献给他，使他快乐。可惜老头儿已经有了妻子，所以她只好把纯洁的爱情献给公司里的下级股东了。香喷喷娇滴滴的橘子花啊！前些日子我看见特洛德小姐（她现在当然不用这名字了），戴着这花儿从汉诺佛广场的圣·乔治礼拜堂里轻快地出来，踏上了马车，接着玛土撒拉老勋爵拐着腿也跟了进去。好个天真可爱的姑娘！她把马车里的窗帘拉下来，那端庄的样子多么讨人喜欢！他们这次结婚，名利场里的马车来了一半。

熏陶爱米丽亚的痴情却是各别另样的。它在一年里面完成了她的教育，把品性优美的小姑娘训练成品性优美的妇人，到喜事一来，便准备做贤慧的妻子。女孩子一心一意爱她的年轻军官——就是我们新近认识的那一位。只怪她爹娘不小心，不该奖励她崇拜英雄的心理，让这种糊涂不切实际的观念在她心里滋长。她早上一醒过来，第一件事就想着他，晚上祷告的时候，末了一句话还是提到他。她从来没有看见过这么漂亮聪明的人。他骑马骑得好，跳舞跳得好；各方面说起来都是个英雄豪杰。大家称赞摄政王鞠躬的仪态，可是跟乔治一比，他就望尘莫及。人人都夸奖白鲁美尔先生[①]，这个人她也见过，在她看来，无论如何赶不上乔治。在歌剧院里看见的花花公子们（当年的公子哥儿真有戴了大

---

[①] 见第29页注[②]。

高帽子去听戏的），没有一个可以与他相提并论。他这人出众得配做神话里的王子，竟然肯纡尊降贵爱上她这么一个寒伧的灰姑娘，这份恩宠太了不起了。平克顿小姐假如知道爱米丽亚的心事，准会想法子阻止她盲目地崇拜乔治，不过我看她的劝导未见得有效，因为对于有些女人说来，崇拜英雄的本能是与生俱来的。女人里面有的骨子里爱耍手段，有的却是天生的痴情种子。可敬的读者之中如果有单身汉子的话，希望他们都能挑选到适合自己脾胃的妻子。

在这样不可抗拒的大力量影响之下，爱米丽亚硬硬心肠不理会契息克的十二个朋友了。这也是自私的人的通病。她当然心心念念只惦记着爱人，可是她这衷肠话儿不能向赛尔泰小姐这么冷冰冰的人倾诉。对于圣·葛脱来的那头上一窝子卷毛的女财主呢，这话也难出口。放假的时候，她把罗拉·马丁接到家里来住，大概就把心事吐露给小孩儿听了。她答应罗拉结婚以后接她去住。还讲给她听许多关于爱情的知识。这些话儿小孩儿听来一定觉得新鲜，而且很有用处。可怜！可怜！我看爱米的心地不大明白。

她的爹妈是干什么的？怎么不加提防，任她这样感情奔放呢？赛特笠老头儿仿佛不大关心家事。近来他愁眉不展，市中心的事情又多，因此分不出心来。赛特笠太太是随和脾气，百事不问，连妒忌别人的心思都没有。乔斯先生在契尔顿纳姆给一个爱尔兰寡妇缠住了，也不在家。家里只有爱米丽亚一个人，所以有的时候她真觉得寂寞。她倒不是信不过乔治。他准是在骑兵营里，不能常常请假离开契顿姆。就算他到伦敦来，也少不得看望姊妹朋友，跟大家应酬一番，因为在无论哪个圈子里，都数他是个尖儿。再说，在营里的时候，他太累了，自然不能写长信。我知道爱米丽亚的一包信藏在什么地方，而且能像依阿器莫[①]一

---

[①] 莎士比亚《辛白林》一剧里的反角，曾经潜入女主角的房间里去偷东西。

般人不知鬼不觉地在她的房里出出进进。依阿器莫？不行，他是戏里的坏蛋，我还是做月光①吧。月光是不害人的，只不过在忠诚、美丽、纯洁的爱米丽亚睡着的时候，偷眼看看她罢了。

奥斯本的信很短，不失他兵士的本色，可是爱米丽亚写给他的信呢，不瞒你说，如果印出来的话，我这本小说得写好几年才能写完，连最多情的读者也会觉得不耐烦。她不但把一大张一大张的信纸都写得满满的，而且有的时候闹起刁钻古怪的脾气来，把写好的句子重新划掉。她不顾看信的人，把整页的诗句抄下来。在有些句子底下，她发狠画了一条条道儿加重语气。总而言之，在她心境下常有的症象，统统显现出来了。她不是个特出的人才。她信里面的确有许多颠倒重复的句子，有的时候连文法也不大通。她写的诗，音节错得利害。太太小姐们啊，假如你们写错了句子就打不动男人的心，分不清三节韵脚和四节韵脚就得不到男人的爱——那么我宁愿一切诗歌都遭殃，所有的教书先生都不得好死。

---

① 莎士比亚《仲夏夜之梦》第三幕第一景及第五幕第一景中，月光照见比拉默斯和底斯贝幽会，这角色由一个村夫举着灯扮演，灯便算月光。

## 第十三章　多情的和无情的

和爱米丽亚小姐通信的先生恐怕是个硬心肠、爱挑剔的人。这位奥斯本中尉不论走到哪里，总有一大批信件跟着来。在联队的饭间里，大家都为着这件事打趣他，弄得他很不好意思，便命令他的听差只准把信送到他自己的房间里去。有一回，他随手拿了一封点雪茄烟，把都宾上尉看得又惊又气。照我看来，上尉只要能够得到这封信，就是叫他拿钱来买也是愿意的。

起先乔治想法子把这段风流逸事保守秘密，只说自己确是跟一个女的有些来往。斯卜内旗手对斯德博尔旗手说："这已经不是第一个女人了。奥斯本可真有一手啊！在德美拉拉，有个法官的女儿差点儿为他发疯。在圣·文生，又有个黑白杂种的美人儿叫派哀小姐的爱上了他。据说他自从回国以后,更成了个不折不扣的唐奇沃凡尼①了,喝!"

斯德博尔和斯卜内认为一个男人能够做个"不折不扣的唐奇沃凡尼",真是了不起。他们联队里的一群年轻小伙子中间,奥斯本的名气大极了。他运动好,唱歌好,操练得精彩,样样都是有名的。他父亲给他很多零用钱,因此他手笔阔绰。他的衣服比别人多,也比别人讲究。为他倾倒的人不知多少。他的酒量是全体军官里面最大的,连海维托帕老统领也不是他的对手。讲到拳击的本事,他比上等兵纳格尔斯还利害——纳格尔斯曾经在拳击场里正式上过场,若不是他常常喝醉酒,早已升了下士了。在联队的俱乐部里,不论打棒球,滚木球,他的本领远比别人高强。他有一匹好马叫"上油的闪电",在奎倍克赛马的时候,他自己做骑师,赢得了驻防军奖赏的银杯。崇拜他的人,除了爱米丽亚之外还有不少呢。斯德博尔和斯卜内把他当作太阳神阿普罗。在都宾眼睛里他就是"神妙的克莱顿"②。奥多少佐太太也承认这小伙子举止文雅,教她连带着想起卡索尔福加蒂勋爵的二公子费滋吉尔·福加蒂来。

斯德博尔和斯卜内一伙人异想天开,编出各种故事来形容这位写信给奥斯本的女士。有的说她是伦敦的一位公爵夫人,为他堕入情网;有的说她是将军的女儿,本来已经跟别人订了婚,如今又发狂似的恋上了他;有的说她是议员的太太,曾经提议坐了四马拉的快车和他私奔。说来说去,反正那女人完全为爱情所左右,这种狂热的痴情,令人兴奋,令人神往,却也使沾带着的人都丢了体面。随便别人说什么,奥斯本只是不理睬,让这些小后生——他们有的崇拜他,有的跟他有交情——替他连连贯贯地编造谎话。

---

① 唐奇沃凡尼(Don Giovanni),也就是唐璜(Don Juan),西班牙人,生在1571年,死在1641年,是调情的能手,出名的浪荡子。历来欧洲的诗人、戏剧家、音乐家的作品里,多有用他的一生作为题材的。
② 詹姆士·克莱顿(James Crichton, 1560—1585?),英国出名的文武全才。传说他能用十二种不同的语言讨论各种科学上的问题,会写诗,又是极好的剑手。

若不是都宾上尉说话不留神，联队里的人决不会明白事情的真相。有一天上尉在饭堂里吃早饭，外科医生的助手叫卡格尔的，和上面提起的两个宝贝又在对奥斯本闹恋爱的事作种种猜测。斯德博尔说她是夏洛德皇后宫里的公爵夫人。卡格尔赌咒说她是个声名狼藉的歌女。都宾听了大怒。他本来不该多嘴，何况嘴里面又塞满了鸡子儿、黄油和面包，可是他实在忍耐不住，冲口而出说道："卡格尔，你是个糊涂蛋。你老是胡说八道，毁坏别人的名誉。奥斯本既不跟公爵夫人私奔，也不去勾引什么女裁缝。赛特笠小姐是个最可爱的女孩子。他们俩早就订婚了。谁要骂赛特笠小姐，得小心别在我面前骂！"都宾说了这话，满面涨得通红，闭上嘴不响了，喝茶的时候，几乎没把自己噎死。不到半个钟头，这消息已经传遍了整个联队。当晚奥多太太就写了一封信到奥多镇给她小姑葛萝薇娜，说是奥斯本不到时机成熟就订了婚，因此不必急急从都柏林赶出来。

就在当晚，她喝着威士忌调的可可牛奶祝贺他，对他说了一篇很得体的贺辞。他火得不得了，回家找着了都宾大闹。都宾辞谢了奥多太太的邀请，正在自己屋里吹笛，说不定还在写情调悲凉的诗句。奥斯本怪他泄漏了秘密，走进来对他叫嚷道："谁叫你多嘴把我的事情说给人家听的？凭什么让联队里的人知道我要结婚了？那个碎嘴子老婆子佩琪·奥多，今天索性在吃晚饭的时候拿着我的名字胡说乱道。我订婚为什么要她替我宣传？谁要她嚷嚷得英格兰、苏格兰、爱尔兰人人都知道！都宾，你有什么权利告诉人家说我已经订过婚了？我的事干吗要你管？"

都宾上尉分辩道："我以为——"

年轻的一个打断他说道："呸！你以为！我知道我沾你不少光，哼！知道得清楚着呢！可是别以为你比我大了五岁，你就有权利老是教训我。你那自以为了不起的腔调儿，算可怜我吗？算照顾我吗？哼，我才不受你这一套儿！哼！可怜我！照顾我！咱们倒得说说明白我哪点儿不如你！"

都宾上尉插嘴道："你到底订了婚没有呢？"

"我订婚不订婚与你什么相干？与这儿的人什么相干？"

都宾接下去说道："你觉得订了婚难为情吗？"

乔治答道："你有什么权利问我这话？咱们倒得说说明白。"

都宾霍地站起来问道："老天爷！难道你想解约吗？"

乔治发狠道："你的意思，就是问我究竟是不是一个君子人，对不对啊？你近来对我说话的口气，我受不了！"

"怎么了？乔治，我不过叫你别怠慢这么一个好女孩子。你进城的时候，应该去看看她，少到圣·詹姆士那儿的赌场里去。"

乔治冷笑一声说："想来你是要问我讨债。"

都宾答道："当然，我向来追着你要债的，对不对？这才像宽宏大量的人说的话。"

乔治心里一阵悔恨，说道："威廉，别生我的气。天知道你帮我忙的地方可多了。你帮我渡了几十个难关，那回禁卫军里的克劳莱赢了我那么一大笔钱，全亏了你，要不然我早就完了。在这一点上我很明白。可是你不该对我那么苛刻，成天教训我一泡大道理。我很喜欢爱米丽亚。还有，我爱她啰，什么啰，这一套儿我也不缺。你别生气啊！我知道她十全十美，可是不费心思得来的东西实在没有什么意思。唉！咱们的联队刚从西印度群岛调回来，我总得放开手乐一下啊。结婚以后我准会改过。大丈夫一言为定！都宾，别跟我过不去。下个月我爹准会给我好些零用钱，我还你一百镑得了。现在我就去向海维托帕告假，明天进城瞧爱米丽亚去。得了，这样你总满意了吧？"

上尉是好性子，回答道："乔治，谁能够老生你的气呢？至于银钱的事情呢，好小子，到我为难的时候你当然肯跟我同甘共苦的。"

"对！都宾，我肯的。"乔治的口气真是慷慨大度，虽然他从来没有多余的钱分给别人。

"我希望你干完了这些荒唐事就算过了瘾，乔治。那天可怜的爱米小姐问起你，如果你看见她当时的脸色，准会把所有的弹子都扔个光。你这小混蛋，快去安慰安慰她吧。你该写封长信给她，随便怎么让她乐一下子。她又不希望什么大好处。"

中尉志得意满地说道："我想她一心一意地爱我。"说完，他回到饭堂里找着了几个爱作乐的朋友一起去消磨那一黄昏。

那时候爱米丽亚正在看月亮。月光照着宁静的勒塞尔广场，也照着奥斯本中尉所属的契顿姆军营。爱米丽亚望着月亮，心下思量不知她的英雄在干些什么。她想："也许他在巡查哨兵，也许在守夜，也许在看护受伤的伙伴。再不然，就是在屋里冷清清地研究兵法。"她满心的关切仿佛化作生了翅膀的天使，顺着河流直飞到契顿姆和洛却斯脱，竭力想在乔治的军营里偷看一眼。那时大门已经关上，哨兵不放闲人出入。我细细想了一想，那可怜的白衣天使倒是进不去的好，因为小伙子们一面喝着威士忌调的五味酒，一面放开喉咙唱歌，还是不看心净。

奥斯本这小伙子在契顿姆军营里和都宾谈过一席话以后，第二天便要表示自己守信用，准备进城，都宾上尉听了十分赞赏。奥斯本私下和他朋友说："我想送点儿什么给她，可是我爸爸一日不给钱，我就一日没钱花。"都宾不忍看着这样的好心和慷慨受到挫折，便借给他几镑钱。乔治稍微推了一下，也就收下了。

我想他原来倒是打算买一件漂亮的礼物送给爱米丽亚的，可是后来在弗利德街下车，看见一家珠宝店的橱窗里摆着一只美丽的别针，心痒痒地想要；买了别针之后，手里所余无几，有了好心也没法使了。反正爱米丽亚需要的并不是礼物。他一到勒塞尔广场，她就仿佛照着了阳光，脸上登时发亮。他那眼熟的笑容有一股不可抵抗的魔力，爱米丽亚多少天来牵心挂肚,淌眼抹泪,心里疑疑惑惑,晚上胡思乱想睡不着,一看见他,顷刻之间把一切忧虑都忘得精光。他站在客厅门口对她满面春风地笑着,样子雄壮得像个天神,连他的胡子也跟天神的一样好看。三菩满面堆着同情的笑容,说道:"奥斯本上尉来了。"(他替他加了一级。)女孩儿吓了一跳,脸红起来。她本来在窗口的老地方守望,立刻跳起身来。三菩见了连忙退出去。门一关上,她翩然飞来,伏在乔治·奥斯本中尉的胸口上,仿佛此地才是她的家。可怜你这喘息未定的小鸟儿,你在树林里挑中了一棵枝干硬直、叶子浓密的好树,准备在上面做窠,

在上面唱歌。你哪里知道,也许这棵树已经被人选中,不久就会给斫了下来呢?将人比树,原是从古以来沿用的习惯。①

当时乔治很温柔地吻了她的前额和泪光晶莹的眼睛,对她很慈祥很和蔼。她瞧着他衬衫上的别针(以前从来没见他戴过的),只觉得一辈子没有见过这么好看的装饰品。

细心的读者看了年轻的奥斯本中尉刚才的行事,听了他和都宾上尉一段简短的谈话,大概已经明白他的为人。一个看破世情的法国人曾经说过,在恋爱的过程中,两个当事人,一个主动地爱人,另外的一个不过是开恩赏脸让对方来爱自己。那痴情的种子有时候是男的,有时候是女的。有些着了迷的情郎瞧着心爱的女人样样都好;她麻木不仁,只说是端庄;她痴呆混沌,只说是姑娘家腼腆贞静。总而言之,明明一只呆雁,偏要算是天鹅。那女的呢,自己幻想得天花乱坠,其实所崇拜的不过是一头驴子。男的是块木头,她就佩服他那大丈夫的纯朴;男的自私自利,她就崇拜他那男子汉的尊贵;男的是个笨蛋,她只说他不苟言笑,举止庄重;简直像美丽的蒂姐尼亚仙后对待雅典城里那织布匠②的光景。这类阴错阳差的笑话,都是我亲眼看见的。毫无疑问地,爱米丽亚相信她的情人是全国最勇敢最出色的人物。奥斯本中尉的意见也和她的差不多。

他确是爱在外面胡闹,可是年轻人像他一样的多的是,而且女孩子们宁可要浪荡子,不喜欢扭扭捏捏的脓包。眼前他仍旧是少年荒唐,但是不久就会改过。如今大局平靖③,他也想从此脱离军队。因为那科西嘉魔王已给幽禁在爱尔巴岛上,以后还有什么机会升迁,什么机会炫耀他

---

① 希腊诗人荷马《伊利亚特》一书中第十七节,梅尼劳杀死由福勃思,荷马以狂风吹折橄榄树作比喻。
② 莎士比亚《仲夏夜之梦》一剧中,仙后眼睛里滴上迷药之后,爱上了一个驴头人身的怪物。这怪物原是雅典城里的织布匠,给恶作剧的精灵泼克换了个驴头。
③ 指1814年5月30日签订的第一次巴黎和约。

了不起的武艺和勇气呢？他父亲给他的月钱加上爱米丽亚的嫁妆，够他们生活了。他准备在乡下找个舒服的去处，适宜于打猎的地段，经营经营田地，打打猎，两个人快快活活过日子。结了婚仍旧留在军队里是不行的。难道让乔治·奥斯本太太在小市镇上租两间屋子住下来吗？如果他调到东、西印度群岛去，那就更糟糕。她只能和一大堆军官混在一起，倒得让奥多太太对她卖老。奥斯本讲起奥多太太的故事，把爱米丽亚笑得动不得。他太爱她，不忍叫她跟那讨厌的、俗气的女人在一起。再说，做军人的妻子生活很艰苦，他也舍不得让她受委屈。他自己倒没有关系——他才不在乎呢！可是他的小宝贝儿却应该在上流社会出入。做了他的妻子，这点福气是应该享的。他这么提议，爱米丽亚当然应承下来。他不管说什么她都肯照办的。

这一对儿年轻男女谈谈说说，架起不知多少空中楼阁。爱米丽亚筹划着怎么布置各色花园，怎么在乡村里的小路上散步，怎么上教堂，开圣经班，等等；乔治却想着要养狗养马，置备好酒。他们两人就这样很愉快地消磨了两个钟头。中尉只能在伦敦耽搁一天，而且有许多要紧的事等他去办，便提议叫爱米小姐过他家去跟未来的大姑小姑一起吃晚饭。爱米丽亚很高兴地接受了他的邀请。他把她带到姊妹那里，自己去办自己的事了。爱米丽亚那天有说有笑，两位奥斯本小姐大出意外，心想或许乔治将来真能把她训练得像个样子也说不定。

乔治先在却林市场点心铺子里吃冰淇淋，再到帕尔莫尔大街试外套，又在斯洛德咖啡馆老店①耽搁一会儿，最后便去拜访加能上尉。他和上尉打弹子，玩了十一场，赢了八场。等他回到勒塞尔广场，比家里规定吃晚饭的时候已经迟了半点钟，不过兴致却很好。

奥斯本老先生可不是这样。他从市中心回来，走进客厅，他的两个

---

① 老店由汤姆士·斯洛德在1692年开设。另有新店，在1760年开设。

女儿和那斯文典雅的乌德小姐都上前来欢迎他。她们看了他的脸色——那张脸总是板着,最好看的时候也是黄胖浮肿的——她们见他满面怒容,黑眉毛一牵一扯,知道他那宽大的白背心后面准是藏着一腔心事,烦恼大着呢。爱米丽亚向来和他见面的时候总是慌得索索抖,那天她走上前来,老头儿很不客气地咕哝了一声,表示跟她打招呼。他那毛茸茸的大爪子把爱米的小手马马虎虎拉一拉就算了事,然后一脸没好气的样子,回头向大女儿瞅了一眼。大小姐懂得这眼色就是说"她到这儿来干什么?",忙说道:"爸爸,乔治进城来了。他这会儿在骑兵营,今儿晚上回家吃晚饭。""哦,他来了。我可不高兴等他,吉恩。"说了这句话,这位贤明的好人往自己的椅子里一倒。这间幽雅而且陈设讲究的客厅里静得一丝儿声音都听不见,只有法国式大钟滴答滴答地走着,仿佛它也有些心慌意乱。

这只大钟的顶上安着黄铜的装饰,塑的是伊菲琪娜亚①做牺牲的故事,那些铜人儿都是欢欢喜喜的样子。一会儿,钟打五下——那声音又重又深,很像教堂的钟声——奥斯本先生便把他右边的铃带子狠狠地拉了一下。用人头儿慌忙从楼下上来,奥斯本先生对他大声喝道:"开饭!"

用人答道:"老爷,乔治先生还没有回来。"

奥斯本先生沉着脸说道:"乔治先生干我屁事!混账!我才是这儿的主人。给我开饭!"爱米丽亚吓得直哆嗦,其余的三个小姐互相使眼色通了个电报,屋子底层立刻乖乖地打起铃子催吃饭。铃声一停下来,一家之主不等用人来请,把手插在蓝大衣的大口袋里(他的大衣外面钉着一排黄铜扣子),自管自大踏步往楼下走,一面回头向四个女的瞪了一眼。

---

① 当希腊军进攻特洛伊的时候,国内的人要讨好狄安娜女神,准备杀死她作为祭献。女神大发慈悲,一阵风把她摄去。当祭师举刀要杀她的时候,发现祭坛上的伊菲琪娜亚不见了,只有一腔羊。

她们站起身来小心翼翼地跟在父亲后面走下去,其中一位小姐问道:"亲爱的,到底是怎么一回事?"

乌德小姐轻轻答道:"大概是公债跌价。"一群女人不敢作声,战战兢兢地跟着满面怒容的领队人下去,不声不响地在各人自己的位子上坐好。吃饭前他粗声祈祷,听上去只像咒骂。过后当差的上来开了银子的碗碟盖。爱米丽亚怕得直发抖,因为她恰巧坐在可怕的奥斯本先生旁边,而且乔治不在,桌子这边空了一个位子,只剩她一个人。

奥斯本先生抓紧了大汤匙,两眼瞅着她,声音阴沉沉地问道:"要汤吗?"他把汤分给大家,也不说话。

半晌,他开口道:"把赛特笠小姐的汤拿下去。她吃不下去,我也吃不下去。这种东西简直不能入口。赫格思,把汤给拿掉。吉恩,明天叫那厨子滚蛋。"

奥斯本先生骂完了汤,又骂鱼。简短的批评都是不留情的挖苦。他狠狠地咒骂别灵斯该脱鱼市场,那股蛮劲儿倒跟市场上出来的人不相上下①。此后他又不说话了,喝了几杯闷酒,脸色越来越凶恶。忽然一阵轻快的打门声,大家知道乔治回家了,都吐了一口气。

他说他不能早回家,因为达苟莱将军留他在骑兵营里等了好久。鱼也罢,汤也罢,不吃都没有关系。随便给他什么都行——他不在乎。羊肉做得妙极了。样样东西都妙极了。他的随和脾气和他爸爸难说话的样子恰好相反。吃饭的时候他不停口地谈天说地,大家听了心里都喜欢。不消说有一个人比别人更喜欢,我也不必提名道姓。

在奥斯本先生的宅子里,每逢沉闷的筵席快完的时候,听差照例献上橘子和酒;小姐们把这两种东西品评了一番,便打个暗号,大家离开座位,轻轻悄悄地移步到客厅里去。客厅就在饭间楼上,里面搁着一架

---

① 别灵斯该脱(Billingsgate)是伦敦最大的鱼市场,鱼贩子出名地会骂人。

横丝大钢琴,腿上镂着花,上面覆着皮罩子。爱米丽亚希望乔治不久就会上来找她,在钢琴前面坐下弹了几支他最爱听的圆舞曲(当年这些曲子刚从外国传进来)。可是她使了这小手段却没有把乔治引上楼来。乔治的心根本不在这些曲子上。弹琴的人失望得很,越弹越没有劲儿,不久就离开了大钢琴。她的三个朋友搬出她们常奏的一套曲子里头最响亮动听的歌儿弹给她听,可是她一点儿都听不进去,只坐着发怔,担心不吉利的事情会临到她头上来。奥斯本老头儿那怒目攒眉的样子本来就够怕人的,可是像这样狠毒的表情还是第一回看见。他直瞪瞪地瞧着那女孩子走出饭间,仿佛她犯了什么过错。上咖啡的时候,爱米丽亚心惊肉跳,倒像管酒的赫格思递给她的是一杯毒药。这里面究竟有什么奥妙呢?唉!这些女人真要命!一见了什么不祥之兆,就牢牢记在心里丢不开,越是可怕的心思,越加宝贝,仿佛为娘的总是格外宠爱残废的儿女一般。

乔治·奥斯本看见爸爸脸上不开展,心里也在焦急。他实在需要钱,可是父亲气色不善,眉毛那么拧着,怎么能从他那儿榨得出钱来呢?平常的时候,要讨老头儿喜欢,只要称赞他的酒,没有不成的。乔治便开口夸他的酒味好。

"我们在西印度群岛从来喝不到您这么好的西班牙白酒。那天您送来的那些,海维托帕上校拿了二瓶,塞在腰带底下走掉了。"

老头儿答道:"是吗?八先令一瓶呢。"

乔治笑道:"六基尼一打,您卖不卖?有个国内数一数二的大人物也想买呢。"

老的咕哝道:"哦?希望他买得着。"

"达苟莱将军在契顿姆的时候,海维托帕请他吃早饭,就问我要了些酒。将军喜欢得了不得,想要买些送给总指挥。他是摄政王的亲信。"

"这酒的确不错。"这么说着,那两条眉毛开展了一些。乔治正想趁他喜欢,就势提出零用钱的问题,他爸爸却叫他打铃催用人送红酒上来。老头儿脸上虽然没有笑容,气色已经和缓了不少。他说:"乔治,咱们尝尝红酒是不是跟白酒一样好。摄政王肯赏光的话,就请他喝。咱们喝酒的时候,我想跟你商量一件要紧事。"

爱米丽亚在楼上心神不宁,听得底下打铃要红酒,觉得铃声中别有含蓄,是个不吉利的预兆。有些人到处看见预兆,在这么多的预兆里面,当然有几个会应验的。

老头儿斟了一杯酒,咂着嘴细细尝了一尝,说道:"乔治,我想问你的就是这个。呃——你跟楼上的那个小女孩子究竟怎么样?"

乔治很得意地笑了一笑说:"我想这件事情很清楚。谁都看得出来。喝!这酒真不错。"

"谁都看得出来——你这话什么意思?"

"咳!您别追得我太紧啊。我不是爱夸口的人。我——呃——我也算不上什么调情的圣手。可是我坦白说一句,她一心都在我身上,非常地爱我。随便什么人一看就知道。"

"你自己呢?"

"咦,你不是命令我娶她来着?我难道不是个听话的乖儿子?我们两家的爸爸早就把这件事放定了。"

"听话的乖儿子!别以为我不知道你在干什么。听说你老是和泰困勋爵、骑兵营的克劳莱上尉、杜西斯先生那一堆人在一伙儿混。小心点儿,哼,小心点儿。"

老头儿说起这些高贵的名字,津津有味。每逢他遇见有身份的人物,便卑躬屈节,勋爵长,勋爵短,那样子只有英国的自由公民才做得出。他回家之后,立刻拿出《缙绅录》来把这个人的身世细细看个明白,从此便把他的名字挂在嘴边,在女儿面前也忍不住提着勋爵的大名卖弄一下。他爬在地上让贵人的光辉照耀着他,仿佛那波里的叫化子晒太阳。乔治听见父亲说起这许多名字,心下着忙,生怕自己跟他们在一起赌博的情形给吹到了老子耳朵里去。幸而他一会儿就放了心，因为那有年纪的道学先生眉目开朗地说道："得了，得了，小伙子总脱不了小伙子的本色。乔治，我的安慰，就是瞧着你的朋友都是上流阶级有身份的人。我希望你和他们来往，我想你也没有辜负我的心。再说，我的力量也够得到——"

乔治趁势进攻，说道："多谢您，和大人物在一起来往非得有钱才行。瞧我的钱袋。"他举起爱米丽亚替他织的小钱包给父亲看，里面只剩一张一镑钞票，还是都宾借给他的。

"你不会短钱使的。英国商人的儿子决不会没有钱使。乔治，好孩子，我的钱跟他们的钱一样中用呢。而且我也不死扣着钱不放。明天你到市中心去找我的秘书巧伯先生，他会给你钱。我只要知道你结交的都是上等人，我也就舍得花钱了，因为我知道上等人不会走邪路。我这人一点儿不骄傲。我自己出身低微，可是你的机会好着哪。好好地利用一下吧。多跟贵族子弟来往来往。孩子，他们里面有些还不如你呢；你能花一基尼的地方，他们一块钱都拿不出。至于女人呢（说到这里，浓眉毛色眯眯地笑了一笑，那样子又狡猾又讨厌）——小伙子都免不了有这一手，倒也罢了。只有一件事，赌钱是万万行不得的。你要不听话，我的家产一个子儿都不给你！"

乔治说："您说得对，爹。"

"闲话少说，爱米丽亚这件事怎么样？乔治，我不懂你干吗不打算高高地攀一门亲事，只想娶个证券经纪人的女儿。"

乔治夹开榛子吃着说："这门亲是家里定的。您跟赛特笠先生不知道多少年前就叫我们订了婚了。"

"这话我倒承认。可是我们在社会上的地位是要变的。当然啰，赛特笠从前帮我发了财——或者应该这样说：赛特笠给我提了一个头，然后我靠着自己的天才和能力挣到今天，在伦敦城里蜡烛业同行里面，总算是高人一等的了。我对赛特笠,也算报过恩了。近来他常常找我帮忙,不信你去瞧瞧我的支票本子。乔治,我私下和你说一句,赛特笠先生近来在生意上大大地不行。我的总书记巧伯先生也这么说。巧伯是这里头的老手,伦敦交易所里的动静他比谁都清楚。赫尔格和白洛克合营银行的人如今见了赛特笠也想回避。我看他是一个人在胡闹才弄到这步田地的。他们说小埃密莲号本来是他的,后来给美国私掠舰糖浆号拿了去。反正除非他把爱米丽亚的十万镑嫁妆拿出来给我瞧过,你就不准娶她。这件事是不能含糊的。我可不要娶个破产经纪人的女儿进门作媳妇。把酒壶递给我,要不,打铃子让他们把咖啡送上来也好。"

说着,奥斯本先生翻开晚报来看。乔治知道他父亲的话已经说完,准备打盹儿了。

他兴兴头头地上楼来找爱米丽亚,那夜对她分外地殷勤,又温存,又肯凑趣,谈锋又健。他已经有好多时候没有对她这么好,为什么忽然改变了态度呢?莫非是他心肠软,想着她将来的苦命而怜惜她吗?还是因为这宝贝不久就会失去而格外看重它呢?

此后好几天里面,爱米丽亚咀嚼着那天晚上的情景,回味无穷。她想着乔治说的话,唱的歌,他的面貌形容,他怎么弯下身子向着她,怎么在远处瞧着她。她觉得自来在奥斯本家里度过的黄昏,总没有那么短。三菩拿了披肩来接她回去的时候,她嫌他来得太早,差点儿发火,这真是以前从来没有的事。

第二天早上,乔治走来向她告别,温存了一会儿,然后他又赶到市中心,找着了他父亲的总管巧伯先生,要了支票,再转到赫尔格和白洛克合营银行,把支票换了满满一口袋现钱。乔治走进银行的时候,恰巧碰见约翰·赛特笠老先生愁眉苦脸地从行里的客厅里出来。忠厚的老经纪人嗒丧着脸儿,把一双倦眼望着乔治,可是他的干儿子得意扬扬,根本没有留心到他。往常只要老头儿到银行里去,小白洛克总是堆着笑送客,那天却不见他出来。

银行的弹簧门关上之后,行里的会计员——他的职务对大家最有益处,就是从抽屉里数出硬括括的钞票,从铜兜数出一块块的金镑——贵耳先生对右面桌子旁边那个名叫特拉佛的司账员挤挤眼睛。特拉佛也对他挤挤眼睛,轻轻地说道:"不行。"

贵耳先生答道:"绝对不行!乔治·奥斯本先生,你的钱怎么个拿法?"乔治急急地拿了一把钞票塞在衣袋里,当晚在饭堂里就还了都宾五十镑。

也就在那天晚上,爱米丽亚写了一封充满柔情的长信给他。她心里的柔情蜜意满得止不住往外流,可是一方面她仍旧觉得不放心。她要打听奥斯本先生究竟为什么生气。是不是因为和他爸爸闹了意见呢?她可怜的爸爸从市中心回来的时候满腔心事,家里的人都在着急。她写了长长的四页,满纸痴情;她害怕,她又乐观,可又觉得兆头不大吉祥。

乔治看着信说:"可怜的小爱米——亲爱的小爱米。她多爱我啊!哎哟,天哪!那五味酒喝了真头痛。"这话说得不错,小爱米真是可怜。

## 第十四章　克劳莱小姐府上

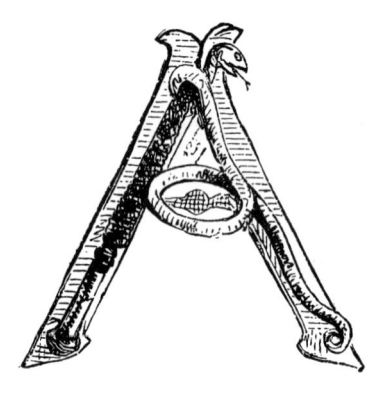

约莫也在那个时候，派克街上来了一辆旅行马车，在一所舒服整齐的屋子前面停下来。车身上漆了斜方形的纹章；马车外面的后座上坐着一个女人，恼着脸儿，戴一块绿色面纱，头上一圈一圈的卷发；前面马车夫座位旁边是一个身材肥大的亲信用人。原来这是咱们的朋友克劳莱小姐坐了马车从汉泊郡回家了。马车的窗户都关着；她的胖小狗，惯常总爱垂着舌头在窗口探头探脑，这一回却睡在那嗒丧脸儿的女人身上。马车一停，家里的用人七手八脚从车身里搬出滚圆的一大团披肩。还有一位小姐，和这一堆衣服一路来的，也在旁边帮忙。这一堆衣服里面包着克劳莱小姐。大家把她抬到楼上躺下；卧房和床铺都已经好好地暖过，仿佛是准备迎接病人。当下派人去请了许多医生来。这些人看过病人，会了一番，开了药方，便走了。克劳莱小姐的年轻伴儿在他们商量完毕之后，走来请示，然后把名医们开的消炎药拿去给病人吃。

第二天，禁卫军里的克劳莱上尉从武士桥军营骑马赶来。他的黑马系在他害病的姑妈的大门前，刨着蹄子踢地上的草。这位慈爱的近亲害了病，上尉问候得真亲热。看来克劳莱小姐病得着实不轻。上尉发现她的贴身女用人（那嗒丧脸儿的女人）比平常更加愁眉苦脸，那个给克劳莱小姐做伴的布立葛丝小姐也独自一个人在客堂里淌眼抹泪。布立葛丝小姐听见她的好朋友得了病，急忙赶回家来，指望到病榻旁边去出力伺候。克劳莱小姐害了多少回病，还不总是她，布立葛丝，一力看护的吗？这一回人家竟然不许她到克劳莱小姐的房里去，偏让一个陌路人给她吃药——乡下来的陌路人——一个可恶的某某小姐——克劳莱小姐的伴侣说到此地，泣不成声。她那受了摧残的感情又无可发泄，只好把手帕掩着红鼻子哭起来。

罗登·克劳莱烦那嗒丧脸儿的女用人进去通报一声，不久便见克劳莱小姐的新伴侣轻移细步从病房里走出来。他急忙迎上去，那位姑娘伸出小手来和他拉手，一面很轻蔑地对那不知所措的布立葛丝瞟了一眼。她招呼年轻的卫兵走出后客厅，把他领到楼下饭厅里去说话。这间饭厅曾经摆过多少人筵席，眼前却冷落得很。

他们两个在里面谈了十分钟，想来总是议论楼上那病人的病情。谈完话之后，就听得客厅里的铃子喀啷啷地响起来。克劳莱小姐的亲信，鲍尔斯，那胖大身材的用人头儿，立刻进去伺候（不瞒你说，他两人相会的当儿，大半的时候他都在钥匙洞口偷听）。上尉捻着胡子走到大门外，他那黑马还在干草堆里刨蹄子，街上一群孩子围着看得十分羡慕。他骑上马背，那马跳跃起来，把两只前蹄高高地提起，姿势非常优美。他带住马，两眼望着饭厅的窗口——那女孩子的身影儿在窗前一闪，转眼就不见了，想必她慈悲为怀，又上楼去执行她那令人感动的职务了。

这位姑娘是谁呢？当夜饭间里整整齐齐摆了两个人吃的饭菜，她和布立葛丝小姐一同坐下来吃晚饭。新看护不在病人跟前的当儿，孚金乘便走进女主人房间里，来来回回忙着服侍了一会儿。

布立葛丝的感情受了激动，一口气哽在喉咙里，一点儿肉也吃不下。那姑娘很细致地切好了鸡，向布立葛丝要些沙司和着吃。她的口齿那么清楚，把可怜的布立葛丝吓了一跳。那种美味的沙司就搁在她面前，她拿着勺子去舀，把碗盏敲得一片响。这么一来，她索性又回到本来歇斯底里的形景，眼泪扑簌簌地哭起来。

那位姑娘对胖大身材的亲信鲍尔斯先生说道："我看还是给布立葛丝小姐斟杯酒吧。"鲍尔斯依言斟了一杯。布立葛丝呆呆地抓起酒杯，喘着气，抽抽噎噎地把酒灌了下去，然后哼唧了一下，把盆子里的鸡肉翻来翻去搬弄着。

那位姑娘很客气地说："我看咱们还是自己伺候自己，不用费鲍尔斯先生的心了。鲍尔斯先生，我们要你帮忙的时候自会打铃叫你。"鲍尔斯只得下楼，把他手下的听差出气，无缘无故恶狠狠地咒骂了他一顿。

那姑娘带些讽刺的口气，淡淡地说道："布立葛丝小姐，何必这么伤心呢？"

布立葛丝一阵悲痛，呜呜地哭道："我最亲爱的朋友害了病，又不——不——不肯见我。"

"她没有什么大病。亲爱的布立葛丝小姐，你请放心吧。她不过是吃得太多闹出来的病，并不是什么大事。她现在身上好得多了。过不了几时就会复原的。眼前虽然软弱些，不过是因为放了血，用了药的缘故，不久就会大好的。你尽管放心，再喝杯酒吧。"

布立葛丝呜咽道："她为什么不叫我去看她呢？唉，玛蒂尔达，玛蒂尔达，我二十三年来尽心待你，难道你就这样报答可怜的亚萝蓓拉吗？"

那姑娘顽皮地微微一笑，说道："别哭得太伤心，可怜的亚萝蓓拉。

她说你伺候她不如我伺候得周到，所以不要你去。我自己并不喜欢一宵一宵地熬夜，巴不得让你做替工呢。"

亚萝蓓拉说："这多少年来，不就是我伺候那亲爱的人儿吗？到如今——"

"到如今她宁可要别的人伺候了。病人总是这样由着性儿闹，咱们也只能顺着她点儿。她病好了以后我就要回去的。"

亚萝蓓拉把鼻子凑着嗅盐瓶子猛吸了一口气，嚷嚷着说："不会的！不会的！"

那姑娘脾气和顺得叫人心里发毛。她说："布立葛丝小姐，不会好呢还是不会走？得了吧，再过两个星期她就复原了。我也得回到女王的克劳莱，去教我的小学生，去瞧瞧她们的妈妈——她比咱们的朋友病得利害多了。亲爱的布立葛丝小姐，你不必妒忌我。我不过是个可怜的小姑娘，无倚无靠，也不会害人。我并不想在克劳莱小姐那儿讨好献勤，把你挤掉。我走了一个星期她准会把我忘掉。她跟你是多年的交情，到底不同些。给我点儿酒，亲爱的布立葛丝小姐，咱们交个朋友吧。我真需要朋友。"

布立葛丝是个面软心慈的人，禁不住人家这么一求情，一句话都答不上来，只能伸出手来和她拉手，可是心里想着她的玛蒂尔达喜新厌旧丢了她，愈加伤心。半点钟之后，饭吃完了，利蓓加·夏泼小姐（说出来，你要诧异了；我很巧妙地说了半天"那位姑娘"的事，原来是她）回到楼上病房里，摆出怪得人意儿的嘴脸，和颜悦色地把可怜的孚金请出去。

"谢谢你，孚金姑娘，没有事了。你安排得真好。我用得着你的时候再打铃叫你吧。"孚金答道："多谢您。"她走下楼来，一肚子妒火，又不好发作，憋得好不难受。

她走过二楼楼梯转角的时候，客厅的门忽然开了。难道是她满肚子的怨气把门吹开了不成？不是的，原来是布立葛丝偷偷地开了门。她正在充防护。受了怠慢的孚金一路下楼，脚底下鞋子吱吱呱呱，手里拿着的汤碗汤匙叮叮当当，布立葛丝听得清楚着呢。

孚金一进门，她就问道："怎么样，孚金？怎么样，琴？"

孚金摇头说道："越来越糟糕，布小姐。"

"她身子不好吗？"

"她只说了一句话。我问她是不是觉得舒服点儿了，她就叫我别嚼舌头。唉，布小姐，我再也想不到会有今天哪！"孚金说了这话，淌下泪来。

"孚金，这个夏泼小姐究竟是什么人？圣诞节的时候，我去拜望我的知心贴己的朋友们，里昂纳·德拉米牧师和他可爱的太太，在他们文雅的家庭里消受圣诞节的乐趣，没想到凭空来了一个陌路人，把我亲爱的玛蒂尔达的一颗心夺了去。唉，玛蒂尔达，你到今天还是我最心爱的朋友呀！"听了她用的字眼，就知道布立葛丝小姐是个多情人儿，而且有些文学家风味。她出过一本诗集，名叫《夜莺之歌》，是由书店预约出版的。

孚金答道："布小姐，他们都着了她的迷了。毕脱爵士不肯放她走，可是又不敢违拗克劳莱小姐。牧师的女人别德太太也是一样，跟她好得一步不离。上尉疯了似的喜欢她。克劳莱先生妒忌得要死。克劳莱小姐害了病以后，只要夏泼小姐伺候，别的人都给赶得远远的。这个道理我就不明白，他们准是遭了什么魔魔法儿了。"

那天晚上利蓓加通宵守着克劳莱小姐。第二夜，老太太睡得很香，利蓓加才能在东家床头的一张安乐椅上躺下来睡了几个钟头。过了不久，克劳莱小姐大大地复原了，利蓓加对她惟妙惟肖地模仿布立葛丝伤心痛哭，逗得她哈哈大笑。布立葛丝淌眼泪，擤鼻子，拿着手帕擦眼泪的样子，利蓓加学得入木三分，克劳莱小姐看得真高兴。给她治病的医生们见她兴致勃勃，也都十分欣喜。因为往常的时候，这位耽于逸乐的老太太只要害了一点儿小病，便愁眉哭眼的只怕自己活不长。

克劳莱上尉天天来向利蓓加小姐探听他姑妈的病情。老太太身体恢复得很快，所以可怜的布立葛丝竟得到许可进房去见她的东家。她是个多愁善感的人，她的心上压着怎么样的一股热情，她和朋友见面时有什么动人的形景，凡是软心肠的读者一定想像得出的。

不久克劳莱小姐就常把布立葛丝叫进屋里去做伴。利蓓加惯会当面模仿她，自己却绷着脸一丝儿笑容都没有，她那贤明的东家瞧着格外觉得有趣。

克劳莱小姐怎么会害了这场倒霉的病，逼得她离开兄弟从乡下赶回家来的呢？这缘故说来很不雅，在我这本格调高雅、情感丰富的小说里写出来，老大不得体。你想，一位向来在上流社会里出入的斯文妇人，忽然因为吃喝过度而害起病来，这话怎的好出口？她自己定要说病是天气潮湿引出来的，其实却因为她在牧师家里吃晚饭，有一道菜是滚热的龙虾，她吃得津津有味，吃了又吃，就此病了。玛蒂尔达这一病害得真不轻，照牧师的口气说话，她差点儿没"翘了辫子"。阖家的人急煎煎地等着看她的遗嘱。罗登·克劳莱盘算下来，伦敦热闹季节开始以前，自己手里至少能有四万镑。克劳莱先生挑了许多传教小册子，包成一包送给她；这样，她从名利场和派克街走到那世里去的时候，心上好有个准备。不料沙鸟撒泼顿地方有个有本领的医生及时赶到，打退了那几乎送她性命的龙虾，养足了她的力气，总算让她又回到伦敦。情势这么一转，从男爵大失所望，心里的懊恼全露在脸上。

那一阵大家忙着服侍克劳莱小姐，牧师家的专差隔一小时送一趟信，把她的病情报告给关心她的人听。那时在他们房子里还有一位太太在害重病，却没有一个人理会——那就是克劳莱夫人。那位有本领的医生也曾给她看过病，诊断过后，只是摇头。毕脱爵士没有反对医生去看她，因为反正不用另外出诊金。这以后大家随她一个人在房里病下去，仿佛她是园里的一根野草，没人管她。

小姑娘们也得不到老师的极有益处的教导了。夏泼小姐看护病人真是知疼着热，因此克劳莱小姐只要她一个人伺候吃药。孚金在她主人离开乡下之前早就失去了原来的地位。忠心的女用人回到伦敦以后，看着布立葛丝小姐也和自己一样吃醋，一样受到无情无义的待遇，心里才气得过些。

克劳莱上尉因为他姑妈害病，续了几天假，在乡下做孝顺侄儿，天天守在前房伺候着（她睡的是正房，进去的时候得穿过蓝色小客厅）。他的父亲也总在那儿和他碰头。只要他在廊里走过，不管脚步多么轻，老头儿准会把房门打开，伸出鬣狗似的脸儿对他瞪眼。他们两个为什么你看着我我防着你呢？想必父子俩赌赛谁的心好，都要对睡在正房受苦的人儿表示关切。利蓓加常常走出来安慰他们；说得恰切一些，她有的时候安慰爸爸，有的时候安慰儿子。两位好先生都着急得很，只想从病人的亲信那里刺探消息。

她每天下楼半点钟吃晚饭，一面给那父子两人做和事佬。饭后她又上楼去，以后便一夜不出来了。这时罗登便骑马到墨特白莱镇上第五〇一师的军营里去；他爸爸和霍洛克斯做伴，一面喝搀水的甜酒。利蓓加在克劳莱小姐病房里的两星期，真是再耗精力也没有了。她的神经仿佛是铁打的，病房里的工作虽然又忙又烦，她倒仍旧不动声色。

直到后来她才把当日怎么辛苦的情形说给别人听。平时一团高兴的老太太害了病就闹脾气。她生气，睡不着觉，怕死；平日身体好，不理会死后到底是什么光景，病了之后越想越怕，失心疯似的整夜躺着哼哼唧唧。年轻美丽的读者啊，请你想一想，这老婆子自私，下流，没良心，不信宗教，只醉心于尘世上的快乐，她心里又怕，身上又痛，使劲儿在床上打滚,而且没戴假头发,像个什么样子!请你想想她那嘴脸,赶快趁现在年纪还小的时候,努力修德,总要有爱人敬天的心才好。"

夏泼拿出坚韧不拔的耐心,守在这堕落的老婆子的病床旁边。什么事都逃不过她的眼睛。她像个持家勤俭的总管,在她手里没一件是无用的废物。好久以后,她谈起克劳莱小姐病中的各种小故事,羞得老太太脸上人工的红颜色后面又泛出天然的红颜色来。克劳莱小姐病着的时候,蓓基从来不发脾气。她做事爽利,晚上醒睡,而且因为良心干净,放倒头便睡熟了。在表面上看起来,她仍旧精神饱满。她的脸色比以前稍微白些,眼圈比以前稍微黑些,可是从病房出来的时候总是神清气爽,脸上笑眯眯的,穿戴也整齐。她穿了梳妆衣戴了睡帽,竟和她穿了最漂亮的晚礼服一样好看。

上尉心里正是这么想。他爱她爱得发狂,不时手舞足蹈做出许多丑态来。爱神的倒钩箭头把他身上的厚皮射穿了。一个半月来他和蓓基朝夕相处,亲近的机会很多,已经到了神魂颠倒的地步。不知怎的,他心里的秘密,不告诉别人,偏偏去告诉他婶子,那牧师的太太。她和他嘲笑了一会儿,说她早就知道他着了迷,劝他小心在意,可是又不得不承认夏泼这个小东西确是又聪明,又滑稽,又古怪,性情又好,心地又单纯忠厚,全英国找不出第二个这样的角色来。她警告罗登不准轻薄她,拿她当作玩意儿,要不然克劳莱小姐决不饶他,因为老太太本人也爱上了那家庭教师,把夏泼当女儿似的宝贝着呢。她说罗登还是离开乡下回到军队里去,回到万恶的伦敦去,别再戏弄这么一个纯洁的小可怜儿。

好心的牧师太太瞧着罗登可怜,有心顾惜他,时常帮他和夏泼小姐在牧师的宅子里相会,让他有机会陪她回家,这些事上面已经说过了。太太小姐们,有一种男人,在恋爱的时候是不顾一切的,明明看见人家安排下叫他们上钩的器具,仍旧会游过来把鱼饵一口吞下,不到一会儿功夫便给钓到岸上,只有喘气的份儿了。罗登看得很清楚,别德太太利用利蓓加来笼络他是别有用心的。他并不精明，可是究竟是个走外场的人，在伦敦交际场里又出入了几个年头，也算通明世故的了。有一回别德太太对他说了几句话，使他的糊涂脑袋里豁然开朗，自以为识破了她的计谋。

她说："罗登，听我预言，总有一天夏泼小姐会做你的一家人。"

那军官打趣她道："做我的什么人呢？难道做我的堂弟妇吗？詹姆士看中了她啦？"

别德太太的黑眼睛里冒出火来，说道："还要亲得多。"

"难道是毕脱不成？那不行，这鬼鬼祟祟的东西配不上她的，再说他已经定给吉恩·希伯香克斯小姐了。"

"你们这些男人什么都看不见。你这糊涂瞎眼的人哪，克劳莱夫人要有个三长两短，夏泼小姐就要做你的后娘。你瞧着吧！"

罗登·克劳莱先生一听这话，诧异得不得了，大大地打了个唿哨儿。他不能反驳他婶子。他父亲喜欢夏泼小姐，他也看得出来；老头儿的性格，他也知道；比那老东西更不顾前后的人——他说到这里没有再说下去，大声打了个唿哨。回家的时候，他一边走一边捻胡子，自以为揭穿了别德太太的秘密。

罗登想道："糟糕！糟糕！哼！我想那女的一心想断送那可怜的女孩儿，免得她将来做成了克劳莱夫人。"

他看见利蓓加独自一个人的时候，就摆出他那斯文温雅的态度打趣她，说自己的爸爸爱上了她。她很轻蔑地扬起脸儿睁着眼说道："他喜欢我又怎么样？我知道他喜欢我，不但他，还有别人也喜欢我呢。克劳莱上尉，你难道以为我怕他吗？难道以为我不能保全自己的清白吗？"这位姑娘说话的时候，样子尊贵得像个皇后。

捻胡子的人答道："哎哟，啊呀，我不过是警告你罢了。呃，留点儿神，就是了。"

她眼中出火，说道："那么你刚才说的话的确含有不正当的意思。"

傻大个儿的骑兵插嘴道："唉，天哪，哟，利蓓加小姐。"

"难道你以为我穷，我没有亲人，所以也就不知廉耻了吗？难道有钱人不尊重，我也得跟着不尊重吗？你以为我不过是个家庭教师，不像你们汉泊郡的世家子弟那么明白，那么有教养讲情义，是不是啊？哼！我是蒙脱莫伦茜家里出来的人。蒙脱莫伦茜哪一点比不上你们克劳莱家呢？"

夏泼小姐一激动，再一提起她的不合法的外婆家，她的口音便添上一点儿外国腔，这样一来，她响亮清脆的声音更加悦耳。她接着说道："不行！我能忍受贫穷，可是不能忍受侮辱。人家撂着我不理，我不在乎，欺负我可不能够！更不准——更不准你欺负我。"她越说越激烈，感情汹涌，索性哭起来了。

"唉，夏泼小姐——利蓓加——天哪——我起誓——给我一千镑我也不敢啊。利蓓加，你别！"

利蓓加回身就走。那天她陪着克劳莱小姐坐了马车兜风（那时候老太太还没有病倒），吃晚饭的时候谈笑风生，比平常更活泼。着了迷的禁卫兵已经屈服，只管对她点头说风话，拙口笨腮地央告，利蓓加只装不知道。这一次两军相遇，这类的小接触一直没有停过，结局都差不多，说来说去的也叫人腻味。克劳莱重骑兵队每天大败，气得不得了。

女王的克劳莱镇上的从男爵只怕眼睁睁地瞧着他姊姊的遗产给人抢去。若不为这缘故，他再也不肯让那么有用的一个教师离开家里，累他的两个女儿荒疏了学业。利蓓加做人又有趣又有用，屋里少了她，真像沙漠似的没有生趣。毕脱爵士的秘书一走，信件没人抄，没人改，账目没人记，家下大小事务没人经管，定下的各种计划也没人执行。他写给利蓓加好些信，一会儿命令，一会儿央告，要她回去。只要看他信上的拼法和文章，就知道他实在需要一个书记。从男爵差不多每天都要寄一封信给蓓基，苦苦求她回家——信是由公共运输机关代送的，不要邮费。有的时候他也写信给克劳莱小姐，痛切地诉说两个小姑娘学业荒疏到什么程度。克劳莱小姐看了也不理会。

布立葛丝并没有给正式辞退，不过她只领干薪，若说她还在陪伴克劳莱小姐，却真是笑话了。她只能在客厅里陪着克劳莱小姐的胖小狗，偶然也在管家娘子的后房和那嗒丧着脸的孚金谈谈话。在另外一方面，克劳莱小姐虽然绝对不准利蓓加离开派克街，可也并没有给她一定的职务位置。克劳莱小姐像许多有钱人一样，惯会使唤底下人，尽量叫他们给自己当差，到用不着他们的时候，再客客气气地赶他们走。好些有钱人的心目中压根儿没有良心这件东西，在他们看来，有良心反而不近人情。穷人给他们做事，原是该当的。苦恼的食客，可怜的寄生虫，你也不必抱怨。你对于大依芙斯①的交情究竟有几分是真的呢？恐怕和他还给你的交情不相上下吧？你爱的是钱，不是人。倘若克罗塞斯②和他的听差换了地位，到那时候，可怜虫，你愿意奉承谁呢？反正你自己心里也是够明白的。

利蓓加心地老实，待人殷勤，性情又和顺，随你怎么样都不生气。她对老太太十分尽心，不但出力服侍，又替她做伴解闷。话虽这么说，我看这位精明的伦敦老太太对她仍旧有些信不过。克劳莱小姐准觉得没人肯为别人白白地当差。如果她把自己的标准来衡量别人的话，当然不难知道别人对她是怎么一回事。说不定她也曾想到，倘若一个人不把任何人放在心上，当然不能指望有什么真心朋友。

---

① 大依芙斯（Dives）在拉丁文就是富人的意思。拉丁文《圣经·路加福音》第十六章里的有钱人就叫这名字。
② 里底亚王国孟姆那迪王朝（前716—前546）最后的一个君主，被称为全世界最富有的人。后来被波斯王沙勒斯所征服。

眼前她正用得着蓓基,有了她又舒服又方便,便送给她两件新衣服,一串旧的项链,一件披肩。她要对新相知表示亲热,便把老朋友一个个地痛骂。从她这种令人感动的行为上,就知道她对于利蓓加是真心地看重。她打算将来大大地给利蓓加一些好处,可也不十分清楚究竟是什么好处;也许把她嫁给那个当助手医生的克伦浦,或者安排她一个好去处,再不然,到伦敦最热闹的当儿,她用不着利蓓加了,就把她送回女王的克劳莱,这倒也是个办法。

克劳莱小姐病体复原,下楼到客厅里来休息,蓓基就唱歌给她听,或是想别的法子给她解闷。后来她有气力坐车出去散心了,也还是蓓基跟着出去。有一回,她们兜风兜到一个你想不到的地方,原来克劳莱小姐心地好,重情分,竟肯为利蓓加把马车赶到白鲁姆斯贝莱勒塞尔广场,约翰·赛特笠先生的门口。

不消说,她们到这里来拜访以前,两个好朋友已经通过好几次信了。我跟你直说了吧,利蓓加在汉泊郡的时候,她们两人永远不变的交情已经淡薄了不少。它仿佛已经年老力衰,只差没有死掉。两个姑娘都忙着盘算自己切身的利害:利蓓加要讨好东家,爱米丽亚的终身大事也使她心无二用。两个女孩儿一见面,立刻扑向前来互相拥抱。只有年轻姑娘才有那样的热忱。利蓓加活泼泼兴冲冲地吻了爱米丽亚。爱米丽亚呢,可怜的小东西,只怪自己冷淡了朋友,觉得不好意思,一面吻着利蓓加,一面羞得脸都红了。

她们第一次见面的时间很局促,因为爱米丽亚恰巧预备出门散步。克劳莱小姐在马车里等着,她的用人们见车子到了这么一个地段,都在诧异。他们光着眼瞧着老实的黑三菩,白鲁姆斯贝莱这儿的听差,只当此地根生土长的人都像他一般古怪。后来爱米丽亚和颜悦色地走出大门(利蓓加一定要领她见见克劳莱小姐,她说老太太十分愿意结识她,可是身体不好,不能离开马车)——我刚才说到爱米丽亚走出大门,派克街穿号衣的贵族们看见白鲁姆斯贝莱这区里竟有这样的人物,都觉得惊讶。爱米虽然腼腆些,样子却是落落大方,上前见了她朋友的靠山。老太太看她脸蛋儿长得可人意,见了人羞答答地脸红,非常喜欢。

她们拜访以后,坐车向西去了。克劳莱小姐道:"亲爱的,她的脸色多好看!声音多好听!亲爱的夏泼,你的小朋友真讨人喜欢。几时叫她上派克街来玩儿,听见吗?"克劳莱小姐审美的见解很高明。她赏识大方的举止,怕羞一点不要紧,反而显得可爱。她喜欢漂亮的脸庞儿,就好像她喜欢美丽的图画和精致的瓷器一样。她醉心爱米丽亚的好处,一天里头连着说起她五六回。那天罗登·克劳莱到她家里来做孝顺侄儿,吃她的鸡,她也对他说起爱米丽亚。

利蓓加一听这话,当然立刻就说爱米丽亚已经订过婚了。未婚夫是一位奥斯本中尉,两个人从小是朋友。

克劳莱上尉问道:"他是不是属于常备军?"他究竟是禁卫军里的[①],想了一想,把部队的番号也说起来了,说是某师某联队。

利蓓加回说大概不错。她说:"他的上尉叫都宾。"

克劳莱道:"我认识那人,他是个瘦骨伶仃的家伙,老撞在人家身上。奥斯本长得不难看,留着两片连鬓胡子,又黑又大,对不对?"

利蓓加·夏泼小姐说道:"大得不得了。他自以为胡子长得好看,得意得要命。"

罗登·克劳莱上尉呵呵大笑了一阵,就算回答。克劳莱小姐和利蓓加逼着他解释,他笑完以后说道:"他自以为打弹子的技术很高明。我在可可树俱乐部和他赌钱,一下子就赢了他两百镑。这傻瓜,他也算会打弹子!那天要他下多大的赌注他都肯,可惜他的朋友都宾上尉把他拉走了,真讨厌!"

---

[①] 禁卫军里的人自以为比常备军高一等。

克劳莱小姐听了十分喜欢，说道："罗登，罗登，不许这么混账！"

"姑妈，常备军里出来的小伙子，谁也没有他那么傻。泰困和杜西斯常常敲他的竹杠，全不用费力气。他只要能和贵族子弟在公共场所同出同进，甘心当冤桶。他们在格林尼治吃饭，总叫他付钱，他们还带了别的人一起去吃呢。"

"我猜他们全是不成材的东西。"

"你说得对，夏泼小姐。你还会错吗，夏泼小姐？全是些不成材的东西。哈哈！"上尉自以为这笑话说得很精彩，愈笑愈高兴。

他姑妈嚷道："罗登，不准淘气！"

"据说他父亲是做买卖的，阔得不得了。这些做买卖的家伙太混账，非得好好地敲他们一笔竹杠不可。说老实话，我还想利用他一下呢。呵呵！"

"真丢人哪，克劳莱上尉。我得警告爱米丽亚一下，嫁个爱赌的丈夫可不是玩的。"

上尉正色答道："他真可恶，是不是？"忽然他灵机一动，说道："喝！我说呀，姑妈，咱们请他上这儿来好不好！"

他姑妈问道："他这人可还上得台盘吗？"

克劳莱上尉答道："上台盘？哦，他很不错的，反正您看不出他跟别人有什么两样。过几天，到您身子健朗，能够见客的时候，咱们把他请来行不行？叫他跟他那个什么——有情人儿——（夏泼小姐，好像你是这么说来着）一起来。不知道他除了打弹子以外可还会用纸牌赌钱。夏泼小姐，他住在哪儿？"

夏泼小姐把中尉城里的地址给了克劳莱。几天之后，奥斯本中尉收到罗登上尉一封信，一笔字像小学生写的。信里附着克劳莱小姐的请帖。

利蓓加也送了一封信给亲爱的爱米丽亚，请她去玩。爱米丽亚听说乔治也去，当然马上答应下来。大家约好，请爱米丽亚早上先到派克街去跟克劳莱小姐和利蓓加会面。那儿大家都对她很好。利蓓加老实不客气地对她卖老。两个人比起来，利蓓加利害得多，再加上爱米丽亚天生地恭顺谦和，愿意听人指挥，因此利蓓加叫她怎么，她就怎么，虚心下气的，没半点儿不高兴。克劳莱小姐对于她的宠幸也真了不起。老太太仍旧像起初那样喜欢小爱米，当面夸奖她，极其慈爱地赞叹她的好处，仿佛她是个洋娃娃，或是个用人，或是一幅画儿。有身份的贵人往往非常赏识普通的老百姓，这种精神真使我敬服。住在梅飞厄一带的大人物纡尊降贵的样子，我看着比什么都顺眼。可惜克劳莱小姐虽然百般怜爱，可怜的小爱米却嫌她太烦了。说不定她觉得派克街的三个女人里头，还是布立葛丝最对劲儿。她同情所有软弱和给人冷落的可怜虫，因此也同情布立葛丝。总而言之，她不是你我所谓性格刚强的人物。

乔治来吃晚饭；晚饭时没有别的人，就只他和克劳莱上尉两个单身汉子一块儿吃。

奥斯本家里的大马车把他从勒塞尔广场送到派克街。他的姊妹们没得着请帖。两个人嘴里表示满不在乎，却忍不住拿出《缙绅录》，找着了毕脱·克劳莱爵士的名字，把他家的宗谱和亲戚，像平葛等等，一句不漏地细看了一遍。罗登·克劳莱很诚恳谦和地接待乔治·奥斯本，称赞他打弹子的本领高强，问他预备什么时候翻本，又问起乔治联队里的情形。他原想当晚就和乔治斗牌赌钱，可是克劳莱小姐斩截地禁止任何人在她家里赌博，才算保全了年轻中尉的钱袋，没给他那勇敢的朋友倒空——至少那天晚上他没遭殃。他们约好第二天在另一个地方相会，先去看看克劳莱准备出卖的一匹马，到公园里去试试那匹马的脚力，然后吃晚饭，再跟几个有趣的同伴一起玩一黄昏。克劳莱挤眉弄眼地说道："假如你明天不必上漂亮的赛特笠小姐家里去报到的话，咱们就算定了。"承他的情又加了一句道："真的，奥斯本，这女孩子了不起。我想她大概很有钱吧？"

奥斯本说他不必去报到,第二天一准去找克劳莱。下一天他们见了面之后,克劳莱一口夸奖新朋友的骑术高明(这倒用不着他撒谎),又介绍给他三四个朋友,都是第一流的时髦公子。年轻天真的军官因为有缘结识他们,觉得十分得意。

那晚他们两人喝酒的当儿,奥斯本做出倜傥风流的样子问道:"我想起来了,那位夏泼小姐怎么样啦?小姑娘脾气不错。她在女王的克劳莱还有用吗?去年赛特笠小姐倒挺喜欢她的。"

克劳莱上尉睁起小蓝眼睛狠狠地瞪了中尉一眼。后来乔治上楼和漂亮的家庭教师叙旧,他还在细细地察看他的神情。如果禁卫兵心里妒忌的话,蓓基的行为一定使他放心释虑。

两个小伙子走到楼上，奥斯本先见过了克劳莱小姐，然后大摇大摆，倚老卖老地向利蓓加走过去。他原想装出保护人的嘴脸，和蔼可亲地和她说几句话儿。蓓基总算是爱米丽亚的朋友，他还打算给她拉手呢！他口里说："啊，夏泼小姐，你好哇？"一面把左手伸出来，满以为蓓基会受宠若惊，慌得手足无措。

夏泼小姐伸出右手的二拇指，淡淡地把头一点，那神情真叫人奈何她不得，把个中尉怔住了。他顿了一顿，只得拉起利蓓加赏脸伸给他的手指头来握着。那狼狈的样子把隔壁房里的罗登·克劳莱看得几乎不曾失声大笑。

上尉狂喜不禁，说道："喝！魔鬼也斗她不过的！"中尉要找些话和利蓓加搭讪，便很客气地问她喜欢不喜欢她的新职业。

夏泼小姐淡淡地说道："我的职业吗？您还想着问我，可真是太客气了。我的职业还不错，工钱也不小——当然跟您的姊妹的家庭教师乌德小姐比起来还差一些。你家的小姐们好不好哇？其实我这话是不该问的。"

奥斯本先生诧异道："为什么不该问？"

"我住在爱米丽亚家里的时候，她们从来没有降低了身份跟我说过话，也没有邀我到府上去。反正我们这些穷教师向来受惯这样的怠慢，倒也不计较了。"

奥斯本先生嚷道："哟！亲爱的夏泼小姐！"

利蓓加接下去道："有些人家真不讲礼貌，可是待人客气的也有。这里边的差别可大了。我们住在汉泊郡的虽然比不上你们城里做买卖的那么福气，那么有钱，到底是有根基的上等人家，家世也旧。毕脱爵士的爸爸本来可以加爵，是他自己不要，辞掉了的，这件事想来你也知道。他们怎么待我，你也看见了。我现在过得很舒服，我这位子不错。多谢你关心我。"

这一下可把奥斯本气坏了。这家庭教师对他卖老,只顾揶揄他,逗得这头英国狮子不知怎么才好。他又没有机变,一时找不出借口可以拨转话头,所以想要不谈这些有趣的话儿也没有法子。

他傲慢地说道:"我一向还以为你挺喜欢城里做买卖的人家呢。"

"那是去年的事了。我刚从讨厌的学堂里出来,还能不喜欢吗?哪个女孩儿不爱离开学校回家度假期呢?再说,那时候我又不懂事。奥斯本先生,你不知道这一年半里头我学了多少乖。我说这话你可别恼,我这一年半住在上等人家里,究竟不同些。爱米丽亚呢,倒真是一颗明珠,不管在哪儿都摆得出来。好啦,我这么一说,你可高兴了。唉!提起来,这些做买卖的人真古怪。还有乔斯先生呢,了不起的乔瑟夫先生现在怎么了?"

奥斯本先生很温和地说道:"去年你仿佛并不讨厌了不起的乔瑟夫先生啊!"

"你真利害!我跟你说句心里的话儿吧,去年我并没有为他伤心。如果当时他求我做那件事——你眼睛里说的那件事(你的眼神不但善于表情达意,而且和蔼可亲)——如果他求我呢,我也就答应了。"

奥斯本先生对她瞅了一眼,好像说:"原来如此,那真难为你了!"

"你心里准在想,做了乔治·奥斯本的亲戚多体面哪!乔治·奥斯本是约翰·奥斯本的儿子,约翰·奥斯本又是——你的爷爷是谁,奥斯本先生?哟,你别生气呀!家世的好坏,反正不能怪你。你刚才说得不错,在一年以前我倒是很愿意嫁给乔斯·赛特笠。一个姑娘穷得一个子儿都没有,这还不是一头好亲事吗?如今我的秘密你都知道了。我这人是很直爽很诚恳的。我细细想来,你肯提起这些事,可见你很有好心,也很懂礼貌。爱米丽亚,亲爱的,奥斯本先生正在和我谈起你哥哥。可怜的乔瑟夫现在怎么了?"

这样一来,乔治便给她打得大败而退。利蓓加自己并没有抓住理,可是听了她这番话，便显得错处都在乔治。他满心羞惭，忙忙地溜掉了，只怕再待下去，便会在爱米丽亚跟前扫了面子。

乔治不是卑鄙的小人，虽然吃了利蓓加的亏，究竟不至于背地里报复，说女人的坏话。不过第二天他碰见了克劳莱上尉，忍不住把自己对于利蓓加小姐的意见私底下说些给上尉听。他说她尖酸，阴险，见了男人没命地送情卖俏。克劳莱笑着一味附和他，当天就把他的话一句不漏地学给利蓓加听。利蓓加仗着女人特有的本能，断定上次坏她好事、破她婚姻的没有别人，一定是乔治，所以一向看重他，听了这话，对于他的交情更深了一层。

乔治做出很有含蓄的样子说道："我不过警告你一声罢了。女人的脾气性格我都知道，劝你留神。"那天他已经把克劳莱的马买了下来，饭后又输给他二十多镑钱。

克劳莱的脸色有些儿古怪，他表示对乔治感激，谢他说："好小子，多谢你。我看得出来，你不是个糊涂人。"乔治跟他分手之后，还在赞赏他这话说得有理。

他回去把自己干的事告诉爱米丽亚，说罗登·克劳莱性情爽直，是个了不起的好人，又说自己劝罗登小心提防利蓓加那诡计多端的滑头。

爱米丽亚叫道："提防谁？"

"你那做家庭教师的朋友。这有什么可大惊小怪的。"

爱米丽亚道："哎哟，乔治，你干的什么好事！"她有的是女人的尖眼睛，又受了爱情的熏陶，看事更加明彻，一眼就发现了一个秘密。这个秘密，克劳莱小姐和可怜的老闺女布立葛丝都看不出。那装模作样、留着大胡子的奥斯本中尉，年纪轻，又是个蠢材，更加看不出。

分手以前，利蓓加在楼上替爱米丽亚围上披肩，两个朋友才有机会谈谈机密，诉诉心腹，做这些女人最喜欢的事。爱丽米亚上前握着利蓓加的两只小手说道："利蓓加，我都看出来了。"

利蓓加吻了她一下,两个人都掩口不谈这件秘密喜事。殊不知这事不久就给闹穿了。

过了不久,大岗脱街上又多了一块丧家报丧的木板儿,那时利蓓加仍旧住在派克街她靠山的家里。大岗脱街一带向来满布着愁云惨雾,这种装饰品是常见的,倒也不足为奇。报丧板安在毕脱·克劳莱爵士的大门上,不过贤明的从男爵可并没有死。这一块报丧板是女人用的,还是好几年前毕脱爵士的老娘克劳莱太夫人办丧事用的旧东西。此后它就从大门上给取下来,堆在毕脱爵士府邸后面的空屋里。现在可怜的罗莎·道生去世,又把它拿出来用。原来毕脱爵士又断弦了。板上画着男女两家的纹章,女家的纹章当然不属于可怜的罗莎。她的娘家哪里有什么纹章呢。反正上面的小天使虽然是为毕脱爵士的母亲画的,为她也一般合用。纹章底下用拉丁文写着"我将复活",旁边是克劳莱家的蛇和鸽子。纹章和报丧板,还有格言,倒是说法讲道的好题目。

罗莎病中只有克劳莱先生去照拂她,此外一个亲人也看不见。她临死得到的安慰,也不过是克劳莱先生对她的劝勉和鼓舞。多少年来只有他还对于这个孤苦懦弱的人有些情谊,发些善心。罗莎的心早已先死了。她要做毕脱·克劳莱爵士的妻子,出卖了自己的心。在名利场里面,许多做母亲的和做女儿的,天天在进行这种交易。

罗莎去世的时候,她丈夫恰好在伦敦。他向来不停地策划这样,计算那样,那些时候正忙着和许多律师接头。虽说他的事情这么多,他却不时偷空跑到派克街去,并且常常写信给利蓓加,一会儿哀求,一会儿叮嘱,一会儿命令,要她回乡下去照料她的学生。他说自从她们的妈妈病倒之后,两个女孩子便没人看管了。克劳莱小姐哪里肯放利蓓加动身。她这人最是喜新厌旧,一旦对朋友生了厌倦之心,立刻无情无义地丢开手。在这一头上,就算伦敦的贵妇人中间也少有人比得上她。可是在着迷的当儿,她对于朋友的眷恋也是出人一等。眼前她仍旧死拉住利蓓加不放。

不消说，克劳莱小姐家里的人得到克劳莱夫人的死讯之后并没有什么表示，也不觉得伤感。克劳莱小姐只说："看来三号只好不请客了。"顿了一顿，她又道："我兄弟但凡顾些体统，就该别再娶亲才对。"罗登向来关心他哥哥，接口道："如果爸爸再娶填房的话，毕脱准会气个半死。"利蓓加一声不响，心事重重的仿佛全家最受感动的倒是她。那天罗登还没有告辞，她就起身走了。不过罗登临走之前他们两人恰巧在楼下碰见，又谈了一会儿。

第二天，克劳莱小姐正在静静地看法文小说，利蓓加望着窗外出神，忽然慌慌张张地嚷道："毕脱爵士来了！"接着真的听见从男爵在外面打门。克劳莱小姐给她吓了一跳，嚷道："亲爱的，我不能见他，我不要见他。跟鲍尔斯说我不见客。要不然你下去也行，跟他说我病着不能起来。这会儿我可受不了我这弟弟。"说罢，她接着看小说。

利蓓加轻盈地走下楼，看见毕脱爵士正想上楼，便道：

"她身上不爽快，不能见您。"

毕脱爵士答道："再好没有。蓓基小姐，我要看的是你。跟我到客厅里来。"说着，他们一起走到客厅里去。

"小姐，我要你回到女王的克劳莱去。"从男爵说了，定睛瞅着她，一面把黑手套和缠着黑带子的帽子脱下来。他眼睁睁地瞪着她，眼神那么古怪，利蓓加·夏泼差点儿发起抖来。

她低声说道："我希望不久就能回去。等克劳莱小姐身子健朗些，我就——就想回去瞧瞧两个孩子。"

毕脱爵士答道："这三个月来你老说这话，到今天还守着我的姐姐。她呀，把你累倒以后就不要你了，当你破鞋似的扔在一边。告诉你吧，我才是真的要你。我马上回去办丧事，你去不去？说一声，去还是不去？"

蓓基仿佛非常激动，她说："我不敢——我想，我跟你两人在一起不大——不大合适。"

毕脱爵士拍着桌子说道："我再说一遍，我要你。没有你我过不下去。到你离开以后我才明白过来。现在家里乱糟糟的跟从前一点儿也不像了。我所有的账目又都糊涂了。你非回来不可！真的回来吧。亲爱的蓓基，回来吧。"

利蓓加喘着气答道："拿什么身份回来呢？"

从男爵紧紧地抓住缠黑带的帽子，答道："只要你愿意，就请你回来做克劳莱夫人。这样你总称心如意了吧？我要你做我的老婆。凭你这点聪明就配得上我。我可不管家世不家世，我瞧着你就是最上等的小姐。要赌聪明，区里那些从男爵的女人哪及你一零儿呢。你肯吗？只要你说一声就行。"

利蓓加深深地感动，说道："啊哟，毕脱爵士！"

毕脱爵士接下去说道:"蓓基,答应了吧!我虽然是个老头儿,身子还结实得很呢。我还有二十年好日子,准能叫你过得乐意,瞧着吧。你爱怎么就怎么,爱花多少就花多少,一切由你做主。我另外给你一注钱。我什么都按规矩,决不胡来。瞧我!"老头儿说着,双膝跪倒,乜斜着眼色眯眯地对蓓基笑。

利蓓加惊得往后倒退。故事说到此地,咱们还没有看见她有过慌张狼狈的样子,现在她却把持不定,掉下泪来。这恐怕是她一辈子最真心的几滴眼泪。

她说:"唉,毕脱爵士!我已经结过婚了。"

## 第十五章　利蓓加的丈夫露了一露脸

多情多义的读者（无情无义的我们也不要），看到刚才一出小戏里最后的一幕，一定赏识。痴情公子向美貌佳人跪下求婚，还不是一幅最赏心悦目的画儿吗？

痴情公子本来虚心小胆儿地匍匐在地毯上，美貌佳人向他吐露心事，说她已经另有丈夫，痴情公子一听这可怕的招供，霍地跳起身来，嘴里大声叫嚷，吓得那战战兢兢的美人儿愈加害怕。从男爵第一阵怒气和诧异过去之后，便对她嚷道："结过婚了！你在说笑话吧？你在拿我取笑儿吧，蓓基？你一个子儿都没有，谁肯娶你？"

利蓓加泪如泉涌，哽咽着说不出话来。她把手帕掩住泪眼，有气无力地靠在壁炉架上。心肠最硬的人看了那悲戚的样子，也会软化。她说:"结过婚了,已经结过婚了。唉,毕脱爵士,亲爱的毕脱爵士,别以为我没有良心,分不出好歹。因为您那么恩深义重,我才把心里的秘密告诉您。"

毕脱爵士嚷道:"恩深义重!呸!你跟谁结婚的?在哪儿结婚的?"

"让我跟着您回乡下去吧!让我像从前一样忠心耿耿地守着您吧!别把我从女王的克劳莱赶出来。"

从男爵以为自己已经摸着她的底细,便道:"那家伙想必把你扔了,是不是?好的,蓓基,你要回来就回来吧。事难两全,反正我对待你总算公平合理的了。你回来当教师也行,随你的便。"她伸出手来,把脸靠着大理石的壁炉架子哭得心碎肠断,头发披了一头一脸,挂下来散落在壁炉架上。

毕脱爵士想要安慰她,一副嘴脸越发可厌。他说:"那混蛋逃走了吗?不要紧的,蓓基,我会照顾你。"

"只要让我回到女王的克劳莱,像从前一样地服侍您和两个孩子,我就心满意足了。您从前不是说过您的利蓓加做事不错吗?我想起您刚才对我的一番好意,我满心里只有感激,我这话是千真万真的。我不能做您的老婆,可是让我——让我做你的女儿吧!"

利蓓加一面说,一面演悲剧似的双膝跪下,把自己一双软缎一般白嫩柔滑的小手拉住毕脱爵士粗硬的黑手,一脸悲痛和信托的神情望着他。正当这个时候,门开了,克劳莱小姐昂头挺胸地走进来。

从男爵和利蓓加走进客厅不久,孚金和布立葛丝小姐恰巧走近客厅门口,无意之中在钥匙洞里张见老头儿伏在蓓基的脚旁,听见他屈尊降格地要求娶她为妻。他这话刚刚出口,孚金和布立葛丝小姐便飞也似的跑上楼冲到克劳莱小姐的起坐间里(老太太正在看法文小说),把这出奇的消息报告给她听,就是毕脱爵士跪在地上,正在向夏泼小姐求婚。你如果计算一下,利蓓加他们说话要多少时候,布立葛丝和孚金飞奔上楼要多少时候,克劳莱小姐大吃一惊,把比高·勒勃伦①的书掉在地上要多少时候,她们三人一起下楼又要多少时候,你就知道我的故事说得多么准确,克劳莱小姐不早不晚,只能在利蓓加跪在地上的时候走进来。

克劳莱小姐的声音和脸色都显出十分的轻蔑,说道:"原来跪在地上的是小姐,不是先生。毕脱爵士,她们说你下跪了。请你再跪一次,让我瞧瞧这漂亮的一对儿!"

利蓓加站起来答道:"我刚在向毕脱爵士道谢,我说我——我无论如何不能做克劳莱的夫人。"

---

① 比高·勒勃伦(Pigault Lebrun,1753—1835),法国戏曲家、小说家。

克劳莱小姐越来越不明白，说道："你回绝了他吗！"布立葛丝和孚金站在门口，诧异得睁大了眼睛，张开了嘴。

利蓓加哭声答道："对了，我回绝他了。"

老太太道："我简直不能相信我的耳朵了，毕脱爵士，你难道真的向她求婚了不成？"

从男爵答道："不错，我求过了。"

"她真的不嫁给你吗？"

毕脱爵士嬉皮笑脸地答道："对啊！"

克劳莱小姐道："不管怎么着，看来你倒并不伤心。"

毕脱爵士答道："一点儿不伤心。"克劳莱小姐看着他满不在乎、轻松愉快的样子，奇怪得几乎神志不清。有地位有身份的老头儿怎么会肯向一个子儿也没有的家庭教师下跪，遭她拒绝以后怎么又嘻嘻哈哈地大笑，一文不名的穷教师怎么会不愿意嫁给一年有四千镑收入的从男爵，这里面的玄妙，克劳莱小姐实在参不透。她最爱比高·勒勃伦，可是连他的书里也没有这样曲折迷离的情节。

她摸不着头脑，胡乱说一句道："弟弟，你觉得这件事有趣，倒是好的。"

毕脱爵士答道："了不起！这事谁想得到！真是个会捣鬼的小滑头！真是个狐狸精！"他一面自言自语，一面吃吃地笑得高兴。

克劳莱小姐跺着脚道："谁想得到什么？夏泼小姐，我们家难道还够不上你的标准？你还等着摄政王离了婚娶你不成？"

利蓓加答道："刚才您进这屋里来的时候，已经看见我的态度姿势。从这一点上就能知道我没有小看了这位好心的、高贵的先生赏给我的面子。难道您以为我没有心肝吗？我是个没爹娘的、没人理的女孩子，你们大家待我这么好，难道我连个好歹都不知道吗？唉，我的朋友！我的恩人！你们对我这么推心置腹，我这一辈子服侍你们，爱你们，把命拼了，也要补报的。克劳莱小姐，别以为我连良心都没有。我心里太感动了，我难受！"她怪可怜地倒在椅子上，在场的人倒有大半看着不忍。

"不管你嫁不嫁我，你总是个好女孩儿，蓓基。你记住，我的心是向着你的。"毕脱爵士说完这话，戴上缠黑带的帽子走了。利蓓加见他一走，登时大大地放心，因为她的秘密没有给克劳莱小姐拆穿，情势又缓了一缓。

她把手帕蒙了脸上楼。老实的布立葛丝原想跟上去，利蓓加对她点点头，请她自便，然后回房去了。克劳莱小姐和布立葛丝激动得不得了，坐下来议论这桩奇事。孚金也是一样地兴奋，三脚两步跑下楼梯，把消息报告给厨房里的男女伙伴听去。这事使她深深地感动，所以她当晚就寄了一封信，给"别德·克劳莱太太和阖府大小请安"。信上说："毕脱爵士来过了，求着夏泼小姐嫁给他。可是她不肯，真是大家想不到的。"

在饭间里，两位小姐尽情地把毕脱爵士求婚和利蓓加拒婚这件事谈了又谈，说了又说。布立葛丝又承她东家跟她谈些机密话儿，得意得了不得。她很聪明地猜测利蓓加准是先有了别的意中人，不能答应，要不然的话，凡是有些脑子的女孩儿总不肯错过这么一门好亲事。

克劳莱小姐很温和地说道："布立葛丝，如果你做了她，一定早应了，是不是？"

布立葛丝避免正面回答，低首下心地说道："能做克劳莱小姐的弟媳妇难道不是好福气吗？"

克劳莱小姐说："要说呢，让蓓基做克劳莱夫人倒是挺合适的。"她因为蓓基拒绝了从男爵，心上很安慰。她本人反正没有受到损害，落得口头上宽厚大方。"她这人是有脑子的。我可怜的好布立葛丝，要讲聪明，你还没有她一零儿呢。如今我把她一调理，她的举止行动也大方极了。她究竟是蒙脱莫伦茜家里的人，布立葛丝。家世的好坏的确有些关系，虽然我是向来看不起这些的。在汉泊郡那些又寒蠢又爱摆虚架子的乡下人里面，她倒是撑得起场面的，比那铁匠的女儿强得多了。"

布立葛丝照例顺着她的口气说话。两个人又捉摸她的"心坎儿上的人"究竟是谁。克劳莱小姐说道："你们这些孤苦伶仃的人都有些痴心。你自己从前也爱过一个教写字的先生（别哭了，布立葛丝，你老是哭哭啼啼，眼泪是不能起死回生的）。我猜可怜的蓓基一定也是个痴情人儿，爱上了什么配药的呀，人家的总管呀，画家呀，年轻的副牧师呀，这类的人。"

布立葛丝回想到二十四年前的旧事。那个害痨病的年轻写字先生曾经送给她一绺黄头发，写给她好些信；字迹虽然潦草得认不清，书法是好的。这些念心儿她都当宝贝似的藏在楼上一只旧书桌子里面。她口里说："可怜，可怜！可怜，可怜！"仿佛自己又成了脸色鲜嫩的十八岁大姑娘，在教堂里参加晚祷，跟那害痨病的写字先生合看着圣诗本子抖着声音唱歌。

克劳莱小姐怪热心地说道："利蓓加既然这样知好歹，我们家应该照应她一下才是。布立葛丝，去打听打听她心坎儿上的人是谁。让我来帮他开个铺子，或是雇他给我画像，或是替他在我那做主教的表弟那儿说个情。我还想陪些嫁妆给蓓基。布立葛丝，咱们来办个喜事吧。结婚那天的早饭由你去筹备，还叫你做女傧相。"

布立葛丝连忙答应说再好也没有了，又奉承克劳莱小姐做人慷慨慈厚。她走到楼上利蓓加的卧房里去安慰她，谈谈毕脱爵士怎么求婚，利蓓加怎么拒绝，为什么拒绝，等等。她露出口气，说克劳莱小姐预备对她慷慨帮忙，又想探利蓓加的口气，看她心坎儿上的人究竟是谁。

利蓓加对布立葛丝非常和蔼亲热，布立葛丝的一番好意，使她很感动，便也热呵呵地拿出真心相待，承认自己心上还有一个别的人。这秘密真有趣，可惜布立葛丝没有在钥匙洞口多站半分钟，没准利蓓加还会多透露些消息呢。布立葛丝在利蓓加屋里才坐了五分钟，克劳莱小姐亲自来了。这可是从来没有的面子。原来她着急得忍耐不住，嫌她使来的专差办事太慢，便亲自出马，把布立葛丝赶出去。她称赞利蓓加识得大体，打听她和毕脱爵士见面时仔细的经过，又要探问在这次出人意料的求婚以前还有什么别的纠缠。

利蓓加说，承毕脱爵士看得起，对她另眼看待，她自己早已心里有数，因为毕脱爵士心直口快，心里有什么都不遮掩的。她拒绝嫁他的原因，眼前还不敢说出来麻烦克劳莱小姐；除了这个不算，毕脱爵士的年龄、地位、习惯，也和她的相差太远，结了婚不会有好结果。再说，男人的前妻尸骨还停放在家里，凡是有些自尊心、顾些体统的女人怎么有心肠来听他求婚呢？

克劳莱小姐单刀直入地说道："胡说，亲爱的，你要不是另外有人，再也不会拒绝他。你的秘密原因是什么？说出来我也听听。你准是另外有人。你看中了谁呀？"

利蓓加垂下眼睛，承认心上另外有人。她那自然悦耳的声音吞吞吐吐地说道："您猜对了，亲爱的克劳莱小姐。您准觉得奇怪，像我这样孤苦伶仃的可怜虫怎么也会爱上了人，是不是？贫穷可不能保障我们不动心哪！要是能够保障倒好了。"

克劳莱小姐向来喜欢做些多情多义的张致，忙说："我可怜的宝贝孩子，原来你是在闹单恋啊？你偷偷地害相思病是不是啊？把什么都告诉我吧，让我来安慰你。"

利蓓加仍旧呜呜咽咽地说道："亲爱的克劳莱小姐，但愿你能安慰我！我真需要安慰。"她把头枕着克劳莱小姐的肩膀哭起来，哭得那么自然，老太太不由自主地动了恻隐之心。她几乎像慈母一般抱住利蓓加，好言好语抚慰她，说自己多么喜欢她，看重她，并且发誓把她当作女儿一样看承，日后尽力帮助她。"亲爱的，现在说给我听究竟是什么人。是不是那漂亮的赛特笠小姐的哥哥？你说过跟他有一段纠葛的。亲爱的，等我把他请来，叫他娶你。一定叫他娶你。"

利蓓加答道："现在请您别再问我了。不久以后您就会知道的。我决不骗你。亲爱的、慈悲的克劳莱小姐——亲爱的朋友！您准我这么叫您吗？"

老太太吻她一下，说道："我的孩子，当然准的。"

利蓓加抽抽噎噎地说道："现在我不能告诉您。我心里难受死了。唉，求您疼顾疼顾我——答应我，以后一直疼我吧！"小的那么悲伤，连带着叫老的也动了情，两个人一块儿淌眼泪。克劳莱小姐郑重其事地答应一辈子疼爱利蓓加，然后才走了。她为这个受她提拔的女孩子祝福，并且十分赞赏她，觉得这亲爱的小人儿软心肠，实心眼，待人热和，可是叫人摸不着头脑。

房里剩下利蓓加一个人。她咀嚼着当天意外的奇遇，也想到已成的事实和失去的机会。利蓓加小姐——对不起，我该说利蓓加太太——的心境，你猜得出来吗？在前几页上，写书的仗着他的特权，曾经偷看爱米丽亚·赛特笠小姐闺房里的情形，而且显出小说家无所不知的神通，体味了那温柔纯洁的小姑娘在床上转辗反侧的时候，心上有多少的痴情和痛苦。既然这样，他现在为什么不做利蓓加的心腹，不去刺探她的秘密，掌管开启她良心的钥匙呢？

好的，就这样吧。利蓓加第一先惋惜这么出奇的好运气就在眼前而干瞧着不能到手，真是打心里悔恨出来，叫旁人看着也觉得不忍。她的懊丧是极其自然的情绪，凡是明白事理的人想必都有同感。一个穷得一文不名的姑娘，眼看着可以做到爵士夫人，分享一年四千镑的收入，竟生生地错过了机会，所有的好母亲怎么能不可怜她呢？凡是名利场里面有教养的年轻人，看见这么一个勤谨聪明、品性优美的女孩子，面前明摆着一头体面的好亲事，偏偏迟了一步，不能应承下来，岂不觉得这事叫人焦躁，也会同情她的不幸呢？咱们的朋友蓓基碰到这般不如意的事，大家应该怜悯她，也一定会代她惋惜。

记得有一回名利场里有人请我吃晚饭，我看见托迪老小姐也在那里，一味对那矮小的白丽夫蕾斯太太奉承讨好。白丽夫蕾斯太太的丈夫是个律师，她虽然出身很好，却穷得不能再穷，这是大家都知道的。

我心下暗想道，托迪小姐为什么肯拍马屁呢？莫非白丽夫蕾斯在本区法院里有了差使了吗？还是他太太承继了什么遗产呢？托迪小姐向来为人爽快，不久就解释给我听："你知道的，白丽夫蕾斯太太是约翰·雷德汉爵士的孙女儿。约翰爵士在契尔顿纳姆病得很重，顶多再能活半年。他死了以后，白丽夫蕾斯太太的爸爸承继爵位。这么一来，她就是从男爵的女儿了。"下一个星期，托迪就请白丽夫蕾斯夫妇吃饭。

如果单是有机会做从男爵的女儿就能在社会上得到这样的尊敬，那么失掉从男爵夫人的地位多么令人伤心呢！这么一想，咱们自然能够了解那位小姐的懊恼了。利蓓加自怨自艾想道："谁想克劳莱夫人死得这么快！像她这么病病歪歪的女人，拖十年也不稀奇。我差一点儿就是爵士夫人了。我要怎么样，老头儿还会不依吗？别德太太那么照顾我，毕脱先生那么提拔我（真叫人受不了！），我也就有机会报答了，哼！我还可以把城里的房子装修布置起来，再买一辆全伦敦最漂亮的马车，在歌剧院定一个包厢，明年还能进宫朝见。这福气只差一点儿就到手，如今呢，只落得心里疑疑惑惑，不知道将来是个什么样子。"

幸而利蓓加意志坚决，性格刚强，觉得既往不可追，白白地烦恼一会子也没有用，叫别人看着反而不雅，因此恨恨了一阵便算了。她很聪明地用全副精神来盘算将来的事，因为未来总比过去要紧得多。她估计自己的处境，有多少希望，多少机会，多少疑难。

她确实已经结了婚，这是第一件大事。这事已经给毕脱爵士知道了。她并不是当时慌了手脚口一滑说出来的，而是就地忖度了一下，想着哑谜总要拆穿，将来不如现在，还是此刻说了吧。毕脱爵士自己想娶她,难道还不替她保守结婚的秘密吗? 克劳莱小姐对这事怎么看法,倒是大问题。利蓓加免不了怀着鬼胎,可是想想克劳莱小姐平时的言论最是激烈通达。她瞧不起家世,性格很有些浪漫,对于侄儿可说到了溺爱不明的地步,而且常常说她怎么喜欢利蓓加。利蓓加想道:"她那么喜欢罗登,不管罗登怎么荒唐她都肯原谅的。我伺候她这么些日子了,没了我她准觉得过不惯。事情闹穿的时候,总有一场大吵,哭呀,笑呀,骂呀,然后大家又和好如初。不管怎么样,这事情已经是无可翻悔的了,再隐瞒下去也没有什么好处,今天说穿和明天说穿还不是一样?"她决定把消息通知克劳莱小姐,心下先盘算应该用什么方法告诉她,还是当面锣对面鼓地拼过这一场去,还是躲在一边,等过了风头再出面。她前思后想,写了下面的一封信:

最亲爱的朋友——咱们两人常常讨论的紧要关头已经来了。秘密已经泄漏了一半。我想了又想,还是趁现在把一切和盘托出为妙。毕脱爵士今天早上来看我。你猜为什么? 他正式向我求婚了! 你想想看,我这小可怜儿差点儿做了克劳莱夫人呢! 如果我真做了爵士夫人,别德太太该多高兴呢! 还有姑妈,如果我的位子比她高,她该多乐! 只差一点儿,我就做了某人的妈妈,而不做他的——唉! 我一想起咱们非得马上把秘密告诉大家,就忍不住发抖。

毕脱爵士虽然知道我已经结婚,可是并不知道我丈夫是谁,所以还不怎么冒火。姑妈因为我拒绝了他,还生气呢。她对我十二分地慈爱宽容,竟说我要是嫁了毕脱爵士,倒能做个很好的妻子。她恳恳切切地说要把小利蓓加当作女儿一样待。我想她刚一听见咱们的消息免不了大吃一惊,不过等她气过一阵之后就不用怕了。我觉得这件事是拿得稳的。你这淘气不学好的东西！你简直是她的心肝宝贝，随你做什么，她总不会见怪的。我想她心里面除了你之外，第二个就是我。没了我，她就没法过日子了。最亲爱的，我相信咱们一定胜利。将来你离开了讨厌的军队，别再赌钱跑马，做个乖孩子。咱们就住在派克街等着承受姑妈全部的财产。

明天三点钟我想法子到老地方跟你见面。如果布小姐和我一同出来的话，你就来吃晚饭，通个信给我，把它夹在朴帝乌斯①训戒第三册里面。不管怎么，到我身边来吧！

利

---

① 朴帝乌斯（Beilby Porteus, 1731—1808），伦敦主教。

这封信是捎给武士桥的马鞍匠巴内先生转交伊兰莎·斯大哀尔斯小姐的。利蓓加说伊兰莎·斯大哀尔斯是她小时候的同学。新近她们两个人通信通得很勤，那位姑娘常到马鞍匠家里去拿信。我相信所有的读者心里都明白，知道这伊兰莎小姐准是留着菱角大胡子，靴上套着铜马刺。总而言之，不是别人，就是罗登·克劳莱上尉。

# 第十六章　针插上的信

他们两个怎么结婚的呢？这件事和别人一点儿不相干。一个成年的上尉和一个成年的小姐买了张结婚证书在本城的一个教堂里成了亲，又有谁来干涉？一个女人只要打定了主意，要什么就能有什么，这道理有谁不明白？照我看来，事情是这样的：在夏泼小姐到勒塞尔广场去拜访她好朋友爱米丽亚·赛特笠小姐的那天早上，有个模样和她相仿的小姐，同着个染了胡子的男人一齐走进市中心的一个教堂里去。过了一刻钟，那男的重新陪她出来。路上本来有一辆街车等在那里，他就把她送进了车子。他们就这么悄没声儿地结了婚。

咱们经历的事情也不少了，难道听得男人娶了太太还会不相信吗？多少有学问的聪明人娶了家里的厨娘。连霭尔登勋爵①那么精细的人还跟人私奔呢！亚基利斯和爱杰克斯②不是都看中了自己的女用人吗？罗登不过是个粗笨的骑兵，情欲又强，头脑又简单，又是一辈子任性惯了的。你怎么能指望这样一个人忽然变得谨慎起来呢？况且他也不是个精明人，不会一面由着性儿胡闹，一面斤斤较量不肯吃亏。如果所有的人娶亲的时候都打细算盘，世界上的人口一定要大大地减少。

就拿这本书里面关于罗登的记载来说，我认为他的亲事还算他干的勾当里头最正派的呢！一个男人看中了一个女人，后来娶了她，总不能算丢脸的事。这高大的兵士对于蓓基先是佩服，渐渐地喜欢她，爱她，觉得她了不起，到后来真可说全心全意地相信她，发狂似的恋着她了。他这样的行为，至少太太小姐们是不责怪的。利蓓加唱歌的时候，他的大身子整个儿酥麻了，心眼儿里面原是一片混沌，也觉得兴奋起来了。利蓓加说话的时候，他聚精会神地倾听和叹赏。如果利蓓加说笑话，他就把这些笑话细心揣摩，半个钟头以后在街上呵呵地大笑，往往把坐在旁边替他赶车的马夫，或是在洛顿街和他并排骑马的同伴吓一大跳。利蓓加的一言一语在他都是天上传下来的神谕，她的一举一动无一不是又文雅又有道理。他心下暗想："她唱得多好！画得多好！在女王的克劳莱，她骑那匹爱尥蹶子的母马骑得多好！"有的时候两个人谈心，他就说："喝！蓓基，你真配做总司令，或者做坎脱白莱大主教，喝！"像他这样的人其实并不在少数。我们不是天天看见老实的赫寇利思③给翁法

---

① 霭尔登（Lord Eldon，1751—1838），英国法官，1772 年与银行家的女儿私奔。
② 亚基利斯和爱杰克斯是荷马史诗《伊利亚特》中的两名勇将。亚基利斯的爱人名叫白莉茜思，爱杰克斯的爱人名叫戴克梅莎。罗马诗人贺拉斯诗里论有身份的人爱女婢，就举这两人为例。
③ 赫寇利思是希腊大神宙斯的儿子，是著名的大力士，后来不幸发疯，被卖给利底亚的皇后做奴隶。他爱上了女主人，天天顺从地在女人堆里纺纱。

儿牵着鼻子走吗？又高又大、满嘴胡子的参孙①不是常常匍匐在大利拉的怀里吗？

蓓基告诉罗登说事情已经到了要紧关头，应该马上着手行动，他听了一口答应服从她的指挥。如果他的团长命令他带着军队往前进攻，他也不过这样顺从。他没把信夹在朴帝乌斯的第三册训戒里面，因为第二天利蓓加没费力气就避开了她的同伴布立葛丝，自己走到"老地方"和她忠心的朋友见面。她隔夜已经通盘计算了一下，就把主意说给罗登听。罗登呢，当然什么都赞成。蓓基想的法子不消说是好的、对的，克劳莱小姐过不了几时也一定会回心转意的。如果利蓓加的打算和原来的完全不同，他也会不问是非照着去做。他说："蓓基，你一个人的脑子够咱们两个人用的了。你准会把这个难关渡过去。我也算见过些能干利落的人，可是没一个比得上你的。"神魂颠倒的骑兵这么三言两语地表示了自己的信心，就照着利蓓加的计策，把她指给他的差使办起来。

这差使并不难，不过给克劳莱上尉和克劳莱太太在白朗浦顿或是军营附近冷静的所在租几间屋子。原来利蓓加已经决定逃走了，我觉得她这一着倒走得很聪明。几星期来，罗登老是央求蓓基跟他私奔，因此这一下真求之不得。他骑着马飞奔出去租房子——一个人恋爱的时候总是那么性急——一口答应出两基尼一星期的房钱。房东太太见他那么爽快，懊悔把价钱开得这么低。罗登租了一架钢琴，又定了许多鲜花，足足把半个花店都买空了。除此以外，他还赊了一大堆讲究东西。他正是恋爱得昏头昏脑的当儿，铺子里又许他没有限止地赊账，因此他带回来不知多少东西，像披肩、羊皮手套、丝袜、法国金表、手镯、香水等等。他这样狠命地买了许多礼物，心上轻松了些，随后上俱乐部心

---

① 参孙是《圣经》中的大力士。他的爱人大利拉知道他的力量全在头发里，就把秘密出卖给要害他的非利士人。

神不宁地吃了一餐饭,等着迎接一生的重要关头。

克劳莱小姐经过隔天的许多事情,看着利蓓加行出事来很识大体,竟肯不顾自己回绝了一头好亲事,又见她为着不能出口的伤心事郁郁不乐,而且温和顺从,悄没声儿地忍受着痛苦,不由得自己的心肠也软了。凡是发生了像结婚、求爱、拒婚这一类的事情,阖家的女人准会振奋激动,对于当局人表示同情。我向来喜欢观察人性,每逢时髦场里娶妇嫁女最忙碌的时节,我总爱到汉诺佛广场的圣·乔治教堂里去看热闹。我从来没有看见新郎的男朋友淌眼抹泪,教堂里的办事员和主持婚礼的牧师也并不见得感动。可是女人们就不同了,常常有些不相干的闲人,像老早过了结婚年龄的老太太,儿女成群的中年胖妇人,都在旁边掉眼泪。戴粉红帽子的漂亮小姑娘更不必提了;她们不久也要轮到做新娘的,当然对于婚礼更有兴趣。这些女人哭得呜呜咽咽、抽抽搭搭,一面擤鼻涕,一面把毫无用处的小手帕掩住小脸蛋儿,不论老幼,都感动得胸脯一起一伏地哭着。我的时髦朋友约翰·毕姆立郭和蓓儿格拉薇亚·葛丽痕·派克小姐结婚的时候,在场的人都兴奋得不得了,连教堂里管座位的乌眉烟嘴的小老太婆,一面领我到位子上去,一面也在落眼泪。我暗想道:"这可怪了,又不是她在做新娘。"

总而言之,毕脱爵士的事情发生以后,克劳莱小姐和布立葛丝尽情地让心里的感情发泄了一下,都对利蓓加深深地怜惜起来。她不在旁边的时候,克劳莱小姐自己在书房里找了一本专讲多情男女的小说消遣。夏泼凭着心里的隐痛,成了当天的要人。

那天晚上,利蓓加说的话格外风趣,唱的歌格外悦耳,在派克街还是头一回呢。克劳莱小姐的心整个儿给她缠住了。利蓓加笑着随随便便地说起毕脱爵士求婚的事,仿佛这不过是上了年纪的人荒谬糊涂的想头。她眼泪汪汪地说她只愿意永远跟着亲爱的恩人,别的什么也不想,布立葛丝听了这话,心里说不出来有多少难过失望。老太太答道："我的小宝贝儿，你放心，这几年里头，我再也不会放你离开我。经过了这件事，你决不能再跟着我那讨厌的弟弟回去了。你就住在这儿，跟我和布立葛丝做伴。布立葛丝是常常要到她亲戚家里去的。布立葛丝，如今你爱什么时候回去都行。你呢，亲爱的，你得住在这儿照顾我这老婆子了。"

如果罗登不在俱乐部里心慌意乱地喝红酒而留在派克街的话，那么他们夫妻俩只消就地跪下来向老小姐坦白认错，一眨眼的工夫就会得到大赦。可惜天没把这样的好运气赏给这对小夫妻，想必是因为怕我这本书写不成的缘故。我这小说里面提到他们的许多奇遇；如果克劳莱小姐饶恕了他们，让他们住下来跟着她一起过又舒服又单调的日子，这些事情就不会落到他们头上去了。

在派克街的公馆里，有一个从汉泊郡雇来的丫头，在孚金手下当差。这女孩子除了干别的活不算，还得每天早上把夏泼小姐洗脸用的一壶热水给她送进房去。孚金自己是宁死也不肯给那硬挤进来的外路人当这差。这女孩子从小在克劳莱家的庄地上长大，还有个哥哥，在克劳莱上尉的部队里当兵。如果把话都说穿，我想有好些事情她是知道底细的。这些事和我们这本书的关系着实不小。别的不说，她新近买了一条黄披肩，一双绿靴子，一顶浅蓝帽子，上面插着一根红的鸟毛，一共花了三基尼，都是利蓓加给她的钱。夏泼向来撒不开手，这一回居然肯花钱贿赂贝蒂·马丁，想必是使唤她做了什么事。

毕脱爵士向夏泼小姐求婚的第二天，太阳照旧升起来，贝蒂·马丁（她专管收拾楼上）到了一定的钟点，也照常去敲那家庭教师卧房的房门。

里面没有回答。她又敲了一下，屋里依旧没有响动。贝蒂拿着热水壶，自己开了门走进去。

## 第十六章　针插上的信

蓓基的小床还是前一天贝蒂帮着铺的，上面盖着白色线毯，像刚铺好的时候一样平伏整齐。两只小箱子用绳子捆了起来搁在房间的一头。窗子前面的桌子上摆着个针插——这针插又肥又大，配着粉红里子，外面像女人的睡帽一样织成斜纹——上面搁着一封信。看来它在针插上已经搁了整整一夜。

贝蒂踮着脚走过去，仿佛害怕吵醒了它。她看看信，又前后左右瞧了一下，似乎是很诧异、又很喜欢的样子。她咧开大嘴笑嘻嘻地拿起信来，正面反面、颠倒横竖地瞧了一会儿，才把它拿到楼下布立葛丝房里去。

真奇怪，贝蒂怎么知道这封信是写给布立葛丝的呢？她上的学就不过是别德·克劳莱太太办的圣经班，在她眼睛里，所有的字都像希伯莱文那么难懂。

女孩子嚷道："哎哟，布立葛丝小姐！哟，小姐呀！出了事啦！夏泼小姐房里没有人，床上也没有睡过。她跑了，留下这信给您的，小姐。"

布立葛丝小姐的梳子从她手里掉下来，她那稀稀疏疏褪了色的头发披在肩膀上。她嚷道："什么！私奔啦？夏泼小姐跑掉啦？到底怎么回事？"她来不及地撕开了整齐的封蜡，像有些人说的，把那封信一口吞下去似的读了一遍。私奔的人信上写着：

亲爱的布立葛丝小姐：你是最心慈的，一定会可怜我，同情我，原谅我。我这样一个可怜没爹娘的人，在这儿受到多少的看顾照料，如今只能离家了。我一面走，一面流着眼泪为大家祝福和祈祷。叫我离开此地的人是有权利要我跟着他走的。他的权利甚至于胜过我的恩人，我现在走向我的责任，到我丈夫那里去了。是的，我已经结了婚。我的丈夫命令我回到我们寒素的家里去——回到我们自己的家里去。最亲爱的布立葛丝小姐，你的感情是细致的，你是富有同情心的，你知道应该怎么向我的好朋友——我的恩人——报告消息。告诉她,我临走的时候还在她的枕上洒了好些泪珠儿——在她病中,我多少回在她的枕边看护她啊!告诉她,我现在希望再回来伺候她。唉,如果我能够重新回到派克街,多快乐呀!我战战兢兢地等候回音——等候那决定我命运的回音。前回承毕脱爵士看得起我,向我求婚的时候,亲爱的克劳莱小姐说我是配得上他的。我为她祝福,因为她竟然认为我这可怜的孤儿够得上资格做她的弟妇。我告诉毕脱爵士说我已经做了另外一个人的妻子,连他也饶恕了我。我应该当时把事实和盘托出,可是我没有那么大的勇气——我该告诉他,我不能做他的妻子,因为我已经是他的媳妇!我嫁了天下最高尚最慷慨的人——克劳莱小姐的罗登也就是我的罗登。他下了命令,我才敢开口谈出我的秘密,跟着他回到我们寒素的家里去,并且准备随着他走到天涯地角。唉,我的亲爱的慈悲的好朋友,求你为我的罗登在他的姑妈面前说句好话,也为这可怜的女孩子说句好话。对于这女孩子,罗登高贵的本家个个都是空前地仁慈。求克劳莱小姐让她的孩子们回来吧!

我不能再说下去了。求上天赐福给这家子所有的亲爱的人儿。如今我只能走了。

你亲切的感激涕零的朋友

利蓓加·克劳莱

午夜

这封信使布立葛丝恢复了本来的地位,又成了克劳莱小姐的第一位亲信。她刚把这封又动人又有趣的信看完,孚金姑娘走进来说:"别德·克劳莱太太刚坐了邮车从汉泊郡赶到这儿。她要喝点茶。你下来预备早饭好吗,小姐?"

布立葛丝脑后乱七八糟地拖着一把稀稀朗朗的头发,脑门上堆着一堆卷头发用的纸条,她把梳妆衣裹一裹紧,一手拿着报告好消息的信,昂头挺胸地下楼去找别德太太,倒把孚金吓了一跳。

贝蒂喘着气说道:"哎哟,孚金姑娘,出了大事啦!夏泼跟着上尉跑了。他们到葛莱替那村①里去结婚了。"要描写孚金姑娘心里的感觉,需要专写一章才行。可惜我这上等的艺术只管形容她主妇的情感,所以只好罢了。

别德·克劳莱太太半夜赶路,冻得僵了,在客厅里烤火。新点的火必必剥剥地响着,别德太太一面取暖,一面听布立葛丝小姐报告利蓓加他们偷偷结婚的消息。她说,谢天谢地,亏得她在这时候赶到,正好帮忙可怜的亲爱的克劳莱小姐担当这样的打击。她说利蓓加是个诡计多端的死丫头,她本人早就疑心她不正经。讲到罗登·克劳莱呢,她老早说他是个该死下流的无赖,不明白他姑妈为什么溺爱他。别德太太又说,他做出这样的混账事来,倒也有个好处,至少可以叫亲爱的克劳莱小姐睁开眼看看清楚这坏东西的真面目。别德太太吃了些热的烤面包,喝了些滚热的茶,觉得很受用。现在屋子里既然有一间卧房空着,她也不必住客店了,便使唤鲍尔斯手下的听差到葛洛思德旅馆里去把她的箱子拿来。她坐的是扑兹默斯邮车,就在那旅馆里下车。

你记住,克劳莱小姐不到中午是不出房门的。早上,她坐在床上喝巧克力茶,蓓基·夏泼在旁边把《晨报》读给她听,或是她自己找些别的消遣把时候混过去。楼下的两个人私底下商量了一下,觉得最好暂时

---

① 葛莱替那村(Gretney Green)在苏格兰边境。从前在苏格兰结婚最方便,所以私奔的人都上苏格兰。到现在"葛莱替那村的婚姻"已成了英文中的成语了。

不去伤她的心，等她到起坐间以后再说。当下只说别德·克劳莱太太坐了邮车从汉泊郡出来，暂且住在葛洛思德旅馆里；她问克劳莱小姐好，现在正在底下和布立葛丝小姐一块儿吃早饭。平常的时候，克劳莱小姐听得别德太太来了不会觉得特别高兴，这一回却非常喜欢，因为一则可以和弟妇俩谈谈克劳莱夫人怎么死，乡下准备怎么送丧，等等，二则又可以告诉她毕脱爵士突如其来向利蓓加求婚的情形。

老太太到了起坐间，安坐在自己常使的圈椅里面，和弟妇互相拥抱，问了好。其余的两个人是预先串通好的，觉得时机已到，便预备开口了。女人们把坏消息告诉好朋友的时候，惯会用些花巧，先缓缓地露个口风，那种手段，没有人看了不佩服。克劳莱小姐的两个朋友把秘密揭穿之前，先把空气制造得十分神秘，弄得那老太太惊疑不定——那惊疑的程度，却是不多不少，恰到好处。

别德太太先说："我最亲爱的克劳莱小姐，你听了别急。她拒绝毕脱爵士的缘故，是——是因为她不能答应。"

克劳莱小姐答道："这还用说？当然是有原因的。她喜欢另外一个男人。昨天我就告诉布立葛丝了。"

布立葛丝倒抽一口气说道："您说她喜欢另外一个人吗？唉！亲爱的朋友，她已经结婚啦！"

别德太太插进来说："已经结过婚啦。"说着，她们两人交叉着十个手指头，对瞧了一眼，又转过眼睛望着那个受她们捉弄的老太太。

克劳莱小姐叫起来道："她回来之后叫她马上到我这儿来。这混账东西太不老实。她竟敢瞒着我吗！"

"她一时还不会回来呢。亲爱的朋友，心上先有个准备吧。她要过好些时候才回来呢。她——她不回来了。"

老太太说道："老天哪！她走了叫谁给我做巧克力茶呢？把她叫回来。我要她回来。"

别德太太嚷嚷着说道："她昨儿晚上逃走了啊！"

布立葛丝也嚷嚷着说："她留了一封信给我。她说她嫁给——"

"看老天面上，你可得说和软点儿，别吓着她，布立葛丝。"

老小姐又急又火，嚷道："她嫁给谁？"

"她嫁给您的——一个本家——"

受捉弄的人嚷道："她说过不嫁毕脱爵士的。马上说给我听。别叫我急得发疯。"

"哎哟，布立葛丝小姐，你可说和软点儿啊！她嫁了罗登·克劳莱。"

可怜的老太太发狂似的大叫道："罗登结婚——利蓓加——家庭教师——低三下四的——给我滚出去，你这傻瓜，你这蠢东西！布立葛丝，你这蠢老婆子，你竟敢这样儿！玛莎，你是通同一气的——是你叫他结婚的——你以为这样我的钱就不给他了。"

"难道我会叫本家的爷们娶个图画教员的女儿不成？"

"她母亲是蒙脱莫伦茜家里的人！"老太太一面嚷嚷，一面使劲拉铃。

别德太太答道："她妈是歌剧院里唱戏的。她自己也上过台，说不定还做过更下流的事呢。"

克劳莱小姐大叫一声，晕过去了。虽然她刚刚离开卧房，她们只好仍旧把她抬回去。她发狂似的一阵阵哭喊吵闹。大家忙着请了好几个医生回来。别德太太坐在她床旁做她的看护。这和蔼可亲的太太说："本家的人应该守在她身边才对。"

克劳莱小姐刚给抬到楼上，底下又来了一个人。原来是毕脱爵士到了；这消息少不得也要告诉他。他进来说："蓓基在哪儿？她的行李呢？她今天要跟我上女王的克劳莱去的。"

布立葛丝问道："您难道没听见这意外的新闻吗？您还不知道她秘密结婚吗？"

毕脱爵士道："那关我什么事？我知道她已经结婚了。这有什么关系？叫她快下来吧,别尽着让我等了。"

布立葛丝问道:"您还不知道吗?她已经不在这屋子里了。克劳莱小姐为这件事大吃一惊。她知道罗登上尉娶了利蓓加,差点儿没有气死。"

毕脱爵士听得利蓓加嫁了他的儿子,破口大骂,这些难听的话我也不必记载。可怜的布立葛丝听得浑身打战,连忙走出来。老头儿心里说不出来地怨毒,又干瞧着个妙人儿给人抢去,气得几乎发疯,一劲儿地大嚷大骂,咱们别看他了,关上门跟着布立葛丝一起出来吧。

毕脱爵士回到女王的克劳莱的第二天,像疯子一样冲到蓓基从前的屋子里,一脚踢开她的箱子,把她的文件、衣服,还有别的零星东西散了一地。用人头儿的女儿霍洛克斯小姐趁便拿了些去。剩下的衣服,两个孩子穿上做戏玩耍。那时候她们的妈妈才下葬没有几天。那可怜的女人冷清清地安葬在克劳莱本家的墓穴里,四面的死人全是陌生的。她落葬的时候没有人哭,大家随随便便的不当一回事。

罗登和他娇小的太太住在白朗浦顿一所舒服的小屋子里。蓓基整个上午在试弹新的钢琴。新手套刚刚是她的尺寸;新披肩围上非常地漂亮;新戒指在她手上发光;新手表在她手腕上滴答滴答地响。罗登说道:"如果老太太不肯回心转意怎么办呢?蓓基,如果她不肯回心转意怎么办呢?"

大利拉拍拍参孙的脸说:"那么我来替你挣一份家私。"

他吻着她的小手说道:"你干什么都行。你干什么都行。咱们今天坐车上宝星勋章饭店①吃饭去吧,喝!"

---

① 伦敦的时髦饭店,在里却蒙。

## 第十七章　都宾上尉买了一架钢琴

　　在名利场里，只有一种公共聚会可以让讽刺家和多情人手拉着手一同参加。那儿的形形色色最不调和，有些逗人发笑，有些却是招人伤心的。不管你是性格温柔、感情丰富的人，还是识破人情、愤世嫉俗的人，这地方都可以兼收并蓄，并不显得矛盾。在《泰晤士报》最后一页上面每天登载着一大排的广告，欢迎大家参加这种集会。乔治·罗平先生[①]去世以前，也曾经气度雍容地在会上做过主持人。我想凡是住在伦敦的人，大多数都见过这场面。有些人对于人生感慨很多，想起这种事情说不定会轮到自己头上，心上便起了一种异

---

[①] 乔治·罗平，当时大拍卖行的主人。

样的感觉，不由得有些害怕。到得那时候，汉默唐①先生受了第奥盖奈财产管理人的命令，或是各个债权人的委托，就把伊壁鸠鲁②生前的书籍、家具、金银器皿、衣服和上等好酒公开拍卖了。

哪怕是名利场上最自私的人，看着死去的朋友身后这样不体面，也忍不住要觉得难过和同情。大依芙斯勋爵的尸骨已经埋葬在他家的墓穴里，替他塑像的人在雕像底下刻了一篇句句真实的文章，颂扬他一生的德行，并且描写他的儿子怎么悲痛的情形。他儿子呢，却正在出卖父亲留下来的财产。凡是大依芙斯生前的座上客，走过从前常到的房子，怎么能够不生感叹呢？从前屋子里一到七点钟就灯烛通明，大门一敲就开，殷勤的听差们在楼梯的各个转角上伺候着，当你走上宽敞平坦的楼梯，他们一路传呼着你的名字，一直报到上面的宾客接待室。兴高采烈的大依芙斯老头儿就在那儿招待客人。他的朋友真多，他待客的时候气派也真大。在外面愁眉苦脸的，在他家里变得口角风趣了。在别处互相怨恨诋毁的，在他家里也你敬我爱的了。大依芙斯爱摆架子，可是他的饭菜那么好，客人们还有什么忍不下去的呢？也许他有点儿蠢，可是喝了他的好酒，谁还能嫌他语言无味呢？他俱乐部里许多朋友都在哀悼他。他们说："咱们把他剩下的勃根第酒买几瓶来吧。价钱倒不必计较。"一个叫平却的说："大依芙斯老头儿家里拍卖，我买了这小匣子。"说着，把匣子给大家传观了一下，还说："这东西本来属于路易十五的不知哪个相好。你们瞧着可好看不好看？这小照真美呢！"接下来，大家都议论大依芙斯的儿子怎么滥吃滥用败家产的情形。

唉！这屋子可真是改了样子了。大门前贴了许多广告，用大方块字

---

① 拍卖的时候，每逢一件货物成交，拍卖人便把木槌子敲一下桌子。这里"汉默唐"（Hammerdown）就是敲槌子的意思。
② 第奥盖奈（Diogenes，前412？—前323）是希腊犬儒派哲学家，象征刻苦俭朴的人，因他行同乞丐，睡在木盆里，舍弃一切身外之物。伊壁鸠鲁（Epicurus，前342？—前270）是希腊享乐派哲学家，此地代表生活奢华的阔人。

写着准备拍卖的家具清单。楼上一个窗口外面挑着一小块地毯,就算旗招儿①。肮脏的台阶上懒懒地坐着六七个搬伕。大厅上挤满了穿戴得不干不净的人,到处把印好的卡片塞在来客手里,自告奋勇代客拍进货色。这些人相貌都像东方人。老太太们和外行的人都在楼上房间里,摸摸帐子,按按褥子,碰碰鸭绒被子,把抽屉乒乒乓乓地一开一关。爱翻新样儿的年轻主妇把幔子和穿衣镜等等一件件量过尺寸,看它们是否适合她的新房子。势利鬼往往喜欢吹牛,说他们在大依芙斯家里买了这个那个的,连着吹好几年也不嫌烦。在楼底下,汉默唐先生正坐在饭厅里的核桃木饭桌上,手里摇着象牙的槌子,耍着各种把戏抬价钱。他滔滔不绝地说话,热烈地夸赞货色,一会儿哀求,一会儿讲理,一会儿做出大失所望的样子。他叫着闹着,戴维兹先生懒洋洋的,他刺他一句;莫师先生不肯上前,他激他一下。他命令着,央告着,扯起嗓子大声嚷嚷。到最后,他的槌子像命运之神一样,啪的一声敲下去,就算成交;然后再拍卖底下一项。唉,大依芙斯,当日咱们围着大饭桌吃饭,桌子上铺着一尘不染的桌布饭巾,满台的金银器皿闪闪发亮,何曾想到菜肴里面还包括这么一个大呼小叫的拍卖人呢?

　　大拍卖已经快完了。早几天已经卖掉好些东西,像客厅里名工制造的精美的家具,家传的全套金银器皿,还有各色名贵的好酒。这些好酒的原主进货的时候不惜重价,而且对于酒味的好坏是有名的内行,因此邻近一带讲究喝酒的人说起他家的酒来没有不称赏的。咱们的老朋友,勒塞尔广场的约翰・奥斯本先生,知道它们的好处,这次使唤他的用人头儿把好些最贵重的酒买了下来。刀叉器皿里面最得用的一小部分给市中心几个年轻的股票经纪人买去了。眼前出卖的都是些次要的货色。桌子上面的演说家正在把一张图画推荐给各位买客,一味地称扬它的好

---

① 拍卖场外面惯常挂一块蓝白方块花纹的旗子。

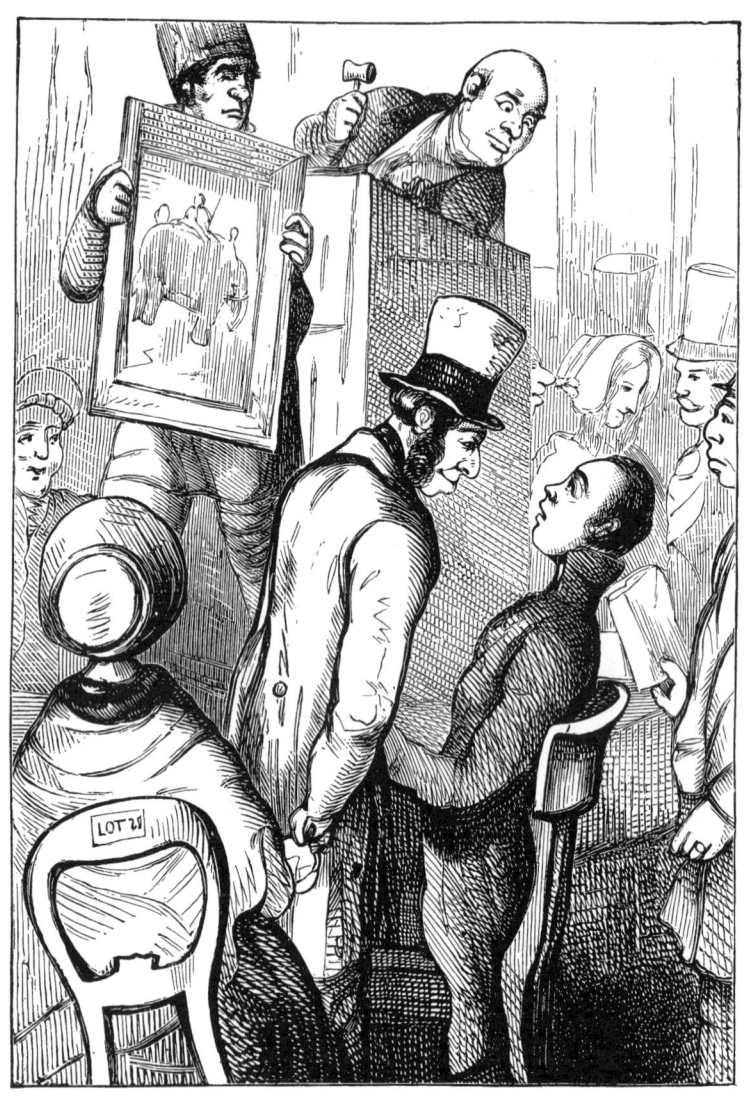

处。那天到的人很杂,也远不如前几天拥挤。

汉默唐先生大声嚷道:"第三百六十九项。男人骑象的肖像。谁要买骑象的先生?白罗门,把画儿举起来,大家瞧瞧。"一个高个子、苍白脸、军人模样的人,本来静静地坐在桌子旁边,看见白罗门把这名贵的画儿举起来,忍不住嘻开嘴笑起来。"白罗门,把画儿给上尉瞧瞧。您肯出多少钱买这头大象哪,先生?"上尉窘得脸上发红,急忙转过脸去。

"这件艺术品二十基尼有谁要买?十五基尼,五基尼,请各位自己开价钱吧。哪怕不连这头大象,单是这位先生就值五镑钱呢。"

一位专门说笑话的买客接口道:"真奇怪,这头象倒没给他压倒。这位先生的个子可不小啊!"屋子里的人听了这话都嗤嗤地笑起来,因为画上那骑象的人是个大胖子。

汉默唐先生道:"莫师先生,别把这画儿说得那么不值钱。请各位瞧瞧这件艺术品。瞧这头勇敢的大象姿势多么自然。骑在象背上的先生穿着黄布衣服,手里拿着枪,准备出去打猎。远远的有一棵无花果树,还有一座塔。这画儿上的风景,挺像咱们那有名儿的东方地区里头的一个地方——怪有趣的一个地方。出多少哪?先生们赶快啊,别叫我在这儿等一整天。"

有一个人肯出五先令。军人模样的人听了回过头来,瞧瞧究竟是谁出了这么了不起的大价钱。他看见那人也是个军官,胳膊上还吊着个年轻女人。这一对男女仿佛觉得这件事情有趣之极,最后出了半基尼把画儿买下来。坐在桌子旁边的军官看见他们两个，似乎觉得十分诧异，而且比以前更窘了，把头低低地缩在领子里面，背过身来不看他们。

汉默唐先生那天拍卖的许多东西，大都和我们没有关系，不必多说。单说一架从楼上抬下来的小方钢琴（还有一架横丝大钢琴早已卖掉了），那年轻女人用灵巧熟练的手指头在琴上试弹了一下，桌子旁边的军官怔了一怔，又脸红起来。轮到拍卖小钢琴的时候，年轻女人的代理人开口竞买。可是她碰到了敌手。桌子旁边的军官雇佣的犹太人和大象的买主雇佣的犹太人彼此抬价，你来我去的各不相让，汉默唐先生在旁边替两人助势。

两边竞争了一段时候，大象军官和大象太太不争了，拍卖人把槌子啪地一敲，说道："鲁易斯先生，二十五基尼。"这样，鲁易斯先生的主顾就得到了那架小方钢琴。货物成交以后，他似乎很放心，挺直了腰杆坐起来。就在那时候，竞争失败的一对看见了他。女人对她朋友说道："罗登，那是都宾上尉啊！"

我想大概蓓基不喜欢丈夫替她租来的新钢琴，或者是钢琴的主人不肯再赊账，把它搬了回去。再不然，就是因为她回想到从前住在亲爱的爱米丽亚·赛特笠家里，常常在起坐间里弹这架钢琴，因此对它有特别的感情，想要把它买回去。

拍卖的地点就在勒塞尔广场的老房子里。故事开始的时候，咱们曾经在那里度过几个黄昏。好心的约翰·赛特笠老先生如今已经身败名裂。在证券市场里，大家公认他逃债背约，接下来他宣告破产，在商界里从此不能立脚。奥斯本先生的用人头儿过来买了好几瓶有名的葡萄酒，拿到对面酒窖里去了。另外有一打精工制造的银匙和银叉（每件净重一两），还有一打吃甜点心用的匙子叉子，是三个年轻的股票经纪人买去的。他们三人是穿针街台尔兄弟和斯毕各脱营业所的老板，以前和老头儿有过交易，得过他的好处（当年他和无论什么人做买卖都是宽厚为怀），这次从残余中捡出这点儿宝物，送给好心的赛特笠太太做个想念。那架小钢琴本来是爱米丽亚的，现在她没有钢琴可弹，也许会想念旧物，而且威廉·都宾并不会弹琴，正好像他不会走绳索一样，所以看上去他买了钢琴不是给自己弹的。

总之一句，那钢琴当天晚上就给送到通福兰路的一条街上一家小巧玲珑的屋子里去。这种街道，名字往往特别花哨动听。这一条叫作安娜玛莉亚西路，这些屋子总称圣·亚迪兰德别墅，都是小不点儿的娃娃屋。如果你看见屋里的人从二楼窗口探出头来，准以为他的脚挂在楼下客厅里。每幢屋子前面有个小小的花园，矮树丛上终年晾着小孩的围嘴、小红袜、帽子等等，有男孩子的，也有小姑娘的，活像开着的花儿。屋子里面常听见有人叮叮咚咚地弹木琴，还和着女人的歌声。栅栏上晒着一个个啤酒瓮子。到傍晚时分，可以看见好些在市中心做事的书记和职员拖着疲倦的脚步回家。赛特笠先生手下的一个职员叫克拉浦的，就住在此地。这位好心的老先生遭了难，只好带着妻子女儿躲到他家里来。

乔斯·赛特笠听得家里破产以后行出来的事，正可以显出他的为人。他并不回到伦敦来，只写了一封信给他母亲，叫她要钱的时候只管到他代理人那里去支。这样，他的忧伤困顿的、慈祥的老父母眼前总算可以免于穷困。乔斯安排了父母之后，仍旧住在契尔顿纳姆的公寓里，照本来的老样子过日子。他赶马车，喝红酒，打牌，讲印度故事，那爱尔兰寡妇也照常笼络他，奉承他。他送给家里的钱，虽说在家里是极需要的，可是他爹妈倒并不放在心上。我听得爱米丽亚说过，她爸爸自从破产以后没脸见人，只有当他收到那几个年轻股票经纪人送来的一包匙子叉子和问候信以后，才抬起头来。礼物虽然是送给赛特笠太太的，他却比妻子更加感动，竟像孩子似的大声痛哭。匙子叉子是公司的小老板爱德华·台尔出面买下来的，他很喜欢爱米丽亚。爱米的家里虽然到了这步田地，他仍旧愿意娶她。他是在一八二〇年结婚的，娶的小姐名叫鲁意莎·葛次，丈人是有名的海厄姆和葛次米粮公司里的股东，赔过来的嫁妆着实不少。他现在过得很阔，儿女成行，住在默思威尔山的一宅漂亮的别墅里。我讲起这位好先生的事情，反而忘了正文，真不应该。

这家子现在不但不走红，而且又没了钱，对于克劳莱上尉和他太太一点儿用处都没有了，还给他们那么大面子，上门拜访吗？我想读者一向佩服他们夫妇俩的识见，当然知道他们如果预先听见了风声，决不会老远地跑到白鲁姆斯贝莱去。利蓓加从前在这所舒服的旧房子里面得到不少好处；她眼看着满屋里给掮客和买主翻得乱腾腾的，藏在角落里的纪念品都给搜出来，大家你抢我夺的不当一回事，真是大出意外。她私奔以后一个月，想起了爱米丽亚。罗登听了她的话呵呵大笑，说他非常愿意再见见乔治·奥斯本这小伙子。他说笑话道："蓓基，他是个很讨人喜欢的朋友，我想再卖一匹马给他，蓓基。我还想跟他打几盘弹子。眼前他对我倒很有点儿用处，克劳莱太太，呵呵！"读者听了这话，请不要以为罗登·克劳莱安心想在打弹子的时候骗乔治的钱，他不过希望公平合理地沾几文便宜罢了。在名利场上，哪个爱赌钱的人不认为这是自己正当的权利呢？

他们的姑妈总不回心转意，已经过了一个月了。罗登每次在门口给鲍尔斯挡驾；他的用人们不能再住在派克街；他送去的信也都是原封退回。克劳莱小姐从来不出门，听说身上仍旧不好。别德太太也不动身，一刻不离开克劳莱小姐。克劳莱上尉夫妻两个见别德太太总不回乡下去，便知道事情不妙。

罗登说道："老天哪！现在我懂了。我知道当时在女王的克劳莱，她为什么老是把咱们两个拉在一块儿了。"

利蓓加叫起来道："好个阴险的婆娘！"

上尉仍旧痴心恋着自己的妻子，便嚷道："如果你不后悔的话，我也不后悔。"他的妻子吻他一下算是回答。她是丈夫倾心相爱，心里很得意。

她暗想道："可惜他太笨，不然我倒可以把他训练得像个样子。"在面子上，她从来不让丈夫知道自己瞧不起他。不管他说什么故事，军营中饭堂里的形形色色呀，马房里的见闻呀，她都平心静气地听着，从来不怕烦。凡是他说笑话，她听了没有不笑的。贾克·斯百脱大希拉车的马摔了跤，鲍伯·马丁该儿在赌场上给捉出来，汤姆·生白准备参加野外赛马，对这些她都表示极大的兴趣。他回家的时候，她活泼泼兴冲冲地接着他，他想要出门的时候，她催着他快走。他在家歇息，她便弹琴唱歌给他听，调好酒给他喝，替他预备晚饭，把拖鞋烤暖了给他穿，伺候得他心窝子里都是熨帖的。我听见我祖母说过，最贤良的女人都会假惺惺。我们从来不知道她们心里藏着多少秘密。她们表面上天真烂漫地跟你谈体己话儿，其实是步步留心地提防着你。她们不费力气就能堆下满脸诚恳的笑容，往往为的是哄人，脱滑儿，叫你心软，上她们的当。这些伎俩，不但善于撒娇卖俏的女人，连闺阁中的模范和最贤慧的奶奶太太也都有一手。丈夫太蠢，做妻子的会想法子遮盖他的糊涂；丈夫太凶横，做妻子的会甜言蜜语捺住他的怒气；这些都是常见的情形。我们男人看见她们低头伏小得招人疼爱，反而夸奖她们，把这种粉饰过的诈伪称作忠诚。一个贤慧的妻子哪能不要手段呢？康耐丽亚①的丈夫和波提乏②一样受骗，不过方式不同罢了。

罗登·克劳莱虽然是酒色场中的老手，经不起利蓓加的体贴服侍，变了个欢天喜地依头顺脑的好丈夫，连以前常到的寻欢作乐的地方也不

---

① 康耐丽亚生在公元前二百年间，是著名的贤妻良母，她的两个儿子都是罗马有名的官吏。
② 波提乏是《圣经·创世记》第二十九章中受骗的丈夫。

大见他的影儿了。他俱乐部里的人曾经问起过他一两次,可是并不记挂他。本来,在名利场里的人,谁还记挂着谁呢!罗登家里藏着的妻子总是对他眉开眼笑,他住得又舒服,吃得又受用,每天黄昏尝尝家庭的乐趣,这日子不但过得新奇,而且偷偷摸摸的真有趣。他们结婚的消息还没有公开宣布,也没有上过《晨报》。如果他的债主们知道他娶了没有钱的太太,准会大伙儿赶来逼债。蓓基很牢骚地笑道:"我的亲戚本家倒不会反对我的亲事。"她愿意等到老太太回心以后再正式在交际场里露面,因此在白朗浦顿不和人来往,最多跟丈夫几个相熟的男朋友周旋一下,留他们在家吃吃饭。这些人都非常喜欢她。她备了几样菜,一路说说笑笑,饭后弹琴唱歌给他们听,叫那几个客人都觉得怪受用的。马丁该儿少佐压根儿没有想到要看他们的结婚证书。生白上尉十分佩服她调五味酒的本领。年轻的斯百脱大希中尉喜欢玩纸牌,常给罗登请到家里来,也很快地着了她的迷,这是谁都看得出的。好在她自己步步留心,不肯胡来,再加克劳莱是有名的爆炭,多疑心,好打架,对于他的妻子更是一道最有力量的护身符。

在伦敦城里,有许多时髦的世家公子一辈子没有踏进女人的起坐间,因此罗登·克劳莱本乡本区里面虽然因为别德太太的宣传而大家谈论着他的亲事,在伦敦的人倒不敢肯定,有些人是不理会,有些人根本不谈这件事。罗登靠赊账过日子,倒很舒服。他的本钱就是他欠下的一大笔债。如果他安排得得当,这些债够他过好几年。好些在时髦场里混日子的人,靠着浑身背债,比手里有现钱的人过活得丰足一百倍。在伦敦街上走走的人,谁不能够随时指出五六个这样的人来?你得搬着脚走路,他们可是神气活现地骑着马。上流社会里的人个个趋奉他们,做买卖的哈着腰直送他们坐进马车才罢。他们从来不肯委屈自己,只有天知道他们靠什么活着。我们常看见贾克·脱力夫脱莱思骑着马在公园里蹓跶,赶着马车横冲直撞地在帕尔莫尔大街上跑。我们也去吃他的饭,使他的精美无比的碗盏器皿，一面想："这个势派当初是怎么撑起来的呢？以后怎么撑下去呢？"有一回我听见贾克说："我的好人儿，在欧洲每个国家的京城里我都背着债。"这种日子，当然迟早会完，可是眼前他照样过得快活，别的人也都愿意跟他拉手打招呼，说他脾气好，会享福，是个顾前不顾后的家伙。虽然常常听见对于他不利的风声，也只当不知道算了。

我不得不承认利蓓加的丈夫也是这一类的人物。在他家里，除了现钱之外，什么都不短。他们的小家庭里不久就因为手里拮据而觉得不方便。一天，罗登看见伦敦公报上有一项消息，说是"乔治·奥斯本已经捐得上尉的头衔，将和原应升级的史密斯对换职位"，因此想着要会会爱米丽亚的情人，才到勒塞尔广场去走了一转。

在拍卖场里，罗登夫妇俩本来想找都宾上尉谈谈，打听利蓓加的老朋友们怎么会遭到这场横祸。可是上尉不知到哪里去了，他们只好去探问拍卖行的经纪人和来往的搬伕，得到一些消息。

蓓基挟着画儿，兴冲冲地走进马车，一面说："瞧这些人的鹰嘴鼻。他们相当于战场上吃死尸的老鹰。"

"我不知道。我没打过仗，亲爱的。你该问马丁该儿，他在白莱潦斯将军手下当副官，在西班牙打过仗的。"

利蓓加说："赛特笠先生心肠很好，不知怎么会一脚走错。我真替他难过。"

"哦，股票经纪人——破产——不奇怪。"罗登一面回答，一面把一个苍蝇从马耳朵上赶掉。

他的妻子做出怪重情义的样子说道："罗登，可惜他们家的刀叉碗盏咱们买不起。那小钢琴卖到二十五基尼，真贵得岂有此理。爱米丽亚毕业那年我们一块儿到百老特乌德铺子里去挑的。全新的也不过三十五基尼。"

"那家伙叫什么——奥斯本。我想这家子既然倒了霉,他大概要溜了。你那漂亮的小朋友岂不要伤心死呢,蓓基?啊?"

蓓基微微一笑,说道:"我想她过些日子就想开了。"他们赶着车继续向前走,又谈到别的事情上去了。

# 第十八章　谁弹都宾上尉的钢琴呢

不知怎么一来,我的故事仿佛钩住了历史的边缘,说到有名的事和有名的人身上去了。且说拿破仑·波那巴那一朝发迹的科西嘉小子。他的一群老鹰在爱尔巴岛上停留了一下之后①,又从浦劳房思向外飞翔了。它们越过一座座城市里的教堂尖顶,一直飞到巴黎圣母堂的钟楼上停下来②。这些御鹰飞过伦敦的时候,不知可曾注意到白鲁姆斯贝莱教区的

---

① 1814年拿破仑被逼退位,隐居到爱尔巴岛上去,1815年回到法国重整军队,企图恢复旧日的势力。
② 拿破仑复位后宣言中曾经说过他的老鹰飞过一个个钟楼,直到巴黎圣母堂停下来。

一个小角落。这是个非常偏僻的去处，这些鸟儿鼓着巨大的翅膀呼呼地在空中飞过去，看来那儿的居民也未必留心。

"拿破仑在加恩登陆了！"听见这种消息，维也纳也许会惊慌，俄罗斯也许会丢下手里的纸牌，拉着普鲁士在角落里谈机密。泰里朗①和梅特涅②会摇头叹息，哈顿堡亲王③，甚至于咱们的伦顿台莱侯爵④，都会觉得为难。可是对于勒塞尔广场的一个小姑娘，这消息可有什么关系呢？她在屋里睡觉，大门外有守夜的报时辰；她在广场上散步，外面有栅栏围着，又有附近的巡警保护着；她走出大门到附近的沙乌撒泼顿大街上去买根缎带，黑三菩还拿着大棍子跟在后面。她随时有人照应，穿衣睡觉，都不用自己操心，身边的护身神，拿工钱的，不拿工钱的，实在多得很。她这么一个可怜的小女孩子，年纪才十八岁，又没有妨碍着别人的地方，只会在勒塞尔广场谈情说爱，绣绣纱领子而已，欧洲的大国争夺土地，大军横扫过境，酿成惨祸，偏偏地牵累到她头上，不也太气人了吗？温柔平凡的小花啊！虽然你躲在荷尔邦受到保护，猛烈的腥风血雨吹来的时候，仍旧要被摧残的。拿破仑孤注一掷，和命运赌赛，恰恰地影响了可怜的小爱米的幸福。

第一，坏消息一到，她父亲的财产全部一卷而空。老先生走了背运，近来的买卖没一样不亏本——投机失败了，来往的商人破产了，他估计着该跌价的公债却上涨了。何必絮烦呢，谁也知道，要成功发迹何等烦难，不是一朝一日的事，倾家却方便得很，转眼间产业就闹光了。可怜赛特笠老头儿什么都藏在心里不说。富丽的宅子里静荡荡的一切照常。脾气随和的女主人整天无事忙，做她分内不费力的事，对于这

---

① 泰里朗（Talleyrand，1754—1838），法国政治家。
② 梅特涅（Metternich，1773—1859），奥地利首相。
③ 哈顿堡亲王（Prince Hardenberg，1750—1822），普鲁士政客。
④ 伦顿台莱侯爵（Marquis of Londonderry，1739—1821），大家称他 Lord Castlereagh，威灵顿公爵的后台，助他策划打倒拿破仑。

件大祸连影子都摸不着。女儿呢，情思缠绵地，心中意只有一个自私的想头，对于世事一概不闻不问。谁也没有料到最后的大灾难会使他们好好的一家从此倾家荡产。

一天晚上，赛特笠太太正在填写请客帖子。奥斯本家已经请过一次客，她当然不甘心落在人后头。约翰·赛特笠很晚才从市中心回来，在壁炉旁边一声不响地坐着，任他太太说闲话。爱米因为身上不快，无精打采地回房去了。她的母亲说道："她心里不快活着呢。乔治·奥斯本一点儿不把她放在心上。那些人拿腔作势的，我真瞧不上眼。她们家的女孩子已经三个星期没有过这边来了。乔治进城两回，也不来。爱德华·台尔在歌剧院里瞧见他的。我想爱德华很想娶爱米。还有都宾上尉，他也——不过我真讨厌军人。乔治现在可真变了个纨绔子弟了。他那军人的架子真受不了。让他们瞧瞧吧，咱们哪一点儿不如他们呢！咱们只要拿出点儿好颜色给爱德华·台尔，他准愿意，瞧着吧！赛特笠先生，咱们无论如何得请客了。你怎么不说话，约翰？再过两星期，到星期二请客，怎么样？你为什么不回答？天哪，约翰，出了什么事了？"

约翰·赛特笠见他太太向他冲过来，跳起身一把抱着她，急急地说道："玛丽，咱们毁了。咱们又得从头做起了，亲爱的。还是马上把什么话都告诉你吧。"他说话的时候，四肢发抖，差点儿栽倒在地上。他以为妻子一定受不住这打击，他自己一辈子没对她说过一句逆耳的话，现在叫她如何受得了呢？吓人的消息来得虽然突兀，赛特笠太太倒不如她丈夫那么激动。老头儿倒在椅子里，反是她去安慰他。她拉着丈夫颤抖的手，吻着它，把它勾着自己的脖子。她叫他"我的约翰——我亲爱的约翰——我的老头儿——我的好心的老头儿"，她断断续续地对他说出千百句温存体贴的话。她的声音里表达出她的忠心，再加上她的真诚的抚慰，鼓舞了他，解了他的忧闷，使他饱受愁苦的心里感觉到说不出的快乐和凄惨。

他们肩并肩整整坐了一夜,可怜的赛特笠把郁结在心里的话都倾倒出来。他如何遭到损失和一重重的困难,他引为知己的人怎么出卖他,有些交情平常的人又怎么出乎意外地慷慨仁慈,他都从头至尾地诉说了一遍。忠心的妻子静静听着他说话,只有一回,她按捺不住自己的感情,说道:"天哪,天哪!爱米岂不要伤心死呢!"

做父亲的忘了可怜的女儿。她心里不快活,躺在楼上睡不着。她虽然有家,有朋友,有疼爱她的爹娘,可是仍旧觉得寂寞。本来,值得你倾心相待的人能有几个?人家不同情你,不懂你的心事,你怎么能对他们推心置腹呢?为这个缘故,温柔的爱米丽亚非常孤单。我竟可以说,自从她有了心事以后,从来没有碰见一个可以谈心的人。她发愁,不放心,可又不好把这话说给母亲听。未来的大姑小姑行出来的事一天比一天不可捉摸。她满心牵挂焦急,虽然老是闷闷不乐,却不肯对自己承认。

她咬紧牙关骗自己说乔治·奥斯本是个忠诚的君子,虽然心里很明白这是诳话。她对他说了多少话,他连回答都没有。她常常疑心他自私自利,而且对自己漠不关心,可是几次三番硬着头皮按捺下这种心思。可怜这甘心殉情的女孩子不断地受折磨,天天挨着苦楚,又没人可以说句知心贴己的话。连她心目中的英雄也不完全懂得她。她不肯承认她的爱人不如她,也不肯承认自己一下子掏出心来给了乔治,未免太孟浪。这洁白无瑕的、怕羞的姑娘太自谦,太忠诚,太温柔软弱,是个地道的女人,既然把心交给了爱人,不肯再把它要回来。对于女人的感情,我们的看法和土耳其人差不多,而且还勉强女人们恪遵我们立下的规矩。表面上,我们不像土耳其人那样叫她们戴上面纱面网,而让她们把头发梳成一个个卷儿,戴上粉红帽子,笑眯眯自由自在地到处行走,底子里却觉得女人的心事只准向一个男人吐露。做女人的也甘心当奴隶,情愿躲在家里做苦工伺候男人。

这温柔的小女孩子感觉到烦恼和苦闷。那时正是公元一千八百十五年的三月里,拿破仑在加恩登陆,路易十八仓促逃难,整个欧洲人心惶惶,公债跌了价,约翰·赛特笠老头儿从此倾家荡产。

这贤明的老先生,这股票经纪人,在商业上大失败之前的各种惨痛的经验,我不准备细说。证券交易所公布了他的经济情况,他不再到营业所去办公,持有票据的债权人也由律师代表提出了抗议。这样,他就算正式破产了。勒塞尔广场的房屋家具都被没收拍卖,他和他家里的人也给赶出去另找安身之地。这些在上面已经说过。

约翰·赛特笠家里本来有好些用人,在前面我们曾经不时地提起;现在家里一穷,只得把这些人一一辞退。事到如今,赛特笠委实没有心情亲自去发放他们。这些家伙的工钱倒是按时付给的;在大处欠债的人,往往在小地方非常守规矩。用人们丢掉这样的好饭碗,觉得很可惜,他们和主人主母一向感情融洽,可是临走倒并没有怎么割舍不开。爱米丽亚的贴身用人满口同情的话儿,到了这步田地,也无可奈何了,离开这里到比较高尚的地段另外找事。黑三菩和他同行中的人一样,心心念念想开个酒店,因此主意早已打定。忠厚的白兰金索泊当年曾经眼看着约翰·赛特笠和他太太恋爱结婚,后来又看着乔斯和爱米丽亚相继出世。她跟了这家子多少年,手里攒积得不少了,所以愿意不拿工钱跟着他们。她随着倒运的主人来到寒素的新居安身,一面伺候他们,一面咕咕唧唧抱怨着,过了一阵子才走。

接着,赛特笠和所有的债主会谈,老头儿本来已经无地自容,经过多少对手和他争论,更使他焦头烂额,一个半月来老了一大截,竟比十五年里面老得还快。所有的对手里面,最强硬最不放松的便是约翰·奥斯本。奥斯本是他的街坊,他的老朋友,从前由他一手栽培起来,受过他不知多少好处,而且又是未来的儿女亲家。奥斯本为什么要这么狠心呢? 上面所说的无论哪条原因都足以使他反对赛特笠。

如果一个人身受大恩而后来又和恩人反面的话，他要顾全自己的体面，一定比不相干的陌路人更加恶毒。他要证实对方的罪过，才能解释自己的无情无义。他要让人知道他自己并不自私，并不狠心，并没有因为投机失败而气恼，而是合伙的人存心阴险，用卑鄙的手段坑了他。加害于人的家伙惟恐别人说他出尔反尔，只得证明失败者是个恶棍，要不然他自己岂不成了个混账东西了吗？

　　大凡一个人弄到后手不接的时候，总免不了有些不老实的行为，严厉的债主们这么一想，心上便没有什么过不去了。倒了霉的人往往遮遮掩掩，把实在情形隐瞒起来，只夸大未来的好运气。他明明一点办法都没有，偏要假装买卖顺利，破产之前还装着笑脸（好凄惨的笑脸啊！），见钱就攫，该人家的账却赖掉不付，想法子挡着避免不了的灾祸，能拖延几天就是几天。债主们得意洋洋地痛骂已经失败的冤家道："打倒这样不老实的行为！"常识丰富的人从从容容地对快要淹死的人说："你这傻瓜！抓住一根草当得了什么用？"一帆风顺的大老官对那正在掉在深坑里挣扎的可怜虫说："你这混蛋，你的情形早晚得在公报上登出来，你为什么还要躲躲闪闪挨着不肯说？"最亲密的朋友，最诚实的君子，只要在银钱交易上有了出入，马上互相猜忌，责怪对方欺蒙了自己，这种情形普遍得很，竟可以说人人都是这样的。我想谁也没有错，只是咱们这世界不行。

　　奥斯本想起从前曾经受过赛特笠的恩惠，心里分外恼恨，再也忍不下这口气。以前的恩惠，本来是加深怨仇的原由。再说他还得解除他儿子和赛特笠女儿两人的婚约。他们两家在这方面早已有了谅解，这么一来，可怜的女孩儿不但终身的幸福不能保全，连名誉也要受到牵累。因此约翰・奥斯本更得使旁人明白婚约是非解除不可的，约翰・赛特笠是不可饶恕的。

　　债权人会谈的时候，他对赛特笠的态度又狠毒又轻蔑，把那身败名裂的人气个半死。奥斯本立刻禁止乔治和爱米丽亚往来，一方面威吓儿子，说是如果他不服从命令，便要遭到父亲的咒骂，一方面狠狠地诋毁爱米丽亚，仿佛那天真的小可怜儿是个最下流最会耍手段的狐狸精。如果你要保持对于仇人的忿恨不让它泄气，那么你不但得造出许多谣言中伤他，而且自己也得相信这些谣言。我已经说过，只有这个法子可以使你的行为不显得前后矛盾。

  大祸临头了，父亲宣告破产，全家搬出勒塞尔广场，爱米丽亚知道自己和乔治的关系斩断了，她和爱情、和幸福已经无缘，对于这世界也失去了信念。正在这时候，约翰·奥斯本寄给她一封措词恶毒的信，里面短短几行，说是她父亲行为恶劣到这步田地，两家之间的婚约当然应该取消。最后的判决下来的时候，她并不怎么惊骇，倒是她爹妈料不到的——我该说是她妈妈意料不到的，因为约翰·赛特笠那时候事业失败，名誉扫地，自己都弄得精疲力尽了。爱米丽亚得信的时候，颜色苍白，样子倒很镇静。那一阵子她早已有过许多不吉利的预兆，如今不过坐实一下。最后的判决虽然现在刚批下来，她的罪过是老早就犯下的了。总之，她不该爱错了人，不该爱得那么热烈，不该让情感淹没了理智。她还像本来一样，把一切都藏在心里不说。从前她虽然知道事情不妙，却不肯明白承认，现在索性断绝了想头，倒也不见得比以前更痛苦。她从大房子搬到小房子，根本没有觉得有什么分别。大半的时候她都闷在自己的小房间里默默地伤心，一天天地憔悴下去。我并不是说所有的女人都像爱米丽亚这样。亲爱的勃洛葛小姐，我想你就不像她那么容易心碎。你是个性格刚强的女孩子，有一套正确的见解。我呢，也不敢说像她那样容易心碎。说句老实话，虽然我经历过一番伤心事，过后也就慢慢地忘怀了。不过话又说回来，有些人天生成温柔的心肠，的确比别人更娇嫩，更脆弱，更禁不起风波。

  约翰·赛特笠老头儿一想起或是一提起乔治和爱米丽亚的婚事，心里口里的怨恨竟和奥斯本先生也不差着什么。他咒骂奥斯本和他家里的人，说他们全是没心肝没天良的坏蛋。

他赌神罚誓地说无论如何不把女儿嫁给那种混账东西的儿子。他命令爱米丽亚从此不许再想念乔治，叫她把乔治写给她的信和送给她的礼物都退回去。

她答应了，努力照她爸爸说的话做去，把那两三件小首饰收拾在一块儿，又把珍藏的信札拿出来重新看过一遍，其实信上的句子她早就能够背诵。她看完以后，十分割舍不下，说什么也不肯把它们丢过一边，又收起来藏在胸口，仿佛做母亲的抱着已经死了的孩子不放手，这情形想来你一定见过。年轻的爱米丽亚觉得这是她最后的安慰，如果给人夺去，她一定活不成，或者马上会急得发疯。信来的时候，她高兴得脸上放光、发红，心里别别乱跳，快快地溜到没人的地方独自一个人看信。如果信上的句子冰冷无情，这痴心的女孩子故意把它们曲解成充满热忱的情话。如果来信写得又短又自私，她也会找出种种的借口原谅那写信的人。

她整天对着这几张毫无价值的纸片闷闷地发怔。每封信都带给她一点回忆，她就靠过去活着。从前的情景还清清楚楚地在她眼前。他的面貌、声音、衣着，他说过些什么话，他怎么样说这些话，她都记得。在整个世界上，剩下的只有这些神圣的纪念和死去的感情留下的回想。她的本分，就是一辈子守着爱情的尸骸一直到自己死去为止。

她渴望自己快快地一死完事。她想："死了以后我就能够到东到西地跟着他了。"我并不赞成她的行为，也不希望勃洛葛小姐当她模范，行动学着她。勃洛葛小姐知道怎么节制自己的感情，比那小可怜儿强得多。爱米丽亚太糊涂了；她对乔治山盟海誓，把自己一颗心献了出去，已经不能退步回身，换回来的却不过是一句作不得准的约诺，一刹那间就能成为毫无价值的空话。勃洛葛小姐决不会上这样的当。长期的订婚好像两个人合股做买卖，一方面倾其所有投资经商，另一方面却自由自在，守信由他，背约也由他。

小姐们，留心点儿吧！订婚以前好好地考虑考虑，恋爱的时候不要过于率直，别把心里的话都倒出来，最好还是不要多动感情。你们看，不到时机成熟就对别人倾心诉胆是没有好结果的，所以对人对己都要存一分戒心才好。在法国，婚姻全由律师们包办，他们就是傧相，就是新娘的心腹朋友。你们如果结婚，最好还是按照法国的规矩，至少也得提防着，凡是能叫自己难受的情感，一概压下去，凡是不能随时变更或是收回的约诺，一概不出口。要在这名利场上成功发迹，得好名声，受人尊敬，就非这样不可。

自从她父亲破产之后，爱米丽亚便没有资格再和从前的熟人来往了。假如她听见这些人批评她的话，就会明白自己犯了什么罪，也会知道自己的名誉受到怎样的糟蹋。斯密士太太说，这样不顾前后的行为，简直是一种罪过，她一辈子没有见过。白朗恩太太说，爱米丽亚那么不避嫌疑，真叫人恶心，她向来看不上眼；这次爱米丽亚这样下场，对于她自己的几个女儿倒是个教训。两位都宾小姐说："她家里已经破产，奥斯本上尉当然不会要娶这种人家的女孩儿。上了她父亲的当还不够吗？提起爱米丽亚，她的糊涂真叫人——"

都宾上尉大声喝道："叫人什么？他们两个不是从小就订婚的吗？还不等于结了婚一样吗？爱米丽亚是天使一般的女孩子，比谁都可疼，比谁都纯洁温柔。谁敢说她不好？"

琴恩小姐说道："嗳，威廉，别那么气势汹汹的。我们又不是男人，谁打得过你呀？我们根本没说赛特笠小姐什么，不过批评她太不小心，其实再说利害点儿也容易。还有就是说她的爹妈遭到这样的事也是自作自受。"

安痕小姐尖酸地说道："威廉，现在赛特笠小姐没了主儿了。你何不向她求婚去呢？这门亲戚可不错呀！嘻，嘻！"

都宾满面通红,急忙回答道:"我娶她!小姐,你们自己没有长心,别打量她也这么容易变心。你们讥笑那天使吧,反正她听不见。她倒了霉了,走了背运了,当然应该给人笑骂。说下去呀,安痕!你在家里是有名口角俏皮的,大家都爱听你说话呢!"

安痕小姐答道:"我再说一遍,咱们这儿可不是军营,威廉。"

那勇猛的英国人给人惹得性子上来,嚷嚷道:"军营!我倒愿意听听军营里的人也说这些话。看谁敢嚼说她一句坏话。告诉你吧,安痕,男人不是这样的。只有你们才喜欢在一块儿喊喊喳喳、咭咭呱呱、大呼小叫的。走吧,走吧,又哭什么呢?我不过说你们两个是一对呆鸟。"威廉·都宾看见安痕的眼睛红红的,又像平常一般眼泪汪汪起来,忙说:"得了,你们不是呆鸟,是天鹅。随你们算什么吧,只要你们别惹赛特笠小姐。"

威廉的妈妈和妹妹们都觉得他对那卖风流送秋波的无聊女人那么着迷,真叫人纳闷。她们着急得很,威廉对她那么倾倒,她和奥斯本解约之后,会不会接下去马上又和威廉好上了呢?这些高尚的女孩子大概是按照自己的经验来测度爱米丽亚,所以觉得情形不对。或者说得确切一点,她们准是拿自己的是非标准来衡量别人,因为到眼前为止,她们还没有机会结婚,也没有机会挑一个扔一个的,谈不上经验不经验的话。

那两个女孩儿说道:"妈妈,亏得军队要调到国外去了。无论如何,这一关,哥哥总算躲过了。"

她们说得不错。我们现在演的是名利场上的家庭趣剧,那法国皇帝在里面也串演了一个角色。这位大人物虽然没有开口说话,可是如果没有他插进来,这出戏就演不成了。他推翻了波朋王朝,毁了约翰·赛特笠的前途。他来到法国的首都,鼓动法国人民武装起来保卫他,同时也惊起了全欧洲的国家,大家都想撺他出去。当法国的军队和全国百姓在香特马斯围绕着法国之鹰宣誓永效忠诚的时候,欧洲四大军队也开始行动，准备大开围场，追逐这只大老鹰。英国的军队是四支欧洲军之一，咱们的两个男主角，都宾上尉和奥斯本上尉也在军中。

勇猛的第——联队得到拿破仑脱逃上岸的消息之后，他们兴高采烈，那份儿热忱真是火辣辣的。凡是深知这有名的联队的人，都能懂得他们的心情。从上校到最小的鼓手，个个满怀壮志雄心，热诚地愿意为国效劳。他们感激法国皇帝，仿佛他扰乱欧洲的和平就是给了他们莫大的恩惠。第——联队一向翘首盼望的日子总算到了。这一下，可以给同行开开眼，让他们知道第——联队和一向在西班牙打仗的老军人一样耐战，他们的勇气还没有给西印度群岛和黄热病消耗尽呢。斯德博尔和斯卜内希望不必花钱就能升为连长。奥多少佐的太太决定随着军队一起出发，她希望在战争结束之前，能把自己的签名改成奥多上校太太，也希望丈夫得个下级骑士的封号。咱们的两个朋友，奥斯本和都宾，也和其余的人一般兴奋，决定尽自己的责任，显声扬名，建立功勋。不过外表看来，都宾稳健些，不像奥斯本精神勃勃，把心里的话嚷嚷得人人都知道。

使全国全军振奋的消息传开之后，大家激动得很，没有心思顾到私事了。乔治·奥斯本新近正式发表升了上尉；部队已经决定往外开拔，因此又得忙着做种种准备，心里还急煎煎地等着再升一级。时局平静的时候认为要紧的大事，这当儿也来不及多管了。说老实话，他听得忠厚的赛特笠老先生遭了横祸，并不觉得怎么愁闷。倒霉的老头儿和债主第一次会谈的时候，他正在试新装；新的军服衬得他非常漂亮。他的父亲后来告诉他那破产的家伙怎么混账，怎么不要脸，要什么流氓手段；又把以前说过的关于爱米丽亚的话重新提了一下，禁止他和她来往。当晚他父亲给他一大笔钱，专为付漂亮的新制服和新肩章的费用。这小伙子使钱一向散漫，不会嫌多，当下收了钱，也就没有多说话。他在赛特笠家里度过多少快乐的时光，如今却见屋子外面贴满了纸招儿。进城的时候，他歇在斯洛德客店里；当夜他出了家门往客店里去，看见这些纸招儿映着月光雪白一片。看来爱米丽亚和她父母已经从他们舒服的家里给赶出去了。他们在哪儿安身呢？他想到他们家里这么零落，心里很难过。晚上他的伙伴们看见他闷闷地坐在咖啡室里，喝了好些酒。

不久都宾进来，劝他少喝酒。他回说心里不痛快，只得借酒浇愁。他的朋友问了许多不识时务的问题，而且做出很有含蓄的样子向他打听有什么消息，奥斯本不肯多话，只说心里有事，闷得慌。

回到营里三天之后，都宾发现年轻的奥斯本上尉坐在自己房间里，头靠着桌子，旁边散着许多信纸，仿佛是非常懊丧的样子。"她——她把我送给她东西都退回来了。就是这几件倒霉的首饰。你瞧！"他旁边搁着一个小包，上面写明交给乔治·奥斯本上尉，那笔迹非常眼熟。另外散放着几件小东西：一只戒指，他小时候在集场上买给她的一把银刀，一条金链子，下面坠着个小金盒子，安着一绺头发。他满心懊恼，哼唧了一声说道："什么都完了。威廉，这封信你要看吗？"

说着，他指指一封短信。信上说：

> 这是我最后一次写信给你了。爸爸叫我把你给我的礼物都退回给你——这些东西还都是你在从前的好日子里送给我的。我们遭到这样的灾难，想来你一定和我一样难受——我知道你和我一样难受。在这种不幸的情形之下，咱们的婚约不可能再继续下去，因此我让你自由。奥斯本先生这么狠心地猜疑我们，比什么都使我们伤心。我相信我们这么受苦，给别人疑心，都和你没有关系。再会！再会！我祷求上帝给我力量承受这个苦难和许多别的苦难。我祷告上帝保佑你。
> 
> 爱米
> 
> 我以后一定时常弹琴——你的琴。只有你才想得到把它送给我。

都宾心肠最软,每逢看见女人和孩子受苦,就会流眼泪。这忠厚的人儿想到爱米丽亚又寂寞又悲伤,扎心得难受,忍不住哭起来。倘若你要笑他没有丈夫气概,也只得由你了。他赌神罚誓地说爱米丽亚是下凡的天使。奥斯本全心全意地赞成他的话;他也在回忆过去的生活,想她从小儿到大,总是那么天真、妩媚,单纯得有趣,对自己更是轻怜蜜爱,没半点儿矫饰。

从前是得福不知,现在落了空,反觉悔恨无及。霎时间千百样家常习见的情景和回忆都涌到眼前。他所看见的爱米丽亚,总是温良美丽的。他想起自己又冷淡又自私,她却是忠贞不二,只有红着脸羞愧和懊悔的份儿。两个朋友一时把光荣、战争,一切都忘记了,只谈爱米丽亚。

长谈之后,两个人半响不说话。奥斯本想起自己没有想法子找寻她,老大不好意思,问道:"他们到哪儿去了?他们到哪儿去了?信上并没有写地名。"

都宾知道她的地址。他不但把钢琴送到她家,而且写了一封信给赛特笠太太,说要去拜访她。前一天,他回契顿姆之前,已经见过赛特笠太太和爱米丽亚。使他们两人心动神摇的告别信和小包裹就是他带来的。

赛特笠太太殷勤招待忠厚的都宾。她收到钢琴之后,兴奋得不得了,以为这是乔治要表示好意,送来的礼。都宾上尉不去纠正这好太太的错误,只是满怀同情地听她诉说她的烦难和苦恼。她谈起这次有多少损失,眼前过日子多么艰苦,他竭力安慰她,顺着她责备奥斯本先生对他从前的恩人不该这样无情无义。等她吐掉心里的苦水,稍微舒畅了一些,他才鼓起勇气要求见见爱米丽亚。爱米老是闷在自己屋子里,她母亲上去把她领下楼来。她一边走一边身上还在发抖。

她一些血色都没有,脸上灰心绝望的表情看着叫人心酸。老实的都宾见她颜色苍白,呆着脸儿,觉得总是凶多吉少,心里害怕起来。她陪着客人坐了一两分钟，就把小包交给他，说道："请你把这包东西交给奥斯本上尉。我——我希望他身体很好。多谢你来看我们。我们的新房子很舒服。妈妈，我——我想上楼去了，我累得很。"可怜的孩子说了这话，对客人笑了一笑，行了一个礼，转身走了。她母亲一面扶她上楼，一面回过头来看着都宾，眼睛里的神情十分凄惨。这个忠厚的家伙自己已经一心恋着她，哪里还用她母亲诉苦呢？他心里一股子说不出来的凄惶、怜惜、忧愁，出门的时候，心神不安得仿佛自己做了亏心事。

奥斯本听得他朋友已经找着了爱米，一叠连声急急忙忙地问了许多问题。那可怜的孩子身体怎么样？看上去还好吗？她说了什么话？他的朋友拉着他的手，正眼看着他的脸说道："乔治，她要死了。"威廉·都宾说了这话，再也说不出第二句来。

赛特笠一家安身的小屋里有个胖胖的年轻爱尔兰女用人。屋里粗细活计都是她一个人做。多少天来，这女孩儿老在想法子安慰爱米丽亚，或是怎么样帮帮她的忙。她白费了一番力气；爱米丽亚心下悲苦，提不起精神来回答她，恐怕根本不知道那女孩子在替她尽心。

都宾和奥斯本谈话以后四个钟头，这小女用人走到爱米丽亚房间里，看见爱米照常坐在那里对着乔治的几封信（她的宝贝）悄没声儿地发怔。女孩子满面得色，笑嘻嘻的非常高兴，做出许多张致来想叫可怜的爱米注意她，可是爱米不理。

女孩子说："爱米小姐。"

爱米头也不回地说道："我就来。"

女用人接下去说道："有人送信来了。有个人——有件事情——喏，这儿有封新的信来了，别尽着看旧信了。"她递给爱米一封信，爱米接过来一看，只见上面写道："我要见你。最亲爱的爱米——最亲爱的爱人——最亲爱的妻子，到我身边来吧！"

乔治和她妈妈在房门外面，等她把信看完。

## 第十九章　克劳莱小姐生病

上面已经提起，说是上房女用人孚金姑娘只要知道克劳莱家里出了什么要紧事，一定会通知牧师夫人别德·克劳莱太太，仿佛这是她的责任。我们也已经说过，这好脾气的太太对克劳莱小姐的亲信女用人另眼看待，特别地客气殷勤。她和克劳莱小姐的女伴布立葛丝小姐也很讲交情，对她十分周到，不时许她好处，就赢得了布立葛丝的欢心。客气话和空人情在许愿的人不费什么，受的人却觉得舒服，当它宝贵的礼物。真的，凡是持家俭省会调度的主妇都知道好言好语多么便宜，多么受人欢迎。我们一辈子做人，哪怕吃的是最平常的饭菜，有了好话调味,也就觉得可口了。不知哪个糊涂蠢材说过这话:"好听的话儿当不得奶油,拌不得胡萝卜。"世界上一半的胡萝卜就是用这种沙司拌的,要不然哪里有这样好吃呢?不朽的名厨亚莱克斯·索叶①花了半便士做出来的汤,比外行的新手用了几磅肉和蔬菜做出来的还可口。同样地,技艺高妙的名家只消随口说几句简单悦耳的话,往往比手中有实惠有现钱的草包容易成功。还有些人的胃口不好,吞下了实惠反而害病,好听的空话,却是人人都能消化的。而且吃马屁的人从来不嫌多,没足没够的吃了还想吃。别德太太几次三番表示自己对孚金和布立葛丝交情深厚,并且说若是她有了克劳莱小姐的家私,打算怎么样报答这样忠心的好朋友,因此这两个女的对她敬重得无以复加,而且感激她,相信她,好像她已经送了她们多少值钱的重礼了。

  罗登·克劳莱究竟只是个又自私又粗笨的骑兵,他不但不费一点儿心思去讨好他姑母的下人,而且老实表示看不起她们。有一回他叫孚金替他脱靴子,又有一回,为一点儿无关紧要的小事下雨天叫她出去送信;虽然也赏她个把基尼,总是把钱照脸一扔,好像给她一下耳刮子。上尉又爱学着他姑母的榜样,拿布立葛丝开玩笑,常常打趣她。他的笑话轻灵到什么程度呢,大概有他的马踢人家一蹄子那么重。别德太太就不同了,每逢有细致为难的问题,总要和布立葛丝商议一下。她不但赏识布立葛丝的诗,并且处处对她体谅尊敬,表示好意。她有时送孚金一件只值两三文小钱的礼物,可得赔上一车好话,女用人感激得了不得,看着这两三文钱像金子一般贵重。孚金想着别德太太承继了遗产之后,她自己不知可得多少实惠,更觉得心满意足。

  我现在把罗登和别德太太两人不同的行为比较一下,好让初出茅庐的人做参考。我对这班人说:你该逢人便夸,切忌挑挑拣拣的。你不但

---

① 亚莱克斯·索叶(Alexis Soyer, 1809—1858),有名的法国厨子,住在英国,曾写过不少烹调书。

得当面奉承，如果背后的话可能吹到那人耳朵里，你不妨在别人面前也捧他一下。说好话的机会是切不可错过的。考林乌德①每逢看见他庄地上有一块地空着，准会从口袋里掏出一颗橡实往空地上一扔，百无一失。你为人在世，也该拿他扔橡实的精神来恭维别人才行。一颗橡实能值多少？种下地去倒可能长出一大块的木料呢。

总而言之，罗登·克劳莱得意的当儿，底下人无可奈何，只得捺下气服从他；如今他出了丑，有谁肯帮助他怜悯他？自从别德太太接手在克劳莱小姐屋里管家之后，那儿的驻防军都因为得到这么一个领袖而欣幸。她人又慷慨，嘴又甜，又会许愿，大家料着在她手下不知有多少好处。

至于说到罗登会不会吃了一次亏就自认失败，不再想法子夺回往日的地位了呢？这种傻想头，别德·克劳莱太太是没有的。她知道利蓓加有勇有谋，惯能从死里求活，决不肯不战而退。她一面准备正面迎敌，并且随时留神，提防敌人会猛攻突击，或是暗里埋下地雷。

第一件要考虑的是，她虽然已经占领这座城池，是不是能够把握城里的主要居民还是问题。克劳莱小姐在这种情形之下支撑得下去吗？她的对手虽然已给驱逐出境，克劳莱小姐会不会暗暗希望他们回来呢？老太太喜欢罗登，也喜欢利蓓加，因为利蓓加能够替她解闷。别德太太不能自骗自，只得承认自己一党的人没有一个能够给城里太太开心消遣。牧师太太老老实实地想道："我知道，听过了可恶的家庭教师唱歌，我的女儿唱的歌儿是不中听的了。玛莎和露意莎合奏的当儿她老是打瞌睡。杰姆是一股子硬绷绷的大学生派头，可怜的别德宝贝儿老说些狗呀马呀，她看着这两个人都觉得心烦。如果我把她带到乡下，她准会生了

---

① 考林乌德（Cuthbert Collingwood, 1750—1810），英国海军大将，在特拉法尔加之役，纳尔逊受伤后由他指挥。

气从我们家逃出去,那是一定的。那么一来,她不是又掉到罗登的手心里面,给那脏心烂肺的夏泼算计了去了吗?我看得很清楚,眼前她病得很重,至少在这几个星期里头不能起床。我得趁现在想个法子保护她,免得她着了道儿,上那些混账东西的当。"

　　克劳莱小姐身体最好的时候,只要听人说她有病或是脸色不好,就会浑身索索抖地忙着请医生。现在家里突如其来发生了大事,神经比她强健的人也要挡不住,何况她呢。所以我想她身上的确很不好。且不管她有多少病,反正别德太太认为她职责所在,应该告诉医生、医生的助手、克劳莱小姐的女伴和家里所有的用人,说克劳莱小姐有性命危险,叮嘱他们千万不可粗心大意。她发出命令,在附近街上铺了一层干草,厚得几乎没膝。又叫人把门环取下来交给鲍尔斯和碗盏一起藏着,免得外面人打门惊吵了病人。她坚持要请医生一天来家看视两回,每隔两小时给病人吃药,灌了她一肚子药水。无论什么人走进病房,她口里便嘘呀嘘地不让人作声,那声音阴森森的,反而叫床上的病人害怕。她坚定不移地坐在床旁的圈椅里,可怜的老太太睁开眼来,就见她瞪着圆湛湛的眼睛全副精神望着自己。所有的窗帘都给她拉得严严的,屋里漆黑一片,她像猫儿一样悄没声儿地踅来踅去,两只眼睛仿佛在黑地里发出光来。克劳莱小姐在病房里躺了好多好多天,有时听别德太太读读宗教书。在漫漫的长夜里,守夜的按时报钟点,通夜不灭的油灯劈啪作响,她都得听着。半夜,医生的助手轻轻进来看她,那是一天里最后的一次,此后她只能瞧着别德太太亮晶晶的眼睛,或是灯花一爆之间投在阴暗的天花板上的黄光。按照这样的养生之道,别说这可怜的心惊胆战的老太太,连健康女神哈奇亚也会害病。前面已经说过,她在名利场上资格很老,只要身体好精神足的时候,对于宗教和道德的看法豁达得连伏尔泰先生也不能再苛求。可惜这罪孽深重的老婆子一生病就怕死,而且因为怕得利害,反而添了病,到后来不但身体衰弱,还吓得一团糟。

病床旁边的说法和传道在小说书里发表是不相宜的,我不愿意像近来有些小说家那样,把读者哄上了手,就教训他们一顿。我这书是一本喜剧,而且人家出了钱就为的要看戏。可是话又说回来了,我虽然不讲道说法,读者可得记住这条道理,就是说名利场上的演员在戏台上尽管又得意又高兴,忙忙碌碌,嘻嘻哈哈,回到家里却可能忧愁苦闷,嗟叹往事不堪回首。爱吃喝的老饕生了病,想起最丰盛的筵席也不见得有什么滋味。过时的美人回忆从前穿着漂亮衣服在跳舞会里大出风头,也得不到什么安慰。政治家上了年纪之后,咀嚼着从前竞选胜利最轰轰烈烈的情况也不会觉得怎么得意。世人难逃一死,死后的情况虽然难以捉摸,一死是免不了的。咱们迟早会想到这一层,迟早要推测一下死后的境界。一个人的心思一转到这上面，过去的成功和快乐便不算什么了。同行的小丑们啊！你们嬉皮扯脸，满身垂着铃铛，翻呀滚呀，不也觉得厌倦吗？亲爱的朋友们，我存心是忠厚的，我的目的，就是陪着你们走遍这个市场，什么铺子、赛会、戏文，都进去看个仔细，等到咱们体味过其中的欢乐、热闹、铺张，再各自回家去烦恼吧！

别德·克劳莱太太暗想道："我那可怜的丈夫倘若有点儿头脑，现在就用得着他了，正好叫他来劝导可怜的老太太，让她回心转意，改变她以前混账的自由思想，好好地尽自己的本分，从此和那浪荡子断绝往来。可恨他不但自己出乖露丑，还连累了家里的名声！我的宝贝女儿们，还有我两个儿子，才真需要亲戚们帮忙，况且他们也配。如果别德能够叫老太太开了眼，给他们一个公道待遇，那就好了。"

要弃邪归正，第一步先得憎恨罪恶，因此别德·克劳莱太太竭力使大姑明白罗登·克劳莱种种行为实在是罪大恶极。罗登的罪过经他婶娘一数一理，真是长长一大串，给联队里所有的年轻军官分担，也足够叫他们都受处分。按我的经验来说，你要是做错了事，你自己的亲戚比什么道学先生都着急，来不及地把你干的坏事叫嚷得大家知道。讲起罗登过去的历史，别德太太非常熟悉，显见得她是本家的人，随处关心。关于罗登和马克上尉吵架的丑事，所有的细节她都知道；这事一起头就是罗登不对，结果他还把上尉一枪打死。还有一个可怜的德芙台尔勋爵，他的妈妈要他在牛津上学，特特地在牛津找下房子；他本人一向不碰纸牌，哪知道一到伦敦就给罗登教坏了。罗登这恶棍惯会勾引青年，调唆他们往邪路上走，他把德芙台尔带到可可树俱乐部把他灌得大醉，骗了他四千镑钱。罗登毁掉多少乡下的斯文人家，——儿子给他弄得身名狼藉，一文不剩，女儿上他的当，断送在他手里。这些人家的苦痛，别德太太有声有色、仔仔细细地形容了一番。她还认识好几个可怜的商人，给罗登闹得倾家荡产。原来他不但大手大脚地挥霍，还会耍各种下流卑鄙的手段躲债害人。他的姑妈总算世界上最慷慨的人了吧？罗登不但欺骗她，——这些鬼话真吓死人！而且全无良心，姑妈为他克扣自己，他反而在背后笑话她。别德太太把这些故事慢慢地讲给克劳莱小姐听，没有漏掉一件。她觉得自己是基督教徒，又是一家的主妇，这一点责任是应该尽的。她说的话虽然使听的人加添许多苦痛，她可没觉得良心不安，反而因为毅然决然地尽了责任而自鸣得意，以为自己干了一件有益的事。要毁坏一个人的名誉，这事就得留给她的亲戚来干——随你说什么，我知道我这话是不错的。至于罗登·克劳莱这倒霉东西呢，说老实话，单是他真正干下的坏事就够混账了；他的朋友别德太太给他编了许多谣言，全是白费力气。

利蓓加现在也成了本家人，因此别德太太十分关心她，用尽心思四处打听她过去的历史。别德太太追求真理是不怕烦难的，她特地坐了克劳莱小姐的马车到契息克林荫道密纳佛大厦去拜访她的老朋友平克顿小姐（事前她切实地嘱咐家下的用人，凡是罗登差来的人和送来的信，一概不接受），一方面报告夏泼小姐勾引罗登上尉的坏消息，同时又探听得几件稀奇的新闻，都和那家庭教师的家世和早年历史有关系。字汇家的朋友供给她不少情报。她叫吉米玛小姐把图画教师从前的收条和信札拿来。其中一封是从监牢里写来的；他欠债被捕，要求预支薪水。另一封是因为契息克的主妇们招待了利蓓加，她父亲写信千恩万谢地表示感激。倒运的画家最后一封信是临死前写的，专为向平克顿小姐托孤。此外还有利蓓加小时候写的信，有的替她爸爸求情，有的感谢校长的恩典。在名利场上，再没有比旧信更深刻的讽刺了。把你好朋友十年前写的一包信拿出来看看，——从前是好朋友，现在却成了仇人。或是读读你妹子给你的信，你们两人为那二十镑钱的遗产拌嘴以前多么亲密！或是把你儿子小时满纸涂鸦、小孩儿笔迹的家信拿下来翻翻，后来他的自私忤逆，不是差点儿刺破了你的心吗？或者重温你自己写给爱人的情书，满纸说的都是无穷的眷恋、永恒的情爱，后来她嫁给一个从印度回国的财主，才把它们送还给你，如今她在你心上的印象不见得比伊丽莎白女王更深。誓约，诺言，道谢，痴情话，心腹话，过了些时候看着无一不可笑。名利场上该有一条法律，规定除了店铺的收条之外，一切文件字据，过了适当的短时期，统统应该销毁。有人登广告宣传日本的不褪色墨汁，这些人不是江湖骗子，便是存心捣蛋，应当和他们可恶的新发明一起毁灭。在名利场上最合适的墨水，过了两天颜色便褪掉了；于是纸上一干二净，你又可以用来写信给别人。

别德太太不辞劳苦地追寻夏泼和他女儿的踪迹。她从平克顿女校出来，又找到希腊街上那画家从前住过的房子里去。客厅里还挂着一幅画像，房东太太穿着白软缎袍子，房东先生胸前一排铜钮扣。这画像是当年夏泼欠了一季房钱，拿它抵租的。房东思多克斯太太非常爱说话，尽她所知，把夏泼先生的事情说给别德太太听。她说夏泼又穷又荒唐，可是脾气好，人也有趣。衙门里的地保跟讨债的老是跟着他。他和他女人一直没有正式结婚，直到她临死前不久才行了婚礼。房东太太虽然不喜欢那女的，对于这件事可是非常不赞成。夏泼的女儿是个小狐狸精，野头野脑的，脾气很古怪。她爱开玩笑，又会模仿人，真逗乐儿。她从前常到酒店里去买杜松子酒，附近一带画画儿的人，没一个不认识她。总而言之，别德太太对于新娶的侄媳妇的家世、教育、品行都打听得清清楚楚，利蓓加若知道她这样调查自己的历史，一定要大不高兴。

别德太太把辛苦搜索得来的结果一股脑儿告诉了克劳莱小姐。罗登·克劳莱太太原来是戏子的女儿。她自己也上台跳过舞。她也做过画家的模特儿。她自小儿就受母亲的熏陶，还跟着父亲喝杜松子烧酒，另外还有许多别的罪状。她嫁了罗登，只算堕落的女人嫁了个堕落的男人。别德太太的故事含有教训，就是说那两口子真是混账透顶，没有救星了，正正派派的人，再也不愿意去理他们。

以上就是精细的别德太太在派克街收集的材料。她知道罗登和他的太太准在想法子向克劳莱小姐进攻，这些资料可算是武装这屋子必需的军火和粮草。

别德太太的安排若还有漏洞，那只好怪她太性急。她布置得太周密了，其实根本不用把克劳莱小姐的病情制造得那么严重。年老的病人虽然由她摆布，可是嫌她太不放松，恨她把自己管头管脚，巴不得有机会从她手里溜之大吉。爱管闲事的女人的确是太太小姐队里的尖儿；她们什么都不放过，人人的事情都插一脚，还惯会替街坊邻舍出主意，想的办法比当局者还好。可是有一点，她们往往不提防本家的人会造反，想不到压得太重，就会引出大事来。

譬如说吧，别德太太不顾自己的死活，自愿不睡不吃，不吸新鲜空气，伺候她生病的大姑，我相信她完全出于好心。她深信老太太生了重病，差点儿没把她一直安排到棺材里去。有一次，她和每天来看病的助手医生克伦浦谈起自己的种种牺牲和成绩。

她说："亲爱的克伦浦先生，都是侄儿没良心，才叫姑妈气出这场病来。我呢，伺候她可没偷懒，总算尽了力，只求亲爱的病人快快复原。我从来不怕吃苦，我也不怕自我牺牲。"

克伦浦先生深深打了一躬，说道："我只能说您的热心真叫人敬重，可是——"

"我自从来到这儿以后，简直就没合过眼。我要尽我的本分，只好不睡觉，不顾自己的身子，舒服不舒服的话更谈不到。我可怜的詹姆士出天花的时候，我哪里肯让用人服侍他，都是自己来的呀！"

"亲爱的夫人，您尽了一个好母亲的本分，真是了不起，可是——"

别德太太觉得自己有道理，摆出恰到好处的正经脸色接着说道：

"我是好些孩子的母亲,又是英国牧师的妻子,不是吹牛,我做人是讲道德的。克伦浦先生,只要我有力气撑下去,我决不逃避责任。有些人把头发灰白的老长辈气得害病(别德太太说到这里挥挥手指着梳妆室里的架子,上面搁着克劳莱老小姐咖啡色的假刘海),可是我呢,我决计不离开她。唉,克伦浦先生,恐怕病人除了医药之外还需要精神上的安慰呢!"

克伦浦也不放松,恭而敬之地插嘴道:"亲爱的太太,我刚才的话还没有说完。您的意思很好,使我非常佩服。我刚才要说的话,就是您用不着为咱们的好朋友这么担心,也用不着为她牺牲自己的健康。"

别德太太接口说道:"为我的责任,为我丈夫家里的人,我不惜牺牲自己的性命。"

克伦浦殷勤地答道:"太太,如果有这种需要,这样的精神是好的。可是我们并不希望别德·克劳莱太太过分苦了自己。关于克劳莱小姐的病,施贵尔医生和我已经仔细考虑过了,想来您也知道的。我们认为她神经紧张,没有兴致,这都是因为家里发生变故,受了刺激——"

别德太太叫道:"她的侄儿不得好死!"

"——受了刺激。您呢,亲爱的太太,像个护身神,——简直就是个护身神,在危急的时候来安慰她。可是施贵尔医生和我都觉得咱们的好朋友并不需要成天躺在床上。她心里烦恼——可是关在房里只会加重她的烦恼。她需要换换环境,呼吸新鲜空气,找点儿消遣。药书上最灵验的方子不过是这样。"说到这里克伦浦先生露出漂亮的牙齿笑了一笑道:"亲爱的太太,劝她起来散淡散淡,把她从床上拉下来,想法子给她开个心。拖她出去坐马车兜兜风。别德·克劳莱太太,请原谅我这么说,这样一来,连您的脸上也能恢复从前的红颜色了。"

别德太太不小心露出马脚,把自私的打算招供出来了。她说:"我听说她可恶的侄儿常常坐了马车在公园里兜风,和他一块儿干坏事的没脸女人跟着他。克劳莱小姐看见这混账东西满不在乎地在公园里玩儿，准会气得重新害病，可不是又得睡到床上去了吗？克伦浦先生，她不能出去。只要我在这儿一天，我就一天不让她出去。至于我的身子，那可算什么呢？我自己愿意为责任而献出健康。"

克伦浦先生不客气地答道："说实话，太太，如果她老给锁在黑漆漆的房间里，以后如果有什么危险，我不能担保。她现在紧张得随时有性命危险。我老老实实地警告您，太太，如果您愿意克劳莱上尉承继她的遗产，您这样正是帮他的忙。"

别德太太叫道："天哪！她有性命危险吗？哎哟，克伦浦先生，你怎么不早告诉我呢？"

前一天晚上，施贵尔医生和克伦浦先生在兰平·华伦爵士①家里等候替他夫人接生第十三个小宝宝，两个人一面喝酒，一面谈论克劳莱小姐的病情。

施贵尔医生道："克伦浦，汉泊郡来的那女人真是个贪心辣手的家伙。她这一下可把蒂莱·克劳莱这老奶奶抓住了。这西班牙白酒不错。"

克伦浦答道："罗登·克劳莱真是个傻瓜，怎么会去娶个穷教师。不过那女孩子倒有点儿动人的地方。"

施贵尔道："绿眼睛，白皮肤，身材不错，胸部长得非常饱满。的确是有点儿动人的地方。克劳莱也的确是个傻瓜，克伦浦。"

助手答道："他一向是个大傻瓜。"

医生又道："老奶奶当然不要他了。"半晌他又说："她死后，传下来的家私大概不少。"

克伦浦嬉皮笑脸地说："死！我宁可少拿两百镑一年，也不愿意她死。"

施贵尔道："克伦浦好小子，汉泊郡的婆娘如果留在她身边，两

---

① 兰平·华伦（Lapin Warren），一窝兔子的意思，表示他子女众多。

个月就能送她的命。老太婆年纪大——吃得多——容易紧张——心跳——血压高——中风——就完蛋啦。克伦浦，叫她走，叫她滚，要不然的话，你那两百镑一年就靠不住了，还抵不过我几星期的收入呢。"他那好助手得了他这个指示，才和别德·克劳莱太太老实不客气地把话说了个透亮。

　　老太太躺在床上不能起身，旁边又没有别的亲人，可以说完全捏在别德太太的手心里。牧师的女人已经好几回向她开口，要她改写遗嘱。老太太一听见这么丧谤的话儿，怕死的心思比平常又加添了几分。别德太太觉得要完成她神圣的任务，先得使病人身体健朗，精神愉快。这么一来，问题又来了，把她带到什么地方去呢？混账的罗登夫妻不到的地方只有教堂，然而别德太太是明白人，知道克劳莱小姐决不会喜欢到教堂里去。她想："还是到伦敦郊外去散散心吧，据说郊外的风景像画儿一样好看，是全世界最有名的。"于是她忽然兴致勃发，要上汉泊斯戴特和霍恩塞去逛逛，并且说她多么喜欢德尔威治的风景。她扶着病人坐在马车里，一同到野外去，一路上讲着罗登两口儿的各种故事替老太太解闷，凡是能使克劳莱小姐痛恨那两个混账东西的事情，一件也没有漏掉。

　　也许别德太太过分小心，把克劳莱小姐管得太紧了。病人虽然受她的影响，当真嫌弃了忤逆的侄儿，可是觉得自己落在她手掌之中，心里不但恼怒，而且暗暗地害怕，巴不得一时离开她才好。不久，克劳莱小姐说什么也不肯再上哈依该脱和霍恩塞，一定要上公园。别德太太知道她们准会碰见可恨的罗登；果然不出她所料。一天，她们在圆场里看见罗登驾着轻便马车远远而来，利蓓加坐在他的旁边。罗登他们看见敌人的马车里，克劳莱小姐坐在本来的位子上，别德太太坐在她左边，布立葛丝带着小狗坐在倒座上。真是紧张的一刹那！利蓓加看见马车，一颗心已在扑扑地跳，两辆车拍面相交的当儿，她做出热爱关心的样子瞧着老小姐,紧紧地握着两手,仿佛心里十分难过。罗登也紧张得发抖,染过的胡子下面遮着的一张脸紫涨起来。对面的马车里只有布立葛丝觉得激动,睁大眼睛不知所措地瞪着从前的老朋友。克劳莱小姐的样子很坚定,回过头看着园里的蛇纹石。别德太太正在逗小狗玩耍,叫它小宝贝、小心肝,玩得出神。两辆车各走各路又分开了。

罗登对妻子说:"咳,完了!"

利蓓加答道:"罗登,再试一次。你能不能把咱们的车轮子扣住她们的,亲爱的?"

罗登没有这么大的勇气。两辆车重新碰头的时候,他站起来睁大眼使劲望着这边,举起手来准备脱帽子。这一回,克劳莱小姐并没把脸回过去,她和别德太太狠狠地瞪着罗登,只做不认识。他咒骂了一声,只能又坐下去,把车赶出圆场,灰心丧气地回家去了。

这一下,别德太太打了一个了不起的大胜仗。可是她看见克劳莱小姐那么紧张,觉得常常和罗登他们见面是不妥当的。她出主意说她亲爱的朋友身体不好,必须离开伦敦,竭力劝她到布拉依顿去住一阵子。

## 第二十章　都宾上尉做月老

不知怎么一来，威廉·都宾上尉发现自己成了乔治·奥斯本和爱米丽亚的媒人了。他两边拉拢说合，一切都由他安排，由他调度。他自己也知道，如果没有他，他们再也不会结婚。他想到这头亲事偏要他来操心，不由得苦笑起来。这样来回办交涉，在他是件苦恼不过的事，可是都宾上尉只要认定了自己的责任，就会不声不响，爽快地干。目前他主意已经打定，赛特笠小姐如果得不到丈夫，准会失望得活不成，他当然应该尽力让她活下去。

老实的威廉奔走的结果，居然把乔治重新带回来，伏在他年轻情人的脚旁（或许我该说躺在年轻情人的怀里）。乔治和爱米丽亚见面时候的琐碎小事情,我也不说了。瞧着爱米美丽的脸儿因为伤心绝望而变得憔悴不堪,听着她温柔的声音天真地诉说心里的悲苦,心肠比乔治再硬的人也会觉得不忍。她的母亲抖簌簌地引着奥斯本上来,爱米倒并没有昏晕过去,只不过靠着情人的肩膀痛快淋漓地洒了不少多情的眼泪,让郁积在心里的委屈尽情发泄出来。赛特笠太太见她这样,放心了好些。她觉得应该让两个年轻人说句体己话儿,便走开了。这里爱米拉住乔治的手,低心下气地哭着吻它,仿佛乔治是她的主人,她的领袖,又好像自己不成材,做错了事,望他饶赦,求他施恩。

爱米这么柔顺,这么死心塌地地服从,真是可爱,乔治·奥斯本不由得深深地感动,而且从心里得意出来。面前这天真驯良的小东西就是他忠心的奴隶,他尝到自己的权威,暗暗地惊喜。他自己虽然是大皇帝,可是慷慨大度,准备把跪在地上的以斯帖①扶起来,封她做皇后。爱米的顺从使他感动,她的美貌和苦痛,更使他生了怜惜。他安慰她,简直像在抬举她,赦她的罪过。在以前,爱米的太阳离开了她,她的希望,她的感情,也跟着干枯萎谢,现在阳光一出,它们又欣欣向荣了。隔天晚上,枕头上的小脸还是苍白无神的,对周围的动静漠不关心的,可是这一晚呢,却是满面笑容,和隔天大不相同。老实的爱尔兰小丫头看见爱米改了样子,心里非常喜欢,央求着爱米,说要把她那忽然变得红喷喷的脸儿吻一下。爱米伸出胳膊勾住女孩子的脖子使劲吻着她,仿佛自己还没有长大。她也的确没有长大。当晚她像孩子似的睡得十分憩畅,第二天早上,睁开眼看见太阳光,心上涌出一股说不出的快乐。

爱米丽亚想道:"今天他一定又会来。他是天下最好最了不起的人。"说实话,乔治也以为自己慷慨得无以复加,跟爱米结婚在他真是了不起的牺牲。

---

① 见《旧约·以斯帖记》。波斯王亚哈随鲁废掉王后,娶犹太女奴以斯帖。

爱米和奥斯本在楼上喜孜孜地谈心，赛特笠老太太也在楼下和都宾上尉谈论眼前的局面，估计两个年轻人将来有什么前途和机会。赛特笠太太是地道的女人，她先把两个情人拉在一起，见他们紧紧地互相拥抱，才放心走开，过后却又说什么乔治的父亲对待赛特笠先生这么狠毒、混账、不要脸，赛特笠决不会肯让女儿嫁给这么个坏蛋的儿子。她说了半天话，讲到他们家里从前多么舒服阔气。那时奥斯本家里住在新街，又穷又酸，奥斯本的女人生了孩子，她把乔斯穿剩的小衣服送给他们，奥斯本太太高兴还高兴不过来呢！现在奥斯本这么恶毒没良心，把赛特笠先生气得死去活来，他怎么还会答应这门亲事呢？这件事是再也行不通的。

都宾笑道："太太，那么他们两人只能学罗登·克劳莱上尉和爱米小姐那个做家庭教师的朋友，也来个私奔结婚。"赛特笠太太嚷起来，说她真没想到会有这样的事。她兴奋得不得了，恨不得把这消息告诉白兰金索泊。她说白兰金索泊一向疑心夏泼小姐不是正经货。乔斯好运气，没娶她。接下去她把那人人知道的故事，就是说利蓓加和卜格雷·窝拉的税官怎么恋爱的事情，又说了一遍。

都宾倒不怕赛特笠先生生气，只是担心乔治的爸爸作梗。他承认自己很焦急，不知勒塞尔广场那黑眉毛的皮件商人①，那专制的老头儿，究竟会干出什么来。都宾恍惚听说他已经强横霸道地禁止儿子和爱米结婚。奥斯本脾气又暴，性情又顽固，向来说一是一说二是二。乔治的朋友想道："乔治要叫他爸爸回心转意，只有一个法子，就是将来在打仗的时候大显身手。如果他死了呢，他们两人都活不成。如果他不能出头呢，——那怎么好？我听说他母亲留给他一些钱，刚够他捐个少佐的位

---

① 该是蜡烛商人，萨克雷写到这里，只顾了压头韵，Russia merchant in Russell Square，忘了事实。

置，——再不然，他只能把现在的官职出卖①，到加拿大另找出路，或是住在乡下茅草屋里过苦日子。"都宾觉得如果娶了这么一个妻子，就是叫他到西伯利亚去也是愿意的。说来奇怪，这小伙子竟会那么荒唐冒失，没想到乔治和赛特笠小姐的婚姻还有一重阻碍。他们如果没有钱置备漂亮的车马，没有固定的收入让他们很阔气地招待朋友，也是不行的。

他想到这些严重的问题，觉得婚礼应该早早举行才好。说不定他为自己着想，也宁可乔治和爱米赶快结了婚算数；有些人家死了人，便赶紧送丧下葬；或是知道分离不可避免，便提前话别，他的心理也差不多。总而言之，都宾先生负起责任之后，干得异乎寻常地卖力。他催促乔治快快结婚，并且保证他爸爸准会原谅他。他说以后他的名字在政府公报里登出来受到表扬，就能叫老先生回心转意。到迫不得已的时候，他拼着在两个爸爸面前开谈判也未尝不可。他劝乔治无论如何在离家以前把这件事办好，因为大家只等上面命令下来，便要开拔出国。

赛特笠太太虽然赞成和赏识他的计划，却不愿意自己和丈夫去说。都宾先生打定主意给朋友做媒，便亲自去找约翰·赛特笠。可怜那不得意的老头儿自从事业失败，办事处关门之后，仍旧天天到市中心去，固定在泰必渥加咖啡馆里办公。他忙着发信收信，把信件扎成一个个小包，看上去怪神秘的，随身在大衣里还藏着几包。破了产的人那股忙劲儿和叫人莫测高深的样子，真是再可怜也没有了。他们把阔人写来的信摊在你面前给你看，一面呆呆地望着这些油腻破烂的纸片。他相信信上安慰他和答应帮忙的话，竟好像将来发财走运，重兴家业，都有了指望。亲爱的读者一定有过这样的经验，碰见过这种倒运的朋友。他拉着你不放，把你推到角落里，从他张着大口的衣袋里拿出一包纸来，解开带子，嘴里咬着绳子，挑出几封最宝贝的信搁在你面前。他那没有光彩

---

① 1871 年以前英国军队的军官职位可以出钱去捐，退职的时候，也可以得一笔津贴。

的眼睛里还流露出热切的神气，忧忧郁郁、半疯半傻地瞧着你，那样子谁没有见过？

都宾发现从前红光满面、得意高兴的约翰·赛特笠如今也成了这种家伙。他的外套本来新簇簇的非常整齐，如今缝子边上磨损得发了白；钮扣也破了，里面的铜片钻了出来。他的脸干瘪憔悴，胡子没有刮，松软的背心底下挂着软疲疲的领巾和皱边。从前，他在咖啡馆里请客的时候，又笑又闹，声音比谁都大，把茶房们使唤得穿梭似的忙，现在却对泰必涅加的茶房低首下心，叫人看着心里觉得悲惨。老茶房名叫约翰，一双红镶边眼睛，穿着黑不溜秋的袜子，脚上的薄底跳舞鞋上裂了许多口子。他的职务就是把锡盘子盛着一碗碗的浆糊、一杯杯的墨水，还有纸张，送给来光顾的客人，好像在萧条的咖啡馆里，客人们吃喝的就是这些东西。威廉·都宾小的时候，赛特笠老头儿常常给他钱，而且一向拿他嘲笑打趣，现在见了他迟迟疑疑，虚心下气地伸出手来，称他"你老"。威廉·都宾见可怜的老头儿这么招呼他，不由得又惭愧又难过，仿佛使赛特笠破财倒运的责任该由他负似的。

都宾瘦高的身材和军人的风度使那穿破跳舞鞋的茶房在红边眼睛里放出一丝兴奋的光；坐在酒吧里的黑衣老婆子，本来傍着霉味儿的旧咖啡杯在打瞌睡，也醒过来了。赛特笠偷眼对他的客人看了两次，开口说道："都宾上尉，我看见你老来了真高兴。副市长好哇？还有令堂，尊贵的爵士夫人，近来好吗，先生？"他说到"爵士夫人"，便回头看着茶房，似乎说："听着，约翰，我还剩下些有名气有势力的朋友呢？"他接着说："你老是不是要委托我做什么？我的两个年轻朋友，台尔和斯毕各脱，暂时替我经营事业，到我新办事处成立以后再说。我不过是暂时在此地办公，上尉。您有什么吩咐呢？请用点儿茶点吧？"

都宾结结巴巴地支吾了半日，说他一点也不饿，也不渴，也不想做买卖，不过来向赛特笠先生请请安，看望看望老朋友。接着他又急出来几句和事实不符合的话说："我的母亲很好，——呃，前一阵子她身体很不好。只等天气放晴，她就准备来拜会赛特笠太太。赛特笠太太好吗，先生？我希望她身体健康。"他说到这里，想起自己从头到底没一句真话，就不响了。那天天气很好，阳光照耀着考芬广场（泰必渥加咖啡馆就在那儿），最亮的时候也不过那样。而且都宾想起一个钟头之前还看见赛特笠太太，因为他刚坐车送奥斯本到福兰去，让他和爱米丽亚小姐谈心。

赛特笠拿出几张纸说："我的太太欢迎爵士夫人到舍间来。承令尊的情，写给我一封信，请你回去多多致意。我们现在住的房子比以前招待客人的地方要小一点，都宾夫人来了就知道了。房子倒很舒服，换换空气，为我女儿的身体也有益处。我的女儿在城里的时候身子不快，害病害得很不轻，你老还记得小爱米吧？"老头儿一边说话，眼睛却看着别处。他坐在那里，一忽儿用手指敲打着桌上的信纸，一忽儿摸索着扎信的旧红带子，看得出他心不在焉。

他接着说道："威廉·都宾，你是个当兵的，你倒说说看，谁想得到科西嘉的混蛋会从爱尔巴岛上逃回来？同盟各国的国王去年都在这儿，咱们还在市中心备了酒席请他们吃喝呢。咱们也看见他们造了同心协力女神庙跟圣·詹姆士公园里的中国桥，还放焰火，教堂里还唱赞美诗。凡是明白事理的人，谁想得到他们不是真心讲和？威廉，你说，我怎么知道奥国皇帝会出卖咱们？这真正是出卖朋友！我这人说话不留情，我就说他是个两面三刀恶毒狠心的阴谋家，他一直想把自己的女婿[①]弄回来，所以不惜牺牲同盟国。拿破仑那小子能够从爱尔巴岛上逃回来，压根儿是个骗局，是他们的计策。欧洲一半的国家都串通一气，专为着把公债的价钱往下拉，好毁掉咱们的国家。威廉，因为这样，我才弄到

---

[①] 奥地利王弗兰西斯第二的女儿玛丽·鲁易丝嫁给拿破仑为妻。

这步田地，我的名字才给登在政府公报上，正式宣告破产。你可知道就错在哪儿？只怪我不应该太相信摄政王和俄国的沙皇。你看，你看我的文件；三月一号的公债是什么价钱？法国公债是什么价钱？再看看它们现在的价钱！这件事是老早串通好的，要不然那混蛋怎么逃得出？让他逃走的英国委员在哪里？这个人应该枪毙，先在军事法庭受审判，然后枪毙，哼！"

老头儿气得两太阳穴的筋都粗了，捏起拳头敲那堆纸张文件，都宾见他发怒，倒有些担心，忙说："我们就要把拿破仑小子赶出去了。威灵顿公爵已经到了比利时，上头随时就会发命令叫我们开拔。"

赛特笠大声喝道："别饶他的命！杀死他，把他的头带回来！枪毙那没胆子的东西！哼！我也去当兵——可是我老了，不中用了，那个混蛋流氓把我毁了。害得我倾家荡产的还有本国的人在里头呢，他们全是流氓、骗子。他们是我一手提拔起来的，现在阔了，坐了自备马车大摇大摆的。"他说着，声音哽咽起来。

都宾瞧着忠厚的老朋友事业失败之后变得这么疯疯傻傻，老背晦似的发脾气乱嚷嚷，心里非常难受。在名利场上，金钱和好名声就是最要紧的货色，列位看重名利的先生们，求你们可怜可怜那倒霉的老头儿吧！

他接着说道："唉！你把暖窝给毒蛇钻，回来它就咬你。你把马给叫化子骑，他马上撞你一个跟头，比不相干的人还急。威廉·都宾，我的儿，你知道我说的是谁。我说的就是勒塞尔广场的混账东西，有了几个臭钱就骄傲得不得了。我刚认识他的时候，他一个钱都没有，全靠我帮忙。但愿天老爷罚他将来还变成本来那样的叫化子，让我瞧着趁趁愿！"

都宾要紧说到本题，便道："关于这些事情，我的朋友乔治曾经讲过一点儿给我听。他因为他父亲跟您不和，心里非常难过。我今天是给他送口信来的。"

老头儿跳起来嚷道:"哦,你是给他当差来了。他还想来安慰我吗?那真难为他!那小鬼就会装模作样。瞧他那神气活现的腔调儿,一股子花花公子的习气,贵族大爷的气派。他还想勒掯我的东西吗? 如果我的儿子像个男子汉,早该把他一枪打死。他跟他父亲一样,是个大混蛋。在我家里,谁也不准提他的名字。他进我大门的那天,不知是什么晦气日子。我宁可瞧着我女儿死在我身边也不给他。"

"他父亲心肠硬,可不能怪乔治。况且您的女儿跟他好,一半是您自己的主意。您有什么权利玩弄两个年轻人的感情,随您自己的意思伤他们的心呢?"

赛特笠老头儿嚷道:"记着! 主张解约的不是他的父亲。是我不许他们结婚。我们家和他们家从此一刀两段。我现在虽然倒了霉,还不至于没出息得要和他们攀亲。你去说给他们一窝的人听,儿子,父亲,姊妹,都叫他们听着! 就说我不准!"

都宾低声答道:"您不应该,也不能够,叫他们两个分开。如果您不允许的话,您的女儿就应该不得到父母同意,自己和乔治结婚。总没有因为您不讲道理,反叫她一辈子苦到老,甚而至于送了性命的理。照我看来,她和乔治的亲事老早定下了,就等于他们订婚的消息在伦敦所有的教堂里都宣布过的一样。奥斯本加了你许多罪名,如今他的儿子偏偏要求娶您的女儿,愿意做你们一家人,这样岂不堵一堵他的嘴呢?"

赛特笠老头儿听了这话,脸色和缓下来,好像很痛快,可是仍旧一口咬定不赞成乔治和爱米丽亚结婚。

都宾微笑道:"那么他们只能不得你的同意就结婚了。"他把隔天讲给赛特笠太太听的故事也说给赛特笠听,告诉他利蓓加和克劳莱上尉怎么私奔的事。老头儿听了觉得有趣,说道:"你们做上尉的都不是好东西。"他把信札文件系好,脸上似乎有了些笑容,红边眼睛的茶房进来见了他的样子着实诧异。自从赛特笠进了这阴惨惨的咖啡馆,还是第一回有这么高兴的脸色。

老先生想到能叫自己的冤家奥斯本吃亏,心里大约很畅快。不久都宾和他说完了话,要告别回去,临走的时候两边都很殷勤。

乔治笑道:"我姐姐和妹妹都说她的金刚钻大得像鸽蛋。那当然把她的脸色衬托得更加漂亮了。她戴上项链准会浑身发光。那一头漆黑的头发乱蓬蓬的就跟三菩的一样。我想她进宫的时候一定还戴上鼻环。如果她把头发盘在头顶上,上面插了鸟毛,那可真成了个蛮子美人了。[①]"

乔治提起的一位小姐,是他父亲和姊妹新近结识的;勒塞尔广场的一家子对她十二分尊敬。乔治这时正在对爱米丽亚嘲笑她的相貌。据说她在西印度群岛有不知多少大农场;她还有许多公债票;东印度公司股东名单上有她的名字,名字旁边还有三个星[②]。此外,她在色雷地方有一所大公馆,在扑脱伦广场也有房子。《晨报》上说起这位西印度的财主小姐,着实逢迎了一顿。她的亲戚哈吉思东太太,死去的哈吉思东上校的妻子,一方面替她管家,出门时又做她的监护。她刚刚受完教育,新从学校里毕业出来。乔治和他姊妹们在德芬郡广场赫尔格老头儿家里赴宴会,就碰到了她。原来赫尔格和白洛克合营的公司和她家在西印度群岛开设的公司一向有交易。两个姑娘对她非常殷勤,她也很随和。奥斯本小姐对她说:"她没有爹娘,有这么多的钱,真有意思。"她们两个从赫尔格家里的跳舞会回家,和她们的女伴乌德小姐谈了半天,说来说去都是关于新朋友的事。她们跟她约好,以后要常常来往,第二天就坐了马车去拜会她。哈吉思东太太,哈吉思东上校的妻子,是平葛勋爵的亲戚,说起话来三句不离平葛的名字。亲爱的姑娘们一片天真,嫌她过于

---

[①] 伦敦从前有个蛮女旅馆,招牌上画着个印第安女人,相传是十七世纪从美洲随英国丈夫到欧洲的朴加洪特思(Pocahontas)。
[②] 表示地位特殊。

骄傲，而且太爱卖弄她家里了不起的亲戚们。可是罗达真是好得不能再好，又直爽，又和气，又讨人喜欢，虽然不够文雅，脾气性格儿是难得的。一眨眼的工夫，女孩儿们已经用小名儿互相称呼了。

奥斯本笑道："爱米，可惜你没看见她进宫穿的礼服。平葛夫人带她进宫以前，她特地走来对我姊妹们卖弄。那个叫哈吉思东的女人亲戚真多，平葛夫人也是她的本家。那女孩子一身金刚钻，亮得仿佛游乐场点满了灯，就像咱们那天去的时候那样。（你记得游乐场吗，爱米？乔斯还对着他的肉儿小心肝唱歌呢，记得吗？）金刚钻配着乌油油的皮色，你想这对照多好看。羊毛似的头发上还插着白鸟毛。她的耳坠子真像两座七星烛台，你简直能够把它们点灯似的都点上。她的衣服后面拖着一幅黄软缎的后裙，活像扫帚星的尾巴。"

那天早晨他们一块儿说话，乔治不停地谈着黑皮肤的模范美人，他的谈锋，真可说天下无双。爱米问道："她多大年纪了？"

"黑公主虽然今年刚毕业，看来总有二十二三岁了吧。她的一笔字才好看呢。往常总是哈吉思东太太代她写信,不知怎么她一时和我妹妹亲热起来,亲笔写了一封信来,'缎子'写成了'团子','圣·詹姆士'写成了'生申母士'。"

爱米想起平克顿女学校那好脾气的半黑种,爱米离校的时候她哭得什么似的,就说:"哎哟,别是寄宿在校长家里的施瓦滋小姐吧?"

乔治答道:"正是这名字。她爸爸是个德国犹太人,据说专管买卖黑奴,跟生番岛有些关系。他去年刚死,女儿是平克顿女校毕业的。她会弹两支曲子,会唱三支歌,有哈吉思东太太在旁边点拨,她也会写字。吉恩和玛丽亚已经把她当作自己的姊妹一样了。"

爱米若有所思地说道:"我真希望她们喜欢我。她们老是对我冷冰冰的。"

乔治答道:"好孩子,如果你有二十万镑,不怕她们不爱你。她们从小就是受的这种教育。在我们的圈子里,统统都是现钱交易。来往的人不是银行家就是市中心的阔佬。这些人真讨厌,一边和你说话,一边把口袋里的大洋钱摇得叮叮当当地响。像玛丽亚的未来丈夫弗莱德·白洛克那个蠢东西,东印度公司的董事高尔德莫,还有蜡烛业的笛泼莱,——提起来,他的行业也就是我们家的行业,"乔治说到这里很不好意思,红了脸一笑,"这些死要钱的大俗人真可恶。他们请客总是给客人吃一大堆东西,吃得我当场睡觉。每逢我爹开那些无聊的大宴会,我就觉得不好意思。爱米,我向来只和上等人来往,朋友们都是上流社会里见过世面的人,不是那种吃甲鱼肉的买卖经纪人。小宝贝儿,我们来往的人里头只有你,谈吐、举止、心地都像个上流女人,因为你是天使一般的人,生来比人强。别跟我辩,你的确是这些人里面独一无二的上等小姐。你看,和克劳莱小姐来往的哪一个不是欧洲最高尚的人物,她尚且取中了你。禁卫军的克劳莱那家伙不错,喝!他娶了自己看中的女孩儿,这件事就做得对。"

爱米丽亚也觉得他做得对，很佩服他，她相信利蓓加嫁了他一定很满意，希望（她说到这里笑起来）乔斯别太伤心。她和乔治两个谈谈说说，又像从前一样了。爱米丽亚恢复了自信心，虽然她口头上撒娇，假装妒忌施瓦滋小姐，说是只怕乔治一心想着有钱小姐的财产和圣·葛脱的大庄地，就把她忘了，可不要急死人吗？——你看，她还装腔呢。说老实话，她心里快活，根本不觉得着急担心。乔治既然在她身边，别说有钱小姐和美人儿不用怕，更大的危险也不在她心上。

都宾上尉自然是同情他们的，他下午回来拜望他们，看见爱米丽亚又恢复了年轻女孩儿的样子，心里非常高兴。她吱吱喳喳地说着笑着，弹琴唱了好些大家听熟的歌儿。直到门外铃响，才停下来。大家知道赛特笠先生从市中心回来了，乔治在他进门之前，得到暗号，预先溜了出去。

赛特笠小姐只在都宾刚到的时候对他笑了一笑，以后一直没有理会他。说实话，连那一笑也不是真心的，因为她觉得他不该撞到她家去讨厌。好在都宾只要看见她快乐就心满意足，何况她的快乐是由他而来，心上更觉得安慰。

## 第二十一章　财主小姐引起的争吵

一个女孩子有了施瓦滋小姐一般的能耐，谁能够不爱呢？奥斯本老先生心里有个贪高好胜的梦想，全得靠她才能实现。他拿出十二分的热忱，和颜悦色地鼓励女儿们和年轻女财主交朋友。他说做父亲的看见女儿交了那么合适的朋友，真从心里喜欢出来。

他对罗达小姐说："亲爱的小姐，你一向看惯伦敦西城贵族人家的势派，他们排场大，品级高，我们住在勒塞尔广场的人家寒薄得很，不能跟他们比。我的两个女儿是粗人，不过不贪小便宜，心倒是好的。她们对你的交情很深，这是她们的光彩——嗳，她们的光彩。我自己呢，也是个直心直肠子、本本分分的买卖人。我人是老实的，令尊生前商业上的朋友，赫尔格和白洛克，也是我的朋友，我一向很尊敬他们；对于我的为人，这两位可以保证的。我们家里全是实心眼儿，倒也能够相亲相爱，和气过日子，算得上有体统的人家。你来看看就知道了。我们都是粗人，吃的也是粗茶淡饭，不过倒是真心地欢迎你来，亲爱的罗达小姐，——请让我叫你罗达，因为我满心里真喜欢你，真的！我是直爽人，老实告诉你，我喜欢你。拿杯香槟来！赫格斯，给施瓦滋小姐斟杯香槟。"

不消说，奥斯本老头儿觉得自己说的都不是假话；姑娘们也是真心地和施瓦滋小姐做朋友，讲交情。名利场上的人，一见阔佬，自然而然地会粘附上去。最老实的人，尚且羡慕人家兴旺发达（我不信有什么英国人见了金银财宝会不敬不爱，拿你来说，如果知道坐在你旁边的客人有五十万镑财产，难道对他不另眼看待吗？）——最老实的人尚且如此，世路上的俗物更不用说了。他们一见了钱，多喜欢呀，老早没命地冲上去欢迎它了。在他们看来，有钱的人意味无穷，自然而然地令人敬爱。我认识好些体面的人物，从来不让自己对于能力不强、地位不高的人讲什么交情，要到适当的情形之下，才许自己的感情奔放发泄。譬如说，奥斯本家里大多数的人，费了十五年功夫还不能真心看重爱米丽亚·赛特笠，可是见了施瓦滋小姐，却只消一个黄昏就喜欢得无可无不可，就是相信"一见倾心"这论调的浪漫人物，也不能再奢望。

两位姑娘和乌德小姐都说，乔治娶了她多好呢，比那个毫无意味的爱米丽亚强得多了。像他这样的时髦公子，模样儿漂亮，又有地位，又有本事，刚配得上她。姑娘们满心只想着在扑脱伦广场跳舞，进宫觐见，结识许多豪贵，因此见了亲爱的新朋友没休没歇地谈论乔治跟他认识的一班阔人。

奥斯本老头儿也想叫儿子高攀这门亲事。乔治应该离开军队去做国会议员，不但在上流社会里出风头，在政治舞台上也有地位。老头儿是老实的英国人本色，一想到儿子光耀门楣，成了贵人，以后一脉相传，世代都是光荣的从男爵，自己便是老祖宗，不禁得意得浑身暖融融的。他在市中心和证券交易所用心探访，施瓦滋小姐有多少财产，银钱怎么投资，庄地在什么地方，他都打听得清清楚楚。弗莱德·白洛克替他打听消息，着实出了一把力。这年轻的银行家自己招认，本来也有意为施瓦滋小姐和其余的人抢生意，可惜他已经定给了玛丽亚·奥斯本，只得罢了。弗莱德不图私利，说是既然不能娶她做老婆，把她弄来做个近亲也好。他的劝告是："叫乔治赶紧把她弄到手。打铁趁热，现在她刚到伦敦，正是好时候。再过几个星期，说不定西城来了一个收不着租的穷贵族，咱们这种买卖人就给挤出去了。去年弗滋卢飞士的勋爵不就是这样吗？克鲁格兰姆小姐本来已经和扑特和白朗合营公司的扑特订了婚，结果还是给他抢去。所以说越快越好，奥斯本先生，俺就是这句话！"口角俏皮的白洛克说。奥斯本先生离开了银行的客厅，白洛克先生居然想到爱米丽亚，他想起她相貌多么好看，对乔治·奥斯本多么有情义，忍不住替晦气的女孩子可惜，——他这一可惜，至少费了他十秒钟宝贵的时间。

乔治·奥斯本的好朋友兼护身神都宾，还有他自己的天良，都督促着他，因此他在外游荡了一些时候，又回到爱米丽亚身边来了。乔治的父亲和姊妹忙着替他说合这门了不起的亲事，做梦也没有想到他会反抗。

奥斯本老头儿如果给人家一点他所谓的"暗示"，连最糊涂的人也不会看不出他的意思。譬如说他把听差一脚踢下楼梯，还说是给听差一点儿"暗示"，让他知道此地不用他了。他像平常一样，用又直爽又婉转的口气对哈吉思东太太说，倘若她监护的女孩儿和他自己的儿子婚姻成功，过门的一天就送哈吉思东太太五千镑一张支票。他管这话也叫"暗示"，自以为外交手腕非常巧妙。最后他又暗示乔治，叫他马上把财主小姐娶回家，口气里好像在叫管酒的开酒瓶，或是叫书记写信。

乔治得了这专制的暗示，心里非常不安。他现在重新追求爱米丽亚，正在兴头上，甜醇醇地滋味无穷。把爱米的举止相貌和那女财主的一比，越觉得要他娶这么一个太太实在太荒谬太气人了。他想，我坐了马车出去，或是在包厢里听歌剧，旁边坐了这么个乌油油的黑美人像什么样子！除了这条理由之外，小奥斯本和他爸爸一样固执，看中了什么东西，非到手不可；生了气，跟他父亲最严厉的时候一样蛮横霸道。

当他父亲第一次正式给他暗示，命令他拜倒在施瓦滋小姐裙下的时候，乔治支吾着想把老头儿应付过去。他说："你老人家为什么不早说呢？现在不行了，我们随时就能接到命令开到外国打仗。等我回家以后再说吧，——如果我能回得来，到那时再谈不迟。"他接着对父亲申说，部队随时就要离开英国，做这事实在不合时宜，剩下的几星期，说不定只有几天，要办办正经事，哪能谈情说爱呢。他打仗回来，升了少佐，再谈这事还不迟。他志得意满地说道："我答应你总有一天，公报上要有乔治·奥斯本的名字。"

他父亲的回答是根据市中心的情报而来的。他说如果事情拖延下去，女财主一定会给西城的家伙们抢去。如果乔治眼前不能和施瓦滋小姐结婚，至少应该正式订婚，签一张订婚证书，等他回英国以后再行婚礼。再说在家里可以坐享一万镑一年的进款，何必上外国拼性命？只有傻瓜才要去。

乔治插嘴道："你愿意人家骂我贪生怕死吗？难道为了施瓦滋小姐的钱就不顾咱们家的体面啦？"

这句话把老先生怔住了。不过他是打定了主意的，而且总得说些什么回答儿子，便道："明天晚上你回家吃饭。凡是施瓦滋小姐到我们家来的日子，你就来陪着她。你要钱的话，去向巧伯拿。"这样一来，乔治娶爱米丽亚的打算又遭到阻碍。为这事他和都宾密谈了好几次。关于这件事情都宾撺掇他朋友走什么路，我们已经知道了。至于奥斯本呢，只要打定主意，碰了一两个钉子反而更加坚决。

奥斯本家里的主脑人物忙着串设计谋，黑姑娘虽是里面的主角，却蒙在鼓里什么都不知道。真奇怪，她的监护，又是她的朋友，什么也不告诉她。在前面已经说过，她是个热肠子的急性人儿，把两个奥斯本小姐的一派甜言蜜语当作真心，马上和她们好得热辣辣的割舍不开。说句老实话，我看她到勒塞尔广场来走动，心里也有些自私的打算。原来她觉得乔治·奥斯本这小后生很不错。她在赫尔格爷儿俩开跳舞会的时候就很赞赏乔治的连鬓胡子；我们都知道看中他胡子的女人很不少。乔治的风度，骄傲里带几分沉郁，懒散中带几分躁烈，好像他心里蕴藏着热情和秘密，好像不可告人的痛苦磨折着他的心；他这样的人，看上去专会遭到意外的奇遇。他的声音深沉洪亮。哪怕他只不过请舞伴吃杯冰淇淋，或是夸赞晚上天气很暖和，音调也那么忧伤，那么亲密，倒像在对她报告她母亲的死讯，或者准备向她求爱。他父亲圈子里的时髦公子统统给他比下去了。在这些三等货里面，就数他是个英雄。有几个人笑他恨他，也有些人像都宾一样发狂地佩服他。如今他的胡子又起了作用，把施瓦滋小姐的心缠住了。

忠厚老实的女孩儿只要听说他在家里，就来不及地赶到勒塞尔广场来拜访那两位亲爱的奥斯本小姐。她费了好些钱买新衣服、手镯、帽子和硕大无朋的鸟毛。她用全副精神把自己打扮整齐了去讨好那制服她的人儿，卖弄出全身的本领（并不多）求他欢喜。姑娘们总是一本正经地请她弄音乐，她就把那三个歌儿二支曲子弹了又弹，唱了又唱。只要人家开口请一声，她是无不从命的，而且自己越听越得意。她这里弹唱这些好听的歌儿给大家解闷，乌德小姐和她那女伴就坐在那边数着贵族缙绅的名字，谈论这些大人物的事情。

乔治得到父亲暗示的第二天,离吃晚饭只有一点钟了,他在客厅里,懒洋洋地靠在软椅里歇着,一股忧忧郁郁的神气,那姿态又自然又好看。他听了父亲的话,到市中心去见过了巧伯先生——老头儿虽然供给他儿子不少零用,可是不肯给他规定的月费,只在自己高兴头上赏钱给他。后来他又上福兰和亲爱的爱米丽亚混掉三个钟头。回家的时候,就见姐姐和妹妹都穿上浆得笔挺的大纱裙子坐在客厅里,两位老太太在一边咭咭呱呱地说话,老实的施瓦滋小姐穿了她心爱的蜜黄软缎衣服,戴了璁玉镯子,还有数不清的戒指、花朵、鸟毛,滴里搭拉的小东西挂了一身,真是文雅漂亮,活像扫烟囱的女孩子穿戴了准备过五月节。

女孩儿们花了好多心思不能引他开口,便讲些衣服的款式呀,最近在人家客厅里看见的形形色色呀,听得他心烦欲死。她们的一举一动和爱米的比起来,真是大不相同。她们的声音尖得刺人,哪里有爱米的清脆宛转。她们穿上浆得硬邦邦的衣服,露出胳膊肘,种种姿态没一样及得上爱米谦和稳重的举止,典雅端庄的风采。可怜的施瓦滋正坐在爱米从前常坐的位子上,两只手戴满了戒指,摊在怀里,平放在蜜黄软缎的袍子上,耳环子和一身挂挂拉拉的小装饰品闪闪发光,大眼睛骨碌碌地转。她不做什么,只是志得意满地坐着,觉得自己真正妩媚。姊妹俩都说一辈子没见过比这蜜黄软缎更漂亮的料子。

乔治后来对他的好朋友说道:"她活像个瓷人儿,咧着嘴,摇着头,似乎除此以外就没什么可干的了。唉,威廉,我差点儿没把椅垫子冲着她扔过去。"当时他总算忍住了没有发脾气。

姊妹俩在琴上弹起《布拉格之战》。乔治在软椅上发怒叫道:"不许弹那混账歌儿!我听着都要发疯了。施瓦滋小姐,你弹点儿什么给我们听听,或是唱个什么歌,随便什么都行,只要不是《布拉格之战》。"

施瓦滋小姐问道:"我唱《蓝眼睛的玛丽》呢,还是唱歌谱柜子里的那支?"

姊妹俩答道:"歌谱柜子里的那支吧,好听极了。"

软椅上的少爷左也不是右也不是,答道:"那歌儿已经唱过了。"

施瓦滋的声音很谦逊,答道:"我会唱《塔古斯河》,只要你给我歌词。"这位好小姐唱歌的本事显了底了。玛丽亚小姐叫道:"哦,《塔古斯河》。我们有这歌儿。"说着,忙去把唱歌本拿来,里面就有这支歌。

事有凑巧,这支歌当时十分风行,那唱歌本儿是奥斯本小姐们的一个年轻小朋友送的,在歌名底下还签了那个人的名字。歌唱完之后,乔治拍手喝彩,因为他记得爱米丽亚最喜欢这支歌。施瓦滋小姐希望他请自己再唱一遍,只管翻着琴谱,忽然她看见标题底下犄角上写着"爱米丽亚·赛特笠"几个字。

施瓦滋急忙从琴凳上转身过来叫道:"天哪!这是不是我的爱米丽亚?就是从前在海默斯密士平克顿女学校里读书的爱米丽亚?我知道一定就是她。她怎么样了?她在哪儿?"

玛丽亚·奥斯本小姐急忙插嘴道:"别提她了。她家里真丢脸。她爹骗了爸爸,所以她的名字我们这儿向来不提的。"乔治刚才为《布拉格之战》那么无礼,玛丽亚小姐趁此报报仇。

乔治跳起来道:"你是爱米丽亚的朋友吗?既然这样,求天保佑你,施瓦滋小姐。别信我姐姐和妹妹说的话。她本人没有什么错。她是最好——"

吉恩叫道:"乔治,你明明知道不该说这些话。爸爸不许咱们提她。"

乔治嚷道:"谁能够不许我说话?我偏要提她。我说她是全英国最好、最忠厚、最温柔、最可爱的女孩儿。不管她破产不破产,我的姊妹给她做丫头还不配呢!施瓦滋小姐,你如果喜欢她,就去看看她吧,她现在可真需要朋友。我再说一遍,求上帝保佑所有照顾她的人!谁要是夸她,我就认他做朋友,谁要是骂她,我就认他做对头。谢谢你,施瓦滋小姐。"他说着,特意走过去跟她拉手。两姊妹里头有一个向他哀求道:"乔治!乔治!"

乔治发狠道:"我偏要说,我感谢所有喜欢爱米丽亚·赛特——"说到这里,他忽然住了口,原来奥斯本老头儿已经走进屋子,脸上气得发青,两只眼睛就像红炭一般。

乔治虽然没把话说完,可是他的性子已经给撩拨上来,就是把奥斯本家里所有的祖宗都请出来,也吓不倒他。他见父亲样子凶狠,立刻振起精神,回敬了一眼。那眼色又坚定,又胆大,看得老头儿的气焰低了一截,只好把眼望着别处,觉得儿子已经快管不住了。他说:"哈吉思东太太,让我扶你到饭厅去。乔治,扶着施瓦滋小姐。"他们一起走下去。乔治对他旁边的同伴说道:"施瓦滋小姐,我爱爱米丽亚,我们从小就订婚的。"吃饭的时候,他滔滔不绝地说话,连他自己听着也觉得诧异。他的父亲知道女眷们一离开饭厅,爷儿俩少不了要有一场吵闹,见他这样,越发觉得慌张。

父子两个的差别就在这儿:父亲虽则蛮横霸道,儿子的胆子还比他大两倍,不但能攻,而且能守。乔治看见和父亲一决胜负的时机就在手边,一些儿不着急,在开火以前照常吃他的晚饭。奥斯本老头儿比他差着一截,慌得心里七上八下。他喝了许多酒,和左右手的女客谈话老是出岔子。他看见乔治那么镇定,更加添了一层怒气。饭后,乔治抖一抖饭巾,大摇大摆地替小姐们开了门,躬着身子送她们出去,那不慌不忙的态度差点儿没把老头儿气得发疯。乔治斟了一杯酒,咂着嘴尝了一尝,瞪起眼睛看着父亲的脸,好像说:"弟兄们,先开火吧!"老头儿也喝了些酒给自己助势,可惜斟酒的时候止不住把酒壶酒杯碰得叮叮当当地响。

他深深地倒抽了一口气,紫涨着脸发话道:"你竟敢在我客厅里当着施瓦滋小姐提那个人的名字!哼,你好大胆子!"

乔治答道:"你老人家别说了。别提敢不敢的话。对英国军队里的上尉说话,别用这种字眼。"

老的说道:"我跟我儿子说话,爱怎么说就怎么说。我一个钱不给也由我,叫儿子穷得讨饭也由我,我爱怎么说,谁管得了?"

乔治骄傲地答道:"我虽然是你儿子,别忘了我也是个有身份的上等人。你要跟我说话,对我发号施令,也请用我听惯了的字眼和口气才好呢。"

每逢儿子摆出架子,父亲便又气又怕。原来奥斯本老头儿暗暗地敬畏儿子,佩服他是有身份的上等人,比自己强。读者想必也有过经验,知道在咱们的名利场上,卑鄙小人最信不过的便是有身份的上等人。

"我爹没有给我受好教育,没有给我各式各样好机会,没有给我这么多钱，我哪能跟你比？如果我像有些人一样，能够仗着老子挣下的家当结交大人物，我的儿子还敢对我支架子，充阔佬，嘴里吹牛吗？"（奥斯本老头儿用最尖酸的口气说这些话。）"在我们那时候，有身份的人可也不许当面糟蹋自己的父亲。如果我敢放肆，早给我爹一脚踢下楼去了。"

"我并没敢糟蹋你呀。我不过求你别忘了儿子跟你一般，也是个上等人。我知道你给我好多钱，"乔治一面说，一面摸着早起从巧伯先生那儿拿来的一卷钞票，"你三句不离地提着我，我还能忘了不成？"

父亲答道："还有别的事情也得记着才好啊。如果您上尉肯光临寒舍的话，请你别忘了，在我屋里，凡事得听我安排。至于那个名字，那个那个——那个你——我说——"乔治又斟了一杯红酒，微微地嗤笑着说道："那个什么？"他父亲大喝一声，狠狠地咒骂道："不准说赛特笠这名字！这家子全是混账王八蛋，他们里头随便哪个的名字都不准提！"

"我并没有提起赛特笠小姐。是姐姐跟妹妹两个先在施瓦滋小姐面前说她的坏话，那可不行！随便到哪儿，我都要帮她说话的。谁敢在我面前糟蹋她？咱们家里已经把她害苦了，现在她倒了霉，还要这么作践她吗？除了你老人家以外，谁敢哼一个字儿骂她，我就开枪打他。"

老头儿努眼撑睛地说道："你说！你说！"

"说什么？说咱们怎么亏待了天使一样的女孩子吗？谁叫我爱她的？就是你老人家呀！我本来不一定要娶她，说不定还能够跳出你的圈子，往高处飞呢，还不是依你的主意才跟她订婚的？现在她把心给了我，你又叫我扔掉它。人家的错处，也怪她，把她往死路上逼！"乔治越说越气，越说越激烈，"唉，老天哪！使这么反复无常的手段对待小女孩儿，可不羞死人吗？再说她又是天使一般的人，比她周围的人不知高出多少。要不是她做人可疼，性格温柔，人家还要妒忌她呢。她这么一个好人，竟还有人会恨她，也真是稀罕事儿。就算我丢了她，你以为她会把我扔在脑勺子后头吗？"

老头儿嚷道："这样肉麻的话，全是胡说八道，假惺惺，少跟我来说。我家里的人，可不准跟叫化子结婚。你现在只要一开口就能得八千镑一年的进款，你要扔掉这么好的机会也由你，不过请你卷铺盖离了我这儿就是了。干脆一句话，你到底听我的话还是不听我的话？"

乔治扯起衬衫领子，说道："要我娶那杂种黑丫头吗？我不喜欢她的皮色。你叫弗利德市场对面那扫街的黑人娶她去吧，我可不要这么个黑漆漆的蛮子美人儿做老婆。"

奥斯本先生气得脸上发青发黑，狠命地扯着铃带子把管酒的叫上来（往常他要管酒的伺候他喝酒，总拉这铃子），吩咐他出去雇辆街车打发奥斯本上尉出门。

一个钟头之后，乔治脸色发白，走进斯洛德咖啡馆说道："那事情解决了。"

都宾问道："什么事情解决了，孩子？"

乔治把他和父亲的吵闹讲了一遍。他咒骂着说道："我明天就跟她结婚。都宾，我一天比一天爱她了。"

# 第二十二章　婚礼和一部分的蜜月

　　最顽强最勇敢的敌人，没有饭吃也不能支持下去，因此奥斯本老头儿在上面所说的战役中和对手交过锋之后，倒没有什么不放心。他相信乔治断了接济，准会无条件投降。不巧的是第一次交手的那一天儿子刚刚到手一批粮草。奥斯本老头儿肚里思忖道，好在这不过是暂时的救济，他最多晚几天来投降罢了。后来几天里面，爷儿两个不通消息，老头儿看见儿子那边没有动静，虽然不高兴，还不觉得着急。他说他摸得着乔治的痛处，稳稳地把他捏在手里，只等后果。他把争吵的经过告诉给女儿们听，叫她们不必多管，乔治回家的时候，照常欢迎他，只做不知道么一回事。饭桌上照例天天摆着乔

## 第二十二章　婚礼和一部分的蜜月

治的刀叉杯盘，老头儿大概等得有些心焦，可是乔治总不回来。有人到斯洛德老店去探听过他的信息，那边只说他和他朋友都宾两人都不在伦敦。

四月底有一天，天气阴湿，风又大，雨水啪啪地打在年深日久的街上。当年斯洛德咖啡馆的老店就在这儿。乔治走进了咖啡馆，脸色苍白憔悴，穿戴得倒很漂亮，外面是蓝呢外套，钉着铜扣子，里面是整齐的暗黄色背心，全是当年最时髦的款式。他的朋友都宾上尉也是蓝外套铜扣子；这瘦高个儿往常总穿军衣和灰呢裤子，那天却换了装。

都宾已经在咖啡馆里等了一点钟（或许还不止一点钟）。他翻开所有的报纸，可是什么都看不进去。他不时地看钟，看了有几十回。他瞧瞧街上，雨还是密密地下着，路上的行人穿了木屐得得地走过去，长长的影子落在发亮的石板路上。他用手指敲打桌子；他咬着指甲，差点儿咬到指甲心（他常常这样修饰他的大手）；他很巧妙地把茶匙搁在牛奶壶上面，两边打平，一会儿又把它推下来。总而言之，他坐立不安，勉强找消遣，显见得他心绪不宁，急煎煎地等待着什么。

咖啡馆里有几个是他的同伴，见他衣着光鲜，兴奋得那样子，都来取笑他。其中一个是工程队的华格恩大夫少佐，问他是不是要结婚了？都宾笑起来道，若是他结婚，准会送他朋友一块喜糕。后来奥斯本上尉来了，上面已经说过，他打扮得很整齐。可是脸色苍白，样子也很激动。他拿出一块香喷喷的黄色印花大丝手帕，抹抹苍白的脸，和都宾握了握手，又看看钟，叫茶房约翰拿苦橘皮酒来，慌慌张张地喝了两杯。他朋友很关心地问他身体怎样。

他说："都宾，我一夜没睡，到天亮才打了个盹儿，这会儿头痛得要死，还有些发烧呢。我九点起身，到赫孟恩澡堂洗了个澡。都宾，我心里边儿，真像从前在奎倍克骑着火箭参加赛马的那天早上一样了。"

威廉答道："我也是的。那天早上我比你紧张得多了。我记得你还好好儿吃了一顿早饭呢。现在也吃点儿东西吧?"

"威廉,你是个好人,好小子,让我喝一杯祝你康健,再会了——"

都宾打断他说道:"不,不,喝了两杯够了。约翰,这儿来,把酒拿去。鸡肉上要不要洒点儿加瀛胡椒?你得赶快了,咱们该去了。"

两个上尉见面说话的一忽儿,离十二点只有半点钟。马车已经在外面等了好些时候,奥斯本上尉的跟班也早已把他的小书台和皮箱塞在车子里面。他们两个人打了伞,匆匆忙忙走进车子,落后的跟班爬上去坐在水汽蒸蒸的车夫旁边,嘴里不断嘟囔,一面埋怨天气,一面埋怨身旁的车夫那么湿漉漉的。他说:"总算还好,教堂门口的马车要比这辆好些。"马车顺着毕加迪莱一路下去——当年那一带还点油灯,亚浦思莱大厦和圣·乔治医院也仍旧是红砖砌的,亚基利斯①的像还没有塑,碧姆立柯拱门也没有造,近边也没有那丑怪难看的骑士像,马车一路下去,直到白朗浦顿,在福兰路附近的一个教堂前面停下来。

教堂门口停着一辆四匹马拉的大马车,另外还有一辆车,当时叫作玻璃马车。那雨下得阴凄凄的,只有几个闲人聚着看热闹。

乔治道:"唉!我说过只要两匹。"

乔瑟夫·赛特笠先生的用人在旁边伺候着,答道:"我们大爷一定要四匹。"说着,他和奥斯本先生的用人跟在乔治和威廉后面进了教堂,两人都觉得"这事办得太不像样,也不请吃早饭,也没有喜花彩球"。

咱们的老朋友乔斯·赛特笠迎上来道:"你们来了。乔治,我的孩子,你来晚了五分钟了。瞧这个天——在孟加拉,雨季开始的时候就是这个样子。你放心,我的马车可是不漏水的。来吧,我母亲跟爱米在教堂的小屋里等着呢。"

乔斯·赛特笠十分好看。他越长越胖,衬衫领子比以前更高,皮色

---

① 见第208页注②。

比以前更红，漂亮的衬衫皱边成堆地堆在五颜六色的背心口上。他的两条腿生得很有样子，脚上穿着有流苏的长统靴。当年还没有漆皮鞋，不过他的那双靴子也够亮了。从前有一幅画儿，画着一个男人把发亮的靴子当作镜子，照着刮胡子，大概用的就是乔斯脚上的一双吧？他的淡绿外套上面挂着一大朵缎带做的喜花，像一朵开足的大白玉兰花。

总而言之，乔治不顾一切，准备结婚了。怪不得他脸色苍白，神情惝恍，晚上睡不着，早晨又那么激动。好些结过婚的人都对我说，当时心里的确是那样的感觉。结过三四回婚的人，当然司空见惯，可是人人都说第一次结婚真是可怕。

新娘穿一件棕色绸子长袍，戴一顶草帽，底下用粉红的缎带系住，帽子上兜了一块香滴叶地方出产的细白镂空面纱，是她哥哥乔瑟夫·赛特笠送给她的礼物。这些话全是都宾上尉后来告诉我的。都宾上尉自己也求得她准许，送给她一只金表和一根金链子，那天她也戴上了。她母亲从自己剩下的一两样首饰里拿出一只金刚钻别针给了她。仪式进行的时候，老太太坐在一个专座里呜呜咽咽地哭，那爱尔兰女用人和同住的克拉浦太太在旁边安慰她。赛特笠老头儿不肯来。乔斯便做他的代表，领着新娘走上祭坛。都宾就做了乔治的傧相。

教堂里只有牧师，执事人，男女两家寥寥几个亲友，和他们的用人而已。两个男用人目无下尘地坐在一边。雨下得很大，啪啪地打着窗户。仪式一停下来，便听得外面哗啦啦的下雨和赛特笠老太太的呜咽。牧师的声音在空荡荡的教堂里激起凄惨的回声。奥斯本用低沉的声音说：“我愿意。”爱米给牧师的回答是从心底里发出来的，只是轻得除了都宾之外谁也没听见。

仪式结束之后，乔斯上前吻了新娘，几个月来，这是他第一次吻他的妹妹。乔治不再愁眉苦脸了，他满面喜欢得意，很和蔼地搭着都宾的肩膀道：“威廉，轮到你了。”都宾走过去，在爱米丽亚的脸上轻轻地吻了一下。

然后他们到教堂的事务所里登记签字。乔治拉着朋友的手说："都宾，求天保佑你！"他的眼睛里亮晶晶的，很像包着眼泪。都宾感动得说不出话来，点点头就算回答。

乔治说："马上写信，早点来！"赛特笠太太眼泪鼻涕地和女儿说了再会，一对新夫妇就准备上车。乔治对教堂门口几个湿漉漉的小孩嚷道："走开走开，小鬼！"新郎新娘上车的时候，雨水直刮到他们脸上；车夫们的缎花儿泥污水湿地挂在水淋淋的短外套上。那几个孩子有气无力地欢呼了一声，马车溅着泥水动身了。

威廉·都宾站在教堂的廊下目送他们走远去。他的样子很古怪，引得旁边的几个闲人都嗤笑他，可是他不理会他们，也不理会他们的讥笑。

背后一个声音叫着那老实的家伙说道："都宾，跟我回去吃中饭吧。"接着一只胖手拍着他的肩膀，把他从迷梦中唤醒过来。他没有心绪陪乔斯·赛特笠去大吃大喝，把那哭哭啼啼的老太太扶到马车里挨着乔斯坐好，一声不响地走了。这辆车子也便动身回家，孩子们带着挖苦的声音又欢呼了一声。

"这儿来，小鬼头儿！"都宾说着，拿出好些六便士的小银元分给他们，自己冒着雨独自回去。什么都完了。谢天谢地，总算让他们两个快快活活结了婚。自从他成人以后，还没有尝过这么冷冷清清凄凄惨惨的滋味。他心里说不出地难过，只希望起初几天赶快过去，以后就能再看见她。

在布拉依顿的游客，一面可以望见蓝色的海，另一面又可以望见一带有弧形窗子的建筑。约莫在婚礼举行过后十天，咱们认识的三个小伙子便在当地欣赏美丽的景色。大海漾着无数的酒窝微微浅笑，水上点点白帆,洗海澡用的浮篷密密麻麻地攒聚在它蓝色的裙边上,把伦敦客人看得心醉神往。倘若你不喜欢自然风景,只愿意观察人性,就可以转向弧形窗子,把那满屋男女老少的动静看个仔细。从一个窗口发出琴声,一个满头鬈发的小姑娘一天要在琴上练习六小时,同住的人听得真高兴。在另一个窗口,漂亮的奶妈宝莱抱了奥姆尼阿姆宝宝一高一低地颠着。底下一层,宝宝的爸爸贾克白正在临窗吃龙虾,一面聚精会神地看《泰晤士报》,好像把上面的消息当早饭那么吞下去。再过去,李瑞小姐们正在等待重炮队里的军官,知道他们准会到峭壁上来散步。你还可以看见伦敦来的买卖人,特别醉心航海,拿着一架足足有六磅重的望远镜,向海面张望,随便什么游艇、捕青鱼的渔船、洗海澡用的浮篷,出去进来,都逃不过他的眼睛。布拉依顿很像意大利的那波里,不过地方干净,游手好闲的家伙换了上等人。布拉依顿总是那么忙碌繁华,五光十色的,活像小丑穿的花衣服。在故事发生的时候,从伦敦到那儿路上要走七小时,现在却只要三小时半就够了。将来行路的时间还不知要缩短多少呢,只怕碰得不巧,热安维尔①用大炮把它轰得七零八落,那就糟了——休要絮烦,我们现在没有时候描写布拉依顿。

正在散步的三个人里面有一个人对另外一个说道:"衣装铺楼上那家的女孩子长得了不得地漂亮。喝,克劳莱,你看见没有,我走过来的时候她在对我挤眼儿。"

那人答道:"乔斯,你这坏东西,别叫她伤心。不许轻薄她,你这唐璜!"

乔斯·赛特笠得意极了,很风流地对那女用人溜了一眼,嘴里却说:"你别胡说!"在布拉依顿,乔斯打扮得比他妹妹结婚的时候更加漂

---

① 热安维尔(Joinville, 1818—1900)是海军将官,法王路易·腓利浦第三子,在1840年将拿破仑遗骨运回巴黎。

亮。他穿了好几件五颜六色的衬背心。倘若是普通的花花公子，只要问他随便分一件就够出风头的了。他外面穿着一件双襟军装外套，上面钉着长方扣子、黑扣子、结子，左盘右旋地绣着花，故意卖弄得人人都看见。近来他一举一动都跟军官们学，喜欢装出雄赳赳的武夫腔调来。他的两个同伴都是军队里的，他也就大摇大摆地跟他们走在一起，把靴上的马刺碰得叮当叮当地响，碰见看得上眼的女用人，就色眯眯地把眼珠子东溜西溜。

这花花公子问道："弟兄们，两位太太回来之前咱们干什么呢？"原来太太们坐着他的车子到洛丁堤兜风去了。

高个儿染胡子的军官答道："去打弹子吧。"

乔斯有些着急，忙道："不，不，上尉，我不打。克劳莱，好小子，昨天打够了，今天不来了。"

克劳莱笑道："你打得很好哇。是不是，奥斯本？那五下打得真不错，你说怎么样？"

奥斯本答道："真了不起。乔斯是个机灵鬼，不但弹子打得好，做别的事也够利害的。可惜这儿没有老虎，要不然的话，吃饭以前咱们还可以打几个老虎呢。（好个女孩子，乔斯，你看她的脚踝长得多好！）乔斯，把你怎么打老虎，怎么把它杀死在树林里的事情再说来听听。克劳莱，这故事妙得很。"乔治·奥斯本说到这里打了个呵欠道："这儿闷得很，做什么好呢？"

克劳莱道："施那弗勒马房刚在路易士市场买来几匹马，咱们不如去看看马吧。"

风流的乔斯道："我看还是到德顿茶室吃糖酱去，德顿那儿的女招待真不错。"他觉得这是一举两得的事。

乔治说："我看还是去接闪电号邮车，它也该来了。"大家听了这话，把马房和糖酱扔在一边，转身向车行去等闪电号。

他们走到半路，碰见乔斯的马车回来了。这车子十分华丽，上面是敞顶的，车身上漆着辉煌的纹章①。乔斯在契尔顿纳姆的时候，时常盘着双手，歪戴了帽子，独自一个人威风凛凛地坐在车子里赶东赶西。有的时候，身边还坐着女人，那他就更得意。

马车里坐着两个人。一个身材瘦小，淡黄头发，穿戴得头等地时髦。还有一个穿一件棕色绸衫子，戴一顶有粉红缎带的草帽，红粉粉笑眯眯的圆脸蛋，叫人看着心里舒服。马车夫走近三位先生的时候，她叫车夫把车子停下来，可是发了命令之后，又有些心慌，把脸涨得通红，那样子很滑稽。她说："我们玩得很有意思，乔治。呃——我们又回来了，多好！呃——乔瑟夫，叫他早点儿回家。"

"赛特笠先生，别把我们的丈夫教坏了。你，你这坏透了的坏蛋！"利蓓加手上戴了最漂亮的法国货羊皮手套，一面说话，一面把美丽的小手指指着乔斯——"不准打弹子，不准抽烟，不准淘气！"

"亲爱的克劳莱太太，啊，嗳，我名誉担保！"乔斯哎呀哟地，说不出话来，可是做出来的姿势真不错。他的头一直歪到肩膀上，抬起眼睛，咧着嘴，嘻嘻地对她笑；一只手撑着手杖搁在背后，另外一只手（上面戴了金刚钻戒指）搁在胸口摸索着衬衫皱边和背心。马车走远的时候，他亲着戴金刚钻戒的手向马车里面的美人儿送吻，心里希望所有契尔顿纳姆的人，所有巧林奇的人，所有加尔各答的人，都能看见他那时候的姿态，一面对这么一个美人儿挥手道别，身边还站着像禁卫军罗登·克劳莱上尉那么有名的花花公子。

新郎和新娘决定结婚以后最初几天住在布拉依顿。他们在航船旅社定下几间屋子，过得很舒服很安逸。不久乔斯也去了。除了他，他们还碰见别的朋友。一天饭后，他们在海滩上散了一回步，回来的时候在旅

---

① 喜欢冒充贵族的中产阶级往往借用别人的纹章。

馆门口迎面看见利蓓加和她丈夫也在那里。大家一看就认得，利蓓加飞也似的扑过来搂着她最亲爱的好朋友。克劳莱和奥斯本也很亲热地握手。见面之后不到几个钟头，利蓓加已经施展手段笼络乔治，使他把以前和她斗口舌闹得很不欢的那回事忘记了。利蓓加对他说："亲爱的奥斯本上尉，还记得在克劳莱小姐家里的事情吗？那回我真冲撞了你。我觉得你对待亲爱的爱米满不在乎，心里气极了，所以对你那么没规矩，没良心，不近人情。你担待些儿，别生我的气吧。"她伸出手来，样子又坦白又妩媚，奥斯本当然只好跟她拉手讲和。孩子啊，你如果肯直爽谦虚地认错，不知能得多少好处。我从前认识一个老于世故的人，在名利场很有些地位，他时常故意在小处冒犯别人，以便将来再向他们豪爽坦直地谢罪。结果怎么样？我那朋友克洛格·道厄儿到处受人欢迎。大家都说他脾气虽然急躁点儿，可是人倒非常真诚。乔治看见蓓基那么低心下气，也就信以为真。

　　这两对夫妇有许多话要互相告诉。他们说起各人结婚的情形，两边都很直爽地分析前途有什么希望，又表示对朋友十分关心。乔治结婚的消息由他朋友都宾上尉去报告给他父亲知道，他想起这件事就觉得战战兢兢。罗登的希望全在克劳莱小姐身上，可是老太太仍旧不肯回心。她的侄儿和侄媳妇非常爱她，走不进派克街的寓所，又跟着她一起到布拉依顿来，派了密探日夜守在她的门口。

　　利蓓加笑道："罗登有几个朋友老是在我们家门口走来走去，可惜你们没瞧见。亲爱的，你见过专门要债的差人没有？见过地保和他手下的跟班没有？上星期有两个可恶的混蛋整整六天守在对面卖蔬菜的铺子里，害得我们一直等到星期天才能出来。如果姑妈不肯回心，我们怎么办呢？"

　　罗登哈哈笑着，讲了十来个有趣的故事，形容利蓓加使什么乖巧的手段对付讨债的人。他赌神罚誓地夸赞妻子，说她哄骗债主回心的本事,全欧洲的女人没一个比得上。他们结婚之后,她这份本事差不多马上就使出来。她的丈夫觉得娶了这样一个妻子,用处真不小。他们时常在外面赊账,寄回家的账单也不少,家里现钱老是不凑手。好在罗登并没有因为没钱还账而减了兴致。名利场上的人一定都见过些浑身是债而过得很舒服的人。他们无忧无虑,吃穿都不肯马虎。罗登和他妻子在布拉依顿的旅馆里住着最好的房间,旅馆主人上第一道菜的时候,哈腰曲背地仿佛在伺候最了不起的主顾。罗登一面吃喝,一面挑剔酒菜,做出旁若无人的气概,竟好像他是国内第一流的贵人。威武的相貌,讲究的衣服和靴子,恰到好处的暴躁的态度,和对于这种生活经常的练习,往往和银行里大笔存款的用处一样大。

两对新婚夫妻你来我往,常常互相拜访。过了两三晚之后,先生们便花一个黄昏斗牌,两个妻子在旁边谈家常。不久乔斯·赛特笠坐着华丽的敞车也到布拉依顿来了。克劳莱上尉不但和乔治玩纸牌,又和乔斯打了几回弹子,手头便觉宽裕得多。兴致最高的人,假如手里短钱,也要鼓不起兴的。

当时三位先生一路去迎接闪电号邮车。车子准时到站,一分钟都不差。只见它里外挤满了旅客,车上的护卫兵用号角吹着大家知道的老调,风驰电掣地来到车行门前停下来。

乔治看见他的朋友高高地坐在车顶上,心里高兴,叫道:"嗨,都宾那家伙来了!"都宾早就说要来,却耽搁了好些日子。奥斯本等他从车上下来,怪亲热地握住他的手摇着说道:"好啊,老朋友,欢迎你来。爱米准觉得高兴。"然后他放低声音慌慌张张地问道:"有什么消息?你到勒塞尔广场去过没有？爸爸说什么？把所有的消息都告诉我。"

都宾脸色苍白，好像心事很重。他说："我见过你父亲了。爱米丽亚——乔治太太好不好？回头我把所有的情形都告诉你。我还带来了一件最重要的消息，就是说——"

乔治道："说呀，老朋友。"

"咱们准备开拔到比利时。整个军队都去，连禁卫兵也在内。海维托帕生了风湿不能动，气得要命。现在由奥多做总指挥。咱们下星期就在契顿姆上船。"

这几位先生正是沉溺在爱情里的时候，听见打仗的消息，吃了一惊，脸上顿时严肃起来。

# 第二十三章  都宾上尉继续游说

友谊究竟有什么催眠的力量，能使本来懒惰、胆小、不热心的人给别人办事的时候忽然变得头脑灵活、做事勤快、意志坚决的呢？拿着阿莱克西思来说，哀里渥脱逊博士对他演了一些手法，他便疼痛也不怕了，后脑勺子也会看书了，几英里外的东西也看得见了，下星期的事情也能预言了，还会做许多别的千奇百怪的、在他正常状态中所不能做的事。同样地，一个人受了友谊的感动去办事的时候，本来胆小的变得勇敢了，本来怕羞的有了自信了，懒怠动的也肯动了，性子暴躁的也谨慎小心肯担待人了。从另外一方面看，为什么律师自己打官司，便不敢自作主张，倒要请他渊博的同行来商量呢？医生害了病，干吗不坐下来照着壁炉架上的镜子瞧瞧舌头，就在书桌上给自己开张方子，反要求助于平日的对头呢？我问了这许多问题，请聪明的读者们自己回答。你们都知道人性的确是这样的，既肯轻信又爱怀疑，说它软弱它又很顽固，自己打不定主意，为别人做事倒又很有决断。咱们的朋友威廉·都宾本人非常好说话，如果他爹娘逼着他，没准他也会跑进厨房把厨娘娶来做妻子。为他本身利益打算，哪怕叫他过一条街呢，他也会为难得走投无路，可是为乔治·奥斯本办事的时候，反倒热心忙碌，最自私的政客钻营的精神也不过如此。

乔治和他年轻夫人新婚燕尔，在布拉依顿度蜜月的时候，老实的都宾便在伦敦做他的全权代表，替他办理婚后未了的事务。他先得去拜访赛特笠老夫妇，想法子哄老头儿高兴。又得拉拢乔斯和乔治郎舅俩接近，因为赛特笠已经失势，靠着乔斯是卜格雷·窝拉的收税官，还有些地位和威风，或许可以使奥斯本老头儿勉强承认这门亲事。最后，他还得向奥斯本老先生报告消息，而且必须缓和空气，竭力不让老头儿生气。

都宾心下暗想自己的责任既然是向奥斯本家的一家之主报告消息，为权宜之计，应该先和他家里其余的人亲近亲近，最好把小姐们拉到这边来。照他看来，她们总不会真心为这事生气，因为女人大都喜欢男女两人像小说书里一般恋爱结婚。她们最多不过表示惊讶和反对，到后来准会原谅自己的兄弟，然后我们三个人再去包围奥斯本老先生。狡诈的步兵上尉心里盘算着要找个恰当的机会和方法，缓缓地把乔治的秘密透露给他的姊妹知道。

他向自己的母亲探问了一下，看她有什么应酬约会，不久就打听出来爵士太太有哪些朋友在本季里请客，在哪些地方可以碰见两位奥斯本小姐。他虽然也像许多明白事理的人一般，厌恶时髦场上的宴会和晚会（说来真可叹！），不久却特意找到一家跳舞会里，因为知道奥斯本小姐们也在那里做客人。他到了跳舞会上,和姊妹俩各跳了两次舞,而且对她们异乎寻常地恭敬,然后鼓起勇气和奥斯本小姐约好第二天早上去找她谈话,说是有很重要的消息告诉她。

她为什么突然往后一缩,为什么对他瞅了一眼,随即又低下头去望着自己的脚板呢?她很像要晕倒在他怀里的样子,幸而他踩了她一脚,才帮她约束了自己的感情。都宾的要求为什么使她这样慌张,这原因我们永远也不会知道的了。第二天他去拜访的时候,玛丽亚不在客堂里陪伴她姐姐,乌德小姐口里说要去叫她来,一面也走开了,客厅里只剩他们两个人。半晌,大家都不开口,只听得壁炉架上那架塑着伊菲琪娜亚祭献的钟滴答滴答刺耳地响。

奥斯本小姐想引他说话,便道:"昨儿晚上的跳舞会真有意思。呃——都宾上尉,你跳舞很有进步呀。"她又做出很讨人喜欢的顽皮嘴脸说道:"准有人教过你了。"

"可惜你没见我跟奥多少佐太太跳苏格兰舞的样子。我们还跳三拍子的快步舞,你看见过这种跳舞没有?你跳舞跳得真好,跟你在一块儿跳,本来不会的也学会了。"

"少佐太太是不是很年轻很漂亮呀,上尉?"她接着问道,"嫁了当兵的丈夫真急死人。时局这么不好,亏她们倒还有心思跳舞。唉,都宾上尉,有的时候我想起亲爱的乔治,怕得我直发抖。可怜他当了兵危险真多呀。都宾上尉,第——联队里面结过婚的军官多不多?"

乌德小姐想道:"哎呀,她这把戏耍得太露骨了。"家庭教师这句话虽然是对着门缝儿说的,里面的人却听不见,只算是括弧里的插句。

都宾说到本文道:"我们那儿有一个小伙子刚刚结婚。他们已经做了好多年的朋友,两个人都像教堂里的耗子那么穷。"都宾说到"多少年的朋友""穷苦"这些话,奥斯本小姐便嚷道:"啊哟,多有意思!这两个人好多情!"都宾见她同情,胆子更大了。

他接着说:"他是联队里最了不起的家伙。整个军队里,谁也没有他勇敢漂亮。他的太太也真招人疼,你一定会喜欢她的。奥斯本小姐,你如果认识她的话,一定会非常喜欢她。"小姐以为他准备开口了。都宾也紧张起来,脸上一牵一扯,大脚板扑扑地打着地板,把外衣扣子一忽儿扣好,一忽儿又解开,可见他心里着急。奥斯本小姐以为他摆好阵势之后,就会把心里的话倾筐倒箧说出来,因此急煎煎地等待着。伊菲琪娜亚躺着的祭坛里面便是钟锤子,那锤子抽搐了一下,当当地打了十二下,那位姑娘心里焦躁,只觉得一下一下的再也打不完,仿佛一直要打到一点钟才得完。

都宾开口道:"我到这儿来并不想谈婚姻问题——我的意思是,结婚——我要说的是——不是——呃,亲爱的奥斯本小姐,我要说的是我好朋友乔治的事。"

"乔治的事?"她的声音那么失望,惹得门外的玛丽亚和乌德小姐都好笑起来。连都宾这个无赖的混蛋也想笑。眼前的局面他也并不是完全不明白,乔治时常拿出优雅的态度和他开玩笑说:"唉,威廉,你干吗不娶了吉恩? 如果你向她求婚,她准会答应。不信咱们赌个东道,我拿五镑赌你的两镑也行。"

都宾接着说道:"对的,就是关于乔治的事。听说奥斯本先生和他有些意见不合的地方。我对乔治非常关心,——你知道我把他就当自己的弟弟,所以我真心希望他们两个言归于好。奥斯本小姐,我们马上就要到外国去,上面的命令一下来,没准隔一天就得开拔。打仗的时候,谁也不知道会有什么意外,爷儿俩应该先讲了和再分手。不过请你不必这么着急。"

小姐答道:"都宾上尉,他们并没有认真闹翻,不过言语稍为有些高低,那也是常事。我们天天盼望乔治回来。爸爸全是为他打算,只要他回来就没有问题。亲爱的罗达那天回去的时候虽然气伤了心,我担保也会饶恕他的。女人实在太心慈面软了，上尉。"

都宾先生机灵得可恶，他说："你是天使化身，自然心地宽大。一个男人叫女人伤心，连他自己的良心上也说不过去。如果男人对你不守信义，你心里觉得怎么样呢？"

小姐嚷道："那我还有命吗？我准会跳楼，服毒，难过得活不了。准会这样子。"其实她也有过一两次伤心事，可是并不想自杀。

都宾接下去说道："像你这么忠实好心的人倒并不是没有，——我说的并不是西印度的财主姑娘，奥斯本小姐，而是另外一个可怜的女孩儿。她从小受的教导就是一心一意爱乔治，乔治本人从前也爱她。她并没有做错事，现在她伤心绝望，家里又穷，却是一句怨命的话都没有，这是我亲眼看见的。我说的就是赛特笠小姐。亲爱的奥斯本小姐，你宽宏大量，总不能因为你弟弟对她始终如一就跟他过不去吧？如果乔治丢了她，良心上怎么说得过去？赛特笠小姐和你感情很好，千万帮帮她的忙吧！我——乔治叫我来告诉你，他不能把婚约解除，因为这是他最神圣的责任。他求你帮他说话。"

都宾先生只要受了感动，至多在刚开口的时候迟疑一下，以后便能滔滔汩汩地说下去。当时奥斯本小姐听了他的口才，很有些活动。

她说："嗯，这真叫人意想不到——很糟糕——奇怪极了。爸爸听了不知怎么样？乔治能够攀这门好亲事，为什么坐失良机呢？你这位替抱不平的人勇气倒不小，都宾上尉。"她顿了一顿又说："可是我看不见得有用。当然我很同情可怜的赛特笠小姐，我真心同情她。我们一向觉得这头亲事不合适，不过总是对她很好的，呃——非常好的。我想爸爸一定不肯。而且，一个有教养的女孩儿，如果能够克制情感，就应该——乔治非跟她断绝不可，亲爱的都宾上尉，非跟她断绝不可。"

"难道说一个女孩子家里遭了事情，她的爱人就该把她扔在脑勺子后头吗？亲爱的奥斯本小姐，难道连你也是这个主意吗？亲爱的小姐，你非得帮她的忙不可。乔治不能把她扔掉,也不该把她扔掉。你想,如果你没有钱,难道你的朋友就会把你忘了不成?"都宾说着,一面伸出手来。

这句话问得很乖巧,吉恩·奥斯本小姐听了着实感动。她道:"上尉,我也说不上来了,我们这些可怜虫到底能不能相信你们男人的话呢?女人生来心肠软,搁不住人家一两句好话就信以为真。我看你们都是可恶透了的骗子。"——都宾觉得奥斯本小姐和他拉手的时候,捏了他一把。

他慌忙松了手道:"骗子?不,亲爱的奥斯本小姐,男人并不个个都会哄人。你弟弟就不是这样的人。乔治从小就爱上了爱米丽亚·赛特笠,不管别的小姐有多少家私,他只肯娶爱米丽亚。他应该丢掉她吗?你难道劝他丢掉她吗?"

吉恩小姐有她自己特殊的见解,觉得这问题很难回答,可是她不得不说句话,便支吾道:"就算你不是骗子,你这人见解就离奇地与众不同。"都宾上尉听了并不辩驳。

都宾又说了些客气话,他想奥斯本小姐心上已经有些准备,不妨把真情都告诉她,便对她说道:"乔治不能和爱米丽亚断绝关系,因为乔治已经和她结了婚了。"他把结婚前后的情形说了一遍,这些话我们已经听过了。他讲到可怜的女孩子怎么几乎死去,若不是她的情人有情有义,准会送命;赛特笠老头儿本来怎么不愿意,后来怎么弄来一份结婚证书;乔斯·赛特笠怎么从契尔顿纳姆赶来主婚;新夫妇怎么坐了乔斯的四马敞车到布拉依顿去度蜜月;乔治怎么希望亲爱的姊妹们在父亲面前说些好话,因为她们既是女人,心肠本来就软,待人又忠实,一定肯帮忙。都宾上尉把这些话说完,知道要不了五分钟她一定会把消息告诉给其余两个女人去听。他约着下回再来拜访(她连忙答应),鞠了一个躬,告辞去了。

都宾刚刚出门,玛丽亚小姐和乌德小姐便直冲进来,奥斯本小姐也忙把意想不到的消息一五一十讲给她们听。说句公道话,姊妹俩倒并不怎么生气。私奔结婚自有它的特色,没有几个女人会真心反对。爱米丽亚居然肯这样和乔治结婚,可见她还有些魄力,两位小姐反而看得起她。她们正在你一句我一句地谈论讲究,忖度着不知爸爸说什么话,怎么处置这件事,只听得外面大声打门,好像打过来报仇雪冤的焦雷,里面几个窃窃私议的人都吃了一惊。她们以为准是爸爸来了。哪知道并不是他,却是弗莱特立克·白洛克先生。在先本来约好,等他从市中心出来,便带小姐们去看赛花会。

不消说得,要不了一会儿的功夫,秘密全给这位先生知道了。他诧异得不得了,可是脸上的表情却和姊妹俩多情善感大惊小怪的样子截然不同。白洛克先生是见过世面的人,而且又在资本雄厚的公司里做小股东,知道金钱的好处和价值。他心里顿时生出希望来,喜欢得全身抖了一抖,小眼睛里放出光来。他想乔治先生干下这样的糊涂事,说不定倒挑玛丽亚多得三万镑嫁妆,远超过自己从前的希望,乐得望着她嘻嘻地笑。

他甚至于对大小姐也关心起来了,望着她说道:"哈,吉恩,依而思不嫁人,将来要懊悔的,说不定你有五万镑财产呢。"

姊妹俩在先并没有想到财产问题,可是上午逛花会的当儿,白洛克先生老是提起这一层,给她们开玩笑,说话的口气又斯文又轻松。她们玩了半天坐车回家吃饭的时候,自己也觉得身价陡增。可敬的读者请不要责备她们自私得不近人情。今天早上,写书的人坐着公共马车从里却蒙出来,他坐的是车顶,在换马的当儿,看见三个小孩欢天喜地亲亲热热地浸在路旁一汪子水里玩耍,弄得泥污肮脏。不久另外一个小孩走过来说道:"宝莱,你的姐姐得了一个便士。"孩子一听这话,立刻从泥水里面走出来,一路跑过去跟着贝格趋奉她。马车动身的时候我看见贝格神气活现,向附近卖棒糖女人的摊儿上大踏步走去,后面跟着一群孩子。

# 第二十四章　奥斯本先生把大《圣经》拿了出来

都宾把消息透露给乔治的姊妹之后，便又匆匆忙忙地赶到市中心。他手头的差使还没有办完，下半截更难。他想起要把这件事和奥斯本老头儿当面说穿，慌得心里虚忒忒的，退缩了好几次，暗想不如让姑娘们告诉他也罢，反正她们是肚子里藏不住话的。不幸他曾经答应把奥斯本老头儿听了消息以后的情形报告给乔治听，只得来到市中心泰晤士街他父亲的办事处，差人送了一封信给奥斯本先生，请求他腾出半小时来谈谈乔治的事情。都宾的信差从奥斯本的办事处回来，代替老头儿问好，并且说希望上尉立刻就去见他。都宾便去了。

上尉要报告的秘密很难出口，他预料眼前少不了有一场令人难堪的大闹，愁眉苦脸垂头丧气地进了奥斯本先生的办公室。外间是巧伯先生的地盘，他坐在书桌旁边挤眉弄眼地和都宾招呼，使他觉得更窘。巧伯挤挤眼，点点头，把鹅毛笔指着主人的门口说道："我东家脾气好着呢。"他那欢天喜地的样子看着叫人焦躁。

奥斯本也站起来，很亲热地拉着他的手说："你好哇，好孩子。"可怜乔治派来的大使看见他诚心诚意招待自己，十分难为情，虽然拉着他的手，却使不出劲来。都宾觉得这件事多少该由自己负责；把乔治拉到爱米丽亚家里去的是他，赞助和鼓励乔治结婚的也是他，婚礼差不多是由他一手包办的，现在又该他来向乔治的爸爸报告消息，而奥斯本反而笑眯眯地欢迎他，拍他的肩膀，叫他"都宾好孩子"，怪不得这个做代表的抬不起头。

奥斯本满心以为都宾来替儿子递投降书。都宾的专差送信来的时候，巧伯先生和他主人正在议论乔治爷儿两个的纠纷。两个人都以为乔治已经屈服，原来那几天来，他们一直在等他投降。"哈哈！巧伯，他们这次结婚可得热闹一下。"奥斯本一面对他书记说话，一面啪的一声弹了一下他那又粗又大的手指，又把大口袋的大金元小银元摇得哗啦啦地响，洋洋得意地瞧着他的手下人。

奥斯本满面笑容，坐下来把两边口袋里的钱颠来倒去地摆弄，做出意味深长的样子瞧着对面的都宾。他见都宾脸上呆呆的，愣着不说话，暗暗想道："他也算是军队里的上尉，怎么竟是个乡下土老儿的样子。真奇怪，跟着乔治也没学到什么礼貌。"

最后都宾总算鼓起勇气来了。他说："我带了些很严重的消息给你老人家。今天早上我在骑兵营里听得上面已经下了命令，我们的联队本星期就开到比利时去。回家以前，总得好好打一仗，谁也不知道我们这些人里头有多少会给打死。"

奥斯本神气很严肃，说道："我儿——呃，你们的联队总准备为国效劳啰。"

都宾接着说道："法国军队很强大，而且奥国和俄国一时不见得就能够派军队过来。我们是首当其冲，拿破仑小子不会放松我们。"

奥斯本有些着急，瞪着眼问他道："都宾，你说这些话有什么用意？咱们英国人还怕他妈的法国人不成？"

"我这样想，我们这一去冒的险很大。如果你老人家和乔治有不合的地方，最好在他离国以前讲了和。您想怎么样？现在大家闹得不欢，回头乔治要有个失闪，您心里一定要过不去的。"

可怜的威廉一面说话，一面把脸涨得通红，因为他觉得出卖了朋友，良心不安。没有他，也许父子两个根本不会闹翻。乔治的婚礼为什么不能耽搁些日子呢？何必急急忙忙地举行呢？他觉得拿乔治来说，至少不会因为离开了爱米丽亚就摘了心肝似的难过，爱米丽亚呢，说不定当时大痛一阵，以后也就渐渐地好了。他们的婚姻，还有一切跟着来的纠葛，全是他闹出来的。他何苦这样呢？都只因为他爱她太深，不忍见她受苦；或者应该说他自己为这件事悬心挂肚得没个摆布，宁可一下子死了心。这心情好像家里死了人，来不及地赶办丧事，又好像心里明知即刻要和心爱的人离别，不到分手那天总放不下心。

奥斯本先生放软了声音道："威廉，你是个好人。你说得不错，乔治和我分手的时候不应该彼此怨恨。你瞧，做父亲的谁还强似我？譬如说，我知道我给他的钱准比你父亲给你的钱多两倍。可是我也不吹给人家听啊！至于我怎么尽心尽力替他做牛马，也不必说了。不信你去问问巧伯，问问乔治自己，问问所有的伦敦人。我替他提了一头亲事，就是国内第一等的贵族，攀了这样的亲事还要觉得得意呢。这算是我第一回求他，他反倒一口推辞。你说，难道是我错了不成？这次吵架谁的不是多？自从他出世以来，我像做苦工的囚犯那么勤劳，还不是为着他的好处？说什么也不能怪我自私自利吧？让他回来得了。他回来，我就伸出手来跟他拉手。从前的事情不必再提,我也不记他的过。结婚呢,是来不及的了,只叫他和施小姐讲了和,等他打仗回来做了上校再行婚礼。他将来准会做到上校的,瞧着吧。老天在上,如果出钱捐得到,乔治不会做不着上校!你把他劝得回心转意,我很高兴。我知道这是你的功劳,都宾。你帮忙解救他的地方可多了。让他回来好了,我决不让他过不去。你们两个今天都到勒塞尔广场来吃饭吧。老地方,老时候。今天有鹿颈子吃,我也不会多问不知趣的问题。"

这样的夸奖和信赖弄得都宾十分不好意思。他听得奥斯本用这样的口气说话,越来越觉得惭愧。他说:"我想您老人家弄错了。我知道您弄错了。乔治的志向最高,不肯贪图财产,去娶个有钱娘子。您如果恐吓他,说什么不听话就不让他承继财产,只会叫他更加犟头倔脑。"

奥斯本先生的样子依旧舒坦得叫人心里发毛,说道:"哎哟,我白送他一年八千镑到一万镑的收入,难道算是恐吓他不成?如果施小姐肯嫁我,我求之不得。皮肤黑一点儿我倒不在乎。"说着,老头儿涎着脸,色眯眯地笑了一声。做大使的正色答道:"您忘了奥斯本上尉从前的婚约了。"

"什么婚约?你这话什么意思?难道说,难道说乔治竟是个大饭桶,还在想娶那老骗子穷光蛋的女儿吗?"奥斯本先生想到这里,又惊又气,"不信你到这儿来就是告诉我乔治要娶她?娶她!倒不错,我的儿子,我的承继人,娶个低三下四的叫化婆子!如果他要娶她的话,请他买把笤帚到十字路口去扫街。我记起来了,她老是跟在乔治后面飞眼风,准是她爸爸那老骗子教她的。"

都宾觉得自己越来越生气,反而有些高兴,插嘴道:"赛特笠先生是您的好朋友,从前您可没叫过他流氓骗子。这门亲事是您自己主张的。乔治不应该反复无常——"

奥斯本老头儿大喝一声道:"反复无常!反复无常!我们家的少爷

跟我吵架，说的正是这话。那天是星期四，到今天两个多星期了。他支起好大的架子，说什么我侮辱了英国军队的军官了。他还不是我做父亲的一手栽培起来的？多谢你，上尉。原来是你要把叫化子请到我们家里来。不劳费心，上尉。娶她！哼哼，何必呢？保管不必明媒正娶的她也肯来。"

都宾气得按捺不住，霍地站起来道："我不愿意听人家说这位小姐的坏话。这话您更不该说。"

"哦，你要跟我决斗是不是呀？那么让我叫人拿两支手枪来。原来乔治先生叫你来侮辱他爸爸。"奥斯本一面说一面拉铃。

都宾结结巴巴地说道："奥斯本先生，是您自己侮辱世界上品格最完美的人。别骂她了，她如今是你儿媳妇了。"他说完这话，觉得其他没什么可说的，转身就走。奥斯本倒在椅子上，失心疯似的瞪着眼看他出去。外面一个书记听见他打铃，进来答应。上尉刚走出办事处外面的院子，就看见总管巧伯先生光着头向他飞跑过来。

巧伯先生一把抓住上尉的外套说道："皇天哪，到底怎么回事？我东家气得在抽筋，不知乔治先生到底干了些什么事？"

都宾答道："五天以前他娶了赛特笠小姐。我就是他的傧相。巧伯先生，请你帮他的忙。"

老总管摇摇头说道："上尉，你这消息不好。东家不肯饶他的。"

都宾请巧伯下班以后到他歇脚的旅馆里去，把后来的情形说给他听，随后垂头丧气地朝西去了。他回想过去，瞻望将来，心里非常不安。

当晚勒塞尔广场一家子吃饭的时候，看见父亲嗒丧着脸儿坐在他自己的位子上。按惯例，爸爸这么沉着脸，其余的人就不敢作声了。同桌吃饭的几位小姐和白洛克先生都猜到准是奥斯本先生已经得着了消息。白洛克先生见他脸色难看，没有敢多说多动。他坐的地方，一边是玛丽亚，一边是她姐姐，坐在饭桌尽头主妇的位子上。他对她们姊妹俩分外

## 第二十四章 奥斯本先生把大《圣经》拿了出来

地周到殷勤。

照这样坐法，乌德小姐一个人占了一面，她和吉恩·奥斯本小姐之间空了一个座位。往常乔治回家吃饭的时候，就坐在那儿。我已经说过，从他离家之后，开饭的时候照样替他摆上一份刀叉碗碟。当下大家默默地吃饭，碗盏偶尔叮当相撞，弗莱特立克先生微笑着断断续续地低声和玛丽亚谈体己话儿，此外什么声音都没有。用人们悄没声儿地上菜添酒，哪怕是丧家雇来送丧的人，也还没有他们那副愁眉哭眼的样子。奥斯本先生一声儿不言语，动手把刚才请客共享的鹿颈子切开来。他自己的一份，差不多没有吃。不过酒倒喝得不少，管酒的不停手地替他斟酒。

晚饭快要吃完的时候，他瞪着眼轮流瞧着所有的人，随即对乔治的一份杯盘瞅了一眼，伸出左手指了一指。女儿们白瞪着眼，不懂他的手势——也许是假装不懂，用人们起初也不明白。

他开口道："把那盘子拿掉。"说罢，咒骂着站起来，一面推开椅子，走进他自己的私室去了。

在奥斯本先生家里，大家管饭厅后面的房间叫书房，除了主人以外，别的人轻易不准进去。奥斯本先生如果星期日不高兴上教堂，便在那屋里的红皮安乐椅上坐着看报。房里有两口玻璃书柜，摆着装订得很坚固的金边书，都是大家公认有价值的作品，像《年鉴》呀，《绅士杂志》呀，《白莱亚的训戒》呀，《休姆和斯莫莱脱》呀。他一年到头不把书本子从架子上拿下来看，家里别的人也是宁死不敢去挨一指头。除非在星期天晚上，家里偶然不请客，《缙绅录》旁边的大红《圣经》和祈祷文才给拿下来。奥斯本打铃传齐了用人，在客厅里举行晚祷，自己提高了声音，摆足了架子，读那祈祷文。家里的用人孩子，走进屋子没有不害怕的。管家娘子的家用账，管酒用人的酒账，都在此地受到检查。窗外是一个干净的砖地院子，对面就是马房的后门，另外有铃子通过去，车夫从自己的屋子走进院子，好像进了船坞，奥斯本就从书房窗口对他咒骂。乌德小姐一年进来四次，领一季的薪水，女儿们也是来四次，领一季的零用。乔治小的时候在这儿挨过好几回打，他妈妈坐在楼梯上听着鞭子劈劈啪啪地下去，心里好不难过。孩子挨了皮鞭难得啼哭，打完之后出来，可怜的母亲便偷偷地摩弄他，吻他，拿些钱出来哄他高兴。

壁炉架上挂着一幅合家欢——这画儿本来挂在前面饭厅里，奥斯本太太死后才移进来——乔治骑着一匹小马，姐姐对他举着一束花，妹妹拉着妈妈的手，画儿上人人都是红腮帮子，大大的红嘴巴，做出笑脸你看我我看你。大致画合家欢的，全画成这个格局。如今母亲已经去世，大家把她忘掉了。姊妹兄弟各有种种不同的打算，表面上虽然亲密，骨子里却是漠不相关。几十年后，画上的人物都老了，这种画儿也成了尖刻的讽刺。凡是合家欢，大都画得十分幼稚，上面一个个都是装腔作势，纯朴得自满，天真得不自然，笑脸底下藏着虚伪，做作出来的那份儿至情简直是个笑话。自从合家欢拿掉之后，饭间里最注目的地位便挂了奥斯本本人庄严的画像，他坐在圈椅里，旁边搁着他的大银墨水壶。

奥斯本进了书房，外面几个人都大大地松了一口气。用人退出去之后，他们压低声音畅谈了一番，随后轻轻地上楼。白洛克踮着脚尖，鞋子吱吱咂咂地响着，也跟上去。可怕的老头儿就在隔壁书房里，白洛克实在没有胆量一个人坐在饭间里喝酒。

天黑了至少有一个钟头，仍旧不见奥斯本先生有什么吩咐，管酒的壮着胆子敲了敲门，把茶点和蜡烛送进去，只见他主人坐在椅子上假装看报。等那用人把蜡烛和茶点在他旁边的桌子上搁好，退出去，奥斯本先生便站起身来锁了门。这样一来，还有什么不明白的？合家都觉得大祸临头，乔治少爷少不得要大大地吃亏。

奥斯本先生在他又大又亮的桃花心木的书台里留出一个抽屉,专为安放和儿子有关系的纸张文件,从小儿一直到成人的都在这儿。里面有得奖的书法本子和图画本子,都是乔治的手笔,又经过教师改削的。还有他初到学校的时候写回来的家信,一个个圆滚滚的大字,写着给爸爸妈妈请安,同时要求家里送蛋糕给他。信里好几次提到他亲爱的赛特笠干爹。奥斯本老头儿每回看到这个名字,就咒骂起来。他嘴唇发青,恶毒毒的怨恨和失望煎熬着他的心。这些信都用红带子扎成一束束的,做了记号,加上标签。例如"一八——年四月二十三日,乔杰来信请求五先令零用;四月二十五日复""十月十三日,乔杰关于小马"等等。在另一包里是"施医生账目""乔衣装裁缝账""小乔·奥斯本的期票"等等。还有他从西印度写回来的信,他的代理人的信,发表乔治被委派为军佐的报纸。他小时的皮鞭子也在,另外有一个纸包,里面一个小金盒儿装着他的头发。他母亲活着的时候一直挂在身上的。

  伤心的老头儿把这些纪念品搬搬弄弄,沉思默想地过了好几点钟。他的野心和心坎儿上最得意的梦想都在这里。生了这样一个儿子,他面上也有了光彩。谁也没见过比乔治更漂亮的孩子。人人都说他像贵族人家的哥儿。有一回在克优花园,连一位公主都注意他,吻了他一下,还问他叫什么名字。什么买卖人家有这样的儿子?王孙公子所受的栽培养育也不见得比他好。凡是花钱买得着的,他的儿子一样都不缺。每逢学校里颁发奖品的日子,他便坐着四匹马拉的车子,带着穿了新号衣的用人,去看望乔治,把簇新的先令一把一把地撒给学校里的孩子。乔治的部队上船到加拿大之前,他跟着儿子到总营去大宴军官。那天的菜肴,就是请约克公爵吃,也不辱没了他。乔治欠了账,他何曾拒绝过一次,总是一句话都没有,全部付清,连账单都还留着呢。他骑的马,比军队里好些将军的坐骑还强。他想起乔治小时候的各种样子,好像就在眼前。往往在吃过饭之后,乔治像大人物一般神气活现地走到饭厅里来,踱到饭桌尽头父亲的座位旁边,把他的酒端起来一口喝干。他又想到乔治在布拉依顿骑着小马跟在猎人后面飞跑,碰见一道篱笆,竟也会托地跳过去。还有一次,乔治参加宫廷集会,朝见摄政王,把所有圣·詹姆士区里来的公子哥儿都比下去了。当初何曾料到今天的下场?谁想到他会不孝忤逆,好好地把送上门来的财运推开,去娶个一文不名的老婆。老头儿是个名利心极重的俗物,想到儿子这样地丢他的脸,气得发昏,只觉得一阵阵的怒气冒上来,彻骨地难过。他的野心和他对儿子的骨肉至情受了个大挫折。他的虚荣心,还有他的一点儿痴心,也遭到意想不到的打击。

在愁苦的时候咀嚼过去的快活,真难过得叫人没个抓摸处,那滋味比什么都苦。乔治的爸爸把这些纸张翻来覆去,不时拿出一两张来对着呆呆地发怔。多少年来这些文件都藏在抽屉里,奥斯本把它们一股脑儿拿了出来,锁在一只文件匣子里,用带子扎好,上面加了火漆,火漆上印了自己的图章。他打开书橱,把上面说过的大红《圣经》拿下来。这本《圣经》十分笨重,平常难得打开。书边上装了金,黄灿灿地发亮,翻开书头一页就有一幅插画,是亚伯拉罕拿伊撒做牺牲祭献上帝的故事。奥斯本按照普通的习惯,在书前面的白纸上用他那大大的书记字写着自己结婚的日子、妻子去世的日子,还有孩子们的生日和名字。吉恩最大,跟着便是乔治·赛特笠·奥斯本,最后是玛丽亚·茀兰西思,旁边另外注着他们三个人的命名日。他拿起笔来,小小心心地把乔治的名字划掉,等到墨水干了之后,才又把《圣经》归还原处。然后他从另外一只安放他本人秘密文件的抽屉里拿出一张东西看了一遍,一把团皱了,在蜡烛上点着,眼看着在壁炉里烧个精光。原来这就是他的遗嘱。烧了遗嘱之后,他坐下来写了一封信,拉铃把用人叫来,叫他第二天早上送出去。他上楼睡觉的时候,天已经亮了,满屋都是阳光,小鸟躲在勒塞尔广场碧油油的树叶里面吱吱喳喳地叫。

威廉·都宾想着应该在乔治时运不好的时候给他多拉几个朋友，便想巴结奥斯本先生的家人下属，回到旅馆里立刻写给汤姆士·巧伯先生一封客气的信，请他第二天到斯洛德老店去吃饭，因为他知道好酒好菜对于一个人的感情有极大的影响。巧伯先生离开市中心之前，收到请帖，连忙回了一封信，说："他给都宾上尉问好，明日便来领赐。"当晚他回到索默思镇，把请帖和回信的草稿拿出来给巧伯太太和女儿看。他们一面坐着吃茶点，一面兴高采烈地谈论军官先生们和西城阔佬的事。后来女儿们去睡觉了，巧伯两口子便议论起主人家里的怪事来。那总管说他一辈子没看见东家那么激动。都宾上尉走开之后，巧伯走进办公室里间，发现奥斯本先生脸上发黑，竟好像中风的光景；照他看起来，奥先生和他那当上尉的少爷一定是狠狠地闹了一场。东家还叫他把奥斯本上尉最近三年来花掉的钱开出账目来。总管道："他花掉的钱可真不少。"他看见老爷少爷花钱的手笔那么阔，对他们愈加尊敬。他说爷儿俩拌嘴都是为了赛特笠小姐。巧伯太太赌神罚誓地说她很同情可怜的小姐，把上尉那么漂亮的少爷给丢了岂不可惜？巧伯先生因为赛特笠小姐的爸爸投机失败，只还出来一点点股息，不大把她放在眼里。伦敦城里所有的商行里面，他最看得起奥斯本家的字号，热心希望乔治上尉娶个世家大族的小姐。当晚总管比他主人睡得安稳得多，第二天吃过早饭（他吃得很香甜，虽然他省吃俭用，茶里面只能搁点儿黄糖）——他吃过早饭，搂着孩子亲热一下，便上班去了。他穿上星期天上教堂用的新衣服和镶皱边的衬衫，叫站在旁边瞻仰他风采的老婆只管放心，说他晚上跟都上尉吃饭的时候决不会狠命地喝他的葡萄酒。

　　奥斯本先生这东家不好伺候，所以手下人常常留心看他的气色。那天他按时上班，大家都看见他脸上异乎寻常的憔悴和灰白。到十二点钟，喜格思先生（贝德福街喜格思和白雪塞维克律师事务所的律师）按照预约的时间来了，手下人把他领到东家的私室里耽搁了一个多钟头。约莫在下午一点钟的时候，巧伯先生收到都宾上尉差人送来的条子，另外附了给奥斯本先生的信。总管把信交到里面，不久，里面传出命令来叫巧伯先生和他底下的书记白却先生两个人进去签字做证人。奥斯本先生对他们道"我正在立一张新的遗嘱"，他们两人便签了字。大家都不出声。喜格思先生出来的时候紧紧地绷着脸，下死劲地对巧伯钉了两眼，可是并不说什么。大家都发觉奥斯本先生特别温和安静。许多人本来见他沉着脸，以为凶多吉少，见他这样反觉诧异。他不骂人，不赌咒，很早便离开办事处回家去了。动身之前，又把总书记叫进去交代了事情，然后踌躇了一下，问他可知道都宾上尉是不是还在城里？

　　巧伯回答说大概还在城里。其实两个人都是肚里明白，不过嘴里不说罢了。

奥斯本拿出一封信，叫书记转交给上尉，并且吩咐必须立刻亲自交到都宾手里。

他拿起帽子，脸上的表情非常古怪，说道："巧伯，现在我心里安了。"钟打两下，白洛克先生来凑着奥斯本先生一同出去，一望而知是预先约定的。

都宾和奥斯本的连队所属的第——联队当时的统领是一个上了年纪的将军。他资格很老，第一次上战场就跟着华尔夫将军①在奎倍克打了一仗，后来年老力衰，早就不能领军了，可是他名义上既然是统帅，对于联队的事情还有些关心，有时也请几个年轻军官到家里吃吃饭。这种好客的风气，看来在他的后辈之中是不大流行的了。老将军最喜欢都宾上尉，因为都宾熟悉一切关于军事的著述记载，谈起弗莱特烈大帝和皇后陛下以及他们那时候的战役，和老将军差不多一样头头是道。将军对于后来的胜仗不大关心，全心都在五十年前的军事专家所研究的问题上。奥斯本先生改写遗嘱，巧伯先生穿上最好的皱边衬衫的那天早上，老将军带信叫都宾去吃早饭，把大家正在等待的消息早两天先通知他，告诉他说军队不久就要开到比利时去。一两天以内，骑兵队便会传信下来，叫部队随时准备动身。运输的车辆船只眼前很多，所以不消一星期便要上路。部队驻扎在契顿姆的时候，又另外劝募了兵士。在老将军看来，他们这一联队从前在加拿大打退蒙卡姆，在长岛大败华盛顿先生，如今开到荷兰比利时这样久经战事的地方，决不会辱没了它历史上显赫的名声。老将军雪白的手抖簌簌地捻了一撮鼻烟放在鼻子里，然后指指自己晨衣的胸口——他的心虽然有气无力，可是还在跳动——他

---

① 华尔夫将军（James Wolfe, 1727—1759），英国将军，在加拿大奎倍克之役战死。

指指胸口，对都宾说："好朋友，如果你这儿还有未了的事，譬如要安慰女朋友啦，跟爸爸妈妈辞行啦，或是要写遗嘱啦，我劝你赶快去干。"说完，老将军伸出一个指头和年轻的朋友拉手，又慈眉善眼地对他点点头——他头发上洒了粉，后面扎了小辫儿——然后两人别过。都宾去后，他坐下来写了一封法文信给皇家戏院的亚莫耐特小姐，他对于自己的法文是非常得意的。

都宾得了消息，心里很沉重，记挂着布拉依顿的朋友们。他一想到这上面，忍不住觉得惭愧，因为不管在什么时候，叫他放不下心的总是爱米丽亚。爹娘、姊妹、责任，倒都靠后了。他醒着想她，睡着想她，无时无刻不在惦记她。他回到旅馆，便差人送了一封短信给奥斯本，把听来的消息告诉他，希望他得信以后会跟乔治言归于好。

送信的专差就是前一天给巧伯送请帖的人。这位好书记拿了信急得了不得。给奥斯本的信是托他转交的，他一面拆信，一面着急，惟恐希望了半天的晚饭会落空，直到拆开信封，发现都宾不过怕他忘记，再提醒他一声，才放下心来。（都宾上尉写道："我五点半等你。"）他很关心主人的家事，可是随你怎么说，别人的事，总不能比一餐丰盛的晚饭要紧。

老将军的消息不是秘密，都宾要是碰见联队里的军官，尽可以把消息告诉他们。他在代理人那儿碰见斯德博尔旗手，便对他提起这事。斯德博尔急煎煎地要上阵打仗，立刻到器械店里去买了一把新的剑。这小子不过十七岁，只有五英尺多高。他本来生得单弱，而且年纪轻轻就爱喝搀水的白兰地酒，把身体弄得更糟，不过他胆子很大，跟狮子一样勇敢。他拿着剑，举一举，弯一弯，嗖嗖地舞了几下，前前后后走了几步。在他想像之中，这样的剑法准能大败法国人。他用力跺着脚，大叫"哈，哈！"，把剑尖向都宾上尉刺了两三刺；都宾笑着用竹节手杖招架。

从斯德博尔先生瘦小的身材来看，就知道他准是属于轻装步兵队的。斯卜内旗手呢，刚刚相反，是个高个儿，属于特别军团里都宾上尉

# 第二十四章　奥斯本先生把大《圣经》拿了出来

的连队。他戴上熊皮帽子，样子凶狠，看上去比他年龄还大些。两个孩子到斯洛德咖啡店叫了两份丰盛的饭菜，便坐下来写信给家里慈爱的爹娘，因为他们正在急煎煎地等消息。他们信上都殷殷切切地给爹娘请安，表示自己勇气百倍，热心上战场，不过满纸都是别字。

都宾瞧见斯德博尔那小子趴在斯洛德咖啡馆的桌子上做文章，眼泪沿着鼻梁一直滴到信纸上。小伙子想起妈妈，生怕以后见不着她。都宾本来预备写信给乔治·奥斯本，转念一想，改了主意，把书桌锁上，想道："何必呢，让她再乐一宵吧。明天早上去看爸爸妈妈，然后上布拉依顿走一遭去。"

他走过去把大手按着斯德博尔的肩膀，勉励了几句。他说假若孩子能把白兰地酒戒掉，以后必定是个有出息的军官，因为他心肠好，是个君子人。斯德博尔小子一听这话，乐得眼睛发亮，因为联队里公认都宾是最好的军官，人也最聪明，大家都尊重他。

他把手背擦着眼睛答道:"多谢你,都宾,我正在——正在告诉她我打算戒酒。先生,她对我好着呢。"说完,眼泪又来了,软心肠的都宾也忍不住有些眼泪汪汪。

上尉、两个旗手,还有巧伯先生,都在一桌吃饭。巧伯替奥斯本先生带来了一封信,信上只有短短的几句话,给都宾上尉问好,烦他把附在里面的一封信转交给乔治·奥斯本上尉。巧伯也不知道详细情形,只说起奥斯本先生脸色怎么难看和怎么请律师的事,又说他东家竟没有骂人,真是稀罕事儿。他唠唠叨叨,作种种猜测。筛过了几巡酒,他越发絮烦,可是每喝一盅,说的话便糊涂一些,到后来简直没有人听得懂。他们很晚才吃完饭,都宾上尉雇了一辆街车,把客人扶进去,巧伯一面打呃,一面赌神罚誓地说他永远把都宾上尉当好朋友。

都宾上尉向奥斯本小姐告辞的时候,原说还要去拜访她。第二天,小姐等了他好几点钟。如果他没有失约,如果他把她准备回答的问题问出了口,说不定她就会站到兄弟一边来,乔治和他怒气冲冲的父亲也许就能讲和。可是虽然她在家里老等,上尉并没有去。他有自己的事要办,又要去看望爹娘,安慰他们,不叫他们担心,并且还得早早地坐上闪电号邮车到布拉依顿去看他的朋友。就在那天,奥斯本小姐听得她父亲下命令说是从此不准都宾上尉那多管闲事的混账东西上门。这么一来,就算她曾经暗底下希望他来求婚,到那时也只好断了想头。弗莱特立克·白洛克先生来了;他对玛丽亚格外亲热,对垂头丧气的老头儿也格外殷勤。奥斯本先生虽然嘴里说他觉得很安心,看来却并不能够真的定下心来,大家都看得出,最近两天发出的事情把他打垮了。

## 第二十五章 大伙儿准备离开布拉依顿

都宾到航船旅社见了女眷们，装作欢天喜地爱说爱笑的样子，可见这年轻军官一天比一天虚伪。他的张致无非在遮掩心里的感情。如今乔治·奥斯本太太的地位改变了，使他觉得有些别扭，二来他又担心自己带来的消息不好，少不得影响到她的前途。

他说："乔治，据我看来，不出三星期，法国皇帝的骑兵步兵便要对咱们狠狠地进攻了。公爵还有得麻烦呢。跟这次的打仗一比，上回在半岛上只能算闹着玩罢咧。你跟奥斯本太太暂且不必这么说。说不定咱们这边用不着打仗，不过去占领比利时罢了。好多人都这样说。布鲁塞尔仍旧挤满了又时髦又漂亮的男男女女。"他们决定把英国军队在比利时的任务说得轻描淡写，对爱米丽亚只说是不危险的。

## 第二十五章　大伙儿准备离开布拉依顿

商量好以后，虚伪的都宾一团高兴地见了乔治太太，而且因为她还是新娘，特地找些话恭维她。说老实话，他那些恭维的话儿实在不高明，结结巴巴地没有说出什么东西来。接下去他谈起布拉依顿，说到海边的空气怎么好，当地怎么热闹，路上的风景怎么美丽，闪电号的车马怎么出色。爱米丽亚听得莫名其妙，利蓓加却觉得有趣，她正在留心瞧着上尉的一举一动，反正无论什么人走近她，便得受她的考察。

说句老实话，爱米丽亚并不怎么看得起她丈夫的朋友都宾上尉。他说话咬舌子，相貌平常，算不得漂亮，行动举止又没半点儿飘逸洒落的风致。他的好处，就是对她丈夫的忠诚，可是那也算不得他的功劳，乔治肯和同行的军官交朋友，那只是乔治待人宽厚罢了。乔治常常对她模仿都宾古怪的举动和大舌头的口音。不过说句公平话，对于朋友的好处，他向来是极口称赞的。当时爱米正是志得意满，不把老实的都宾放在眼里。他明明知道她的心思，却虚心下气地接受她对于自己的估计。后来她和都宾混熟之后，才改变了原来的看法，不过这是后话。

讲到利蓓加呢，都宾上尉和太太们在一起不到两点钟的功夫，她已经看穿了他的秘密。她嫌他，不喜欢他，而且暗地里还有些儿怕他。都宾太老实，不管利蓓加要什么把戏，说什么甜言蜜语，都打不动他。他自然而然地厌恶利蓓加，一看见她就远远地躲开。利蓓加究竟没比普通的女人高明多少，免不了拈酸吃醋，看着都宾那么崇拜爱米丽亚，格外讨厌他。不过她面子上做得很亲热很恭敬，而且赌神罚誓，说都宾上尉是奥斯本夫妇的朋友，她恩人们的朋友，她一定要永远地、真心地爱他。晚饭前两位太太进去换衣服，利蓓加便在背后说笑他，并且很淘气地对爱米丽亚说她还很记得上游乐场的晚上都宾是个什么腔调。罗登·克劳莱觉得都宾不过是个烂忠厚没用的傻子，不见世面的买卖人，对他待理不理。乔斯也摆起架子，对都宾做出一副倚老卖老的样子。

乔治跟着都宾走进他的房间，旁边没有外人，都宾便把奥斯本先生托带给儿子的信从小书桌里拿出来交给他。乔治着急道:"这不是爸爸的笔迹呀。"笔迹的确不是他爸爸的。这是奥斯本先生法律顾问写来的信:

先生:我遵照奥斯本先生的嘱咐,向您重申他以前所表示的决心。由于您的婚姻问题所引起的纠葛,奥斯本先生不愿再认您为家庭的一分子。他的决定是无可挽回的。

近年来您的用度浩繁,加上未成年以前的各项花费,总数已经远超过您名下应得的财产(奥斯本太太的遗产应由吉恩·奥斯本小姐、玛丽亚·弗兰西思·奥斯本小姐和您平分)。现在奥斯本先生自愿放弃债权,特将奥斯本太太的遗产六千镑提出三分之一,共两千镑(如果存银行,年息四厘),收信后即请前来领款,或委派代理人接洽。

施·喜格思谨上<br>一八一五年五月十七日贝德福街

奥斯本先生有言在先,一切信件口信,不论和此事有关与否,一概不收。又及。

乔治恶狠狠地瞧着威廉·都宾道:"事情给你闹得一团糟!瞧这儿,都宾!"他把父亲的信摔给都宾,接下去说道:"现在可弄成个叫化子了,只怪我为什么那样感情用事。干吗不能过些日子再结婚呢?也许打仗的时候我给打死了呢?这并不是不可能的,爱米做了叫化子的寡妇又得了什么好处呢?都是你闹的。你唧唧啾啾的,眼看着我结了婚倒了霉才心足。叫我拿着这两千镑怎么过日子?还不够给我花两年呢。自从到了这儿,我跟克劳莱玩纸牌打弹子,已经输了一百四十镑。你办事真能干,哼!"

都宾呆着脸儿把信读完,答道:"这件事的确叫人为难。你说得不错,我也得负点儿责任。"他苦笑着接下去道,"有些人恨不得跟你换一个过儿呢。你想想,联队里有几个上尉有两千镑?暂时你只好靠军饷过活,到你父亲回心转意再说。倘或你死了,你太太一年就有一百镑的收入。"

乔治大怒,嚷道:"照我这么样的习惯,单靠军饷和一百镑一年怎么能过?你说出这些话来,真是糊涂,都宾。我手上只有这么几个钱,在社会上还能有什么地位?我可不能改变生活习惯。我非得过好日子不可。麦克忽德是喝稀饭长大的,奥多老头儿是啃土豆儿长大的,怎么叫我跟他们比?难道叫我太太给大兵洗衣服,坐在行李车里面到东到西跟着部队跑吗?"

都宾脾气很好,答道:"得了,得了,咱们想法子替她找个好些的车子就行了。现在呢,乔治好小子,别忘了你是个落难的王子,风暴没过去之前,你得乖乖的。反正也不会拖好些时候,只要你的名字在公报上一登出来,我就想法子叫你爸爸回心。"

乔治答道:"公报里登出来!也要看你在公报哪一部分登出来呀!我看多半在头一批死伤名单里面罢了。"

都宾道:"唉!到你真倒了霉以后再哭哭啼啼的还不迟呢。倘或有什么意外的话,乔治,你知道我还有些积蓄,我又不结婚,"说到这里他笑了一笑,"遗嘱上少不得给我将来的干儿子留点儿什么。"乔治听到这里便说,反正没有人跟都宾闹起来。这样,一场争论便结束了。他总是先无缘无故埋怨都宾,然后慷慨大度地饶恕他。他们两人以前拌过几十回嘴,都是这么了结。

蓓基正在自己房里梳妆,准备换好衣服下去吃晚饭。罗登·克劳莱从他的穿衣间叫她道:"嗨,蓓基呀!"

蓓基对镜子里瞧着丈夫,尖声问道:"什么?"她穿着一件最整齐最干净的白袍子,露出肩膀,戴着一串小小的项链,系着浅蓝的腰带,看上去真是个无忧无虑、天真纯洁的小女孩儿。

"奥斯本要跟部队走了，奥太太怎么办？"克劳莱说着，走了进来，他一手拿着一个大大的头刷子，两只手一齐刷，从头发下面很赞赏地瞧着漂亮的妻子。

蓓基答道："大概总得哭得眼睛都瞎掉吧？她一想起这件事就呜呜咽咽的，对我哭过六七回了。"

罗登见他夫人硬心肠，有些生气，说道："我想你是不在乎的。"

蓓基答道："你这坏东西，你知道我是打算跟着你一起走的。而且你跟他们不同，只做德夫托将军的副官。咱们又不属于常备军。"克劳莱太太一面说话，一面扬起脸儿，那样子十分可爱，引得丈夫低下身子来吻她。

"罗登亲爱的，我想——你还是在爱神离开之前——把那钱拿来吧。"蓓基一面说话，一面安上一个漂亮的蝴蝶结。她管奥斯本叫"爱神"，已经当面奉承过他二十来次，说他相貌漂亮。他往往在临睡之前到罗登屋子里去耽搁半个钟头，玩玩纸牌。蓓基很关心他，总在旁边陪着他。

她常常骂他是个可恶的荒唐的坏东西，威吓他说要把他干的坏事和他爱花钱的习惯都说给爱米听。她给他拿雪茄烟，帮他点火。这手段能起多少作用，她很知道，因为从前在罗登身上就曾经试用过。乔治觉得她活泼有趣，人又机灵，风度又高贵。不管是坐了马车兜风的时候也好，在一块儿吃饭的时候也好，她的光芒都盖过了可怜的爱米。爱米眼看着克劳莱太太和她丈夫有说有笑，克劳莱上尉和乔斯闷着头狼吞虎咽（乔斯后来也混到这些新婚夫妇堆里来了），只好一声儿不响，缩在旁边。

不知怎么，爱米觉得信不过自己的朋友。她瞧着利蓓加多才多艺，兴致又高，口角又俏皮，心里七上八下，闷闷不乐。结了婚不过一星期，乔治已经觉得腻味，忙着找别人一块儿寻欢作乐，将来怎么办呢？她想："他又聪明又能干，我不过是个怪可怜的糊涂东西，实在配不上他。难得他宽宏大量，竟肯不顾一切，委屈了自己娶我。当时我原该拒绝跟他结婚的，可是又没有这样的勇气。我应该在家服侍可怜的爸爸才对。"那时她第一回想起自己对爹娘不孝顺，惭愧得脸上发烧。说起来，这可怜的孩子在这方面的确不对，怪不得她良心不安。她暗暗想道："唉，我真混账，真自私。爸爸和妈妈那么可怜，我不把他们放在心上，又硬要嫁给乔治，可见我只顾自己。我明知自己配不上他，明知他不娶我也很快乐，可是——我努力想叫自己松了手让他去吧，可是总狠不下心。"

小新娘结婚不到七天，心上已经在思量这些事情，暗暗地懊恼，说来真可怜，可是事实上的确是这样。都宾拜访这些年轻人的前一夜，正是五月的好天气，月光晶莹，空气里暖融融香喷喷的；他们把通月台的

长窗开了，乔治和克劳莱太太走到外面，赏玩那一片平静的、闪闪发亮的海水。罗登和乔斯两个人在里间玩双陆，只有爱米丽亚给冷落在一边。这温柔的小姑娘凄凄清清地缩在一张大椅子里，看看这一对，望望那一对，心里悔恨绝望，懊恼得无可奈何。可怜她结婚还不到一个星期，已经落到这步田地。如果她睁开眼睛看看将来，那景色更是荒凉。前面一片汪洋，她没人保护，没人指引，独自一个人怎么航海呢？爱米胆子太小，索性不敢往远处看了。我知道史密士小姐瞧不起她。亲爱的小姐，像你这样果敢斩截的人本来是不多的。

乔治说道："喝，好天气！瞧这月光多亮。"他正在抽雪茄，喷了一口烟，烟缕儿袅袅地直升上去。

"这烟味儿在露天闻着真香，我最喜欢闻雪茄烟。"蓓基笑眯眯地望着月亮说，"谁想得到，月亮离我们这儿有二十三万六千八百四十七英里路呢。我这记性儿不错吧？得了！这些都是在平克顿女学校学来的。你瞧海面上多静，什么都清清楚楚，我差不多看得见法国的海岸。"她那水汪汪的绿眼睛放出光来，好像在黑地里也瞧得见东西。

她道："你知道我打算怎么着？我发现我游泳的本领很好，不管哪天早上，碰上克劳莱姑妈的女伴去洗澡的日子——她叫布立葛丝，鹰嘴鼻，长头发一绺绺地披下来，你还记得她吗？我刚才说，等她洗海澡的时候，我就一直游进她的浮篷，就在水里逼着她跟我讲和。你看这法子可好不好？"

乔治想到水里相会的情形，哈哈大笑。罗登摇着骰子，大声问道："你们两个闹什么？"爱米丽亚荒谬透顶，她忽然不能自持，躲到房里呜呜咽咽地哭起来，真是丢脸。

在这一章书里，说故事的仿佛拿不定主意似的，一忽儿顺叙，一忽儿倒叙，刚刚说完了明天的事，接下来又要说昨天的事，不过也非要这样才能面面俱到。就拿女王陛下客厅里的客人来说，大使和长官告退的时候另外由便门出去，他们坐着马车走了多远，里面钟士上尉家里的太太小姐还在等她们的车子。国库秘书的待客室里坐了六七个请愿的人，挨着班次耐心等待；忽然来了一个爱尔兰议员或是什么有名人物，抢过这六七个人的头，自管自走到秘书先生的办公室里去了。同样地，小说家著书，布局的时候也免不了不公道。故事里面的细节虽然不能遗漏，不过总要让重要的大事占先。都宾带到布拉依顿来的消息十分惊人，当时禁卫军和常备军正在向比利时推进，同盟国家的军队也都聚集在比利时听候威灵顿公爵指挥。两面比较下来，书里面叙述的便是无足轻重的小事，应该靠后，那么著书的铺陈事实的时候次序颠倒一些，不但可以原谅，而且很有道理。从二十二章到现在并没有过了多少时候，刚刚来得及让书里的角色上楼打扮了准备吃晚饭。都宾到达布拉依顿的那一晚，他们一切照常。乔治并没有立刻把朋友从伦敦带来的消息告诉爱米丽亚，不知是因为他善于体贴呢，还是因为他忙着戴领巾，没功夫说话。过了一会儿，他拿着律师的信到她房里来了。她本来时时刻刻防备大祸临头，感觉特别地敏锐，见他那么严肃正经，以为最可怕的消息已经到来，飞跑过去哀求最亲爱的乔治不要隐瞒她，问他是不是要开拔到外国去了？是不是下星期就要开火了？她知道准是这消息。

最亲爱的乔治避开了到外国打仗的问题，很忧闷地摇摇头说道："不是的，爱米。我自己没有关系，我倒是为你担心。爸爸那儿消息很不好，他不愿意和我通信。他跟咱们俩丢开手了，一个钱都不给咱们了。我自己苦一点不要紧，可是亲爱的，你怎么受得了？看看信吧。"他说着，把信递给她。

爱米丽亚眼睛里的表情一半惊慌一半温柔，静听她那豪迈的英雄发表上面一篇堂皇的议论。乔治装腔作势，做出愿意自我牺牲的样子，把信递给她。她接了信，坐在床上翻开来看。哪知道把信看了一遍，反倒眉眼开展起来。我在前面已经说过，凡是热心肠的女人，都不怕和爱人一块儿过苦日子。爱米丽亚想到能和丈夫一起吃苦，心上反而快活。可是她立刻又像平时一样，觉得良心上过不去，责备自己不知进退，不该在这时候反而喜欢。想着，忙把一团高兴收拾起来，很稳重地说道："啊哟，乔治，你如今跟你爸爸闹翻，一定伤心死了。"

乔治苦着脸答道："当然伤心啰。"

她接着说道："他不会老跟你生气的，谁能够跟你闹别扭呢？最亲爱最厚道的丈夫，他一定会原谅你。倘若他不原谅你，叫我心上怎么过得去？"

乔治道："可怜的爱米，我心里倒不是为自己烦恼，叫我着急的是你呀！我穷一点儿怕什么呢？我是不爱虚荣的，我也还有些才干，可以挣个前途。"

他太太插嘴说："你才干是有的。"照她看来，战争应该停止，她的丈夫立刻就做大将军。

奥斯本接着说："我跟别人一样，自己能够打天下。可是我的宝贝孩子，你嫁了我，自然应该有地位，应该享福，如今什么都落了空，叫我心上怎么过得去？叫我的宝贝儿住在军营里，丈夫开到哪儿，妻子就得跟着走，生活又苦，又不得遂心如意，我一想到这儿就难受。"

既然丈夫只是为这件事发愁，爱米也就没有什么不放心。她拉着他的手，喜气洋洋地微笑着唱起她最喜欢的歌儿来。她唱的是《敲敲旧楼梯》里面的一段。歌里的女主角责备她的汤姆对她冷淡，并且说只要他以后好好待她，忠诚不变，她就肯"为他补裤做酒"。她的样子又快活又漂亮，所有的年轻女人只要能像她一样就好。过了一会儿，她又道："再说，两千镑不是一笔很大的款子吗？"

乔治笑她天真不懂事。他们下去吃饭的时候，爱米丽亚紧紧勾着乔治的胳膊，唱着《敲敲旧楼梯》这曲子。她去了心事，比前几天高兴得多。

总算开饭了。吃饭的时候幸而没有人愁眉苦脸，所以一餐饭吃得非常热闹有趣。乔治虽然得了父亲一封驱逐出门的信，想到不久便要上战场，精神振奋，恰好和心里的懊恼扯直。都宾仍旧像话匣子一样说笑个不停，说到军队里的人在比利时的种种事情，好像那儿的人除了寻欢作乐、穿衣打扮、连接着过节之外什么都不管。上尉是个乖人，他心里别有打算，故意扯开话题，形容奥多少佐太太怎么拾掇少佐和她自己的行李。她把丈夫最好的肩章塞在茶罐子里，却把她那有名的黄色头巾帽，上面还插着凤鸟的羽毛，用桑皮纸包起来锁在少佐的铅皮帽盒子里。他说法国的王上和他宫里的官儿都在甘德，看了那顶帽子不知道有什么感想；布鲁塞尔的军队开大跳舞会的时候这顶头巾帽一定还会大出风头呢。爱米丽亚吓了一大跳，霍地坐起来道："甘德！布鲁塞尔！部队要开拔了吗？乔治，是不是呀？"她那笑眯眯的脸儿吓得立刻变了颜色，不由自主地拉着乔治不放。

他脾气很好，答道："别怕，亲爱的。只要十二小时就能到那儿。出去走动走动对你没有害处，你也去得了，爱米。"

蓓基说道："我也去。我是有职位的。德夫托将军一向跟我眉来眼去很有交情。你说对不对，罗登？"

罗登扯起嗓子，笑得和平常一样响。都宾把脸涨得通红，说道："她不能去。"他还想说："多危险呢！"可是刚才吃饭的时候他的口气不是表示比利时那边很太平吗？这时候怎么说呢？所以只好不作声。

爱米丽亚怪倔强地嚷道："我偏要去。我非去不可。"乔治赞成太太的主意。他拍拍她的下巴颏儿，对其余的人埋怨说自己娶了个泼妇。他答应让她同去，说道："让奥多太太陪着你得了。"爱米丽亚只要能够在丈夫旁边，别的都不在乎。这么一安排，离愁别恨总算变戏法似的变掉了。战争和危险虽然避免不了，可是说不定要到好几个月以后才开火。眼前暂且无事，胆小的爱米丽亚仿佛犯人得了缓刑的特赦令那么喜欢。

都宾心底里也觉得高兴，他的希望、他所要求的权利，就是能够看见她，心里暗暗地决定以后一定要不时留神保护着她。他想，如果我娶了她，一定不许她去。可是她究竟是乔治的老婆，旁人不便多说。

吃饭的时候大家谈论着各项要紧的大事，后来还是利蓓加勾着爱米丽亚的腰，把她从饭间里拉出去，让先生们喝酒畅谈。

晚上大家玩笑的当儿，罗登的妻子递给他一张条子，他看了一看，立刻捏成一团在蜡烛上烧了。我们运气好，利蓓加写信的时候，恰巧在她背后，只见她写道："重要消息，别德太太已去。今晚向爱神要钱，看来他明天就要动身。留心别让人看见信。利。"大家站起来准备到太太们屋里去喝咖啡的时候，罗登在奥斯本胳膊肘上碰了一下，优雅地说道："奥斯本，好小子，如果你不嫌麻烦，请你把那小数目给了我。"乔治虽然嫌麻烦，也只好从袋里拿出一大把钞票给他，没有付清的数目，开了一张借券，过一星期到他的代理人那儿拿钱。这件事办完以后，乔治、乔斯和都宾三个人一面抽雪茄烟，一面开紧急会议，决定第二天大家坐了乔斯的敞篷马车回到伦敦去。我想乔斯宁可留在布拉依顿，到罗登·克劳莱离开以后再动身，可是给都宾和乔治逼着，只好答应用车子送大家回去。他雇了四匹马，因为在他地位上，再少是不行的。第二天吃完早饭，他们一群人就浩浩荡荡出发了。爱米丽亚一早起身，七手八脚地理箱子，乔治躺在床上，埋怨没有用人帮她做事。她倒并不在乎，甘心情愿地一个人拾掇行李。她模模糊糊地有些信不过利蓓加。她们两个告别的时候虽然依依不舍地你吻我我吻你，咱们却很明白吃起醋来是什么滋味。爱米丽亚太太有许多女人的特长，拈酸吃醋也是其中之一。

除了这些来来去去的角色之外，别忘了咱们在布拉依顿还有别的朋友。原来克劳莱小姐和她的一群侍从也在此地。利蓓加夫妻住的旅馆离开克劳莱小姐的住宅只有几箭之地，可是那生病的老太太仍旧和住在伦敦的时候一样,硬起心肠把大门关得紧腾腾的不放他们进去。只要别德·克劳莱太太一天在她亲爱的大姑玛蒂尔达身边,就一天不放她侄儿和老太太见面,免得她心神不安。克劳莱小姐坐了马车出去兜风,忠心的别德太太便坐在她旁边;克劳莱小姐坐着轮椅出去换换空气,她和老实的布立葛丝一边一个保护着。有时偶然碰见罗登夫妇,虽然罗登必恭必敬地脱了帽子行礼,她们冷冰冰地不瞅不睬,真叫人难堪,到后来弄得罗登也发起愁来。

罗登上尉时常垂头丧气地说:"早知如此,还不如就留在伦敦也罢了。"

他的妻子比他乐观，答道："布拉依顿舒服的旅馆总比却瑟莱街上的牢房好些。记得那地保莫西斯先生跟他的两个差人吗？他们在咱们的房子附近整整守了一个星期。这儿的几个朋友都没有脑子，可是乔斯先生和爱神上尉比莫西斯先生的差人还强些，罗登亲爱的。"

罗登仍旧鼓不起兴，接着说道："不知道传票有没有跟着我一起来。"

勇敢的蓓基答道："有传票来的话，咱们就想法子溜之大吉。"她把碰见乔斯和奥斯本的好处解释给丈夫听，说是全亏有这两个人供给现钱，要不然他们手头不会这样宽裕。

禁卫兵埋怨道："这些钱还不够付旅馆的账呢。"

他的太太百句百对，答道："那么何必付呢？"

罗登的用人和克劳莱小姐下房的两个听差仍旧有些来往。而且他受了主人的嘱咐，一看见马车夫就请他喝酒，小夫妇俩就在他那里打听克劳莱小姐的动静。后来又亏得利蓓加忽然想起来害了一场病，就把那给老小姐看病的医生请到家里来。这么一来，所有的消息也就差不多全了。布立葛丝小姐面子上把罗登夫妇当作对头，其实是出于无奈，心里却没有敌意。她天生是个不念旧恶的软心肠，现在利蓓加并没有妨碍自己的去处，也就不觉得讨厌她，心里只记得她脾气又好，嘴又甜。别德太太自从占了上风，行事专制极了；布立葛丝、上房女用人孚金，还有克劳莱小姐家里其余的人，都给压得透不过气来。

脾气凶悍的正派女人，做出来的事往往过分，已经占了便宜，还是没足没够地尽往前抢。别德太太来了不到几个星期，已经把病人处治得依头顺脑。可怜的老太太任凭弟媳妇摆布，压根儿不敢对布立葛丝和孚金抱怨不自由。别德太太管着克劳莱小姐，每天喝酒不得超过定量，而且每一杯都得由她亲自来斟，一滴不能少，一滴不能多。孚金和那用人头儿干瞧着连雪利酒都没有他们的份，心里怨恨得什么似的。甜面包、糖浆、鸡肉，也由别德太太分派，每份的多少，上菜的先后，一点儿错不得。早上，中午，晚上，她按时给病人吃药。医生开的药水虽然非常难吃，克劳莱小姐却乖乖地都给喝下去，那份儿顺从叫人看着感动。孚金说道："我那可怜的小姐吃药的时候好乖啊。"病人什么时候坐马车，什么时候坐轮椅，也得由别德太太安排。总而言之，老太太生病刚好，给她折磨得服服帖帖。这样的作风，是那些品行端方、精明强干、慈母一样的太太们的特色。

倘或病人稍为有些犟头倔脑，要求多吃些饭菜少喝些药水，看护便吓唬她，说她马上要死，吓得克劳莱小姐立刻不敢再闹。孚金对布立葛丝说道："她现在一点刚性也没有了，三星期来，她还没骂过我糊涂东西呢。"别德太太已经打定主意，要把刚才说的老实的贴身女用人，身材胖大的亲信，连同布立葛丝，三个人一起辞退。她打算先叫家里的女儿们来帮忙，然后再把克劳莱小姐搬到女王的克劳莱去。正在这时候，家里出了一件意想不到的麻烦事儿，害得她不得不把手边怪有意思的工作搁下来。原来别德·克劳莱牧师晚上骑马回家，从马背上摔下来，跌断了一根锁骨。他不但发烧，而且受伤的地方发炎。别德太太只得离了色赛克斯回到汉泊郡去。她答应等到别德身体复原，立刻回到最亲爱的朋友身边来；又切切实实地把家下的人嘱咐了一顿，教导他们怎么服侍主人。她一踏上沙乌撒泼顿邮车，克劳莱小姐家里人人都松了一口气，好几星期以来，屋里还不曾有过这么欢天喜地的空气。克劳莱小姐当天下午就少吃了一顿药。鲍尔斯特地开了一瓶雪利酒，给他自己和孚金姑娘两人喝。晚上，克劳莱小姐和布立葛丝小姐不读朴底乌斯宣讲的训戒，却玩了一会儿纸牌。这情形正像童话里说的，棍子忘了打狗，便影响到后来的局面，大家从此快快活活过太平日子。

一星期里总有两三回，布立葛丝小姐一早起身到海里洗澡。她穿着法兰绒长袍子，戴着油布帽子，钻在浮篷底下浮水。前面已经说过，利蓓加知道布立葛丝的习惯，曾经说过要钻到布立葛丝浮篷里面，出其不意地来一次袭击。她虽然没有当真做出来，不过决定等那位小姐洗完澡回家的时候拦路向她进攻。想来她在海水里泡过之后，精神饱满，脾气一定随和些。

第二天早上，蓓基起了一个早，拿着望远镜走到面海的起坐间里，守着海滩上的洗澡浮篷细细地看。不一会儿，她看见布立葛丝走到海滩上，钻进浮篷向海里游去，连忙下去等着。她追求的仙女从篷帐下面钻出来踏上海边的石头子儿，迎面就看见她。当时的风景美丽极了。那海岸，在水里游泳的女人们的脸庞儿，长长的一带山石和房子，都浴在阳光里，亮湛湛红喷喷的非常好看。利蓓加的脸上挂着和蔼亲热的笑容；布立葛丝从帐篷底下走出来，她就伸出细白的小手跟她拉手。布立葛丝有什么法子不和她打招呼呢？只好说："夏——克劳莱太太。"

克劳莱太太紧紧地握着她的手，把它压在自己心口上。她忽然不能自持，一把搂着布立葛丝，怪亲热地吻着她说："我最亲爱的好朋友！"她的情感那么真诚，布立葛丝立刻心软了，连旁边浮水的女人也同情她。

蓓基没费什么力气就把布立葛丝的话引出来，两个人密密地谈了好半天，谈得十分投机。布立葛丝把克劳莱小姐府上的大小事情说给蓓基听。自从那天早上蓓基突然离开派克街到眼前为止，家里有什么事情，别德太太怎么回家，大家怎么高兴，都细细地描写议论了一下。克劳莱小姐的心腹把她主人怎么生病，有什么症状，医生怎么医治，也一字不漏，原原本本地说了一遍。所有的太太奶奶们全喜欢这一套，她们只要说起身子七病八痛，怎么请医服药，便谈个无休无歇。布立葛丝说不厌，利蓓加也听不厌。蓓基说她恩人病中全亏亲爱的厚道的布立葛丝和那忠心耿耿的无价之宝孚金两个人服侍，真得感谢上苍。她只求老天保佑克劳莱小姐。她自己对她虽然不够尽责任，可是她犯的罪过不是很近人情很可原谅的吗？她爱上了一个男人，怎么能不嫁给他呢？布立葛丝是个多情人儿，听了这话，不由得翻起眼睛，朝天叹了一口同情的气。她回想当年自己也曾经恋爱过，觉得利蓓加算不得大罪人。

利蓓加说道："我是个没爹娘，失亲少友的可怜东西。承她对我那么照顾，叫我怎么能够忘记她的好处？虽然她现在不认我，我总是一心一意地爱她，愿意一辈子伺候她的。亲爱的布立葛丝小姐，克劳莱小姐是我的恩人，又是宝贝罗登心坎儿上的近亲。所有的女人里面，我最爱她，也最佩服她。除了她以外，其次就爱那些忠心服侍她的人。我可不像别德太太那么混账，不会使心用计，也不肯用这种手段对待克劳莱小姐忠心的朋友们。"利蓓加又说："别看罗登是个老粗，面子上随随便便的，心里才热呢。他眼泪汪汪地不知跟我说过多少回，总说谢天谢地，他最亲爱的姑妈身边亏得有个热心肠的孚金和了不起的布立葛丝两个人伺候着。"她说她真怕可恶的别德太太拿出毒手来，把克劳莱小姐喜欢的人都撵个罄净，然后接了家里一批贪心的家伙来，把可怜的老太太捏在手心里。如果有那么一天，利蓓加请布立葛丝小姐别忘记她；她家里虽然寒素，却欢迎布立葛丝去住。蓓基按捺不住心里的热忱，嚷道："亲爱的朋友，并不是个个女人都像别德·克劳莱太太一样的。有好些人受了恩惠，一辈子都忘不了。"她又道："我何必埋怨她呢？我虽然给她利用，中了她的计策，可是话又得说回来，罗登宝贝儿可是她赏给我的。"利蓓加把别德太太在女王的克劳莱种种的行为告诉布立葛丝。她当时不懂得她的用意，现在有事实证明，还有什么不明白的？别德太太千方百计撮合罗登和她；他们两个天真不懂事，中了她的圈套，当真恋爱起来，结了婚，从此把前途毁掉了。

这些话一点儿不错。布立葛丝把别德太太的圈套看得清清楚楚。罗登和利蓓加的亲事竟是别德太太拉拢的。她老老实实地告诉她的朋友，说他们夫妻俩虽然是上了别人的当，看上去克劳莱小姐对于利蓓加已经没有情分了。另一方面，她痛恨侄儿结了这样一门不合适的亲事，对他也不会原谅。

关于这一点,利蓓加有她自己的见解,并不觉得灰心。克劳莱小姐眼前虽然不肯原谅他们,将来总会回心转意。就拿当时的情形来说,罗登说不定能够承袭家传的爵位,只多着个多病多灾、时常哼哼唧唧的毕脱·克劳莱。倘或毕脱有个三长两短,事情不就很顺利了吗?不管怎么,把德太太的诡计揭穿,骂她一顿,心里也舒服,没准对于罗登还有些好处。利蓓加和重新团圆的朋友谈了一个钟头,分手的时候依依不舍地表示十分敬爱她。她知道过不了几点钟,布立葛丝就会把她们两个说的话搬给克劳莱小姐听。

两个人说完了话,时候也已经不早,利蓓加应该回旅馆了。隔夜在一起的人都聚在一块儿吃早饭,互相饯行。利蓓加和爱米丽亚亲密得像姊妹,临别的时候十分割舍不下。她不住地拿手帕抹眼睛,搂着朋友的脖子,竟好像以后永远不见面了。马车动身的时候,她在窗口对他们摇手帕(我要添一句,手帕是干的)。告别之后,她回到桌子旁边,又吃了些大虾。看她刚才伤心得那么利害,竟不料她还有这么好的胃口。利蓓加一面吃好东西,一面把早上散步碰见布立葛丝的事情说给罗登听。她满心希望,帮丈夫鼓起兴来。反正她得意也好,失望也好,总能够叫丈夫信服她的话。

"亲爱的,现在请你在书桌旁边坐下来,给我好好儿写封信给克劳莱小姐,就说你是个好孩子啰,这一类的话。"罗登坐下来,很快地写了地名,日期,和"亲爱的姑妈"几个字。写到这里,勇敢的军官觉得别无可说的话,只好咬咬笔杆抬头望着老婆。蓓基看他愁眉苦脸,忍不住笑起来。她一面背了手在房里踱来踱去,一面一句句地念了让罗登笔录下来。

"'我不久就要随军出国到前线去。这次战事,危险性很大——'"

罗登诧异道:"什么?"他随即听懂了,嬉皮笑脸地写下来。

"'危险性很大,因此我特为赶到此地——'"

骑兵插嘴道:"蓓基,干吗不说'赶到这儿'呢?这样才通呀。"

利蓓加跺着脚说道:"'赶到此地和我最亲爱的姑妈道别。我自小儿受姑妈的疼顾,希望能在我冒死出战之前,重新回到恩人身边和她握手言好。'"

"'握手言好'。"罗登一面念,一面飕飕地写,对于自己下笔千言的本领十分惊奇。

"'我没有别的愿望,只求在分别以前得您的原谅。我的自尊心不下于家里其余的人,不过观念有些不同。我虽然娶了画师的女儿,却并不引以为耻。'"

罗登嚷道:"呸!我若觉得难为情,随你一刀把我刺个大窟窿!"

利蓓加道:"傻孩子!"她拧了他一把耳朵,弯下身子看他的信,生怕他写了别字,说:"'恳'字错了,'幼'字不是这样写。"罗登佩服妻子比他学问好,把写错的字一一改正。

"'我一向以为您知道我的心事。别德·克劳莱太太不但支持我,并且还鼓励我向蓓基求爱。我不必怨恨别人,既然已经娶了没有财产的妻子,不必追悔。亲爱的姑妈,您的财产,任凭您做主分配,我没有口出怨言的权利。我只希望您相信我爱的是姑妈,不是她的财产。请让我在出国之前和您言归于好。请让我动身以前来跟您请安。几星期之后,几个月之后,也许要相见也不能够了。在跟您辞行之前,我是决不忍心离开本国的。'"

蓓基道:"我故意把句子写得很短,口气也简捷,她不见得看得出这是我的手笔。"不久,这封可靠的信便给悄悄地送给布立葛丝。

布立葛丝把这封坦白真挚的信躲躲藏藏地交到克劳莱小姐手里,逗得她笑起来道:"别德太太反正不在这儿,咱们看看也不妨事。念吧,布立葛丝。"

布立葛丝把信读完,她东家越发笑起来。布立葛丝说这封信充满了真情,使她很感动。克劳莱小姐对她道:"你这糊涂虫,你难道不知道这封信不是罗登写的吗？他向来写信给我，总是问我要钱，而且满纸别字，文气既不通顺，文法也有毛病。这封信是那个脏心烂肺的家庭教师写的。她如今把罗登握在手掌心里了。"克劳莱小姐心中暗想，他们全是一样的，都在想我的钱，巴不得我早死。

她接下去淡淡地说道："见见罗登倒无所谓。宁可讲了和更好。只要他不大吵大闹的，见他一面打什么紧？我反正不在乎。可是一个人的耐心有限，亲爱的，听着，罗登太太要见我的话，我可不敢当，我受不了她。"和事佬虽然只做了一半，布立葛丝也满意了。她认为最好的法子是叫罗登到峭壁上去等着和老太太见面，因为克劳莱小姐常常坐了轮椅到那里去吸新鲜空气。

他们就在那里会面。我不知道克劳莱小姐见了她以前的宝贝侄儿有什么感触，可还有些关心他。她和颜悦色地伸出两个指头算跟他拉手，那样子好像前一天还和他见过面。罗登乐得不知怎么好；他觉得很窘，把个脸涨得血点也似的红；拉手的时候差点儿把布立葛丝的手拧下来。也许他为本身利益打算才这么高兴；也许他动了真情；也许他见姑妈病了几星期，身体虚弱，心里觉得难过。

他回去把见面的经过告诉妻子，说道："老奶奶从前一向对我好极了。我心里面有一种怪别扭的感觉，那种——反正你知道。我在她那个什么车子旁边走了一会儿，一直送她到门口，鲍尔斯就出来扶她进去，我很想跟进去，可是——"

他的妻子尖声叫道："罗登，你没进去吗？"

"亲爱的，我没有进去，唉！事到临头的时候我有点怕起来了。"

"你这糊涂东西！你应该一直走进去再别出来才好啊！"利蓓加说。

高大的禁卫兵恼着脸答道："别骂人。也许我是个糊涂东西，可是你不该这么说。"他摆出难看的脸色，对妻子瞅了一眼。每逢他当真动怒，脸上的气色就是这样。

利蓓加见丈夫生了气,安慰他道:"好吧,亲爱的,明天再留心看着,不管她请你不请你,快去拜望她。"他回答说他爱怎么行动是他的自由,请她说话客气点儿。受了委屈的丈夫从家里出来,心里又疑惑又气恼,闷闷地在弹子房逛了一上午。

他当晚还是让步了。像平常一样,他不得不承认妻子眼光远大,比自己精细。说来可叹,她早就知道他坏了事,如今毕竟证实了。看来克劳莱小姐和他闹翻之后已经好多时候不见面,现在久别重逢,心里的确有些感触。她默默地寻思了半晌,对她的女伴说道:"布立葛丝,罗登现在变得又老又胖,鼻子红红的,相貌粗蠢得要命。他娶了那个女人,竟改了样子,从骨头里俗气出来。别德太太说他们一块儿喝酒,这话大概不错。他今天一股子烧酒味儿,熏得人难受。我闻到的,你呢?"

布立葛丝给他申辩,她也不理。布立葛丝说,别德太太最爱说人家的坏话,照她这样没有地位的人眼里看来,别德太太不过是个——

"你说她是个诡计多端的女人吗?你说得对,她的确不是好东西,专爱说人家的坏话。不过我知道罗登喝酒准是那女人怂恿的。这些下等人全是一样。"

做伴的女人说道:"他看见你,心里很感动,小姐。你想想,他将来要碰到多少危险——"

老小姐火气上来,恨恨地嚷道:"布立葛丝,他答应出多少钱收买你?得了,得了,你又来眼泪鼻涕地闹,我最讨厌看人家哭呀笑的。干吗老叫我心烦?你要哭,上你自己屋里哭去,叫孚金来伺候我。别走,等一等,坐下擤擤鼻子,别哭了,给我写封信给克劳莱上尉。"可怜的布立葛丝依头顺脑地走到记事本子前面坐下。本子上全是老小姐前任书记别德太太的强劲有力的字迹。

"称他'亲爱的先生',你就说是奉克劳莱小姐的命令——不,克劳莱小姐的医生的命令,写信给他,告诉他我身体虚弱,假若多受刺激,便会发生危险,因此不能见客,也不宜讨论家事。再说些客套话,就说多承他到布拉依顿来看我,可是请他不必为我的缘故老住在此地。还有,布立葛丝小姐,你可以说我祝他一路平安,请他到格蕾法学协会去找我的律师,那儿有信等着他。这样就行了,准能把他从布拉依顿打发掉。"

好心的布立葛丝写到这句话,心里十分高兴。

老太太叨叨地接着说道:"别德太太走掉还不满一天,他就紧跟着来了。他竟想把我抓在手里,好不要脸。布立葛丝亲爱的,再写封信给克劳莱太太,请她也不必再来。我不要她来,不许她来。我不愿意在自己家里做奴隶,饭吃不饱,还得喝毒药。他们都要我的命,个个人都要我死!"寂寞的老婆子说到这里,伤心得号啕大哭。她在名利场上串演的一出戏,名为喜剧,骨子里却是够凄惨的。现在这出戏即刻就要闭幕,花花绿绿的灯笼儿一个个地灭掉,深颜色的幔子也快要下来了。

老小姐拒绝和解的信使骑兵两口子大失所望。他们念到最后一段,听说叫罗登到伦敦去找克劳莱小姐的律师,才得了些安慰。布立葛丝写这句话的时候,也是一心盼望他们得到好处。当下罗登急急地想到伦敦去。老太太写信的目的正是要他走,竟立刻如愿了。

罗登把乔斯的赌债和奥斯本的钞票付了旅馆的账目,旅馆的主人大概到今天还不知道他当年几乎收不着钱。原来利蓓加深谋远虑,乔治的用人押着箱子坐邮车回伦敦,她趁机就把自己的值钱的行李都拾掇好一并交给他带去,就好像开火之前,大将军总把自己的行李送到后方一样。罗登两口子在第二天也坐了邮车回到伦敦。

罗登说:"我很想在动身以前再去看看老太婆。她变了好多,好像很伤心的样子,我看她活不长了。不知道华克息那儿的支票值多少钱?我想有两百镑。不能再比两百镑少了吧,蓓基,你说呢?"

罗登夫妇因为密特儿赛克斯郡的长官常常派了差人去拜访他们，所以没有回到白朗浦顿的老房子里去，只在一家旅馆里歇宿。第二天一早，利蓓加绕过郊区到福兰去，还看见他们。她到了福兰，打算上赛特笠老太太家里去拜访亲爱的爱米丽亚和布拉依顿的朋友们。哪知道他们已经到契顿姆去了，由契顿姆再到哈瑞却，和部队一起坐船到比利时。好心的赛特笠老太太又愁闷又寂寞，正在落泪。利蓓加从她那里回家，看见丈夫已经从格蕾法学协会回来，知道他碰了什么运气。罗登怒不可遏，对她说道："蓓基，她只给了我二十镑！"

他们虽然吃了大亏，这笑话儿却妙不可言。蓓基看见罗登垂头丧气的样子，忍不住哈哈大笑。

## 第二十六章　从伦敦到契顿姆以前的经过

　　咱们的朋友乔治离开布拉依顿之后，很威风地一直来到卡文迪希广场的一家体面旅馆里。他在旅馆里早已定下一套华丽的房间，席面也已经排好，桌子上的碗盏器皿光彩夺目，旁边五六个茶房，全是非洲黑人，簸箕圈也似站着，肃静无声地迎接新婚夫妇。出门非得四匹马拉车子的上流时髦人，自然要这样的气派才行呢。乔治摆出公子王孙的神气，招待乔斯和都宾。爱米丽亚第一回做主妇，在乔治所谓"她自己的席面上"招呼客人，腼腆怕羞得不得了。

　　乔治一面喝酒一面挑剔，又不时吆喝着茶房，简直像国王一般，乔斯大口价嚼着甲鱼，吃得心满意足。都宾在旁边给他添菜。这碟菜本来在主妇面前，可惜她是个外行，给赛特笠先生夹菜的时候既不给他脊肉也不给他肚肉。

酒菜那么丰盛，房间那么讲究，都宾先生看着老大不放心。饭后乔斯倒在大椅子里睡觉，他就规劝乔治，叫他不要浪费，他说就是大主教，也不过享受那样的甲鱼汤和香槟酒罢了。乔治不睬他的话，回答道："我出门上路，一向非要上等人的享受不可。我的太太，走出来也得像个大人家的少奶奶才好。只要抽屉里还有一文钱剩下，我就得让她舒舒服服过日子。"使钱散漫的家伙觉得自己宽宏大量，着实得意。都宾也不和他争辩，说什么爱米丽亚并不仗着喝甲鱼汤才能快活这一类的话。

吃完了饭不久，爱米丽亚怯生生地说要到福兰去看望妈妈，乔治叽咕了几句，答应让她去。她跑到大卧房里，满心欢喜，兴冲冲地戴帽子围披肩。这间大房间的中央摆着一张大大的床铺，那样子阴森森得可怕，据说"同盟国的国王们到英国来的时候，亚历山大皇帝的妹妹就睡在这儿"。她回到饭间，看见乔治仍旧在喝红酒，并没有动身的意思。她问道："最亲爱的，你不跟我一起去吗？""最亲爱的"回答说不行，那天晚上他还有"事情"要办呢，叫他的用人雇辆马车送她去吧。马车雇好以后，在旅馆门口等着，爱米丽亚对乔治脸上瞧了一两眼，明知没想头了，很失望地对他微微地屈膝行了个礼，垂头丧气地从大楼梯走下去。都宾上尉跟在她后面，扶她上车，又眼看着马车动身向指定的地点走去才罢。那用人生怕丢脸，不肯当着旅馆里的茶房把地名说给赶车的听，只说过一会儿自会告诉他。

都宾回到斯洛德咖啡馆他原来住的地方去；我想他一路走，心里巴不得自己也在方才那辆街车里面，坐在奥斯本太太旁边。看来乔治的嗜好跟都宾的大不相同；他喝够了酒，走到戏院里，出了半价看基恩先生演夏哀洛克[①]。奥斯本上尉最喜欢看戏，军营里演戏的时候，他参加过好

---

[①] 莎士比亚《威尼斯商人》一剧中重利盘剥的犹太人。

几回，扮演比较严肃的喜剧角色，成绩十分出众。乔斯一直睡到天黑以后好久才托地跳醒，他的用人收拾桌子，把酒杯倒空了撤下去，有些响动，把他吵醒过来。于是又到街车站那儿雇了一辆车，送咱们这位肥胖的主角回家睡觉。

赛特笠太太当然拿出母亲的热忱和慈爱紧紧地把女儿搂在怀里。马车在小花园门前一停下来，她就跑出门去欢迎那浑身打战、哭哭啼啼的小新娘子。克拉浦老先生家常穿着衬衫，正在修理树木，倒吓了一跳，连忙躲开了。爱尔兰小丫头从厨房里飞奔上来，笑眯眯地说了一声"求天老爷保佑你"。沿着石板铺的甬道上了台阶便是会客室，爱米丽亚差点儿连这几步路都走不动。

娘儿两个躲在屋子里互相搂抱，一把把的眼泪，淌得竟像开了水闸似的。当时的情形，凡是算得上有情人儿的读者一定都想像得出来。太太小姐们不是老爱哭哭啼啼的吗？逢上婚丧喜庆，或是无论什么别的大事，她们都非哭不可。家里办了一趟喜事，爱米娘两个当然得痛痛地掉一阵子眼泪。何况掉的又不是伤心的眼泪，哭过一通，心里反而爽快。我亲眼看见两位奶奶，原来是冤家对头，在办喜事的当儿竟亲热起来，一头淌眼抹泪，一头你吻我我亲你。这么说来，本来相亲相爱的人更该感动到什么田地呢？凡是好母亲，到女儿出嫁的时候，就好像陪着重新结了一次婚。再说到后来的事，大家都知道做外婆的比做娘的还疼孩子。真的，一个女人往往做了外婆才能真正体味做娘的滋味。我们应该尊重爱米丽亚和她妈妈，别去搅和她们，让她两个在朦朦胧胧的会客室里哭一会儿，笑一会儿，压低了嗓子说一会儿。赛特笠先生就很知趣。马车到门口的时候他根本不知道车里坐的是什么人，也没有飞跑出去迎接女儿，不过女儿进门之后他当然很亲热地吻她。当时他正在做他的日常工作，忙着整理他的文件、带子和账目。他很聪明，只陪着妻子和女

第二十六章　从伦敦到契顿姆以前的经过 | 341

儿坐了一会儿,就走出来了,把那小会客室完全让给她们。

乔治的亲随目无下尘,瞧着那只穿衬衫的克拉浦先生给玫瑰花浇水,居然承他的情,对赛特笠先生脱了脱帽子。赛特笠先生问起女婿的消息,问起乔斯的马车,又问他的马有没有给带到布拉依顿去?混账的卖国贼拿破仑小子有什么消息,战事有什么变化?后来爱尔兰女用人用托盘托了一瓶酒来,老先生一定要请那听差喝酒,又赏给他半个基尼。听差又诧异,又瞧不起,把钱收起来。赛特笠先生道:"脱洛德,祝你主人主妇身体健康。喏,这点儿钱拿去喝酒祝福你自己吧,脱洛德。"

爱米丽亚离开这所小屋子和家里告别虽然不过九天,倒好像是好久好久以前的事情似的。一条鸿沟把她和过去的生活隔成两半。她从现在的地位端详过去的自己,竟像是换了一个人。那没出阁的小姑娘情思缠绵，睁开眼来只看见一个目标，一心一意盼望自己遂心如愿。她对爹娘虽然不算没良心，不过受了他们百般疼爱却也淡淡地不动心，好像这是她该得的权利。她回想这些近在眼前而又像远在天边的日子，忍不住心里羞惭，想起父母何等地慈爱，愈加觉得凄惶。彩头儿已经到手，人间的天堂就在眼前，为什么中头彩的人还是疑疑惑惑地安不下心呢？在一般小说里，等到男女主角结婚以后，故事便告一段落，好像一本戏已经演完，人生的疑难艰苦已经过去；又好像婚后的新环境里一片苍翠，日子过得逍遥自在。小两口子什么也不必管，只消成天勾着胳膊，享享福，作作乐，直到老死。可怜小爱米丽亚刚刚上得岸来，踏进新的环境，已经在往后看了。她遥遥地望着隔河的亲人们悲悲戚戚地对自己挥手告别，心里十分焦愁。

她的母亲要给刚回门的新娘作面子，不知该怎么招待她才好。她和女儿狠狠地谈了一顿，暂时离开女儿钻到屋子的底层去了。楼下的一间厨房兼做会客室，是克拉浦夫妇动用的。到晚上，爱尔兰丫头弗兰妮根小姐洗好了碗碟，拿掉了卷发纸，也到那儿歇息。赛特笠太太来到厨房，打算要做一桌吃起来丰盛、看起来花哨的茶点。各人有不同的方法来表示好意，在赛特笠太太眼里看来，爱米丽亚的地位很特殊，要讨她喜欢，应该做些油煎饼，另外再用刻花玻璃小碟子装一碟橘皮糖浆上去。

她在楼下调制这些可口的茶点，爱米丽亚便离开会客室顺着楼梯上去。她不知不觉地走进结婚以前的小卧房，在椅子里坐下来。从前多少伤心的日子，就是在这把椅子里面挨过去的。她摸着扶手靠在椅子里，当它是老朋友。她回想过去一星期里的情况，也推想到将来的命运。可怜她心里愁苦，已经在呆柯柯地回忆从前的旧事了。希望没有实现的时候，眠思梦想地追求，既经实现之后，也说不上什么快活，反倒疑疑惑惑烦恼起来。我们这忠厚没用的小东西真可怜，在这你争我夺的名利场上流离失所，注定要过这么苦命的日子。

　　她坐在屋里,痴痴地回忆结婚之前膜拜的是怎么样的一个乔治。不知道她有没有对自己承认乔治本人和她崇拜的年轻俊杰有许多不同?总要好多好多年之后,丈夫实在不成材,做妻子的才肯撇下虚荣心和自尊心,承认自己的确看错了人。她好像看见利蓓加闪烁的绿眼睛和不怀好意的笑脸,心上又愁又怕,不觉又回到从前的老样子,闷闷地只顾寻思自己的得失。从前那老实的爱尔兰女用人把乔治向她重新求婚的信交给她的时候,她就是这样的无精打采愁眉泪眼的模样。

　　她瞧瞧几天以前还睡过的白漆小床,巴不得还能像从前似的睡在那里,早上醒来就能看见母亲弯下身子对她笑。卡文迪希广场的大旅馆里的卧房又高又大又暗,房里摆着阴森森的大床,四面篷帐似的挂着花缎的帐子,她想到晚上还得睡在那张床上,心里老大害怕。亲爱的小白床!她躺在这床上度过多少漫漫的长夜,靠着枕头掉眼泪,灰心得只求一死完事。现在她的希望不是都实现了吗？满以为高攀不上的爱人不是跟她永远结合在一起了吗？在她病中，慈爱的妈妈在她床旁边服侍得多么耐心，多么细致！这女孩子胆子小，心肠热，性格温柔，她心里十分悲苦，在小床旁边跪下来祷告上天给她安慰。说句老实话，她难得祷告。在从前，爱情就是她的宗教信仰。现在心给伤透了，希望也没有了，她才想到找寻别的安慰。

我们有权利偷听她的祷告吗？有权利把听来的话告诉别人吗？弟兄们，她心里的话是她的秘密，名利场上的人是不能知道的，所以也不在我这小说的范围里面。

我只能告诉你这句话：吃茶点的时候，她走下楼来，样子很高兴，不像近几天来那样烦闷怨命，也不去想乔治待自己多么冷淡，利蓓加眼睛里是什么表情。她走下楼，吻了爸爸妈妈，跟老头儿谈天，逗得他心里舒坦，神情跟近来大不相同。她坐在都宾买给她的钢琴面前，把父亲喜欢的旧歌儿唱给他听。她夸奖茶点可口，又称赞碟子里的橘子酱装得雅致。因为她立意叫别人快活，连自己也跟着快活起来了。到晚上，她在阴森森的大帐子里睡得很香，直到乔治从戏院回来的时候才笑眯眯地醒过来。

第二天，乔治又得去"办事"了，这一回的事情，比起看基恩先生扮演夏哀洛克重要得多。他一到伦敦就写了一封信给父亲的律师，大模大样地通知他们第二天等着和他见面。旅馆里的费用，和克劳莱上尉打弹子玩纸牌欠下的赌账，已经把他的钱袋掏个罄净。他出国之前，总得要些钱，没有别的法子，只好去支付父亲委托律师交给他的两千镑钱。他心里以为过不了几时，他父亲准会回心转意。天下有什么父母能够对他这样的模范儿子硬心肠呢？倘或他过去的功绩，一身的德行，还不能使父亲息怒，乔治决定在这次战役中大露锋芒，那么老先生总得让步了。万一他不让步呢？呸！反正机会多着呢。他的赌运也许会转好，两千镑也很可以一用了。

他叫马车把爱米丽亚送到她母亲那里,让两个女的出去买东西。又切切实实地吩咐她们,像乔治·奥斯本夫人这样身份的时髦太太到国外游览所需要的衣着用品,一件都不能少,该买什么都让她们自己定夺。她们只有一天办行装,当然忙得不得了。赛特笠太太重新坐在私人马车里,忙碌碌地从衣装店赶到内衣铺,掌柜的客客气气,伙计们卑躬屈节,一直把她送到马车门口,真是从破产以来第一次从心里喜欢出来,差不多完全恢复了老样子。爱米丽亚太太也并不小看这种乐趣,她喜欢跑铺子,讲价钱,看漂亮东西,买漂亮东西。随你什么老成的男人,看见女人连这玩意儿都不在乎,还能喜欢她吗?她服从丈夫的命令,好好地受用了一番,买了许多女人的用品。她的见解很高明,挑选的衣着非常文雅,所有铺子里的掌柜和伙计都那么说。

对于未来的战争,奥斯本太太并不怎么担心,以为轻而易举地就能打败拿破仑那小子。玛该脱地方每天都有邮船载着时髦的先生和有名的太太上布鲁塞尔和甘德去。他们不像上战场,倒像到时髦地方去游览。报纸都在嘲笑那一朝发迹的骗子混蛋。这么一个科西嘉流氓,难道能够挡得住欧洲的大军吗?难道敌得过不凡的威灵顿的天才吗?爱米丽亚根本看不起他。不消说得,她那么温和软弱,当然听见别人说什么就信什么,因为凡是忠心耿耿的人,全都虚心得不敢自己用脑子思想。总而言之,她和妈妈一天忙下来,买了许多东西。这是她第一次在伦敦上流社会里露脸,居然行事得体,举止也大方活泼。

当天,乔治歪戴帽子,撑出了胳膊肘,摆出军官的架子大摇大摆地走到贝德福街,大踏步闯进律师事务所,竟好像里面一群脸皮苍白、忙着抄写的书记都是他的奴才。他虎着脸,大剌剌地叫人通知喜格思先生,说奥斯本上尉要见他。在他心目中,律师不过是个平民老百姓,怪可怜的下等人,当然应该放下一切要事出来伺候上尉,却没想到他比自己聪明三倍,有钱五十倍,老练一千倍。他没看见屋子里所有的人都在嗤笑他,总书记,普通书记,衣衫褴褛的抄写员,脸色苍白、衣服紧得穿不下的小打杂,都在轮流使眼色。他坐着,把手杖轻轻地敲着靴子,心里暗想这群东西全是可怜虫。他哪里知道,关于他的事情,这群可怜虫可知道得清楚着呢。酒店好比是他们的俱乐部,晚上,他们在那里喝几品脱啤酒,把他的事和别的书记们谈谈说说,下酒消遣。老天哪!伦敦城里的事,律师和书记们有什么不知道的?谁也逃不过他们的裁判。咱们这座城市,暗底下竟是他们手下的人统治着呢。

乔治走进喜格思内室的时候,心里大概希望他父亲会委托喜格思向他表示让步或是要求和解,也许他做出这副冷冰冰目中无人的张致,正是要显得他性格刚强意志坚决。他虽然这么希望,律师却拿出最冷淡最不在乎的态度来对付他,使他神气活现的样子透着可笑。上尉进门的时候,喜格思先生假装在写字,说道:"请坐,我一会儿就跟你谈你的事情。波先生,请你把付款单子拿来。"说完,他又写。

波先生把文件拿出来之后,他的上司便把两千镑股票按照当日市价算好,问奥斯本上尉还是愿意拿了支票到银行支取现钱呢,还是委托银行买进等量的股票?他淡淡地说:"奥斯本夫人的遗产管理人里面有一个碰巧不在伦敦,可是我的当事人愿意方便你,因此尽早把手续办完了。"

上尉气吁吁地答道:"给我一张支票得了。"律师开支票写数目的时候,他又道:"几个先令和半便士不必算了。"他自以为手笔那么大,准能叫这个相貌古怪的老头儿自惭形秽。他把支票塞在口袋里,大踏步走出去。

喜格思先生对波先生道:"这家伙要不了两年就得进监牢。"

"您想奥会不会回心转意?"

喜格思先生答道:"石碑会不会回心转意?"

书记道:"这家伙来不及地干荒唐事儿。他结了婚不过六七天,昨儿晚上看戏散场的时候，我就瞧见他和好几个军队里的家伙扶海蒪莱太太进马车。"两位好先生忙着办理底下的案件，把乔治·奥斯本先生忘掉了。

款子该到朗白街咱们的老相识赫尔格和白洛克银行里去取。乔治一路走来，到银行里拿了钱，仍旧觉得自己正在干正经。乔治进门的时候，弗莱特立克·白洛克碰巧也在大办公室，一张黄脸凑着账簿看账，旁边还坐着一个态度矜持的职员。白洛克看见上尉，黄脸皮上的颜色越发难看了。他好像干了亏心事，连忙偷偷溜到里间。乔治一辈子没有到手这么大笔的款子，所以心满意足地看着自己的钱；他妹妹那灰黄脸皮的未婚夫怎么变颜变色，怎么脱滑溜掉，他都没有留心。

弗莱特·白洛克对奥斯本老头儿说起他儿子在银行露脸的事，又形容他的行为说："他钝皮老脸地走到银行里，把所有的钱一股脑儿都付光了。几百镑钱，够这家伙几天用的？"奥斯本狠狠地起了一个恶誓，说乔治爱怎么花钱，爱什么时候花完，都不是他的事情。如今弗莱特天天在勒塞尔广场吃饭。大体说来，乔治那天真是称心满意。他即刻叫人赶快给他做衣服办行李，开了支票给爱米丽亚光顾过的铺子，叫他们到他代理人那儿支钱，那气派真像一位有爵位的贵人。

## 第二十七章　爱米丽亚归营

乔斯的漂亮马车在契顿姆旅馆门口停下来的时候,爱米丽亚第一眼就看见都宾上尉和蔼的脸儿。上尉等着迎接朋友,已经在街上踱来踱去等了一个钟头。他打着深红的腰带,佩着短刀,双襟军衣外面挂着匣子炮,样子非常威武。乔斯看见他这般打扮,觉得能够和他攀交情很足以自豪。那肥胖的印度官儿见了上尉招呼得十分亲热,不像以前在布拉依顿和邦德街接待他的神气了。

跟着上尉来的还有斯德博尔旗手。他看见马车走近旅馆,情不自禁地叫道:"喝!好个漂亮的女孩子!"表示他非常佩服奥斯本的眼力。爱米丽亚身上还是结婚那天穿的长袍,系着粉红缎带,又因为一路坐的是敞篷马车,马跑得又快,所以脸上红喷喷的十分鲜艳美丽,当得起旗手的称赞。都宾因为他说了这话,很喜欢他。上尉走前去扶她下车的时候,斯德博尔留神看见她伸出漂亮的小手扶着他,又伸出可爱的小脚踩着踏步下来。他满脸涨得通红,打起精神必恭必敬地鞠了一躬。爱米丽亚看见他帽子上绣着第——联队的番号,便也红着脸对他笑了一笑,还了一个礼。这一下,可把小旗手结果了。从那天起,都宾特别照顾斯德博尔,不论出去散步,或是在各人的房间里歇息,他老是怂恿他谈论爱米丽亚。后来第——联队里所有的老实小伙子对于奥斯本太太都是又敬又爱,竟成了普遍的风气。他们全是未经世事的后生,十分赏识她那天真烂漫的举止和谦虚和蔼的态度。她怎么老实,怎么讨人喜欢,我没法用笔墨形容出来,好在人人都见过这样的女人,哪怕她们说的是最普通的应酬话,像天气很热呀,底下的八人舞已经有舞伴了呀,你也看得出她们的种种好处。乔治本来是联队里的大好老,大家见他这样讲义气,竟肯娶一个一文钱都没有的女孩子,而且又是这么个忠厚漂亮的女孩子,更加佩服他。

营里有一间起坐间,专给新到的人歇脚。爱米丽亚走进去,看见一封写给奥斯本上尉太太的信,觉得很诧异。信纸是粉红色的,叠成一个三角,用一大块浅蓝火漆封着口,上面打的印是一只鸽子衔着橄榄枝。信上的字写得很大,歪歪斜斜的,看得出是女人笔迹。

乔治笑道:"这是佩琪·奥多的手笔呀,我一看印鉴上亲吻的记号就知道了。"这封短信果然是奥多少佐太太写给奥斯本太太的,请她晚上吃饭,并且说请的客不多,都是熟人。乔治道:"你应该去。在她家里就能和联队里的人认识。奥多指挥联队,佩琪就指挥奥多。"

他们看着奥多太太的信觉得好笑。不到几分钟工夫,起坐间的门啪地打开,一个胖胖的女人,穿着骑马装,一团高兴地走进来,后面跟着几个军官。

"我等不及了,谁耐烦一直等到吃茶点的时候呢?乔治,我的好人儿,把我跟你太太给介绍介绍吧。太太,我看见你心里真乐。这是我丈夫奥多少佐。"穿骑马装的一团高兴的太太说了这话,很亲热地拉住了爱米丽亚的手。爱米马上知道这位就是她丈夫常常挖苦的女人。奥多太太兴高采烈地接着说道:"你的丈夫一定常常谈起我。"

她的丈夫奥多少佐应了一句道:"你一定听见过她的。"

爱米丽亚笑眯眯地回答说她果然听见过她的大名。

奥多太太答道:"他一定没说我什么好话。乔治是个坏蛋。"

少佐做出很滑头的样子说道:"反正我替他做保,把他从牢里放出来。"乔治听了一笑,奥多太太把马鞭拍了少佐一下,叫他少说话,然后要求正式介绍给奥斯本太太。

乔治正色说道:"亲爱的,这位是我最了不起的好朋友,奥拉丽亚·玛格莉泰,又名佩琪。"

少佐插嘴道:"嗳,你说得对。"

"又名佩琪,是我们联队里麦格尔·奥多少佐的夫人,又是葛尔台厄郡葛兰曼洛内的弗滋吉洛特·贝尔斯福特·特·勃各·玛洛内先生的小姐。"

少佐太太不动声色,很得意地接口道:"本来住在都柏林的默里阳广场。"

少佐轻轻说道:"默里阳广场,不错,不错。"

太太道:"亲爱的少佐,你就在那里追求我来着。"他太太在大庭广众无论说什么,少佐都随声附和,听了这话当然也没有驳她。

奥多少佐曾经在世界各地打仗,为国王出力,一步步地在自己的行当里挣到当日的地位。按照他的胆识和勇气,他的升迁还并不算快。他身材短小,平常待人十分谦虚,而且怕羞得利害,向来不大说话。他凡事听凭妻子摆布,就是她的茶几,也不过像他那么听话。他常常在军营的饭堂里闷着头不停地喝酒,灌饱了酒,便不声不响地趔趄着脚回家。

凡是他开口说话,总顺着别人的口气。无论什么人说随便什么话,他没有不赞成的;一辈子就是这么随随便便、舒舒服服地过去。印度火热的太阳不能使他烦躁,华尔契瑞的疟疾也不能叫他激动。他到炮台上打仗的当儿就跟坐下来吃饭那么镇定。马肉也罢,甲鱼也罢,照他看来差不了多少,都很可口。他有个老娘,是奥多镇上的奥多太太。他对母亲一辈子孝顺,只有两回不听话,第一回偷偷地跑出去当兵,第二回愣着要跟那讨厌的佩琪·玛洛内结婚。

佩琪的家世很好,姓葛兰曼洛内,家里一共有十一个孩子,其中五个是姑娘。她的丈夫虽是表亲,却是母系的,因此没有福气和玛洛内家

里同宗。在她眼里看来，玛洛内是全世界最有名的世家。她在都柏林的交际场上应酬了九年，又在温泉和契尔顿纳姆交际了两年，仍旧没有找到丈夫。到三十三岁那年，压着表弟密克①和她结婚，那老实的家伙就娶了她。那时他外调到西印度群岛，就把她带去监督第——联队里的太太们。和蔼可亲的奥多太太碰见爱米丽亚不到半个钟头，就把自己的出身和家世对她仔仔细细地讲了一遍。不管她碰见什么人，都是这样相待。她和颜悦色地说道："亲爱的，我本来想叫乔治做妹夫的，我的小姑子葛萝薇娜嫁给他正是一对儿哩。可是我也不愿意追究从前的事，他既然已经配给你了，我就打算把你认作妹妹，当你是自己人。真的，你的举止和相貌都不错，看上去很好说话，准跟我合得来。反正以后你跟联队里的人都是一家了。"

奥多附和着说着："是的，对的。"爱米丽亚忽然得了一大群亲戚，心里好笑，也很感激奥多太太的好意。

少佐太太接着说道："我们这儿全是好人。整个军队里算我们这一联队的饭堂空气最和洽，大家也最团结。我们相亲相爱，从来不拌嘴，不吵架，或者背地里言三语四说人家坏话。"

乔治笑道："尤其是玛奇尼斯太太最好。"

"玛奇尼斯上尉太太跟我讲和了。她的行事实在叫人气恼，差点儿没把我这白头发的老婆子气得进棺材。"

少佐叫道："佩琪，亲爱的，你的假刘海不是黑得很好看吗？"

"密克，你这傻瓜，闭着你那嘴！奥斯本太太，亲爱的，这些做丈夫的全是碍手碍脚的家伙。拿着我的密克来说，我就常常叫他闭着嘴，除了喝酒、吃肉、指挥打仗之外不要开口。到没有外人的时候我再讲些联队里的事给你听。有些事我还得预先警告你呢。现在先跟我介绍你的

---

① 麦格尔的小名。

哥哥。他长得很好，有点儿像我的堂兄弟旦恩·玛洛内（亲爱的，你知道他家是巴莱玛洛内地方的玛洛内，他娶的太太是保尔都笛勋爵的亲表妹，蛤蜊镇的奥菲莉亚·思葛莱）。赛特笠先生，你来了我很高兴。我想你今天就在我们食堂吃饭吧？密克，留心那医生，他不是个好家伙；别的我不管，今天可不准喝醉了，晚上我还要请客呢！"

少佐接口道："亲爱的，今晚第一百五十联队给咱们饯行，不过给赛特笠先生弄张请帖来也不难。"

"辛波儿，快去（亲爱的爱米丽亚，这是联队里的辛波儿旗手，我忘了给你介绍了）。辛波儿，你快快地跑，跟泰维希上校说，奥多少佐太太问他好，告诉他说奥斯本上尉把他大舅子带来了，也到一百五十联队饭堂来吃饭，五点钟准到。亲爱的，我跟你就在此地便饭，好不好？"奥多太太的话还没有说完，小旗手已经跑下楼梯去传口信了。

奥斯本上尉道："服从命令是军队里的基本精神。爱米，我们得干正经去了。你就在这儿，让奥多太太指点你。"他和都宾一边一个跟着少佐出去，互相使眼色发笑，反正奥多少佐比他们矮好些，瞧不见。

奥多太太性子很急，看见没有外人，对着新朋友滔滔汩汩讲了一大堆话，全是联队里面的家常，可怜的爱米哪里记得这么许多事情？军营好比一个人口众多的大家庭，关于这些人，她有上千的故事要讲给爱米丽亚听。爱米丽亚发觉自己忽然成了这家里的一分子，真是大出意外。奥多太太说："统领的老婆海维托帕太太是死在贾米嘉的，一半因为生了黄热病，一半因为气伤了心。可恶的老头儿脑袋秃得像炮弹，还跟当地一个杂种女孩子眉来眼去的不安分。玛奇尼斯太太虽然没有教育，人倒不错，就是有个爱犯舌的毛病。她呀，跟她自己的娘打牌也要想法子骗钱。还有个葛克上尉的太太，人家正大光明地打一两圈牌，她偏偏看不得，把那两只龙虾眼睛翻呀翻的。其实像我爸爸那么虔诚的教徒，还跟我叔叔但恩·玛洛内，还有我们表亲那个主教，三个人一块儿斗牌呢。各种各样的纸牌戏，哪天晚上不上场！这两个女的这一回都不跟部队走。"奥多太太又道："法妮·玛奇尼斯跟她妈妈一块儿住。她妈住在伦敦附近的哀林顿镇上，看来准是靠着卖小煤块和土豆儿过活。不过她自己老是吹牛，说她爸爸有多少船，又把河里的船指给我们看，说是他们家的财产。葛克太太和她的孩子们打算住在白泰斯达广场，她喜欢听兰姆休恩博士讲道，那儿离他近些。巴内太太又有喜了。唉，她老是有喜，已经给中尉生了七个孩子了。汤姆·波斯基旗手的女人，比你早来两个月，已经跟汤姆吵了二十来次，吵得军营里前前后后都听得见，据说还摔碟子砸碗地闹。有一回汤姆眼睛打得青肿，他也没告诉人怎么回事。她也准备回娘家；她妈在里却蒙开了一个女子学校。真是造孽，谁叫她从家里私跑出来呢？亲爱的，你在哪儿毕业的？我的学校可贵着呢。我是在都柏林附近卜德斯镇的伊利西斯树林子那儿，弗兰纳亨夫人的学校里上学的。学校里专门请了一个侯爵夫人教我们真正的巴黎口音，另外有个法国军队里退休的将军和我们练习说法国话。"

爱米丽亚忽然进了这么一个不伦不类的家庭，弄得莫名其妙。奥多太太就是大姐姐。吃茶点的时候，她带着爱米丽亚见了所有的妯娌姊妹。爱米丽亚温和沉静，而且长得也不能算太美丽，因此大家很喜欢她。后来先生们吃完晚饭，从一百五十联队回来，见了她都十分赏识。不消说，这么一来，太太们就对她有些不满。

玛奇尼斯太太对巴内太太说："我只希望奥斯本以后不再荒唐。"奥多太太对波斯基太太道："倘若回头的浪子都能做好丈夫的话，她也许能和乔治过得很快乐。"波斯基太太原是联队里的新娘，如今看见爱米夺了她的地盘，心里老大气愤。兰姆休恩的门徒葛克太太要考查爱米丽亚，看她有没有醒悟，是不是信奉基督教，等等，问了她一两个最内行最要紧的问题。她见奥斯本太太三言两语地回答她，知道她还没有受到点化，立刻送给她三本一便士一本的传教小册子，里面还有插图；其中一本叫《狼号鬼哭的旷野》，还有两本是《王兹乌斯公地的洗衣妇人》和《英国兵士最锋利的刺刀》。葛克太太打定主意要叫爱米丽亚在睡觉以前就醒悟过来，所以叮嘱她上床以前把这几本书先看一遍。

亏得那些男的为人好；他们对于伙伴娶来的漂亮太太十分赞赏，都拿出军人的风度对她献勤讨好。那天她出足风头，欣欣然乐得两眼发光。乔治看见她那么有人缘，非常得意，而且觉得男人们向她献勤奉承的时候，她的态度和回答也很得体。她虽然羞答答的有些儿孩子气，却很活泼大方。在爱米看来，乔治穿上军装比屋里所有的军官都漂亮。她觉得丈夫一往情深地瞧着自己，喜欢得绯红了脸。她暗暗地打主意，想道："将来我一定要好好儿招待他的朋友，把他们供奉得跟他一样周到。我得活泼点儿，做个好脾气的太太，让他有个舒服的家。"

联队里的人欢天喜地地欢迎她。上尉们赏识她，中尉们喜欢她，旗手们敬爱她。老医生格脱勒对她说了一两个笑话，全是关于治病吃药的事情，此地不必再说。爱丁堡来的助手医生叫卡格尔的，倚老卖老地盘问她对于文学的知识，援引了他最得意的三个法文典故来考她。斯德博尔小子轮流对屋子里的人说："哈，你瞧她多好看！"他一黄昏目不转睛地看着她，直到上甜酒的当儿才把她忘了。

都宾上尉一晚晌都没有跟她说过一句话。他和第一百五十联队的朴德上尉一起把喝得烂醉的乔斯送回旅馆。当晚乔斯把他猎虎的故事讲得有声有色，先在饭堂里讲了一遍，后来在晚会上碰见那位戴着头巾帽子、插着风鸟羽毛的奥多太太，便又讲一遍。都宾让他的听差去招呼税官，自己站在旅馆门口抽烟。乔治很细心地把披肩给太太裹好，别了奥多太太回家。年轻的军官们都来跟她拉手，围随着送她坐上马车，在车子动身的时候大声欢呼。爱米丽亚下车的时候，伸出小手来跟都宾拉手，笑着责备他，说他一黄昏没有睬她。

所有旅馆里的人，还有住在那条街上的人，都上了床，上尉仍旧津津有味地在抽烟。他眼看着灯光在乔治起坐间里熄灭，又在旁边卧房里亮起来。等他回到自己的寓所，差不多已经是天亮时分了，远远听见船上吆呼的声音，原来货船已经在装货，准备往泰晤士河那边开过去。

# 第二十八章　爱米丽亚随着大伙儿到了荷兰、比利时一带

奥多太太请过客两天之后，联队里的军官和兵士便出发了。国王陛下的政府特地派下船只把他们送到外国去。那天，东印度公司船上的人在河里欢呼，军人们在岸上欢呼，乐队奏着国歌，军官们举起帽子摇着，水手们扯起嗓子吆喝着。在这一片喧闹声中，输送船由武装兵舰保护着向奥思当开出去。勇敢的乔斯答应护送他妹妹和少佐的妻子一块儿动身。少佐太太大部分的动产，连那顶有名的头巾帽子和上面的

凤鸟毛在内,都和部队的行李一起运送,所以咱们两个女主角的马车上并没有多少箱笼,很轻松地就到了兰姆斯该脱。当地有许多邮船,她们上了一艘,很快地到了奥思当。

接下去便是乔斯一辈子变故最多的一段时间,好些年之后他还喜欢跟人谈起当时的情况。关于了不起的滑铁卢大战他知道许多掌故,讲出来十分动听,连猎虎的故事也只得靠后了。自从他答应护送妹妹出国之后,就开始把上唇的胡子留起来。① 在契顿姆的时候,凡是有阅兵操练他就跟着去看。每逢和他同事的军官(他后来往往那么说)——每逢军官们在一起说话,他就聚精会神地听着,尽他所能记了许多军中大亨的名字。在这些学问上面,了不起的奥多太太帮了他不少忙。他们坐的船叫作美丽的蔷薇,可以直达目的地。到了上船的那天,他终究换上一件钉着辫边的双襟外衣和一条帆布裤子,戴着军人的便帽,上面围着漂亮的金带。他带着私人马车,并且在船上逢人便咋咋呼呼地告诉,说他这回准备到威灵顿公爵的军队里去,因此大家都以为他是个大人物,多半是个军需局的官员,至少也是政府里递送公文的专差。

过海的时候,他受足了苦,两位太太也晕船,躺着不能起来。邮船走近奥思当,就见特派船只载着联队里的军士也来了,和美丽的蔷薇差不多同时进港,爱米丽亚这才恢复了力气。乔斯半死不活地找了个旅馆住下。都宾上尉先安顿了太太们,又忙着把乔斯的马车和行李从船上运下来,在海关办过手续,给他送去。原来乔斯的听差过惯了好日子,吃不来苦,跟奥斯本的跟班两人在契顿姆串通一气,直截了当地拒绝到外国去,所以乔斯眼前没有人伺候。这次的叛变来得非常突兀,在动身前一天才爆发。乔斯·赛特笠急得不得了,想要临时把旅行打消,可是都宾上尉结结实实地把他嘲笑挖苦了一顿(乔斯说他真爱管闲事),而且

---

① 军人大都留胡子,乔斯希望外国人把他当军人,所以不刮胡子。

胡子也早已留起来了，他也就给大家连劝带说地弄上了船。原来的伦敦用人吃得肥胖，又有规矩，可只会说英文。都宾替乔斯他们找来的比利时用人是个矮小黑瘦子，什么话也不会说。他整天忙忙碌碌，老是赶着赛特笠先生叫"大爷"，就这样很快地取得了乔斯的欢心。时代变了，奥思当也改了样子，到那里去的英国人，外貌既不像大老爷，行为也不像世袭的贵族。他们多半穿得很寒酸，里面的衬衫也脏，而且喜欢打弹子，喝白兰地酒，抽雪茄烟，老在油腻腻的小饭馆里进出。

可是有一样，威灵顿公爵军队里的英国人买东西向来不欠账，他们究竟是开铺子的买卖人出身①，所以买东西不忘记付钱。爱做生意的国家忽然得了一大批主顾，可以把食品卖给守信用的兵士们吃，实在是好运气。英国人渡过海来保护的国家不爱打仗。在历史上很长的时期里面比利时人只让别国的军队把他们的国土当战场。本书的作者曾经亲自到过滑铁卢，用他那双鹰眼细细地把战场看了一遍。那驿车管理员是个肥大的老军人，看上去好勇狠斗。我们问他有没有参加大战，他答道："没那么傻。"假若他是法国人的话，就决不肯那样想，也不肯那样说。可是话又得说回来，替我们赶车的车夫本身就是个子爵，父亲做到大将军，后来家道败落，这儿子穷途末路，我们赏他喝一便士啤酒，他也肯接受。这是多么好的教训！

一八一五年的初夏，这平坦、兴盛、舒服的国家真是空前地繁荣富庶。苍翠的平原和安静的城市里全是穿红衣的军人，登时显得热闹起来。宽阔的跑道上挤满了闪光湛亮的英国马车；运河里的大船载着成群的英国有钱旅客，悠闲地驶过肥沃的原野，古色古香的村落，和隐在大树后面的古堡。在各村的酒店里喝酒的军人，没有不付钱的。一个名叫

---

① 拿破仑曾经讥笑英国全是开店的买卖人。

唐纳的苏格兰兵士①,奉命寄宿在比利时北部的农家,当约翰和约纳德夫妻出去运干草的时候,帮他们摇着孩子的摇篮。现在有许多画家喜欢取材于军队里的形形色色,我提议他们该用这个故事作为画题,来说明诚实的英国人作战的原则。当时外面看来一切都很平静,很漂亮,竟像是海德公园检阅军队的光景,其实拿破仑正藏在前线的堡垒后面准备大打。这些驯良的军士后来给他撩拨得恶狠狠地起了杀性,死在战场上的不在少数。

人人对于领袖都有不可动摇的信任(英国人对于威灵顿公爵坚定的信心,和当时法国人对于拿破仑热诚的拥护竟是一样程度的,只不过没有那么疯狂罢了);国内的防御工作办得井井有条,倘或需要援助的话,强大的军队就在手边,因此没有一个人感到恐慌。我们故事里说到的几个旅客,虽然有两个是生来胆小的,当时也像其他许许多多别的英国游客一般无忧无虑。有名的联队——其中许多军官我们都已经结识了——由驳船运送到白吕吉思和甘德,再向布鲁塞尔推进。乔斯陪着太太们坐公共汽船。从前到过弗兰德尔斯的老旅客,想来总还记得船上穷奢极侈的设备。这些船走得很慢,可是船上把旅客供奉得实在舒服,吃的喝的,说不尽有多么讲究。据说有一个英国旅客,原来只打算到比利时去玩一个星期,可是上了这种汽船之后,吃喝得得意忘形,从此留在船上,在甘德和白吕吉思来回旅行;后来铁路发明了,汽船最后一次行驶的时候,他只好跳河自杀。这一类的故事至今流传着。乔斯并没有这样死掉,可是他的享受真了不得。奥多太太说来说去,总表示他只要再娶了她的小姑葛萝薇娜,就把所有的福气占全了。他一天到晚坐在舱顶上喝法兰密希啤酒,把新用人伊息多呼来喝去,不时地对太太们献勤儿。

---

① 葛利格所著《滑铁卢战役的故事》里曾提到这事。——原注

# 第二十八章 爱米丽亚随着大伙儿到了荷兰、比利时一带

他的勇气不小，嚷道："拿破仑小子敢向咱们进攻吗？我亲爱的小东西，我可怜的爱米，别怕。一点儿危险都没有。告诉你吧，不到两个月，同盟国的军队就能进巴黎。那时我就带你到皇宫里去吃饭，哈！告诉你吧，现在就有三十万俄国兵从莱茵河跟梅昂斯向法国进军——三十万兵，由维根希坦和巴克莱·特·托里领军，可怜的孩子。你不懂军情呀，亲爱的。我是内行，我跟你说，法国的步兵打不过俄国的步兵，拿破仑小子的将军也没有一个比得上维根希坦。跟他差得远了。还有奥国的军队，至少有五十万人呢。现在由施华村堡和查理王子统领，离着法国的边境只有十天的路程了。再说，还有普鲁士的总司令也带着大兵。缪拉死后，骑兵司令里头谁还赶得上他？啊，奥多太太，你怎么说？你以为咱们的小女孩儿用得着害怕吗？伊息多，你说我们有危险吗？啊？去拿点啤酒来。"

奥多太太说她的"葛萝薇娜是谁都不怕的，更不怕法国人"。她一

挺脖子喝了一杯啤酒，挤挤眼睛，表示对于啤酒很赞赏。

我们的老朋友，那前任的税官，现在身经百战——换句话说，他在契顿姆和温泉常常和女人周旋，所以不像先前那么怕羞了，尤其酒遮着脸，更是滔滔汨汨地说不完。他在联队里人缘很好，一则他山珍海味地招待小军官们，二则他装出来的军人气概又招人发笑。军队里有一个有名的联队行军的时候叫一头山羊开路，另一个联队由一只鹿领头。乔治说他们的联队里有一只大象，他指的就是他大舅子。

自从爱米丽亚进了联队，乔治觉得那儿的太太有好些很不体面，可又不得不介绍给她。他告诉都宾说他决意要赶紧换一个比较像样的联队，省得叫他太太和这些恶俗不堪的女人来往，都宾听了自然心满意足，这里不必再说。因为来往的人不够体面而不好意思，这也是一种俗气；犯这种毛病的人，男的居多。女人里头，就是上流社会中的阔太太喜欢这一套。爱米丽亚是个大方本色的人，不像她丈夫那样，装腔作势地做出无地自容的样儿，还只道自己文雅。奥多太太帽子上插着一根鸡毛，胸口上挂一只大大的打簧表，随时随地按着弹簧叫它报时。她告诉人家说，她刚结了婚踏上马车预备动身的时候，她爸爸就送给她这么一件礼物。她不但打扮得古怪，举止行动也各别另样。奥斯本上尉每回看见自己的妻子和少佐太太在一块儿，就觉得钻心刺骨地难受。爱米丽亚却满不在乎，只觉得那老实的女人怪癖得好笑。

他们这次旅行是有名的，后来英国中上阶级的人差不多个个都沿着这条路线走过一次。奥多少佐太太的见闻虽然不算广，可是和她在一起旅行却是再有趣也没有了。她说："亲爱的，说起航船，你该去看看从都柏林到巴利那索尔的船才好呢。跑得是真快！那些牲口也真叫好看。我爸爸有一只四岁的母牛，在赛会上得了金奖章，总督大人还亲口尝了一块，说他一辈子没吃过这么好吃的牛肉。喝，这种牛，在这国里哪里看得见？"乔斯叹了一口气说："最好的肥瘦相间的五花牛肉，只有在英国吃得到。"

"还有爱尔兰,所有的好牛肉都是爱尔兰运来的。"少佐太太和好些爱国的爱尔兰人一样,喜欢把外国的东西跟自己国里的比较,觉得什么都是爱尔兰的好。她说白吕吉思的市场根本不配和都柏林的相提并论,这对照真把人笑死,其实除了她谁也没想到把它们打比。她又说:"你倒得跟我说说明白,市场大楼顶上那瞭望台要它干吗?"说着,她大声冷笑,那蛮劲儿足足可以把那年深日久的瞭望台笑得塌下来。他们走过的地方全是英国兵。早上,英国的号角催他们起身;晚上,英国的笛子和战鼓送他们上床。比利时全国,欧洲所有的国家,都已经武装起来,历史上的大事就在眼前。老实的佩琪·奥多,虽然也像别的人一样,会受到战争的影响,却还在谈论巴利那法特的景色,葛兰曼洛内马房里的马匹,和那儿的红酒,咭咭呱呱说个不完。乔斯插嘴描写邓姆邓姆地方的咖喱饭。爱米丽亚一心在她丈夫身上,盘算怎么讨他喜欢。这三个人都觉得所说的所想的是全世界最重要的大事。

有些人读历史的时候喜欢放下书本子遐思冥想,猜测倘若某某一件有关大势的事情没有发生的话,这世界该是什么局面。这种扑朔迷离的推测,不但新巧有意趣,而且对我们很有益处。这些人一定常常感叹,觉得当年拿破仑离开爱尔巴岛,把他的老鹰从圣·璜海峡直放到巴黎圣母堂,挑的刚刚不是时候。我们这方面的历史记载只说同盟各国靠天照应,凑巧有防备,能够应战,来得及立刻向爱尔巴逃出来的皇帝进攻。事实上那时各国的大政客都在维也纳,运用他们的智慧来分割欧洲,闹得相持不下。若不是大家又怕又恨的公敌又回了家,说不定那些国家就会利用曾经征讨过拿破仑的军队来自相残杀。这一国的君主排开阵势,因为他假公济私地占领了波兰,立意要保住它;那一国的国王抢了一半萨克森内,也不准别人来分肥;第三国的首脑,又在算计意大利;大家都唾骂别人贪得无厌。那科西嘉人倘若能在监牢里多等几时,到那些人互相揪打的时候再回来统治法国，说不定就没人敢碰他。不过如果真是这样的话，我这书就写不下去，里面的人物也没法安插；譬如海里没了水，还能成为海吗？

那时候比利时的日常生活一切照常，大家忙着寻欢作乐，竟好像赏心乐事多得没个了结，谁也想不着前线还有敌人等着厮杀。咱们说起的几位旅客跟着他们的联队住在布鲁塞尔，因为联队就驻扎在那里。大家都说他们运气好，原来这小京城是欧洲数一数二热闹繁华的去处，名利场上五光十色的迷人的铺陈都在这儿。大家跳舞跳得忙，赌钱赌得凶；吃得多，喝得多，连乔斯那样的馋嘴也很得意。那儿又有戏院，卡塔拉尼神妙的歌喉听得人人称赏。整洁的马路上添了战时的风光，色彩更加鲜明了。这样的古城是难得看见的，不但建筑雄伟，居民打扮得也别致。爱米丽亚从来没有到过外国，见了这些新鲜的事物，十分赞叹。他们住在漂亮的房子里，费用由乔斯和奥斯本分担。乔治手头宽裕，对妻子非常体贴周到，因此爱米丽亚太太在她蜜月的后半个月里面，跟所有从英国出来的小新娘一样得意快活。

在这一段大好时光里面，大家每天都有新鲜的消遣，参观教堂和画廊呀，坐马车兜风呀，听歌剧呀。各联队的乐队整天奏乐；英国最有身份最有地位的人都在公园里散步；军队里仿佛一直在过狂欢节。乔治天天晚上带着太太出去赴宴会或是闲逛。他照例地沾沾自喜，赌神罚誓地说自己给太太养家了。跟他出去做客和闲逛还不够叫爱米高兴得心跳吗？那时她写给妈妈的信上全是又得意又感激的话，说起她丈夫叫她买花边，衣服，珠宝，各色各种的小玩意。总而言之，他是最好、最温存、最慷慨的人。

一大群一大群的公侯命妇、时髦人物，都挤在这城里，在所有的公共场所露脸。乔治有的是英国人的精神，看了真是欢天喜地。大人物们在本国，有的时候举止行动里有一种恰到好处的骄傲冷淡，在外国却改了态度。他们在各处公共场所进出，碰见了平头老百姓还肯降低了身份和他们来往。有一晚，乔治的联队所隶属的那一师的将军请客，他得到很大的面子，和贝亚爱格思勋爵的女儿白朗茜·铁色尔乌特小姐跳舞。当时他跑来跑去给她们母女两个拿冰淇淋和茶点；在人堆里推着挤着给贝亚爱格思夫人找马车，回家来拿着伯爵夫人的名字大吹大擂；这番张致，他爹也未必有他做得到家。第二天他赶着拜会了太太和小姐，骑马陪着他们一家在公园里走了一会儿；末了，又约他们到饭店里去吃饭，见他们答应赏光，喜欢得发狂一样。贝亚爱格思勋爵架子小，胃口大，只要有饭吃，不管什么地方都肯去。贝亚爱格思夫人把乔治请吃饭的事估量了一会儿，后悔答应得那么爽快，便道："我希望除了咱们以外没有别的女人。"白朗茜小姐隔夜还娇怯怯地倚在乔治怀里跳那种新兴的华尔兹舞，一跳就是几个钟头，这会儿却尖声叫道："老天爷！妈妈，那个人总不至于把他老婆也带来吧？男人还叫人受得了，可是他们的那些女的呀，——"

老伯爵说道："他有太太，刚结婚，听说漂亮得很。"

她母亲说道："唉，亲爱的白朗茜，既然爸爸要去，咱们也只能去走一遭啦。可是回到英国以后咱们不必再理他们。"这些大人物一方面在布鲁塞尔吃新朋友的饭，一方面打定主意，在邦德街上再碰见的时候就不睬他。他们花了他的钱自己取乐，还像是给了他好大的面子，而且把他的太太冷落在一边，留心不跟她说话，叫她难受，这样就表示他们的尊严。这样的架子，除了高贵的英国太太和小姐谁也支不出来。有思想的人在名利场上出入，看见贵妇人对待普通女人的态度，才有趣呢！

这次请客虽然花了老实的乔治一大堆钱，却算得上爱米丽亚蜜月里面最苦闷的宴会。她可怜巴巴地写信给妈妈诉苦，说贝亚爱格思夫人听了她的话睬也不睬，白朗茜小姐拿起眼镜对她瞪着眼看；都宾上尉因为她们那么无礼，火得不得了；饭后回家的时候，贝亚爱格思勋爵讨了账单看着，批评这顿饭真他妈的难吃，也真他妈的贵。虽然爱米丽亚把这些事情形容给家里听，描写客人怎么无礼，自己怎么倒霉，赛特笠太太却大为得意，逢人便说起爱米的朋友，那贝亚爱格思伯爵夫人。后来这消息一直吹到市中心奥斯本的耳朵里，连他也知道儿子在款待公侯命妇。

现在认识陆军中将乔治・德夫托爵士的人，假如在西班牙战争和滑铁卢战争的时候碰见这员猛将，说不定竟会把他当另外一个人。如今在上流社会里请客跳舞最热闹的当儿，他常常出来应酬，前后胸垫着厚厚的，绑着紧身衣，穿着漆皮高跟靴，路走不稳，却还做出大摇大摆的模样，看见过路的女人，便涎着脸对她们笑。有时他骑一匹漂亮的栗色马，在公园里对着马车里的太太小姐飞眼儿。他眉毛漆黑，两面是黑里带紫的连鬓胡子，棕色的头发又多又卷。在一八一五年，他的一头淡黄头发已经秃得差不多了，四肢和身躯都还硕壮些，没有近来那么干瘪。到他近七十的时候（他如今快八十了），原来稀稀朗朗的白头发忽然变成浓密卷曲的棕色头发，胡子和眉毛也染上了现在的颜色。心地不好的人说他的胸膛是羊毛垫成的，又说他的头发不会长，一定是假的。据汤姆・德夫托说（将军和汤姆的爸爸许多年前已经闹翻），他爷爷的头发是有一回在法国戏院的后台给特・叶茜小姐揪掉的。不过人人都知道汤姆心地不好，器量又小。再说，将军的假头发和我们的故事也没有关系。

有一天，第——联队的几个朋友在外面散步，先去参观市政厅（据奥多太太看来，远不如她父亲在葛兰曼洛内的大厦宽敞整齐），又慢慢走到布鲁塞尔的花市场去逛，看见一个高级军官骑着马走来，后面跟着一个护兵。他下了马，在花堆里挑了一个最贵重精致的花球。卖花的用纸把美丽的花球包好之后，那军官就叫护兵拿着，从新上了头口，摆起架子得意洋洋地走了。护兵嬉皮笑脸地捧着花球，跟在后面。

# 第二十八章　爱米丽亚随着大伙儿到了荷兰、比利时一带

奥多太太说道："可惜你们没见过葛兰曼洛内的花儿。我爸爸有三个苏格兰花匠，他们手下还有九个帮手。我们有六亩地上全是花房。松树多得就像上市以后的豆子。我们的葡萄一串就有六磅重。凭良心说实话，我们的玉兰花一朵朵都有茶吊子那么大。"往常，只有奥斯本最淘气，老是喜欢逗奥多太太说话，不时打趣她（爱米丽亚为这件事老大着急，央求乔治饶了她）——往常，只有乔治最淘气，都宾是向来不去惹她的。不过他听了这话，忍不住吱吱地暗笑，一面急急地往后跑了一截路，才扯开嗓子哈哈大笑起来，把街上的行人吓了一大跳。

奥多太太问道："那大傻瓜唏哩呼噜闹什么呀？他的鼻子又出血了吗？他老说鼻子出血，我看他浑身的血快流完了。难道说葛兰曼洛内的玉兰花没有茶吊子那么大吗，奥多？"

"怎么没有，还大些呢，佩琪。"少佐说。那时买花的军官又来了，才把他们的话打断。

乔治问道："了不起的好马，这是谁？"

少佐太太道："可惜你没看见我兄弟莫洛哀·玛洛内的马，那条马叫糖汁，在哥拉赛马场得过锦标。"她还想接下去说她家里的历史，她的丈夫却打断她说道："他是德夫托将军，现在统领第——师骑兵。"他又从从容容地说道："在泰拉维拉他跟我全伤了腿，枪弹打在同一个地方。"

乔治笑道："你就在那儿升级的。他是德夫托将军吗？亲爱的，这么看来，克劳莱夫妇也来了。"

爱米丽亚的心直往下沉——她也不懂为什么。太阳好像阴下去了，高高的屋顶和三角楼忽地失掉了画意。其实当时正是五月底晴朗的好天气，落日把天空渲染得鲜艳夺目。

# 第二十九章　布鲁塞尔

乔斯先生租了两匹马来拉他的敞篷车。时髦的伦敦车子上套了这两匹牲口,在布鲁塞尔的马路上很有点风头了。乔治也买了一匹马专为下班以后骑。乔斯和他妹妹天天坐在马车里出去散心,乔治和都宾上尉骑马陪着他们。那天,他们照常在公园里兜风,发现乔治猜得不错,克劳莱夫妇俩果然也来了。好些个将官骑着马都在那里,有几个是当时布鲁塞尔最了不起的人物;利蓓加就杂在这群人里面。她骑一匹神骏的阿拉伯小马,穿一件绝顶俏皮的骑马装,紧紧地贴在身上。她骑马的本领也很了得,因为在女王的克劳莱,毕脱爵士、毕脱先生、罗登都曾经指点过她好多次。紧靠在她旁边的就是勇敢的德夫托将军。

"哎呀，那可不是公爵本人吗！"奥多太太对乔斯那么一嚷，乔斯立刻把脸涨得通红——"骑栗色马的是厄克思白立奇勋爵。瞧他多文雅，活脱儿像我兄弟莫洛哀·玛洛内。"

利蓓加并没有走到马车旁边来；她看见爱米丽亚坐在里面，立刻气度雍容地微笑着点点头，向这边飞了一个吻，又开玩笑似的对大家招招手。这么招呼过以后，她又接着和德夫托将军说起话来。将军问她那戴金边帽子的胖军官是谁，她回说是东印度部队里的。罗登·克劳莱特特地离开朋友们跑过来，亲亲密密地和爱米丽亚拉手，跟乔斯说了声："嗳，好小子，你好啊？"他光着眼看奥多太太，又瞪着她帽子上插的黑鸡毛，奥多太太还只道他看上了自己。

乔治因为有事给耽搁在后面，立刻和都宾骑马迎上来，对这些大人物行了礼，一眼就看见克劳莱太太杂在他们一群人中间。他瞧着罗登怪亲密地靠着马车和爱米丽亚说话，满心欢喜。那副官很客气地跟他招呼，他回答得更是热和。罗登和都宾互相点了点头，仅仅乎尽了礼数。

克劳莱告诉乔治说他们和德夫托将军住在一起，都在花园饭店；乔治请他朋友赶快到他家里去玩。乔治说："可惜三天前没碰见你，我们在饭店里吃了一餐饭，还不坏。贝亚爱克思伯爵，伯爵夫人，和白朗茜小姐都赏光了，可惜你没来。"这样一说，奥斯本就让朋友知道自己也是在时髦场上走走的人。落后大家别过，罗登跟着那群大人物跑到一条夹道上去；乔治和都宾一边一个，回到爱米丽亚的马车旁边。

奥多太太说道："公爵的气色多好呀。威尔斯莱家里①和玛洛内家里原是亲戚。不过呢，可怜的我当然做梦也不会去攀附他，总得他大人愿意认亲戚才好呢。"

乔斯见大人物走了，松了一口气，说道："他是个了不起的军人。

---

① 威灵顿公爵姓威尔斯莱。

哪一回打仗比得上萨拉孟加战役呢?你说呀,都宾?他的军事技巧是在哪儿训练出来的?在印度呀①,孩子!我告诉你吧,印度的大树林才是训练将军的好地方。奥多太太,我也认识他。在邓姆邓姆开跳舞会的那天晚上,他跟我都和格脱勒小姐跳舞来着。她是炮兵营格脱勒的女儿,漂亮得不得了。"

看见了这些有名儿的人,话就多了。他们一路回家的时候,吃饭的时候,议论讲究的全是这题目,一直到动身上歌剧院才住口不谈。那时的情形和英国差不多,戏院里满是熟悉的英国脸,太太小姐们也全是久已闻名的英国打扮。奥多太太穿戴得十分华丽,竟也不输似别的人。她脑门上装着卷曲的假刘海,戴一套爱尔兰金刚钻和苏格兰烟水晶的首饰。照她看来,戏院里看见的首饰都没有她的漂亮。乔治见了她就头痛,可是她一听得年轻的朋友们出外寻欢作乐,准会赶来凑热闹,满心以为他们对自己欢迎不暇。

有了她,乔治觉得就是把太太丢在一边也没有妨碍。他说:"亲爱的,她对你很有用。可是现在利蓓加来了,你可以跟她做伴,不必再要这讨厌的爱尔兰婆子了。"爱米丽亚听了这话,一声儿不回答,我们也不知道她心里怎么想。

奥多太太把布鲁塞尔的歌剧院打量了一下,说是还不如都柏林弗香勃街的戏馆好看,而且她听着法国的音乐也没有本乡的歌曲入耳。她扯起嗓子,把自己的这些见解和许多别的感想说给朋友们听,一面洋洋得意地卖弄她的大扇子,把它摇得劈啪劈啪地响。

对面包厢里一位太太问道:"罗登亲爱的,爱米丽亚旁边那了不起的太太是谁?"她在家的时候,总对丈夫十分客气,出外的时候,也比以前更显得恩爱。

---

① 1795 年至 1805 年威灵顿公爵在印度,参与过好几次殖民地战役。

她又道:"你瞧见没有?她穿一件红软缎长袍,戴一只大表,头巾上还有一个黄东西。"

说话的人旁边坐了一位中年男人,钮扣洞里挂着勋章,身上穿了好几件衬背心,脖子上围着一条又大又白、叫人透不过气来的领巾。他问道:"她是不是坐在穿白的漂亮女人旁边?"

"将军,那穿白的漂亮女人叫爱米丽亚。你老是注意漂亮女人,真不老实!"

将军高兴极了,答道:"哈,我只注意一个人。"那位太太听了,用手里的大花球打了他一下。

奥多太太说道:"咦,就是他!那花球就是他在花市场买的。"利蓓加引得朋友往她那面看,便又亲着手指送了一个吻,奥多少佐太太以为利蓓加对她招呼，气度娴雅地微笑着还了一吻，又把都宾逗得大笑着直往包厢外面跑。

第一幕闭幕之后，乔治立刻走到包厢外面，盘算着想到利蓓加包厢里去应酬一下。他在穿堂里碰见克劳莱，说了几句话，彼此问问两星期来别后的情况。

乔治做出很有含蓄的样子问道："我的支票没出毛病吧？我的代理人把钱给你了吧？"

罗登答道："没毛病，孩子。我非常愿意给你一个报仇的机会。你爸爸让步没有？"

乔治道："还没有呢。可是将来总不要紧。你知道我母亲还留给我一些财产呢。姑妈回心转意了吗？"

"老婆子真小器，只给我二十镑。咱们什么时候碰头？星期二将军不在家吃饭，你就星期二来好不好？唉，叫赛特笠把胡子剃了吧！一个老百姓，留着两撇胡子，衣服上全是长方大钮扣，成什么样子？再见，星期二请过来。"和罗登一起还有两个时髦风流的年轻军官，也是高级将领的副官。罗登说完话，就打算和他们一起走。

乔治见他特意在将军不在家吃饭的一天请他去，心里不大舒服，说道："我想去问候问候你太太。"罗登沉着脸答道："唔，随你的便。"其余的两个年轻军官心里有数，互相使了个眼色。乔治别了他们，大踏步走过穿堂，在将军的包厢前面停下来，原来他早已数过，把包厢的号码算出来了。里面说话的人声音不大，可是很清朗，用法文说道："进来。"我们的朋友一进去，就看见利蓓加坐在那里。她立刻跳起身来，高兴得拍了一下手，随后把两只手都伸出来拉着乔治。那将军钮扣洞里挂着好些宝星，虎起脸儿，直眉瞪睛地对新来的人看着，好像说："你这东西是谁？"

小蓓基喜欢得不知怎么才好，叫道："亲爱的乔治上尉。多谢你来看我。将军跟我两个人在这儿说话，气闷得不得了。将军，这位就是我说起的乔治上尉。"

将军微微地把腰弯了一下，说道："是吗？乔治上尉是哪一联队的？"

乔治回说属于第——联队，心上自恨不属于第一流的骑兵营。

"我想你们大概刚从西印度群岛回来，在最近的战事中还没机会上场。驻扎在此地吗，乔治上尉？"将军说话的口气，骄傲得叫人难堪。

利蓓加说道："傻东西，不是乔治上尉，是奥斯本上尉。"将军恶狠狠地轮流看着他们两个人，说道："哦，奥斯本上尉！跟某某地方的奥斯本家是一家吗？"

乔治道："我们两家里的纹章是一样的。"他说的是事实；十五年前他父亲奥斯本先生置备马车的时候，曾经和一个专司宗谱纹章的官员商量过，在《缙绅录》里挑了一个纹章，正是某某地方奥斯本家的。将军听了不睬，拿起看戏用的望远镜（那时还没有双筒千里镜），假装细细地看那戏院。利蓓加看见他不时地把闲着的那只眼睛溜过来，杀气腾腾地瞧着乔治和她。

她对乔治加倍地亲热起来，说道："最亲爱的爱米丽亚怎么啦？其实我也不用问了，瞧她多漂亮！她旁边的那位好太太是谁？看上去怪和气的。哎哟，她准是你的情人，你这坏东西？赛特笠先生在吃冰淇淋呢，瞧他吃得多高兴！将军，咱们怎么没有冰淇淋呀？"

将军气鼓鼓地问道："要我去给你拿点来吗？"

乔治道："请让我去吧。"

"不，我想到爱米丽亚的包厢里去瞧瞧她，这宝贝儿真招人疼。乔治上尉，你扶着我吧。"说着，她对将军点了一点头，轻轻俏俏地走到穿堂里。只剩他们两个在一起的时候，她瞧了乔治一眼，那表情含蓄无穷，非常地古怪，好像在向他说："这是个什么局面你看得出吗？瞧我怎么开他的玩笑！"可惜乔治不能领会她的意思；他一面忙着做种种打算，一面得意洋洋地赞赏自己迷人的本事。

利蓓加跟她心上的人儿走到外面，将军立刻低声咒骂起来。他用的字眼那么难听，就算我写了下来，排字的也不见得敢把他们印出来。这些恶毒骂人的话全是从将军心里发出来的。人的心里竟能有这样的产物，有的时候竟会发出这么强烈的忿怒、怨恨和淫欲，倒也着实稀奇。

他们的行为不但挑起了将军的醋劲，连爱米丽亚也不放心，一双温柔的眼睛急巴巴地瞧着他们。利蓓加进了包厢，飞也似的跑到朋友身边。她热情奔放，也顾不得这是众目所注的地方，竟当着全院观众的面——至少是当着将军的面，因为他正凑着望远镜向奥斯本这边的人瞪眼——跟她最亲爱的朋友搂抱起来。对于乔斯，克劳莱太太也拿出和气不过的态度来招呼了一声。她又夸赞奥多太太的烟水晶大别针和美丽的爱尔兰金刚钻首饰，说什么也不肯相信这些金刚钻不是从高尔孔达①买来的。她一刻不得安定，转过来，扭过去，咭咭呱呱地说话，对这个人微笑，对那个人抿嘴。对面包厢里，酸溜溜的将军拿着望远镜对这边张望，她便对着望远镜做作，直到芭蕾舞开始的时候，才跳跳蹦蹦地回到自己位子上去。说到挤眉弄眼的张致，轻浮佻达的身段，戏里的舞女没一个赶得上她。这一次是都宾上尉扶她回去的。她说她不要乔治送回去，逼他留下来陪着最好的、最亲爱的小爱米丽亚说话。

老实的都宾像办丧事的人一般，嗒丧着脸儿，一声不响地陪她回去。回来时，他对乔治咕哝道："那女人真会装腔，扭来扭去，活像一条蛇。乔治，你瞧见没有，她在这儿的时候，一直在向对面的将军做戏。"

"装腔——做戏！什么呀，她是全英国最了不起的女人呢！"乔治一面回答，一面拉着喷香的胡子，露出雪白的牙齿，"都宾，你是个不通世故的人。喝，瞧她！要不了一会儿的功夫，已经把德夫托哄得回心

---

① 著名的金刚钻产地。

转意。瞧他笑得多起劲。天哪,她的肩膀多好看!爱米,人人都拿着花球,你怎么不拿?"

"哟,那么你干吗不给她买一个?"奥多太太这话说得合时,爱米丽亚和都宾都很感激她。这句话说过之后,两位太太再也没有鼓起兴来说什么别的。爱米丽亚的对头是在世路上混熟了的,她打扮得十分张扬,开口便是时髦话儿,把爱米丽亚一比就比了下去。就连奥多婆子,看见这么光芒四射的人儿,也自觉矮了一截,说不出话来,整个晚上没有再提葛兰曼洛内。

看过戏以后几天,都宾对他的朋友说道:"乔治,你早就答应我不再赌钱,这话说来说去,总说过一百年了吧。你到底什么时候罢手不赌?"那一个答道:"你到底什么时候罢手不训话?你怕什么?我们盘子又不大,昨晚我还赢了钱呢。难道你以为克劳莱会作弊吗?只要赌得公道,一年结下账来,不会有多少出入的。"

都宾道:"不过照我看来,他赌输了未必拿得出钱来。"劝人改过的话向来不大有用,都宾这一回也是白费唇舌。奥斯本和克劳莱老是在一块儿。德夫托将军差不多常常在外面吃饭,副官夫妇总欢迎乔治到他们旅馆里去——他们的房间离开将军的没有几步路。

有一回乔治带着妻子去拜访克劳莱夫妇,爱米丽亚的态度不好,弄得夫妻俩儿几乎拌嘴——婚后第一回拌嘴。所谓拌嘴,就是乔治恶狠狠地责骂老婆,而爱米丽亚一声儿不言语。乔治怪她动身的时候不该那么勉强,而且对于她的老朋友克劳莱太太大刺刺的太不客气。她第二次去拜访的时候,觉得利蓓加细细地看着她,自己丈夫的眼睛也紧紧盯着她,又窘又尴尬,竟比第一次做客更加为难了。

利蓓加当然加倍地温存,朋友对她冷淡,她只做不知道。她说:"我觉得自从她爸爸的名字在——呃,自从赛特笠先生家里坏了事,爱米反倒骄傲起来了。"利蓓加说到赛特笠的时候,特特地把语气缓和了一下，免得乔治听着刺耳。

罗登太太又说："真的，在布拉依顿的时候，承她看得起我，好像对我很有些醋劲儿。现在呢，大概她看见罗登和我跟将军住得那么近，觉得不成体统。唉，亲爱的，我们的钱怎么够开销呢？总得和别人同住，一块儿分担费用才行。有罗登这样的大个儿在旁边，难道还不能保我身名清白不成？可是爱米那么关心我，我真是非常感激。"

乔治道："得了，都是吃醋。所有的女人全爱吃醋。"

"男人也是一样。看戏的那天晚上，你跟德夫托将军不是彼此吃醋吗？后来我跟着你去瞧你那糊涂的太太，他恨不得把我一口吃下去。其实我心上根本没有你们这两个人。"克劳莱的太太说到这里，把脸儿一扬，"在这儿吃饭吧？那利害的老头儿出去跟总指挥一块儿吃。消息紧得很，听说法国军队已经过了边境了。咱们可以安安静静地吃一餐饭。"

乔治的妻子虽然身上不好，病在家里，他却答应留下来吃饭。他们结婚还不满一个半月，倒亏他听着另外一个女人嘲笑奚落自己的妻子，心上会不觉得生气。他这人脾气好，竟也没有责备自己行出事来太不成话。他心里承认这件事有些岂有此理，可是漂亮女人跟定了你纠缠不清，叫你也没有办法呀！他常常说："我对于男女的事情相当随便。"一面说，一面笑嘻嘻地对同桌吃饭的斯德博尔、斯卜内，还有别的伙伴做出怪含蓄的样子点头点脑。他们对于他的本领只有佩服。除了战场上的胜利以外，要算情场上的胜利最光彩了。名利场上的男人向来有这种成见。要不然的话，为什么连没出校门的孩子都喜欢当众卖弄自己的风流韵事？为什么唐璜会得人心？

奥斯本先生自信是风月场上的能手，注定是太太小姐的心上人，因此不愿意跟命运闹别扭，洋洋自得地顺着定数做人。爱米不爱多说话，也不把心里的妒忌去麻烦他，只不过私底下自悲自叹地伤心罢了。虽然他的朋友都知道他和克劳莱太太眉来眼去，下死劲地兜搭，他自己只算爱米丽亚是不知就里的。利蓓加一有空闲，他就骑着马陪她出去兜风。对爱米丽亚，他只说联队里有事，爱米丽亚也明明知道他在撒谎。他把妻子扔在一边，有时让她独自一个人，有时把她交给她哥哥，自己却一黄昏一黄昏地跟克劳莱夫妇俩混在一起。他把钱输给丈夫，还自以为那妻子在为他销魂。看来这对好夫妻并没有同谋协议，明白规定由女的哄着小伙子，再由男的跟他斗牌赢他的钱。反正他们俩心里有数，罗登听凭奥斯本出出进进，一点也不生气。

乔治老是和新朋友混在一起，跟威廉·都宾比以前疏远了好些。不论在联队里或是在公共场所，乔治总是躲着他。我们都知道，做老大哥的时常教训他，乔治却不爱听。都宾上尉看见他行为荒唐，不由得上了心事，对他不似往常亲热。乔治白白地留着一把大胡子，自以为一身好本事，其实却像未出校门的孩子一般容易上当，可是如果你对他这么说，他肯信吗？如果你告诉他罗登哄骗过不知多少人，眼前正在算计他，等到用不着他的时候，就会把他当不值钱的东西那么一脚踢开——这些话他一定听都不愿听。这些日子，都宾到奥斯本家里拜访的时候难得有机会碰见老朋友，因此倒省了许多难堪而无谓的口舌。我们的朋友乔治正在用足速力追求名利场上的快乐呢。

一八一五年，威灵顿公爵的军队驻扎在荷兰比利时一带，随着军队去了一大批漂亮时髦的人物，可说是从大流士大帝①以来所没有的。这些人带着军人们跳舞吃喝，一直玩到战争的前夕。同年六月十五日，一位高贵的公爵夫人②在布鲁塞尔开了一个有历史性的跳舞会。整个布鲁塞尔为它疯魔。我曾经听见当年在场的太太们谈过，据说女人们对于跳舞会比对前线的敌人还关切，所有的兴趣和谈话都集中在跳舞会上。大

---

① 波斯王大流士（Darius，公元前521—前485）在侵略希腊的战争中被打败。
② 指里却蒙公爵夫人（Duchess of Richmond）。

家用手段，走门路，求情，争夺，无非为几张入场券。为着要登本国贵人的门面肯费掉这许多精力，倒是英国女人的特色。

乔斯和奥多太太急煎煎地想去，可是费了一大把劲也得不到票子，我们其余的朋友运气比较好。譬如说，靠着贝亚爱格思勋爵的面子，乔治得到一张邀请奥斯本上尉夫妇的帖子，得意得了不得，勋爵也就把吃饭欠下的人情还掉了。他们的联队所属的一师的师长恰巧是都宾的朋友，因此有一天都宾去看奥斯本太太，笑着拿出一张同样的帖子。乔斯眼红得很，乔治也觉得诧异，心想："他算什么，居然也挣到上流社会里去了。"罗登夫妇因为是统领骑兵的旅长的朋友，最后当然也得了请帖。

乔治给太太买了各色的新衣服新首饰。到请客的一夜，他们坐了马车去赴有名的宴会，那儿的主人客人爱米丽亚一个也不认得。乔治先去找贝亚爱格思夫人，可是她认为给他请帖已经赏足了面子，没有睬他。他叫爱米丽亚在一张长椅子上坐下来，自管自走开了，让她一个人在那里想心思。他觉得自己真大方，又给她买新衣服，又带她上跳舞会，至于在跳舞会里她爱怎么消遣，只好随她的便。她的心思可并不怎么愉快，除了老实的都宾之外，也没人来打搅她。

她进场的时候简直没人理会，她丈夫因此大不惬意。罗登太太就不是这样，一露面就与众不同。她到得很晚，脸上光艳照人，衣服穿得捉不出一个错缝儿。四面全是大人物，好些人举起眼镜对她看，可是她不慌不忙，好像她从前在平克顿女学校带着小学生上教堂的时候那么镇定。许多原来认识她的人，还有好些花花公子，都上来围着她。太太小姐们窃窃私议，说她是给罗登从修院办的学校里带着私奔结婚的，又说她和蒙脱莫伦茜一家是亲戚关系。她的法文说得那么好，想来这话有些根据。大家认为她举止不凡，仪容也不俗。五十来个男人一起簇拥着她，希望她赏脸，肯和他们跳舞。可是她说已经有了舞伴，而且不预备多跳，一直走过来找爱米。爱米闷闷不乐地坐在那里，也没人睬她。罗登太太飞跑过来跟她最亲爱的爱米丽亚见面，摆出一脸倚老卖老的样子和她说话，弄得这可怜的孩子更加无地自容。她批评朋友的衣服头发，埋怨她的鞋子不像样，说第二天早晨一定要叫她自己的内衣裁缝跟爱米做衣服。她赌咒说跳舞会真有趣，到会的全是有名儿的人物，难得看见几个无名小卒。这年轻女人在上流社会应酬了二星期，参加过三次宴会，就把时髦人的一套话儿一股脑儿学来了，连这里头根生土长的人也比不过她。若不是她法文说得那么好，你准会以为她是有身份人家的小姐。

乔治进了跳舞场，把爱米撇在长椅子上转身就走，这时看见利蓓加坐在她好朋友旁边，便又回来了。蓓基正在对奥斯本太太训话，说她丈夫尽做糊涂事。她说："亲爱的，看老天的面子，赶快叫他别再赌钱了。要不然他就完了。他跟罗登天天晚上斗牌，你知道他并不有钱，倘若他不小心的话，所有的钱全要输给罗登了。你这小东西，那么不小心，干吗不阻挡他呢？你晚上何不到我们那儿去玩？何必跟那都宾上尉闷在家里？当然啰，他这人和蔼可亲，可是他的脚那么大，叫人怎么能喜欢他？你丈夫的脚才好看呢——哦，他来了。坏东西，你上哪儿去啦？爱米为你把眼泪都哭干了。你来带我去跳八人舞吗？"她把披肩和花球搁在爱米丽亚旁边，轻轻俏俏地跟着乔治去跳舞了。只有女人才会这样伤人家的心。她们放出来的箭头上有毒药，比男人用的钝头兵器利害一千倍。我们可怜的爱米一辈子不记恨，不会说带刺的话，碰见了这么毒辣的冤家一些办法都没有。

乔治和利蓓加跳了两三回舞，反正爱米丽亚也不知道他们跳了几回。她坐在犄角上没人注意。罗登走过来拙口笨腮地和她应酬了几句；后来都宾上尉居然不揣冒昧，不但给她送茶点来，并且坐在她旁边。他不肯盘问她为什么事不痛快，倒是她要为自己的一包眼泪找个推托，搭讪着说克劳莱太太提起乔治仍旧不断地赌钱,所以她心里着急。

都宾道:"真奇怪,赌钱上瘾的人真容易上当,连最笨的流氓也骗得着他的钱。"爱米答道:"可不是!"底子里,她别有隐衷,并不是因为银钱亏空而着急。

后来乔治回来拿利蓓加的披肩和花球。原来她要回家了,竟没肯赏脸亲自回来跟爱米丽亚告别。可怜的孩子看着丈夫来了又去,低下头没说一句话。都宾给别人找了去,正在跟他那当师长的朋友密谈,没看见乔治和他太太分手的情形。乔治拿着花球走过去,当他把它交还原主的时候,里面却夹了个纸条子,好像一条蛇蜷着身子藏在花朵里面。利蓓加立刻看见了。她从小知道怎么处置纸条儿,只伸出手来接了花球。他们两个四目相对的当儿,乔治知道她已经看见了花底下的秘密。她的丈夫似乎一心想着自己的心事,没功夫理会他妻子和朋友在递眼色,只顾催她快走。他们两个传递的暗号本来不太刺眼,利蓓加伸出手来,像平常一样很有含蓄地溜了他一眼,微微地一屈膝,便转身去了。乔治躬着身子拉住她的手,克劳莱对他说话他也不回答,竟可说连听都没有听见。

他兴奋得意得头都昏了,看着他们回家,一句话也不说。

传递花球的一幕戏,他的妻子也看见一部分。乔治给利蓓加拿花球和披肩,原是很平常的事,几天来他当这差使已经不下二十来次,可是那时候爱米丽亚忽然觉得受不住。都宾恰巧在她旁边,她拉着他说道:"威廉,你一向待我很好,我——我不大舒服,送我回家吧。"她不知不觉地学着乔治直呼他的名字。他连忙陪她出去。她的家离那儿很近,他们走到街上,看见外面似乎比舞场里还热闹,只好从人堆里穿出去。这以前,乔治常常出去做客,晚上回家倘或看见妻子还没有睡觉,就要生气,已经发过两三回脾气了。所以她回家以后立刻上床。外面闹哄哄的,马蹄声络绎不绝。她虽然醒着,却不留心这些声音,因为心上还有许多别的烦恼让她睡不着。

奥斯本得意得发狂,又走到赌台旁边去赌钱,下的赌注大得吓人。他赢了好几次,想道:"今晚可说是没一样不顺手。"他的赌运虽然好,他仍旧坐立不安,不多时又站起来,拿起赌赢的钱,走到茶食柜子上一连喝了几大杯酒。

都宾走来找他的时候,他正在和柜台旁边的人兴高采烈地大说大笑。都宾刚到赌台那儿去找过乔治;他颜色青白,一脸的心事,跟他那满面红光兴致勃发的朋友刚刚相反。

乔治手抖抖地伸出杯子要酒,一面说:"喂,都宾!来喝酒呀,都宾!公爵的酒是有名的。请再给我一点儿。"都宾仍旧心事重重的样子,说道:"来吧,乔治,别喝了。"

"喝吧,喝酒比什么都痛快。你自己也来一点儿。好小子,别把你那瘦长脸儿绷那么紧呀!我喝一杯祝你健康!"

都宾过来凑着他的耳朵说了几句话,乔治一听,霍地跳起来欢呼一声,一口气喝干了酒,把酒杯用力往桌子上一摔,勾着朋友的胳膊就走。威廉说的是:"敌人已经过了桑勃,咱们左边一支军队已经在开火了。快回去吧,三点钟以内就得开拔了。"

久已盼望的消息来得真突兀。乔治一面走,一面兴奋得浑身打战。恋爱,调情,在这当儿可算什么呢?他急急回家,一路想着千百件事情——全是和谈情说爱无关的事情。他想到过去的半辈子,未来的机会,可能遭到的危险,行将分别的妻子,可能还有没出世的孩子,来不及见面就要分手了。唉,他真懊悔当天晚上干了那么一件事!不然的话他和妻子告别时还可以问心无愧。他把那温柔天真的人儿给他的爱情看得太不值钱了。

他回顾结婚以后那几天的日子,觉得自己太荒唐。他名下的财产已经给他花得所余无几。倘若自己有个闪失,叫他的太太怎么过日子?想想自己真配不上她。当初何必娶她呢？像他这样的人，根本不配娶亲。父亲对他那么千依百顺，为什么不听父亲的话呢？他心里充满了悔恨、希望、野心、柔情和自私的惆怅。他记得从前和人决斗的时候说的话，坐下来写了一封信给父亲。等到告别信写完，天已经亮了。他封了信，在父亲的名字上吻了一下。他回忆到严厉的老头儿对他种种行事多么慷慨体贴，懊悔自己丢下他不顾。

他进门的时候先探头进去对爱米丽亚的卧房里瞧了一眼，见她合上眼睛静静地躺着，以为她睡着了，心里很安慰。他从跳舞会回到家里，就见联队里伺候他的用人在拾掇他的行装。那听差懂得他的手势是不许惊吵别人的意思，轻手轻脚很快地把一切都准备就绪。他想，还是把爱米丽亚叫醒了和她告别呢，还是留个条子给她哥哥，让他告诉她？想着，又走进去看看她。

他第一次进房的时候，爱米还醒着，可是她紧紧地闭上眼睛，因为如果她不睡，就好像含有责备他的意思了。胆小的小姑娘因为他肯紧跟着自己回家，心上舒服了好些，等他放轻了脚步走出去的时候，就侧过身子朝着他，蒙蒙眬眬地睡着了。乔治第二次进去看她的时候脚步更轻。在淡淡的灯光底下，他看见她苍白美丽的脸庞儿，眼睛闭着，底下是浓浓的睫毛，眼圈儿有些儿发黑，一只圆润白皙的手膀子撂在被面上。老天爷！她真是洁白无瑕的。她是多么地温柔、脆弱，多么地孤苦伶仃，而自己自私自利，性情又暴戾，简直是浑身污点。他站在床头望着熟睡的女孩儿，心上一阵阵惭愧悔恨。他算什么？他怎么配给她这样洁白无瑕的人祷告？求天保佑她！求天保佑她！他走到床旁边，对平放着的小手看看——多软的小手！他轻轻地弯下身子望着她苍白温柔的脸儿。

当他弯下身子来的当儿，两只美丽的膀子软软地勾住了他的脖子。可怜的小姑娘说道："我醒着呢，乔治。"她紧紧贴在乔治胸口，哭得好像她的心快要碎了。可怜的小东西还醒着,醒着又怎么样呢?正在那时,军营里的号角响起来了,声音十分清越,其余的号角立刻接应,一霎时响遍全城。在步兵营的战鼓声和苏格兰军营的尖锐的风笛声中,所有的居民都醒了。

# 第三十章 《我撇下的那位姑娘》①

W我不是描写战争的小说家，只管平民老百姓的事。舱面上出空地盘开火的时候，我只好低心小胆地到舱底下去等着。上面自有勇敢的家伙们调度一切，如果我在场的话，反而碍了他们的手脚。现在我们只送第——联队到城门口，让奥多少佐去尽他的责任，然后就回来守着奥多太太和小姐奶奶们，还有行李。

在前一章的跳舞会里，我们许多朋友都在场，少佐和他太太没有弄到请帖，所以能得到养身保健、天然必需的休息，不比有些人工作之外还

---

① 在1759年那几年英国军队里流行的歌曲。

要找消遣，便没有时候睡觉了。少佐很安闲地把睡帽拉下来盖着耳朵说道："佩琪，亲爱的，照我看来，再过一两天，就会有个大跳舞会，大家都得狠狠地大跳一下子。他们有些人一辈子都还没听见这样的跳舞曲子呢。"他只喜欢静静儿地喝几盅，喝完了睡觉去，不稀罕找别的消遣。佩琪是巴不得有机会把她的头巾帽子和凤鸟在跳舞会上出出风头，可是丈夫的消息叫她上了心事，管不得跳舞会不跳舞会的了。

少佐对他的妻子说："最好你在打鼓集合以前半个钟头叫醒我。佩琪亲爱的，一点半叫我一声，再把我的东西归着一下，也许我不回来吃早饭了。"他的意思就是说大概第二天早上部队就要开拔。说完，他马上睡着了。

奥多太太是个会治家的女人。她头上一头的卷发纸条儿，身上穿着一件短褂子，准备一夜不上床，因为她觉得在这样的紧要关头，应该尽责任多做些事，不能再睡觉。她说："到密克走了再睡还不迟呢。"她拾掇了他的行军用的旅行袋，把他的外套、帽子和别的行装一一刷干净搁在他手边，又在他外套口袋里塞了一匣随身携带的干粮和一个藤壳的酒瓶，里面盛着一派因脱左右极有力气的哥涅克白兰地；这酒她和少佐都喜欢喝。她的打簧表指到一点半，里面的消息便报出这有关大数的时辰（漂亮的表主人认为它的声音和大教堂的钟声一样好听）。奥多太太把少佐叫醒，给他斟上一杯咖啡，布鲁塞尔那天早上无论哪家的咖啡都比不上她煮的好吃。有些神经锐敏的女人们舍不得和爱人分别，少不得哭哭啼啼地闹，这位好太太却只把一切安排妥当，谁能说她所表示的关心和她们的不是一样深切呢？号角催促兵士们起身，战鼓在四面响，他们两个就在这一片喧闹声里一起坐着喝咖啡，这样可不比对讲离愁别恨有用处有意义得多吗？动身的时候少佐精神饱满，穿戴得又整齐，样子又机警。他坐在马上，粉红的脸儿剃得光光的，联队里的士兵看见他这样，觉得很放心，都振作起来。勇敢的奥多太太站在阳台上，当联队出发的

# 第三十章 《我撇下的那位姑娘》

时候挥着手欢送他们,所有的军官在阳台底下经过的时候都对她行礼。若不是她那份儿端庄守礼的女人本色约束着她,她准有勇气亲自统领英勇的第——联队上前线打仗。

奥多太太的叔叔是个副主教,他的训戒订成有一大册。每逢星期日或是有正经大事,她便一本正经地拿出这本书来看。他们从西印度群岛坐船回家,半路上险遭没顶,她在船上读了这些经论得到不少安慰。联队开拔以后,她又取出这本书来一边看一边想。她看着书上的话儿不大懂,而且有些心不在焉。密克的睡帽还在枕头上,叫她怎么睡得着呢?世界上的事全是这样,贾克和唐纳打着背包,轻快的步伐配着《我撇下的那位姑娘》那曲子,上前线去博取功名,女人却留在家里受罪,因为她们才有空闲去发愁,想心思,追念往事。

利蓓加太太知道发愁没有用,感情用事的结果反而多添些烦恼。她很聪明地打定主意不掉无谓的眼泪,跟丈夫分别的时候竟像斯巴达人一样地沉着。倒是罗登上尉恋恋不舍的,远不及他那意志坚强的妻子来得冷静。这粗犷的汉子给她收得服服帖帖,对她的那份儿疼爱尊敬,在他说来真是极头田地的了。他娶了亲几个月来和妻子过得心满意足,可说是一辈子没有享过这样的福气。从前他爱跑马,赌钱,打猎,吃喝;而且他这雄赳赳的老粗倒也和阿多尼斯一般风流,常常和那些容易上手的舞女和帽子铺里的女店员兜搭调情。以前种种跟结婚以后合法的闺房之乐一比,都显得乏味。不管在什么时候她都能给他开心。他从小儿长了那么大,到过的地方远不如自己的小家庭愉快,碰见的人也远不如自己的老婆那么有趣。他咒骂自己从前太浪费太糊涂,懊悔欠下那么一大笔债,带累妻子从此没有出头的日子。他半夜和利蓓加谈起这些事,时常自叹自恨。在结婚以前,不管欠多少债都不在他心上;他自己想起前后的不同,也觉纳闷,常常骂着粗话(他会用的字眼并不多)说:"咄!结婚以前我欠多少账都不在乎。只要莫西那地保不来捉我,立微肯让我多欠三个月债，我就什么也不管。凭良心说，结婚以后我一直没碰过债票，最多把从前的债票转转期罢了。"

利蓓加知道怎么给他开心，说道："嗳，我的傻瓜宝贝儿，对于姑妈咱们还不放手呢。如果她误了咱们的事，你不是还能在你说的什么政府公报上出名吗？要不，等你别德叔叔死掉之后，我还有一条路。牧师的位子总是给家里的小兄弟的，你还可以把军官的职位卖掉了做牧师去。"罗登想到自己忽地成了个虔诚的教徒，乐得大笑。夜半人静，整个旅馆都听得见那高个子骑兵呵呵的笑声。德夫托将军住在二楼，正在他们的房间上面，也听见了。第二天吃早饭的时候，利蓓加兴高采烈地扮演罗登第一回上台讲道的样子，听得将军乐不可支。

这些都是过去的老话。开火的消息一到，部队立刻准备开拔，罗登心事重重，利蓓加忍不住打趣他。罗登听了这些话心里不受用，声音抖抖地说道："蓓基，难道你以为我怕死吗？我这大个儿容易给人打中，倘若我死了，留下的一个——可能是两个——怎么办？我把你们两个害苦了，总想好好给你安排一下。克劳莱太太，这可不是闹着玩的。"

利蓓加看见爱人生了气，连忙甜言蜜语哄他，百般摩弄他。她这人天生兴致高，喜欢打闹开玩笑，往往脱口就说出尖酸的话儿来，哪怕到了最为难的时候也是这样。好在她能够及时节制自己的脾气，当时她做出一副端庄的嘴脸对罗登说："最亲爱的，你难道以为我没有心肝吗？"说着，她急急地弹了弹泪珠儿，望着丈夫的脸微笑。

他道："哪，咱们算算看，倘若我给打死的话，你有多少财产。我在这儿运气不坏，还有两百三十镑多下来。我口袋里还有十块拿破仑金洋，我自己够用了。将军真是个大爷，什么钱都是他付。如果我死了，也不用什么丧葬费。别哭呀，小女人，没准我还得活着讨你的厌呢。我的两匹马都不带去，这次就骑将军的灰色马了。我跟他说我的马瘸了腿，骑他的马可以给咱省几文下来。如果我死了，这两匹马很可以卖几个钱。昨天葛立格思肯出我九十镑买那母马，我是个傻瓜，我说一百镑，少一个不卖。勃耳芬却很值钱，可是你最好在这儿卖掉它，我欠英国的马商好些钱，所以我不愿意把它带回英国去卖。将军给你的小马也能卖几文，这儿又不是伦敦，没有马行账单等着你。"罗登说到这里笑了一下，他又说："我的衣箱是花了两百镑买来的——我是说我为它欠了两百镑。金扣子和酒合起来也值三四十镑。太太，把这些到当铺当了它，还有别针、戒指、金链子、表和其余的零星小东西也当掉好了。买来的时候真花了不少钱呢。我知道克劳莱小姐买表链跟那滴答滴答的东西就花了一百镑。唉，可惜从前没多买些酒和金扣子之类的东西。爱都华滋想把一副镀银的脱靴板卖给我；本来我还想买一个衣箱，里面有银子的暖壶，还有全套的碗盏器皿。可是现在没法子了。有多少东西，作多少打算吧，蓓基。"

克劳莱上尉一辈子自私，难得想到别人，最近几个月来才做了爱情的奴隶。他离家之前忙着安排后事，把自己所有的财产一样样过目，努力想计算它们究竟值多少，万一他有三长两短，他的妻子究竟可以有几个钱。他用铅笔把能够换钱抚养寡妇的动产一项项记下来，看着心里安慰些。他的笔迹像小学生的，一个个的大字写着"孟登①造的双管枪，算他四十基尼；貂皮里子的骑马装，五十镑；决斗用的手枪（打死马克上尉的），连红木匣，二十镑；按标准定制的马鞍皮枪套和马饰；我的敞车"等等，这些他都传给利蓓加。

上尉打定主意要省钱，穿的制服和戴的肩饰都是最旧最破烂的。他把新的留给撇在后方的妻子——说不定是他撇在后方的寡妇——照管。从前他是温德莎和海德公园有名的花花公子，如今上战场打仗，带的行

---

① 孟登（Monton，1766—1835），英国有名的枪炮工人。

囊竟和普通军曹用的那么简陋，嘴里喃喃呐呐，仿佛在给留在家里的妻子祷告。临走的时候他把她抱起来，紧贴着他自己扑扑跳动的心，好一会儿才松手放她下来，然后紫涨了面皮，泪眼模糊地离了家。他骑马傍着将军；他们的一旅骑兵在前面，他们两个紧紧跟在后面。罗登一路抽着雪茄烟不言语，走了好几英里路以后才开口说话，不捻胡子了。

在前面已经说过，利蓓加是聪明人，早已打定主意，丈夫离家的时候不让无谓的离愁别恨扰乱自己的心境。她站在窗口挥着手跟他告别，到他走掉以后还向外面闲眺了一会儿。

教堂的尖顶和别致的旧房子顶上的大三角楼刚在朝阳里泛红。她整夜没有休息，仍旧穿着美丽的跳舞衣，淡黄的头发披在脖子上，有些散乱了；劳乏了一晚响，眼圈也发黑。她在镜子里端详着自己说道："多难看！这件粉红衣服把我的脸色衬得死白死白的。"她脱了粉红衣服，紧身衣里面忽地掉出来一张纸条；她微笑着捡起来锁在梳头匣里。然后她把跳舞会上拿过的花球浸在玻璃杯里，上了床，舒舒服服地睡着了。

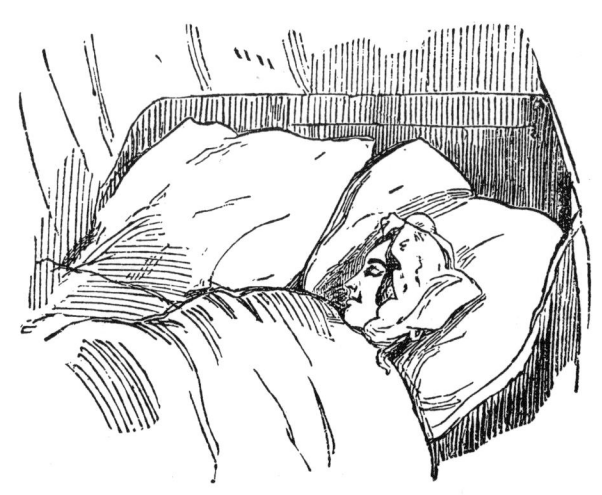

到十点钟她醒过来,市上静悄悄的。她喝了些咖啡,觉得很受用,经过了早上的悲痛和劳乏,咖啡是不能少的。早饭以后,她把老实的罗登隔夜算的账重温一遍,估计一下自己的身价。通盘计算下来。就算逼到最后一步,她还很能过日子。除了丈夫留下的动产,还有她自己的首饰和妆奁。她们初结婚时罗登在她身上花钱多么大方,前面不但已经提起,而且称赞过一番。除了罗登买给她的东西和那小马,德夫托将军还送给她许多值钱的礼物。他把她当天上人一样供奉,甘心做她的奴才,送给她的东西之中有一位法国将军夫人家里拍卖出来的开许米细绒披肩和珠宝店里买来的各色首饰,从这上面可以看得出那位对她拜倒的将军又有钱又有眼光。至于钟表呢——也就是可怜的罗登所谓的"滴答滴答的东西"——屋子里有的是,滴滴答答响个不停。有一夜,利蓓加提起罗登给她的表是英国货,走得不准,第二天早晨马上就收到两只表。一只是勒劳哀①牌子,壳子上面有珮玉,镶得非常漂亮,连带还有一条表链。另外一只是白勒葛牌子,嵌满了珍珠,只有半克朗那么大。一只是德夫托将军买的,另外那一只是乔治献勤儿送给她的。奥斯本太太没有表,可是说句公道话,倘若她开口要求,乔治也会买给她。在英国的德夫托太太也有一只旧表,还是她母亲的东西,把它烧烫了暖暖床铺,当作罗登所说的暖壶那么用,倒挺合适。如果霍威尔和詹姆士②珠宝店把买主的名单发表出来,好些人家的太太小姐准会觉得大出意外。如果这些首饰都给了买主合法的妻子和女儿,那么名利场上的良家妇女不知道会有多少珠宝首饰。

利蓓加太太把这些值钱的东西估了一估价钱,算下来假如有什么失闪,她至少可有六七百镑作为打天下的资本,不由感到一阵阵扎心的喜

---

① 勒劳哀(Julien Leroy, 1686—1759)和白勒葛(Abraham Louis Breguet, 1747—1823)都是法国有名的钟表商。
② 和萨克雷同时的伦敦珠宝商人。

欢得意。她把财产集叠整理，锁的锁，藏的藏，忙了一早晨，真是滋味无穷。在罗登的记事本里有一张奥斯本的支票，值二十镑。见了支票，她连带想起了奥斯本太太，便道："我去支了款子，然后看看可怜的小爱米去。"我这小说里的男人虽然没有一个出类拔萃，女人里头总算有一个了不起的人物。副官的老婆天不怕地不怕，不管有什么疑难大事，她都不慌不忙地应付。在刚才开拔出去的英国军队里面，谁还能强似她？连威灵顿公爵她也比得过呢。

我们还有一个做老百姓的朋友也留在后方；他的行为和感想，我们也有权利知道。这个朋友就是卜格雷·窝拉从前的税官。他和别人一样，一清早就给号角闹醒了。他很能睡，也很爱睡，英国军队里的战鼓、号角和风笛声音虽然大，如果没人来打搅他的话，说不定他也会睡到老时候才起身。吵得他不能睡觉的人倒不是跟他同住的乔治·奥斯本。乔治照例忙着自己的事，说不定因为撇不开老婆而在伤心，根本没想到要和睡梦里的大舅子告别——我才说过，打搅他的不是乔治而是都宾上尉。都宾把他叫醒，说是动身以前非要跟他拉拉手说声再见不可。

乔斯打了个哈欠说道"多谢你"，心里恨不得叫他滚蛋。

都宾东扯西拉地说道："我——我觉得临走以前得跟你说一声。你知道，我们里面有些人恐怕回不来了，我希望看见你们大家都好，呃——呃——就是这些事。"

乔斯擦擦眼睛问道："你说什么？"都宾上尉口头上虽然对于这个戴睡帽的胖子非常关心，其实他不但没听见胖子说的话，连正眼也不看他。他这人假正经，瞪着眼睛，侧着耳朵，一心注意乔治屋里的动静。他在乔斯屋子里迈着大步乱转，把椅子撞倒在地上，一忽儿咬咬指甲，一忽儿把手指头到处闲敲打，做出种种心神不定的样子来。

乔斯向来不大瞧得起上尉,这当儿更觉得他的勇气靠不住。他尖酸地问道:"都宾,你究竟要我帮什么忙?"

上尉走到他的床旁边答道:"让我告诉你怎么个帮忙法儿,赛特笠,我们再过一刻钟就上前线,乔治和我也许永远不能回来了。听着,你没有得到确实的消息以前,千万别离开这儿。你得留在这儿照顾你妹妹。她需要你安慰她,保护她。如果乔治有个三长两短,别忘了她只剩你这么个亲人,得倚靠着你了。如果我们这边打败仗,你得好好把她送回英国,希望你拿信义担保,决不离开她。我知道你不会;在花钱这方面,你是向来不小气的。你现在需要钱吗?我的意思是,万一出了什么事,你的现钱够不够回英国呢?"

乔斯摆起架子答道:"先生,我要用钱的时候,自有办法。至于我应该怎么对待妹妹,也不用你来告诉我。"

都宾很和气地回答道:"乔斯,你说的话真像个大丈夫。乔治能够把她托给这么靠得住的人,我也替他高兴。既然这样,我能不能告诉乔治,说你人格担保,在为难的时候决不离开她呢?"

乔斯先生答道:"当然,当然。"都宾估计得不错,乔斯花钱的确不小气。

"如果打了败仗,你一定带她平安离开布鲁塞尔吗?"

那条好汉睡在床上嚷道:"打败仗!胡说!没有这回事。你别吓唬我。"都宾听得乔斯答应照料他妹妹,话说得那么斩截,也就放心释虑,想道:"万一出什么事,她总还有个退步。"

说不定都宾上尉希望在联队开拔之前再见爱米丽亚一面,自己心上好有个安慰,如果真是这样的话,他那份儿混账自私的用心却也得到了应该受的处罚。乔斯卧房的房门通到全家合用的起坐间,对门便是爱米丽亚的房间。号角已经吹醒了所有的人,也不必再躲躲藏藏的了。乔治的用人在起坐间理行装,乔治在两间屋里进进出出,把行军需要的东西都扔给用人。不多一会儿，都宾渴望的机会来了，他总算又看见了爱米丽亚的脸儿。好可怕的脸！她颜色苍白，神志昏迷，好像一切希望都已经死了。后来这印象老是缠绕着都宾，竟像是他犯下的罪过一样洒脱不掉。他瞧着她那样，心里说不出对她有多少怜惜疼爱。

她披了一件白色的晨衣，头发散在肩膀上，大眼睛里呆呆的没有光彩。这可怜东西想要帮着拾掇行装，并且要表示她在要紧关头也有些用处，在抽屉里拉出乔治的一根腰带拿在手里，到东到西地跟着他，默默地望着大家归着行李。她走出来靠墙站着，把腰带紧紧地抱在胸口，腰带上那红色的网络很重，挂下来仿佛是一大块血迹。软心肠的上尉看见她，心上先是一惊，转又觉得惶恐，他暗暗想道："老天爷！她心里这么苦，我做旁人的哪配来管她的闲事？"没法摆布、说不出口的伤心，旁人也不知道应该怎么来安慰和排解。他站在那里望着她，摘了心肝似的难过，可是一些办法都没有，好像做父母的干瞧着孩子受苦一样。

后来，乔治拉着爱米的手走到卧房里，自己一个人走出来。在这一刹那间，他和妻子告别过了，走了。

乔治三脚两步冲下楼去，心里想道："谢天谢地，这件事总算完了。"他挟着剑，忽忽忙忙地跑到紧急集合处；联队里的士兵都从寄宿的地方赶到那里会齐。他想着一场输赢未卜的大战就在眼前，自己在里面也有一手，激动得脸上发红，脉搏突突地跳。摆在前面的有希望，有快乐，可是什么都没个定准，够多么叫人兴奋！这里面的得失，真是大得不能再大。眼目前的一场赌博比起来，以前的小输赢不算什么。这小伙子从小到大，每逢和人竞赛武艺和胆量，向来把全副精力都使出来。不论在学校里联队里，锦标都是他得的，朋友们谁不给他叫好？学校里举行板球比赛和军营里举行赛跑的时候，他抢过不知多少头名，不论走到哪里，男男女女都称赞他羡慕他。我们最佩服的就是力气大，胆子大，身手矫捷的人。从古到今，诗歌和传奇的题材无非是过人的胆识和膂力。从特洛伊故事①到现代的诗歌，里面的主角都是武将。为什么大家都佩服有勇气的人呢？为什么武功所得到酬报和引起的景仰远超出于别的才能以上呢？说不定因为我们大家都有些贪生怕死。

鼓舞人心的作战命令一下来，乔治不再沉迷在温柔乡里，跳起身来就走。他在妻子分上向来淡薄得很；虽然这样，他还嫌自己太儿女情长，觉得有些丢脸。他所有的朋友（这些人我们也曾碰见过几次），从领军的胖少佐到那天塞旗的斯德博尔小旗手，都和他一样地激昂振奋。

他们出发的时候，太阳刚上升。那场面真是庄严——乐队奏着联队里的进行曲走在最前面；然后是领军的少佐，骑着他的肥马比拉密斯；后面跟着穿特别制服的连队，由他们的上尉带领，中间便是军旗，由大小旗手拿着。再后面，乔治领着他的连队来了。他走过的时候抬起头来对爱米丽亚笑了一笑。音乐的声音渐渐地消失了。

---

① 指荷马的史诗《伊利亚特》和《奥德赛》。

# 第三十一章　乔斯·赛特笠照料他的妹妹

上级军官们给调到别处去执行任务，乔斯·赛特笠便做了布鲁塞尔小殖民地上的总指挥，手下的镇守军包括正在害病的爱米丽亚，他的比利时用人伊息多，和家里包办一切工作的老妈子。乔斯心神不宁，早上出了这些事情，再加上都宾又来罗唣了半日，带累他没有好好地睡觉。话是这么说，他仍旧在床上翻来覆去躺了好几个钟头，一直到老时候才起床。这印度官儿穿上花花绿绿的晨衣出来吃早饭的当儿，太阳已经高高地挂在天空里，第——联队也出发了好几英里路了。

乔治出门打仗，他大舅子心上倒没什么放不下。说不定乔斯见妹夫走了反而高兴，因为乔治在家的时候，他就得靠后。而且乔治又不留情面，向来对于这个肥胖的印度官儿明白表示瞧他不起。还亏得爱米总是对他很和蔼很殷勤。她照料他，让他过得舒服，点他爱吃的菜，和他一起散步，陪他坐马车兜风。反正乔治又不在家，她有的是空闲。每逢她丈夫得罪哥哥，哥哥生了气，总由她来做和事佬。她常常帮乔斯说话，怯生生地规劝乔治。乔治斩截地打断她的哀求说道："我是个直肠汉，凡是直肠汉子，心里有什么就说什么。亲爱的，你哥哥这么个糊涂蛋，叫我怎么能够尊敬他？"因此乔斯看见乔治不在，心里很痛快。他瞧着乔治的便帽和手套都在柜子上，想起它们的主人走了，暗里说不出地得意。他想道："他脸皮真厚，一股子浮浪子弟的习气，今天他可不能跟我捣麻烦了。"

他对用人伊息多说："把上尉的帽子搁在后房。"

他的用人很有含蓄地望望主人答道："也许他以后再也不能戴这顶帽子了。"他也恨乔治，因为乔治浑身英国大爷的气派，对他十分蛮横。

赛特笠先生一想，和听差一块儿批评乔治究竟是丢脸的事，便摆起架子来说道："去问太太，早饭吃不吃？"其实他在听差面前常骂妹夫，骂过二十来次。

可怜！太太不吃早饭，也不能给乔斯先生切他喜欢的甜饼。女用人说太太从先生离家以后就难受得不得了，身上不好过着呢。乔斯表示同情，给她斟了一大杯茶。这就是他体贴别人的方法，他不但送早饭进去，而且更进一步，筹划午饭的时候给她吃些什么好菜。

乔治的听差给主人拾掇行李，伺候他动身的时候，伊息多倔丧着脸儿在旁边看。他最恨奥斯本先生，因为他对待他就跟对待其他的下属一样，非常地霸道。欧洲大陆上的用人不像我们本国的用人脾气好，不喜欢瞧人家的嘴脸。二来，伊息多干瞧着那许多值钱的东西给运走，满心气恼，将来英国人打败仗的时候，不是都落到别人手里去了吗？他和布鲁塞尔的好些人——和比利时通国的好些人一样，深信英国准打败仗。差不多人人都认为拿破仑皇帝准会把普鲁士军队和英国军队割成两半，然后把它们次第消灭，不出三天就能占领布鲁塞尔。到那时，伊息多先生眼前的东家死的死，逃的逃，被捕的被捕，剩下的动产，名正言顺都是他的了。

忠心的用人按照每日的规矩，服侍乔斯梳妆打扮，把这件辛苦繁复的工作做好，一面心里盘算，每给主人穿一件戴一件，便想着将来怎么处置这些东西。他打算把银子的香水瓶和梳妆用的零星小东西送给心爱的姑娘，英国货的刀子和大红宝石别针留给自己。细洁的皱边衬衫上面配了宝石别针才漂亮呢。钉方扣子的双襟外套只消稍为改一下就能合自己的身材；镶着两大块红宝石的大戒指可以改成一副漂亮的耳环；连上宝石别针、皱边衬衫、金边帽子，还有金头拐棍儿，简直就把自己打扮成个阿多尼斯了，瑞纳小姐还会不立刻上钩吗？他一面把袖扣在赛特笠先生肥胖臃肿的手腕上扣好，一面想道："这副扣子给我戴上才配。我真希望有一副袖扣。喝，隔壁房里上尉的铜马刺给了我，那我在绿荫路上多出风头呀！"伊息多先生拉住他主人乔斯的鼻子，替他刮胡子，可是身体虽在屋子里，神魂早已飞驰到外面去了。在他想像里，一会儿穿上方扣子外套和镶花边的衬衫在绿荫路上陪着瑞纳小姐散步，一会儿在河岸上闲逛，瞧着那些小船在河旁边凉爽的树荫底下慢慢地摇过去；一会儿又在通莱根的路上一家啤酒店里，坐在长凳上喝啤酒。

亏得乔瑟夫·赛特笠不知道他用人的心思，因此还能心安意泰地过日子。就像我和你，可敬的读者，又何尝知道拿我们工钱的约翰和玛丽背地里怎么批评我们？别说用人，我们倘若知道朋友亲戚肚子里怎么想，这日子也就难过了；心里又气，又老是担惊受怕，这滋味真是怪可怕的。乔斯的用人已经在他身上打主意，仿佛莱登霍街潘思德先生的伙计在那些漠然无知的甲鱼身上挂了一块纸板，上面写着"明天的汤"。

爱米丽亚的女用人却没有这样自私。凡是在这温柔敦厚的好人儿手下当差的佣工，差不多个个都称赏她那忠厚随和的性格，对她又忠心又有情分。在那不幸的早晨，厨娘宝林给她女主人的安慰真大，爱米身边的人谁也比不过她。先是爱米丽亚守在窗口看着军队出发，眼巴巴地直望到最后一把刺刀瞧不见才罢。她萎萎萃萃地站在那儿，一连好几个钟头不响不动。老实的宝林见她这样，拉了她的手道："唉，太太，我那心上的人儿不也在军队里头吗？"说着，她哭起来，爱米丽亚搂着她，也哭了。这样，她们两个互相怜惜，互相抚慰了一番。

下午，乔斯先生的伊息多走到市区，在公园附近英国人最多的住宅和旅馆门口逛了好几回。他和别的听差、信差和跟班混在一起探听消息，然后把这些新闻带回去学给主人听。这些先生们心里都是拿破仑皇帝的一党，认为战事不久便会结束。布鲁塞尔到处散发着皇帝在阿维纳的公告，上面说："兵士们！两次决定欧洲大局的玛朗哥战役①和弗里兰战役②已经一周年了。在奥斯德里滋和华格兰姆战争③之后，我们太宽大了。我们让各国的君主们继续统治，误信了他们的誓言和约诺。让我们再度出兵作战吧！我们和他们不是和以前一样的人吗？兵士们！今天这么倨骄的普鲁士人在希那④跟你们是三对一，在蒙密拉依是六对一。在英国的战俘还能告诉同志们在英国船上受了多少残暴的待遇。这些疯狂的人哪！一时的胜利冲昏了他们的头，进入法国的军队必受歼灭！"按照亲法派的预言，法国皇帝的敌人即刻便会大败，比公告上说的还要快。大家都说普鲁士和英国的军队回不来了，除非跟在胜利的法军后面做战俘。

就在当天，赛特笠先生也受到了这种意见的影响。据说威灵顿公爵

---

① 玛朗哥战役（Battle of Marengo），1800年6月发生的奥法之战，奥国给拿破仑打败。
② 弗里兰战役（Battle of Friedland），1807年6月俄奥联军给拿破仑打败。
③ 华格兰姆战役（Battle of Wagram），1809年7月发生。
④ 指希那战役（Battle of Jena），1806年10月发生。

的军队隔夜进军的时候打了个大败仗，目前公爵正在想法子集合残军。

在吃早饭的时候，乔斯的胆子向来不小，便道："大败？呸！公爵曾经打败所有的将军，这一回当然也会打败法国皇帝。"

对乔斯报告消息的人答道："他的文件都烧了，他的东西都搬走了，他的房子也收拾好了专等大尔马帝亚公爵①去住。这是他的管家亲自告诉我的。里却蒙公爵②家里的人正在集叠行李。公爵本人已经逃走。公爵夫人只等碗碟器皿收拾好以后就跟着法国王上③到奥斯当去。"

乔斯假装不相信，说道："你这家伙，法国王上在甘德呢。"

"他昨儿晚上逃到白吕吉思，今天就上船到奥斯当。贝利公爵已经给逮住。谁怕死的得早走才好，因为明天就决堤，到那时全国都是水，还能跑吗？"

赛特笠先生反对他这话，说道："胡说，不管拿破仑那小子能够集合多少人马，我们这边人总比他的多，少说也有三对一。奥地利军队和俄国军队也在半路了。他准会打败仗，他非打败仗不可！"乔斯一面说，一面拍桌子。

"当年在希那，普鲁士兵跟法国兵也是三对一，可是他不出一星期就把军队和国家一股脑儿征服了。在蒙密拉依是六对一，他还不是把他们赶羊似的赶得四散逃命？奥地利军队的确要来，可是谁带领呢？就是法国皇后④和罗马王⑤呀！俄国兵呢，哼！俄国兵就要退的。他来了以后，凡是英国人都要给杀死，因为我们这边的人在混蛋的英国船上受够了苦。瞧！这儿是黑字印在白纸上，皇帝陛下的公告。"拿破仑的党羽露出真面目，把布告从口袋里拿出来冲着主人的脸狠狠地一挥。在他

---

① 大尔马帝亚公爵（Duke of Dalmatia, 1769—1851），法国政治家兼大将。
② 里却蒙公爵（Duke of Richmond, 1764—1819），就是在大战前夕开大跳舞会的。
③ 指法王路易十八，革命时流亡在外国，拿破仑失败后复位。
④ 拿破仑的妻子玛丽·路易丝（Marie-Louise）是奥地利公主。
⑤ 拿破仑曾封他的儿子为罗马王。

心目中，所有的细软和方扣子大衣已经都是他的战利品。

乔斯虽然还没有当真着急，可是也觉得心神不宁起来。他道："把我的帽子和大衣拿来，你也跟我一块儿出去，让我自己出去打听打听，看这些消息是真是假。"乔斯拿起钉辫边的上衣要穿，伊息多瞧着满心气恼，便道："勋爵还是别穿军服，法国人赌咒罚誓地要把所有的英国兵杀个罄净呢。"

乔斯面子上仍旧很坚定，做出十分斩截的样子把手伸到袖子里去，一面说："别废话，小子！"正当他做出这英雄气概，罗登·克劳莱太太进来了。她来看爱米丽亚，却没有打铃，从后房直穿进来。

利蓓加像平日一样，穿戴得又整齐又时髦。罗登动身以后她静静地睡了一觉，睡得精神饱满。那天全城的人都是心事重重、愁眉苦脸的样子，只有她那红粉粉笑眯眯的脸蛋儿叫人看着心里舒服。乔斯这胖子用力要把自己塞进钉辫边的上衣里面去，挣扎得仿佛浑身在抽筋。利蓓加瞧着他直觉得好笑，问道："乔瑟夫先生，你也打算去从军吗？这样说来，整个布鲁塞尔竟没有人来保护我们这些可怜的女人了。"乔斯钻进了外衣，红着脸上前结结巴巴地问候漂亮客人，求她包涵自己的简慢，说道："昨天跳舞累不累？经过今天早上的大事，觉得怎么样？"这当儿，伊息多先生拿着主人的花晨衣到隔壁卧房里去了。

利蓓加双手紧拉着乔斯的手，说道："多谢你关心。人人都急得要命，只有你还那么不慌不忙。亲爱的小爱米好不好哇？她和丈夫分手的当儿一定伤心死了吧？"

乔斯说："伤心得了不得。"

那位太太回答道："你们男人什么都受得了。和亲人分手也罢，危险也罢，反正你们都不在乎。你别赖，我知道你准是打算去从军，把我们丢了不管。我有那么一个感觉，知道你要走了。我这么一想，急得要死——乔瑟夫先生，我一个人的时候，往往想起你的。所以我立刻赶来，求你别把我们摔了不管。"

这些话的意思是这样的："亲爱的先生，如果军队打败，不得不逃难的话，你有一辆很舒服的马车，我要在里头占个位子。"乔斯到底有没有看穿她的用意，我也说不上来。反正他对于利蓓加非常不满意，因为在布鲁塞尔的时候她没有怎么睬过他。罗登·克劳莱的了不起朋友他一个也没有碰到；利蓓加的宴会也可说完全没有他的份。他胆子太小，不敢大赌，乔治和罗登见了他一样地厌烦，看来他们两个都不愿意让人瞧见他们找消遣的法子，乔斯想道："哦，她要用我，就又找我来了。旁边没有人，她又想到乔瑟夫·赛特笠了！"他虽然有些疑惑，可是听得利蓓加称赞他的胆量,又觉得很得意。他脸上涨得通红,挺胸叠肚地说道:"我愿意上前线去看看。稍微有些胆量的人谁不愿意见见世面?我在印度虽然见过一点儿,究竟没有这么大的场面。"

利蓓加答道:"你们这些男人为了寻欢作乐,什么都肯牺牲。拿着克劳莱上尉来说,今儿早上离开我的时候,高兴得仿佛出去打猎似的。他才不在乎呢!可怜我们女人给扔在一边,吃了多少苦,受了多少折磨,有谁来管?(这又懒又馋的大胖子不知道是不是真的打算上前线去?)唉,亲爱的赛特笠先生,我来找你就是希望得点儿安慰,让自己宽宽心。今天我跪着祷告了一早上。我想起我们的丈夫、朋友,我们勇敢的兵士和同盟军,在外头冒这么大的险,急得直打哆嗦。我到这儿来求你帮忙,哪知道我留在此地的最后一个朋友也打算投身到炮火里头去了。"

乔斯心上的不快都没有了,答道:"亲爱的太太,别怕。我只是说我很想去——哪个英国人不想去呢?可是我得留在这儿尽我的责任,反正我不能丢了隔壁房里的小可怜儿自己一走啊。"他一面说,一面用手指着爱米丽亚的房间。

利蓓加把手帕遮着眼睛,嗅着洒在手帕上的香水,说道:"你真是好哥哥。人品真高贵。我以前冤枉你了。我以为你是没有心肝的,哪知道你竟不是那样的人。"

乔斯的样子很像要拿手按住那给人当作话题的心肝,一面说道:"哎哟,我拿人格担保,你冤枉我,真的冤枉我,亲爱的克劳莱太太。"

"是呀,我现在瞧你对你妹妹那么厚道,知道你的心好。可是我记得两年前,你的心对我可是一片虚情假意。"利蓓加说着,对他看了一眼,转身向窗子走去。

乔斯一张脸红得不能再红,利蓓加责备他短少的那个器官在腔子里扑通扑通乱跳。他想起从前怎么躲避她,怎么爱上了她,怎么带她坐小马车。她还给自己织了一个绿丝钱包。他那时常常坐着出神地瞧着她那雪白的手膀子和明亮的眼睛。

利蓓加从窗子那边走回来，又瞧了他一眼，压低了声音抖巍巍地说道："我知道你觉得我没良心。你对我冷淡，正眼也不看我；从你近来的态度——就像刚才我进来那会儿你对我的态度，都可以看得出来。可是我难道会无缘无故地躲着你不成？这问题让你自己的心回答吧。你以为我的丈夫能够欢迎你吗？他对我说的唯一的刺心话全是为你而起的——说句公道话，除此以外克劳莱上尉跟我从来没有口舌高低。可是那些话儿，听得我好不难受！"

乔斯又高兴又诧异，慌慌张张地问道："天老爷！我干了什么事啦？我干了什么，使他——使他——？"

利蓓加道："难道吃醋就不算一回事？为了你，他叫我受了多少苦。从前的事说不得了——反正现在我全心爱他。现在我是问心无愧的了。你说是不是，赛特笠先生？"

乔斯瞧着那为他颠倒的可怜虫，喜欢得浑身血脉活动。几瞥柔媚的、极有含蓄的眼风和几句巧妙的话儿，竟能叫他安心释虑，把从前的热情重新勾起来。从所罗门以来，多少比乔斯聪明的人还挡不住甜言蜜语，上了女人的当呢。蓓基想道："逼到最后一条路，逃难是不怕的了，在他的大马车里，我稳稳地有一个位子了。"

乔瑟夫先生心中热情汹涌，若不是那时用人伊息多回进房来忙着收拾，不知道会对蓓基说出什么痴情的话儿来。他刚刚喘着气打算开口，就不得不把嘴边的情话咽下去，差点儿没把自己噎死。利蓓加也想着该去安慰最亲爱的爱米丽亚，便道声再见，亲着指头给他飞了一个吻，然后轻轻地敲他妹妹的房门。她走进去关上了门，乔斯便一倒身在椅子上坐下来，狠命地瞪眼，叹息，吹气。伊息多仍旧在算计他的方扣子外套，对他道："这件衣服勋爵穿着太紧了。"可是他主人心不在焉，没听见他的话。他一会儿想着利蓓加迷人，心痒痒的浑身发暖，一会儿似乎看见妒忌的罗登·克劳莱,脸上卷曲的胡子显得他相貌凶恶,手里拿着可怕的手枪,膛里装好了子弹,拉开枪钮准备开枪,又觉得做了亏心事,吓得矮了一截。

利蓓加一进房,爱米丽亚就害怕得直往后退。蓓基使她想起外面的事情和隔天的经过。这以前,她一心害怕未来的灾难,只记挂丈夫冒着大险出门,反而把利蓓加和吃醋这些事——竟可说所有的事,都搁在脑后。若不是这个在世路上闯惯的、天不怕地不怕的利蓓加开了门,冲淡了房里凄惨的空气,我们是断不肯进去的。这女孩儿跪在地下,心里想祷告,嘴里却说不出话来,又苦又愁地挨过了多少时光。战事的记载上只描写辉煌的战役和胜利,向来不提这些事,因为它们只是壮丽的行列当中最平凡的一部分。胜利的大歌咏团里只有欢呼的声音,哪里听得见做母亲和妻子的哭声呢?其实多多少少没有地位的女人随时都在伤心痛哭,随时都在抗议,只不过她们啼哭的声音抵不过欢呼的声音罢了。

利蓓加的绿眼睛看着爱米丽亚,她的新绸袍子窸窸窣窣地响,周身都是亮晶晶的首饰。她张开了手,轻移小步奔上前来和爱米搂抱。爱米丽亚心上先是害怕,接下来就是一阵气恨,原来死白的脸蛋儿涨得通红。她愣了一下,一眼不眨地瞪着眼向她的对头看。蓓基见她这样,倒觉事出意外,同时又有些羞惭。

客人开言道:"最亲爱的爱米丽亚,你身子不爽快,到底是怎么了?我得不到你的消息,急得什么似的。"她一面说,一面伸出手来打算和爱米丽亚拉手。

爱米丽亚马上把手缩了回去。她一辈子待人温柔,无论是谁对她殷勤亲热,她从来不会表示怀疑或是冷淡。可是这一回她把手缩回来,浑身索索地抖。她说:"利蓓加,你来干什么?"她睁起大眼睛板着脸儿对客人瞧,瞧得她心里不安起来。

利蓓加暗想道:"别是她看见丈夫在跳舞会上给我传信了吧?"便

垂下眼皮说道："亲爱的爱米丽亚，别那么激动，我不过来看看可有什么——看看你身体好不好。"

爱米丽亚道："你身体好不好？我想你好得很，反正你不爱丈夫。如果你爱他的话，这会儿也不会来了。你说，利蓓加，我错待过你没有？"

蓓基仍旧低着头答道："当然没有，爱米丽亚。"

"你没钱的时候，谁帮你的忙来着？难道我不把你当作姊妹一样待吗？他娶我以前，我们还没到后来的田地，那时你就认识我们了。当时他心里只有我；要不然他怎么肯那么不自私，为着要我快乐，把自己的老家和他的一份儿家私都丢掉了呢？你为什么跑来夹在我和我的爱人中间？天把我们结合起来，谁叫你来把我们拆开的？谁叫你把我那宝贝儿的心抢去的？他不是我的丈夫吗？你难道以为你能像我一样爱他吗？在我，只要他爱我，别的我全不在乎。你明明知道这一点，可是你偏要把他抢去。丢脸哪，利蓓加！你这个恶毒的坏女人，假心假意的朋友，不忠实的妻子！"

利蓓加背过身去答道："爱米丽亚，我对天起誓，并没有害过你丈夫。"

"那么你没有害过我吗，利蓓加？你一心想要把他抢去，不过没有成功罢了。你问问自己的良心去，这话对不对？"

利蓓加想道："她什么都没有知道。"

"他还是回到我身边来了。我知道他会回来的。我知道不管你用多少甜言蜜语虚情假意哄骗他，他终究要回来的。我知道他要回来，我求天送他回来。"可怜的女孩儿非常激烈，滔滔不绝地说了一大篇。利蓓加不承望她还有这一着，反而弄得说不出话来。爱米丽亚接着怪可怜地说道："我哪一点儿待错了你？干吗一定要把他抢去呢？我统共跟他在一起过了一个半月，你还不能饶了我吗，利蓓加？从我结婚第一天起，你就搅得我过不了好日子。现在他走了，你又来瞧我伤心来了，是不是呀？这两星期里头你害我还害得不够？今天何必再来呢？"

利蓓加答道:"我——我又不上这儿来。"可叹得很,这话倒是真的。

"不错,你从不上这儿来,只是把他从家里拉走罢了。今天你想来带他去吗?"她的声音越来越兴奋,"他刚才还在这儿,走了不久。他就坐在那张椅子上来着。别碰它!我们俩坐着说话;我坐在他身上,搂着他的脖子,我们两个一块儿背'在天之父'。对了,他刚才还在这儿,可是他们把他叫走了。他答应我不久就回来。"

利蓓加不由自主地受了感动,说道:"亲爱的,他一定会回来。"

爱米丽亚道:"你瞧,这是他的腰带,这颜色好看不好看?"她本来把腰带系在自己身上,这时候拉起绦子来吻着。她忘了生气,吃醋,甚至于好像忘了敌手还在身旁,脸上挂着一丝儿笑容,悄悄地走到床旁边,把乔治的枕头摸挲平复。

利蓓加也悄悄地走掉了。乔斯仍旧坐在椅子里,问道:"爱米丽亚怎么样?"

利蓓加答道:"我看她很不好,应该有人陪着她。"赛特笠先生说他已经传了一桌早午饭,请她吃了再走,可是她不肯,正着脸色离了他家。

利蓓加脾气好,肯迁就,而且一点也不讨厌爱米丽亚。她的责备虽然苛刻,却能抬高蓓基的身份,因为这分明打败的人熬不得那气苦,难过得直哼哼。那天奥多太太虽然读了副主教的训戒,可并没有得着安慰,无情无绪地在公园里闲逛。利蓓加顶头遇见她,和她打了招呼。这一下倒出乎少佐太太意料之外,因为罗登·克劳莱太太是难得对她那么客气的。利蓓加告诉那忠厚的爱尔兰女人,说是可怜的奥斯本太太身上很不好,伤心得有些疯疯傻傻,奥多太太既然跟她很好,应该马上去安慰安慰她。

奥多太太正色答道:"我自己的心事也不少。而且我想可怜的爱米丽亚今天也不愿见人。可是既然她身子那么不好,像你这样的老朋友又不能去照料她,好吧,让我去瞧瞧能不能帮她的忙。再见了,您哪!"戴打簧表的太太并不稀罕和克劳莱太太做朋友,说完这话,一抬头就走了。

蓓基笑嘻嘻地瞧着她大踏步往前走。她这人非常幽默,看见奥多太太一面走一面雄赳赳地回过头来对她瞪眼,差点儿笑出来。佩琪心里想道:"我的时髦太太,我向您致敬!看着您那么高兴,我也喜欢。反正您是不会哭哭啼啼伤心的。"她一面想,一面急急地找到奥斯本太太家里去。

那可怜东西自从利蓓加走掉以后,一直傻站在床旁边,心痛得人都糊涂了。少佐的太太是个有主意的女人,尽她所能安慰她的年轻朋友。她很温和地说道:"爱米丽亚亲爱的,你得克制自己,等他打了胜仗叫人回来接你的时候,见你病了多糟糕!如今听凭天老爷摆布的人可不止你一个。"爱米丽亚答道:"我知道,我很不应该,我太经不起事情。"自己的毛病她也知道,亏得朋友比她有主张,在身旁陪着她、管着她,才使她也有了把持。她们厮守着一直到下午两点钟,心神飞驰,跟着军队越走越远。她们心上那可怕的疑惧和苦楚,说不出的忧愁害怕,不断的祷告,都跟着联队一块儿上前线。这就是女人对于战争的贡献。男人献出鲜血,女人献出眼泪,战争对于他们的要求是平等的。

到两点半,乔瑟夫先生每日办大事的时候到了,也就是说,应该吃饭了。在他,兵士们打仗也罢,给打死也罢,饭是非吃不可的。他走到爱米丽亚的卧房里,想要哄她出去一块儿吃。他说:"吃吃看,汤好得很呢。爱米,你不妨试一试呀。"说完,他拿着她的手吻了一下。除了爱米结婚的一天不算,他已经好多年没有吻过她了。她答道:"乔瑟夫,你对我真好。人人都对我很好。可是对不起,今天还是让我待在屋里吧。"

奥多太太闻着那汤的味儿很对脾胃,愿意陪乔斯先生一起吃,所以他们两人便坐下受用起来。少佐太太一本正经地说道:"求天祝福这肉。"她想着她老实的密克正在领着联队里的弟兄们前进,叹口气道:"可怜的孩子们今天吃的饭不会好。"好在她很看得开,说完,马上就吃起来。

一面吃饭,乔斯的精神也来了。他愿意喝酒给联队里的士兵祝福——反正只要有香槟酒喝,无论什么借口都一样有用。他殷勤地向客人鞠了一躬,说道:"让我喝一杯,给奥多和英勇的第——联队祝福。好不好啊,奥多太太?伊息多,给奥多太太斟酒。"

伊息多忽然愣了一下;少佐太太也搁下刀叉。窗户是朝南的,那天都开着,从那个方向,他们听得一种重浊的声音,滚过阳光照着的屋顶远远而来。乔斯问道:"怎么啦,混蛋?怎么不斟酒?"

伊息多一面往阳台上跑,一面说:"这是大炮呀!"

奥多太太也跳起来跟到长窗口,嘴里嚷道:"天可怜见,这是大炮的声音啊!"城里头一定还有成千个苍白焦急的脸儿巴着窗口往外张望。不到一会儿功夫,街上挤满了人,竟好像全城的居民都跑出来了。

## 第三十二章　乔斯逃难，战争也结束了

布鲁塞尔那天人心慌乱，到处乱哄哄的，我们平安住在伦敦城里的人从来没有见过这场面。天可怜见，希望永远不用见这场面才好！炮声是从那摩门传来的，一群群的人都往那边挤。好些人骑着马从平坦的马路上赶到那儿去，希望早些得到军队里的准信。大家互相探问，连了不起的英国爵爷和英国太太也都降低了身份和陌生人攀谈。亲法派的人兴奋得差点儿没发狂，满街跑着，预言他们的皇帝准打胜仗。做买卖的关了铺子，也走出来闹闹嚷嚷，给本来的慌乱和喧哗更添了声势。女人们都赶到教堂里去祈祷，不管新教旧教的教堂都挤满了人，有的人只能跪在石板上和台阶上。重浊的炮声继续轰隆轰隆地响着。不久，就有载着旅客的马车离开布鲁塞

尔急急地向甘德的边境跑。大家把亲法派的预言渐渐信以为真。谣言说："他已经把军队割成两半了，他的军队正在往布鲁塞尔推进。他快要把英国人打垮了，今儿晚上就要到了。"伊息多向主人尖声叫道："他快要把英国人打垮了，今儿晚上就要到了！"他跳跳蹦蹦地从屋里走到街上，又从街上走到屋里。每出一趟门，就带些新的坏消息回来；乔斯的脸蛋儿也跟着越来越灰白。这大胖子印度官儿急得没了主意，虽然喝下去许多香槟酒，仍旧鼓不起勇气来。不到太阳下山，他已给吓得六神无主，连他的朋友伊息多瞧着也觉得称心合意，因为那穿花边外套的东家所有的财产稳稳都是他的了。

两位太太一直不露脸。少佐的那位胖太太听见炮声以后不久，就想起隔壁房里的朋友爱米丽亚，连忙跑进去看她，想法子安慰她。这厚道的爱尔兰女人本来有胆量；她一想起这个无能的、温柔的小东西需要她来保护，越发添了勇气。她在朋友身旁整整守了五点钟，一会儿劝慰她，一会儿说些高兴的话给她开心，不过大半的时候害怕得只会心里祷告，话也说不上来。胖太太后来对人说起当时的情形道："我一直拉着她的手，直到太阳下山，炮声停了以后才松手。"女用人宝林也在附近教堂里跪着求天保佑她的心上人儿。

炮声停止以后，奥多太太从爱米丽亚的房里走到隔壁的起坐间，看见乔斯坐在两只空酒瓶旁边，泄了气了。他曾经到妹妹的卧房瞧了一两次，那样子心慌意乱的好像想要说话。可是少佐的太太不动，他也拉不下脸来告诉她打算逃难，只好憋着一肚子话又回出来。奥多太太走出来的时候，见他没情没绪地坐在朦胧的饭间里，旁边搁着两个空酒瓶子。乔斯见了她，便把自己的心事说了出来。

他说："奥多太太，我看你还是叫爱米丽亚准备一下吧！"

少佐的太太答道："你要带她出去散步吗？她身体不好，不能动。"

他道："我——我已经叫他们准备车了。还有——还有马。我叫伊息多去找马去了。"

那位太太答道："今天晚上你还坐什么马车？还是让她睡吧。我刚刚服侍她躺下。"

乔斯道："叫她起来。我说呀，她非起来不可！"他使劲跺着脚接下去说道："我已经去找马了——已经去找马了。什么都完了，以后——"

奥多太太问道："以后什么？"

乔斯答道："我打算上甘德。人人都准备走了。车里也有你的位子。半小时以后我们就动身。"

少佐的妻子脸上那份儿轻蔑真是形容不出，望着他说道："除非奥多叫我走，我是不动身的。赛特笠先生，你要走的话，就请便，可是我和爱米丽亚是留在这儿的。"

乔斯又跺了一跺脚，说道："我偏要她走。"奥多太太叉着腰站在房门口答道："你还是要送她回娘家呢，还是你自己着急要找妈妈去呢，赛特笠先生？望你路上愉快，再见了！就像他们说的，望你一路顺风。听我的话，把胡子剃掉吧，省得给你找上麻烦。"

乔斯又怕又急又气，差点儿发疯，直着脖子骂了一句粗话。刚在这当儿，伊息多进来了，嘴里也在咒骂。这当差的气得咬牙切齿说道："混蛋吗，竟没有马！"所有的马都卖掉了。原来布鲁塞尔城里着急的人不止乔斯一个。

乔斯虽然已经给吓得够瞧的，不幸他命里注定，那天夜里还得担惊受怕，差点儿没把他吓糊涂了。前面已经说过，女用人宝林的心上人也在军中，一起开拔出去和拿破仑皇帝打仗。她的爱人是布鲁塞尔根生土长的，编在比利时骑兵队里。那次战争中，他们国家的军队在别方面出人头地，就是缺些勇气。对宝林倾倒的雷古鲁斯·范·葛村，是个好兵丁，他的统领命令他逃走，他当然服从。雷古鲁斯这小子（他是在大革命时候出生的①）驻扎在布鲁塞尔的时候，大半的光阴都消磨在宝林的厨房里，过得非常舒服。几天之前他奉命出征，和哭哭啼啼的爱人分别，口袋里和枪套里还塞满了她储藏间里面的好东西。

单就他的联队来说，战争已经算结束了。他的一师是储君奥兰奇王子统领的。雷古鲁斯和他的伙伴们全留着大胡子，带着长剑，服饰和配备富丽得很，外表看来并不输似任何给军号催上战场的军士。

当年耐将军②和各国联军交战，法军接连着打胜仗，直到英国军队从布鲁塞尔出发，两方面的军队在加德白拉交手，才把局面挽回过来。雷古鲁斯所属的骑兵队碰上了法国兵，来不及地直往后退，接连着从他们占领的据点上给驱逐出来，一些儿也不迟疑，直到英国军队从后面向前推进，才阻碍了他们的去路。这样他们不得不停下来，敌人的骑兵（这些人的不放手爱杀人的劲儿真该好好儿处治一下子）才有机会跟勇敢的比利时兵碰在一块儿。比利时军队宁可和英国人冲突，不愿意和法国人对打，立刻转身向后面的英军各联队当中穿过去，四散逃走。这么一来，他们的联队不知到哪里去了，又没有司令部，只好算从此不存在了。雷古鲁斯单人匹马，一口气从战场逃走，跑了好几英里路。可叫他投奔谁呢？当然只能回到宝林的厨房里，宝林的怀抱里来了。她以前不总是欢迎他吗？

奥斯本夫妇按照欧洲大陆的习惯，只住一层楼。约莫十点钟光景，在他家楼梯上就能听见底下钢刀叮叮当当的声音。厨房那里有人敲门。宝林刚从教堂里回家，一开门瞧见她的骑兵脸无人色地站在面前，吓得几乎晕过去。他脸色灰白，和那半夜里来打搅莉奥诺拉③的骑士不相上

---

① 大革命时的风气崇拜罗马，那时候的人生了孩子，不照往常的习惯取个圣人的名字，却欢喜用罗马名字。
② 见第57页注③。
③ 莉奥诺拉（Leonora）是德国诗人毕格尔（Gottfried August Bürger, 1747—1794）著名诗中的女主角。她爱人的鬼魂半夜出现，把她放在马背上带到坟墓旁边举行婚礼。

下。宝林若不是怕惊吵了主人,连累爱人藏不住身,准会尖声大叫。她掩住口,把她的英雄领到厨房里,给他啤酒喝;乔斯那天没有心绪吃饭,剩下的好菜也给骑兵受用了。他吃喝的分量真是惊人,足见他不是个鬼。他一方面大口吃喝,一方面就把遭到的灾难讲给宝林听。

据说他联队里的兵士以惊人的勇气挡住整个法国军队,总算使法军的进展慢了一步。可是到后来寡不敌众,直败下来,大概此刻英国军队也给打退了。耐将军反正是来一联队,杀一联队。比利时人原想把英国人救出来,使他们不至于给法国人杀个罄净,可是也没有用。白伦息克①的兵士已经溃退,他们的大公爵也已经战死。四面八方都打败仗。

---

① 指德国白伦息克亲王(Duke of Brunswick, 1771—1815),他在比利时加德白拉战死。

雷古鲁斯伤心得很，只好没命地喝啤酒解闷。

伊息多进来听见他们说话，急忙赶上去报告主人。他对乔斯尖声呼喊道："什么都完了，公爵大人做了俘虏；白伦息克大公爵已经战死；英国军队里的人全在逃命。只有一个人活着回来，——他就在楼下。来听听他说的话！"乔斯跌跌撞撞地跟到厨房里；那时雷古鲁斯仍旧坐在厨房桌子上，紧紧地抱着啤酒瓶子。乔斯使出全副本事，用不合文法的法文求骑兵把刚才的话再说一遍。雷古鲁斯一开口，方才的大祸好像更可怕了。他说他联队里面只有他一人活着回家，其余的都死在战场上。

他眼看着白伦息克大公爵被杀,黑骑兵①逃命,苏格兰龙骑兵死在炮火之下。

乔斯气喘吁吁地问道:"第——联队呢?"

骑兵答道:"剁成肉酱啦!"宝林一听这话,叫道:"哎哟,我的太太呀,我那小不点儿的好太太呀!"她大哭大叫,屋子里闹成一片。

赛特笠先生吓得人也糊涂了,不知该往哪里躲,也不知怎么办。他从厨房冲到起坐间,求救似的瞧着爱米丽亚的房门。不久以前奥多太太冲着他的脸把房门关上锁好,他记得奥多太太的样子多么瞧不起他,所以在房门口听了一听就走掉了。他决定上街去瞧瞧,反正那天他还没有出去过呢。他拿了一支蜡烛,到处找他的金箍帽子,结果发现仍旧搁在老地方,就在后房的小桌子上。小桌子前面是一面镜子;乔斯出门见人之前,总爱照着镜子装模作样,捻捻连鬓胡子,整整帽子,叫它不太正,不太歪,恰到好处。他已经习惯成自然,虽然吓得那样,不知不觉地伸出手来摸头发,整帽子。正在那时候,他一眼看见镜子里那张灰白的脸,不由得吃了一惊。尤其叫他心慌的是上唇的胡子,已经留了七个星期,长得又厚又密。他想,他们真的要把我当作军人了;转念记得伊息多警告过他,说凡是英国军队里的败兵一律都得死,急得一步一跌地走到卧房里,没命地拉铃子叫听差。

伊息多听见铃响走来,乔斯已经倒在椅子里了。他扯掉了领巾,把领子翻下来,两手捧着脖子用法文叫道:"伊息多,割我。快!割我!"

伊息多一怔,以为他神情错乱,要人家替他抹脖子。

乔斯喘着气说道:"胡子,胡子,——割,剃,快!"他的法文就是这样。前面已经说过,他说得很流利,可就是文法不大高明。

伊息多拿了剃刀,一会儿就把胡子刮个干净。他听得主人叫他把便

---

① 黑骑兵是白伦息克带领的,因为在奥斯德里兹一役损失惨重,所以穿上黑衣服,表示哀悼的意思。

装的外套和帽子拿来,心里说不出多少欢喜。乔斯说:"兵衣——不穿了——我给你——拿出去。"外套和帽子终究到手了。

乔斯把这份礼送掉以后,挑了一套便装穿上,外套和背心都是黑的,领巾是白的,头上戴一只海狸皮的便帽。如果他找得着教士带的宽边帽子,准会往头上戴。照他当时的打扮,很像英国国教教会里长得肥胖、过得舒服的牧师。

他接下去说道:"现在来,跟我,去,走,到街上。"说完,他快快地下楼,走到街上。

虽然雷古鲁斯赌神罚誓说他是他联队里唯一活着回来的人,甚至可以说是整个同盟国军队里唯一没有给耐将军剁成肉酱的人,看来他的话并不可靠。除他以外,许多别的人也从大屠杀中逃回来了。好几十好几百和雷古鲁斯同一联队的兵丁回到布鲁塞尔,众口一辞说他们是逃回来的。全城的人一听这话,都以为同盟国的军队已经打败。大家随时准备法国人进城;人心继续慌乱,到处看见有人逃难。乔斯满心害怕,想道:"没有马!"他叫伊息多逢人便问:有马出租吗?有马出卖吗?每次都没有结果,急得他一颗心直往下沉。他想,要不,就用脚走吧。可惜他身子笨重,虽然怕得紧,还是活动不起来。

英国人住的旅馆差不多全对着公园。乔斯在这一带踌躇不决地踱来踱去,挤在街上一大群跟他一样又害怕又想打听消息的人里面。他看见有几家运气比他好,找到了几匹马,轰隆隆地驾着车子走了。有些人和他一样,花钱和求情都得不到逃难少不了的脚力。在这些想走而走不掉的人里头,乔斯看见贝亚爱格思夫人母女两个也在。她们坐在车子里,歇在旅馆门口,细软都已经包扎停当,只可惜没有拉车的,跟乔斯一般动不得身。利蓓加·克劳莱也住在那家旅馆里,并且已经和贝亚爱格思母女两个见过几面,两方面竟像是对头冤家。贝亚爱格思夫人偶然在楼梯上碰到克劳莱太太,总是不瞅不睬,而且每逢有人提起她邻舍的名字，老说她的坏话。伯爵夫人觉得德夫托将军和副官太太那么不避嫌疑，简直不成话说。白朗茜小姐呢，看着她就像传染病，来不及地躲开。只有伯爵是例外，碰上有妻子女儿管不着他的当儿，就偷偷摸摸地来找利蓓加。

如今利蓓加有机会对这些混账的冤家报仇了。旅馆里的人都知道克劳莱上尉的马没有带走，到人心慌乱的时候，贝亚爱格思夫人竟降低了身份打发她的女用人去问候上尉的妻子，打听她的两匹马究竟卖多少钱。克劳莱太太回了个便条给伯爵夫人问好，说她向来不惯和丫头老妈子做买卖。

这斩截的回答把伯爵本人给请到蓓基的房间里来了，可是他跟第一个大使不差什么，也是白走一趟。克劳莱太太大怒，说道："贝亚爱格思夫人竟然使唤她的老妈子来跟我说话！倒亏她没叫我亲自下去备马。是伯爵夫人要逃难还是她的老妈子要逃难？"伯爵带回给她太太的就是这么一句话。

到了这么要紧的关头可有什么法子呢？伯爵夫人眼看第二个使臣又白跑了一趟，只得亲自过来拜会克劳莱太太。她恳求蓓基自己定价钱，她甚至于答应请她到贝亚爱格思公馆里去做客，只要蓓基帮她回家。克劳莱太太听了只是冷笑。

她说："你的听差不过是衙门前的地保穿上了你家的号衣①，我可不稀罕他们伺候。看来你也回不了家，至少不能够带着你的金刚钻一块儿回家。法国人是不肯放手的。再过两点钟，他们就到这儿来了，那时候我已经在半路，即刻就到甘德。我的马不卖给你，就是你把跳舞会上戴的那两颗最大的金刚钻给我我也不卖。"贝亚爱格思夫人又急又气，浑身打哆嗦。所有的金刚钻首饰，有的缝在她衣服里，有的藏在伯爵的肩

---

① 这里形容没落贵族的穷形极相，每逢家里请客，没有听差，便叫催债的地保穿上家里号衣权充听差。

衬和靴子里。她说:"你这娘们,我的金刚钻在银行里。你的马非卖给我不可。"利蓓加冲着她的脸大笑。伯爵夫人只得气呼呼地回到楼下坐在马车里。她的女用人,她的丈夫,她的伺候上路的听差,又一个个给打发到全城去找马。谁回来得晚,谁就倒霉!伯爵夫人打定主意,不管谁找了马来,她就动身,丈夫到底带着还是留下,只能到时候再说。

利蓓加看见伯爵夫人坐在没有马的马车里,得意之极。她紧紧地瞧着她,扯起嗓子告诉大家说她多么可怜伯爵夫人。她说:"唉,找不到马!所有的金刚钻首饰又都缝在车垫里面。法国军队来了以后倒可以大大地受用一下子,我说的是马车和金刚钻,不是说那位太太。"她把这话告诉旅馆主人,告诉跑堂的,告诉住旅馆的客人,告诉好些在院子里闲逛的人。贝亚爱格思夫人恨不得从马车窗口开枪打死她。利蓓加瞧着冤家倒霉,正在趁愿,一眼看见乔斯也在那儿。乔斯也瞧见她了,急忙走过来。

他的胖脸蛋儿吓得走了样子,他心里的打算一看就知道。他也要逃走,正在找马。利蓓加暗想:"我把马卖给他吧,剩下的一匹小母马我自己骑。"

乔斯过来见了朋友,问她知道不知道什么地方有马出卖——最后这一个钟头里面。这问题已经问过一百遍了。

利蓓加笑道:"什么?你也逃难吗?赛特笠先生,我还当你要留下保护我们这些女人呢。"

他喘吁吁地说道:"我——我不是军人。"

利蓓加问道:"那么爱米丽亚呢?谁来招呼你那可怜的小妹妹呢?难道你忍心把她丢了不成?"

乔斯答道:"如果——如果敌人来到这儿,我也帮不了她的忙。他们不杀女人。可是我的听差说他们已经起过誓,凡是男人都不给饶命呢。这些没胆子的混蛋!"

利蓓加见他为难，觉得有趣，答道："他们可恶极了！"

做哥哥的嚷嚷着说："而且我也不打算丢了她不顾，我无论怎么要照顾她的。我的马车里有她的位子。亲爱的克劳莱太太如果你愿意同走，我也给你留个位子。只要我们有马就行——"说着，他叹了一口气。

那位太太答道："我有两匹马出卖。"一听这消息，乔斯差点儿倒在她怀里。他嚷道："伊息多，把车准备好。马有了——马有了！"

那位太太又说道："我的马可从没有拉过车子。如果你把勃耳芬却套上笼头，它准会把车踢成碎片儿。"

那印度官儿问道："那么骑上稳不稳呢？"

利蓓加道："它像小羊那么乖，跑得像野兔子那么快。"

乔斯道："它驮得动我吗？"在他脑子里，自己已经骑上了马背，可怜的爱米丽亚完全给忘掉了。喜欢赛马赌输赢的人谁能挡得住这样的引诱呢？

利蓓加的答复，就是请他到她房里去商量。乔斯屏着气跟她进去，巴不得赶快成交。这半点钟以内他花的钱实在可观，真是一辈子少有的经验。利蓓加见市上的马那么少，乔斯又急急地要买，把自己打算脱手的货色估计了一下，说了一个吓死人的大价钱，连这印度官儿都觉得不敢领教。她斩截地说道："你要买就两匹一起买，一匹是不卖的。"她说罗登吩咐过的，这两匹马非要这些钱不可，少一文不卖。楼下贝亚爱格思伯爵就出那么多呢。她虽然敬爱赛特笠一家，可是穷人也得活命，亲爱的乔瑟夫先生非得在这一点上弄个明白。总而言之，她待人比谁都热和，可是办事也比谁都有决断。

结果不出你我所料，还是乔斯让步。他付的价钱那么大，甚至于一次付不清，要求展期。利蓓加可算发了一笔小财。她很快地计算了一下，万一罗登给打死，她还有一笔年金可拿，再把他的动产卖掉，连上卖马所得，她就能独立自主，做寡妇也不怕了。

那天有一两回她也想逃难，可是她的理智给她的劝告更好。蓓基心中忖度道："就算法国兵来到这儿，我是个穷苦的军官老婆，他们能够把我怎么样？呸！什么围攻掳掠，现在是没有这种事的了。他们总会让我们平平安安地回家。要不，我就住在外国，靠我这点小收入舒服过日子。"

乔斯和伊息多走到马房里去看新买的马。乔斯叫用人立刻备上鞍子，因为他当夜就动身——不，立刻就动身。他让用人忙着备马，自己回家准备出发。他觉得这事不可张扬出去，还是从后门上去好。他不愿意碰见奥多太太和爱米丽亚，省得再向她们承认自己打算逃走。

乔斯和利蓓加交易成功，那两匹马看过验过，天也快亮了。可是虽然黑夜已经过了大半，城里的居民却不去歇息。到处屋子里灯烛通明，门口仍是一群群的人，街上也热闹得很。大家传说着各种各样的谣言，有的说普鲁士全军覆没，有的说英国军队受到袭击，已经给打败了，有的又说英国人站定脚跟坚持下去了。到后来相信末了一种说法的人渐渐增加。法国兵并没有来，三三两两从军中回来的人带来的消息却越来越好。最后，一个副官到了布鲁塞尔，身边带着给当地指挥官的公文，这才正式发布通告，晓谕居民说同盟军队在加德白拉大捷，经过六小时的战斗，打退耐将军带领的法国军队。看来副官到达城里，离乔斯和利蓓加订约的时候不远，或许刚在他检验那两匹马的一忽儿。他回到自己旅馆门口，就见二十来个人（旅馆里的住客很多）在讨论这事；消息无疑是真的。他上楼把这消息又告诉受他照管的太太们。至于他怎么打算丢了她们一跑，怎么买马，一共花了多少钱，他觉得没有必要告诉她们。

太太们最关心的是心上人的安全，战事的胜败倒是小事。爱米丽亚听说打了胜仗，比先前更加激动，立刻就要上前线，流着泪哀求哥哥带她去。可怜这小姑娘又急又愁，已经到精神失常的程度，先是连着几个钟头神志昏迷，这时又发疯似的跑来跑去，哭哭闹闹，叫人看着心里难受。十五英里路以外的战场上，经过一场大战之后，躺着多少死伤的勇士，可是没一个辗转呻吟的伤兵比这个可怜的、无能的、给战争牺牲的小人儿受苦更深的了。乔斯不忍看她的痛苦，让她那勇敢的女伴陪着她，重新下楼走到门口。所有的人仍旧在那里说话，希望听到别的消息。

他们站着的当儿，天已经大亮，新的消息源源而来，都是亲身战斗过来的人带来的。一辆辆的货车和乡下的大卡车装满了伤兵陆续进城。车子里面发出可怕的呻吟，伤兵们躺在干草上，萎萎萃萃，愁眉苦脸地向外张望。乔斯对其中一辆瞧着，又好奇，又害怕；里面哼哼唧唧的声音真是可怕，拉车的马累得拉不动车。干草上一个细弱的声音叫道："停下来！停下来！"车子就在赛特笠先生的旅馆对面歇下来。爱米丽亚叫道："是乔治呀！准是乔治！"她脸上发白，披头散发地冲到阳台上去。躺在车子里的并不是乔治，可是带了乔治的消息来，也就差不多了。来的人原来是可怜的汤姆·斯德博尔。二十四小时以前这小旗手举着联队里的旗子离开布鲁塞尔，在战场上还勇敢地保卫着它。一个法国长枪手把他的腿刺伤了，他倒下地来的时候还拼命地紧握着旗子。战斗完毕之后，可怜的孩子给安置在大车里送回布鲁塞尔。

孩子气短力弱地叫道："赛特笠先生，赛特笠先生！"乔斯听得有人向他求救，心里有些恐慌，只得走近车来。原来起先他听不准谁在叫他。

小汤姆·斯德博尔有气无力地把滚热的手伸出来说道："请你收留我。奥斯本，还有——还有都宾说我可以住在这儿。请你给那赶车的两块金洋，我母亲会还你的。"在卡车上一段很长的时间里，这小伙子发着烧，迷迷糊糊地想着几个月以前才离开的老家（他父亲是个副牧师），因为不省人事，也就忘了疼痛。

他们住的旅馆很大，那里的人心地也忠厚，因此所有车子里的伤兵都给运来安放在榻上和床上。小旗手给送到楼上奥斯本家里。少佐太太从阳台上发现是他，便和爱米丽亚赶快跑到楼下。这两位太太打听得当天战事已经结束，两个人的丈夫都安好，心里是什么滋味是不难想像的。爱米丽亚搂住好朋友的脖子吻她，又跪下来诚诚心心感谢上苍救了她丈夫的命。

我们的少奶奶神经过度地兴奋紧张，亏得这次无意之中得到一帖对她大有补益的药，竟比医生开的方子还有效。受伤的孩子疼痛得利害，她和奥多太太时刻守在旁边服侍他。肩膀上有了责任，爱米丽亚也就没有时候为自己心焦，或是像平常一样幻想出许多不吉利的预兆来吓唬自己。年轻的病人简简单单地把当天的经过说了一遍，描写第——联队里勇敢的朋友们怎么打仗。他们的损失非常惨重，军官和兵士阵亡的不在少数。联队冲锋的时候，少佐的坐骑中了一枪。大家都以为奥多这一下完了，都宾要升做少佐了，不料战争结束以后回到老地方，看见少佐坐在比拉密斯的尸首上面，凑着酒瓶喝酒呢。刺伤旗手的法国长枪手是奥斯本上尉杀死的；爱米丽亚听到这里脸色惨白，奥多太太便把小旗手的话岔开去。停火之后，全亏都宾上尉抱起旗手把他送到外科医生那里医治，又把他送到车上运回布鲁塞尔来，其实他自己也受了伤。他又许那车夫两块金洋，叫他找到赛特笠先生的旅馆里，告诉奥斯本上尉太太说战事已经结束，她的丈夫很平安，没有受伤。

奥多太太说道："那个威廉·都宾心肠真好，虽然他老是笑我。"

小斯德博尔起誓说整个军队里没有一个军官比得上他。他称赞上尉的谦虚、忠厚，说他在战场上那不慌不忙的劲儿真了不起。他们说这些话的当儿，爱米丽亚只是心不在焉，提到乔治她才听着，听不见他的名字，她便在心里想他。

爱米丽亚一面伺候病人，一面庆幸前一天的好运气，倒也并不觉得那天特别长。整个军队里，她关心的只有一个人。说老实话，只要他平安,其余的动静都不在她心上。乔斯从街上带了消息回来,她也不过糊里糊涂地听着。胆小的乔斯和布鲁塞尔好些居民都很担忧;法国军队虽然已经败退,可是这边经过一场恶战才勉强打了个胜仗,而且这一回敌人只来了一师。法国皇帝带着大军驻在里尼,已经歼灭了普鲁士军队,正可以把全副力量来对付各国的联军。威灵顿公爵正在向比利时首都布鲁塞尔退却,大约在城墙下不免要有一场大战,结果究竟怎样,一点儿没有把握。威灵顿公爵手下只有两万英国兵是靠得住的,此外,德国兵都是生手,比利时军队又已经叛离了盟军。敌军共有十五万人,曾经跟着拿破仑杀到比利时国境,而他大人却只有那么几个人去抵挡。拿破仑!不管是什么有名望有本领的军人,谁还能够战胜他呢?

乔斯盘算着这些事,止不住发抖。所有布鲁塞尔的人也都这样担心,觉得隔天的战争不过是开端,大战即刻跟着来了。和法国皇帝敌对的军队有一支已经逃得无影无踪,能够打仗的几个英国兵准会死在战场上,然后得胜的军队便跨过他们的尸首向布鲁塞尔进军,留在城里的人就得遭殃。政府官员偷偷地聚会讨论,欢迎辞已经准备好,房间也收拾端正,三色旗呀,庆祝胜利用的标识呀,都已经赶做起来,只等皇帝陛下进城。

离城逃难的人仍旧络绎不绝,能够逃走的人都走了。六月十七日下午,乔斯到利蓓加旅馆里去,发现贝亚爱格思家里的大马车总算离开旅馆门口动身了。虽然克劳莱太太作梗,伯爵终究弄来两匹马,驾着车子出发到甘德去。"人民拥戴的路易"[①]也在布鲁塞尔整理行囊。这个流亡在外国的人实在不容易安顿,背运仿佛不怕麻烦似的跟定了他,不让他停留在一个地方。

---

[①] 也就是路易十八,这外号是保皇党人替他取的,当时他流亡在比利时,拿破仑的军队逼近布鲁塞尔,他只能再逃难。

乔斯觉得隔天的耽搁只是暂时的，他的那两匹出大价钱买来的马儿总还得用一下。那天他真是急得走投无路。拿破仑和布鲁塞尔之间还有一支英国军队。只要英国军队还在，他就不必马上逃难。话虽是这么说，他把两匹马老远地牵来养在自己旅馆院子旁的马槽里，常常照看着，生怕有人行凶把马抢去。伊息多一直守在马房旁边，马鞍子也已经备好，以便随时动身。他迫不及待地希望主人快走。

利蓓加隔天受到冷落，所以不愿走近亲爱的爱米丽亚。她把乔治买给她的花球修剪了一下，换了水，拿出他写给自己的条子又看了一遍。她把那小纸片儿绕着指头旋转，说道："可怜的孽障！单是这封信就能把她气死。为这么一件小事情，她就能气个心伤肠断。她男人又蠢，又是个纨绔子弟，又不爱她！我可怜的好罗登比他强十倍呢。"接着她心下盘算，万一——万一可怜的好罗登有个失闪，她应该怎么办。她一面想，一面庆幸他的马没有带去。

克劳莱太太看着贝亚爱格思一家坐车走掉，老大气不忿。就在当天，她想起伯爵夫人预防万一的手段，自己便也做了些缝纫工作，把大多数的首饰、钞票、支票，都缝在自己随身衣裳里面。这么准备好之后，什么都不怕了，到必要时可以逃难，再不然，就留下欢迎打胜的军队——不管是英国人还是法国人。说不定当晚她梦见自己做了公爵夫人，或是法国元帅的妻子。就在那一晚上，罗登在圣·约翰山上①守夜，裹着大衣站在雨里，一心一念惦记着撇在后方的妻子。

第二天是星期日。奥多少佐太太照看的两个病人晚上睡了一会儿，身体和精神都有了进步，她看了很满意。她自己睡在爱米丽亚房里的大椅子上，这样如果那旗手和她可怜的朋友需要她伺候，她随时能够起来。到早上，这位身子结实的太太回到她和少佐同住的公寓里去。因

---

① 滑铁卢大战之前，英国军队在这一带列阵准备和法国人交手。

为是星期日,她细细地打扮了一下,把自己修饰得十分华丽。这间卧房是她丈夫住过的,他的帽子还在枕头上,他的手杖仍旧搁在屋角,当奥多太太独自在房里的时候,至少为那勇敢的兵士麦格尔·奥多念了一遍经。

她回来的时候,带了一本祈祷文和她叔叔副主教的有名的训戒——也就是她每逢安息日必读的书。书里的话大概她并不全懂,字也有好些不认识。副主教是个有学问的人,爱用拉丁文,因此书里又长又深奥的字多得很。她读书的时候一本正经,不时用力地加重语气,大体说来,读别的字还不算多。她想:"海上没有风浪的时候,我在船舱里常常读它,我的密克也不知道听了多少回了。"那天她提议仍旧由她朗读训戒,爱米丽亚和受伤的旗手便算正在礼拜的会众。在同一个钟点,两万教堂里都在进行同样的宗教仪式。几百万英国人,男的女的,都跪着恳求主宰一切的天父保佑他们。

布鲁塞尔做礼拜的这几个人所听见的声音却是在英国的人所听不见的。当奥多太太用她最优美的声音领导宗教仪式的当儿,炮声又起了,并且比两天前的响得多。滑铁卢大战开始了。

乔斯听得这可怕的声音,觉得这样不断地担惊受怕实在不行,立定主意要逃命。

我们那三位朋友的祷告本来已给炮声打断,忽见乔斯又冲进病房来搅和他们。他恳切地向爱米丽亚哀求道:"爱米,我受不住了,我也不愿意再受罪了。你跟我来吧。我给你买了一匹马,——别管我出了多少钱买来的。快穿好衣服跟我来。你可以骑在伊息多后面。"

奥多太太放下书本说道:"请老天爷原谅我说话不留情!赛特笠先生,你简直是个没胆量的小子。"

印度官儿接着说道:"爱米丽亚,来吧!别理她。咱们何必等法国人来了挨刀呢?"

受伤的小英雄斯德博尔睡在床上说:"我的孩子,你忘了第——联队啦。奥多太太,你——你不会离开我吧?"

奥多太太上前吻着孩子道:"亲爱的,我不会走的。只要我在这里,决不让你受苦。密克不叫我走,我无论如何不走。你想,我坐在那家伙的马屁股上像个什么样子!"

小病人想起这样子,在床上哈哈大笑,爱米丽亚也忍不住微笑起来。乔斯嚷道:"我又没有请她一起走。我又没请那个——那个爱尔兰婆子,我请的是你,爱米丽亚。一句话,你究竟来不来?"

爱米丽亚诧异道:"丢了丈夫跟你走吗,乔瑟夫?"说着,她拉了少佐太太的手。乔斯实在耐不住了,说道:"既然如此,再会了!"他怒不可遏地伸伸拳头,走出去砰的一声关了门。这一回他当真发出开步的命令,在院子里上了马。奥多太太听得他们马蹄得得地出门,便把头伸出去看,只见可怜的乔瑟夫骑在马上沿着街道跑,伊息多戴了金边帽子在后面跟,便说了许多挖苦的话。那两匹马已经好几天没有遛过脚力,不免在街上跳跳蹦蹦,乔斯胆子小,骑术又拙,骑在鞍上老大不像样。奥多太太道:"爱米丽亚亲爱的,快看,他骑到人家客厅的窗子上去啦。我一辈子没见过这样儿,真正是大公牛到了瓷器店里去了。"这两个人骑着马,向甘德的公路奔跑,奥多太太在后头大声嘲笑挖苦,直到看不见他们才罢。

那天从早晨到日落,炮声隆隆,没有停过。可是天黑之后,忽然没有声响了。

大家都曾经读过关于那时的记载。每个英国人都爱讲这篇故事。大战决定胜负的时候,我和你还都是小孩子,对于有名的战役,听了又听,讲了又讲,再也不觉得厌倦。几百万和当时战败的勇士们同国的人,至今想起这事便觉得懊丧,恨不得有机会赶快报仇雪耻。倘若战事再起,他们那边得胜,气焰大张,仇恨和愤怒这可恨的遗产由我们承受，那么两个不甘屈服的国家，只好无休无歇地拼个你死我活，世路上所说的光荣和羞耻，也互相消长，总没个了局了。几世纪之后，我们英国人和法国人也许仍在勇敢地维护着魔鬼的荣誉法典，继续夸耀武力，继续互相残杀。

在伟大的战斗中，我们所有的朋友都尽了责任，拿出大丈夫的气概奋勇杀敌。整整一天，女人们在十英里以外祷告的当儿，无畏的英国步兵队伍努力击退猛烈进攻的法国骑兵。布鲁塞尔居民所听见的炮火，打破了他们的阵势，弟兄们死伤倒地，活着的又坚决地冲上去。法军连续不断地向前进攻，攻得勇，守得也勇。傍晚，法军的攻势逐渐松懈，或许因为他们还有别的敌人，或许在准备最后再来一次总攻击。末了，两边终究又交起手来。法国皇家卫军的纵队冲上圣·约翰山，企图一下子把英国兵从他们占据了一天的山头上赶下去。英国队伍中发出震天的炮火，碰着的只有死。可是法国人不怕，黑魆魆的队伍蜂拥上前，一步步地上山。他们差不多已经到了顶点，可是渐渐地动摇犹豫。他们面对着炮火，停住了。然后英国队伍从据点上冲下来（任何敌人不能把他们从据点上赶走），法国兵只能回过身去逃走。

布鲁塞尔的居民听不见枪炮了，英军一直向前追逐了好几英里。黑暗笼罩着城市和战场；爱米丽亚正在为乔治祈祷；他呢，合扑倒在战场上，心口中了一颗子弹，死了。

## 第三十三章　克劳莱小姐的亲戚为她担忧

英勇的战斗结束之后,军队从弗兰德尔斯出发,向法国边境推进,准备在占领法国全境以前,先守住它边界上的炮台。正当这时候,许多和本文有关的人物还平安住在英国,他们的动静,也得在书里占据应有的地位,请忠厚的读者不要忘记。在上面所说的战乱之中,克劳莱老小姐住在布拉依顿,对于正在发生的大事并不怎样关心。当然,这些事使报纸增加了趣味。布立葛丝把政府公报读给她听,上面提到罗登的果敢,赞扬了一番,而且不久便发表他升级的消息。

他的姑母说:"这小伙子做了那么一件不能挽回的傻事,真可惜!

有了像他那样的本领和地位，很可以娶个有二十几万镑陪嫁的阔小姐，像酒商的女儿之类——葛雷恩斯小姐就是一个。要不然，也能和国内最旧的世家攀亲；将来我的钱也会传给他——或是传给他的儿女，因为我还想活几年呢，布立葛丝小姐，虽然你巴不得要我快死。可是现在呢，他命里注定要做叫化子，只能娶个舞女。"

布立葛丝小姐说："亲爱的克劳莱小姐何不慈悲为怀，对英勇的壮士生出哀怜之心呢？他的名字不是已经铭刻在我国光辉的历史上了吗？"滑铁卢大战使她非常兴奋，二则她天生爱用浪漫的口气说话，有了机会从来不肯错过。

"上尉——我该称他上校，——上校的丰功伟绩，还不能替克劳莱一家增光吗？"

克劳莱小姐答道："布立葛丝，你是个傻瓜。克劳莱上校把克劳莱家里的好名声玷污了。亏他竟娶个图画教员的女儿，哼！娶个给人做伴儿的女人！她不过是这路的货，布立葛丝！她跟你是一样的，不过她年轻些，而且比你好看得多，也聪明得多。我常常疑心，不知道你跟那个该死的混账女人是不是同谋，因为你从前真佩服她。她会耍那些下流的把戏，所以罗登上了当。我想你多半是同谋。我现在不妨告诉你，如果你见了我的遗嘱，准会失望，现在请你写封信给华克息先生。说我立刻要见他。"克劳莱小姐差不多天天写信给她的律师华克息先生，因为关于她财产的原来的处置已经完全取消，将来究竟怎么分派，又茫无头绪。

老小姐的病倒好了许多。只看她对布立葛丝小姐挖苦的次数逐渐增多，口气逐渐尖刻，便是证明。可怜的女伴虚心小胆，逆来顺受，一来她天生好性子，二来也不得不做这面子。总而言之，在她的地位上，只能这般奴颜婢膝地侍奉东家。女人欺压女人的情形谁没有见过？好些可怜东西碰在母大虫的手里，就得天天受苦，受尽侮辱虐待；这种苦楚是男人从来没有领略过的。我这话说到题外去了。我们刚才说到克劳莱小姐每逢生病复原的时候,比平常更讨厌,脾气也更坏。据说伤口长好之前疼得最利害。

病人应了大家的希望,渐次复原;在这当儿她只准布立葛丝这么一个倒霉鬼儿走近她。话虽如此说,克劳莱小姐的亲戚们可没有忘记这位至亲骨肉,不时地送些礼物和念心儿来,写的信十分亲热,总希望她别把他们扔在脑勺子后头。

第一,我们先说她侄儿罗登·克劳莱。有名的滑铁卢大战已经过了几星期,克劳莱小姐在政府公报上也已经看到这位才干出众的军官怎么立功,怎么高升的消息。一天,地埃泊的邮船到达布拉依顿,她侄儿克劳莱上校给她捎来一邮包的礼物和一封信,信上的口吻非常恭顺。匣子里装着一副法国军人的肩饰,一个荣誉军团的十字章,还有一把剑柄——全是从战场上捡来的纪念品。那封信上有一段写得很幽默,描写那剑柄原是敌军禁卫军指挥官的东西,他刚在起誓说"禁卫军的传统便是誓死不屈"①,哪知不出一分钟就给这边的小兵捉住做了俘虏。交战的当儿小兵把枪柄砸破了法国人的剑,罗登便把破军器拿了回来。十字章和肩饰是法国骑兵队上校的遗物,他交锋的时候死在罗登手里。罗登·克劳莱拿了这些战利品,觉得最好还是把它们送给最疼他最关心他的姑妈。目下他正在向巴黎行军,不知姑妈要不要他继续写信?在法国首都也许有好多有趣的消息,而且那里还有许多克劳莱小姐的老朋友,全是大革命以后避难到英国、得过她好处的人。

老小姐叫布立葛丝回了一封信跟他道喜,措辞非常客气,并且鼓励他以后多多来信。她说他第一封信写得那么有趣生动,她已经在等着看底下的信了。她对布立葛丝说:"我很明白,罗登像你一样,决计写不

---

① 指挥官名康伯朗纳(P.J.E. Cambronne,1770—1842),为英军队所俘,自己不承认说过这句话。

出那么好的信,可怜的布立葛丝。这准是那混账女人,那聪明的利蓓加的手笔。我知道句句都是她说了叫罗登记下来的。可是也不必因此就不叫我侄儿替我解闷儿,只管让他以为我很乐意就行了。"

不但信是蓓基的手笔,连战利品也是她送来的,不知克劳莱小姐猜着这一点没有。战事完毕以后,多少小贩登时就靠着出卖战争纪念品的方法赚钱,上面说的战利品就是罗登太太花了几法郎买来的。这秘密自然逃不过无所不知的小说家。不管怎么着,克劳莱小姐客气的回信使我们的朋友罗登小夫妇俩非常高兴。他们的姑母分明已经消了气恼,以后希望大着呢。照罗登信上的口气,他们侥幸随着胜利的军队开进巴黎;到了巴黎,两夫妇仍旧不忘记寄许多风趣的家信回去替她解闷。

自从牧师太太回到女王的克劳莱去服侍摔断锁骨的丈夫,老小姐写给她的信可没有那么客气。别德太太行事霸道,爱管闲事,是个爱动不爱静的人。这次在她大姑面上闹了个弥缝不了的大乱子,因为她不但欺负克劳莱小姐和她家里的人,而且把她闷得难受。布立葛丝小姐受到主人的嘱咐,写信给别德·克劳莱太太,说是从她走后,克劳莱小姐病势大大地有了起色,因此不劳费心,请她不用离家回来伺候克劳莱小姐。倘若可怜的布立葛丝有点儿刚性,得了这么一个差使准觉得高兴。别德太太以前对待她那么蛮横霸道,现在能够回过去报复一下子,一般的女人都免不了称愿。可是说句实话,布立葛丝是个没有刚性的脓包,仇人倒了霉,她又心软了。

别德太太心地倒很明白,她说:"我真是个傻瓜,上回给克劳莱小姐送珍珠鸡去的时候不该附那么一封糊涂信,让她知道我要回去。我早该一句话不提,闯进去把那可怜的宝贝儿——那糊涂的老太婆从她们手上抢过来才对。布立葛丝是个脓包,那女用人更是贪得无厌。唉,别德,别德,你干吗摔断了锁骨呀!"

真是的,干吗摔断了锁骨呀!以前我们已经知道,别德太太当权的时候，使的手段太巧了。她把克劳莱小姐一家子紧紧握在手掌心里，一丝儿不放松，哪知机会一到，手下的人叛变起来，弄得她一败涂地，没有挽回的余地。她和她自己家里的人，都认为一方面是老太太自私得气人，另一方面是有人使奸计陷害她，把她坑了。她为克劳莱小姐牺牲自己，对方却恶狠狠的全没有良心。罗登的高升和公报对他的赞扬，叫虔诚的基督教徒老大不放心。罗登现在是陆军中校，又得了下级骑士的封号，他姑妈会不会因此原谅他呢？混账的利蓓加会不会重新得宠呢？牧师太太给她丈夫写了一篇星期日宣讲的训戒，批评炫耀武功怎么浮而不实，心地邪恶的人又怎么得意发迹。贤明的牧师用他最优美的声调在教堂里宣读这篇文章，可是一个字也不懂。毕脱·克劳莱那天也在做礼拜。从男爵无论如何不上教堂，所以单是他带着两个妹妹去了。

　　自从蓓基·夏泼走掉之后，这老东西闹得不成话，区里的人认为他伤风败俗，他儿子只能暗暗叫苦。霍洛克斯小姐帽子上的缎带越来越灿烂。凡是有体面的人家吓得绝迹不进他家的大门。毕脱爵士时常喝得醉醺醺的到佃户家里串门子；每逢赶集的日子，便跟种地的庄稼汉在墨特白莱和附近各处喝搀水的甜酒。他赶着家里的马车，套着四匹马，到沙乌撒泼顿去，霍洛克斯小姐总坐在他车子里。区里的人每星期都准备在本地的报纸上看见他们两人的结婚启事。他儿子也同样担心，一肚子说不出的苦。克劳莱先生这副担子真是沉重；在宣教会上或是邻近宗教性的聚会上，他从前一讲就是几个钟头，现在箝口结舌，施展不出口才来，因为他一站起来，就觉得听众肚里暗想："这就是荒唐老头儿毕脱爵士的儿子。那老东西这会儿大概在酒店里喝酒。"有一次，他讲到圣经上铁姆勃克吐的王怎么蒙在黑暗之中，他的好几个妻子也见不到光明，人堆里一个吉卜赛无赖问道："你们在女王的克劳莱有几个老婆，正经少爷？"讲坛上的人都吃了一惊，毕脱先生的演讲也泄了气。女王的克劳莱大厦的两位姑娘若不是克劳莱先生，简直就会变成野人。毕脱爵士赌神罚誓说从此不许再请什么女教师，克劳莱先生威吓着，才逼着老头儿把她们送进学校。

我刚才说过，不管克劳莱小姐的亲爱的侄儿侄女意见怎么不合，可是他们一致爱她，时常写信问候她，或是送她些礼物表达心意。别德太太送去几只珍珠鸡，几棵极肥大的菜花，又不时地附一个漂亮的钱包呀，针垫呀，说是她亲爱的女儿们做了孝敬姑妈的，只求亲爱的姑妈在心上留个缝儿给她们。毕脱先生从大厦送了些桃子、葡萄和鹿肉给她。这些聊表寸心的礼物，便由沙乌撒泼顿邮车带到布拉依顿克劳莱小姐那儿。有的时候毕脱先生本人也坐邮车到布拉依顿。一则因为他和毕脱爵士不和，时常出门，二则吉恩·希伯香克斯小姐住在布拉依顿，把他牵引过去了。关于他们订婚的事，我在前面也曾经说过。她们姐妹跟着妈妈莎吴塞唐伯爵夫人住在布拉依顿。伯爵夫人行事最有决断，在宗教界是极有名望的。

我该说几句介绍伯爵夫人和她尊贵的家庭；他们跟克劳莱一家从现在到将来都极有关系。关于莎吴塞唐的一家之主，克里门脱·威廉，第四代莎吴塞唐伯爵，我们还是少说为妙。这位勋爵在威尔勃福斯先生庇护之下进了国会，用毕尔息勋爵的名字露面。有一个时期，他非常规矩，很能给他的靠山增光。可是他了不起的母亲在高贵的丈夫去世以后不久，有了惊人的发现，她的心情，真是难以言语形容。她发现儿子已经加入好几个专讲吃喝玩乐的俱乐部，在华典挨和可可树两处地方欠了不少赌债。他在父亲生前立了债券，答应自己得到产业以后再还债，使庄地上受到许多牵制。他自己赶着四马拉的马车出去兜风，还常常到赛马场上赌输赢。他甚至于还在歌剧院里定下包厢，请了许多行为不检点的单身汉子在一起作乐。老太太和她相与的亲友一提到他的名字便唉声叹气。

爱密莲小姐比弟弟大着好几岁，曾经写过几本极有趣味的传教小册子，前面也已经说过，此外她还有许多赞美诗和清心脱俗的诗篇，所以在宗教界有些名声。老小姐年纪不小了，对于婚姻问题淡淡的不甚理会，所有的感情都寄托在蛮荒中的黑人身上，全心地爱他们。下面美丽的诗句，大约是她的作品：

> 领我们到西方海中，
> 阳光普照的岛上，
> 那儿有永远微笑的天空，
> 可是黑奴的哭声永远在响……

她和东印度群岛大多数属地上的传教士们都有书信往来，并且私下看上了南海群岛一个身上刺花的沙勒斯·霍恩泊洛牧师。

上文说过毕脱·克劳莱先生钟情于吉恩小姐。这位小姐温柔腼腆，寡言少语，动不动就爱脸红。虽然她哥哥不习上，她忍不住为他掉眼泪，一方面又恨自己不争气，到这步田地仍旧爱他。她不时偷偷地写封短信，私底下到邮局去寄给他。她一辈子只有一个可怕的秘密压在心上，那就是因为她和家里的老管家娘子偷偷摸摸地到亚尔培内莎吴塞唐寓所里去看望过他，发现他（唉，这不学好的坏东西，这该死的宝贝儿！）正在抽雪茄烟，面前还搁着一瓶橘皮酒。她佩服姐姐，敬爱妈妈，认为除了莎吴塞唐这个堕落的天使以外，就数克劳莱先生最有趣，也最多才多艺。她的妈妈姐姐都是高人一等的，不但把她的事情给安排妥帖，并且发善心怜悯她，——凡是出人头地的太太小姐们，没有不肯发善心怜悯别人的。她穿的衣服和戴的帽子是妈妈买的，看的书是妈妈挑的，该有的观念理想是妈妈鉴定的。她什么时候练琴、骑马，或是做别的运动，也由莎吴塞唐夫人代她调度。吉恩小姐今年二十六岁，照伯爵夫人的意思，恨不得叫女儿仍旧穿着小孩儿用的围嘴，可是吉恩小姐进宫觐见夏洛蒂王后①，不得不把围嘴脱掉了。

　　这些太太小姐最初在布拉依顿公馆里住下来的时候，克劳莱先生除了她们家以外不上别处去做客；姑妈家里只留了一张名片；关于她的病情，也只在鲍尔斯先生或是他手下的听差那儿稍为打听一下就罢了。有一回他碰见克劳莱小姐的女伴布立葛丝捧着一大堆小说从图书馆回家，便上前和她拉手，那满面通红的样子，在他是不常见的。他把布立葛丝小姐介绍给正在和他一同散步的小姐，也就是吉恩・希伯香克斯小姐。他说："吉恩小姐，请让我给你介绍我姑妈最忠诚的朋友，最亲近的伴侣，布立葛丝小姐。你在别处早已见过她的大名，因为她就是你爱读的《心之歌》的作者。"吉恩小姐的脸也红了，她伸出小手跟布立葛丝拉手，嗫嚅着说了些应酬话。她说起她妈妈打算要去拜访克劳莱小姐，又说她很愿意结识克劳莱小姐的亲戚朋友。分别的时候，她把鸽子一样温柔的眼睛瞧着布立葛丝，弯腰说了再见；毕脱・克劳莱也必恭必敬地深深打了一躬，就像他在本浦聂格尔做参赞的时候对大公夫人行的礼一样。

　　这家伙毕竟是跟着那权诈的平葛学出来的，很有些手段。可怜的布立葛丝从前的诗歌，正是他送给吉恩小姐的。他记得在女王的克劳莱有那么一本书，里面还有作家把书献给她后娘的题赠，就把这本书带到布拉依顿，一路在沙乌撒泼顿邮车里看了一遍，自己用了铅笔做些记号，然后才把它送给温柔的吉恩小姐。使莎吴塞唐伯爵夫人明白和克劳莱小姐来往有多少好处的也是他。他说这里面有双重的利益——物质上的利益和精神上的利益。克劳莱小姐如今孤单得很；一方面，他弟弟罗登生活放浪，又攀了那么一门荒唐的亲事，因此失去了她的欢心；另一方面，别德・克劳莱太太为人贪心，行事专横，也使老太太憎恨他们一房对她财产非分的觊觎。至于他自己呢，或许是由于不正当的骄傲作祟，

---

① 夏洛蒂王后（Queen Charlotte），英王乔治第四的女儿，比利时王后。

一向没有和克劳莱小姐来往，可是现在他认为应该采取一切适当的手段培养两家的友谊；一则可以拯救她的灵魂，使它不至于永堕地狱，二则他自己以克劳莱家长的身份，又可以承继她的财产。

有决断的莎吴塞唐夫人在这两点上和女婿完全同意，立刻就要去感化克劳莱小姐。这位负责传布真理的太太身材高大，样子又威风。她在家的时候——不管在莎吴塞唐庄地还是德洛脱莫堡，常常坐了马车，四面有骑马的跟班簇拥着，把一包包的传教小册子散发给佃户和乡下人看。倘或她要叫加弗·琼斯改变原来的信仰，琼斯再也别想抗拒推托，牧师也不必多管；同样地，如果她要古迪·希格斯吃一服詹姆思氏特制的药粉，古迪也不敢不吃。她去世的丈夫莎吴塞唐勋爵头脑简单，时常发羊癫疯。在他心目中，他麦蒂尔达说的话，做的事，无一不好。因此伯爵夫人自己的信仰有了改变，便毫不迟疑地逼着佃户和下人都学她的榜样。她常常听到基督教各派的传道人种种不同的说数，自己的意见也就随着千变万化。不管她请回来的是苏格兰教士桑特士·默那脱牧师，还是温和的威思莱教派的鲁克·华脱士牧师，还是那先知先觉的皮匠杰哀尔士·杰窝尔士牧师（他自己封了自己做牧师，仿佛拿破仑封自己做皇帝一般）——不管伯爵夫人请了谁来，她的用人、孩子和佃户便得跟着她一起下跪，在这些传教士祷告完毕的时候一齐说"阿门"。莎吴塞唐老头儿因为身体不好，太太特准他不参加宗教仪式，坐在自己屋里喝些尼加斯酒，一面听别人给他读报。吉恩小姐是老伯爵的最心爱的女儿；她也真心孝顺他，伺候他。爱密莲小姐呢（她就是《芬却莱广场的洗衣妇》的女作家），讲道的时候把恶人死后受罪的情形说得那么可怕，总叫她那胆小的父亲吓得战战兢兢。医生们说爱密莲小姐每讲一次道，他就得发羊癫疯。不过这是说她小姐当时的见解是如此，后来就温和得多了。

　　莎吴塞唐夫人听了未来女婿毕脱·克劳莱先生的劝告，答道："我一定去拜会她。目前谁给克劳莱小姐治病？"

　　克劳莱先生回说是一位克里默医生。

　　"亲爱的毕脱，这人毫无知识，是个危险分子。我已经把他从好几家人家赶了出去，真是天父的意思！可惜有一两回我到得太晚了。像那可怜的亲爱的葛兰德士将军，我去的时候已经快给那没知识的庸医治死了——就快死了。他吃了我给他的朴杰氏丸药虽然有些起色，可是毕竟太迟了。唉，我竟没有来得及救他的命！不过呢，他死得倒是真有意思，而且死了反而为他好。亲爱的毕脱，你可不能让克里默先生给你姑妈治病。"

毕脱表示完全同意。这位尊贵的亲戚,又是他未来的丈母娘,干起事来实在有劲,因此他也身不由主地受她摆弄。桑特士·默那脱、鲁克·华脱士、杰哀尔士·杰窝尔士、朴杰氏的丸药、洛杰氏的丸药、卜葛氏的仙露,——伯爵夫人所有的药品,不管是医治身体的还是灵魂的,他都得领受。每次和她分别的时候,决不能空着手,不是骗人的药,便是骗人的书,总得恭恭敬敬,一包包、一本本地捧着。在名利场上出入的亲爱的兄弟们,你们谁没有在这等开明的专制君主手里吃过苦呢?你跟她多说也没有用;你尽管说:"亲爱的太太,去年我听你的话,吃了朴杰氏的特效药,而且对它很相信,为什么今年又得改变以前的信仰,改用洛杰氏的货色呢?"你没法不服她的调度;她一旦改了主张以后,可也一点儿不将就。倘若她不能说服你,就会眼泪鼻涕哭起来。一场争辩的结果,你只好把丸药收下来说:"好吧,吃洛杰氏的吧。"

伯爵夫人接下去说:"她的灵魂是什么情形,当然立刻得检查一下。如今是克里默在给她治病,她随时都可能死掉。亲爱的毕脱,你想,她到那世里去的时候,她的灵魂是个什么样子呀?可怕,可怕!让我立刻叫亚哀恩士先生去看她。吉恩,给我写封正式的短信给白托罗缪·亚哀恩士牧师,说我希望今晚六点半请他来此地吃茶点。他很能给人启发;克劳莱小姐今儿夜上睡觉以前应该跟他谈谈。爱密莲,宝贝儿,给克劳莱小姐包上一包书,把《火焰中的声音》《喇叭对杰里哥吹出了警告》,还有《肉罐子破了》(皈依真教的吃人生番)这三本都包上。"

爱密莲小姐道:"妈妈,把《芬却莱广场的洗衣妇》也包上吧,刚一起头的时候还是看些轻松的作品好。"

毕脱使出外交手腕说道:"且慢,亲爱的太太小姐们!对于我敬爱的莎吴塞唐夫人的意见,我十二分地看重,可是我认为立刻和克劳莱小姐谈到宗教,恐怕很不妥当。请别忘记她身体虚弱,而且到目前为止,极少想到永生后的情形,呃,很少想到的。"

爱密莲小姐已经拿起六本小书，站起身来说道："毕脱，工作进行得越早越好。"

"如果你突如其来地进行工作，准会把她吓着了。我对于我姑妈那种汲汲于名利的性格非常熟悉，如果我们突然向她传教，一定会引起最大的恶果。你只能使那不幸的老太太又害怕又心烦。她准会把小册子丢掉，并且拒绝和赠书的人相见。"

"毕脱，你跟克劳莱小姐一样地汲汲于名利！"爱密莲小姐说完，拿起书本子扬着头出去了。

毕脱不睬爱密莲的打搅，压低了声音接着说道："亲爱的莎吴塞唐夫人当然明白，如果手法不够细致小心的话，说不定会使我们对于家姑母财产方面的希望受到最严重的影响。请记住她有七万镑，而且她年纪很大，身体又脆弱，不能受刺激。我知道她从前那张遗嘱——也就是准备将遗产传给舍弟克劳莱上校的遗嘱，已经销毁了。我们如果要把这饱受创伤的灵魂导入正途，最好是加以抚慰，不要使她恐惧。因此，我觉得您一定和我同意——呃——呃——"

莎吴塞唐夫人答道："当然，当然。吉恩，宝贝儿，不用送信给亚哀恩士先生了。如果她身体不好，不能费力劳神讨论宗教的话，那我们就等她好了再说。明天我就去拜访她。"

毕脱用很恭顺的声音说道："最亲爱的夫人，请容许我作一个建议。亲爱的爱密莲太热心了一些，还是不带她去为是。让我们那温柔的吉恩小姐陪着您去最好。"

莎吴塞唐夫人道："对！爱密莲准会把事情弄成一团糟。"这一回，她居然放弃了往常的办法。我已经说过，如果她立意要收服什么人，准会先送一大批传教小册子给那倒霉鬼儿。然后才亲自下顾，就好像法国兵冲锋之前准得先烈火轰雷地开一阵炮。这一回莎吴塞唐夫人竟肯用个折衷办法，不知是怕病人的身子禁当不起，还是在为她灵魂上长远的好处着想，还是因为她比别人有钱。

　　第二天，莎吴唐塞府上太太小姐专用的大马车出来了。车身上漆着伯爵的冠冕和围在斜方块儿里面的纹章，其中包括莎吴塞唐和平葛两家的标记：莎吴塞唐家的是绿颜色的底子上三只正在奔跑的银色小羊；平葛家的是纹地上一道斜带，由三根红色的竖线组成，上面又有黑色横线交叉着。马车很威风地一直赶到克劳莱小姐的大门口，那身量高大、样子正经的听差把伯爵夫人的名片交给鲍尔斯先生，一张给克劳莱小姐，一张给布立葛丝小姐。爱密莲小姐自愿让步，傍晚送了一包传教小册子给布立葛丝，里面《洗衣妇》等轻松有趣的书给布小姐自己看，此外又有好几本是给下房里用人看的，像《储藏间里的碎屑》《火与煎盘》《罪恶的号衣》等，口气就严厉得多。

## 第三十四章 詹姆士·克劳莱的烟斗灭了

布立葛丝小姐看着克劳莱先生的态度那么客气，吉恩小姐又待她热和，觉得受宠若惊。等到莎昊塞唐家里的名片送到克劳莱小姐面前，她就找机会给吉恩小姐说了些好话。她，布立葛丝，原是个失亲少友给人做伴儿的女人，一位伯爵夫人竟肯给她一张名片，岂不是一件大可得意的事吗！克劳莱小姐向来主张世法平等，说道："我倒不懂了，布立葛丝小姐，莎昊塞唐夫人还特特地留个名片给你！这是什么意思呢？"她的女伴低心小胆地答道："我想我虽然穷苦，出身可是清白的，像她这样有地位的贵妇人对我赏脸，大概没有什么妨碍吧。"她把这名片藏在针线盒里，和其他最珍贵的宝贝搁在一起。她又说起前一天在路上碰见克劳莱先生带着他的表妹，——也就是早就放定的未婚妻——一起散步的事。她称赞那位小姐待人怎么和蔼，样子怎么温柔，穿着怎么朴素——简直一点儿不讲究。接着她把吉恩小姐的穿戴从头上的帽子到脚上的靴子细细描写了一番，又计算这些东西值多少钱，那份儿细致精密，真是女人的特色。

克劳莱小姐让布立葛丝滔滔不绝地讲话，自己没大插嘴。她身体渐渐地复原，只想有人来说说话。她的医生克里默先生坚决反对她回老家，说是伦敦的放荡生活对于她极不相宜。因此老小姐巴不得在布拉依顿找些朋友，第二天就去投了名片回拜，并且很客气地请毕脱·克劳莱去看望看望他的姑妈。他果然来了，还带着莎吴塞唐夫人和她小女儿。老夫人小心得很，对于克劳莱小姐的灵魂一句都不提，只谈到天气，谈到战争，谈到那混世魔王拿破仑怎么失败。可是说得最多的还是关于医生、江湖骗子，还有她当时下顾的朴杰医生的种种好处。

他们在一起说话的时候，毕脱·克劳莱耍了一下子聪明不过的手段，由此可见若是他早年有人提携，事业上没受挫折的话，做起外交官来一定能出头露角。莎吴塞唐老太太随着当时人的口气，痛骂那一朝得志的科西嘉小人，说他是个无恶不作的魔王，又暴虐，又没胆子，简直不配做人；他的失败，是大家早就料到的。她那么大发议论的当儿，毕脱·克劳莱忽然倒过去帮着那"命运的使者"①说话。他描写当年拿破仑做大执政官，在巴黎主持亚眠昂士和约时的风度。也就在那时，他，毕脱·克劳莱，十分荣幸地结识了福克斯先生。福克斯先生为人正直，是个了不起的政治家，他自己虽然和他政见不同，可是对于他却不能不热诚地爱戴——福克斯先生是向来佩服拿破仑皇帝的。毕脱痛骂同盟国对于这位下了台的皇帝不守信义。他说拿破仑那么豪爽地向他们投诚，他们竟然不给他留面子，狠下心把他放逐到国外去，反让一群偏激顽固

---

① 拿破仑自称命运的使者（The Man of Destiny），表示他是命运之神派来干大事的。

的天主教匪徒在法国内部横行不法。

他痛恨迷信的天主教,足见他信仰纯正,莎吴塞唐夫人觉得他还不错;他那么钦佩福克斯和拿破仑,又使克劳莱小姐对他十分看得起。我最初在书里介绍克劳莱小姐的时候,曾经说起她和已故的政治家是好朋友。她是个忠诚的亲法派,在这次战争中一直反对政府的措置。法国皇帝打了败仗并没有叫老太太觉得怎么激动,他受到的虐待也没有使她减寿或是睡不着觉,可是毕脱对她两个偶像的一顿夸奖,正碰在她心坎儿上。这一席话,就帮他得了老太太的欢心。

克劳莱小姐对吉恩小姐说道:"亲爱的,你的意思怎么样?"她向来最喜欢相貌美丽态度端庄的女孩儿,一见吉恩小姐就觉得合意。说句实话,她待人向来是这样的,亲热得快,冷淡得也快。

吉恩小姐红了脸说"她不懂政治,这些事情只好让给比她聪明的人去管。她认为妈妈说得一定不错;克劳莱先生的口才也很了不起"。伯爵夫人和小姐起身告辞的时候;克劳莱小姐"恳求莎吴塞唐夫人不时让吉恩小姐到她家里走动走动。如果吉恩小姐能够腾出工夫来,给她这么个孤苦伶仃的病老婆子做伴儿的话,她非常欢迎"。客人们很客气地答应了。分手的时候两边都非常亲热。

老太太对毕脱说:"毕脱,以后别让莎吴塞唐夫人再来。她这人又笨又爱摆架子。你外婆家的人全是这样,我顶讨厌的。可是吉恩这小姑娘脾气好,招人疼,你爱什么时候带她过来我都欢迎。"毕脱答应了。他并没有把姑母对于伯爵夫人的批评告诉她本人;伯爵夫人还以为自己的态度庄重愉快,在克劳莱小姐心上留了个极好的印象。

吉恩小姐一来很愿意给病人解闷,二来在她自己家里,白托罗缪·亚哀恩士牧师老是絮絮叨叨讲他那套闷死人的道理,此外还有许多吃教会饭的人跟在她妈妈那神气活现的伯爵夫人身边拍马屁,所以她巴不得有机会躲出门去,竟时常去拜访克劳莱小姐。她白天陪她坐着车子兜风，晚上替她消遣解闷。她天生地温柔敦厚，连孚金也不妒忌她。软弱的布立葛丝觉得只要这位好心的吉恩小姐在场，她的朋友说话也比较留情。克劳莱小姐跟吉恩小姐十分要好，搬出许多自己年轻时的轶事来讲给她听。老小姐对吉恩说起话来，那口气跟她以前和该死的利蓓加谈天的当儿截然不同。吉恩小姐这人天真烂漫，对她说轻薄话就好像是故意顶撞，克劳莱小姐是个顾体统的人，不肯污了她的耳朵。吉恩小姐呢，也是向来没人疼顾的，关心她的除了父亲和哥哥之外，再就是这老小姐了。克劳莱小姐对她一片痴情，她也掏出真心来和老小姐交朋友。

那年秋天（利蓓加在巴黎得意极了，在一大批风流作乐的胜利的英国人里面，数她最出风头。还有咱们的爱米丽亚，那苦恼的亲爱的爱米丽亚，唉！她在哪里啊？）——那年秋天，每到傍晚时分，太阳下去了，天色渐渐昏暗，海浪哗喇喇地打在岸上，吉恩小姐坐在克劳莱小姐的客厅里，唱些短歌和圣诗给她听，唱得十分悦耳。歌声一停，老小姐便从睡梦里醒过来求她再唱几支。布立葛丝假装在织毛线，快乐得直掉眼泪。她望着窗外浩荡的大海颜色一层层变黑，天空里的月亮星星却逐渐明亮起来，心里那份儿高兴感动，谁也度量不出来。

毕脱坐在饭间里歇着，旁边搁着几本买卖玉蜀黍的法令和传教士的刊物一类的书报。所有的男人，不管他的脾气性格儿浪漫不浪漫，吃过饭都爱享这份清福。他一面喝西班牙白酒，一面梦想着将来的作为，觉得自己是个挺不错的家伙。近来他好像很爱吉恩——比七年来任何时候都爱她。在这段订婚期间，毕脱从来没有着急想结婚。除了喝酒想心思以外，他饭后还打盹儿。到喝咖啡的时候，鲍尔斯先生砰砰訇訇地走来请他，总瞧见他在黑地里忙着看书呢。

有一晚，鲍尔斯拿着咖啡和蜡烛进来，克劳莱小姐便道："宝贝儿，可惜没人跟我斗牌。可怜的布立葛丝蠢得要死，哪里会玩牌。"（老小姐一有机会，便在用人面前责骂布立葛丝）"我觉得玩一会儿晚上可以睡得好些。"

吉恩小姐听了满面通红，直红到小耳朵尖儿上，末后连她漂亮的小指头尖儿也红了。鲍尔斯出去把门关严之后，她便开口说道："克劳莱小姐，我会一点儿。我从前常常陪我可怜的爸爸斗——斗牌。"

克劳莱小姐高兴得无可无不可，嚷道："过来吻我一下子。亲爱的小宝贝儿，马上过来吻我一下子！"毕脱先生拿着小册子上楼，看见她们老少两人厮搂厮抱，像画儿里画的一样。可怜的吉恩小姐那天整个黄昏羞答答地脸红个不停。

读者别以为毕脱·克劳莱先生的计策会逃过他至亲骨肉的眼睛。他的所作所为，女王的克劳莱牧师家里的人全都知道。汉泊郡和色赛克斯相离不远，在色赛克斯地方别德太太自有朋友，会把克劳莱小姐布拉依顿的公馆里所发生的一切事情（还加上许多没有发生的事情），都报告给她听。毕脱去得越来越勤了。他连着几个月不回老家。在大厦，他那可恶的父亲越发堕落，成日家喝喝搀水的甜酒，老是和那下流的霍洛克斯一家子混在一起。牧师一家瞧着毕脱那么得意，气得不得了。别德太太口里不说，心里懊悔不及，责备自己当初不该轻慢了布立葛丝，也不该对鲍尔斯和孚金那么霸道，那么小器，如今克劳莱小姐家里竟没有一个人替她报信，真是大大的失着。她老是说："都是别德的锁骨不好。如果别德不摔断骨头，我也不会离开姑妈。我这真是为责任而牺牲，另一方面，也是你那爱打猎的坏习惯把我害苦了，别德。牧师是不该打猎的。"

牧师插嘴道："哪里是为打猎！都是你把她吓坏了，玛莎。你是个能干人，可是你的性子烈火轰雷似的暴躁，而且花钱的时候又较量得利害，玛莎。"

"别德，倘若我不管着你花钱，你早进了监牢了。"

牧师脾气很好，答道："亲爱的，你说得不错。你的确是能干，不过有些时候调排得太精明也不好。"这位虔诚的好人说着，喝了一杯葡萄酒给自己开开心。

他接下去说道："不懂她瞧着毕脱那脓包哪一点儿好？那家伙真是老鼠胆子，我还记得罗登（罗登究竟还是个男子汉，那混蛋！）——我还记得罗登从前绕着马房揍他，把他当作陀螺似的抽，毕脱只会哭哭啼啼地回去找他妈——哈，哈！我的两个儿子都比他强，单手跟他双手对打，还能痛痛地揍他一顿呢！詹姆士说牛津的人还记得他外号叫克劳莱小姐。那脓包！"

过了一会儿，牧师又道："嗳，玛莎呀！"

玛莎一忽儿咬咬指甲，一忽儿把手指在桌子上咚咚地敲，说道："什么？"

"我说呀，何不叫詹姆士到布拉依顿去走一趟，瞧瞧老太太那儿有什么希望没有。他快毕业了，这几年里头他统共才留过两班，——跟我一样，可是他到底在牛津受过教育，是个大学生，那就不错了。他在牛津认识好几个阔大少，在邦内弗斯大学又是划船健将；长得又漂亮，喝！太太，咱们何不派他去瞧着老太太呢？倘或毕脱开口反对，就叫他揍毕脱一顿！哈，哈，哈！"

他太太说道："不错，詹姆士是应该去瞧瞧她。"接着她叹口气说道："如果能把女孩子派一个去住在她家就好了。可惜她嫌她们长得不好看，瞧着就讨厌。"妈妈在这边说话，就听得那几个有教养的倒霉鬼儿在隔壁客厅里练琴，手指头又硬，弹的曲子又难。她们整天不是练琴，就是读地理，念历史，或是系上背板纠正姿势。这些姑娘长得又丑又矮，再加上脸色难看，又没陪嫁，就算真是多才多艺，也不能在名利场上出头。别德的副牧师也许肯娶一个去；除此之外，别德太太简直想不出合适的人。这时候詹姆士从客厅的长窗走进来，油布帽子上插了一个短烟斗。爷儿俩谈着圣·里奇赛马①的胜负，牧师和他太太说的话便不提了。

别德太太觉得打发詹姆士到布拉依顿去未必有什么指望，没精打采地送他出门。小伙子听了父母派他出门的用意，也觉得这趟差出得不但没趣儿，而且不见得有用。不过他想老太太说不定会送他一份相当好看的礼，就可以把他下学期非付不可的账给还掉几处，也是好的。因此他带着旅行袋和一大篮瓜菜果蔬——说是牧师亲爱的一家送给亲爱的克劳莱小姐的——他最宝贝的一条狗叫塔马泽的跟着，一同上了沙乌撒泼顿邮车，当晚平安来到布拉依顿。到了地头，他觉得不便深夜去打搅病人，就歇在一家旅馆里，一直挨磨到第二天中午才去探望克劳莱小姐。

詹姆士的姑妈最后一次看见他的时候，他还是一个笨手笨脚的大孩子。男孩子长到这么尴尬的年龄，说起话来不是尖得像鬼叫，就是哑得怪声怪气；脸上往往开了红花似的长满了疙瘩（据说罗兰氏的美容药可以医治），有时还偷偷地拿着姊妹的剪刀剃胡子。他们见了女孩子怕得要命；衣裤紧得穿不下；手脚长得又粗又大，四肢从袖口和裤脚那儿伸出了一大截。晚饭之后，这种孩子就没法安排了；太太小姐们在朦胧的客厅里压低了声音谈体己，看着他就讨厌。先生们留在饭间里喝酒，有了这么一个不谙人事的年轻小子在旁边，许多有趣的俏皮话说出来觉得碍口，不能畅畅快快地谈，也多嫌他。喝完第二杯酒，爸爸便说："贾克，我的儿，去看看天会不会下雨。"孩子一方面松了一口气，一方面又觉得自己不算大人，老大不惬意，离开残席走掉了。当时詹姆士也是那么一个半大不小的家伙，现在他受过了大学教育，而且在牛津进的是

---

① 圣·里奇赛马每年举行一次，只有三岁的马能够参加，这种赛马是1776年圣·里奇将军（St. Leger）发起的。

一家小大学,在学校里经常和好些纨绔子弟混在一起,欠过债,受过停学和留班的处分,磨练得非常圆滑老成,真正地长成一个青年公子了。

他到布拉依顿拜访姑母的时候,已经长得很漂亮,喜新厌旧的老太太最赏识好相貌,瞧着詹姆士态度很忸怩,一阵阵地脸红,心想这小伙子天真未凿,还没有沾染坏习气,心里很喜欢。

他说:"我来看望我的同学,住一两天,顺便又——又来问候您。爸爸和妈妈也问候您,希望您身体好些了。"

用人上来给孩子通报的时候,毕脱也在房里陪着克劳莱小姐,听说是他,不由得一愣。老太太生性幽默,瞧着她道貌岸然的侄子那么为难,觉得好玩。她殷殷勤勤地问候牧师一家,还说她很想去拜访他们。她当着孩子的面夸奖他,说他长得好,比从前大有进步了,可惜他妹妹们的相貌都还不及他一零儿。她盘问下来,发现詹姆士住在旅馆里,一定要请他住到家里来,叫鲍尔斯立刻把詹姆士·克劳莱先生的行李取来。她雍容大度地说道:"听着,鲍尔斯,把詹姆士先生的账给付了。"

她得意洋洋地瞧了毕脱一眼,脸上的表情着实顽皮。那外交官妒忌得差点儿一口气回不来。他虽然竭力对姑妈讨好,老太太从来没有请他住在家里,偏偏这架子十足的小鬼刚一进门就能讨她喜欢。

鲍尔斯上前深深一躬,问道:"请少爷吩咐,叫汤姆士上哪家旅馆去取行李?"

詹姆士霍地站起来慌慌张张地说道:"哎哟,还是我自己去取。"

克劳莱小姐问道:"什么?"

詹姆士满面通红答道:"那客店叫'汤姆·克里白的纹章'[①]。"

克劳莱小姐听了这名称,哈哈大笑。鲍尔斯仗着是家里的亲信旧用人,也便冲口而出,呵呵地笑起来。那外交官只微笑了一下。

---

[①] 克里白是平民的名字,而且开客店的不可能有家传的纹章。

詹姆士看着地下答道："我——我不认识好旅馆。我以前从没有到这儿来过。是马车夫介绍我去的。"这小滑头真会捣鬼！事情是这样的：隔天在沙乌撒泼顿邮车上，詹姆士·克劳莱碰见一个拳击家，叫作德德白莱城的小宝贝，这次到布拉依顿和洛丁堤城的拳师交手。那小宝贝的谈吐使詹姆士听得出神忘形，就跟那位专家交起朋友来，一同在上面说的那家旅馆里消磨了一个黄昏。

詹姆士接着说道："还是——还是让我去算账吧。"他又谦让了一下说："不能叫您破费，姑妈。"他的姑妈见他细致小心，笑得更起劲了，挥挥手说："鲍尔斯，快去付了钱，把账单带回来给我。"

可怜的老太太，她还蒙在鼓里呢！詹姆士惶恐得不得了，说道："我带了——带了一只小狗来，还得我去领它来。它专咬听差的小腿。"

他这么一说，引得大家都哄笑起来。克劳莱小姐跟她侄子说话的当儿，吉恩小姐和布立葛丝只静静地坐着，这时也掌不住笑了。鲍尔斯没有再说话便走了出去。

克劳莱小姐有意要叫大侄儿难受，对这个牛津学生十分客气。只要她存心和人交朋友，待人真是慈厚周到，恭维话儿说也说不完。她只随口请毕脱吃晚饭，可是一定要詹姆士陪她出去，叫他坐在马车的倒座上，一本正经地在峭壁上来回兜风。她说了许多客气话，引用了许多意大利文和法文的诗句，可怜的孩子一点也不懂。接着她又称赞他有学问，深信他将来准能得到金奖章，并且在数学名誉试验中做优等生。

詹姆士听了这些恭维，胆子大了，便笑道："呵，呵！怎么会有数学名誉试验？那是在另外一家铺子里的。"

老太太道："好孩子，什么另外一家铺子？"

那牛津学生油头滑脑地答道："数学荣誉试验只有剑桥举行，牛津是没有的。"他本来还想再和她说些知心话儿，哪知道峭壁上忽然来了一辆小车子，由一匹上等好马拉着，车里的人都穿了白法兰绒的衣服，上面钉着螺钿扣子。原来是他的朋友那德德白莱城的小宝贝和洛丁堤城的拳师，带着三个朋友，看见可怜的詹姆士坐在大马车里，都来和他招呼。天真的小伙子经过这件事情，登时泄了气，一路上闭着嘴没肯再说一句话。

他回到家里，发现房间已经收拾整齐，旅行袋也打开了。如果他留心看一看，准会注意到鲍尔斯先生领他上楼的时候绷着脸儿，又像觉得诧异，又像在可怜他。可是他全不理会鲍尔斯，一心只在悲叹自己不幸到了这么倒霉的地方，满屋子全是老太婆，絮絮叨叨地说些意大利文和法文，还对他讲论诗文。他叫道："哎哟哟！这可真叫我走投无路了。"这孩子天生腼腆，最温和的女人——哪怕是布立葛丝那样的人——只要开口和他说话，就能叫他手足无措。倘若把他送到爱弗笠水闸让他跟驳船上的船夫打交道，他倒不怕，因为他开出口来全是粗话俗语，压得倒最粗的船夫。

吃晚饭的时候，詹姆士戴上一条箍得他透不过气的白领巾。他得到很大的面子，领着吉恩小姐下楼到饭厅里去，布立葛丝和克劳莱先生扶着老太太跟在后面，手里还捧着她常用的包儿、垫子和披肩这些东西。布立葛丝吃饭的当儿一半的时间都在伺候病人和替她的胖小狗切鸡肉。詹姆士不大开口，专心请所有的小姐喝酒。克劳莱先生向他挑战，要他多喝，他果真把克劳莱小姐特地命令鲍尔斯为他打开的一瓶香槟酒喝了一大半。饭后小姐们先走，两兄弟在一处坐着。毕脱，那从前做外交官的哥哥，对他非常热和，跟他谈了许多话。他问詹姆士在学校读书的情形，将来有什么计划，并且表示全心希望他前途无量。总而言之，他的态度又直爽，又和蔼。詹姆士喝了许多葡萄酒，嘴也敞了。他和堂哥哥谈起自己的生活情形和前途，说到他怎么欠债，小考怎么不及格，跟学监怎么拌嘴，一面说，一面不停地喝酒。他一忽儿喝喝葡萄酒，一忽儿喝喝西班牙白酒，忙忙碌碌，觉得非常受用。

克劳莱先生替他满斟一杯道："姑妈最喜欢让家里的客人自由自在。詹姆士，这所房子跟自由厅①一般，你只管随心如意，要什么就拿什么，就算孝顺她了。我知道你们在乡下的人都讥笑我，因为我是保守党。可是谁也不能抱怨克劳莱小姐不够进步。她主张平等，瞧不起一切名衔爵位。"

詹姆士道："你干吗要娶伯爵的女儿呢？"

毕脱很客气地回答道："亲爱的朋友，可怜的吉恩小姐恰巧是大人家出身，你可不能怪她。已经做了贵族，也没法子了。而且你知道我是保守党。"

詹姆士答道："哦，说起这话，我认为血统是要紧的。说真话，血统是最要紧的。我可不是什么激进派。出身上等的人有什么好处我全知道。哼！赛船比拳的时候，谁赢得最多呢？就拿狗来说吧，什么狗才会拿耗子呢？都得要好种呀！鲍尔斯好小子，再拿瓶葡萄酒来，这会儿先让我把这一瓶喝个干净。我刚才说到哪儿了？"

毕脱把壶递给他，让他喝个干净，一面温和地回答道："好像是狗拿耗子吧？"

"我拿耗子吗？嗳，毕脱，你喜欢各种运动游戏吗？你要不要看看真能拿耗子的狗？如果你想看的话，跟我到卡色尔街马房找汤姆·考丢罗哀去，他有一只了不起的好狗——得了！"詹姆士忽然觉得自己太荒谬，哈哈地笑起来，"你才不稀罕狗和耗子呢。我这全是胡说八道。我看你连狗跟鸭子都分不清。"

毕脱越来越客套，接着说道："的确分不清。刚才你还谈血统。你说贵族出身的人总有些特别的好处。酒来了！"

---

① 自由厅（Liberty Hall），就是能够随心所欲的地方，在哥德斯密（Goldsmith）的《委曲求全》一剧里，哈德加索尔先生家里来了两个小伙子，误认他的公馆是个客店，他也将错就错，对他们说："先生们，这儿就是自由厅。"

詹姆士把鲜红的酒一大口一大口呷下去，答道："对！血统是有些道理的。狗也罢，马也罢，人也罢，都非得好种不可。上学期，在我停学以前——我的意思就是说在我出痧子以前，哈，哈！我和耶稣堂大学的林窝德，星伯勋爵的儿子鲍勃·林窝德，两个人在白莱纳姆的贝尔酒店里喝啤酒。班卜瑞的一个船夫跑上来要跟我们对打，说是赢了的可以白喝一碗五味酒。那天我碰巧不能跟人打架。我的胳膊受了伤，用绷带吊起来了，连煞车都拿不动。我那匹马真是个该死的畜生，两天之前把我从马背上一直摔在地下——那天我是跟亚平顿一块儿出去的，我还以为胳膊都断了呢。所以我当然不能把他好好儿揍一顿。鲍勃马上脱掉外套，和班卜瑞人打了四合，不出三分钟就把他打垮了。天啊，他扑通一声倒下去了。为什么原因呢？这就是家世好坏不同的缘故。"

前任参赞说道："詹姆士，你怎么不喝酒？我在牛津的时候，仿佛学生们的酒量比你们要大些。"

詹姆士把手按着鼻子，睐一睐醉眼说道："得了，得了，好小子，别作弄我。你想把我灌醉吗？想也不要想！好小子，咱们酒后说真话。打仗，喝酒，斗聪明，全是咱们男人的特权①，是不是？这酒妙极了，最好姑妈肯送些到乡下去给我爸爸喝。"

那奸诈的政客答道："你不妨问她一声。要不，就趁这好机会自己尽着肚子灌一下。诗人怎么说的？'今朝借酒浇愁，明天又在大海上破浪前进了。'②"善于豪饮的毕脱引经据典的样子很像在下议院演说③。他一面说，一面举起杯子转了一个大圈子，一挺脖子，喝下去好几滴酒。

在牧师家里，倘若饭后开了一瓶葡萄酒，姑娘们便一人斟一杯红醋栗酒喝。别德太太喝一杯葡萄酒；老实的詹姆士通常也喝两杯，如果再

---

① 以上两句全是最常见的拉丁文。
② 罗马诗人贺拉斯的诗句，见《歌集》第一卷。
③ 在十九世纪以前，议员们演说的时候都爱引用贺拉斯、维吉尔等拉丁诗人。

多喝的话，父亲便不高兴，这好孩子只好忍住了，有时找补些红醋栗酒，有时躲到马房里跟马夫一起喝搀水的杜松子酒，一面还抽抽烟斗。在牛津，他很可以尽着肚子灌，不过酒的质地很差。如今在姑妈家里喝酒，质佳量多，詹姆士当然不肯辜负好酒，也不必堂哥哥怎么劝他，就把鲍尔斯先生拿来的第二瓶也喝下去。

到喝咖啡的时候他们便得回到女人堆里去。小伙子最怕女人，他那和蔼直爽的态度没有了，换上平常又忸怩又倔丧的样子，一黄昏只是唯唯诺诺，有时虎着脸瞟吉恩小姐一两眼，还打翻了一杯咖啡。

他虽然没说话，可是老打呵欠，那样子真可怜。那天黄昏大伙儿照例找些家常的消遣，可是有了他在旁边，便觉黯然无味。克劳莱小姐和吉恩小姐斗牌，布立葛丝做活；大家都觉得他一双醉眼疯疯傻傻地瞧着她们，老大不舒服。

克劳莱小姐对毕脱先生说道："这孩子不会说话。笨手笨脚的，好像很怕羞。"

狡猾的政客淡淡地回答道："他跟男人在一起的时候话多些，见了女人就不响了。"也许他看见葡萄酒没使詹姆士多说话，心里很失望。

詹姆士第二天一早写信回家给他母亲，淋漓尽致地描写克劳莱小姐怎么优待他。可怜啊！他还不知道这一天里头有多少倒霉的事情等着他，也不知道自己得宠的时候竟会这么短。惹祸的不过是件小事，还是在他住到姑妈家去的前一夜在那客栈里干下的，连他自己也忘记了。事情不过是这样的：詹姆士花钱向来慷慨，喝醉了酒之后更加好客；那天黄昏他请客作东，邀请德德白莱的选手，洛丁堤的拳师，还有他们的好些朋友，每人喝了两三杯搀水的杜松子酒，一共喝掉十八杯，每杯八便士，都开在詹姆士·克劳莱先生的账单上。可怜的詹姆士从此名誉扫地——不为多花了钱，只为多喝了酒。他姑妈的用人头儿鲍尔斯奉命替少爷去还账，旅馆主人怕他不肯付酒账，赌神罚誓说所有的酒全是那位少爷自己喝掉的。鲍尔斯最后付了钱,回来就把账单给孚金看。孚金姑娘一看他喝了那么些杜松子酒,吓了一大跳,又把账单交到总会计布立葛丝小姐手里。布立葛丝觉得有责任告诉主人,便回禀了克劳莱小姐。

倘或詹姆士喝了十二瓶红酒,老小姐准会饶恕他。福克斯先生,谢立丹①先生,都喝红酒。上等人都喝红酒。可是在小酒店里跟打拳的混在一起喝十八杯杜松子酒,罪孽可不轻,叫人怎么能一下子就饶了他呢?那天样样事情都于他不利。他到马房去看他那条叫塔乌泽的狗,回来时浑身烟味儿。他带着塔乌泽出去散步,刚巧碰见克劳莱小姐带着她那害气喘病的白莱纳姆小狗也在外面;若不是那小狗汪汪地尖叫着躲到布立葛丝小姐身边去,塔乌泽一定要把它吃下去了。塔乌泽的主人心肠狠毒,看着小狗受罪,反而站在旁边打哈哈。

合该小伙子倒霉,他的腼腆样儿到第二天也没有了。吃饭的时候他嘻嘻哈哈十分起劲,还说了一两个笑话取笑毕脱·克劳莱。饭后,他喝的酒跟隔天一样多,浑头浑脑地走到起坐间里对小姐们讲了几个牛津大学流行的最妙的故事。他描写玛利诺打拳的手法和荷兰山姆有什么不同,又开玩笑似的说要和吉恩小姐打赌,看德德白莱城的小宝贝和洛丁堤城的拳师究竟谁输谁赢。笑话越说越高兴,到后来他竟提议和堂哥哥毕脱·克劳莱打一场,随他戴不戴打拳用的皮手套。他高声大笑,拍拍毕脱的肩膀说道:"我的花花公子啊,我这建议公道得很呢。我爹也叫我跟你对打,说是不管输赢多少钱,他总跟我对分,哈,哈!"这妩媚的小伙子一面说话,一面很有含蓄地向可怜的布立葛丝点头点脑,做出又高兴又得意的样子,翘起大拇指往后指着毕脱·克劳莱。

---

① 谢立丹(Richard Brinsley Sheridan, 1751—1816),英国著名戏剧家。

　　毕脱虽然不受用,可是心底里却很喜欢。可怜的詹姆士笑了个够;老太太安歇的时候,他跌跌撞撞地拿着蜡烛照她出去,一面做出恭而敬之的样子嘻嘻地傻笑着,想要吻她的手。末后他和大家告别,上自己屋里睡觉去了。他志得意满地认为姑母的财产将来准会传给他。家里别的人都轮不到,连他父亲也没有份。

　　你大概以为他进了卧房便不会再闹乱子了,哪知这没时运的孩子偏偏又干了一件坏事。在外面,月亮照着海面,景色非常美丽。詹姆士看见月光水色那么幽雅,心想不如抽抽烟斗,受用一会子再睡。他想如果他聪明些,开了窗,把头和烟斗伸在窗外新鲜空气里,谁也闻不着烟味儿的。可怜的詹姆士果真这么做了,却不料过分兴奋之后,忘记他的房门还开着,风是朝里吹的,那穿堂风绵绵不断,把一阵阵的烟直往下送,克劳莱小姐和布立葛丝小姐闻着的烟香,还跟本来一样浓郁。

这一袋烟葬送了他;别德·克劳莱一家一直没知道这袋烟剥夺了他们几千镑的财产。当时鲍尔斯正在楼下给他手下的听差朗读《火与煎盘》,那声音阴森森的叫人害怕。正读着,只见孚金三脚两步直冲下来,把这可怕的秘密告诉给他听。鲍尔斯和那小听差见她吓得面无人色,只道是强盗进了屋子躲在克劳莱小姐的床底下,孚金瞧见了他们的腿了呢。鲍尔斯一听得这事,立刻一步跨三级地冲到詹姆士的屋子里(他本人还不知道),急得声音不成声音地叫道:"詹姆士先生,少爷,看老天面上,快别抽烟斗了!"他把烟斗向窗外一扔,悲悲戚戚说道:"唉,詹姆士先生,瞧你干的好事!小姐不准抽烟的!"

"那么小姐就别抽。"说着,詹姆士哈哈地痴笑起来,这一笑笑得不是时候,他还以为这笑话妙不可言。第二天早上,他的心情就不同了。鲍尔斯先生手下有个小听差,每天给他擦鞋,另外送热水进去让他刮胡子,可惜他虽然日夜盼望,胡子还是没长出来。这天他还睡在床上,那小听差拿了一张便条给他,上面是布立葛丝的笔迹,写道:

> 亲爱的先生:克劳莱小姐昨夜不能安睡,因为屋子里满是烟草的臭味。克劳莱小姐叫我向你道歉,她身体不好,在你离开之前,不能相见了。她懊悔麻烦你搬出酒店来住。她说你如果在布拉依顿住下去,还是在酒店里比较舒服。

老实的詹姆士在讨好姑妈这件事上,前途从此断绝。事实上,他吓唬堂哥哥毕脱的话已经做到,真的上场跟毕脱比过拳脚,只不过他自己

没有知道。

争夺产业的纠纷里面最先得宠的人在哪儿，我们也该问一声才是。上文已经表过，蓓基和罗登在滑铁卢大战以后重新会合，一八一五年冬天，正在巴黎过着华贵风流的生活。利蓓加的算盘本来就精，再加可怜的乔斯·赛特笠买她的两匹马付了一笔大价钱，至少够他们的小家庭过一年，算下来，"我打死马克上尉的手枪"、金的化妆盒子、貂皮里子的外衣都不必出卖。蓓基把这件外衣改成自己的长外套，穿起来在波罗涅树林大道上兜风，引得人人称赞。英国军队占领岗白雷之后，她就跟丈夫团圆了。他们怎么会面，罗登怎么得意的情形，你真该瞧瞧。她拆开身上的针线，把以前打算从布鲁塞尔逃难的时候缝在棉衬子里的表呀，首饰呀，钞票呀，支票呀，还有许多别的值钱东西，一股脑儿抖将出来。德夫托觉得好玩极了，罗登更乐得呵呵大笑，赌神罚誓地说她比什么戏文都有趣。蓓基把自己向乔斯敲竹杠的事情十分幽默地描写了一遍，罗登听了高兴得几乎发狂。他对于妻子，就跟法国兵对于拿破仑一样崇拜。

她在巴黎一帆风顺。所有的法国上流妇女一致称赞她可爱。她的法文说得十分完美，而且不多几时便学得了她们娴雅的风度和活泼的举止。她的丈夫蠢得很，可是英国人本来就蠢，而且在巴黎，有个愚蠢的丈夫反而上算。他是那位典雅阔气的克劳莱小姐的承继人。大革命发生的时候，多少法国贵族避难到英国，多亏她照应接待，因此现在她们便把上校的太太请到自己的公馆里去。有一位贵妇人——一位公爵夫人——在革命以后最困难的时候，不但承克劳莱小姐不还价钱买了她的首饰和花边，并且常常给请去吃饭。这位贵夫人写信给克劳莱小姐说："亲爱的小姐为什么不到巴黎来望望好朋友们和你自己的侄儿侄媳妇呢？可爱的克劳莱太太伶俐美貌，把所有的人都迷住了。她的丰采,妩媚,机智的口角,都和我们亲爱的克劳莱小姐一样。昨天在底勒里宫,连王上都注意她。亚多娃伯爵①对她那么殷勤,使我们都觉得妒忌。这儿有一个叫贝亚爱格思夫人的蠢女人,一张雷公脸,戴一顶圆帽子,上面插几根鸟毛。她逢宴会必到,又比别人高着一截,所以到处看见她在东张西望。有一回,昂古莱姆公爵夫人(她是帝王的后裔,往来相与的也都是金枝玉叶)特意请人介绍给受你栽培保护的侄媳妇,用法国政府的名义向她道谢,代替当年流落在英国在你手里受到大恩的人致意。这一下,可把贝亚爱格思夫人气坏了!你的侄媳妇应酬极忙,在所有的跳舞会上露面——可是不跳舞。这漂亮的小人儿多好看,多有趣!她到处受到男人们的崇拜,而且再过不久就要做母亲了。她谈起你——她的保护人,她的母亲,那口气真令人感动,连魔鬼听着也要掉眼泪的。她多么爱你!可敬可爱的克劳莱小姐,我们都爱你!"

巴黎贵妇人的来信,大概并没有使蓓基太太可敬可爱的姑妈对她增加好意。老小姐听说利蓓加已经怀孕,又知道她利用自己的名字混进巴黎上流社会大胆招摇撞骗,勃然大怒。她身体虚弱,精神又受了刺激,不能用法文回信,就用英文向布立葛丝口述了一封怒气冲冲的回信,一口否认和罗登·克劳莱太太有什么关系,并且警告所有的人,说她诡计多端,是个危险分子。写信的那位公爵夫人在英国只住过二十年,英文字一个也不认得,因此第二回跟罗登·克劳莱太太会面的时候,只说"亲爱的小姐"写了一封怪风趣的回信,说的都是关于克劳莱太太的好话。利蓓加一听,当真以为老小姐回心转意了。

当时她是所有英国女人里面最出风头最受崇拜的一个,每逢在家待客的日子,总好像是开了个小规模的欧洲会议。在那年有名的冬天,全

---

① 即后来继路易十八为王的查理第十。原文称他为 Monsieur(先生),因为按照法国的规矩,普通人称王兄王弟不必提姓名封号,单用"先生"这字,在别的国家却没有这风气,此地只好用他未登基时的封号。

第三十四章　詹姆士·克劳莱的烟斗灭了 | 463

世界的人——普鲁士人，哥萨克人，西班牙人，英国人，都聚在巴黎。利蓓加的小客厅里挤满了挂绶带戴宝星的人物，贝克街的英国人瞧见她这样，准会妒忌得脸上失色。她在波罗涅树林大道上兜风，或是在小包厢里听歌剧，都有出名的将官簇拥着她。罗登兴高采烈；因为在巴黎暂时还没有要债的跟着他，而在维瑞咖啡馆和鲍维里哀饭店①还每天有宴会；赌钱的机会既多，他的手运又好。德夫托大概很不高兴，因为德夫托太太自作主张地到巴黎来找他；除掉这不幸的事件之外，蓓基身边又有了二十来个将军，她要上戏院之前，尽可以在十几个花球中间任意挑拣。英国上层社会里的尖儿，像贝亚爱格思夫人之流，全是德行全备的蠢婆子，看着蓓基小人得志，难受得坐立不安。蓓基取笑她们的话说得非常刻薄，好像一支毒箭戳进了她们纯洁的胸膛，直痛到心窝里。所有的男人全帮着蓓基。对于那些女的，她拿出不屈不挠的精神跟她们周旋，反正她们只会说本国的语言，不能用法文来诋毁她。

这样，从一八一五年到一八一六年的冬天，罗登·克劳莱太太寻欢作乐，日子过得十分顺利。她很能适应上流社会的环境，竟仿佛她祖上几百年以来一向是有地位的人物。说真话，有了她那样的聪明、才能和精力，在名利场上也应该占据显要的地位才是。一八一六年入春的时候，在《加里涅尼报》②上最有意思的一角上，登载了"禁卫军克劳莱中校夫人弄璋之喜"的新闻，那天正是三月二十六日。

伦敦的报纸转载了这项消息，那时克劳莱小姐还在布拉依顿，一天吃早饭的时候，布立葛丝便把它读出来。这新闻原是意料之中的，不料在克劳莱家里却因此起了一个极大的转变。老小姐大怒，立刻把她侄儿毕脱叫来，又到白伦息克广场请了莎吴塞唐夫人，和他们商议，说两

---

① 维瑞咖啡馆（Café Véry）和鲍维里哀饭店（Restaurant Beauvillier）当年在巴黎都负盛名。
② 这份报纸是入法国籍的英国人约翰·安东尼·加里涅尼（John Anthony Galignani）和威廉·加里涅尼（William Galignani）两兄弟合办的，注重报导英国社会、政治、文艺各方面的消息。

## 第三十四章　詹姆士·克劳莱的烟斗灭了

家早就订了婚，最好现在立刻举行婚礼。她答应去世之前给小夫妻每年一千镑的用度，死后大部分的遗产也归侄儿和亲爱的侄媳妇吉恩·克劳莱夫人所有。毕克息特特地赶到布拉依顿来给她重写遗嘱，莎吴塞唐也来替妹妹主婚。主持婚礼的是一位主教，旁门左道的白托罗缪·亚哀恩士牧师没有轮到做这件事，老大失望。

他们结婚之后，毕脱很想依照惯例，带着新娘出去蜜月旅行。可是老太太对吉恩越来越宠爱，老实不客气承认一时一刻离不开她。毕脱和他太太便搬过来和克劳莱小姐同住。可怜的毕脱一方面要顺着姑妈的脾气，一方面又得看丈母娘的嘴脸，着实难过，心里真是万分委屈，莎吴塞唐夫人住在隔壁，阖家的人，包括毕脱、吉恩夫人、克劳莱小姐、布立葛丝、鲍尔斯、孚金，统统都得由她指挥。她硬给他们药吃，硬给他们小册子看，全无通融的余地。克里默给赶掉了，另外请了洛杰医生来，不久之后，她完全不让克劳莱小姐做主，竟连面子也不顾。那可怜的老婆子越变越胆小，到后来连欺负布立葛丝的劲儿也没有了。她紧紧依着侄儿媳妇，一天比一天糊涂，也一天比一天胆小。你这又忠厚、又自私、又虚荣、又慷慨的，不信神明的老太婆啊，从此再见了！祝你得到安息！希望吉恩夫人对她孝顺温柔，好好地服侍她走出这熙熙攘攘的名利场。

## 第三十五章 做寡妇和母亲

加德白拉和滑铁卢两次大战的消息同时传到英国。政府公报首先发表两次战役的结果；光荣的消息一登出来，全英国的人心里都交织着得意和恐惧。跟着便刊登战事中的细节，死伤的名单也随着胜利的消息来了。把这张名单摊开的时候心里多么恐慌，谁能够描写啊！你想想看，在英格兰、苏格兰和威尔斯，差不多每一村每一家的人都受到影响。他们得到了弗兰德尔斯两次大战的消息，读过死伤军人的名单，知道了亲人们的下落，有的得意，有的伤心，有的感激上天保佑，有的心焦得走投无路，该是什么样的情景！谁要是高兴去翻翻当年的旧报纸，还能够重新体味那种急煎煎等待消息的滋味。死亡名单天天连续在报上登载，看完一天所载，就好像看小说看到一半须待下期再续。试想这些报纸次第发行的时候,看报的人感情上的波动有多么大?那一次打仗我们国里只不过动员两万人,已经引起这样的骚动,那么请再倒溯二十年,试想当时欧洲上战场的不但论千论万,竟是几百万人的大战,又是什么样的情形呢?几百万大军当中无论是谁杀了一个敌人,也就是害了他无辜的家人。

有名的公报上所发表的消息,对于奥斯本一家,尤其是奥斯本本人,是个非常的打击。姊妹俩尽情痛哭了一顿,她们的父亲更是灰心丧气,伤心得不得了。他竭力对自己解释,说这是儿子忤逆,所以天罚他早死。他不敢承认这般严厉的处分使他害怕,也不敢承认他自己对儿子的咒诅应验得太早了。有时候他想到自己曾经求天惩罚儿子,这次的大祸竟是他一手造成,忍不住害怕得心惊胆战。如果他不死,爷儿俩还有言归于好的机会:他的妻子也许会死掉;他也许会回来向父亲说:"爸爸,我错了。"可是现在什么都完了。爷儿俩中间隔着一条跨不过的鸿沟。乔治站在对岸,眼睛里悲悲戚戚的表情缠绕着他。他还记得有一回孩子生病发烧,也就是这个样子。那时候人人都以为乔治活不成了,他躺在床上,一句话不说,只会可怜巴巴地瞪着眼瞧人。老天哪!当年他心里的煎熬说也说不出,只会紧紧地缠着医生,到处跟着他。后来孩子脱离险境,慢慢地复原,看见父亲也认得了,他心上才真是一块石头落了地。现在呢,没有希望。没有补救的办法,也没有重新讲和的机会。尤其可气的是儿子再也不会向他低头认罪了。这次争执里面,他觉得自己大大地丢了面子,咬牙切齿地气恨,他的血里仿佛中了毒,只是要沸滚起来,总得儿子赔了小心,他才会心胸舒泰,血脉和畅。这骄横的爸爸最痛心的是哪一点呢?因为来不及在儿子生前饶恕他的过错吗?还是因为没听见儿子对他道歉,忍不下这口气呢?

不管顽固的老头儿心里怎么想,他嘴里什么都不说。在女儿面前,他根本不提乔治的名字,只叫大女儿吩咐全家女用人都穿起孝来,自己另外下个命令叫男用人也都换上黑衣服。一切宴乐当然都停顿下来。白洛克和玛丽亚的婚期本来已经定好了，可是奥斯本先生和未来的女婿绝口不谈这件事，白洛克先生瞧了瞧他的脸色，没敢多问，也不好催着办喜事。有的时候他和两位小姐在客厅里轻轻议论几时结婚的话，因为奥斯本先生从来不到客厅里来，总是一个人守在自己的书房里。屋子的前面一半全部关闭起来，直到出孝以后才能动用。

大概在六月十八日以后三个星期左右，奥斯本先生的朋友威廉·都宾爵士到勒塞尔广场来拜望他。威廉爵士脸色灰白，一股子坐立不安的样子，一定要见奥斯本本人。他给领到奥斯本书房里，先开口说了几句主客两边都莫名其妙的话，便从封套里拿出一封信来，信口用一大块红火漆封着。他迟疑了一下，说道："今天第——联队有个军官到伦敦来，小儿都宾少佐托他带来一封家信。里面附着给你的信，奥斯本。"副市长说了这话，把信搁在桌子上。奥斯本瞪着眼看他，半晌不说话。送信的人瞧着奥斯本的脸色老大害怕，他好像做了亏心事，对那伤心的老头儿瞧了一两眼，一言不发地急忙回家去了。

信上的字写得很有力气，一望而知是乔治的笔迹。这封信就是他在六月十六日黎明和爱米丽亚分别以前写的。火漆上打的戳子刻着他们家假冒的纹章。好多年以前，这个爱虚荣的老头儿从贵族《缙绅录》里面看见奥斯本公爵的纹章和他家的座右铭"用战争争取和平"，就一起偷用了，假装和公爵是本家。在信上签字的人如今再也不能再拿笔再举剑了。连那印戳子也在乔治死在战场上的当儿给偷掉了。这件事情他父亲并不知道。他心慌意乱呆柯柯地对着那封信发怔，站起来拿信的时候差些儿栽倒在地上。

你和你的好朋友拌过嘴吗？如果你把他跟你要好的时候写的信拿出来看看，你心里不会不难受、不惭愧。重温死去的感情，看他信上说什么友情不变的话，真是再凄惨再乏味也没有了。这分明是竖在爱情的坟墓上的墓碑，上面句句是谎话，对于人生，对于我们所追求的虚荣，真是辛辣的讽刺。这样的信，我们差不多都收过，也都写过。一抽屉一抽屉多的是。这样的信好像是家里的丑事，我们丢不掉，却又怕看。奥斯本把儿子的遗书打开之前，抖个不住，自己半天做不得主。

可怜的孩子信上并没有多少话。他太骄傲了，不肯让心里的感情流露出来。他只说大战就在眼前，愿意在上战场之前和父亲告别。他恳求父亲照料他撇下的妻子，说不定还有孩子。他承认自己太荒唐，花起钱来不顾前后，已经把母亲的一小份遗产浪费了一大半，因此心上觉得很惭愧。父亲从前对他那么疼爱，他只有感激。末了，他答应不管是死在外面还是活着回来，他一定要勉力给乔治·奥斯本的名字增光。

英国人是向来不爱多话的，二来他这人心高气傲，三来也许是一时里觉得忸怩，所以他的嘴就给堵住了。当时他怎么吻他父亲的名字，可惜奥斯本先生看不见。他看完了儿子的信，只觉得自己的感情受了挫折，又没了报仇的机会，心里充满了最怨毒最辛酸的滋味。他仍旧爱儿子，可是也仍旧不能原谅他。

两个月之后，两位姑娘和父亲一起上教堂。他往常做礼拜的时候，总坐在固定的位子上，可是那天他的女儿发现他不坐老位子了，却跑去坐在她们的对面。他靠在椅垫上，抬起头来直瞪瞪地瞧着她们后面的墙。姑娘们看见父亲昏昏默默地尽望着那一边，也跟着回过头去，这才发现墙上添了一块精致的石碑。碑上刻着象征英国的女人像。她俯下身子，正在对着一个骨灰坛子哭泣，旁边还有一柄断剑和一头躺着的狮子，都表明这石碑是为纪念阵亡战士建立的。当年的雕刻家手头都拿得出一套这类丧事中应用的标记。至今在圣·保罗教堂的墙上还塑着一组组的人像兽像，全是从异教邪说里借过来的寓言故事，意义和式样十分夸张。本世纪开始的十五年里头，这种雕刻的需要大极了。

这块石碑底下刻着奥斯本家里有名的纹章，气概十分雄壮，另外有几行字，说这块碑为纪念皇家陆军第——联队步兵上尉乔治·奥斯本先生而建立。奥斯本先生在一八一五年六月十八日在滑铁卢大战中为英王陛下和祖国光荣牺牲，行年二十八岁。底下刻着拉丁文："为祖国而死是光荣的，使人心甘情愿的。"

姊妹俩看见了这块石碑，一阵难过，玛丽亚甚至于不得不离开教堂回到家里去。教堂里的会众看见这两位穿黑的小姐哭得哽哽咽咽，都肃然起敬，连忙让出路来；那相貌严厉的父亲坐在阵亡军士的纪念碑前面，大家看着也觉得可怜。姑娘们哭过一场以后，就在一块儿猜测道："不知他会不会饶了乔治的老婆。"凡是和奥斯本家里认识的人都知道爷儿俩为儿子的婚姻问题吵得两不来往，所以也在谈论猜测，不知那年轻的寡妇有没有希望和公公言归于好。在市中心和勒塞尔广场，好些人都为这事赌东道。

奥斯本姊妹很怕父亲会正式承认爱米丽亚做媳妇，老大不放心。过了不久，她们更着急了，因为那年秋末，老头儿说起要上外国去。他并没有说明白究竟上哪一国，可是女儿们马上知道他要到比利时去，而且她们也知道乔治的妻子正在比利时的京城布鲁塞尔。关于可怜的爱米丽亚，她们从都宾爵士夫人和她女儿们那里得到不少消息，对于她的近况知道得相当地详细。自从联队里的下级少佐阵亡之后，老实的都宾上尉就升上去补了缺。勇敢的奥多呢，向来又镇静又有胆量，在打仗的时候没有一回不出人头地，这次立了大功，升到上校的位子，又得了下级骑士的封号。

勇敢的第——联队在接连两次战役中伤亡都很惨重，直到秋天还有许多人留在布鲁塞尔养伤。大战发生以后好几个月里头，这座城市就成了一个庞大的军事医院。那些军官和小兵伤口逐渐痊愈，便往外走动，因此公园里和各个公共场所挤满了老老少少的伤兵。这些人刚从死里逃生，尽情地赌钱作乐，谈情说爱，就像名利场上其余的人一样。奥斯本先生毫不费事地找到几个第——联队的兵士。他认得出他们的制服。从前他老是注意联队里一切升迁调动，并且喜欢把联队里的事情和军官的名字挂在嘴边卖弄，仿佛他自己也是里面的一分子。他在布鲁塞尔住的旅馆正对着公园；到第二天，他从家里出来，就看见公园里石凳上坐着个伤兵，军服上的领章一望而知是第——联队的。他浑身哆嗦，在养病的兵士身旁坐下来。

他开口道："你从前在奥斯本上尉连队里当兵吗？"过了一会儿，他又说："他是我的儿子。"

那小兵说他不属于上尉的连队。他瞧了瞧那又憔悴又伤心的老头儿，伸出没有受伤的胳膊，苦着脸尊尊敬敬地对他行了一个礼，说道："整个军队里找不出比他更好更了不起的军官。上尉连队里的军曹还在这儿，如今是雷蒙上尉做连长了。那军曹肩膀上的伤口刚好，您要见他倒不难。倘若您要知道——知道第——联队打仗的情形，问他得了。想来你老一定已经见过都宾少佐了，他是勇敢的上尉最要好的朋友。还有奥斯本太太也在这里，人人都说她身体很不好。据说六个星期以来她就像得了神经病似的。不过这些事情你老早已知道了，用不着我多嘴。"

奥斯本在小兵手里塞了一基尼，并且说如果他把军曹带到公园旅馆里来的话，还可以再得一基尼。那小兵听了这话，立刻把军曹带到他旅馆里来。他出去的时候碰见一两个朋友，便告诉他们说奥斯本上尉的父亲来了，真是个气量大、肯花钱的老先生。他们几个人一起出去吃喝作乐，把那伤心的老头儿赏的两个基尼（他最爱夸耀自己有钱）花光了才罢。

军曹的伤口也是刚刚养好，奥斯本叫他陪着一同到滑铁卢和加德白拉去走了一转。当时到这两处地方来参观的英国人真不知有几千几万。他和军曹一同坐在马车里，叫他指引着巡视那两个战场。他看见第——联队在十六日开始打仗的时候经过的路角，又来到一个斜坡上，当日法国骑兵队紧跟在溃退的比利时军队后面，直到那斜坡上才给英国兵赶下去。再过去便是勇敢的上尉杀死法国军官的地点；擎旗的军曹已经中弹倒地，那法国人和小旗手相持不下，争夺那面旗子，便给上尉刺死了。第二天是十七日，军队便顺着这条路后退；夜里，联队里的士兵就在那堤岸上冒着雨守夜。再过去便是他们白天占领的据点；他们好几回受到法国骑兵的突击，可是仍旧坚持下去。法国军队猛烈开炮的时候，他们便匍匐在堤岸底下。傍晚时分，所有的英国兵就在堤岸的斜坡下得到总攻击的命令。敌人在最后一次袭击失败之后转身逃走，上尉就举起剑来从山坡上急急地冲下去，不幸中了一枪，就此倒下了。军曹低声说道："您想必已经知道，是都宾少佐把上尉的尸首运到布鲁塞尔下葬的。"那军曹把当日的情形讲给奥斯本听的时候，附近的乡下人和收集战场遗物的小贩围着他们大呼大喊，叫卖着各色各种的纪念品，像十字章、肩饰、护身甲的碎片，还有旗杆顶上插的老鹰。

　　奥斯本和军曹一同在儿子最后立功的地点巡视了一番，临别的时候送给军曹一份丰厚的礼。乔治的坟他已经见过。说真的，他一到布鲁塞尔第一件事就是坐了马车去扫墓。乔治的遗体安葬在离城不远的莱根公墓旁边。那地方环境非常幽美，有一回他和同伴们出城去玩，随口说起死后愿意葬在那里。年轻军官的朋友在花园犄角上不属于教会的地上点了一个穴把他埋葬了，另外用一道短篱笆和公墓隔开。篱笆那边有圣堂，有尖塔，有花，有小树的公墓原是专为天主教徒设立的。奥斯本老头儿想着自己的儿子是个英国绅士，又是有名的英国军队里的上尉，竟和普通的外国人合葬在一起，真是丢脸的事。我们和人讲交情的时候，究竟有几分是真心，几分是虚荣，我们的爱情究竟自私到什么程度，这话实在很难说。奥斯本老头儿一向不大分析自己的感情；他自私的心理和他的良心怎么冲突，他也不去揣摩。他坚决相信自己永远不错，在不论什么事上，别人都应该听从他的吩咐。如果有人违拗了他，他立刻想法子报仇，那份儿狠毒真像黄蜂螫人、毒蛇咬人的样子。他对人的仇恨，正像他其余的一切，使他觉得十分得意。认定自己永远不犯错误，对于自己永远没有疑惑，勇往直前地干下去，这是了不起的长处，糊涂人要得意发迹，不是都得靠这种本事吗？

　　日落时分，奥斯本先生的马车从滑铁卢回来，将近城门的时候，碰见另外一辆敞篷车。车子里头坐着两位太太、一位先生，另外有一个军官骑着马跟在车子旁边。那军曹看见奥斯本忽然往后一缩，心里倒奇怪起来。他一面举起手来向军官行礼，一面对老头儿看了一眼。那骑马的军官也机械地回了一个礼。车子里原来是爱米丽亚，旁边坐着伤了腿的旗手，倒座上是她忠心的朋友奥多太太。这正是爱米丽亚，可是跟奥斯本从前看见的娇嫩秀丽的小姑娘一点也不像了。可怜她的脸蛋儿又瘦又白，那一头漂亮的栗色头发当中挑开，头上一只寡妇戴的帽子，眼睛直瞪瞪地向前呆看。两辆马车拍面相撞的一忽儿，她怔怔地瞧着奥斯本的脸，却不认识他。奥斯本先也没有认出来，后来一抬眼看见都宾骑着马跟在旁边，才明白车里坐的是谁。他恨她。直到相见的一刹那，连他自己也不知道心里多么恨她。那军曹忍不住对他看。到马车走过之后，他也回过头来瞪着坐在他旁边的军曹。他的眼神恶狠狠的像要跟人寻衅，仿佛说："你是什么东西，竟敢这样对我看？混蛋！我恨她又怎么样？我的希望和快活是她给捣毁了的。"他咒骂着对听差嚷道："叫那混蛋的车夫把车子赶得快些！"不久，奥斯本车子后面马蹄得得地响，都宾拍马赶上来了。两辆车子拍面相交的一刹那，他心不在焉，直到走了几步以后才想起过去的就是奥斯本，连忙回过头来望着爱米丽亚，看她瞧见了公公有什么反应没有，哪知道可怜的女孩儿根本没有认出来。威廉是每天陪她出来坐车散心的，当时他拿出表来，假装忽然想起别处另外有个约会，转身走开了。爱米丽亚也不理会，她两眼发直，也不看眼前看熟了的风景，只瞧着远远那一带的树林子——乔治出去打仗的那天便是傍着树林子进军的。

都宾骑马赶上来，伸着手叫道："奥斯本先生，奥斯本先生！"奥斯本并不和他拉手；他一面咒骂，一面叫车夫加鞭快走。

都宾一只手扶了马车说道："我要跟你谈谈，还有口信带给您。"

奥斯本恶狠狠地答道："那女人叫你来说的吗？"

都宾答道："不是，是你儿子的口信。"奥斯本听了这话，一倒身靠在马车犄角里不言语。都宾让车子先走，自己紧跟在后面。马车经过城里的街道，一直来在奥斯本的旅馆门口，都宾始终不说话，跟着奥斯本先生进了他的房间。这几间屋子原是克劳莱夫妇在布鲁塞尔的时候住过的，从前乔治常常在那里进出。

奥斯本往往喜欢挖苦别人，他很尖酸地说道："你有什么命令啊？请说吧，都宾上尉。哦，我求你原谅，我该称你都宾少佐才对呢。比你强的人死了，你就乘势儿上去了。"

都宾答道："不错，有许多比我强的人都死了。我要跟您谈的就是关于那牺牲了的好人。"

老头儿咒骂了一声，怒目看着客人说道："那就请你赶快说。"

少佐接下去说："我是他最亲近的朋友，又是他遗嘱的执行人。我就以这资格跟您说话。他的遗嘱是开火之前写的。他留下不多几个钱，他的妻子境况非常艰难，这事情您知道不知道呢？"

奥斯本道："我不认得他的妻子，让她回到她父亲那儿去得了。"跟他说话的那位先生打定主意不生气，因此让他打岔，也不去管他，接着说道："您知道奥斯本太太现在是什么情形吗？她受了这个打击，伤心得神志糊涂，连性命都有危险。她到底能不能复原也还保不住。现在只有一个希望，我要跟你谈的也就是这件事。她不久就要生产了。不知您打算让那孩子替父亲受过呢，还是愿意看乔治面上饶了他。"

奥斯本一口气说了一大串话，没命地咒骂儿子，夸赞自己，竟像是做了一首狂诗。他一方面夸大乔治的不孝顺，一方面给自己粉饰罪过，免得良心上过不去。他说全英国找不出比他对儿子更慈爱的父亲，儿子这样忤逆，甚至于到死不肯认错，实在可恶。他既然又不孝又糊涂，应当有这样的报应。至于他奥斯本，向来说一是一，说二是二；他已经发誓不和那女人攀谈，也不认她做儿媳妇，决不改悔。他咒骂着说："你不妨告诉她，我是到死不变的。"

这样看来这方面是没有希望的了。那寡妇只能靠自己微薄的收入过活，或许乔斯能够周济她一些。都宾闷闷地想道："就算我告诉她，她也不理会的。"自从出了这桩祸事，那可怜的姑娘一直神不守舍，她心痛得昏昏默默，好也罢，歹也罢，都不在她心上。

甚至于朋友们对她关心体贴，她也漠然无动于衷。她毫无怨言地接受了别人的好意，然后重新又伤起心来。

从上面的会谈到现在，可怜的爱米丽亚又长了一岁了。最初的时候，她难受得死去活来，叫人看着可怜。我们本来守在她旁边，也曾经描写过她那软弱温柔的心里有什么感觉，可是她的痛苦太深了，她的心给伤透了，我们怎么能忍心看下去呢？这可怜的倒霉的爱米丽亚已经精疲力尽，你绕过她床旁边的时候，请把脚步放轻些儿。窗帘都拉上了，她躺在朦朦胧胧的屋子里受苦，请你把房门轻轻地关上吧。她的朋友们就是这么轻手轻脚地伺候她来着；在她最痛苦的几个月里面，这些心地厚道的好人时时刻刻守着服侍，直到上天赐给她新的安慰之后才离开她。终究有那么一天，可怜的年轻寡妇胸口抱着新生的孩子，又惊又喜，从心窝里乐出来。她生了个儿子，眼睛像死去的乔治，相貌长得像小天使一样好看。她听得小孩儿第一声啼哭，只当是上帝发了个奇迹。她捧着孩子又哭又笑；孩子靠在她胸口的时候，她心里又生出爱情和希望，重新又能够祷告了。这样她就算脱离了险境。给她看病的几个医生担心她会从此神志不清，或是有性命的危险，眼巴巴地等待这个转机，因为不过这一关，连他们也不知道她有没有救星。那些忠心服侍她的人几个月来提心吊胆，如今重新看见她温柔的笑容，觉得这场辛苦总算没有白饶。

都宾就是这些朋友里头的一个。当时奥多太太得到她丈夫奥多上校专制的命令叫她回家，不得不离开爱米丽亚。都宾便送她回到英国，在她娘家住下来。凡是有些幽默的人，看见都宾抱着新生的小娃娃，爱米丽亚得意洋洋地笑着，心里都会觉得喜欢。威廉·都宾是孩子的干爹，孩子受洗礼的时候他忙着送礼，买了杯子、勺子、奶瓶，还有做玩意儿的珊瑚块，着实费了一番心思。

做妈妈的喂他吃奶，给他穿衣，专为他活着。她把看护和奶妈赶开，简直不准别的人碰他。她偶然让孩子的干爹都宾少佐把他搂在怀里颠着摇着，就好像给都宾一个了不起的好处。这些话也不用多说了。儿子是她的命，她活着就为的是抚养儿子。她痴爱那微弱无知的小东西，当他神道似的崇拜他。她不只是喂奶给孩子吃，简直是把自己的生命也度给他了。到晚上独自守着孩子的时候，她心底里感到一阵阵强烈的母爱。这是上帝奇妙莫测的安排，在女人的天性里面藏下这种远超过理智，同时又远不及理智的痴情；除了女人，谁还能懂得这样盲目的崇高的爱情呢？威廉·都宾的责任就是观察爱米丽亚的一言一动，分析她的感情。他因为爱得深，所以能够体贴到爱米丽亚心里每一丝震动。可怜他胸中雪亮，绝望地明白她心里没有他的地盘。他认清了自己的命运，却并没有一句怨言，依头顺脑地都忍耐下去了。

爱米丽亚的父母大概看穿了少佐的心事，很愿意成全他。都宾每天到他们家里去，一坐就是几个钟头，有时陪着老夫妻，有时陪着爱米丽亚，有时跟那老实的房东克拉浦先生和他家里的人在一起说话。他找出种种推托送东西给屋子里所有的人，差不多没有一天空手的。房东有个

小女儿，很得爱米丽亚的欢心，管都宾叫糖子儿少佐。这孩子仿佛是赞礼的司仪，都宾一到，总是她带着去见奥斯本太太。有一天，她看见糖子儿少佐坐着街车到福兰来，不禁笑起来了，他走下车来，捧着一只木马、一个鼓、一个喇叭，还有几件别的玩具，全是给小孩儿玩操兵的，说要送给乔杰。孩子还不满六个月，怎么也没有资格玩这些东西。

小孩儿睡着了，爱米丽亚听得少佐走起路来鞋子吱吱咂咂地响，大概有些不高兴，说道："轻些！"她伸出手来，可是威廉先得把那些玩具放了下来才能和她拉手，她看着不由得微笑起来。都宾对小女孩说："下楼去吧，小玛丽，我要跟奥斯本太太说话呢。"爱米丽亚有些诧异，把孩子搁在床上抬起头来望着他。

他轻轻地拉着她细白的小手说道："爱米丽亚，我是来跟你告别的。"

她微笑着说道："告别？你上哪儿去？"

他道："把信交给我的代理人，他们会转给我的。我想你一定会写信给我的，是不是？我要好久以后才回家呢。"

她道："我把乔杰的事都写信告诉你，亲爱的威廉，你待我跟他都太好了。瞧他！真像个小天神。"

孩子粉红的小手不知不觉地抓住了那老实的军官的手指头，爱米丽亚满面是做母亲的得意，抬起头来看着威廉。她眼睛里的表情温和得叫人无可奈何，哪怕是最残忍的脸色也不能使他更伤心了。他低下头看着那娘儿两个，半响说不出话来，用尽全身的力量才说了声"求天保佑你！"爱米丽亚答道："求天也保佑你！"接着抬起脸吻了他一下。

威廉踏着沉重的脚步向门口走去，她又说道："轻些！别吵醒了乔杰！"他坐着马车离开的时候她根本没有听见。孩子在睡梦里微笑，她正在对着孩子看。